BIBLIOTHEK KLASSISCHER ERZÄHLER

Michael Klein & Karsten Schröder (Hrsg.)

Walter Scott

Das Leid von Lammermoor

Schottland-Roman

Gollenstein

Die Originalausgabe ist als
The Bride of Lammermoor
1819 bei Constable in Edinburgh,
1830 bei Cadell in Edinburgh
(letzte Fassung) erschienen

Unter Verwendung der Übersetzung von
Wilhelm Sauerwein
vollständig überarbeitet
und mit einem Nachwort versehen von
Michael Klein

Mit Illustrationen von
Stefanie Grewe

Ungekürzte Ausgabe mit allen späteren Ergänzungen
Walter Scotts

Da gibt's kein Rütteln mehr,
Scott ist der König der Romantiker.
Robert Louis Stevenson.

Wohlan denn, Wirt,

sagte der Pfarrer:

Ich bitt' Euch, bringt mir diese Bücher, denn ich bin in Laune, sie mir anzusehen.

Nur allzu gerne,

antwortete der Wirt,

ging in sein Zimmer und brachte aus diesem eine kleine, alte Tuchtasche, mit Schloß und Kette versehen, mit, öffnete sie und holte daraus drei schwere Bände nebst einigen Papieren in gestochen schöner Handschrift.

Don Quijote

Erster Teil, 32.Kapitel.

EINLEITUNG

Der Autor hat es bei einer früheren Gelegenheit abgelehnt, die wahre Quelle anzugeben, aus der er den tragischen Stoff dieser Geschichte gezogen hat, weil dies – obwohl sie einer entlegenen Zeit entstammt – den Nachkommen der betroffenen Parteien vielleicht unangenehm hätte sein können. Da er aber einen Bericht der Umstände in den Anmerkungen zu Laws »Denkschriften« von seinem geistreichen Freund Charles Kirkpatrick Sharpe, Esq., und ebenfalls in den neugedruckten Gedichten des Rev. Mr. Symson findet, die als Anhang seiner »Beschreibung von Galloway« angebunden sind, fühlt sich der Verfasser nun frei, die Geschichte so zu erzählen, wie sie ihm von Bekannten, die jener Zeit noch nahe lebten und eng mit der Familie der Braut bekannt waren, mitgeteilt worden ist.

Es ist allgemein bekannt, daß die Familie Dalrymple, die im Lauf zweier Jahrhunderte wie kein anderes Haus in Schottland Männer von großen Begabungen im Zivil- wie Militärfach und von Bedeutung in der Literatur, Politik und Wissenschaft hervorgebracht hat, sich erstmals in der Person von James Dalrymple besonders auszeichnete, einem der größten Rechtsgelehrten, die je gelebt haben, obwohl die Anstrengungen seines mächtigen Geistes unglücklicherweise auf einen so beschränkten Gegenstand wie das schottische Recht verwandt wurden, über das er ein bewundernswertes Werk schrieb.

Er heiratete Margaret, eine Tochter von Ross von Balniel, was ihm beträchtliche Güter einbrachte. Sie war eine fähige, kluge, hochherzige Frau und in allem, was sie unternahm, derart erfolgreich, daß das Volk – keineswegs zugunsten ihres Mannes oder ihrer Familie voreingenommen – diesen Erfolg der Zauberei zuschrieb. Dem Volksglauben nach erkaufte Margaret das irdische Glück ihrer Familie von dem Herrn, dem sie diente, durch eine sonderbare Bedingung, die vom Geschichtsschreiber ihres Enkels, des großen Earls von Stair, wie folgt erzählt wird:

»Sie lebte bis ins hohe Alter und verlangte, daß man sie nach ihrem Tod nicht begraben, sondern ihren Sarg hochkant aufstellen solle, weil – wie sie versprach – das Glück der Familie Dalrymple weiterhin gedeihen werde, solange er in dieser Stellung bliebe. Welchen Grund die alte Dame für diese Forderung hatte und ob sie in der Tat ein solches Versprechen abgab, vermag ich nicht zu entscheiden; gewiß ist freilich, daß ihr Sarg im Chorgang der Kirche von Kirklistown, dem Begräbnisplatz der Familie, aufrecht steht.«

Die Fähigkeiten dieser ausgezeichneten Familie erklären hinlänglich die Würden, die viele ihrer Mitglieder erlangten, ohne übernatürlichen Beistand dahinter wittern zu müssen. Aber dieses außerordentliche Glück und Wohlergehen wurde von einigen ebenso außerordentlichen Unglücksfällen begleitet, von denen jener, der ihre älteste Tochter traf, gleichermaßen sonderbar wie düster war.

Miss Janet Dalrymple, Tochter des ersten Lords Stair und von Dame Margaret Ross, hatte sich ohne Kenntnis ihrer Eltern mit Lord Rutherford verlobt, der ihnen sowohl wegen seiner politischen Prinzipien, als auch wegen seines Mangels an Vermögen inakzeptabel schien. Das junge Paar zerbrach gemeinsam ein Goldstück, gelobte sich höchst feierlich ewige Treue, und die junge Lady, sagt man, beschwor die fürchterlichsten Übel auf sich herab, solle sie das Treuegelöbnis jemals brechen. Nicht lange danach machte ein Freier, der Lord Stair und mehr noch seiner Gemahlin gefiel, Miss Dalrymple den Hof. Die junge Lady lehnte dessen Antrag ab und gestand, als man in sie drang, ihre geheime Verlobung. Lady Stair, eine Frau, die allgemeine Unterwerfung gewohnt war (denn nicht einmal ihr Mann wagte, ihr zu widersprechen), betrachtete diesen Einwand als unbedeutende Kleinigkeit und insistierte auf die Einwilligung der Tochter, den neuen Freier, David Dunbar, Sohn und Erben von David Dunbar von Baldoon in Wigtonshire, zu heiraten. Der frühere Geliebte, ein Mann von lebhafter Wesensart, griff jetzt durch einen Brief in die Geschehnisse ein und bestand auf Einhaltung des Treuegelöbnisses der jungen Lady. Lady Stair sandte ihm die Antwort, daß ihre Tochter – sich ihres pflichtvergessenen Verhaltens, ein

Eheversprechen ohne Einwilligung ihrer Eltern einzugehen, wohl bewußt – ihr ungesetzliches Gelübde widerrufen habe und es ablehne, die Verlobung mit ihm aufrechtzuerhalten.

Der Liebhaber seinerseits weigerte sich nachdrücklich, eine solche Antwort von irgend jemand anderem als seiner Geliebten selbst anzunehmen, und da man es mit einem Mann zu tun hatte, dessen Charakter zu entschieden und Rang zu hoch war, als daß man mit ihm hätte scherzen können, sah Lady Stair sich gezwungen, in eine Zusammenkunft Lord Rutherfords mit ihrer Tochter einzuwilligen. Doch trug sie Sorge, persönlich dabei zu sein und dem getäuschten, erzürnten Liebenden mit einer Entschlossenheit Paroli zu bieten, die der seinen nicht nachstand. Sie bestand ausdrücklich auf dem levitischen Gesetz, eine Frau sei eines Gelübdes ledig, wenn ihre Eltern ihm nicht zustimmen. Dies ist die Stelle der Heiligen Schrift, auf die sie sich bezog:

Wenn ein Mann vor dem Herrn ein Gelübde ablegt oder einen Eid schwört, dann darf er sein Wort nicht brechen; genau so, wie er es ausgesprochen hat, muß er es ausführen.

Wenn aber eine Frau vor dem Herrn ein Gelübde ablegt oder einen Eid schwört, so lange sie noch jung ist und in ihres Vaters Haus lebt, dann soll ihr Vater von ihrem Gelübde oder ihrem Eid, mit dem sie sich verpflichtet hat, erfahren. Schweigt ihr Vater dazu, tritt das Gelübde oder der Eid in Kraft; versagt ihr Vater an dem Tag, an dem er davon erfährt, seine Zustimmung, tritt das Gelübde oder der Eid nicht in Kraft; der Herr wird es ihr erlassen, weil ihr Vater seine Zustimmung versagt hat.

Während die Mutter auf diesem Punkt herumritt, beschwor der Liebhaber vergebens die Tochter, ihre eigenen Meinungen und Gefühle zu erklären. Sie blieb wie betäubt, stumm, blaß, reglos wie eine Statue. Lediglich auf den streng geäußerten Befehl ihrer Mutter sammelte sie so viel Kraft, dem Mann, dem sie sich versprochen hatte, das zerbrochene Goldstück, Sinnbild ihrer Treue, zurückzugeben. In leidenschaftlichem Zorn brach es daraufhin aus ihm heraus, er nahm von der Mutter unter Flüchen Abschied, und als er den Raum verließ, wandte er sich noch einmal nach seiner schwachen, wenn nicht gar wankelmütigen Geliebten um: »Ihr werdet noch zum Weltwunder werden, Madam« – ein Ausdruck der Sprache jener Zeit, in dem eine unheilverkündende Vorbedeutung lag. Er verließ das Haus und kehrte nicht wieder. Falls jener unglückliche Liebende der letzte Lord Rutherford gewesen ist, war es der dritte dieses Titels, der 1685 starb.

Die Vorbereitungen zur Heirat zwischen Janet Dalrymple und David Dunbar von Baldoon nahmen nun ihren Lauf – die Braut zeigte keinen Widerstand, sondern blieb vollkommen passiv in allem, was ihre Mutter befahl oder anwies. Am Tag der Hochzeit, der, wie damals üblich, mit einer großen Versammlung der Freunde und Verwandten gefeiert wurde, blieb sie ebenso: traurig, schweigsam und, wie es schien, in ihr Schicksal ergeben. Eine Dame, die mit der Familie in enger Verbindung stand, hat dem Verfasser erzählt, daß sie darüber mit einem Bruder der Braut sprach – zu der Zeit noch ein bloßer Junge –, der im feierlichen Zug vor seiner Schwester zur Kirche geritten war. Er erzählte, daß ihre Hand, die auf seiner lag, während ihr Arm seine Taille umfing, kalt und feucht wie Marmor gewesen sei. Doch abgelenkt durch seinen nagelneuen Anzug und die Rolle, die er in der Prozession spielte, machte dieser Umstand, an den er sich später mit bitterem Schmerz und tiefen Schuldgefühlen erinnerte, damals keinen Eindruck auf ihn.

Nach der Trauungszeremonie wurde getanzt. Braut und Bräutigam hatten sich, wie es üblich war, zurückgezogen, als man plötzlich grauenerregend wilde, durchdringende Schreie aus dem Hochzeitszimmer hörte. Es war damals Sitte, zur Verhütung grober Späße, wie sie in alten Zeiten vielleicht erlaubt gewesen waren, den Schlüssel des Hochzeitszimmers dem Brautführer anzuvertrauen. Dieser wurde gerufen, doch er weigerte sich zuerst, etwas zu unternehmen, bis die gellenden Schreie so markerschütternd wurden, daß er sich selbst gedrängt fühlte, mit anderen davonzueilen, den Grund zu erfahren. Als man die Tür öffnete, fiel der Bräutigam, fürchterlich verwundet und blutüberströmt, quer über die Schwelle. Dann suchte man die Braut. Sie wurde in einer Ecke des großen Kamins gefunden, lediglich mit einem Hemd bekleidet, das mit Blut besudelt war. Dort kauerte sie, grinste sie an, schnitt Grimassen und war gänzlich von Sinnen. Die einzigen Worte, die sie sprach, waren: »Hebt ihn auf, euren schönen Bräutigam.« Sie überlebte diese erschütternde Szene kaum länger als zwei Wochen; am 24. August war sie verheiratet worden, und sie starb am 12. September 1669.

Der unglückliche Baldoon genas von seinen Wunden, aber er verbat sich strikt jede Frage, wie es dazu gekommen sei. Wenn ihm eine Dame, sagte er, irgendeine Frage über diesen Gegenstand stellen würde, würde er ihr in seinem ganzen Leben keine Antwort geben, noch jemals wieder ein Wort mit ihr wechseln; wenn es ein Herr täte, betrachte er dies als tödliche Beleidigung und werde unmittelbar Genugtuung fordern. Er überlebte den fürchterlichen Unglücksfall nicht allzu lange; auf einem Ritt zwischen Leith und Holyrood House stürzte er vom Pferd und starb an seinen Verletzungen am folgenden Tag, den 28. März 1682.

Verschiedene Berichte kamen über diese geheimnisumwitterte Affäre in Umlauf, viele davon sehr ungenau, obwohl man sie kaum übertrieben nennen kann. Es war damals schwierig, mit der Geschichte vornehmer schottischer Familien vertraut zu werden, und es fielen mitunter seltsame Dinge in ihnen vor, nach denen selbst das Gesetz nicht genauer fragte.

Der leichtgläubige Mr. Law sagt, sehr allgemein gehalten, daß der Lord Präsident Stair eine Tochter hatte, die, nachdem sie verheiratet worden war, in der Brautnacht ihrem Bräutigam entrissen und durch das Haus geschleift worden sei (von bösen Geistern, wie uns zu verstehen gegeben wird!), und daß sie kurz darauf starb. Eine andere Tochter, sagt er, sei von einem bösen Geist besessen gewesen.

Mein Freund, Mr. Sharpe, gibt eine andere Version der Geschichte. Dieser nach war es der Bräutigam, der die Braut verwundete. Die Heirat sei gegen den Willen der Mutter gewesen, die ihren Widerstand mit den unheilverkündenden Worten aufgab: »Du magst ihn heiraten, aber rasch wirst du's bereuen.«

Ich finde noch einen weiteren Bericht, der dunkle Anspielungen in einigen höchst gemeinen, beleidigenden Versen macht, von deren Original ich eine Abschrift besitze. Die Überschrift lautet: »Über den letzten Vicomte Stair und seine Familie. Von Sir William Hamilton von Whitelaw. Mit Anmerkungen von William Dunlop, Schreiber in Edinburgh, Sohn des Lairds von Househill und Neffe des genannten Sir William Hamilton.« Zwischen dem Verfasser dieser Schmähschrift (und sie verdient diesen Namen wahrlich zurecht) und Lord Präsident Stair herrschten bitterer persönlicher Streit und Rivalität; und das Spottgedicht, das mit weit mehr Gift und Galle als Kunstfertigkeit geschrieben ist, trägt folgendes Motto:

Stairs Hals, Herz, Frau, Söhne, Enkel und der Rest
Sind Plagen, Hexen, Lügner, Mörder, besessen und grotesk.

Dieser böswillige Spötter, der alle Unglücksfälle der Familie ins Gedächtnis ruft, läßt auch die verhängnisvolle Hochzeit von Baldoon nicht aus. Er scheint, obwohl seine Verse ebenso dunkel wie unpoetisch sind, anzudeuten, die dem Bräutigam zugefügte Gewalt sei dem Eingreifen jenes bösen Dämons beizumessen, den die junge Lady beschworen habe für den Fall, daß sie das ihrem ersten Geliebten gegebene Versprechen bräche. Diese Annahme verträgt sich nicht mit dem Bericht aus den Anmerkungen zu Laws »Denkschriften«, wohl aber mit der Familienüberlieferung.

In der Sippschaft der Stairs sind alle gleich,
Kein Unterschied, ob Frau, ob Mann;
Und folglich gab er als wahrer Untertan
Dem Laird von Glenluce seiner Tochter Hand.
Er wußte, daß sie damit brach ihr Wort
Dem Liebenden Nick Rutherford,
Und ließ es zu, aus purer Gier.
Das scheuchte Nick auf wie ein wildes Tier,
Er pochte auf sein früh'res Recht,
Für das er bis zum letzten Atem fecht'!
Er warf den Bräutigam vom Hochzeitsbett

Und keilte wütend ihn in den Kamin,
Daß dessen arg gequetschte Knochen
Nicht eher heilten als durch den Sturz vom Pferd.

Eine der William Dunlop zugeschriebenen Anmerkungen erläutert zu obigen Versen: »Sie hatte sich Lord Rutherford unter fürchterlichen Schwüren verlobt und heiratete danach Baldoon, und ihre Mutter war die Ursache ihres Treuebruchs.«

Auf dieselbe Tragödie spielt folgende Stelle an:

Welch langer Fluch diese üble Brut verfolgt,
Wenn der junge Neffe Onkels Gattin ehelicht.

Die Anmerkung zum Wort Onkel erklärt: »Rutherford, der Lady Baldoon heiraten sollte, war Baldoons Onkel.« Dieses Satiregedicht auf Lord Stair und seine Familie wurde, wie gesagt, von Sir William Hamilton von Whitelaw geschrieben, einem Gegenbewerber Lord Stairs für die Präsidentschaft am Court of Session – er war eine weit unbedeutendere Person als jener große Rechtsgelehrte und wurde von seinen Zeitgenossen in Verleumdung oder Satire als ungerechter, parteiischer Richter gezeichnet. Einige der Anmerkungen stammen vom wißbegierigen, arbeitsamen Antiquar Robert Milne, der als haßerfüllter Jakobit gerne die Hand lieh, die Familie von Stair anzuschwärzen.

Ein weiterer Poet dieser Zeit hat in ganz anderer Absicht eine Elegie hinterlassen, in der er das Schicksal der unglücklichen jungen Person, deren außerordentliches Unglück einem Whitelaw, Dunlop und Milne ein passender Gegenstand für Possen und Zoten schien, mit Schmerz betrauert. Dieser Barde von milderer Gesinnung war Andrew Symson, vor der Revolution Pfarrer von Kirkinner in Galloway, nach seiner Vertreibung wegen seiner Anhängerschaft zur Episkopalkirche bescheidener Buchdrucker in Edinburgh. Er bedachte die Familie von Baldoon, mit der er anscheinend gut bekannt war, mit einer Elegie auf das tragische Ereignis. In diesem Gedicht behandelt er den traurigen Anlaß des Todes der Braut mit geheimnisumwitterter Feierlichkeit.

Die Verse tragen den Titel: »Auf den unerwarteten Tod der tugendsamen Lady Mrs. Janet Dalrymple, Lady Baldoon, der jüngeren«, und liefern uns die präzisen Daten der Katastrophe, die ansonsten nicht leicht zu ermitteln gewesen wären. »*Nupta August 12. Domum Ducta August 24. Obiit September 12. Sepult. September 30, 1669.*« Die Form der Elegie ist ein Dialog zwischen einem Reisenden und einem Diener des Hauses. Ersterer erinnert sich, daß er vor kurzem alles von Lust und Fröhlichkeit belebt gefunden habe, und ist begierig zu erfahren, was die Freude in Trauer verwandelt hat. Wir zitieren die Antwort des Dieners als Beispiel für Mr. Symsons Verse, die nicht von bester Qualität sind:

Sir, was Ihr sagt, ist nur zu wahr.
Wir waren voll Frohsinn, doch nicht lang,
Da wurde aus Jubel Klagegesang.
Eine tugendhafte Lady, kaum war sie Braut,
Wurde einem reichen Erben angetraut
Und heimgeführt. Wir waren voll Freude
Über ihr Glück. – Traurig sind wir heute.
Denn auf das kurze Glück kam Leid,
Sie verblich in ihrer Blütezeit,
Weil Atropos' Dolch zerschnitt den Lebensfaden.
Das wird uns allezeit gemahnen,
Daß der Monat des Unglücks September war.
. . . . .
Wo wir sie zurücklassen müssen,
Bis sie zu neuem Leben erwacht
Und sich die Heiligen ihrer Vollkommenheit erfreuen.

Mr. Symson strömt seine elegischen Bemühungen auch über das Schicksal des verwitweten Bräutigams aus, wobei der Dichter nach langen, klagenden Ergüssen den bestrickenden Schluß zieht, daß, wenn Baldoon zu Fuß gegangen wäre, wie es offenbar seine Gewohnheit war, er dem Schicksal eines tödlichen Sturzes vom Pferd entgangen sein würde. Das Werk, in dem die Elegie erschienen ist, ist derart selten, daß man es fast für ein Einzelexemplar halten könnte, und da es uns den vollständigsten Bericht über eine der Hauptpersonen der tragischen Geschichte gibt, wollen wir – auch auf die Gefahr hin, langweilig zu werden – einige weitere Proben der Poesie Mr. Symsons anfügen. Der Titel lautet:

»Eine Grabelegie aus Anlaß des traurigen, vielbeklagten Todes des hochgeschätzten, hochgebildeten Gentleman David Dunbar von Baldoon des jüngeren, einziger Sohn und vermeintlicher Erbe des verehrenswerten Sir David Dunbar von Baldoon, Ritter Baronet. Er starb am 28. März 1682 an den Verletzungen, die er durch einen Sturz vom Pferd am Tag zuvor erlitten hatte, als er von Leith nach Holyrood House reiten wollte; er wurde mit Ehren bestattet in der Kirche der Abtei von Holyrood House am 4. April 1682.«

Die Menschen würden mich – mit Recht – des Undanks zeihen,
Des schwärzesten!, sollt' ich nicht weihen
Dem Trauerfall ein Wort, und trät' nicht auch
Mir eine Schmerzensträne in das Aug'.
Eine *Träne, sag' ich? Ach, an diesem Grabe*
Wär' das arme, mag're Gabe –
Zu klein, zu unbedeutend, offen sei's gesagt
Von mir, der fassungslos am Grab des Freundes klagt,
Und weinte ich ein ganzes Glas mit salz'gen Tränen voll,
Wär's immer noch ein geringer Zoll.

Der Dichter fährt dann fort, sein vertrautes Verhältnis mit dem Verstorbenen und die Beständigkeit zu schildern, mit der der junge Mann den öffentlichen Gottesdienst besuchte, womit er zwei oder drei anderen ein gutes Beispiel gab.

So war er meine Muse gegen episkopal'schen Hader,
Er allein, er war meine Gemeinde
Und meine einzigen Zuhörer

Anschließend beschreibt er das Äußere und den Charakter des Verstorbenen, woraus ersichtlich wird, daß einst von edlen Gentlemen mehr an Bildung und Fähigkeiten erwartet wurde als heute.

Sein Körper, obwohl weder breit, noch groß,
War wendig, lebhaft und auch stark.
Sein Temperament war, wenn ich's richtig schätze,
Blut gemischt mit Galle, wovon man sagt, es sei das beste.
In Gestik, Rede, Unterhaltung, Kleidung wies
Er auf, was lobend jeder Weise pries
Und immer anempfahl – den guten Mittelweg,
Der sich entfernt hält von dem Übermaß.
Und diesem Grundsatz folgt' er fast in allem.
Das ist es wert, uns zu gefallen:
Sparsam, doch nicht knausrig. Ein reicher Spender,
Freilich kein Verschwender,
Weil er gar wohl die schwere Kunst verstand
Zu öffnen und zu schließen seine Hand.
Er war bescheiden, doch wenn's galt zu wagen,
Hat er sich nie dem guten Zweck entschlagen.
Vertraulich stets im Umgang, hemdsärmlig nie,
Wußt' er die rechte Distanz zu wahren.
Er liebte es, zu Fuß zu gehen –
O, hätte man ihn nie zu Pferd gesehen.
In den Affären des Hofes kannt' er sich aus,
Doch vernachlässigte er nie sein eig'nes Haus.
Er wußte wohl sich am Hof zu benehmen,
Doch mocht' er selten sich dorthin begeben.
Er liebte das Land und lernte genau
Viehzucht und den Ackerbau.
Mit Prüfen, Bessern, Trockenlegen, Graben
Und vielen andern Dingen, die ihren Vorteil haben,
Mit Pflanzen, Roden, Haus- und Mauerbau
Verband er so viel Freude als Gewinn
Und jagte alle Flausen aus dem Sinn.

In Handel und Geschäft aufrichtig und schlicht,
War er nie darauf erpicht,
Sich der Rechtsverdreher Kunst zu bedienen:
Ehrliche Schiedsrichter ihm besser schienen.
In Kosmographie, Arithmetik und neuerer Geschichte
Kannt' er sich aus.
Auch war er in Architektur bewandert
Und dergleichen Künsten, die zieren
Einen Edelmann. Wer sie nicht kennt
Und dennoch sich mit diesem Titel nennt,
Der hat den Namen nur und nicht die Sache,
Und verdient nicht, daß man Rühmens von ihm mache.
Er lernte Französisch, zu seinem Lob sei es gesagt,
In wenig mehr als vierzig Tag'.

Dann kommt seine Klage zum vollen Ausbruch, in dem der Dichter, statt selbst etwas zu sagen, uns berichtet, was in der Antike bei einem solchen Anlaß geäußert worden wäre:

Ein Poet des Altertums hätt' bei dem Fall
Laut aufgeschrieen voller Gift und Gall
Und angeklagt das Schicksal und die Sterne
Und die feindlichen Planeten in der Ferne.
Er hätt' getobt, gewütet nicht genug
Und beladen wohl mit schwerem Fluch
Jahr, Monat, Tag, Stund' und die Wette,
Ort, Leute, Rennen. Und er hätte
Verwünscht ein jeglich Spiel zum Zeitvertreib,
Befohlen hätt' er bei Seel' und Leib,
Daß niemand sich soll unterstehen,
Anders als zu Fuß zu gehen.
Die Pferde hätt' er lähmen lassen all',
Um vorzubeugen solchem Trauerfall.

Da unsere Leser vermutlich genug von den Versen Mr. Symsons haben und da sich in dem Gedicht nichts weiter findet, das der Mitteilung wert wäre, kehren wir zur tragischen Geschichte zurück.

Wir müssen den intelligenten Leser nicht eigens darauf hinweisen, daß die Zauberei der Mutter natürlich lediglich in der Überlegenheit eines starken Charakters über ein sensibles, melancholisches Wesen bestand und daß die Härte, mit der sie ihre Dominanz in einer Sache, die so viel Fingerspitzengefühl erfordert hätte, ausspielte, ihre Tochter erst in die Verzweiflung und dann in den Wahnsinn trieb. Entsprechend hat sich der Verfasser bemüht, seine tragische Erzählung auf diese Basis zu stellen. Welche Ähnlichkeit auch immer zwischen Lady Ashton und der hochangesehenen Dame Margaret Ross angenommen werden mag, der Leser sollte nicht glauben, daß im Porträt des durchtriebenen, selbstsüchtig denkenden Sir William Ashton ein Bild des ersten Lords Stair hätte gezeichnet werden sollen. Lord Stair war, wie immer seine moralischen Eigenschaften gewesen sein mögen, ohne Zweifel einer der bedeutendsten Staatsmänner und Rechtsgelehrten seiner Zeit.

Die fiktive Burg Wolf's Crag ist von einem enthusiastischen Ortskundigen als Fast Castle identifiziert worden. Der Verfasser ist nicht kompetent, über die Ähnlichkeit zwischen dem realen und fiktiven Ort etwas auszusagen, da er Fast Castle nur einmal von der See aus gesehen hat. Freilich findet man Burgen wie die beschriebene gleich Adlernestern in vielen Gegenden der Ostküste Schottlands auf vorspringenden Felsen und Vorgebirgen, und Fast Castle ist Wolf's Crag vermutlich so ähnlich wie jede andere auch, obwohl die unmittelbare Nachbarschaft zum Lammermoorbergrücken dieser Identifikation einige Wahrscheinlichkeit gibt.

Wir wollen lediglich noch hinzufügen, daß der Tod des unglücklichen Bräutigams durch einen Sturz vom Pferd im Roman auf den nicht weniger unglücklichen Liebhaber übertragen worden ist.

VORBERICHT
des Peter Pattieson

Mit Kreuz und Qual sein Brot verdienen
Durch schönen Tand für die, die's brauchen,
Das ist ein edles Handwerk, in der Tat,
Und führt direkt zum Bettelstab.
Altes Lied.

Ich habe nur wenige ins Vertrauen gezogen, als ich diese Erzählungen zusammenstellte; auch ist nicht wahrscheinlich, daß sie zu Lebzeiten ihres Autors veröffenlicht werden. Und selbst wenn dies geschehen würde: Ich strebe nicht nach Auszeichnung und Rang, *digito monstrari.* Ich gestehe, daß – wäre es überhaupt ratsam, solche Träume zu hegen – ich lieber ungesehen hinter dem Vorhang bliebe wie ein geschickter Puppenspieler und mich am Staunen und Mutmaßen meines Publikums erfreute. Dann hörte ich vielleicht, wie die Erzeugnisse des unbekannten Peter Pattieson von Kennern gepriesen, von Leseratten bewundert werden, wie sie die Jungen fesseln und mitreißen und noch die Alten verlocken; die Kritik würde ihren Ruhm mit einem in der Literatur gefeierten Namen vergleichen und die Frage, wann und von wem diese Erzählungen geschrieben worden seien, beherrschte hundert Gesellschaften und Gesprächsrunden. Aber in diesen Genuß werde ich wohl zu Lebzeiten nicht kommen, und ich bin sicher, daß meine Eitelkeit mich nicht dazu verleiten könnte, danach zu streben.

Ich bin zu stur in meinen Gewohnheiten und zu wenig glatt in meinem Verhalten, als daß ich nach der Ehre trachten wollte, die meinen literarischen Zeitgenossen erwiesen wird. Ich würde keinen Deut höher von mir denken, selbst wenn man mich würdig finden sollte, für einen Winter in der großen Metropole als Partylöwe aufzutreten. Ich könnte mich nicht erheben, im Kreise bewegen und all' meine Würden und Bedeutung durchblicken lassen von der zottigen Mähne bis zum buschigen Schweif, euch majestätisch anbrüllen und mich wieder niederlegen wie ein dressiertes Zirkustier, und das alles für eine elende Tasse Kaffee und ein waffeldünnes Butterbrot. Übel würden mir die widerlichen Schmeicheleien auf den Magen schlagen, mit denen die Dame des Hauses bei solchen Gelegenheiten ihre Vorzeigetiere verwöhnt, gerade wie sie ihre Papageien mit Leckerbissen vollstopft, damit sie vor Gesellschaft sprechen. Alle diese Ehrenbezeugungen können mich nicht verführen, und lieber wollte ich, wäre das die Alternative, wie der gefangene Sampson mein ganzes Leben in der Mühle bleiben und mein eigenes Brot mahlen, als dazu gebracht zu werden, vor philisterhaften Lords und Ladies den Narren zu spielen. Der Grund ist nicht Widerwille gegen den Adel dieser Kreise – aber sie haben ihren Platz, und ich den meinen. Und wie das eiserne und irdene Gefäß in der alten Fabel können wir schwerlich miteinander in Berührung kommen, ohne daß ich in jeder Hinsicht den Schaden hätte. Anders mag es sein mit dem Buch, das ich hier schreibe. Man mag es nach Belieben öffnen und weglegen; unterhält es die Großen bei der Lektüre, ruft dies keine falschen Hoffnungen hervor; wird es von ihnen abgelehnt oder verurteilt, verursachen sie kein Leid – wie selten sie Umgang mit denen haben, die sich anstrengten, ihnen Freude zu bereiten, ohne das eine oder das andere zu tun!

In der besseren und weiseren Stimmung, die Ovid in einem seiner Verse ausdrückt, bevor er sie im folgenden verleugnet, kann ich auf das Titelblatt dieses Buches schreiben:

Parve, nec invideo, sine me, liber, ibis in urbem.

Ich teile keineswegs das Bedauern des berühmten Verbannten, daß er das Buch, das er auf den Markt der Literatur, Lustbarkeiten und des Luxus sandte, nicht in Person begleiten konnte. Gäbe es nicht nachgewiesenermaßen hundert ähnliche Anlässe, das Schicksal meines armen Freundes und Schulkameraden Dick Tinto wäre für mich hinreichend als Warnung, das Glück im Ruhm zu suchen, den man den erfolgreichen Vertretern der schönen Künste beimißt.

Dick Tinto war, als er sich Künstler schrieb, gewohnt, seine Abkunft vom alten Geschlecht der Tinto in Lanarkshire herzuleiten, und gelegentlich deutete er an, daß er seinem edlen Blut etwas vergeben habe, indem er den Pinsel als sein Haupterwerbsmittel gewählt hatte. Falls der Stammbaum Dicks korrekt war, müssen einige seiner Ahnen einen weit schwereren Fall hinter sich gebracht haben, da der gute Mann, sein Vater, das wichtige und gewiß ehrbare, freilich wohl kaum hochangesehene Amt eines Dorfschneiders in Langdirdum im Westen versah. Unter seinem bescheidenen Dach kam Richard zur Welt und wurde beizeiten – ganz gegen seinen Wunsch – zum schlichten Handwerk seines Vaters angehalten. Der alte Mr. Tinto konnte sich nicht dazu gratulieren, den jugendlichen Genius bezwungen und seinen natürlichen Hang verändert zu haben. Es erging ihm wie jenem Schulknaben, der die Strahlen einer Wasserzisterne mit den Fingern stopfen wollte, während der Wasserstrom, durch den Druck verstärkt, in tausend unvermuteten Spritzern hervorschoß und ihn für seine Mühe über und über begoß. Ebenso erging es dem alten Tinto, dessen hoffnungsvoller Lehrling seine Kreide nicht nur verbrauchte, um Zeichnungen auf den Werktisch zu machen, sondern überdies diverse Karikaturen auf seines Vaters beste Kunden auszuführen, die sich laut über das harte Schicksal beklagten, nicht allein durch die Bekleidung des Vaters verunstaltet, sondern zugleich durch die Malerei des Sohnes lächerlich gemacht zu werden. Dies führte zu Verruf und Verlust der Kunden, bis der alte Schneider sich seinem Schicksal und den dringenden Bitten seines Sohnes ergab und ihm erlaubte, sein Glück auf einem anderen Wege zu suchen.

Ungefähr zu dieser Zeit war im Dorf Langdirdum ein wandernder Bruder vom Borstenpinsel, der seinen Beruf *sub Jove frigido* ausübte, das Objekt der Bewunderung aller Dorfjungen und allen voran Dick Tintos. Das Zeitalter hatte noch nicht, neben anderen unwürdigen Abwärtstendenzen, die knauserige Gewohnheit angenommen, durch Schriftlettern den Mangel bildlicher Darstellung zu ersetzen und die Jünger der schönen

Künste dadurch eines leicht zugänglichen Unterrichts- und Erwerbsmittels zu berauben. Es war noch nicht erlaubt, auf den getünchten Eingang eines Bierhauses oder ein Wirtshausschild »The Old Magpie« oder »The Saracen's Head« zu schreiben und das lebensvolle Bild des gefiederten Schwätzers oder die finsteren Blicke des furchtbaren Turbanträgers durch kalte Namen zu ersetzen. Dies frühe, schlichtere Zeitalter betrachtete die Bedürfnisse aller Stände als gleichberechtigt und malte die Sinnbilder des Frohsinns, daß sie ein jeder verstehen konnte – in der vernünftigen Erwägung, daß ein Mann, der keine Silbe lesen könne, dennoch ein ebenso guter Biertrinker sein möge wie seine gebildeten Nachbarn oder gar der Pfarrer. Diesem liberalen Prinzip gemäß hängten immer noch Wirte die Symbole ihres Berufs heraus, und die Schildmaler, wenn sie auch selten in Saus und Braus lebten, starben doch wenigstens nicht vor Hunger.

Dick Tinto wurde Gehilfe bei einem Meister dieses verblassenden Gewerbes und begann, wie es bei den göttlichen Genies in diesem Zweig der schönen Künste Brauch ist, zu malen, ehe er einen Begriff vom Zeichnen hatte.

Seine Beobachtungsgabe brachte ihn bald dahin, die Fehler seines Meisters zu verbessern und sich über dessen Lehren hinwegzusetzen. Er tat sich besonders in bunten Pferden hervor – ein Lieblingsbild in schottischen Dörfern –, und wenn man seine Fortschritte verfolgt, bemerkt man mit Vergnügen, wie er den Rücken dieser edlen Tiere immer kürzer und die Beine immer länger machte, bis sie endlich dahin kamen, weniger wie Krokodile und eher wie Klepper auszusehen. Die Verleumdung, die rücksichtslos über wahre Verdienste hinweggeht – und zwar proportional dazu, wie weit sie ihrer Zeit voraus sind –, hat in der Tat behauptet, daß Dick einmal ein Pferd mit fünf Beinen gemalt habe. Ich könnte seine Verteidigung auf die Freiheit gründen, die man diesem Zweig seiner Kunst einräumt und die, wie sie andere einzigartige und ungewöhnliche Kompositionen erlaubt, so weit ausgedehnt werden dürfte, einem Lieblingsgeschöpf ein überzähliges Bein zuzueignen. Doch die Sache eines hingeschiedenen Freundes ist heilig, und ich lehne es ab, sie derart oberflächlich zu behandeln. Ich habe das fragliche Schild besucht, das noch heute zu Langdirdum in den Lüften schwebt, und kann beeiden, daß das, was man fälschlich oder in absichtlicher Entstellung für das fünfte Bein des Pferdes gehalten hat, in der Tat der Schweif dieses vierfüßigen Tiers ist, der – wenn man die Stellung bedenkt, in der das Tier gehalten ist – ein Umstand wird, der von großer, bedeutender, gleichwohl verwegener Kunst zeugt. Der Klepper ist dargestellt, wie er sich hoch und beinahe rückwärtig aufbäumt; der bis zur Erde reichende Schweif scheint einen *point d'appui* zu bilden und gibt der Gestalt die Standfestigkeit eines Dreifußes, ohne den – so, wie die Beine angeordnet sind – schwer zu begreifen wäre, wie der Wildfang, ohne rückwärts zu stürzen, in seiner Position Stand halten könne. Dies kühne Erzeugnis ist zum Glück in die Hände eines Mannes gekommen, der es angemessen zu schätzen weiß, denn als Dick bei größerer Reife zu zweifeln begann, ob eine derart starke Abweichung von den allgemeinen Kunstregeln zu billigen sei und er das Porträt des Wirtes selbst im Austausch gegen diesen jugendlichen Versuch ausführen wollte, wurde das großzügige Angebot vom klugen Besitzer abgelehnt, der, scheint's, bemerkt hatte, daß, wenn sein Bier die Gäste nicht zufriedenstellte, ein einziger Blick auf sein Schild sie unfehlbar in gute Laune versetzte.

Es wäre meinem gegenwärtigen Ziel fremd, die einzelnen Fortschritte zu verfolgen, mit denen Dick Tinto seinen Pinselstrich verbesserte und die Ausschweifung einer feurigen Einbildung durch die Regeln der Kunst bezähmte. Die Schuppen fielen ihm von den Augen, als er die Zeichnungen eines Zeitgenossen sah, des schottischen Teniers, wie man Wilkie mit Recht genannt hat. Er warf den Pinsel zu Boden, ergriff Pastellstifte und verfolgte unter Hunger und Mühe, Sorgen und Ungewißheit den Weg seines Berufs unter besseren Vorzeichen als denen seines ersten Meisters. Dennoch werden die ersten rohen Ausströmungen seines Genies – gleich den Ammenliedern von Pope, würden sie wieder aufgefunden – den Jugendfreunden von Dick Tinto teuer bleiben. Über der Tür eines windigen Wirtshauses des

Back Wynd in Gandercleugh sieht man einen Krug und einen Bratrost gemalt – doch ich sehe ein, ich sollte mich von diesem Gegenstand losreißen, um nicht zu lange bei ihm zu verweilen.

Angesichts seiner Sorgen und Nöte machte es Dick Tinto wie seine Zunftbrüder, indem er Zuflucht dazu nahm, die Taxe von der menschlichen Eitelkeit zu erheben, die er Geschmack und Freigebigkeit nicht abringen konnte – mit einem Wort, er malte Porträts. Er hatte dieses fortgeschrittene Stadium seiner Fähigkeiten erreicht und verbat sich alle Anspielungen auf seine frühere Vision seiner Tätigkeit, als wir nach jahrelanger Trennung im Dorf Gandercleugh wieder zusammentrafen, ich in meiner jetzigen Stellung und Dick als Kopist des menschlichen Ebenbildes Gottes, eine Guinee pro Kopf. Das war ein geringer Preis, doch im Boom seines Geschäftsanfangs für Dicks bescheidene Ansprüche mehr als hinreichend, so daß er im Wallace Inn ein Zimmer bewohnte, selbst mit meinem Wirt ungestraft seine Scherze trieb und mit der Stubenmagd, dem Stallknecht und dem Kellner in Respekt und Ehren lebte.

Diese glücklichen Tage waren zu heiter, als daß sie hätten dauern können. Als Seine Ehren der Laird von Gandercleugh mit seiner Frau und drei Töchtern, der Geistliche, der Eichmesser, mein geschätzter Patron Cleishbotham und etwa ein Dutzend Pächter durch den Pinsel Tintos der Unsterblichkeit übergeben waren, begann Kundschaft zu mangeln, und es war unmöglich, mehr als Kronen und halbe Kronen den harten Händen der Bauern abzuringen, die die Eitelkeit in Dicks Malstube führte.

War nun der Himmel auch äußerst bewölkt, folgte eine Zeitlang doch noch kein Sturm. Mein Wirt hatte christliche Nachsicht mit einem Mieter, der, so lange er die Mittel besaß, immer pünktlich gezahlt hatte. Und das Porträt unseres Wirts, von Frau und Töchtern umgeben, in der Manier eines Rubens, das plötzlich im besten Saal zum Vorschein kam, ließ keinen Zweifel daran, daß Dick eine Art Tauschhandel für seinen Lebensunterhalt gefunden hatte.

Nichts ist jedoch unsicherer als solche Notbehelfe. Man bemerkte, daß nun Dick seinerseits der Wetzstein des Witzes unseres Wirtes wurde, ohne daß er es wagte, sich zu verteidigen oder ihn schlagfertig abzuschmettern; daß seine Staffelei in eine Dachstube gebracht wurde, wo sie kaum aufrecht stehen konnte, und daß er nicht mehr den Wochenklub besuchte, dessen Herz und Seele er einst gewesen war. Kurz, seine Freunde fürchteten, daß er es wie das Faultier gemacht habe, das – nachdem das letzte grüne Blatt vom Baum, auf dem's sich bequem gemacht hatte, verzehrt war – herunterstürzte und Hungers starb. Ich wagte, dies Dick anzudeuten, riet ihm, sein unschätzbares Talent an einem anderen Ort geltend zu machen und eine Gemeinde zu verlassen, die, wenn ich mich so ausdrücken darf, kahlgefressen sei.

»Es gibt da ein Hindernis, meinen Wohnsitz zu ändern«, sagte mein Freund, während er mit einem feierlichen Ausdruck meine Hand faßte.

»Du bist dem Wirt Geld schuldig, fürchte ich?« erwiderte ich mit herzlicher Anteilnahme. »Wenn irgendein Beitrag meiner geringen Mittel in dieser Verlegenheit helfen kann...«

»Nein, bei Sir Joshuas Seele«, antwortete der großmütige Junge, »ich will niemals meine Freunde mit in meine unglücklichen Geschicke hineinziehen. Ich weiß, wie ich meine Freiheit wiedergewinne, und es ist besser, durch eine Kloake zu kriechen, als im Gefängnis zu bleiben.«

Ich verstand nicht völlig, was mein Freund meinte. Die Muse der Malerei hatte sich ihm versagt, und welche andere Göttin er in seiner Not anrufen konnte, war mir ein Rätsel. Wir schieden jedoch ohne weitere Erklärung, und ich sah ihn erst drei Tage später wieder, als er mich einlud, dem Abschiedsschmaus beizuwohnen, mit dem sein Wirt ihn vor seiner Abreise nach Edinburgh beehren wolle.

Ich fand Dick in bester Laune; er pfiff, während er den kleinen Rucksack schnallte, der seine Farben, Pinsel, Palette und reine Wäsche enthielt. Daß er in bestem Einvernehmen mit dem Wirt schied, war am kalten Rindfleisch, das im kleinen Saal in der Mitte zweier Kannen exzellenten Starkbiers aufgetragen war, abzulesen, und ich war begierig zu erfahren, durch welche Umstände sich die Verhältnisse meines Freundes so schnell verbessert hätten. An ein Bündnis mit dem Teufel konnte ich bei Dick nicht denken, und durch welche irdischen Mittel er sich so glücklich beholfen haben möge, überstieg meine Vorstellungskraft.

Er spürte meine Neugier und nahm mich bei der Hand.

»Mein Freund«, sagte er, »gern würde ich sogar dir verhehlen, welche Demütigung ich mir gefallen lassen mußte, um mit Ehren von Gandercleugh fortzukommen. Doch was nützt es, verbergen zu wollen, was sich zwangsläufig durch seine außergewöhnliche Größe verrät? Das ganze Dorf, die ganze Gemeinde, die ganze Welt wird bald entdecken, in welche Armut Richard Tinto versunken ist.«

Ein plötzlicher Einfall fuhr mir durch den Sinn. Ich hatte bemerkt, daß unser Wirt an jenem denkwürdigen Morgen statt seiner alten groben eine brandneue Hose aus Baumwollsamt trug.

»Was«, – ich führte meine rechte Hand mit aneinandergepreßtem Zeigefinder und Daumen flink von der rechten Hüfte nach der linken Schulter – »Du hast eingewilligt, wieder das Handwerk deines Vaters, für das er dich bestimmt hat, auszuüben? Lange Nähte, nicht wahr, Dick?«

Er wies diese unglückliche Vermutung mit gerunzelter Stirn und einem »Pah!« als Zeichen tiefer Verachtung ab, und nachdem er mich in ein anderes Zimmer geführt hatte, zeigte er mir das an die Wand gelehnte, majestätische Haupt von Sir William Wallace, gräßlich vom Rumpf getrennt auf Befehl des verbrecherischen Edward.

Das Gemälde war auf Brettern ziemlicher Dicke ausgeführt, die oben mit Eisen verziert waren, um das ehrwürdige Bild an einen Schildpfosten zu hängen.

»Da, mein Freund«, sagte Dick, »steht der Ruhm Schottlands und meine Schande, doch nein – eher die Schande derer, die, statt die Kunst angemessen zu unterstützen, sie zu diesen unwürdigen, verächtlichen Verirrungen erniedrigen.«

Ich bemühte mich, den Unwillen meines entwürdigten, entrüsteten Freundes zu kühlen. Ich erinnerte ihn daran, nicht – wie der Hirsch in der Fabel – jene Eigenschaft geringzuachten, die ihn aus einer Verlegenheit gerettet habe, aus der ihm sein Talent als Porträt- und Landschaftsmaler nicht hätte helfen können. Vor allem pries ich Komposition und Ausführung seines Gemäldes und versicherte ihm, daß er sich, statt sich zu schämen, gratulieren solle zu dieser öffentlichen Ausstellung eines so herrlichen Zeichens seines Talents, das gewiß zur Vergrößerung seines Ruhms beitrage.

»Du hast recht, mein Freund – du hast recht«, antwortete der arme Dick, und sein Auge funkelte vor Enthusiasmus. »Warum sollte ich den Namen eines – eines (er suchte nach einem passenden Wort) – eines Tür- und Tormalers scheuen? Hat sich nicht selbst Hogarth so in einem seiner besten Stiche porträtiert? – Domenichino oder ein anderer in alten Zeiten, Moreland in unserer haben ihre Talente in diesem Fach ausgebildet. Und warum die Freude, die die Ausstellung von Kunstwerken bei allen Ständen bewirken soll, auf die Reichen und Vornehmen beschränken? Statuen werden unter freiem Himmel errichtet – warum sollte die Malerei in der Zurschaustellung ihrer Meisterstücke knauseriger sein als ihre Schwester, die Bildhauerkunst? Und doch, mein Freund, müssen wir uns jetzt trennen, in einer Stunde kommt der Zimmermann, um das – das Schild aufzuhängen; und wahrlich, trotz all' meiner Philosophie und deiner tröstlichen Ermutigung will ich lieber Gandercleugh verlassen, bevor die Operation beginnt.«

Wir wohnten dem Abschiedsschmaus unseres heiteren Wirts bei, und ich begleitete Dick auf seinen Weg nach Edinburgh. Wir trennten uns ungefähr eine Meile vor dem Dorf, gerade als wir in der Ferne den Jubel der Jungs vernahmen, der die Aufrichtung des neuen Wallace-Kopfs begleitetete. Dick Tinto beeilte sich, außer Hörweite zu kommen – derart wenig hatten ihn alte Übung und neue Philosophie mit dem Stand eines Schildmalers befreundet.

In Edinburgh wurden Dicks Talente entdeckt und geschätzt, und er erhielt Einladungen und Zuspruch von verschiedenen ausgezeichneten Kennern der schönen Künste. Aber diese Herren teilten weit bereitwilliger ihre Kritik als ihr Geld aus, und Dick fand, er brauche eher Geld als Kritik. Er versuchte daher, nach London zu kommen, dem universalen Markt des Talents, auf dem freilich, wie an allen solchen Plätzen, weit mehr Waren zum Verkauf ausgestellt waren, als jemals Käufer finden können.

Dick, dem allen Ernstes ein gewisses Naturtalent in seinem Fach nachgesagt wurde und dessen eitles, begeisterungsfähiges Gemüt nie an seinem großen Durchbruch zweifelte, stürzte sich blindlings unter die Menge, die um Ansehen und Erfolg rang. Er teilte Stöße aus, steckte Stöße ein und erfocht sich kraft seiner Unerschrockenheit schließlich ein gewisses Ansehen; er bewarb sich um den Preis der Kunstakademie, stellte Gemälde in Somerset House aus und verwünschte den Ausschuß, der für die Aufhängung der Bilder zuständig war. Aber der arme Dick war dazu verdammt, das Feld, auf dem er so ritterlich focht, zu verlieren. In den schönen Künsten gibt es kaum eine Alternative zu vollständigem Scheitern oder außergewöhnlichem Erfolg; und da Dicks Eifer und Fleiß letzteres nicht erringen konnten, mußte er in jene verzweifelte Lage kommen, die die natürliche Folge des ersteren war. Er wurde eine Zeitlang von ein oder zwei Kennern begünstigt, die aus dem Sonderbaren eine Tugend machen und ihre Meinung in Geschmacksdingen und Kunsturteilen gegen die einer ganzen Welt behaupten. Aber diese wurden des armen Tintos bald müde und ließen ihn wie eine Last fallen, so wie ein verzogenes Kind sein Spielzeug wegwirft. Elend, fürcht' ich, hat ihn dahingerafft und zu einem vorzeitigen Grab geführt, zu dem man ihn aus einer finsteren Wohnung in Swallow Street trug, wo seine Wirtin auf die Miete drängte und Gerichtsdiener nach ihm fahndeten, bis ihn der Tod von allem erlöste. Ein Winkel in der Morning Post erwähnte seinen Tod mit dem freundlichen Zusatz, daß sein Stil großes Genie verraten habe, obgleich er eher skizzenhaft gewesen sei, und wies auf eine Anzeige hin, in der Mr. Varnish, ein bekannter Kunsthändler, bekanntgab, daß er noch eine geringe Zahl Zeichnungen und Gemälde Richard Tintos, Esquire, besitze und den Adel und die schöne Welt einlade, falls sie ihre Sammlungen der modernen Kunst komplettieren wollten, sie unverzüglich zu besichtigen. So endete Dick Tinto! – trauriger Beweis der unverrückbaren Wahrheit, daß Mittelmäßigkeit in den schönen Künsten nicht erlaubt ist und der, der die höchste Sprosse der Leiter nicht erreichen kann, gut daran tut, den Fuß gar nicht auf sie zu setzen.

Tintos Andenken ist mir teuer, allein wenn ich an die vielen Unterhaltungen denke, die ich mit ihm hatte und die meistens um meine gegenwärtige Aufgabe kreisten. Er freute sich über meine Fortschritte, sprach von einer verzierten, illustrierten Prachtausgabe, gestaltet von seinem patriotischen, freundschaftlichen Pinsel. Er überredete einen alten, invaliden Unteroffizier, ihm für das Bild Bothwells, des Leibwächters Charles II., zu sitzen, und den Glöckner von Gandercleugh für das von David Deans. Doch während er vorschlug, seine Kräfte mit den meinigen zur Verschönerung dieser Erzählungen zu vereinen, mischte er in die Lobeshymnen, die ihm meine Arbeit zeitweise entrissen, manche Dosis heilsamer Kritik.

»Deine Charaktere, mein lieber Pattieson«, sagte er, »machen zu viel Gebrauch von ihrem *Rhabarber-Rhabarber*, sie *klappern* zu viel« – gewählte Ausdrücke, die Dick als Kulissenmaler bei einer wandernden Theatertruppe aufgeschnappt hatte – »ganze Seiten sind voller Geschwätz und Dialog.«

»Ein alter Philosoph«, gab ich zur Antwort, »pflegte zu sagen: Sprich, damit ich dich erkenne; und wie könnte ein Autor seine *personae dramatis* dem Leser lebendiger und eindringlicher einführen als durch den Dialog, in dem sich jeder Charakter am eigentümlichsten offenbart.«

»Eine falsche Schlußfolgerung, Peter«, versetzte Tinto, »die ich hasse wie ein leeres Glas. Zugegeben, die Sprache ist für die Darstellung menschlicher Verhältnisse von Wichtigkeit, und ich will nicht auf den Lehrsatz des pythagoräischen Säufers bestehen, der der Meinung war, Reden bei einer Flasche verderbe die Unterhaltung. Aber ich bezweifle zutiefst, daß ein Vertreter der schönen Künste seine Vorstellungen von einer Szene nur in Worte kleiden dürfe, um lebendig und eindringlich auf den Leser zu wirken. Im Gegenteil, Peter, die Mehrzahl deiner Leser – sollten diese Erzählungen je veröffentlicht werden – soll richten, ob ihr nicht eine Seite voll Gespräch für jedes einfache Bild, das in ein paar Worten hätte dargestellt werden mögen, gegeben habt, während Verhältnisse, Umstände und Handlung, akkurat gezeichnet und in der angemessenen Kolorierung, alles Nötige ausgedrückt und uns mit dem ewigen *sagte er* und *sagte sie* verschont hätte, mit dem es dir beliebt hat, deine Seiten zu überfrachten.«

Ich erwiderte, daß er die Arbeit des Pinsels mit der der Feder verwechsle; daß die ruhige, stille Kunst, wie einer unserer bedeutendsten lebenden Dichter die Malerei beschrieb, zwangsläufig an das Auge appelliere, weil sie zum Ohr nicht sprechen könne, wohingegen die Poesie und die Literatur genau das Gegenteil tun und sich an das Ohr wenden müßten, um die Teilnahme zu finden, die sie vom Auge nicht gewinnen könnte.

Dick beeindruckte mein Argument wenig, das, wie er behauptete, auf einer Verdrehung der Tatsachen beruhe. Beschreibung, sagte er, wäre für den Autor einer *romance* exakt das, was Zeichnung und Farbtönung für einen Maler wären; Worte seien seine Farben, und bei entsprechender Ausführung würden sie nicht verfehlen, dem geistigen Auge eine Szene so lebhaft und anschaulich darzustellen wie die Leinwand dem leiblichen Auge. Die gleichen Gesetze, behauptete er, lägen beiden Künsten zugrunde, und ein Übermaß an Dialog sei schwerfällig und weitschweifig und drohe die erzählende Kunst mit der dramatischen zu verwechseln, die freilich ganz anders sei und deren Essenz nur deshalb im Dialog bestehe, weil alles andere dem Auge durch sinnfällige Handlung, Personen, Kleidung präsentiert werde.

»Aber es gibt«, sagte Dick, »nichts langweiligeres, als die Idee zu einem Drama in einen langen Roman auszuwalzen, und da du dich, indem du Konversation an Konversation reihst, dem Drama weitgehend angenähert hast, ist der Lauf deiner Geschichte starr und gezwungen ausgefallen und hat die Kraft verloren, die Aufmerksamkeit des Lesers zu fesseln und seine Phantasie zu reizen – worin du bei anderen Gelegenheiten doch einigermaßen erfolgreich gewesen bist.«

Ich quittierte dieses Kompliment mit einer Verneigung und erklärte mich bereit, wenigstens noch einen Versuch einer strafferen Komposition zu machen, in dem meine Personen mehr handeln und weniger sprechen sollten als in meinen früheren Arbeiten der Fall gewesen war.

Dick nickte gönnerhaft und zufrieden und bemerkte, da er mich so gelehrig finde, wolle er mir zum Besten meiner Muse einen Stoff mitteilen, den er in Hinsicht seiner eigenen Kunst studiert habe.

»Der Überlieferung nach«, sagte er, »ist diese Geschichte völlig wahr; da sie freilich mehr als ein Jahrhundert zurückliegt, mögen Zweifel an der Authenzität aller Einzelheiten begründet sein.«

Dick Tinto durchstöberte seine Mappe auf der Suche nach einem Entwurf, nach dem er ein Gemälde von 14 x 8 Fuß ausführen wollte. Die Skizze, die einiges Talent bewies, um einen angemessenen Ausdruck zu gebrauchen, zeigte eine altertümliche Halle, eingerichtet und möbliert im Geschmack des elisabethanischen Zeitalters. Das Licht fiel durch den oberen Teil eines hohen Fensters auf ein Frauengesicht von ausgesuchter Schönheit, das mit dem Ausdruck stummen Schreckens auf das Ergebnis eines Gesprächs zwischen zwei anderen Personen zu warten schien. Die eine war ein junger Mann im Van-Dyke-Kostüm der Zeit Charles I., der mit einem Ausdruck empörten Stolzes – wie die Art, wie er den Kopf hob und die Arme ausstreckte, nahelegte – eher einen Rechtsanspruch als eine Bitte vorzubringen schien vor einer Lady, deren Alter und eine gewisse Ähnlichkeit der Züge sie als Mutter der jungen Dame zu erkennen gab und die ihm mit einer Mischung aus Mißvergnügen und Ungeduld zuhörte.

Tinto brachte seine Skizze mit der Miene stillen Triumphs vor und betrachtete sie mit Blicken wie ein begeisterter Vater sein hoffnungsreiches Kind, während er sich den Aufstieg ausmalt, den es in der Welt nehmen, und die Höhe, zu der es den Ruhm der Familie steigern wird. Er hielt sie mir auf Armeslänge vor, hielt sie näher, legte sie auf eine Kommode, schloß die unteren

Fensterläden, um herabfallendes, günstiges Licht zu erzeugen, ließ sich auf die gebührende Entfernung zurückfallen, zog mich nach, bedeckte sein Gesicht mit der Hand, um nichts anderes als seinen geliebten Gegenstand zu sehen, und endete damit, das Schreibheft eines Kindes zu verderben, indem er es zusammenrollte, um es als Sehrohr zu gebrauchen. Ich fürchte, meine Ausbrüche des Enthusiasmus standen nicht im rechten Verhältnis zu seinen, denn er rief vehement aus: »Mr. Pattieson, ich dachte, Ihr hättet Augen im Kopf.«

Ich verteidigte meinen Anspruch auf den Besitz der Sehwerkzeuge.

»Bei meiner Ehre«, sagte Dick, »ich würde schwören, daß du blind geboren bist, da du Sinn und Bedeutung dieser Skizze nicht auf den ersten Blick erkannt hast. Ich will mein eignes Werk nicht loben, das überlaß' ich anderen; ich bin mir meiner Unzulänglichkeiten bewußt und weiß, daß Zeichnung und Farbgebung mit der Zeit, die ich der Kunst widmen werde, gewinnen sollten. Aber die Komposition, der Ausdruck, die Gesten – das erzählt die Geschichte jedem, der die Skizze ansieht. Und wenn ich das Bild ohne Abstriche von der ursprünglichen Konzeption vollende, wird der Name Tinto nicht länger von den Nebeln des Neids und der Intrige verdunkelt werden.«

Ich erwiderte, daß ich die Skizze ungemein bewundere, aber daß ich unverzichtbar fände, über den Stoff unterrichtet zu sein, um ihren vollen Wert zu begreifen.

»Das ist genau, was ich beklage«, antwortete Tinto. »Du hast dich allzu sehr an diese im Halbdunkel kriechenden Umständlichkeiten gewöhnt, um noch den plötzlichen, lebendigen Blitzstrahl zu begreifen, der den Geist anspringt beim Betrachten einer glücklichen, ausdrucksstarken Komposition, die sich aus Anordnung, Verhalten und Mienenspiel des Augenblicks zusammensetzt und nicht nur die Vorgeschichte der dargestellten Personen und ihr jetziges Tun genauestens erklärt, sondern obendrein den Schleier ihrer Zukunft lüftet und präzise Vermutungen über ihr weiteres Schicksal gewährt.«

»In diesem Fall«, versetzte ich, »übertrifft die Malerei den Affen des berühmten Gines de Passamonte, der sich lediglich auf Gegenwart und Vergangenheit einließ, ja sie übertrifft gar die Natur selbst, denn ich beteure dir feierlich, Dick: Wäre mir erlaubt, einen Blick in dieses elisabethanische Zimmer zu werfen und die von dir skizzierten Personen in Fleisch und Blut vor mir zu sehen, ich würde keinen Deut besser begreifen, was sie da treiben, als jetzt, wo ich deine Skizze betrachte. Lediglich sehr im allgemeinen lassen mich der schmachtende Blick der jungen Lady und die Sorgfalt, die du aufgewandt hast, dem jungen Herrn schöngeformte Schenkel zu geben, den Verdacht hegen, es möge sich zwischen den beiden um eine Liebesgeschichte handeln.«

»Und das ist alles, wozu du dich in deinen kühnsten Vermutungen aufschwingst?« entsetzte sich Tinto. »Und der tiefe Ernst und Zorn, mit dem du den Mann seine Sache vorbringen siehst, die ruhelose, lähmende Verzweiflung der jungen Dame, der strenge Ausdruck eines unnachgiebigen Entschlusses in der älteren Frau, deren Blick das Bewußtsein ausdrückt, unrecht zu handeln, und zugleich den festen Willen, vom einmal eingeschlagenen Weg nicht abzurücken.«

»Falls ihre Blicke all' das ausdrücken, mein lieber Tinto«, unterbrach ich ihn, »kann's dein Pinsel mit der dramatischen Kunst von Mr. Puff in *Der Kunstkenner* aufnehmen, der einen vollständigen, komplizierten Ausspruch in das ausdrucksvolle Kopfschütteln Lord Burleighs hineinlas.«

»Mein lieber Freund Peter, ich sehe, du bist unverbesserlich. Aber ich habe Mitleid mit deiner Geistlosigkeit und will dich des Vergnügens, mein Bild zu verstehen und gleichzeitig einen Stoff für deine Feder zu gewinnen, nicht berauben. Du mußt also wissen, daß ich letzten Sommer, als ich an der Küste von East Lothian und Berwickshire Skizzen machte, durch den Hinweis, dort alte Ruinen zu finden, in die Berge von Lammermoor gelockt wurde. Am stärksten beeindruckten mich die Ruinen eines alten Schlosses, in dem sich einst das elisabethanische Zimmer – wie du es nennst – befand. Ich wohnte zwei, drei Tage in einem Bauernhaus in der Nähe, wo die bejahrte Hausfrau mit der Geschichte des Schlosses und den Ereignissen, die dort vorgefallen waren, gut vertraut war. Eins davon war dermaßen außergewöhnlich und fesselnd, daß ich mich kaum entscheiden konnte zwischen dem Wunsch, die alten Ruinen in der Landschaft zu zeichnen, und dem, in einem historischen Gemälde die seltsamen Vorfälle, die dort stattgefunden haben, darzustellen. Hier sind meine Notizen zu dieser Geschichte.«

Dick gab mir ein Päckchen loser Zettel, die teils mit einem Pinsel bemalt, teils mit der Feder bekritzelt waren, so daß Karikaturen, Türme, Mühlen, alte Dachgiebel und Taubenschläge mit den geschriebenen Aufzeichnungen um den Platz stritten.

Dennoch versuchte ich, so gut ich konnte, das Wesentliche des Manuskripts zu entziffern und verwob es zu folgender Geschichte, in der ich versuchte, zum Teil – freilich nicht ganz – dem Rat meines Freundes Tinto zu folgen und eher erzählerisch als dramatisch zu sein. Dennoch überkam mich gelegentlich meine alte Vorliebe, und meine Personen, wie so viele andere in dieser Plauderwelt, sprechen dann und wann weit mehr, als sie handeln.

KAPITEL 1

Nun, Lords, es ist nicht unser, was wir haben;
Es reicht nicht, daß die Feinde diesmal floh'n,
Die zähen Widersacher, die schon Atem schöpfen.
Heinrich VI., Zweiter Teil.

Am Eingang einer Bergschlucht, die sich von der fruchtbaren Ebene von East Lothian erhebt, stand in alten Zeiten eine stattliche Burg, von der heute nur noch Ruinen zu sehen sind. Die Besitzer waren mächtige und kriegerische Barone, die wie die Burg den Namen Ravenswood trugen. Ihre Ahnenreihe reichte bis in graue Vorzeit, und sie waren verschwägert mit den Douglas, Hume, Swinton, Hay und anderen Familien von Einfluß und Rang im Land. Sie griffen häufig in die Geschichte Schottlands ein, deren Annalen ihrer Taten gedenken. Burg Ravenswood, die einen Paß zwischen Berwickshire (bzw. Merse, wie die südöstliche Provinz Schottlands genannt wird) und Lothian besetzt hielt und bis zu einem gewissen Grad beherrschte, war in Zeiten des Krieges wie auch innerer Unruhen von großer Bedeutung. Sie wurde heftig angegriffen und zäh verteidigt, und ihre Besitzer spielten eine herausragende Rolle in der Geschichte. Aber ihr Haus erlebte die Wechselfälle aller irdischen Dinge: Um die Mitte des 17. Jahrhunderts bröckelte der Glanz des Geschlechts, und etwa zur Zeit der Revolution sah sich der letzte Besitzer von Burg Ravenswood gezwungen, sich von seinem alten Familiensitz zu verabschieden und sich in einen einsam gelegenen, meerumtosten Turm an der stürmischen Küste zwischen Saint Abb's Head und Eyemouth zurückzuziehen, der auf das einsame, brandende deutsche Meer hinaussah. Düsteres wildes Weideland umgab ihre neue Residenz, Überrest des alten Besitzes.

Lord Ravenswood, der Erbe des verarmten Geschlechts, war weit davon entfernt, seinen Sinn den neuen Verhältnissen zu beugen. Im Bürgerkrieg von 1689 hatte er sich auf die Seite der

Unterliegenden geschlagen, und wenn er auch dadurch nicht Leben und Land verwirkte, fiel doch ein dunkler Fleck auf seinen Familiennamen und sein Adelstitel wurde aufgehoben. Lediglich aus Höflichkeit nannte man ihn noch Lord Ravenswood.

Dieser einstige Adlige hatte – wenn schon nicht den Reichtum – den Stolz und das Ungestüm seines Hauses geerbt, und da er den endgültigen Verfall seiner Familie einer ganz bestimmten Person zuschrieb, beehrte er diese mit der ungeteilten Kraft seines Hasses: Es war jener Mann, der durch Kauf Eigentümer von Ravenswood und den zugehörigen Besitzungen wurde, von denen sich der Erbe des Hauses vertrieben sah. Er stammte aus einer weit weniger alten Familie als Lord Ravenswood, die erst während der Bürgerkriege zu Wohlstand und politischer Bedeutung aufgestiegen war. Er war für das Rechtswesen ausgebildet worden, hatte hohe Staatsämter bekleidet und bewahrte ein Leben lang den Charakter des geschickten Fischers in den bewegten Gewässern eines von Uneinigkeit zerrissenen und von Mißwirtschaft beherrschten Staats, wobei er es verstand, in einem Land beträchtliche Reichtümer aufzuhäufen, in dem es herzlich wenig gab. Er wußte den Wert des Reichtums sowie die vielfältigen Mittel, ihn zu mehren, wohl zu schätzen und setzte ihn als Werkzeug zur Vergrößerung seiner Macht und seines Einflusses ein.

Mit diesen Eigenschaften und Fähigkeiten war er ein gefährlicher Widersacher für den stolzen, unbesonnenen Ravenswood. Ob er gute Gründe für den Haß gegeben habe, mit dem der Baron ihn betrachtete, war ein Punkt, über den die Leute Unterschiedliches sagten. Einige meinten, die Feindschaft habe ihren einzigen Grund in Rachsucht und Neid Lord Ravenswoods, der nicht ruhig mitansehen könne, wie ein anderer – obwohl durch ehrlichen Kauf – Eigentümer des Grundbesitzes und der Burg seiner Vorväter werde. Der größere Teil der Leute freilich – nicht abgeneigt, den abwesenden Reichen zu verleumden und dem Anwesenden zu schmeicheln – hegte eine weniger nachsichtige Meinung. Sie sagten, der Lord Keeper (denn zu dieser Höhe war Sir William Ashton aufgestiegen) sei vor dem Kauf des Besitzes von Ravenswood mit dessen letztem Besitzer in bedeutende Geldgeschäfte verstrickt gewesen, und indem sie eher Andeutungen als klare Auskunft über ihre Vermutung gaben, fragten sie, welcher der Beteiligten wohl im Vorteil gewesen sei bei Aufstellung und Einforderung der aus diesen verwickelten Geschäften entspringenden Ansprüche; und dann wiesen sie mehr als deutlich darauf hin, welche Vorteile der kalte Rechtsgelehrte und geschickte Staatsmann zwangsläufig dem hitzigen, unbesonnenen Mann voraus habe, den er in juristische Fallstricke und finanzielle Fallen zu locken wußte.

Der Geist jener Zeiten bestärkte solche Verdächtigungen. »In diesen Tagen war kein König in Israel.« Seit Jakob VI. aufgebrochen war, die reichere und mächtigere Krone Englands aufzusetzen, gab es in Schottland einander bekämpfende Parteien unter dem Adel, die – je nach Ausgang der Intrigen am Hof von St. James – in ständigem Hin und Her die Staatsgewalt übertragen bekamen. Die Übel, die dieses Regierungssystem begleiteten, ähneln jenen, unter denen die Pächter irischer Güter leiden, deren Land das Eigentum von Abwesenden ist. Es gab keinerlei höchste Gewalt, die ein übergeordnetes Interesse am Gemeinwohl einforderte oder besessen hätte und an die sich die Unterdrückten hätten wenden können, um Gerechtigkeit oder Gnade gegen Willkür und Tyrannei zu finden. Mag ein Monarch noch so faul, selbstsüchtig und zu willkürlicher Machtausübung geneigt sein, wie er will – in einem freien Land sind seine Interessen dennoch derart stark verknüpft mit denen der Gesamtheit, sind die üblen Folgen für seine eigene Herrschaft so deutlich und bedrohlich, wenn ein falscher Kurs gesteuert wird, daß gesunder Menschverstand zur Erkenntnis gelangt, daß das Recht gleichmäßig angewandt und der Thron auf Gerechtigkeit gegründet werden müsse. Infolgedessen sind selbst ausgemachte Despoten und Tyrannen in der Verwaltung des Rechts unter ihren Untertanen sehr konsequent gewesen, solange ihre eigene Macht und ihre Leidenschaften dadurch nicht betroffen wurden.

Ganz anders ist es, wenn die Staatsgewalt auf das Haupt einer aristokratischen Partei übertragen wird, die im ehrgeizigen

Kampf um die Macht beständig von einem gegnerischen Anführer bedrängt und angefeindet wird. Der kurze und unsichere Besitz der Macht muß hier zur Belohnung der Anhänger angewandt werden, zur Erweiterung des Einflusses, zur Unterdrückung und Vernichtung der Widersacher. Selbst Abou Hassan, der uneigennützigste aller Vizekönige, vergaß nicht, während seines eintägigen Kaliphats die *kleine Annehmlichkeit* von tausend Goldstücken an seinen eigenen Hofstaat zu senden; und die schottischen Vizeregenten, die ihre Macht der Stärke ihrer Partei verdankten, verfehlten nie, ähnliche Belohungen zu spenden.

Insbesondere das Recht wurde durch himmelschreiende Parteilichkeit geschändet. Kaum ein Rechtsstreit von Bedeutung, in dem nicht die Richter voreingenommen oder parteiisch urteilten. Sie waren so wenig fähig, den Versuchungen zu widerstehen, daß das Sprichwort *Zeige mir den Mann, und ich zeige dir das Recht* derart gängig wurde, wie die Tatsache skandalös war. Jede Korruption zog andere, noch größere, noch verworfenere nach sich. Von einem Richter, der sein heiliges Amt dazu hergab, gelegentlich einem Freund gefällig zu sein oder einem Feind eins auszuwischen und dessen Urteile auf Familienbindungen oder politische Seilschaften gegründet waren, konnte man nicht erwarten, daß er Eigennutz und persönlichen Motiven unzugänglich blieb – und nur allzu oft glaubte man, daß in der Wagschale des Rechts die Geldbörse der Reichen die Sache des Armen überwogen habe. Justizbeamten kannten wenig Skrupel, was Bestechungen betraf. Silbergeschirr und Säcke voller Geld wurden als Geschenke an die königlichen Räte geschickt, um ihre Entscheidungen zu beinflussen – und dies geschah mit so wenig Heimlichkeit, daß ein Zeitgenosse sagte, sie seien gleich Brennholz auf die Hausflure abgeworfen worden.

In solchen Zeiten war die Vermutung, daß ein in Rechtsdingen erfahrener Staatsmann, ein mächtiges Mitglied einer siegreichen Partei Vorteile über seinen weniger geschickten und weniger begünstigten Gegner finden und anwenden möge, nicht gar zu herzlos; und selbst, wenn man annahm, Sir William Ashtons Gewissensregungen seien noch zu rührig, von solchen Vorteilen zu profitieren, glaubte man doch, daß sein Ehrgeiz, sein Streben nach Vergrößerung von Reichtum und Geltung – wie einstmals bei Macbeth – einen mächtigen Ansporn in den Ermahnungen seiner Gemahlin fänden.

Lady Ashton war aus einer vornehmeren Familie als ihr Gemahl – ein Umstand, den sie auf's Beste benutzte, den Einfluß ihres Mannes über andere und ihren eigenen über ihn zu erhalten und auszuweiten. Sie war eine Schönheit gewesen und noch immer von stattlicher, majestätischer Erscheinung. Von Natur aus mit großer Energie und heftigen Leidenschaften ausgestattet, hatte Erfahrung sie gelehrt, erstere zu gebrauchen und die letzteren zu unterdrücken oder wenigstens zu verheimlichen. Sie hielt streng auf äußere Form; ihre Gastlichkeit war glänzend bis zum Prunk; ihr Benehmen – im Einklang mit den damals in Schottland vornehmsten Sitten – war ernst, würdevoll und penibel nach den Regeln der Etikette. Ihr Ruf war über üble Nachrede immer erhaben gewesen. Aber trotz all dieser respektgebietenden Eigenschaften sprach man von Lady Ashton nur selten mit Liebe und Zuneigung. Das eigene Wohl – das Wohl ihrer Familie wie ihrer Person – schien zu deutlich das einzige Motiv ihres Handelns zu sein; und wo dies der Fall ist, wird die strengrichtende, hämische Welt nicht leicht durch eine Außenseite betrogen. Man sah durchaus, daß Lady Ashton selbst in ihrem freundlichsten und schmeichelhaftesten Betragen ihr Ziel so wenig aus den Augen verlor wie der Falke bei seinem luftigen Kreisen die erspähte Beute; und darum wurde sie von Leuten ihres Standes immer mit einem gewissen Zweifel und Argwohn betrachtet. Bei ihren Untergebenen waren diese Gefühle mit Furcht durchsetzt, ein Eindruck, der ihren Zwecken dienlich war, weil er beflissenen Gehorsam und rasche Befolgung ihrer Anweisungen erzwang, sich freilich mit Neigung und Achtung nicht verträgt.

Selbst ihr Gemahl, auf dessen Geschicke ihre Fähigkeiten und ihr Herkommen einen so bedeutenden Einfluß ausgeübt hatten, betrachtete sie, wie man sagte, eher mit scheuer Ehrfurcht als mit Vertraulichkeit, und gerüchteweise hieß es, es habe Zeiten gegeben, in denen er seine Größe als durch häusliche Knechtschaft teuer erkauft angesehen habe. Wie dem auch sei, viel konnte darüber spekuliert werden, ohne daß man Sicheres wußte: Lady Ashton betrachtete die Ehre ihres Mannes als ihre eigene und war sich wohl bewußt, wie sehr dieselbe in den Augen der Welt leiden würde, wenn er als Vasall seiner Frau erschiene. Infolgedessen wurde in allen Erörterungen seine Meinung als unfehlbar angeführt; sein Geschmack wurde befragt, seine Ansichten mit allem Anschein der Ergebenheit aufgesogen, die eine getreue Frau einem Mann von Sir William Ashtons Rang und Charakter schuldig scheinen mochte. Aber der Unterton all dessen klang falsch und hohl; und denen, die das Ehepaar näher – und vielleicht mit Schadenfreude – betrachteten, schien es unverkennbar, daß die Lady im Hochmut ihres festeren Charakters, ihres vornehmeren Herkommens und in ihrem entschlosseneren Ehrgeiz mit einiger Verachtung auf ihren Ehemann herabgesehen habe – und er eher mit neidischer Furcht als Liebe oder Bewunderung zu ihr hinauf.

In den grundlegenden Absichten waren Sir William Ashton und seine Lady jedoch einer Meinung, und sie handelten – obwohl ohne Herzlichkeit – im Einvernehmen und brachten sich in der Öffentlichkeit Beweise ihres gegenseitigen Respekts.

Ihre Ehe wurde durch mehrere Kinder gekrönt, wovon drei überlebten. Der älteste Sohn war abwesend auf Reisen. Das zweite Kind, ein Mädchen von siebzehn Jahren, und das dritte, ein etwa drei Jahre jüngerer Knabe, wohnten mit ihren Eltern in Edinburgh, solange die Zeit der Sitzungen des Parlaments und des geheimen Rates andauerte, und in der übrigen Zeit auf der alten gotischen Burg Ravenswood, die der Lord Keeper freilich im Stil des 17. Jahrhunderts zu einem Schloß ausgebaut hatte.

Allan Lord Ravenswood, der letzte Eigentümer des alten Sitzes und der dazugehörigen weitläufigen Ländereien führte noch eine Zeitlang vergeblichen Streit mit seinem Nachfolger betreffs diverser Punkte, die aus ihren früheren Geschäften erwachsen waren und die nach und nach zugunsten des reichen, mächtigen Rivalen entschieden wurden, bis der Tod die Prozeßakten schloß, indem er Ravenswood vor ein höheres Gericht rief. Sein aufgeriebener Lebensfaden riß während eines brüllenden, hilflosen Wutausbruchs, der ihn bei der Nachricht befiel, daß der letzte Prozeß, den er – mehr im Vertrauen auf die Gerechtigkeit als auf das Recht – gegen seinen mächtigen Widersacher aufrechterhalten hatte, verlorenging. Sein Sohn war Zeuge seines Todeskampfes und hörte die gegen den Feind ausgestoßenen Flüche, als werde ihm dadurch zum Vermächtnis aufgetragen, Rache zu üben – ein Vermächtnis, das weitere Umstände zur regelrechten Leidenschaft entbrennen ließen.

Es war ein Novembermorgen, und über den aus dem Meer ragenden Klippen hing dicker, schwerer Nebel, als die Portale des alten, halbzerfallenen Turms, in dem Lord Ravenswood die letzten, stürmischen Jahre seines Lebens zugebracht hatte, geöffnet wurden, um seine sterbliche Hülle an einen noch düstereren, einsameren Ort zu bringen. Noch einmal wurde der Pomp früherer Tage, der dem Verstorbenen in seinen letzten Jahren fremd geworden war, wiederbelebt, als man ihn an die Grenze des Landes der Vergessenheit begleitete.

Banner auf Banner mit den verschiedenen Wahlprüchen und Wappen dieses alten Geschlechts und seiner Seitenverwandten folgten einander in schweigender Prozession aus dem niedrigen Bogengang des Hofes. Der vornehmste Adel des Landes war in tiefer Trauer zugegen und zügelte den langen Zug der Pferde zu ernstem, gemessenem Schritt. Mit Florschleifen verzierte Trompeten brachten ihre getragenen, schwermutsvollen Töne aus. Eine gewaltige Menge aus Trauergästen ohne Titel oder Rang und Bediensteten bildete den Nachzug, der aus dem Burgtor noch nicht vollständig heraus war, als der vordere Teil schon die Kapelle erreicht hatte, wo der Leichnam beigesetzt werden sollte.

Entgegen der Sitte und auch gegen die Gesetze der Zeit wurde der Leichnam von einem Priester der schottischen Episkopalkirche empfangen, der sein Chorhemd trug und bereit stand, über dem Sarg des Verstorbenen die kirchlichen Totengebete zu lesen. So hatte es Lord Ravenswood in den letzten Tagen seiner

Krankheit gewünscht, und die Tory-Edelleute – oder Cavaliers, wie sie sich gerne nannten –, zu denen die meisten seiner Verwandten gehörten, verständigten sich leicht darauf. Die presbyterianische Kirchenbehörde des Bezirks, die eine solche Zeremonie als Provokation und Mißachtung ihrer Autorität ansah, wandte sich an den Lord Keeper, der das nächste Mitglied des geheimen Rates war, um die Vollmacht zu erhalten, sie zu verhindern – so daß, als der Geistliche sein Gebetbuch öffnete, ein Beamter in Begleitung einiger bewaffneter Männer ihm zu schweigen befahl. Diese Bodenlosigkeit, die die ganze Versammlung zu heftiger Entrüstung entbrennen ließ, stieß besonders übel dem einzigen Sohn des Verstorbenen, Edgar, gewöhnlich als Herr von Ravenswood bezeichnet, auf, einem jungen Mann von etwa zwanzig Jahren. Er fuhr mit der Hand ans Schwert, befahl dem Beamten sich herauszuhalten, wenn es nicht gefährlich für ihn werden solle, und gab dem Geistlichen Anweisung fortzufahren. Der Beamte versuchte, seinem Auftrag etwas mehr Nachdruck zu verleihen; aber als er plötzlich hundert gezückte Schwerter aufblitzen sah, begnügte er sich, gegen die Gewalt zu protestieren, die ihm in Ausübung seiner Pflicht angedroht worden sei, blieb abseits stehen, um die Zeremonie zu beobachten, und murmelte verdrießlich vor sich hin, als wollte er sagen: »Diesen Tag werdet ihr bereuen.«

Die Szene war des Pinsels eines Künstlers würdig. Unter dem Gewölbe dieser Wohnung des Todes stehend, nahm der über den Vorfall erschrockene, um seine Sicherheit zitternde Geistliche hastig und unwillig die feierlichen Kirchengebete wieder auf und sprach »Staub zu Staub und Asche zu Asche« über moderndem Glanz und verblichenem Wohlstand. Die Verwandten standen im Kreis um den Toten, und ihre Mienen, die eher Ärger als Schmerz ausdrückten, und die gezückten Schwerter bildeten einen beißenden Kontrast zu ihren Trauergewändern. Einzig auf den Gesichtszügen des jungen Mannes schien der Groll für den Augenblick dem tiefen Schmerz zu weichen, mit dem er seinen nächsten, ja einzigen Freund der Gruft seiner Vorfahren übergeben wollte. Ein Verwandter sah ihn leichenblaß werden, als die

Pflicht nach Vollendung aller anderen Rituale an den Hauptleidtragenden kam, den Leichnam ins Grabgewölbe hinabzulassen, um ihn neben anderen modernden Särgen mit ihrem zerfetzten Samt und ihren verwitterten Beschlägen der Verwesung zuzugesellen. Er sprang auf den jungen Mann zu und bot ihm seinen Beistand an, den Edgar Ravenswood jedoch mit einer stummen Geste zurückwies. Mit fester Hand und ohne Träne erfüllte er diese letzte Pflicht. Der Stein wurde auf die Gruft gelegt, die Tür des Zugangs verschlossen, und der junge Mann nahm die schweren Schlüssel an sich.

Als die Versammlung die Kapelle verließ, blieb er auf den Stufen, die zum gotischen Altar führten, kurz stehen. »Edelleute und Freunde«, sagte er, »es ist mehr als ein gewöhnlicher Dienst, den ihr heute eurem verstorbenen Verwandten erwiesen habt. Die letzten Pflichten einem Toten gegenüber, die in anderen Ländern dem geringsten Christen vergönnt sind, wären ihm – der wahrlich nicht aus dem geringsten Hause in Schottland entsprossen ist – heute verweigert worden, hättet Ihr sie ihm nicht durch euren Mut erzwungen. Andere begraben ihre Toten in Trauer und Tränen, in Schweigen und Würde – unsere Begräbnisse werden durch Landvögte und Lanzknechte geschändet, und der Schmerz, den wir unserem geschiedenen Freund schulden, wird auf unseren Gesichtern durch die Glut gerechten Zorns verjagt. Aber es ist gut, daß ich weiß, aus welchem Köcher dieser Pfeil herkam. Einzig der, der dieses Grab gegraben hat, konnte die grausame Niedertracht haben, dieses Begräbnis zu entehren; und der Himmel lasse mir Gleiches und Schlimmeres widerfahren, wenn ich diesem Mann und seinem Haus nicht den Ruin und die Schande vergelte, die er über mich und die Meinen gebracht hat!«

Ein großer Teil der Versammlung klatschte dieser Rede als eines beherzten Ausdrucks gerechten Zorns Beifall; aber die Kühleren und Abwägenderen bedauerten solche Äußerungen. Der Erbe von Ravenswood, dachten sie, sei in seiner jetzigen Situation nicht in der Lage, langfristig einem Gegner Paroli zu bieten, den offene Ausbrüche des Grolls zwangsläufig weiter aufstacheln mußten. Ihre Befürchtungen erwiesen sich allerdings als unbegründet, zumindest in den unmittelbaren Folgen dieser Affäre.

Die Trauernden kehrten zum Turm zurück, um nach altem, in Schottland vor kurzem freilich abgeschafftem Brauch zu Ehren des Verstorbenen in großen Zügen zu zechen, das Haus der Klage mit Saus und Braus zu füllen und bei einem großen, verschwenderischen Gelage in einem Aufwasch die geringen Einkünfte des Erben jenes Mannes, dessen Begräbnis sie auf derart befremdliche Weise feierten, zu verringern. Dennoch: es war so Brauch, und ihm wurde bei gegenwärtiger Gelegnheit vollauf Genüge geleistet. Die Tische schwammen in Wein, die Menge schmauste im Hof, die Gefolgschaft in Küche und Speisekammer – und die Einkünfte zweier Jahre aus Ravenswoods verbliebenen Ländereien würden kaum die Kosten des Leichenschmauses bestreiten können. Der Wein tat seine Wirkung bei allen außer beim Herrn von Ravenswood (ein Titel, den er, obgleich er dem Vater abgesprochen worden war, beibehielt). Er hörte, während er den Pokal, aus dem er selbst nicht kostete, weitergab, auf die tausend Flüche gegen den Lord Keeper und auf die leidenschaftlichen Beteuerungen der Anhängerschaft an ihn und die Ehre seines Hauses. Mit finsterer, verdrießlicher Miene lauschte er diesen Aufwallungen, die er zurecht für ebenso vergänglich ansah wie die blutrot perlenden Bläschen am Rand des Bechers oder die Nebel, die der Wein im Hirn der Zecher umherwirbelte. Als die letzte Flasche geleert war, schieden die Gäste unter heißgefühlten Beteuerungen – die am nächsten Morgen vergessen waren, abgesehen von denjenigen natürlich, die, um ihre Sicherheit besorgt, die Notwendigkeit sahen, sie ganz ausdrücklich zu widerrufen. Nachdem Ravenswood die Abschiedsgrüße mit einem Anflug von Verachtung, den er nicht unterdrücken konnte, entgegengenommen hatte, sah er seine zerfallende Behausung von den lärmenden Gästen endlich verlassen und kehrte in die verwaiste Halle zurück, die ihm nach dem Lärm, der sie bis eben noch erfüllt hatte, nun doppelt einsam erschien. Aber die Gespenster seiner Einbildung bevölkerten den Raum, er dachte an die befleckte Ehre und das unglückliche Schicksal seines Hauses, an die Zerstörung all seiner Hoffnungen und an den Triumph jener Familie, die der seinigen den Ruin gebracht hatte. Ravenswoods von Natur aus düsteres Wesen fand hier ausgiebigen Raum zum Grübeln, und die Gedanken, in die er sich verlor, waren tief und ohne Zeugen. –

Der Bauer, der die Ruinen des Turms zeigt, die noch immer hoch über dem Ansturm der Wellen den ins Meer ragenden Felsen krönen – obgleich sie nicht einmal mehr von Seemöwen und Kormoranen ungefährdet bewohnt werden können –, versichert noch heute, daß in jener fürchterlichen Nacht der Herr von Ravenswood durch seine bitteren Ausrufe der Verzweiflung irgendeinen Dämon beschworen haben muß, durch dessen unheilvolle Macht das Gewebe der folgenden Vorfälle gestrickt worden sei. Und welcher Dämon könnte verzweifeltere Ratschläge ersinnen als die, zu denen uns unsere eigenen heftigen Leidenschaften verleiten?

KAPITEL 2

Gegen Gottes Verbot ist's, sagte dann der König,
Wenn du auf mich schießen solltest.
William Bell, Clim o' the Cleugh, etc.

Am Morgen nach dem Begräbnis eilte der Beamte, dessen Autorität sich als nicht ausreichend erwiesen hatte, die Leichenfeierlichkeiten zu Ehren des Lords von Ravenswood zu verhindern, zum Lord Keeper, um ihm vom Widerstand zu berichten, auf den er bei Ausübung seiner Pflicht getroffen sei.

Der Staatsmann saß in einer geräumigen Bibliothek, die einst der Festsaal des alten Schlosses Ravenswood gewesen war, wie man aus den ins spanische Kastanienholz geschnitzten Wappenbildern des Deckengewölbes und aus dem bemalten Glas der Fenster schließen konnte, durch die ein gedämpftes, dennoch helles Licht auf die lange Reihe der Regalfächer fiel, die sich unter dem Gewicht juristischer Kommentare und mönchischer Historiker bogen, deren dickleibige Bände die größte und höchstgeschätzte Sammlung eines schottischen Historikers dieser Zeit ausmachten. Auf einem massiven Eichentisch und einem Schreibpult lagen eine Menge Briefe, Bittschriften und Urkunden durcheinander, in die sich zu verstricken Freude und Plage von Sir William Ashtons Leben war. Seine Erscheinung war ernst und sogar würdevoll, wie es einem hohen Staatsbeamten wohl anstand; und erst nach langer und vertrauter Unterhaltung mit ihm über dringende und ihn persönlich betreffende Dinge konnte ein Fremder etwas Ungewisses und Schwankendes in seinen Entschließungen entdecken. Aber diese Willensschwäche, die einer vorsichtigen, zögerlichen Natur entsprang, suchte er, obgleich er sich ihres inneren Einflusses bewußt war, aus Stolz wie aus Politik vor anderen ängstlich zu verbergen.

Er hörte mit scheinbarer Gelassenheit auf den übertriebenen Bericht des Tumults, der während des Begräbnisses stattgefunden habe und durch den seine eigene Autorität und die von Kirche und Staat geschändet worden seien; auch schien er ungerührt durch den getreuen Bericht der beleidigenden und drohenden Reden, die vom jungen Ravenswood und anderen ausgebracht und ganz offensichtlich gegen ihn gerichtet waren. Desgleichen hörte er – in sehr entstellter und übertriebener Form – von den Trinksprüchen und Drohungen während des nachfolgenden Leichenschmauses, von denen der Beamte aus zweiter Hand erfahren hatte. Schließlich notierte er sorgsam all' diese Einzelheiten und die Namen der Personen, die im Fall einer Anklage gegen solch gewaltsames Verhalten als glaubwürdige Zeugen auftreten konnten, und entließ seinen Berichterstatter in der sicheren Gewißheit, nun Herr über das weitere Schicksal, ja sogar über die persönliche Freiheit des jungen Ravenswood zu sein.

Kaum hatte sich die Tür hinter dem Beamten geschlossen, blieb der Lord Keeper einen Augenblick in tiefes Nachdenken versunken; dann sprang er von seinem Sitz auf und durchschritt den Raum wie einer, der einen plötzlichen, energischen Entschluß faßt.

»Der junge Ravenswood«, murmelte er, »ist nun mein – er ist mein! Er hat sich selbst in meine Hand gegeben, und er soll biegen oder brechen. Ich habe die halsstarrige, hartnäckige Widerspenstigkeit nicht vergessen, mit der sein Vater jeden Punkt bis zum letzten ausfocht, jeder Bemühung um Kompromiß widerstand, mich in Prozesse verwickelte und meinen Charakter anzugreifen versuchte, wenn er meine Rechte nicht anders anfechten konnte. Sein Junge – dieser Edgar, dieser hitzköpfige, unbesonnene Narr – hat sein Schiff zerschmettert, bevor es noch den Hafen verlassen hat. Ich muß zusehen, daß er keinen Vorteil aus wechselnden Gezeiten ziehen kann, um wieder flott zu werden. Diese Aufzeichnungen, in rechter Weise dem geheimen Rat vorgelegt, können nicht anders denn als schwerer Aufruhr gewertet werden, durch den das Ansehen sowohl staatlicher wie auch kirchlicher Autorität bedroht war. Eine schwere Strafe könnte gegen ihn verhängt werden; ein Befehl, ihn in Edinburgh oder Blackness Castle einzusperren, scheint nicht unangemessen; selbst eine Klage auf Hochverrat ist auf solche Äußerungen zu gründen – doch verhüt' es Gott, daß ich die Sache so weit treibe. Nein, das will ich nicht. Ich will sein Leben nicht antasten, auch wenn es in meiner Macht stünde. Und doch: Was, wenn er noch lebt, wenn sich die Zeiten ändern sollten? Was wäre die Folge? – Wiedergutmachung, womöglich Rache! Ich weiß, Athole hat dem alten Ravenswood seinen Schutz versprochen, und hier ist sein Sohn, der durch seinen üblen Einfluß schon Verschwörungen ins Leben ruft. Was für ein bereitwilliges Werkzeug wäre er für die, die auf den Sturz unserer Regierung lauern!«

Während diese Gedanken das Innere des verschlagenen Staatsmanns aufrüttelten und er sich überredete, sein eigenes Wohl und Wehe wie auch das seiner Freunde und Partei hingen davon ab, den gegenwärtigen Vorteil gegen den jungen Ravenswood weidlich auszunutzen, setzte sich der Lord Keeper an sein Pult und begann seinen Bericht an den geheimen Rat über die außergewöhnlichen Vorgänge, die unter Mißachtung seiner Verfügung beim Begräbnis Lord Ravenswoods vorgefallen waren. Die Namen der meisten Beteiligten, wie auch der Vorfall selbst, mußten, wie er wohl wußte, in den Ohren seiner Kollegen übel klingen und würden sie aller Wahrscheinlichkeit nach anspornen, am jungen Ravenswood ein Exempel zu statuieren, mindestens *in terrorem*.

Es war allerdings eine delikate Angelegenheit, solche Formulierungen zu finden, die des jungen Mannes Schuld nahelegten, ohne diese Schlußfolgerung allzu offensichtlich zu provozieren, was von Seiten Sir William Ashtons, dem Widersacher des alten Ravenswood, böswillig und voreingenommen hätte erscheinen mögen. Während er mit der Abfassung beschäftigt war und nach Worten rang, die auf Edgar Ravenswood als Anführer des Aufruhrs hindeuteten, ohne ihn dessen *ausdrücklich* anzuklagen, warf er zufällig einen Blick hinauf zu einem Erker, auf dem das Deckengewölbe ruhte und in dessen Holz das Wappenbild der Familie geschnitzt war, gegen deren Erben er gerade seine Pfeile schärfte und seine juristischen Fallstricke auswarf. Es war ein schwarzer Stierkopf mit der Aufschrift: »Meine Stunde wird kommen!«, und das Ereignis, auf das es sich bezog, verschmolz sonderbar und eindrucksvoll mit den gegenwärtigen Betrachtungen Sir Williams.

Eine verläßliche Sage berichtete, daß ein gewisser Malisius von Ravenswood im 13. Jahrhundert durch einen mächtigen Eindringling seiner Burg und seines Landes beraubt worden sei und daß letzterer sich eine Zeitlang ungestört seines Raubes erfreut habe. Schließlich aber – am Abend eines feierlichen Banketts – stahl sich Ravenswood, der auf seine Gelegenheit gelauert hatte, mit einer kleinen Anzahl getreuer Anhänger in das Schloß. Die Gäste erwarteten mit Ungeduld den Beginn des Mahls, und der gegenwärtige Herr des Schlosses verlangte mit lauter Stimme danach. Ravenswood, der die Verkleidung eines Tafelmeisters angenommen hatte, antwortete mit finsterer Stimme: »Meine Stunde ist gekommen« – und im selben Augenblick wurde ein Stierkopf, das alte Sinnbild des Todes, aufgetragen. Auf dieses Signal brach die Verschwörung explosionsartig aus, und der unrechtmäßige Besitzer und seine Anhänger wurden niedergemacht. Vielleicht war etwas in dieser bis heute bekannten, oft wiederholten Sage, was das Gewissen des Lord Keeper unmittelbar berührte; denn er stieß das Blatt mit dem begonnenen Bericht von sich, verschloß die Aufzeichnungen sorgfältig in einen Schreibschrank und verließ das Zimmer, als müsse er seine Gedanken sammeln und die Folgen des Schritts, den er unternehmen wollte, genauer durchdenken, bevor er nicht mehr zurückzunehmen war.

Als er das geräumige gotische Vorzimmer durchschritt, hörte er den Klang der Laute seiner Tochter. Musik, deren Urheber verborgen sind, erfüllt uns mit Freude, in die sich Überraschung mischt, und erinnert uns an das Konzert der Vögel in grünen Gebüschen. Der Staatsmann – obwohl wenig gewohnt, sich einfachen und natürlichen Gefühlen zu überlassen – war doch immer noch Mensch und Vater. Er blieb stehen und lauschte, während die silbernen Klänge von Lucy Ashtons Stimme eine alte Weise begleiteten, der ein Unbekannter folgende Worte unterlegt hatte:

Schau nicht auf den Reiz der Schönheit,
Halt Dich 'raus, wenn Kön'ge streiten,
Trink nicht, wenn der Wein im Becher glitzert,
Schwing nicht große Reden vor den Leuten,
Verschließ Dein Ohr vor dem Gesang
Und nicht nach Gold und Reichtum lang' –
Ein freies Herz und Hand und Auge,
Leb' einfach und stirb' ohne Sorge.

Die Klänge verebbten, und der Lord Keeper trat ins Zimmer seiner Tochter.

Der von ihr gewählte Liedtext schien ausgezeichnet auf ihren Charakter zu passen; denn Lucy Ashtons ausgesuchte Schönheit und ihre noch etwas mädchenhafte Erscheinung waren wie gemacht, Seelenruhe, Reinheit und Gleichgültigkeit gegenüber den Verlockungen weltlichen Flitters auszudrücken. Dunkel schimmernde Goldlocken teilten sich über der schönen, weißen Stirn wie die Strahlen weichen Sonnenlichts über einem Berg aus Schnee. Ihre Gesichtszüge waren im höchsten Maß freundlich, sanft, scheu und zärtlich und schienen ein fremdes Auge eher zu scheuen, als dessen Bewunderung zu suchen. Es war etwas Madonnenhaftes darin, was vielleicht ihrer zarten Gesundheit und dem Leben innerhalb einer Familie zuzuschreiben war, deren Mitglieder ungebändigter, aktiver und tatkräftiger waren als sie.

Ihre Gemütsruhe hatte indes nichts mit Gleichgültigkeit oder Gefühllosigkeit zu tun. Ihrem eigenen Geschmack überlassen, war Lucy Ashton besonders empfänglich für das Romantische. Ihre geheimen Freuden waren die alten Legenden, in denen sich sehnsuchtsvolle Hingabe und unverbrüchliche Treue mit außerordentlichen Abenteuern und übernatürlichem Grauen mischten. Dies war das Feenreich ihrer Träume, hier erbaute sie ihre Luftschlösser. Aber nur im Geheimen hing sie dieser trügerischen und zugleich beglückenden Architektur nach. Zurückgezogen in ihrem Zimmer oder in ihrer bevorzugten Laube, verteilte sie in ihrer Phantasie die Turnierpreise, ließ aufmunternde Blicke auf die tapferen Kämpfer herunterregnen, wanderte sie, begleitet vom großmütigen Löwen, mit Una durch die Wüste oder identifizierte sich mit der bescheidenen und dennoch nobelgesinnten Miranda auf ihrer Insel der Wunder und des Zaubers.

Aber in ihren Beziehungen zu den äußerlichen Dingen der Welt überließ sich Lucy gerne dem bestimmenden Einfluß ihrer Umwelt. Die Alternativen waren ihr gewöhnlich zu gleichgültig, als daß sie Grund gefunden hätte, auf irgendetwas zu bestehen, und entsprechend schloß sie sich bereitwillig der Meinung ihrer Freunde an und fand darin ein Entscheidungskriterium, nach dem sie – sich selbst überlassen – vielleicht vergeblich gesucht hätte. Jeder Leser kennt wohl aus einer Familie seiner Umgebung ein sanftes, nachgiebiges Geschöpf, das im Umgang mit stärkeren und feurigeren Charakteren durch den Willen anderer gelenkt wird und so wenig Kraft zur Gegenwehr besitzt wie eine in einen reißenden Strom geworfene Blume. Gewöhnlich wird ein solch willfähriges, angenehmes Wesen, das sich ohne Murren der Leitung anderer überläßt, der Liebling derer, deren Neigungen es die eigenen still und bereitwillig aufzuopfern scheint.

Dies war in besonderem Maß der Fall bei Lucy Ashton. Ihr Vater, der abwägende, kühle, weltlich gesinnte Staatsmann, fühlte für sie eine Zuneigung, deren Stärke ihn oft selbst überraschte. Ihr älterer Bruder, der mit noch stolzeren Schritten den Weg des Ehrgeizes beschritt als sein Vater, hegte zugleich menschlichere Gefühle als er. Obwohl Soldat und in den Jahren der Ausschweifung, zog er seine Schwester Lucy Vergnügungen, Ehrenämtern und militärischen Auszeichnungen vor, sooft es nur ging. Ihr jüngerer Bruder – in einem Alter, in dem Flausen in rauhen Mengen den Kopf bevölkern – machte sie zur Vertrauten all seiner Freuden und Ängste, seiner Erfolge auf der Jagd und seiner Kleinfehden mit Hofmeistern und Lehrern. Diesen Mitteilungen, wie trivial sie auch waren, schenkte Lucy geduldig ihre Aufmerksamkeit. Sie bedeuteten Henry viel und fesselten sein Interesse.

Ihre Mutter teilte nicht die besondere Liebe, mit der der Rest der Familie Lucy umhegte. Sie sah in den, wie sie sich ausdrückte, geistigen Mängeln ihrer Tochter einen eindeutigen Beweis für die Vorherrschaft des plebejischeren Bluts ihres Vaters in Lucys Adern, und sie pflegte sie spöttisch *die Schäferin von Lammermoor* zu nennen. Ein so zartes, gutherziges Geschöpf nicht zu mögen, war unmöglich; aber Lady Ashton zog ihren ältesten Sohn, der einen großen Teil ihres kühnen Ehrgeizes geerbt hatte, einer Tochter vor, deren Sanftheit mitunter an Labilität zu grenzen schien. Der älteste Sohn war schon deshalb der besondere Liebling der Mutter, weil er gegen die Gewohnheit vornehmer schottischer Familien den Namen ihres Stammvaters führte.

»Mein Sholto«, sagte sie, »wird die Ehre seines mütterlichen Geschlechts bewahren und das seines Vaters erhöhen. Die arme Lucy taugt nicht für Höfe und Bälle. Irgendein Laird vom Lande soll sie heiraten, reich genug, ihr ohne ihr Zutun jeden Komfort zu bieten – auf daß sie keine Träne zu vergießen habe, es sei denn aus der leisen Befürchtung, er möge sich bei einer Fuchsjagd den Hals brechen. Freilich ist auf solche Art unser Geschlecht nicht aufgestiegen, und so kann es nicht gedeihen und wachsen. Die Würde des Lord Keeper ist noch neu; wir müssen sie tragen, als wären wir ihr Gewicht schon lange gewohnt, uns ihres Wertes voll bewußt und bereit, sie zu behaupten. Vor altangestammten Autoritäten pflegt sich die Welt von selbst zu beugen; wir müssen sie zwingen, sich vor uns zu verneigen. Eine Tochter, wie geschaffen zur Schäferin oder Nonne, ist nicht das, was der Welt Achtung abtrotzt, und da uns der Himmel einen dritten Sohn verweigert hat, hätte sie einen Charakter haben sollen, seine Stelle zu ersetzen. Das wird eine glückliche Stunde, wenn sie ihre Hand einem Mann reicht, dessen Tatkraft größer ist als ihre oder dessen Ehrgeiz ebenso gering.«

Dies waren die Betrachtungen einer Mutter, der die Eigenschaften der Herzen ihrer Kinder und deren Aussichten auf häusliches Glück bedeutungslos erschienen im Vergleich zu Rang und weltlicher Größe. Aber wie so manches Elternteil von heißem, ungeduldigem Charakter täuschte auch sie sich in der Beurteilung der Gefühle ihrer Tochter, die unter dem Anschein extremer Gleichgültigkeit den Keim jener Leidenschaften nährte, die bisweilen wie der Kürbis des Propheten über Nacht hervorbrechen und durch ihre unerwartete Glut und Intensität den Beobachter in Erstaunen setzen. Tatsächlich erschienen Lucys Empfindungen kalt, weil noch nichts sie bisher hatte erwecken können. Ihr Leben war bis jetzt einförmig und ruhig dahingeflossen und wäre vollkommen glücklich gewesen, wäre nicht sein gleichförmiges Dahinfließen dem eines Stroms ähnlich gewesen, bevor er sich brausend in einen Wasserfall hinabstürzt.

»Sieh an, Lucy«, sagte ihr Vater, als er nach dem Ende des Liedes hereintrat, »lehrt dein musikalischer Philosoph dich also, die Welt zu verachten, bevor du sie kennst? Das ist gewiß etwas voreilig. Oder sprichst du wie die schönen Mädchen, die die Freuden des Lebens solange verachten, bis ein vornehmer Ritter sie gleichsam dazu nötigt?«

Lucy errötete, leugnete jeden persönlichen Zusammenhang mit ihrem zufällig gewählten Lied und legte bereitwillig ihr Instrument beiseite, als ihr Vater sie aufforderte, ihn auf einem Spaziergang zu begleiten.

Ein großer, bewaldeter Park, oder vielmehr: ein Freigehege, erstreckte sich am Fuß des Berges hinter dem Schloß, das – wie erwähnt – am Eingang eines von der Ebene aufsteigenden Passes lag und dafür gemacht schien, die Waldgebiete zu verteidigen, die sich hinter ihm in rauher, majestätischer Schönheit erhoben. In diese romantische Gegend wanderten Vater und Tochter Arm in Arm unter einem schönen Ulmengang, von dem aus man in einiger Entfernung Damwild umherspringen sah. Während sie langsam voranschritten und die schöne Aussicht bewunderten, für die Sir William Ashton ungeachtet seiner sonstigen Natur viel Empfänglichkeit und Geschmack zeigte, wurden sie vom Förster eingeholt, der mit seiner Armbrust über der Schulter und einem Hund, den sein Junge an der Leine führte, zur Jagd ins Innere des Waldes wollte.

»Schießt Ihr uns ein Stück Wild, Norman?« erkundigte sich sein Herr, indem er den Gruß des Försters erwiderte.

»Gewiß, Euer Gnaden, das will ich. Hättet Ihr Lust, Euch die Jagd anzusehen?«

»O nein«, sagte seine Lordschaft nach einem Blick auf seine Tochter, der bei der Vorstellung, ein Tier abschießen zu sehen, die Gesichtsfarbe entfloh – obwohl sie, wenn ihr Vater den Wunsch geäußert hätte, Norman zu begleiten, wahrscheinlich ihren Widerwillen nicht einmal angedeutet hätte.

Der Förster zuckte die Achsel. »Es wäre eine traurige Sache«, sagte er, »wenn sich niemand von der Herrschaft die Jagd ansehen würde.« Er hoffe, Kapitän Sholto käme bald heim oder würde seinen Beruf ganz an den Nagel hängen; denn Mr. Henry hätte so viel zu schaffen mit seinem Lateinunsinn, daß – obschon er guten Willens sei, von morgens bis abends im Wald herumzustreifen – am Ende kein guter Jäger aus ihm zu machen sei. Zu Lord Ravenswoods Zeiten, hätte er gehört, sei's anders gewesen – wenn ein Bock erlegt werden sollte, eilten Vater und Sohn herbei, es zu sehen, und wenn das Wild zu Boden stürzte, wurde das Messer immer einem Ritter gereicht, der für solche Ehre nie weniger als einen Dollar gab. »Und dann dieser Edgar Ravenswood, der heutige Herr von Ravenswood! Wenn der in den Wald hinaufging – es gab keinen besseren Schützen seit Tristrams Zeiten! Wenn Sir Edgar die Waffe anlegt, meiner Seel!, dann liegt das Tier auch schon! Aber wir hier diesseits des Bergs haben den rechten Sinn für's Waidwerk verloren.«

In dieser Rede war manches, was dem Lord Keeper äußerst mißfiel. Es konnte ihm nicht entgehen, daß ihn sein Bediensteter offen herabsetzte, weil er die Liebe zur Jagd nicht besaß, die damals als wahres Kennzeichen eines echten Edelmanns galt. Aber der Jäger ist in jedem ländlich gelegenen Schloß ein Mann von einiger Bedeutung, der sich gewisse Freiheiten herausnehmen darf. Sir William lächelte entsprechend und erwiderte, er habe heute an anderes als die Jagd zu denken; einstweilen zog er seine Börse und gab dem Förster zur Aufmunterung einen Dollar. Der Mann empfing ihn, wie ein Ober in einem prächtigen Gasthof ein doppeltes Trinkgeld von einem Landedelmann empfängt, d.h. mit einem Lächeln, in dem sich Freude über das Geschenk mit Abschätzigkeit über die Dummheit des Gebers paarte.

»Euer Gnaden ist ein schlechter Geschäftsmann«, sagte er, »weil Ihr bezahlt, bevor das Werk getan ist. Was wolltet Ihr machen, wenn ich den Bock verfehlte, nachdem ich das Trinkgeld eingesteckt habe?«

»Ich nehme an«, sagte der Lord lächelnd, »Ihr würdet kaum verstehen, was ich meine, wenn ich Euch von einer *condictio indebiti* spräche.«

»Himmel, nein – nur soviel, daß es ein juristischer Brocken ist... Verklag' einen Bettler und – Euer Gnaden weiß den Rest! – Aber ich will gerecht sein, und wenn Bogen und Hund nicht danebengeh'n, sollt Ihr ein Wildbret haben mit zwei Finger dickem Fett auf der Brust.«

Als er weitergehen wollte, rief ihn sein Herr zurück und fragte ihn wie nebenbei, ob der Herr von Ravenswood wirklich ein so tapferer Mann und guter Schütze wäre, wie die Leute sagten.

»Mutig genug, das schwör' ich Euch«, versetzte Norman. »Ich war im Wald von Tyningham mit meinem Lord, als dort eine Herrenjagd stattfand – Himmel, da wurde ein Hirsch zum Stehen gebracht, der uns allen Respekt einflößte. Es war ein stämmiger Bursche mit prachtvollem Geweih, ein Zehnender, mit einer Stirn wie ein Ochse. Der stürzte sich gegen den alten Lord, und da würde es übel ausgesehen haben um den Herrn, hätte sich nicht der junge Ravenswood flugs dazwischengeworfen und dem Hirsch mit dem Waidmesser die Kniesehnen durchtrennt. Er war damals erst sechzehn Jahre alt, Gott erhalt' ihn!«

»Und ist er mit der Flinte ebenso gut wie mit dem Waidmesser?« fragte Sir William.

»Er trifft diesen Silberdollar hier, wenn ich ihn zwischen Finger und Daumen halte, auf achtzig Schritt – was wollt Ihr mehr von Auge, Hand, Blei und Pulver?«

»In der Tat, man kann nicht mehr verlangen«, meinte der Lord Keeper. »Aber wir halten Euch von Eurer Jagd ab, Norman. Ich wünsche Euch noch einen guten Morgen, lieber Norman.«

Und ein ländliches Volkslied anstimmend, ging der Jäger seines Weges, während der Klang seiner rauhen Stimme bei wachsender Entfernung immer schwächer herüberdrang:

Der Mönch muß 'raus, wenn's zur Frühmesse tönt,
Der Abt darf schlafen zu ihrem Geläut',
Doch der Waidmann springt auf, wenn das Waldhorn erklingt,
's ist Zeit, meine Lieben, 's ist Zeit.

Es gibt Böcke und Rehe auf Bilhopes Hang,
'ne ganze Herde auf Shortwood Shaw,
Doch das lilienweiße Rehchen, das im Garten geht,
Ist mehr wert als alle zusammen.

»Hat der Kerl«, fragte der Lord Keeper, nachdem der Gesang endgültig vom Wind verweht war, »der Familie Ravenswood einmal gedient, weil er so interessiert an ihr zu sein scheint? Ich schätze, du weißt es, Lucy, denn du machst dir ja eine Herzensangelegenheit daraus, die Lebensgeschichte eines jeden Bauernlümmels vom Schloß zu erfahren.«

»Ich bin keineswegs ein so gewissenhafter Chronist, mein lieber Vater – aber ich glaube, daß Norman als Junge hier gedient hat, ehe er nach Ledington kam, wo Ihr ihn gedingt habt. Aber wenn Ihr etwas über die vorherigen Besitzer des Schlosses erfahren wollt, wäre die alte Alice die richtige Autorität.«

»Warum sollte ich etwas über sie erfahren wollen, Lucy«, fragte der Vater, »was hätte ich mit ihnen zu schaffen?«

»Ich weiß nicht – ich weiß nur, daß Ihr Norman wegen des jungen Ravenswood befragt habt.«

»Ach was!« versetzte der Vater verächtlich – doch fuhr er sogleich fort: »Wer ist denn die alte Alice? Es scheint, du kennst all' die alten Frauen hier in der Gegend.«

»Das muß ich doch, denn wie sollte ich den armen Geschöpfen sonst in schweren Zeiten helfen? Und was die alte Alice betrifft, sie ist eine wahre Kaiserin unter den alten Frauen und eine Königin der Erzähllaune, was die alten Legenden und Sagen betrifft. Die arme Alte ist blind, doch wenn sie mit Euch spricht, glaubt Ihr, sie schaue Euch in Euer innerstes Herz. Ich bin sicher, daß ich oft das Gesicht bedecke oder abwende, denn es scheint, sie sieht, wenn man die Farbe wechselt, obwohl sie seit zwanzig Jahren blind ist. Sie ist einen Besuch wert, und sei es auch nur, damit Ihr sagen könnt, in einer blinden und lahmen Alten einen derart scharfen Verstand und eine solche Würde des Benehmens gefunden zu haben. Ich versichere Euch, sie könnte ihrer Sprache und ihrem Verhalten nach als Gräfin gelten. – Kommt, Ihr müßt Alice sehen, wir sind keine Viertelmeile von ihrer Hütte entfernt.«

»All das, meine Beste«, antwortete der Lord Keeper, »ist keine Antwort auf meine Frage, wer diese Frau ist und in welchem Verhältnis sie zu den früheren Herren des Schlosses steht.«

»O, das war eine Art Ammenschaft, glaube ich; und sie blieb hier, weil ihre zwei Enkel in Euren Diensten sind. Doch geschah dies, hab' ich den Eindruck, gegen ihren Willen, denn die arme Alte bedauert immer, daß Zeiten und Herrschaft gewechselt haben.«

»Meinen verbindlichsten Dank dafür!« versetzte der Lord Keeper. »Sie und die Ihrigen essen mein Brot, trinken meinen Trank – und bedauern unentwegt, daß sie nicht mehr unter einer Herrschaft leben, die weder sich, noch andern Gutes zu tun imstande war!«

»Glaubt mir«, erwiderte Lucy, »Ihr tut Alice Unrecht. Sie hat nichts Berechnendes an sich und würde keinen Pfennig Almosen annehmen, müßte sie auch Hungers sterben. Sie ist nur schwatzhaft, wie alle Alten, wenn Ihr sie auf die Geschichten ihrer Jugend bringt; und sie spricht von den Ravenswoods, weil sie so manches Jahr unter ihnen lebte. Aber ich bin überzeugt, daß sie Euch für Euren Schutz dankbar ist und daß sie lieber mit Euch als mit jeder andern Person auf der Welt reden wird. Kommt, Vater, kommt und besucht die alte Alice.«

Und mit der Vertraulichkeit einer geliebten Tochter zog sie den Lord Keeper in die gewünschte Richtung.

KAPITEL 3

Zwischen den Wipfeln hoher Bäume erspähte sie
Dünnen Rauch, der leicht und fein
Empor sich wand zum Himmel;
Erfreulich war das Zeichen, es zeigte ihr,
Daß ein lebendes Wesen anwesend war hier.
Spenser.

Lucy diente ihrem Vater – den Staatsgeschäfte oder Gesellschaften hinderten, seine ausgedehnten Ländereien genauer kennenzulernen, und der überdies die meiste Zeit in Edinburgh wohnte – als Führerin, da sie mit ihrer Mutter den ganzen Sommer in Ravenswood geblieben war und, teils aus Neigung, teils mangels anderer Abwechslung, häufig Ausflüge gemacht und dabei jeden Fußpfad, jede Allee, jedes Tal, jede buschreiche Schlucht ausgekundschaftet hatte, »*und jedes kühle Bächlein rechts und links*«.

Wir haben erwähnt, daß der Lord Keeper nicht unempfänglich für die Schönheit der Natur war und müssen hinzufügen, daß er sich doppelt von ihr ergriffen fühlte, wenn sie ihm von seiner schönen, unkomplizierten und anziehenden Tochter gezeigt wurde, die mit kindlicher Zuneigung an seinem Arm hing und ihn aufforderte, hier die Größe einer alten Eiche zu bewundern, dort die unerwartete Wendung eines Pfads, der nach unüberschaubaren Windungen plötzlich einen Höhepunkt erreichte und eine weite Aussicht auf die untenliegenden Ebenen freigab, bevor er sich allmählich wieder zwischen Felsen und Dickicht verlor und in noch einsamere Gegenden führte.

Es war während einer Rast bei einer solchen schönen Aussicht, daß Lucy ihrem Vater erzählte, sie seien nahe der Hütte ihres blinden Schützlings; und ein Pfad, den die täglichen Schritte der alten Blinden gebildet hatten, führte sie in einem Bogen bergabwärts und brachte sie in Sicht der Hütte, die im Herzen einer tiefen,

dunklen Schlucht lag – ein Ort, wie geschaffen, dem verfinsterten Zustand seiner Bewohnerin zu entsprechen.

Die Hütte stand unmittelbar unter einem hohen Felsen, der sie etwas überragte – als drohe er, ein losgerissenes Stück von seiner Stirn auf die zerbrechliche Wohnung herabfallen zu lassen. Sie war aus Torf und Steinen erbaut und hatte ein grob mit Stroh gedecktes, überwiegend baufälliges Dach. Dünner, blauer Rauch stieg von ihr in einer lichten Säule auf und wand sich an der weißen Fläche des überhängenden Felsens empor, was dem Anblick einen ausnehmend sanften Anstrich gab. In einem kleinen, verwilderten, von wuchernden Holunderbüschen gesäumten Garten saß bei den Bienenstöcken, von deren Ertrag sie lebte, die alte Frau, die zu besuchen Lucy ihren Vater hierher gebracht hatte.

Wieviel Unglück diese Frau in ihrem Leben erlebt haben und wie elend ihre gegenwärtige Lage auch immer sein mochte – man erkannte auf den ersten Blick, daß weder Alter, Armut, Unglück, noch Gebrechlichkeit den Mut dieser bemerkenswerten Frau hatten brechen können.

Sie saß auf einem Sitz aus Torf unter einer ungewöhnlich großen, alten Hängebirke mit einem Ausdruck von Würde und Niedergeschlagenheit zugleich. Ihre Gestalt war stattlich, hatte etwas Gebietendes und war nur wenig von den Schwächen des Alters gebeugt. Ihre Kleidung, ländlich zwar, aber außerordentlich gepflegt, zeichnete sich deutlich durch Eleganz und Geschmack vor der der meisten Personen ihres Standes aus. Doch es war vor allem ihr Gesichtsausdruck, der den stärksten Eindruck machte, so daß sich ihr die meisten Menschen mit einer ehrerbietigen Höflichkeit nahten, die ihrer ärmlichen Lage nicht angemessen schien und die sie doch mit einer Würde aufnahm, als wenn sie ihr von Rechtswegen gebühre. Sie war einst schön gewesen, freilich von kühner, männlicher Art, die die Blütezeit ihrer Jugend nicht überdauerte. Doch ihre Züge bewiesen noch starke Empfindungen, tiefe Nachdenklichkeit und ein Wesen von gesetztem Stolz, was ihr, wie bereits anläßlich ihrer Kleidung festgestellt, eine Überlegenheit über ihre Standesgenossen zu geben schien. Unglaublich, daß ein Gesicht, dem die Sehkraft genommen war, einen Charakter so lebendig ausdrücken konnte – aber ihre Augen, die fast völlig geschlossen waren, konnten durch ihre stumpfe Blicklosigkeit ein Gesicht nicht entstellen, dem sie nichts mehr hinzufügen mußten. Sie saß in nachdenklicher Haltung da, durch das Summen eines geschäftigen Bienenschwarms um sie her zu Zerstreuung aufgelegt, freilich nicht zu Schlummer.

Lucy öffnete die kleine Gartentür und rief der alten Frau zu: »Alice, mein Vater ist gekommen, Euch zu besuchen.«

»Er ist willkommen, Miß Ashton, und Ihr seid es auch«, erwiderte die alte Frau und wandte, sich leicht verneigend, ihren Kopf den Besuchern zu.

»Das ist ein schöner Morgen für Eure Bienenstöcke«, sagte der Lord Keeper, der vom Äußeren Alices beeindruckt und infolgedessen neugierig war, ob ihre Konversation dem entsprechen würde.

»Ich glaube auch, Mylord«, antwortete sie, »ich fühle, die Luft weht milder als sonst.«

»Ihr betreut«, hob der Staatsmann wieder an, »diese Bienen nicht selbst? Wie haltet Ihr die Bienenstöcke in Ordnung?«

»Durch Delegierte, wie Könige ihre Untertanen«, versetzte Alice; »und ich bin glücklich mit meinem Premierminister. Komm' her, Babie.«

Sie pfiff auf einer silbernen Signalpfeife, die an ihrem Hals hing und derer man sich damals gelegentlich bediente, um das Gesinde herbeizurufen, und Babie, ein fünfzehnjähriges Mädchen – nicht ganz so sorgfältig gekleidet, wie sie gewesen wäre, wenn Alice noch hätte sehen können, aber doch immer noch mit größerer Anmut, als man von ihr erwartet hätte – kam aus der Hütte herbei.

»Babie«, sagte ihre Herrin, »biete dem Lord Keeper und Miß Ashton etwas Brot und Honig an; sie werden dir dein ungelenkes Wesen entschuldigen, wenn du rasch und sorgsam dabei bist.«

Babie führte die Anweisung ihrer Herrin mit allem Anstand

aus, den man von ihr erwarten konnte; sie eilte mit Gesten hin und her, die an einen Hummer erinnerten, Füße und Beine in eine Richtung, der Kopf in eine andere, und immer den Laird wie ein Wunder angaffend, denn seine Pächter und Untergebenen hörten weitaus öfter von ihm, als sie ihn sahen. Dennoch wurden Brot und Honig auf einem Pisangblatt aufgetragen, mit aller Höflichkeit angeboten und empfangen. Der Lord Keeper, der auf einem gefallenen Baumstamm Platz genommen hatte, sah aus, als wünschte er das Gespräch zu verlängern, doch wußte er nicht, wie er ein passendes Thema anspinnen sollte.

»Ihr wohnt schon lange hier?« fragte er nach einer Pause.

»Es ist bald sechzig Jahre her, seit ich zum erstenmal Ravenswood sah«, erwiderte die alte Frau, die – obwohl vollkommen höflich und respektvoll – sich behutsam darauf zu beschränken schien, Sir William nur das Nötigste zu antworten.

»Eurem Dialekt nach seid Ihr nicht aus diesem Land?« fuhr der Lord Keeper fort.

»Nein, ich bin Engländerin von Geburt.«

»Aber Ihr scheint dieses Land wie Euer eigenes zu lieben.«

»Hier«, versetzte die Blinde, »habe ich den Becher der Freude und des Schmerzes getrunken, den mir der Himmel bestimmt hat. Hier war ich länger als zwanzig Jahre die Frau eines aufrechten, treugesinnten Mannes; hier die Mutter von sechs hoffnungsvollen Kindern; hier war es, wo Gott mich all' dieses Glückes beraubte; hier war es, wo sie starben, und dort bei der zerfallenen Kapelle liegen sie alle begraben. Ich habe keine andere Heimat als die ihre, als sie lebten; ich habe keine andere als die ihre, jetzt wo sie nicht mehr sind.«

»Aber Euer Haus«, sagte der Lord Keeper, sich danach umblickend, »ist entsetzlich baufällig.«

»Mein lieber Vater«, nutzte Lucy eifrig, doch zugleich bescheiden, die Gelegenheit, »gebt Anweisung, daß man es ausbessere – das heißt, wenn es Euch angebracht erscheint.«

»Es wird für meine letzten Lebensjahre genügen, meine liebe Miß Lucy«, sagte die blinde Frau. »Ich möchte nicht, daß Mylord sich wegen mir im geringsten Umstände machte.«

»Aber Ihr hattet einst ein besseres Haus«, warf Lucy ein, »und wart reich – und jetzt in Eurem Alter in dieser Hütte zu leben!«

»Sie ist so gut, wie ich es verdiene, Miß Lucy. Wenn mein Herz nicht durch das gebrochen wurde, was ich erlitten habe und was ich andere erleiden sah, muß es stark genug gewesen sein, und der Rest dieses alten Körpers hat kein Recht, sich schwächer zu nennen.«

»Ihr habt wahrscheinlich viele Veränderungen und Wechselfälle erlebt«, sagte der Lord Keeper, »aber Eure Erfahrung muß Euch gelehrt haben, darauf vorbereitet zu sein.«

»Sie hat mich gelehrt, sie zu erdulden.«

»Aber Ihr wußtet, daß sie im Lauf der Jahre notwendig kommen mußten?« fragte der Staatsmann.

»Ebenso wie ich wußte, daß der Stamm, auf dem Ihr sitzt, einst ein großer, hoher Baum war, der eines Tages durch Verwitterung oder eine Axt würde fallen müssen. Dennoch hoffte ich, meine Augen müßten den Sturz dieses Baumes, der meiner Wohnung Schatten gab, nicht mehr mitansehen.«

»Glaubt nicht«, erwiderte der Lord Keeper, »daß ich Euch übelnehme, wenn Ihr mit Sehnsucht auf die Tage zurückblickt, in denen eine andere Familie meine Ländereien besaß. Ihr hattet ohne Zweifel Gründe, sie zu lieben, und ich respektiere Euer Dankgefühl. Ich werde einige Ausbesserungen an Eurer Hütte anordnen, und hoffentlich werden wir als gute Freunde leben, wenn wir einander besser kennen.«

»In meinem Alter«, versetzte die Frau, »schließt man keine neue Freundschaft. Ich danke Euch für Eure Güte, sie ist ohne Zweifel gut gemeint. Aber ich habe alles, was ich wünsche, und mehr kann ich von Eurer Lordschaft nicht annehmen.«

»Nun gut«, fuhr der Lord Keeper fort, »vergönnt mir dann wenigstens zu sagen, daß Ihr eine Frau seid, die mehr Verstand und Bildung hat, als ihr erster Anschein erwarten läßt, und daß ich hoffe, daß Ihr weiterhin auf meinem Besitz – frei auf Lebenszeit – wohnt.«

»Ich hoffe, ich werde es«, sagte die alte Frau gelassen. »Beim Verkauf von Ravenswood wurde, wie ich glaube, Mylord eine solche Bedingung gemacht, doch so ein unbedeutender Artikel ist Eurem Gedächtnis vielleicht entfallen.«

»Ich entsinne mich – ich erinnere mich« – der Lord Keeper war etwas bestürzt. »Ich verstehe, Ihr seid Euren alten Freunden zu sehr zugetan, als daß Ihr das Geringste von ihrem Nachfolger annehmen wollt.«

»Weit davon entfernt, Mylord. Ich bin dankbar für Wohltaten, die ich ablehne – und ich wünschte, ich könnte Euch für Euer Anerbieten meine Schuld besser abtragen als durch das, was ich Euch nun sagen werde.«

Der Lord Keeper sah sie erstaunt an, sagte aber kein Wort.

»Mylord«, fuhr sie nachdrücklich und in feierlichem Ton fort, »paßt auf, was Ihr tut – Ihr steht am Rande eines Abgrunds.«

»Tatsächlich?« Der Lord Keeper dachte unwillkürlich an die politischen Verhältnisse im Lande. »Wißt Ihr von einem Komplott, einer Verschwörung?«

»Nein, Mylord. Die, die in diesen Waren reisen, suchen nicht bei Alten, Schwachen und Blinden Rat. Meine Warnung ist anderer Art. Ihr habt heftig Streit geführt mit dem Haus Ravenswood. Glaubt einer wahren Erzählung, es ist ein ungestümes Haus, und es ist gefährlich, mit verzweifelten Menschen zu tun zu haben.«

»Pah«, antwortete der Lord, »was zwischen ihnen und mir stand, war das Gesetz, und nicht, was ich getan habe. Und mit dem Gesetz müssen sie sich auseinandersetzen, wenn sie mein Vorgehen anfechten wollen.«

»Aber sie mögen anders darüber denken und das Gesetz in ihre eigene Hand nehmen, wenn andere Mittel nichts nutzen.«

»Was meint Ihr?« fragte der Lord Keeper. »Sollte der junge Ravenswood an Selbstjustiz denken?«

»Bei Gott, das behaupte ich nicht! Ich kenne den jungen Ravenswood nur als ehrenhaft und ehrlich. Ehrenhaft und ehrlich, sage ich? Ich sollte hinzufügen: freimütig, großzügig, edel. Aber es ist immer noch ein Ravenswood, der darauf warten mag, daß seine Stunde kommen wird. Erinnert Euch an das Schicksal Sir George Lockharts.«

Der Lord Keeper erschrak, als sie ihn an diese drastische, noch in frischem Andenken stehende Tragödie erinnerte.

Die alte Frau fuhr fort: »Chiesley, der Täter, war mit Lord Ravenswood verwandt. Er hat die Tat in der Halle von Ravenswood – in meiner und vieler anderer Gegenwart – offen angekündigt. Ich konnte nicht schweigen, obwohl Sprechen meiner Stellung übel anstand. *Ihr sinnt auf ein schweres Verbrechen,* sagte ich, *für das Ihr Rechenschaft geben müßt vor dem Richterstuhl.* Nie werde ich seinen Blick vergessen, als er antwortete: *Ich werde dann Rechenschaft von so manchem ablegen müssen, folglich werde ich es auch von diesem tun.* Deshalb will ich Euch sagen: Hütet Euch, einen verzweifelten Mann mit der Macht, die Ihr habt, niederzudrücken. Es ist etwas von Chiesleys Blut in Ravenswoods Adern, und ein Tropfen davon genügt, ihn in seiner jetzigen Lage in Brand zu setzen. Ich sage, hütet Euch vor ihm.«

Die alte Frau hatte – ob mit Absicht oder nur zufällig – die Furcht des Lord Keeper deutlich vergrößert. Das finstere, verzweifelte Mittel der Selbstjustiz, das in früheren Zeiten unter den schottischen Lords so beliebt gewesen war, wurde auch jetzt noch angewandt, wenn gewichtige Gründe dazu anstachelten oder ein Charakter zu einem solchen Verbrechen aufgelegt war. Sir William Ashton kannte diese Tatsache und wußte, daß der junge Ravenswood Unrecht genug erfahren hatte, um zur Rache getrieben werden zu können – wie es oft die schreckliche Folge einer parteiischen Rechtsprechung war.

Er versuchte seine Besorgnisse vor Alice zu verbergen, aber mit so wenig Erfolg, daß selbst eine Person von geringerem Scharfblick als ihrem zwangsläufig bemerkt haben würde, was sein Inneres bewegte. Der Ton seiner Stimme war verändert, als er ihr antwortete, der Herr von Ravenswood sei ein Mann von Ehre, und selbst wenn er es nicht wäre, das Schicksal von Chiesley von Dalry sei schließlich ausreichend, jeden abzuschrecken, der sich zum Rächer eines eingebildeten Unrechts aufspielen wolle. Nachdem er dies hastig geäußert hatte, stand er auf und ging davon, ohne eine Antwort abzuwarten.

KAPITEL 4

Sie eine Capulet?
Oh, das ist hart! Mein Leben dank' ich meinem Feind.
Shakespeare.

Der Lord Keeper ging ein beachtliches Stück Weg in tiefes Schweigen versunken. Seine Tochter, von Natur aus scheu und in kindlicher Ehrfurcht und blindem Gehorsam erzogen, die der Jugend jener Zeit eingeschärft wurden, wagte nicht, ihn in seinen Gedanken zu stören.

»Warum siehst du so blaß aus, Lucy?« fragte ihr Vater, sich plötzlich umsehend und sein Schweigen brechend.

Den strengen Grundsätzen jener Zeit gemäß, nach denen es einer jungen Frau nicht erlaubt war, ohne ausdrückliche Aufforderung über Dinge von Bedeutung ihre Meinung zu äußern, war Lucy gehalten, sich in Hinsicht aller Dinge, die zwischen Alice und ihrem Vater besprochen worden waren, unwissend zu stellen, und sie schrieb die Aufregung, die ihm aufgefallen war, der Furcht vor den wilden Bullochsen zu, die in jenem Teil des weitläufigen Geheges weideten, durch den sie eben gingen.

Dem schottischen Adel galt es seinerzeit als besondere Ehre, einige dieser Tiere – Nachkommen jener wilden Herden, die einst frei die caledonischen Wälder durchstreiften – in seinen Parks zu halten. Aussehen und Kraft dieser Tiere hatten sich, wenn wir nach Berichten alter Chroniken oder den beeindruckenden Überresten, die man häufig in trockengelegten Sümpfen und Morästen findet, urteilen, seit Urzeiten sehr verändert. Der Bulle hatte seine Zierde, die zottige Mähne, verloren, die Gattung war schmal und klein geworden, an Farbe schmutzigweiß bis blaßgelb, mit schwarzem Horn und Huf. Und dennoch: etwas von ihrer Wildheit blieb ihnen noch immer. Wegen ihrer Abneigung gegen Menschen konnten sie nicht gezähmt werden und wurden oft gefährlich, wenn man sich ihnen unbedachtsam näherte oder sie mutwillig störte. Das ist der Grund, warum man sie weitestgehend ausgerottet hat, statt sie als Bewohner der schottischen Wälder und als Zuchttiere des Adels zu bewahren.

Lucy schob, wie gesagt, die Anzeichen der Furcht, die sich in ihren Zügen aus einem anderen Grund zeigten, auf den Umstand, sich in der Nähe von drei, vier dieser Tiere zu befinden. Freilich hatte sie sich auf ihren Spaziergängen im Gehege mit dem Anblick der Bullochsen vertraut gemacht, und es galt damals nicht wie heutzutage als wichtige Zutat des Benehmens einer jungen Dame, aus nichtigsten Ursachen in Nervenzittern zu verfallen. Doch aus ihrer bloß vorgeschobenen sollte bald wirkliche Furcht werden.

Kaum hatte Lucy ihrem Vater die beschriebene Antwort gegeben, kaum hatte er sich angeschickt, ihr ihre vermeintliche Furchtsamkeit auszureden – da trennte sich mit einemmal ein Stier, durch die Scharlachfarbe von Miß Ashtons Mantel oder spontane Wut, wie sie diese Tiere gelegentlich befällt, gereizt, von einer am äußersten Ende einer grasreichen Lichtung weidenden Gruppe. Das Tier näherte sich zuerst langsam den ungelegenen Besuchern seiner Weide, indem es zwischendurch mit dem Huf den Boden stampfte, von Zeit zu Zeit brüllte und mit den Hörnern den Sand aufwühlte, als wolle es die eigene Wut schüren.

Der Lord Keeper, der das Tier beobachtet hatte, erkannte die drohende Gefahr, und nachdem er den Arm seiner Tochter erfaßt hatte, eilte er durch den breiten Alleegang, um dem Tier aus dem Blickfeld zu kommen. Dies war das unklügste Mittel, das er ergreifen konnte. Der Bulle, durch diese Anzeichen der Flucht ermutigt, verfolgte sie nun in vollem Lauf. Im Angesicht solch lebensbedrohlicher Gefahr wäre selbst ein standhafterer Mut als der des Lord Keeper gesunken. Doch Vaterliebe – »eine Liebe stark wie der Tod« – hielt ihn aufrecht. Er stützte und zog seine Tochter, bis ihr vor Furcht und Anstrengung alle Kräfte schwanden und sie an seiner Seite niedersank; und als er sah, daß Flucht nicht mehr möglich war, wandte er sich um und stellte sich zwischen sie und das durch die Verfolgung zu doppelter Wut angestachelte, anstürmende Tier, das nur noch wenige Schritte entfernt war. Der Lord Keeper trug keine Waffen; Alter und Rang enthoben ihn, den üblichen Degen zu tragen (der ihm in einer solchen Situation vermutlich aber ohnehin wenig hätte nutzen können).

Es schien unausweichlich, daß Vater oder Tochter oder beide angesichts der nicht aufhaltbaren Gefahr des Todes sein müßten, als ein Schuß aus dem benachbarten Dickicht den Anstrum des Tiers bremste. Es war derart exakt zwischen Rückgrat und Schädel getroffen, daß sich die Wunde, die an keinem andern Teil seines Körpers viel bewirkt haben würde, als augenblicklich tödlich erwies. Indem es mit gräßlichem Brüllen vorwärtsstrauchelte, stürzte es eher durch die Wucht der Erschütterung als durch bewußten Lauf bis auf drei Schritte vor den verblüfften Lord Keeper, wo es zu Boden fiel, den Körper mit dunklem Todesschweiß bedeckt, und seine Muskeln in den Krämpfen der Agonie zuckten.

Lucy lag besinnungslos am Boden und wußte nichts von der wundersamen Rettung, die ihr zuteil geworden war. Ihr Vater, fast ebenso betäubt durch den schnellen, unerwarteten Wechsel von drohender Todesgefahr zu wiedererlangter Sicherheit, blickte auf das im Tode noch schreckliche Tier mit einer stummen, verworrenen Bestürzung, die ihn kaum begreifen ließ, was vorgefallen war; und er war über den Vorfall so wenig mit sich im Reinen, daß er den Sturz des Bullen einem Blitz aus heiterem Himmel zugeschrieben haben würde, hätte er nicht im Gezweige des Dickichts die Gestalt eines Mannes bemerkt, der eine kurze Flinte oder Muskete trug.

Dies brachte ihn augenblicklich zur Besinnung – ein Blick auf seine Tochter erinnerte ihn an die unmittelbare Notwendigkeit, ihr Hilfe zu verschaffen. Er rief den Mann an, den er für einen seiner Förster hielt. Der Jäger kam heran, und der Lord Keeper erkannte, daß es ein Fremder war, aber für weitere Beobachtungen war er zu aufgeregt. In kurzen Worten deutete er dem Schützen an – da er mehr Kraft und Gewandtheit als er selbst besäße –, die junge Lady zu einer nahen Quelle zu bringen, während er selbst zur Hütte von Alice zurückkehren wolle, um weiteren Beistand zu suchen.

Der Mann, dessen rechtzeitigem Eingreifen sie so viel verdankten, ließ es nicht bei Halbheiten bewenden, sondern hob Lucy vom Boden auf und trug sie auf den Armen durch die Lichtungen des Waldes, dessen Wege und Pfade er sehr gut zu kennen schien – und er ruhte nicht eher, bis er sie sicher neben einer klaren, reichsprudelnden Quelle niedergelegt hatte, die einst in gotischem Geschmack umbaut und verziert worden war. Aber der Bogen, der sie bedeckt hatte, war mittlerweile gebrochen und eingestürzt, das gotische Wasserbecken in Stücke zertrümmert, und das Quellwasser schoß ziellos zum lichten Tag hervor und rann durch die zerbrochenen Gebilde und bemoosten Steine, die zerstreut um sie her lagen.

Die Überlieferung, die – wenigstens in Schottland – gerne jeden schon an sich schönen Ort mit einer Legende beschenkt, hatte dieser Quelle eine besonders bemerkenswerte Geschichte zugeschrieben. Eine schöne, junge Lady traf hier einen Lord von Ravenswood, während derselbe jagte, und fesselte wie eine zweite Egeria das Herz des feudalen Numa. Da der Charme des Geistes der Nymphe den Sieg vollendete, den ihre Schönheit vorbereitet hatte, und Heimlichkeit ihrem Liebesverhältnis zusätzliche Würze gab, kamen sie in der Folge öfter zusammen, und immer bei Sonnenuntergang. Sie erschien und verschwand immer nahe der Quelle, mit der sie, wie ihr Liebhaber glaubte, in irgendeiner geheimen Verbindung stehe. Sie machte gewisse Einschränkungen bezüglich ihrer Zusammenkünfte, was ebenfalls etwas mysteriös schmeckte. Sie trafen sich nur einmal in der Woche – Freitag war der ausersehene Tag –, und sie erklärte Lord Ravenswood, daß sie sich unbedingt trennen müßten, sobald die Abendglocke in der Einsiedelei einer benachbarten Waldkapelle läutete. Bei der Beichte vertraute Lord Ravenswood dem Einsiedler, Vater Zacharias, das Geheimnis seiner seltsamen Liebe an, und Zacharias zog den unvermeidlichen und selbstgewissen Schluß, daß sein Beschützer auf Gefahr für Leib und Leben in die Schlingen des Satans geraten sei. Er bewies dem Lord diese Gefahren mit aller Kraft mönchischer Beredsamkeit und malte die wahre Gestalt der anziehenden Najade, die er ohne Zögern ein Mitglied des Reichs der Finsternis nannte, in den gräßlichsten Farben. Der Liebende hörte ihn ungläubig an, und erst, als seine Sicherheit durch die hartnäckige Überredungskunst des Einsiedlers ins Wanken zu geraten begann, versprach er, das Wesen seiner Schönen auf die Probe zu stellen und auf Zacharias' Vorschlag einzugehen, daß beim nächsten Stelldichein die Abendglocke eine halbe Stunde später geläutet werden sollte. Der Einsiedler behauptete – indem er den *Malleus maleficarum,* Sprengerus, Remigius und andere Teufelsexperten zitierte –, daß die Teufelin, auf diese Art verleitet, über die bestimmte Zeit zu bleiben, ihre wahre Gestalt annehme und unmittelbar, nachdem sie sich vor ihrem bestürzten Liebhaber in ein Wesen der Hölle verwandelt habe, mit einem Schwefelblitz verschwinden würde. Raymond von Ravenswood ging nicht ohne Neugier auf die Probe ein, doch mit dem Vertrauen, daß die Ewartungen des Einsiedlers getäuscht werden würden.

Die Liebenden kamen zur verabredeten Stunde zusammen und blieben, da der Pfaffe das Abendläuten aufschob, über den gewöhnlichen Zeitpunkt der Trennung beieinander. Die äußere Gestalt der Nymphe veränderte sich nicht; aber als sie aus den länger werdenden Schatten ersehen hatte, daß die Stunde des Abendgeläuts vorüber sei, riß sie sich mit einem Schrei der Verzweiflung aus den Armen ihres Geliebten, sagte ihm Lebewohl auf ewig, stürzte sich in den Brunnen und verschwand aus seinen Augen. Das Wasser, das ihr Sturz aufwirbelte, war blutigrot und ließ den Lord in der sicheren Gewißheit zurück, daß seine unangebrachte Neugier den Tod dieses anmutigen, wundervollen Wesens verursacht habe. Die Gewissensqualen, die er fühlte, und die Erinnerung an ihre Anmut und Schönheit bezeugten die Buße seines künftigen Lebens, das er nur wenige Monate später in der Schlacht von Flodden verlor. Doch zuvor hatte er zum Andenken an seine Najade die Quelle, in der sie gewohnt zu haben schien, mit schönem Dekor geschmückt und ihr Wasser vor Verunreinigung oder Entweihung geschützt durch den Bau des Steingewölbes, dessen Trümmer noch um die Quelle verstreut lagen. Von dieser Zeit an, ist gemunkelt worden, habe der Verfall des Hauses Ravenswood begonnen.

Dies ist die allgemein verbreitete Legende, die einige, die weiser als das Volk scheinen wollen, so interpretieren, als würde in ihr dunkel das Schicksal eines schönen Mädchens aus niederem Stand angedeutet, der Geliebten dieses Raymond, die von ihrem Liebhaber in einem Ausbruch von Eifersucht erschlagen worden sei und deren Blut sich mit dem Wasser der Quelle vermischt habe. Andere meinen, daß die Sage einen weit älteren Ursprung in der heidnischen Mythologie habe. Doch alle sind darüber einig, daß dieser Ort dem Geschlecht Ravenswood Verderben brachte und daß vom Wasser dieser Quelle zu trinken oder nur in ihre Nähe zu kommen für die Nachkommen dieses Hauses so verhängnisvoll war, wie für Graham grün zu tragen, für einen Bruce eine Spinne zu töten, für einen St. Clair an einem Montag über die Ord zu gehen.

Es war an diesem unheilschwangeren Ort, daß Lucy Ashton nach einer langen, fast todähnlichen Ohnmacht wieder erwachte. Schön und blaß wie die fabelhafte Najade bei der bitteren Trennung von ihrem Geliebten saß sie mit dem Rücken gegen die Steintrümmer gelehnt, während ihre Kleider, klatschnaß vom Wasser, das ihr Beschützer zur Wiederbelebung ihrer Sinne verschwenderisch angewandt hatte, auf ihrem schlanken und schöngebauten Körper hafteten.

Kaum bei Besinnung erinnerte sie sich der Gefahr, in der sie geschwebt hatte; danach dachte sie sogleich an ihren Vater. Sie sah um sich – er war nirgends zu sehen. »Mein Vater! Mein Vater!« war alles, was sie herausbringen konnte.

»Sir William ist in Sicherheit«, antwortete eine ihr unbekannte Stimme. »Er ist wohlauf und wird bald bei Euch sein.«

»Seid Ihr sicher? Der Bulle war so dicht hinter uns... – Haltet mich nicht zurück, ich muß meinen Vater suchen!«

Und in dieser Absicht erhob sie sich. Aber sie war mit ihren Kräften derart am Ende, daß sie unweigerlich auf die Steine, an die sie gelehnt hatte, gestürzt wäre – und zwar mit Gefahr ernster Verletzungen –, wenn sie nicht der Fremde, der ganz in ihrer Nähe stand, rasch aufgefangen hätte, was er freilich mit einem Anflug von Widerwillen tat, der einigermaßen erstaunlich anmutet, wenn ein junger Mann eine schöne, junge Frau rettet. Es machte gar den Eindruck, als wenn ihr leichtes Gewicht dem jungen, kräftigen Helfer zu schwer vorkomme, denn ohne die Versuchung zu fühlen, sie einen Augenblick länger als unbedingt nötig in seinen Armen zu halten, half er ihr wieder auf den Stein nieder, von dem sie sich erhoben hatte, und nachdem er einige Schritte zurückgetreten war, wiederholte er hastig: »Sir William Ashton ist in Sicherheit und wird gleich hier sein. Macht Euch keine Sorgen um ihn – das Schicksal hat ihn auf wundersame Weise verschont. Ihr, meine Dame, seid erschöpft und solltet nicht daran denken aufzustehen, bis Ihr passenderen Beistand als meinen findet.«

Lucy, inzwischen wieder vollständig bei Besinnung, fühlte das Verlangen, den Fremden aufmerksam zu betrachten. In seinem Äußeren erkannte sie nichts, was ihn abhalten konnte, seinen Arm einer hilfebedürfenden jungen Dame anzubieten, oder was sie selbst hätte veranlassen können, seinen Beistand auszuschlagen – und sie mußte infolgedessen annehmen, daß er seine Hilfe nur kalt und widerstrebend anbiete. Ein Jagdanzug aus dunklem Tuch, obgleich er überwiegend von einem weiten, losen Mantel von dunkelbrauner Farbe verhüllt war, ließ auf einen gewissen Rang schließen. Eine Jagdmütze mit schwarzer Feder bedeckte die Stirn des Schützen und verbarg einen Teil seines Gesichts, das, soweit sichtbar, ein ebenmäßiges, würdevolles, obgleich etwas düsteres Aussehen hatte. Ein geheimer Schmerz oder tiefe Melancholie hatten Glanz und Leben der Jugend aus einem Gesicht verlöscht, das so geeignet schien, beides auszudrücken – und man konnte den Fremden kaum anblicken, ohne von einer gewissen Scheu oder Mitleid, oder wenigstens von Zweifel oder Neugier berührt zu werden. Dies war der erste Eindruck, den Lucy gewann, und sie hatte kaum in das scharfe, schwarze Auge des Fremden geblickt, als sie ihr eigenes schamhaft und schüchtern zu Boden schlug. Doch sie fühlte sich gedrängt etwas zu sagen, und deshalb begann sie stotternd ihrer wunderbaren Rettung zu gedenken, bei der der Fremde, wie sie gewiß glaubte, mit des Himmels Beistand ihr und ihres Vaters Retter gewesen sein müsse.

Er schien sich ihrem Dank seltsamerweise entziehen zu wollen und sagte unvermittelt: »Ich verlasse Euch jetzt, meine Dame« – der dunkle Klang seiner Stimme gab seinem ernsten Tonfall etwas Kräftiges, aber nichts Barsches – »ich überlasse Euch dem Schutz derjenigen, denen Ihr heute vielleicht ein Schutzengel gewesen seid.«

Lucy war über die Rätselhaftigkeit dieser Andeutungen erstaunt und begann sich mit schlichtem, ungekünsteltem Dankgefühl der Vorstellung zu erwehren, sie habe ihren Retter durch irgendetwas beleidigt oder verstimmt – als wenn so etwas möglich gewesen wäre.

»Ich bin in der Art, meinen Dank auszudrücken, offenbar nicht sehr geschickt gewesen«, sagte sie. »Ich bin überzeugt, daß es so ist, obwohl ich mir nicht bewußt bin, was ich falsch gemacht habe. Aber wenn Ihr warten wollt, bis mein Vater, der Lord Keeper, kommt... Wollt Ihr ihm nicht erlauben, Euch zu danken und nach Eurem Namen zu fragen?«

»Mein Name tut nichts zur Sache«, antwortete der Fremde. »Euer Vater – ich möchte lieber sagen: Sir William Ashton – wird ihn früh genug erfahren für das Vergnügen, das er ihm wahrscheinlich bereiten wird.«

»Ihr irrt Euch in ihm«, sagte Lucy mit Nachdruck. »Er wird um meinet- und seinetwillen dankbar sein. Ihr kennt meinen Vater nicht, oder Ihr täuscht mich mit dem Märchen seiner Rettung, während er längst der Wut des Bullen zum Opfer gefallen ist.«

Von dieser Vorstellung beunruhigt, sprang sie auf und wollte zur Allee eilen, wo der Unfall stattgefunden hatte – aber der Fremde, zwischen dem Wunsch, ihr zu helfen, und dem, sie verlassen zu können, schwankend, fühlte sich aus allgemeiner Menschenliebe verpflichtet, sie von ihrem Vorhaben durch Wort und Tat abzuhalten.

»Das Wort eines Edelmanns, junge Lady: Ich sage Euch die Wahrheit. Euer Vater ist vollkommen gesund. Ihr werdet Euch nur in Gefahr bringen, wenn Ihr zum Weideplatz der Bullen zurückkehrt. – Falls Ihr gehen wollt...« – denn da sie sich vorstellte, daß ihr Vater noch in Gefahr schwebe, ließ sie sich nicht davon abbringen – »*Falls* Ihr gehen wollt, nehmt meinen Arm – obwohl ich vielleicht nicht die Person bin, für die es sich am besten schickt, Euch Hilfe anzubieten.«

Ohne auf diese Andeutung zu achten, bat Lucy: »Oh, wenn Ihr ein Mann, wenn Ihr ein Edelmann seid, helft mir, meinen Vater zu finden! Verlaßt mich nicht – geht mit mir! Vielleicht ringt er mit dem Tod, während wir hier sprechen!«

Dann, ohne auf Einwände zu hören, ergriff sie fest den Arm des Fremden – wobei sie an nicht mehr dachte, als daß sie zum Gehen Unterstützung brauchte, wozu sich lediglich die Absicht gesellte, ihn auf diese Weise zugleich daran zu hindern, sie allein zurückzulassen. Sie drängte, ja zog ihn beinahe vorwärts, als Sir William Ashton mit der Dienerin der blinden Alice und zwei Forstbauern, die er zu Hilfe gerufen hatte, zum Vorschein kam. Die Freude, seine Tochter gesund und munter zu sehen, ließ kein Befremden aufkommen, das unter anderen Umständen der Anblick, sie so zutraulich am Arm eines Fremden, als wäre es der seinige, zu sehen, vielleicht verursacht hätte.

»Lucy, meine liebe Lucy, bist du unverletzt? Geht's dir gut?« waren die einzigen Worte, die er hervorbrachte, während er sie überglücklich umarmte.

»Mir geht's gut, Gott sei Dank, und umso mehr, als ich Euch wohlauf sehe. – Doch was mag dieser Herr von mir denken!«

Sie ließ seinen Arm los und trat einen Schritt von ihm zurück, und die Röte, die ihr über Hals und Gesicht strömte, zeigte ihre Verwirrung und Scham über die Zutraulichkeit, mit der sie den Beistand des jungen Mannes angenommen hatte.

»Dieser Herr«, sagte Sir William Ashton, »wird, ich bin sicher, die Mühe nicht bereuen, die wir ihm verursacht haben, wenn ich ihm den Dank des Lord Keeper zusichere für den größten Dienst, den ein Mann einem andern leisten kann: für das Leben meines

Kindes – und für mein eigenes Leben, das er durch seinen Mut und seine Geistesgegenwart gerettet hat. Er wird uns gewiß erlauben, ihn zu bitten. –«

»Bittet nichts von *mir*, Mylord«, sagte der Fremde in scharfem, entschiedenem Tonfall. »Ich bin der Herr von Ravenswood.«

Todesstille folgte dieser Überraschung, die äußerst unangenehme Gefühle weckte. Ravenswood hüllte sich in seinen Mantel, machte Lucy eine überaus würdevolle Verbeugung, murmelte einige Höflichkeiten, die man so undeutlich hörte wie sie ungern gegeben wurden, und verlor sich, als er wegging, augenblicklich im Dickicht.

»Der Herr von Ravenswood!« wiederholte der Lord Keeper, als er sich von seinem ersten Erstaunen erholt hatte. – »Eilt ihm nach! Haltet ihn auf! Bittet ihn, einen Augenblick mit mir zu sprechen!«

Die zwei Forstbedienten machten sich auf, dem Fremden nachzueilen. Sie kamen bald wieder zurück und teilten zögerlich und ohne recht zu wissen, wie sie es diplomatisch formulieren sollten, mit, der Herr wolle nicht umkehren. Der Lord Keeper nahm einen von ihnen beiseite und fragte ihn drängender, was der Herr von Ravenswood gesagt habe.

»Er hat bloß gesagt, daß er nicht zurückkommt«, antwortete der Mann mit der Zurückhaltung eines sich zierenden Schotten, der nicht gerne den Überbringer unangenehmer Botschaften spielt.

»Er hat mehr gesagt«, beharrte der Lord Keeper, »und ich will wissen, was.«

»Tja, Mylord« – der Mann blickte zu Boden – »er sagte – aber es wird Euer Gnaden kein Vergnügen bereiten, es zu hören... Und der Herr meinte es gewiß nicht böse.«

»Das geht Euch nichts an; ich will Wort für Wort hören, was er gesagt hat.«

»Hm, er sagte: Antworte Sir William Ashton, daß er, wenn wir uns noch einmal begegnen, nicht halb so froh über unser Wiedersehen wie über unsern Abschied sein wird.«

»Wenn's mehr nicht ist«, sagte der Lord Keeper, »ich glaube, er spielt auf eine Wette an, die wir wegen unserer Falken haben – keine Sache von Bedeutung.«

Er wandte sich seiner Tochter zu, die so weit zu Kräften gekommen war, daß sie heimgehen konnte. Doch der Eindruck, den die diversen Ereignisse rund um den schrecklichen Vorfall auf ihr sensibles Wesen machten, hatte dauerhaftere Folgen als die überstandene Ohnmacht. In Schlaf und Wachen riefen ihre schrecklichen Träume die Gestalt des wütenden Tiers und das schreckliche Gebrüll, mit dem es seinen Ansturm begleitete, ins Gedächtnis zurück, und immer war es der Herr von Ravenswood, dessen schönes, edles Antlitz sich zwischen sie und den drohenden Tod stellte. Vielleicht ist es zu allen Zeiten gefährlich für einen jungen Menschen, immer und immer wieder mit allzuviel Behaglichkeit an ein und dieselbe Person zu denken – in Lucys Lage war es fast unvermeidlich. Sie hatte nie einen jungen Mann von so romantischen, ausdrucksvollen Zügen wie die des jungen Ravenswood gesehen, und hätte sie auch Hunderte, die ihm glichen oder überlegen waren, gesehen – keiner hätte ihr Herz durch eine solche Verkettung gefesselt, wie sie die Erinnerung an Gefahr und Rettung, Dankbarkeit, Bewunderung und Neugier bildeten. Ich sage Neugier, denn ohne Zweifel mußte das merkwürdig zurückhaltende, gezwungene Verhalten Ravenswoods, das zu deutlich im Widerspruch zu seinen natürlichen Anlagen und der Anmut seines Benehmens stand, um durch den Kontrast nicht Verwunderung zu wecken, bei ihrem Nachsinnen eine besondere Rolle spielen. Sie wußte nicht viel von Ravenswood oder von dem Streit, der zwischen ihrem und seinem Vater bestanden hatte, und vielleicht begriff sie in ihrer Herzensgüte kaum die Verbitterung der Leidenschaften, die dieser hatte entstehen lassen. Aber sie wußte, daß Ravenswood von edler Abstammung war, daß er arm sei, obwohl der Nachkomme einer edlen, reichen Familie, und sie fühlte, daß sie die Empfindungen eines stolzen Charakters nachvollziehen und verstehen könne, die ihn dazu gebracht hatten, sich dem Dank dessen, der jetzt das Haus und Gut seines Vaters besaß, zu entziehen. Würde er ihre Erkenntlichkeit auch dann gescheut und ihre Nähe gemieden haben, wenn ihr Vater ihn milder und inständiger gebeten hätte, oder wenn die Bitte von der Anmut begleitet gewesen wäre, die die Frauen so wohl anzuwenden wissen, wenn sie die heftigen Leidenschaften des rauheren Geschlechts besänftigen wollen? Das war eine heikle Frage, die sie sich stellte – heikel in ihrem Wesen wie in ihren Folgen.

Mit einem Wort, Lucy Ashton befand sich in jenen Irrgängen der Einbildungskraft, die einem jungen und zarten Wesen so überaus gefährlich sind. Wahr ist: Zeit, Entfernung, Ortswechsel, neue Umgebungen und Gesichter würden ihre Schwärmerei vielleicht – wie bei vielen anderen – bald zerstreut haben; aber ihr Aufenthaltsort blieb einsam und ihr Geist ohne Abwechslung. Ihr Alleinsein wurde hauptsächlich durch die Abwesenheit Lady Ashtons verursacht, die sich in Edinburgh aufhielt, um den Fortgang einer Staatsintrige zu beobachten. Der Lord Keeper empfing keine Staats- oder Festbesuche und war von Natur eher reserviert und ungesellig. Und so erschien kein Kavalier, der das Ideal, das sich Lucy von der Ritterlichkeit des Herrn von Ravenswood gemacht hatte, erreichen oder verblassen lassen konnte.

Während Lucy diesen Träumen nachhing, machte sie häufig der alten, blinden Alice Besuche in der Hoffnung, sie werde von dem Gegenstand zu reden anfangen, dem sie einen so großen Raum in ihrem Innern gab. Aber Alice enttäuschte ihre Wünsche und Erwartungen. Sie sprach gern und leidenschaftlich von der Familie im allgemeinen, was aber den derzeitigen Stammhalter betraf, schien sie sich hartnäckig in Schweigen zu hüllen. Das Wenige, das sie sagte, fiel nicht so günstig aus, wie Lucy erwartet hatte. Alice gab zu verstehen, daß er ein hartes, unversöhnliches Wesen habe, das Unrecht lieber räche als vergebe, und Lucy erinnerte sich angesichts dieser kargen Winke mit großer Unruhe an Alice' feierliche Warnung, mit der sie ihrem Vater geraten hatte, sich vor Ravenswood zu hüten.

Aber dieser selbe Ravenswood, von dem man einen so ungerechten Argwohn genährt hatte, hatte ihn, kaum daß er ausgesprochen war, selbst als gegenstandslos bewiesen, indem er ihres Vaters Leben und ihr eigenes rettete. Hätte ihn wirklich ein derart glühendes Rachegefühl getrieben, wie Alice andeutete, hätte er nicht einmal ein Verbrechen begehen müssen, seinen Rachedurst zu sättigen. Ein einziger Augenblick des Zögerns – und das Objekt seines Hasses wäre einen schrecklichen, sicheren Tod gestorben, ohne daß er die geringste Anstrengung dazu hätte machen brauchen. Sie vermutete infolgedessen, daß ein heimliches Vorurteil oder die Alter und Unglück eigentümliche Skepsis Alice verleitet habe, eine negative Schilderung von Ravenswoods Charakter zu geben, die mit seinem edelmütigen Betragen und würdevollen Äußeren nicht vereinbar schien. Und auf diesen Glauben gründete Lucy ihre Hoffnungen und fuhr fort, am reizenden Zaubergebilde zu weben, das so schön und verletzlich-zart war wie der im Morgenglanz schimmernde, in der Sonne perlende Sommerfaden.

Sowohl ihr Vater, als auch Ravenswood dachten unterdessen ebenso häufig und ernsthaft wie Lucy, freilich bodenständiger, über das Vorgefallene nach. Als der Lord Keeper nach Hause gekommen war, war das erste, was er tat, einen Arzt hinzuzuziehen, um sicherzugehen, daß der Vorfall bei seiner Tochter keine Verletzungen verursacht habe. In dieser Hinsicht beruhigt, ging er noch einmal die Aufzeichnungen durch, die er auf den Bericht des Beamten hin, der die Leichenfeierlichkeiten des letzten Lords Ravenswood hintertreiben sollte, niedergeschrieben hatte. In der Kasuistik erzogen und durch den Gerichtssaal in der Kunst, Dinge in einem bestimmten Licht erscheinen zu lassen, wohlgeübt, fand er wenig Mühe, das Bild der Aufruhrszene, das er zuerst in grellen Farben gemalt hatte, in einem sanfteren Licht erscheinen zu lassen. Er empfahl seinen Ratskollegen milde Maßnahmen gegen junge Leute, deren Blut und Charakter heiß und deren Lebenserfahrung begrenzt sei. Er zögerte nicht, einigen Tadel auf den Beamten fallen zu lassen, als habe der durch provozierendes Betragen unnötigerweise Anlaß zu Ärgernis gegeben.

Dies war der Inhalt seiner öffentlichen Depeschen. Die Briefe, die er an seine Freunde schrieb, denen die Leitung dieser Sache wahrscheinlich übertragen werden würde, waren in einem noch milderen Sinne verfaßt. Er schrieb, daß Nachsicht in dieser Sache politisch vernünftig und volksnah sei, da man in Schottland die Leichenfeierlichkeiten hoch achte, und jede Strafe, die man dem Herrn von Ravenswood dafür auferlege, die Bestattung seines Vaters nicht unterbrochen sehen zu wollen, von jedermann mißbilligt werden würde. Schließlich ersuchte er sie, die Sprache eines großmütigen, hochgesinnten Mannes annehmend, die Sache ohne strenge Maßnahme zu übergehen. Er berührte mit Zartheit das etwas heikle Verhältnis, in dem er zum jungen Ravenswood stehe, daß er nämlich aus einem langwierigen Rechtsstreit, der den Reichtum dieses edlen Hauses sehr zusammengeschmolzen habe, als Sieger hervorgegangen sei, und gestand, daß es seinem Herzen äußerst angenehm sein würde, Gelegenheit zu finden, dieser Familie den Schaden, den er ihr – freilich nur durch Verfolgung seines guten Rechts – zugefügt habe, etwas auszugleichen. Es sei daher seine besondere, persönliche Bitte, daß die Sache ohne Folgen bleibe. Das Merkwürdigste war, daß er, ganz gegen seine Gewohnheit, Lady Ashton keine besondere Mitteilung von dem Aufruhr machte und daß er, obgleich er den Schrecken erwähnte, den einer der wilden Bullen Lucy zugefügt hätte, doch in die Einzelheiten eines derart bedeutenden, gefährlichen Vorfalls nicht einging.

Groß war das Erstaunen der politischen Freunde und Kollegen Sir William Ashtons, als sie Briefe so unerwarteten Inhalts erhielten. Während sie die Stellen miteinander verglichen, lächelte der eine, zog ein anderer die Augenbrauen in die Höhe, der dritte nickte dem allgemeinen Befremden Beifall, und ein vierter fragte, ob man sicher wäre, daß dies *alle* Briefe seien, die der Lord Keeper in dieser Sache verfaßt habe: »Es will mir nicht in den Kopf, Mylords, daß keiner dieser Berichte den Kern der Sache angibt.«

Aber Geheimbriefe entgegengesetzten Inhalts waren nicht angekommen, obwohl die offenen Fragen die Möglichkeit ihres Vorhandenseins nahezulegen schienen.

»Tja«, sagte ein alter grauhaariger Staatsmann, dem es gelungen war, durch Neigen und Schwanken seinen Platz am Steuer durch alle Wechselfälle zu behaupten, die das Schiff seit dreißig Jahren mitgemacht hatte, »ich dachte, Sir William wollte ein altes schottisches Sprichwort bestätigen: *Das Fell des Lamms kommt so bald auf den Markt wie das des alten Bocks.*«

»Wir wollen tun, was er empfiehlt«, sagte ein anderer, »auch wenn es uns überrascht.«

»Einen eigensinnigen Mann muß man seinen Weg gehen lassen«, antwortete der alte Rat.

»Lord Keeper wird's bereuen, ehe ein Jahr um ist«, warf ein dritter ein; »der Herr von Ravenswood ist der Mann, ihn mächtig in Ärger einzuwickeln.«

»Laßt doch, Mylords, was wollt Ihr mit dem armen Schlucker?« fragte ein würdevoller Marquis. »Der Lord Keeper hat seinen ganzen Besitz eingeheimst, und Ravenswood nicht einmal mehr ein Kreuz, um sich damit zu segnen.«

Worauf der alte Lord Turntippet versetzte:

»Wenn er keinen Besitz hat, den man ihm einziehen kann,
So hat er doch ein Schienbein, vor das man
Munter treten kann.

Und das war unser Grundsatz vor der Revolution: *Luitur cum persona, qui luere non potest cum crumena.* He, Mylords, ist das nicht gutes Juristenlatein?«

»Mir leuchtet nicht ein«, antwortete der Marquis, »welchen Grund die edlen Lords haben sollten, diese Sache weiter zu verfolgen. Gebt dem Lord Keeper Vollmacht, die Sache nach seinem Gefallen zu leiten.«

»Einverstanden, einverstanden, übertragt's dem Lord Keeper und anstandshalber noch einer anderen Person – dem Lord Hirplehooly, der bettlägerig ist. Das reicht zur Beschlußfähigkeit. Macht Eure Eintragungen ins Protokoll, Herr Schreiber. – Und nun, Mylords, soll über die Geldstrafe des jungen Verschwenders, des Laird von Bucklaw, verfügt werden. Ich vermute, sie fließt dem Lord Schatzmeister zu?«

»Schande sei dann in meinem Mehlsack«, rief Lord Turntippet

aus, »denn Eure Hand greift stets hinein! Ich hatte das als kleinen leckeren Happen zwischen den Mahlzeiten für mich bestimmt.«

»Um einen Eurer Lieblingssprüche zu zitieren, Mylord«, versetzte der Marquis, »Ihr gleicht dem Hund des Müllers, der sich das Maul leckt, ehe der Sack aufgemacht ist – der Mann ist noch nicht verurteilt.«

»Aber das kostet doch nur ein paar Federstriche«, erwiderte Lord Turntippet, »und gewiß wird sich keiner der edlen Lords unterstehen zu sagen, daß ich, der ich mit allen Gefälligkeiten zu Gebote stand, der ich Zeugnisse aller Art abgelegt habe, abgeschworen, was abgeschworen werden sollte, und beschworen, was beschworen werden sollte, der ich während der dreißig verflossenen Jahre unter gutem und schlechtem Leumund meiner Staatspflicht treu war, nicht dann und wann etwas haben sollte, mir nach so heißer Arbeit den Mund zu spülen. Ist's nicht so?«

»Es wäre in der Tat sehr unvernünftig, Mylord«, versetzte der Marquis, »hätten wir geglaubt, daß Euer Lordschaft Durst zu stillen wäre oder daß Euch etwas in der Kehle steckenbleibe, das hinuntergespült werden müsse.«

Und damit schließen wir die Geheimratsszene jener Zeit.

KAPITEL 5

Dazu sind all' die Krieger hier gekommen,
eine unnütze Geschichte anzuhören;
Und über uns're todgewohnten Waffen
Sollen törichte Tränen triumphieren?
Henry Mackenzie.

Am Abend jenes Tages, an dem der Lord Keeper und seine Tochter aus einer so lebensbedrohlichen Gefahr gerettet wurden, saßen zwei Fremde in der hintersten Stube eines kleinen, finsteren Gast-, oder besser: Bierhauses *Zum Fuchsbau,* ungefähr drei oder vier Meilen von Schloß Ravenswood entfernt und in der anderen Richtung ebenso weit von der alten Burg Wolf's Crag.

Einer dieser Fremden war etwa vierzig Jahre alt, groß, schlank, mit einer Adlernase, dunklen, durchdringend blickenden Augen und Gesichtszügen, die etwas Gewitztes und zugleich Undurchdringliches hatten. Der andere, ungefähr fünfzehn Jahre jünger, war klein, gedrungen, rotwangig und rothaarig; er hatte einen offenen, entschlossenen und freundlichen Blick, dem Sorglosigkeit und Kühnheit Feuer und Leben gaben, obgleich seine Augen grau waren. Eine Weinkanne – damals wurde der Wein vom Faß in Zinnkannen gereicht – stand auf dem Tisch, und jeder hatte seinen Becher vor sich. Fröhlichkeit schien indes nicht zu herrschen. Sie saßen mit verschränkten Armen da, sorgenvolle Ahnungen im Blick, in die eigenen Gedanken versunken und ohne sich dem Nachbar mitzuteilen.

Schließlich brach der jüngere das Schweigen, indem er ausrief: »Was zum Teufel kann Ravenswood so lange aufhalten? Irgendetwas muß schiefgelaufen sein. Warum habt Ihr mir ausgeredet, mit ihm zu gehen?«

»Ein Mann reicht, sich selber Recht zu verschaffen«, sagte der ältere und größere. »Wir wagen unser Leben für ihn, da wir uns derart weit auf die Sache einlassen.«

»Ihr seid einfach nur eine Memme, Craigengelt«, antwortete der jüngere, »und das ist schon mehr als einem aufgefallen.«

»Aber keiner hat gewagt, es mir zu sagen«, versetzte Craigengelt, mit der Hand an den Degen fahrend, »und hielte ich einen Hitzkopf nicht für einen Narren, wollte ich...«

Er hielt inne, um die Antwort seines Gefährten abzuwarten.

»Wollte ich was?« entgegnete der andere kalt. »Und warum wollt Ihr denn nicht?«

Craigengelt zog seinen Degen einige Zoll heraus und stieß ihn dann gewaltsam in die Scheide zurück: »Weil ein wichtigeres Wagestück ausgeführt muß, das mehr gilt als das Leben von zwanzig Einfaltspinseln wie Euch.«

»Ganz recht, denn hätten mich nicht die Beschlagnahmungen und diese letzte Geldbuße, nach der der alte Sabberer Turntippet schnappt und die, wie ich annehme, bereits über mich verhängt ist, vollends von Haus und Hof getrieben, ich wäre ein Einfaltspinsel und Narr dazu, wenn ich auf Euer Versprechen setzte, mir eine Offizierstelle in der irischen Brigade zu verschaffen. Was geht mich die irische Brigade an? Ich bin ein guter Schotte, wie mein Vater vor mir – und meine Großtante, Lady Girnington, kann nicht ewig leben.«

»Aber Bucklaw«, versetzte Craigengelt, »sie kann noch so manchen lieben, langen Tag leben. Und was Euern Vater betrifft: er hatte Land und Vermögen, nahm sich vor Pfandleihern und Wucherern in acht, zahlte seine Schulden und lebte auf seinem Eigentum.«

»Und wer ist schuld, daß ich es nicht auch so mache?« fragte Bucklaw. »Wer, wenn nicht der Teufel und Ihr und Euresgleichen, die Ihr mir eifrig geholfen habt, meinen schönen Besitz durchzubringen? Und nun soll ich, nehme ich an, wie Ihr wohnen und wandern, eine Woche von einer geheimen Nachricht aus St. Germain leben, die andere von Berichten eines Aufstands im Hochland, mein Frühstück von alten jakobitischen Ladies bekommen und ihnen Haare aus einer alten Perücke als Locken des Chevaliers ausgeben, meinem Freund in seiner Sache helfen und ihn im Augenblick der Not im Stich lassen, damit ein so bedeutender politischer Agent nicht zu Schaden komme? Und all dies für einen Bissen Brot und dafür, daß ich mich Hauptmann nennen darf!«

»Ihr glaubt da eine schöne Rede zu halten«, sagte Craigengelt, »und auf meine Kosten Euern Esprit zu zeigen. Ist Hungers sterben oder gehängt werden besser, als ein Leben zu führen, wie ich es führen muß, weil der König unter den jetzigen Umständen seine Gesandten nicht ausreichend bezahlen kann?«

»Hungers sterben ist anständiger, Craigengelt, und gehängt werden düfte ohnehin das Ende vom Lied sein. Aber was Ihr mit dem armen Schlucker Ravenswood vorhabt, leuchtet mir nicht ein. Er hat so wenig Geld wie ich, alle seine Güter sind verpfändet, die Zinsen fressen alle Einkünfte auf, und dann reicht's noch immer nicht... – Was erhofft Ihr Euch davon, Euch in seine Angelegenheiten einzumischen?«

»Nur die Ruhe, Bucklaw, ich verstehe mein Geschäft«, antwortete Craigengelt. »Abgesehen davon, daß sein Name und seines Vaters Verdienste von 1689 dazu beitragen werden, daß eine solche Anwerbung in Versailles und St. Germain nur zu gerne gesehen werden wird, mögt Ihr auch erfahren, daß der Herr von Ravenswood ein ganz anderer Kerl ist als Ihr. Er hat Geschick und Fähigkeiten, Herz und Mut, und er wird sich in der Fremde als junger Mann von Intelligenz und Tatkraft erweisen, der sich auf mehr versteht als den Lauf der Pferde und den Flug der Falken. Ich habe das letztemal ein wenig Vertrauen verloren, weil ich keinen hinübergebracht habe, der für anderes Sinn gehabt hätte, als einen Hirsch aufzutreiben oder einen Falken zu rufen. Der Herr von Ravenswood hat Erziehung und Verstand.«

»Und doch ist er nicht gescheit genug, den Schlichen eines Seelenverkäufers zu entwischen, Craigengelt?« fragte der jüngere. »He, werdet doch nicht böse – Ihr wißt, Ihr wollt Euch nicht schlagen, und Ihr mögt also füglich Euern Degen in Frieden lassen. Erzählt mir lieber trocken heraus, wie Ihr Ravenswood in Euer Vertrauen gebracht habt?«

»Indem ich seiner Rachsucht schmeichelte, Bucklaw. Er war mir gegenüber immer mißtrauisch; aber ich dachte mir: Meine

Stunde wird kommen, und hämmerte drauflos, als er angesichts der ihm zugefügten Demütigungen und des Unrechts glutrot angelaufen war. Jetzt ist er unterwegs, wie er sagt – und vielleicht wirklich denkt –, Sir William Ashton zur Rede zu stellen. Ich sage: Wenn sie zusammenkommen und der Rechtsgelehrte ihn zwingt, sich zu verteidigen, wird ihn Ravenswood erschlagen – denn er hatte dieses Funkeln im Auge, das niemals trügt, wenn man jemandes Absicht erspähen will. Auf jeden Fall wird es so hoch hergehen, daß daraus leicht ein Attentat auf ein Geheimratsmitglied konstruiert werden kann; infolgedessen wird zwischen ihm und der Regierung ein vollkommener Bruch entstehen: Schottland wird zu heiß für ihn werden, Frankreich ihn gewinnen, und wir werden zusammen auf der französischen Brigg *L'Espoir*, die für uns vor Eyemouth kreuzt, unter Segel gehen.«

»Einverstanden«, sagte Bucklaw. »In Schottland gibt's nicht mehr viel, was mir nicht egal ist, und wenn uns Ravenswoods Gesellschaft einen besseren Empfang in Frankreich verschafft, dann sei's in Gottes Namen. Ich bezweifle, daß uns unsere eigenen Verdienste das geringste Vorwärtskommen verschaffen werden, und vertraue darauf, daß er dem Lord Keeper eine Kugel durch's Hirn jagt, ehe er hierher kommt. Jedes Jahr sollten ein oder zwei dieser schurkischen Staatsmänner niedergeschossen werden – das wäre genug, um die anderen zu anständigem Verhalten zu zwingen.«

»Nur zu wahr«, nickte Craigengelt. »Und das erinnert mich daran, nach unsern Pferden zu sehen, ob sie gefüttert und bereit sind, denn sollte sich diese Tat ereignet haben, hätte das Gras wenig Zeit, unter ihren Hufen zu wachsen.«

Er ging zur Tür, kehrte dann um und flüsterte Bucklaw mit ernstem Blick zu: »Was auch aus dieser Sache werden mag, ich bin sicher, Ihr werdet so gerecht sein, Euch zu erinnern, daß ich Ravenswood nichts sagte, wodurch ich der Zustimmung zu einer Gewalttat, die er womöglich ausgeheckt haben mag, verdächtig werden könnte.«

»Nein, nein, kein einziges Wort von Zustimmung!« versetzte Bucklaw. »Ihr kennt nur zu gut die gefährlichen Abgründe zwischen *Schein* und *Sein.*« Dann sprach er die folgenden Verse vor sich hin:

Die Fratze sprach nicht, doch machte sie gewitzte Zeichen
Und deutete genau auf blutgen Mord.

»Was nuschelt Ihr Euch da in den Bart?« fuhr Craigengelt auf, sich ängstlich umsehend.

»Nichts, nichts – nur zwei Verse, die ich im Theater gehört habe«, antwortete sein Gefährte.

»Bucklaw, ich denke oft, Ihr hättet selbst Schauspieler werden sollen – alles ist Scherz und Spiel an Euch.«

»Das hab' ich auch oft gedacht, und ich glaube, es wäre heilsamer für mich gewesen, als mit Euch nun eine Rolle in einer unheilvollen Verschwörung zu spielen. Doch fort, spielt Eure Rolle und seht nach den Pferden wie ein Stallknecht. – Ein Schauspieler, ein Bühnenheld!« wiederholte Bucklaw für sich. »Das hätte einen Degenstoß verdient – aber dieser Craigengelt ist ein Feigling. Und doch wär' ich wohl imstande, diese Kunst zu lieben. Mal sehen... Ja, ich könnte in *Alexander* auftreten:

So steh' ich auf von meinem Grab
Und werde meine Liebste retten,
Zieht Ihr nur alle Eure Schwerter,
Führt sie behende wie der Blitz –
Wenn ich heranstürm', wird's keiner wagen, nicht zu weichen,
Es ist die Liebe, die befiehlt, und Ruhm zeigt mir den Weg.«

Während Bucklaw mit Donnerstimme, die Hand am Degen, die überspannten Verse des armen Lee deklamierte, kam Craigengelt mit bestürzter Miene zurück.

»Wir sind verloren, Bucklaw! Ravenswoods Pferd hat sich im Stall im Halfter verfangen und lahmt entsetzlich. Das Pferd, das er jetzt reitet, wird nach dem Tagwerk erschöpft sein, und jetzt hat er kein frisches Pferd. Er wird nicht fort können!«

»Freilich, diesmal wird's nicht behende wie der Blitz abgehen«, erwiderte Bucklaw trocken. »Aber halt, Ihr könnt ihm Eures geben.«

»Was! Und mich fangen lassen? Habt vielen Dank für Euren Rat!«

»Falls dem Lord Keeper ein Unglück zugestoßen ist – was ich für meinen Teil nicht glauben kann, denn Ravenswood ist nicht der Kerl, einen alten waffenlosen Mann zu erschießen –, aber *falls* es im Schloß zu erbittertem Streit gekommen sein sollte, wart Ihr doch weder in *Schein* oder *Sein* daran beteiligt, nicht wahr, und habt also nichts zu befürchten.«

»Wahr, wahr«, antwortete der andere verlegen. »Aber bedenkt meinen Auftrag aus St. Germain.«

»Von dem mancher glaubt, daß er Euer eignes Werk ist, edler Captain. – Nun, wenn Ihr ihm Euer Pferd nicht geben wollt, verdammt noch mal, muß ich ihm meins geben.«

»Euers?«

»Ja, meins«, wiederholte Bucklaw. »Man soll nicht von mir sagen, ich hätte einen Edelmann in einer kleinen Ehrensache im Stich gelassen und ihm weder dabei, noch daraus heraus geholfen.«

»Ihr wollt ihm Euer Pferd geben? Habt Ihr den Verlust bedacht?«

»Verlust, wieso? Grey Gilbert kostet mich zwanzig Jakobusse, wohl wahr, aber sein jetziges Pferd ist auch etwas wert und sein Black Moor doppelt so viel, wenn er gesund ist, und ich weiß, wie man ihn behandelt. Nimm einen fetten, säugenden Bullenbeißerwelpen, zieh' ihm die Haut vom Leibe und weide ihn aus, stopfe den Bauch mit schwarzen und grauen Schnecken, brat' ihn eine gewisse Zeit und beträufle ihn mit Lavendelöl, Safran, Zimt und Honig, salbe das Pferd damit ein, reibe es tüchtig...«

»Gewiß, Bucklaw; aber bevor ihr noch die Verstauchung geheilt habt, ja bevor ihr den Welpen braten könnt, werdet Ihr ergriffen und gehängt. Verlaßt Euch drauf, bei der Jagd auf Ravenswood wird es heiß hergehen. Ich wünschte, wir hätten unsern Treffpunkt näher an der Küste bestimmt.«

»Meiner Treu«, rief Bucklaw aus, »dann wär's das beste, mich gleich aus dem Staub zu machen und ihm mein Pferd dazulassen… Halt! Wartet, er kommt, ich höre Hufgetrappel.«

»Seid Ihr sicher, daß es nur einer ist?« fragte Craigengelt. »Ich fürchte, es kommt eine ganze Hetzjagd. Kommt mir vor, als hörte ich drei oder vier herangesprengt kommen – kein Zweifel, ich höre mehr als ein Pferd.«

»Gemach, gemach, es ist die Hausmagd, die in ihren Holzschuhen zum Brunnen geht. Meiner Treu, Captain, Ihr solltet Euern Posten und Euern geheimen Dienst aufgeben, denn Ihr seid so schreckhaft wie eine Wildgans. Doch da kommt Ravenswood, allein und finster wie eine Novembernacht.«

Ravenswood trat in die Stube, gehüllt in seinen Mantel, mit gekreuzten Armen, düsteren und zugleich niedergeschlagenen Blicken. Er schleuderte seinen Mantel von sich, als er eintrat, warf sich auf einen Stuhl und schien in tiefes Nachsinnen versunken.

»Was ist geschehen? Was habt Ihr getan?« fragten Craigengelt und Bucklaw hastig zugleich.

»Nichts«, war die kurze, mürrische Antwort.

»Nichts? Als Ihr gingt, wart Ihr entschlossen, den alten Schurken zur Rechenschaft zu ziehen für all' das Unrecht, das Ihr, wir, das ganze Land von ihm erfahren haben? Habt Ihr ihn gesehen?«

»Das habe ich.«

»Ihr habt ihn gesehen – und seid fortgegangen, ohne alte Rechnungen zu begleichen?« fragte Bucklaw. »Das hätte ich vom Herrn von Ravenswood nicht erwartet.«

»Es ist nicht an Euch, irgendetwas zu erwarten«, versetzte Ravenswood. »Ich bin Euch schließlich keine Rechenschaft schuldig.«

»Sachte, Bucklaw«, fiel Craigengelt seinem Gefährten, der eine beißende Antwort geben zu wollen schien, ins Wort. »Der Herr von Ravenswood ist durch irgendeinen Zufall von seinem Entschluß abgehalten worden; doch er muß Freunden, die seiner Sache so ergeben sind wie Ihr und ich, die besorgte Neugier verzeihen.«

»Freunden? Captain Craigengelt«, versetzte Ravenswood stolz; »ich weiß nicht, was für eine Vertraulichkeit zwischen uns Euch das Recht gibt, diesen Ausdruck zu gebrauchen. Unsere Freundschaft besteht in nichts anderem, als daß wir übereingekommen sind, gemeinsam Schottland zu verlassen, sobald ich das Stammschloß meiner Väter besucht und eine Unterredung mit dem derzeitigen Bewohner, ich weigere mich zu sagen: Eigentümer, gehabt haben würde.«

»Sehr wahr, Herr«, antwortete Bucklaw, »und da wir befürchteten, daß Ihr etwas vorhättet, was Euren Hals aufs Spiel setzte, waren Craigie und ich so gefällig, auf Euch zu warten, obwohl dies für uns gefährlich hätte werden können. Was Craigengelt angeht, hat dies nicht viel zu bedeuten, denn schon bei seiner Geburt war ihm der Galgen auf die Stirn geschrieben. Aber mir sollte es nicht gefallen, eines fremden Mannes willen durch ein solches Ende meine Verwandtschaft zu entehren.«

»Gentlemen«, sagte Ravenswood, »es tut mir leid, Euch Ungelegenheiten verursacht zu haben. Ich muß mir jedoch mein Recht vorbehalten, selbst zu entscheiden, was in meinen Angelegenheiten das Beste ist, ohne einem andern darüber Rede und Antwort zu stehen. Ich habe meine Absicht geändert und bin nicht gewillt, das Land jetzt zu verlassen.«

»Das Land nicht verlassen!« rief Craigengelt aus. »Nach all' der Mühe und all' den Auslagen, die ich auf mich genommen habe – nach all' der Gefahr, entdeckt zu werden, und den Kosten für Passage- und Liegegeld!«

»Als ich im Sinn hatte, dies Land rasch zu verlassen«, versetzte Ravenswood, »machte ich von Eurem zuvorkommenden Angebot, mir die Reisekosten zu verschaffen, Gebrauch, aber ich entsinne mich nicht, daß ich mich verpflichtet hätte fortzugehen, wenn ich meine Absicht ändern sollte. Tut mir leid, Euch Mühe gemacht zu haben, und ich danke Euch dafür. Eure Auslagen,« fügte er hinzu, die Hand in die Tasche steckend, »will ich erstatten. Passage- und Liegegeld sind Dinge, auf die ich mich nicht verstehe, Captain Craigengelt – aber nehmt meine Börse und bezahlt Euch selbst,wie Ihr es angemessen findet.«

Und damit reichte er dem sogenannten Captain eine Börse mit einigem Gold.

Aber jetzt schritt seinerseits Bucklaw ein.

»Es juckt in Euern Fingern, Craigie, das Ding da zu ergreifen, ich seh's. Aber ich schwöre zu Gott, wenn Ihr danach greift, hau' ich Euch mit meinem Messer alle Finger ab. Da der Herr seine Absicht geändert hat, bin ich dafür, daß wir nicht länger Zeit verlieren; doch vor allem bitte ich um Erlaubnis, ihm zu sagen…«

»Sagt ihm, was Ihr wollt«, grunzte Craigengelt, »wenn Ihr mir zuvor erlaubt, ihm die Unannehmlichkeiten zu schildern, denen er sich aussetzt, wenn er unsere Gesellschaft verläßt, und ihn an all die Schwierigkeiten zu erinnern, wenn er hier bleibt, und an die erschwerte Aufnahme in Versailles und St. Germain, wenn er dort ohne Empfehlung einflußreicher Personen erscheint.«

»Ganz abgesehen vom Verlust der Freundschaft wenigstens eines Mannes von Geist und Ehre«, fügte Bucklaw hinzu.

»Ihr Herren«, sagte Ravenswood, »erlaubt mir noch einmal, Euch zu versichern, daß Ihr unserer flüchtigen Bekanntschaft mehr Bedeutung gegeben habt, als ich es je gewünscht hätte. Wenn ich an fremden Höfen erscheine, brauche ich weder die Empfehlung eines intriganten Abenteurers, noch die Freundschaft eines hitzköpfigen Prahlhanses.«

Mit diesen Worten und ohne auf Antwort zu warten, verließ er die Stube, bestieg sein Pferd und ritt davon.

»*Mortbleu*!« rief Kapitän Craigengelt aus, »mein Rekrut ist fort!«

»Ja, Captain, der Lachs ist davon mit Angel und allem. Aber ich will ihm nach, denn er hat mir mit seiner Beleidigung mehr zu knabbern gegeben, als ich verdauen mag.«

Craigengelt bot an, ihn zu begleiten, aber Bucklaw gab zur Antwort: »Nein, nein, Captain, haltet Euch am Kamin auf, bis ich wiederkomme. Es schläft sich besser mit heiler Haut.

Wenig kümmert's die Alte, die beim Feuer sitzt,
Wie heulend, kalt, wirbelnd der Wind durch's Tal flitzt.«

Diese Worte singend verließ er die Stube.

KAPITEL 6

Jetzt, Billy Bewick, fasse Mut,
Und halt' dich nicht mit langem Reden auf;
Wenn du ein Mann bist, wie ich's glaub,
Dann komm' und schlage dich mit mir.
Alte Ballade.

Als Ravenswood das Unglück bemerkte, das seinem Wechselpferd zugestoßen war, bestieg er wieder jenes, das er zuvor geritten hatte, und war, um das Tier zu schonen, in langsamer Gangart auf dem Weg vom *Fuchsbau* zum alten Turm Wolf's Crag, als er hinter sich ein Pferd galloppieren hörte, sich umwandte und den jungen Bucklaw erkannte, der sich einige Minuten verspätet hatte, weil er der kitzelnden Versuchung nicht hatte widerstehen können, dem Wirt des *Fuchsbau* ein Rezept zur Behandlung des lahmen Pferdes zu geben. Diese Verspätung hatte er durch einen scharfen Ritt wettgemacht und holte Ravenswood inmitten öden Moorlands ein.

»Halt, Sir«, rief Bucklaw, »ich bin kein politischer Agent – kein Captain Craigengelt, dessen Leben zu kostbar ist, um es zur Verteidigung seiner Ehre aufs Spiel zu setzen. Ich bin Frank Hayston von Bucklaw, und kein Mann beleidigt mich durch Wort, Tat, Geste oder Blick, ohne daß ich dafür Genugtuung fordere.«

»Alles schön und gut, Mr. Hayston von Bucklaw«, erwiderte Ravenswood seelenruhig, »aber ich habe keinerlei Streit mit Euch und wünsche auch keinen zu haben. Unsere Wege heimwärts und die unserer Lebensbahnen gehen in verschiedene Richtung, und ich sehe nicht, wie sie sich kreuzen könnten.«

»Nicht?« brauste Bucklaw auf. »Beim Himmel, ich sage doch! Ihr habt uns *intrigante Abenteurer* genannt.«

»Erinnert Euch genau, Hayston: Nur Euren Gefährten habe ich so genannt, und ich kenne ihn als nichts Besseres.«

»Was macht das? Er war in meiner Gesellschaft, und kein

Mensch wird einen Mann beleidigen – ob mit Recht oder Unrecht –, solange er in meiner Gesellschaft ist.«

»Dann, Mr. Hayston«, versetzte Ravenswood mit unveränderter Gemütsruhe, »solltet Ihr etwas wählerischer in Eurer Begleitung sein, wenn Ihr nicht ständig Euren Kopf riskieren wollt. Geht heim, Sir, schlaft und laßt Vernunft Euren Zorn besänftigen.«

»Oh nein, mein Herr, Ihr habt Euren Mann mißverstanden – mit Hochmut und weisen Sprüchen ist die Sache nicht abgetan. Ihr habt mich überdies einen Prahlhans genannt, und Ihr nehmt das zurück, bevor wir uns trennen.«

»Kaum«, erwiderte Ravenswood, »solange Ihr mir meinen Irrtum nicht besser beweist, als Ihr gerade tut.«

»In diesem Fall, Herr – wenn Ihr Eure Beleidigungen weder rechtfertigen, noch widerrufen, noch einen Zusammenkunftsort bestimmen wollt, macht Euch auf eine härtere Gangart gefaßt, obwohl es mir leid tun würde, gegen einen Mann von Eurer Qualität so zu verfahren.«

»Das alles wird nicht nötig sein, denn es genügt mir, daß ich einen Zweikampf mit Euch zu vermeiden gesucht habe. Besteht Ihr drauf, ist dieser Platz so gut wie jeder andere.«

»Dann steigt ab und zieht«, forderte Bucklaw ihn auf, ihm ein Beispiel gebend. »Ich habe immer gesagt und gedacht, daß Ihr ein Gentleman wärt – es täte mir leid, Euch anders nennen zu müssen.«

»Ihr werdet keinen Grund dazu haben, Sir«, sagte Ravenswood, indem er abstieg und sich zur Verteidigung rüstete.

Ihre Degen kreuzten sich, und der Kampf begann von Seiten Bucklaws, der sich auf die Sache verstand und seine Waffe mit großem Geschick führte, äußerst hitzig. Bei gegenwärtiger Gelegenheit spielte er seine Gewandtheit jedoch nicht zu seinem Vorteil aus, denn da er angesichts der verächtlichen Kälte, mit der Ravenswood das Duell lange verweigert und schließlich gewährt hatte, seine Beherrschung verloren hatte und seine Ungeduld ihn fortriß, wählte er in unbesonnenem Eifer die Rolle des Angreifers. Ravenswood blieb bei gleicher Geschicklichkeit, aber größerer Kaltblütigkeit hauptsächlich auf seine Verteidigung bedacht und verschmähte gar einige Vorteile, die ihm die Unvorsichtigkeit seines Gegners bot. Bei einem verzweifelten Ausfall schließlich, dem er den entscheidenden Stich folgen lassen wollte, strauchelte Bucklaw und stürzte aufs kurze Gras, auf dem sie fochten.

»Behaltet Euer Leben, Sir«, kommentierte Ravenswood, »und bessert es, wenn Ihr könnt.«

»Es wäre doch nur Flickwerk, fürchte ich«, gestand Bucklaw mit weit weniger Verdrossenheit über den Ausgang des Kampfes, als man bei seinem heftigen Temperament erwartet hätte. »Ich danke Euch für mein Leben«, fuhr er fort, während er aufstand und sein Schwert aufhob. »Hier ist meine Hand – ich will Euch nichts Schlechtes, weder wegen meines Pechs beim Kampf, noch weil Ihr der bessere Fechter seid.«

Ravenswood sah ihn einen Augenblick prüfend an, dann reichte er ihm seine Hand.

»Bucklaw, Ihr seid ein tapferer Bursche, und ich habe Euch Unrecht getan. Ich bitte Euch herzlich für den Ausdruck, mit dem ich Euch beleidigt habe, um Verzeihung. Es war voreilig und unbesonnen, und ich bin überzeugt, daß er völlig unangemessen ist.«

»Seid Ihr sicher, Herr?« Bucklaws Gesicht nahm wieder seinen natürlichen Ausdruck fröhlichlicher Sorglosigkeit und Kühnheit an. »Das ist mehr, als ich von Euch erwartet habe, denn die Leute sagen, daß Ihr nicht leicht bereit seid, Eure Meinung und Eure Rede zurückzunehmen.«

»Nie – wenn ich sie wohl bedacht habe.«

»Dann seid Ihr ein wenig weiser als ich, denn ich duelliere mich immer erst mit einem Freund, bevor ich mich mit ihm verständige. Wenn einer von uns fällt, ist die Rechnung geschlossen, und wenn nicht: nie sind Männer aufgelegter zum Frieden als nach dem Krieg. – Doch was will das Plärrmaul von einem Jungen da?« fragte Bucklaw. »Ich wünschte, beim Himmel, er wäre ein paar Minuten früher gekommen! – und doch hätte die Sache irgendwann beendet werden müssen, und vielleicht ist's auf diese Weise so gut wie auf and're.«

Während er sprach, kam der erwähnte Junge auf einem Esel, den er heftig zur Eile antrieb, näher und schickte wie ein ossianischer Held seine Stimme voraus: »Gentlemen! – Gentlemen, rettet Euch! Die Wirtin läßt Euch ausrichten, daß man in ihrem Haus Captain Craigengelt gepackt hat und Bucklaw sucht, und daß ihr deshalb keine Zeit verlieren sollt!«

»Meiner Treu, da hast du verdammt recht«, sagte Bucklaw. »Da, nimm' diesen Sixpence für deine Nachricht, und ich würde dir noch einmal so viel geben, wenn du mir sagen würdest, welchen Weg ich reiten soll.«

»Das will ich tun«, sagte Ravenswood, »reitet mit mir nach Wolf's Crag. Dort gibt es Verstecke, wo Ihr sicher seid, selbst wenn Euch tausend Mann suchten.«

»Aber das wird Euch in Schwierigkeiten bringen, Herr. Und wenn Ihr nicht schon in der jakobitischen Patsche sitzt, will ich Euch nicht hineinziehen.«

»Seid unbesorgt, ich habe nichts zu fürchten.«

»Dann will ich gerne mit Euch reiten, denn – um die Wahrheit zu sagen – ich weiß nicht, wohin uns Craigengelt diese Nacht führen wollte; und ich bin sicher, daß er, wenn er gefaßt ist, die ganze Wahrheit über mich und zwanzig Lügen über Euch ausplaudern wird, um seinen Hals aus der Schlinge zu ziehen.«

Dann stiegen sie auf und ritten gemeinsam davon, indem sie die üblichen Wege mieden und einsame Pfade durchs wilde Moor einschlugen, mit denen sie von der Jagd her vertraut waren, auf denen jeder andere sich aber nur schwer zurechtgefunden haben würde. Eine Zeitlang ritten sie schweigend und so schnell, wie es der Zustand von Ravenswoods Pferd erlaubte, bis nach für nach die Nacht sie einhüllte und sie langsamer machten, teils weil sie nur noch mit Mühe ihren Pfad erkennen konnten, teils in der Hoffnung, vor Verfolgung und Beobachtung mittlerweile sicher zu sein.

»Und nun, da wir die Zügel etwas lockerer lassen können«, sagte Bucklaw, »möchte ich Euch etwas fragen, Herr.«

»Nur zu – aber vergebt mir, wenn ich Euch nicht antworte, falls ich es nicht für gut befinde.«

»Es ist nur dies: Was in Teufels Namen hat Euch mit Euerm guten Ruf nur einen Augenblick lang dazu gebracht, Euch abzugeben mit einem Strolch wie Craigengelt und einem Taugenichts Bucklaw, wie mich die Leute nennen?«

»Das war schlicht, weil ich verzweifelt war und verzweifelte Verbündete suchte.«

»Und warum habt Ihr heute wieder mit uns gebrochen?«

»Weil ich meine Absichten geändert habe und wenigstens fürs erste auf mein Vorhaben verzichte. Und da ich Eure Fragen nun frank und frei beantwortet habe, sagt mir, was *Euch* mit Craigengelt verbindet, der an Geburt und Geist so weit unter Euch steht?«

»Offen gesprochen: weil ich ein Narr bin, der seine ganze Habe verspielt hat. Meine Großtante, Lady Girnington, hat, glaube ich, statt eines Lebensfadens zwei, und meine einzige Hoffnung, zu etwas zu kommen, lag in einem Regierungswechsel. Craigie war eine Art Spielbekanntschaft, er durchschaute meine Lage und, wie man den Teufel immer an seiner Seite hat, erzählte mir fünfzig Lügen über seine Vollmachten aus Versailles und seinen Einfluß in St. Germain, versprach mir eine Hauptmannsstelle in Paris, und ich war Esel genug, mich in sein Fahrwasser ziehen zu lassen. Ich wette, daß er jetzt schon ein Dutzend hübsche Geschichtchen über mich an die Regierung verraten hat. Und dazu hab' ich's nun gebracht mit Wein, Weib, Würfel, Hähnen, Hunden und Pferden.«

»Tja, Bucklaw, Ihr habt wirklich an Eurem Busen die Schlangen genährt, die Euch jetzt beißen.«

»Hübsch gesagt, und ebenso wahr. Aber, mit Eurer Erlaubnis – Ihr habt in Eurem Busen eine besonders große Schlange genährt, die alle anderen verschlungen hat und Euch so sicher hinterherschlingen wird, wie mein halbes Dutzend sich aus mir ein anständiges Mahl macht.«

»Ich hätte Euch vielleicht nicht zu dieser Offenheit verleiten sollen«, erwiderte Ravenswood, »zu der ich Euch Beispiel gegeben habe. Was – sagt's geradeheraus! – soll diese furchtbare Leidenschaft sein, die Ihr mir vorwerft?«

»Rache, mein Herr – Rache. Und wenn's auch eine ebenso edelmännische Sünde ist wie Wein und Saus und Braus mit ihrem Gefolge, ist's doch unchristlich und nicht rein von Blut. Es ist besser, in einen Park einzubrechen, um ein Reh oder ein junges Ding zu beobachten, als um einen alten Mann zu erschießen.«

»Das war nicht, was ich wollte«, entgegnete Ravenswood. »Bei meiner Seele, ich hatte nie diese Absicht. Alles, was ich wollte, war, den Despoten zu stellen, bevor ich mein Land verließe, ihm seine Schandtaten und ihre Folgen aufzählen und auszumalen, bis es seine Seele im Innersten geschüttelt hätte…«

»Tja, und er hätte Euch dann am Kragen gepackt und *Hilfe*! geschrien, und dann, vermute ich, hättet ihr seine Seele aus ihm herausgeschüttelt… Allein Euer Blick und Eure Entschlossenheit hätten den Mann zu Tode erschreckt.«

»Denkt daran, wie sehr er's provoziert hat«, antwortete Ravenswood. »Denkt an Tod und Ruin, den seine kaltherzige Grausamkeit verursacht hat – ein altes Geschlecht zerstört, ein geliebter Vater ermordet! Wer in unseren alten schottischen Zeiten angesichts solchen Unrechts ruhig dagesessen hätte, von dem hätte man gesagt, er wäre weder fähig, einem Freund beizustehen, noch einem Feinde zu begegnen.«

»Nun, Herr, es freut mich zu sehen, daß der Teufel es mit anderen ebenso gerissen treibt wie mit mir – denn wenn ich drauf und dran bin, eine Tollheit zu begehen, flüstert er mir ein, es wär' die notwendigste, ritterlichste, edelste Sache von der Welt, und ich stecke schon bis zu den Sattelgurten im Sumpf, bevor ich merke, daß der Boden nachgibt. Und Ihr, Herr, hättet beinahe einen Mord… einen Totschlag begangen aus lauter Ehrfurcht für Eures Vaters Andenken.«

»In dem, was Ihr sagt, steckt mehr Vernunft, Bucklaw, als man Euch bei Eurer Lebensart zugetraut hätte. Nur zu wahr, unsere Laster schleichen sich in so schöner Verkleidung bei uns ein wie die Dämonen, die dem Aberglauben nach in die Geschicke der Menschen eingreifen und deren Gräßlichkeit man erst erkennt, wenn man sie in die Arme geschlossen hat.«

»Immerhin, wir können sie von uns stoßen«, sagte Bucklaw, »und genau das will ich dieser Tage tun – jedenfalls, wenn die alte Lady Girnington stirbt.«

»Habt Ihr je von der Redewendung englischer Geistlicher gehört: *Die Hölle ist mit guten Vorsätzen gepflastert*? Was sagen will, sie sind leichter gefaßt als durchgehalten.«

»Schon wahr«, antwortete Bucklaw, »doch will ich noch in dieser gesegneten Nacht beginnen und nicht mehr als ein Viertel Wein trinken, falls nicht Euer Claret von außerordentlicher Güte ist.«

»Ihr werdet in Wolf's Crag wenig in Versuchung geführt. Ich weiß nicht, ob ich Euch mehr als ein Dach über dem Kopf anbieten kann, denn all' unser Wein und unsere Vorräte sind beim letzten Anlaß draufgegangen.«

»Möge es lange dauern, bis Ihr Vorräte für einen ähnlichen Anlaß nötig habt!« wünschte Bucklaw. »Aber Ihr hättet nicht die letzte Flasche zu einem Totengesang trinken sollen – das bringt Unglück.«

»Alles was mich betrifft, scheint mir, bringt Unglück. – Aber dort ist Wolf's Crag, und was immer wir dort noch finden, soll Euch zu Diensten stehen.«

Das krachende Rauschen der Brandung hatte ihnen bereits seit einiger Zeit die Nähe der Klippen angekündigt, auf deren Gipfel der erste Ravenswood wie ein Meeradler seinen Horst gegründet hatte.

Der bleiche Mond, der zuvor mit fliehenden Wolken gestritten hatte, trat hell hervor und zeigte ihnen den einsamen, kahlen Turm auf einer ins deutsche Meer hinausragenden Klippe. An drei Seiten fiel der Fels jäh ab; auf der vierten, der Landseite, war er früher durch einen künstlichen Wassergraben und eine Zugbrücke gesichert gewesen, aber letztere war eingestürzt und ersterer teilweise aufgefüllt, so daß er einem Reiter den Weg in den engen Burghof gewährte, der auf zwei Seiten von baufälligen Ställen und Wirtschaftsgebäuden und auf der Landseite von einer niedrigen, mit Schießscharten versehenen Mauer umgeben war. Die verbleibende Seite des Vierecks nahm der Turm selbst ein, schmal und hoch und riesenhaft, aus grauem Gestein gebaut und im Mondlicht schimmernd. Eine wildere, trostlosere Wohnung konnte man sich schwerlich vorstellen. Das schwere und dumpfe Anrollen der Wogen, die sich ohne Unterlaß tief unten am Fuß des Felsens brachen, war für das Ohr, was die Landschaft für das Augen war – der Ausdruck düsterer, fast grauenerregender Eintönigkeit.

Obwohl die Nacht noch nicht sehr vorgerückt war, bemerkte man kein Lebenszeichen in dieser verlorenen Behausung, ausgenommen ein mattes Licht, das sich in einem der schmalen, in unregelmäßiger Höhe angebrachten Gitterfenster zeigte.

»Da sitzt der einzige männliche Diener, der dem Haus Ravenswood noch geblieben ist«, sagte Ravenswood. »Und es ist gut, daß er hier geblieben ist, denn sonst hätten wir wenig Hoffnung, Licht oder Feuer zu finden. Doch folgt mir mit Vorsicht – der Pfad ist schmal, und es kann ihn immer nur ein Reiter passieren.«

In der Tat führte der Pfad über eine enge Landzunge, an deren halbinselartigem Ende der Turm stand, der allein unter dem Gesichtspunkt von Stärke und Sicherheit und zuallerletzt unter dem der Bequemlichkeit erbaut worden war, wie es den schottischen Baronen die Wahl von Lage und Baustil ihrer Gebäude diktierte. Durch Befolgung der empfohlenen Vorsicht gelangten sie sicher in den Burghof. Aber es währte lange, ehe sie – obwohl Ravenswood mit Macht an die niedrige Tür klopfte und mit wiederholten Rufen Caleb aufforderte, aufzumachen und sie einzulassen – eine Antwort erhielten.

»Der alte Mann muß unterwegs sein«, vermutete er schließlich, »oder es ist ihm etwas zugestoßen, denn der Lärm, den ich gemacht habe, hätte Siebenschläfer geweckt.«

Endlich antwortete eine ängstliche, zögerliche Stimme: »Herr – Herr von Ravenswood, seid Ihr es?«

»Ja, ich bin's, Caleb. Mach' schnell die Tür auf.«

»Aber seid Ihr auch wirklich aus Fleisch und Blut? Ich wollte lieber fünfzig Teufeln gegenüberstehen als dem Geist meines Herrn. Schert Euch fort, und wenn Ihr zehnmal der Herr von Ravenswood wärt', wenn Ihr nicht aus Fleisch und Blut seid.«

»Ich bin's, alter Narr«, antwortete Ravenswood, »aus Fleisch und Blut und springlebendig, abgesehen davon, daß ich halbtot vor Kälte bin.«

Das Licht verschwand vom oberen Fenster, und indem es in langsamem Voranschreiten von Schießscharte zu Schießscharte erglänzte, ließ es erkennen, daß sein Träger unter vielerlei Bedenken die enge Wendeltreppe eines der Türmchen hinunterstieg, die die Ecken des alten Turms verzierten. Dieses allzu zögerliche Niedersteigen entlockte Ravenswood einige Ausrufe der Ungeduld und seinem weniger geduldigen, lebhafteren Gefährten mehrere Flüche. Caleb hielt noch einmal inne, ehe er die Tür aufriegelte, und versicherte sich mehrmals, daß es menschliche Gestalten wären, die um diese Nachtstunde Einlaß begehrten.

»Wär' ich in Deiner Nähe, alter Narr«, knurrte Bucklaw, »würd' ich Dir schon ausreichende Beweise meiner Leibhaftigkeit liefern.«

»Öffne die Tür, Caleb«, sagte sein Herr in einem sanfteren Ton, teils aus Achtung für seinen alten, treuen Burgmeister, teils vielleicht, weil er dachte, daß ärgerliche Worte verloren wären, solange Caleb eine starke, eisenbeschlagene Eichentür zwischen sich und den Sprechenden hatte.

Schließlich zog Caleb mit zitternder Hand die Riegel zurück, öffnete die schwere Tür und stand vor ihnen mit seinem dünnen, grauen Haar, kahler Stirn und scharfgeprägten Zügen, von der flackernden Lampe erhellt, die er in der einen Hand hielt, während er mit der anderen die Flamme bedeckte und schützte. Der furchtsame, höfliche Blick, den er um sich warf, die Wirkung des Lichts auf sein weißes Haar und die angeleuchteten Gesichtszüge würden ein gutes Gemälde abgegeben haben. Aber unsere Reisenden waren zu ungeduldig auf ihre Sicherheit vor einem aufkommenden Sturm bedacht, als daß sie sich um das Malerische des Anblicks bekümmert hätten.

»Seid Ihr's, lieber Herr? Seid Ihr's wirklich?« rief der alte Diener aus. »Ich bin untröstlich, daß Ihr vor Eurer eigenen Tür habt warten müssen. Doch wer hätte gedacht, Euch so bald zu sehen, und ein fremder Herr mit… – (Hier wandte er sich ab und rief mit einer Stimme, die von denen im Hof nicht gehört werden sollte, einer Mitbewohnerin des Turms zu: »Mysie. – Mysie, Weib! Tummle dich, was du kannst, und mach' Feuer an; nimm den alten dreibeinigen Stuhl oder was immer du findest, das brennt.) – Ich fürchte, wir sind schlecht vorbereitet, da wir Euch für einige Monate nicht erwarteten. Dann hätten wir Euch zweifellos empfangen können, wie's Eurem Rang gebührt, aber so…«

»Aber so, Caleb«, sagte sein Herr, »müssen unsere Pferde und wir dazu so gut wie eben möglich untergebracht werden. Ich hoffe, es tut Euch nicht leid, mich früher zu sehen als erwartet?«

»Leid tun, Mylord? Ich bin gewiß, Ihr werdet immer der Lord von ehrlichen Leuten sein, wie's Eure edlen Vorfahren seit dreihundert Jahren waren. Leid tun, den Lord von Ravenswood auf seiner eigenen Burg zu sehen! – (Dann wandte er sich wieder in Richtung seiner unsichtbaren Gehilfin: »Mysie, schlachte die Bruthenne, ohne lange zu überlegen – nach uns die Sintflut.) – Es ist nicht unsere beste Wohnstatt«, fügte er, an Bucklaw sich wendend, hinzu, »aber stark genug, daß Lord Ravenswood dahin fliehen… d.h. nicht *fliehen,* sondern sich dahin zurückziehen konnte in unruhigen Zeiten wie den uns'rigen, wenn es ihm nicht anstand, auf einem seiner besseren Hauptsitze im Landesinnern zu wohnen. Aber wegen ihres Alters finden die meisten Leute, daß auch Wolf's Crags Außenseite eingehende Betrachtung verdiene.«

»Und Ihr wollt, daß wir ausreichend Zeit dazu haben«, sagte Ravenswood, den die Kunstgriffe amüsierten, mit denen der alte Mann sie vor der Tür zurückzuhalten versuchte, bis seine Gehilfin Mysie im Innern einige Vorbereitungen getroffen habe.

»Sprecht nicht von der Außenseite des Hauses, guter Freund«, sagte Bucklaw, »zeigt uns das Innere und unseren Pferden den Stall, das ist alles.«

»Ja, Sir. – Sehr wohl, Sir. – Gewiß, Sir. – Mylord und jeder seiner edlen Freunde…«

»Unsere Pferde, alter Freund! Unsere Pferde werden zugrundegehen, wenn sie nach dem Ritt noch lange hier in der Kälte stehen, und meins ist zu gut, um's verrecken zu lassen. Nochmals, unsere Pferde!« rief Bucklaw aus.

»Wahr – ja – eure Pferde – ja – ich will die Stallburschen rufen« – und mit kräftiger Stimme rief Caleb, daß es vom alten Turm widerhallte: »John! – William! – Saunders! Die Jungs sind ausgegangen oder schlafen«, bemerkte er, nachdem er eine Weile auf eine Antwort gelauscht hatte, von der er wußte, daß sie unmöglich kommen konnte. »Alles geht drunter und drüber, wenn der Herr nicht zuhause ist; aber ich will mich selbst um Eure Tiere kümmern.«

»Scheint mir das Beste«, sagte Ravenswood, »denn sonst wäre wenig Hoffnung, daß sie je versorgt würden.«

»Psst, Mylord! Psst, um Gotteswillen!« raunte ihm Caleb in flehentlichem Ton zu. »Wenn Ihr auf Euer Ansehen nicht achtet, denkt an meins. Es wird schwer genug werden, eine erträgliche Nacht zustandezubringen mit allen Lügen, die ich auftreiben kann.«

»Gut, gut, nichts mehr davon. Geht in den Stall. Ich hoffe, wir haben Heu und Hafer?«

»Oh ja, jede Menge Heu und Hafer!« Diesen kräftig gesprochenen Worten folgte in deutlich leiserem Tonfall: »Wir haben noch einen halben Scheffel Hafer und einen Rest Wiesenheu vom Begräbnis übrig.«

»Sehr gut«, sagte Ravenswood und nahm die Lampe aus der widerstrebenden Hand des Dieners, »ich will dem Gast selbst die Stiege hinaufleuchten.«

»Nicht dran zu denken, Mylord – wenn Ihr Euch noch fünf Minuten, oder zehn Minuten, oder eine Viertelstunde geduldet und solange das schöne Mondlicht über Bass und North Berwick Law betrachtet, bis ich die Pferde versorgt habe, dann will ich Eure Lordschaft und seinen ehrenwerten Gast nach oben geleiten. Und ich hab' die silbernen Leuchter verschlossen, und diese Lampe ist nicht angemessen ...«

»Sie wird fürs erste genügen«, erwiderte Ravenswood, »und Euch wird sie im Stall nicht fehlen, da doch, wenn ich mich recht erinnere, das halbe Dach eingestürzt ist.«

»Das ist wahr«, antwortete der treue Diener und fügte mit Geistesgegenwart hinzu, »und die faulen Schlingel von Schieferdeckern haben sich bis heute nicht blicken lassen, es endlich auszubessern.«

»Wenn ich über das Elend meines Hauses scherzen wollte«, sagte Ravenswood, während er die Treppe hinauf leuchtete, »würde mir der arme, alte Caleb reichlich Stoff dazu liefern. Seine Leidenschaft besteht darin, alle Dinge unseres schäbigen Haushalts nicht so darzustellen, wie sie sind, sondern so, wie sie seiner Meinung nach sein sollten. Und, die Wahrheit zu sagen, ich habe mich oft an den Kniffen erfreut, mit denen er auftrieb, was er nötig fand, um das Ansehen der Familie zu retten, und noch mehr an den vollmundigen Entschuldigungen, wenn nicht einmal seine Erfindungsgabe Abhilfe schaffen konnte. Aber obwohl der Turm nicht unbedingt einer der größten ist, wird es mir doch schwer fallen, das Zimmer zu finden, in dem das Feuer ist.«

Mit diesen Worten öffnete er die Tür zur Halle. Es war ein Bild der Trostlosigkeit. Der große, gewölbe Raum, dessen Balken wie die von Westminster Hall angeordnet und an den Enden grob verziert waren, befand sich annähernd in dem Zustand, in dem er nach Lord Allan Ravenswoods Begräbnis verlassen worden war. Umgestürzte Krüge, Töpfe, Zinnkannen und Flaschen lagen und standen auf dem schweren Eichentisch. Gläser – die zerbrechlicheren Utensilien der Schwelgerei –, von denen viele von den Gästen absichtlich anläßlich ihrer beliebtesten Trinksprüche geopfert worden waren, bedeckten weitverstreut den Boden mit ihren Scherben. Das von Freunden und Verwandten geliehene Silbergeschirr war sorgfältig beiseite geschafft worden, sobald das ebenso unnötige wie unangebrachte Festgelage beendet war. Kurz, nichts blieb zurück, das auf einigen Wohlstand hätte schließen lassen. Alles deutete auf die kürzliche Verschwendung und gegenwärtige Öde. Die Wandverkleidung aus schwarzem Tuch, die beim Trauerfest die zerfetzte, mottenzerfressene Tapete überdeckt hatte, hing teilweise, schlaffe Falten werfend, herunter und gab den Blick auf die rauhen, ungetünchten, unbearbeiteten Mauersteine frei. Die umgestürzten oder in Unordnung zurückgelassenen Stühle zeugten von der sorglosen Verwirrung, mit der das Zechgelage beschlossen worden war.

»Dieser Raum«, sagte Ravenswood, während er hineinleuchtete, »dieser Raum, Mr. Hayston, war voller Lärm, als er still vor Trauer hätte sein sollen – so soll er denn jetzt voller Trauer sein, wo er voller Freude sein sollte.«

Sie verließen das trostlose Gemach und stiegen die Treppe hinauf, und nachdem sie ein oder zwei Türen vergeblich geöffnet hatten, fand Ravenswood den Weg in einen kleinen, mit Matten ausgelegten Vorraum, wo sie zu ihrer Freude ein ansehnliches Feuerchen fanden, das Mysie mit den von Caleb empfohlenen Notmitteln zum Brennen gebracht hatte. Froh, endlich mehr Bequemlichkeit vorzufinden, als die Burg bisher zu bieten schien, rieb sich Bucklaw tüchtig die Hände über dem Feuer und hörte mit gestiegenem Wohlgefallen die Entschuldigungen Ravenswoods an.

»Annehmlichkeiten kann ich Euch nicht bieten, denn die habe ich selbst nicht. Es ist lange her, daß diese Wände sie gesehen haben – falls sie sie je gesehen haben. Schutz und Sicherheit, das kann ich Euch, glaube ich, versprechen.«

»Dann stehen die Dinge ausgezeichnet«, erwiderte Bucklaw, »und ist mit einem Mundvoll Essen und Wein alles, was ich für diese Nacht begehre.«

»Ich fürchte, Euer Mahl wird ziemlich armselig ausfallen, wenn ich recht verstanden habe, was Caleb und Mysie darüber sprachen. Der arme Balderstone ist, neben anderen guten Eigenschaften, halb taub, so daß vieles von dem, was er insgeheim zu sprechen glaubt, von der ganzen Zuhörerschaft mitangehört wird, und selbstverständlich gerade von denen, vor denen er seine geheimen Schliche am meisten verbergen will. – Doch hört!«

Sie lauschten und hörten den alten Diener mit Mysie verhandeln:

»Mach's Beste draus... Mach's Beste draus, Frau – es ist leicht, den Dingen ein schönes Ansehen zu geben.«

»Aber die alte Bruthenne? Sie wird so zäh sein wie Bogensehnen und Lederknoten.«

»Sag, du hätt'st sie beim Braten verdorben...«, riet der treue

Burgmeister mit sanfter, leiser Stimme. »Nimm's auf deine Kappe, Mysie, laß' niemals das Ansehen des Hauses drunter leiden.«

»Aber die Bruthenne sitzt in irgendeinem Winkel der Halle, und ich hab' Angst im Dunkeln... Und mag ich auch kein Gespenst sehen, die Henne seh' ich auch nicht, denn es ist stockfinster und kein anderes Licht im Haus als das, das der Herr in seiner Hand trägt. Und wenn ich die Henne zu fassen krieg, muß sie gerupft und ausgenommen und zubereitet werden. Wie soll ich das tun, wenn sie beim einzigen Feuer sitzen, das wir haben?«

»Wahr, wahr, Mysie«, gab Caleb zu, »aber wart' nur ein Weilchen, ich werd' sehen, ob ich ihnen die Lampe wegstibitzen kann.«

In dieser Absicht betrat Caleb den Raum, ohne zu ahnen, daß sein Seitenspiel belauscht worden war.

»Nun, Caleb, alter Freund, dürfen wir auf ein Abendessen hoffen?« fragte Ravenswood.

»Hoffen, Eure Lordschaft?« wiederholte Caleb mit einem gewissen nachdrücklichen Spott bezüglich des ausgedrückten Zweifels. »Wie könnt Ihr das infrage stellen? *Hoffen,* also wirklich! Doch Ihr verlangt keine Metzgerware? Wir haben fettes Geflügel in Mengen, bereit für Bratspieß oder Rost. – Den fetten Kapaun, Mysie!« rief er mit einer Zuversicht aus, als hätte es wirklich einen gegeben.

»Nicht nötig«, warf Bucklaw ein, der sich aus Höflichkeit verpflichtet fühlte, dem armen Burgmeister ein wenig aus seiner Verlegenheit zu helfen, »wenn Ihr nur etwas Kaltes habt, oder eine Kante Brot.«

»Die besten Rundkuchen!« rief Caleb erleichtert aus. »Und was kaltes Fleisch angeht: alles, was wir haben, ist kalt genug – obschon das meiste vom kalten Fleisch und den Pasteten nach dem Begräbnis, wie es sich gehört, den Armen gegeben worden ist. Dennoch...«

»Kommt her, Caleb«, sagte Ravenswood. »Um die Sache abzukürzen: Dies ist der junge Laird von Bucklaw. Er muß sich verstecken, und deshalb...«

»Er wird nicht empfindlicher sein, denk' ich, als Eure Lordschaft«, antwortete Caleb hocherfreut und mit verschwörerischem Nicken. »Es tut mir leid, daß sich der Gentleman in solcher Bedrängnis befindet, aber ich bin froh, daß er nicht viel gegen unseren Haushalt sagen kann, denn ich schätze, seine eigene Klemme übertrifft noch unsere – nicht daß wir uns in der Klemme befänden, Gott bewahre«, setzte er rasch hinzu, um das Geständnis zurückzunehmen, das ihm in der ersten Freude entschlüpft war, »aber doch sind wir weit von dem entfernt, was wir einst waren und immer noch sein sollten. Was das Essen anbelangt – wozu soll ich lügen? Wir haben gerade noch den letzten Rest Hammelkeule, der erst dreimal auf der Tafel war, und näher am Knochen, desto schmackhafter, wie Eure Lordschaft wissen; und dann haben wir noch die Schafskäserinde und ein wenig gute Butter, und – und... Das ist alles, wovon ich weiß.«

Und mit großer Munterkeit brachte er seine spärlichen Vorräte herbei und setzte sie mit außerordentlicher Förmlichkeit auf einen kleinen Rundtisch zwischen die beiden Herren, die sich weder durch die Einfachheit, noch durch die Kargheit des Mahls abhalten ließen, demselben Ehre anzutun. Caleb bediente sie mit der größten Eilfertigkeit, als wolle er durch seine aufmerksame Behendigkeit verhüten, daß man weitere Bedienung vermisse.

Aber ach, wie wenig vermag bei solchen Anlässen der genauest beobachtete Anstand den Mangel substantieller Nahrungsstoffe zu ersetzen! Bucklaw, der mit Gier einen ansehnlichen Teil der dreimal geplünderten Hammelkeule aufgespeist hatte, begann nun Bier zu verlangen.

»Ich getraue mich nicht, unser Bier zu empfehlen«, wich Caleb aus, »das Malz war nicht in Ordnung, und letzte Woche hat's fürchterlich gedonnert – aber ein Wasser, wie's die Burg hat, werdet Ihr selten finden, Bucklaw, und das will ich Euch empfehlen.«

»Aber wenn Euer Bier nichts taugt, könnt Ihr uns doch wenigstens Wein bringen«, meinte Bucklaw, der bei Erwähnung des reinen, von Caleb ernstlich angepriesenen Elements eine Grimasse schnitt.

»Wein!« antwortete Caleb unerschrocken. »Jede Menge Wein! Freilich ist's erst zwei Tage her, da wurde aus schmerzlichem Anlaß so viel Wein hier getrunken, daß eine Pinnasse drin hätte schwimmen können. An Wein hat's auf Wolf's Crag nie gefehlt.«

»Dann holt uns welchen«, sagte sein Herr, »statt nur davon zu reden.«

Und Caleb ging mit Zuversicht hinaus.

Im alten Keller versetzte er jedem leeren Faß einen Stoß und schüttelte es in der verzweifelten Hoffnung, noch so viel Claret auf dessen Boden zu finden, um die große Zinnkanne, die er in der Hand trug, voll zu machen. Doch jedes war nur zu gewissenhaft geleert worden, und trotz größten Aufwands und aller Kunstgriffe konnte der Burgmeister nur ein halbes Viertel zusammenträufeln. Freilich war Caleb ein zu guter Feldherr, das Feld zu räumen, ohne eine Kriegslist zur Deckung seines Rückzugs in Anwendung zu bringen. Als wäre er am Eingang des Raums gestolpert, ließ er eine völlig leere Flasche fallen, rief laut nach Mysie, den verschütteten Wein aufzuwischen, und stellte die andere Flasche auf den Tisch in der Hoffnung, daß die Herren genug daran haben würden. Und so war es tatsächlich; sogar Bucklaw, ein eingeschworener Freund der Reben, fand nicht den Mut, seinen ersten Angriff auf den Weinkeller von Wolf's Crag zu erneuern, und begnügte sich gezwungenermaßen mit einem Trunk klaren, reinen Wassers. Schließlich machte man Anstalten für seine Nachtruhe, und da das Geheimzimmer dazu ausersehen wurde, war Caleb mit erstklassigen und äußerst plausiblen Entschuldigungen für jeden Mangel an Möbeln, Gerätschaften usw. versehen.

»Wer«, fragte er, »hätte gedacht, daß wir das Geheimzimmer noch einmal brauchen würden? Seit der Gowrie-Verschwörung ist es nicht mehr benutzt worden, und ich durfte nie einer Frau den Eingang zeigen, denn dann, mit Eurer Lordschaft Erlaubnis, wär's nicht lang ein Geheimzimmer geblieben.«

KAPITEL 7

Der Herd im Saal verödet -
Kein Tisch steht mehr im Raum,
Kein Bett und kein Pokal;
»Ein traurig Haus«, sprach der Erbe von Linn.
Alte Ballade.

Die Gefühle des verschwendungssüchtigen Erben von Linne – wie in diesem schönen, alten Lied beschrieben –, der sich, nachdem er sein ganzes Vermögen durchgebracht hatte, als von allen verlassener Bewohner einer verödeten Behausung begriff, mochten Ähnlichkeit haben mit denen Ravenswoods in der einsamen Burg Wolf's Crag. Doch hatte letzterer dem Verschwender der Legende die Genugtuung voraus, daß – obwohl er sich in vergleichbarer Armut befand – dies nicht seiner eigenen Unbesonnenheit zuzurechnen war. Seine Armut hatte er von seinem Vater geerbt, und sie hatte neben seiner hohen Abstammung und einem Titel, den der Höfliche nach Belieben geben und der Knauser nach Belieben verweigern konnte, sein ganzes väterliches Erbteil ausgemacht.

Der Morgen – ruhiger Überlegung hold wie den Musen – hatte, während er die Schatten der Nacht zerstreute, die stürmischen Leidenschaften, die am vergangenen Tag Ravenswood aufgewühlt hatten, beruhigt. Er fühlte sich nun in der Lage, seine widerstreitenden Gefühle zu untersuchen, die ihn angetrieben hatten, und sie entschlossen zu bekämpfen und zu unterdrücken. Der Morgen, der ruhig und hell angebrochen war, gab selbst der weiten Moorlandschaft, die man vor der Burg landeinwärts erblickte, ein heiteres Aussehen, und der Ozean, von tausend aufwallenden Silberwogen gekräuselt, breitete sich in ernster, freundlicher Majestät auf der anderen Seite bis zum fernen Horizont aus. Solche Szenen stiller Erhabenheit beeindrucken das menschliche Herz selbst in seinen verwirrtesten Stimmungen, und ihr mächtiger Eindruck inspiriert zu ehrenhaften und guten Taten.

Das erste, was Ravenswood tat, nachdem er mit ungewöhnlicher Unnachgiebigkeit seine eigenen Motive geprüft hatte, war, Bucklaw in seinem Versteck aufzusuchen.

»Wie steht's, Bucklaw? Wie behagt Euch das Lager, auf dem einst der Earl of Angus in seinem Exil in Ruhe schlief, als er mit der ganzen Macht des Grolls eines Königs verfolgt wurde?«

»Hm!« versetzte der erwachte Schläfer. »Ich kann mich nicht über einen Raum beklagen, in dem ein derart bedeutender Mann vor mir gewohnt hat, nur fand ich die Matratze erstaunlich hart, das Gewölbe etwas feucht und die Ratten aufgeregter, als der Zustand von Calebs Speisekammer vermuten ließ. Und wäre am Gitterfenster ein Laden oder am Bett ein Vorhang, wäre dies, denk' ich, keine üble Verbesserung der Unterkunft gewesen.«

»Wahrhaftig, es ist erbärmlich genug«, gestand Ravenswood, während er sich in dem engen Gewölbe umsah, »aber wenn Ihr aufstehen und herauskommen wollt, wird uns Caleb ein Frühstück improvisieren, das besser ist als das gestrige Nachtessen.«

»Bitte, laßt es nicht besser sein«, erwiderte Bucklaw, während er aufstand und sich, so gut es die Dunkelheit erlaubte, ankleidete, »laßt es, sag' ich, nicht besser sein, wenn Ihr wollt, daß ich meinen neuen Vorsätzen treu bleibe. Die bloße Erinnerung an Calebs Gesöff hat mir die Lust auf einen Frühschoppen erfolgreicher vertrieben als zwanzig Predigten. Und Ihr, Herr – habt Ihr die Schlange an Eurem Busen tapfer bekämpft? Ihr seht, ich bin auf dem besten Weg, meine Nattern eine nach der andern zu ersticken.«

»Ich habe die Schlacht immerhin eröffnet, Bucklaw, und hatte die Vision eines schönen Engels, der zu meinem Beistand erschienen ist.«

»Weh mir!« sagte sein Gast. »Ich hab' keine Erscheinung zu erhoffen, es sei denn, meine Tante, Lady Girnington, würde sich zur ewigen Ruhe bequemen, und dann wäre es eher ihre handgreifliche Erbschaft als das Phantom ihrer Erscheinung, die meinen guten Vorsätzen Vorschub leisten würde. – Doch das erwähnte Frühstück, Herr – läuft das Wild, das in der Pastete erscheinen soll, noch frei herum, wie's in der Ballade heißt?«

»Ich will mich darum kümmern«, versetzte Ravenswood und ging Caleb suchen, den er in einer Art dunklem Verlies fand, das vor Zeiten die Speisekammer der Burg gewesen war. Der alte Mann war hier überaus ernsthaft mit der zweifelhaften Arbeit beschäftigt, einer Zinnkanne durch hartnäckiges Reiben den Anschein einer silbernen zu geben.

»Ich glaube, es geht... Ich glaube, es funktioniert, wenn man sie nicht zu nah ans Fensterlicht stellt.« Diese Äußerungen murmelte er von Zeit zu Zeit vor sich hin, um zu sich zu seinem Werk anzufeuern, als ihn die Stimme seines Herrn unterbrach.

»Nehmt das«, sagte Ravenswood, »und schafft alles Nötige für den Haushalt herbei.«

Mit diesen Worten gab er dem Burgmeister seine Börse, die am gestrigen Abend nur knapp den Krallen Craigengelts entgangen war.

Der Alte schüttelte seine dünnen Silberlocken, blickte mit dem Ausdruck aufrichtiger Qual seinen Herrn an, während er die leichte Börse in der Hand wog, und sagte mit betrübter Stimme: »Ist das alles, was übrig ist?«

»Für den Augenblick«, antwortete sein Herr mit mehr Unbekümmertheit, als er fühlte, »ist nicht mehr übrig als die grüne Börse und ein bißchen Flittergold, wie's im alten Lied heißt. Aber das wird eines Tages anders werden, Caleb.«

»Bevor dieser Tag kommt, wird's, fürchte ich, aus sein mit dem alten Lied und einem alten Dienstmann dazu. Aber ich sollte nicht so zu Euer Gnaden sprechen, und Ihr solltet nicht so bleich aussehen. Nehmt Eure Börse zurück und laßt sie in Gesellschaft ein bißchen was hermachen, denn wenn Euer Gnaden den Rat annehmen wollte, dann und wann die Börse vor den Leuten zu zücken und wieder einzustecken, würde uns jedermann gerne borgen.«

»Aber, Caleb, ich habe immer noch vor, dies Land in Kürze zu verlassen, und da ich das mit dem Ruf eines ehrlichen Mannes tun will, will ich wenigstens keine eigenen Schulden aufhäufen.«

»Ihr habt recht, wenn Ihr als ehrlicher Mann weggehen wollt, und Ihr sollt es, denn der alte Caleb kann alles auf sich nehmen, und mehr als eine Mannslast wird's ja nicht sein. Ich werde nicht schlechter im Gefängnis leben als außerhalb, und das Ansehen der Familie wird rein und unangetastet bleiben.«

Ravenswood bemühte sich vergeblich, dem Alten begreiflich zu machen, daß seine Abneigung gegen das Schuldenmachen durch den Umstand, daß sein Diener dafür verantwortlich gemacht werden könne, eher verstärkt als geschwächt werde. Er sprach zu einem Mann, den das Sinnen auf Hilfsmittel und Kunstgriffe zu sehr beschäftigte, um sich noch mit Widerlegung der Gründe, die man gegen ihre Rechtlichkeit oder Zweckmäßigkeit vorbringt, abgeben zu können.

»Eppie Sma'trash wird uns sicher Bier borgen«, sprach Caleb zu sich selbst, »sie hat ein Leben lang unter den Ravenswoods gelebt. Und vielleicht borgt sie uns auch etwas Branntwein. Wein wäre allerdings fraglich. Sie ist indes eine alleinstehende Frau und kriegt ihren Claret in kleinen Fässern, und ich will sehen, ob ich ihr ein wenig davon abzapfen kann, sei's im Guten oder Bösen. Tauben gibt's im Taubenschlag, und für Geflügel müssen die Pächter aufkommen, obwohl Luckie Chirnside meint, sie hätte die Abgaben in Naturalien schon doppelt bezahlt. Wir werden Mittel finden, wenn's Euer Gnaden beliebt, wir werden Mittel finden! Drum seid getrosten Mutes, denn das Haus soll sein Ansehen nicht verlieren, solange der alte Caleb ihm vorsteht.«

Die Bewirtung, die der Alte durch verschiedene Kunstgriffe für drei oder vier Tage den jungen Herren zu verschaffen wußte, war ohne Zweifel alles andere als hervorragend, wurde jedoch, wie man sich leicht vorstellen kann, keinen allzu kritischen Gästen gegeben; und gerade die Verlegenheiten, Vorwände, Ausflüchte und kleinen Listen Calebs amüsierten die jungen Männer und gaben ihrem etwas einförmigen, kargen Mahl einen gewissen Reiz. Sie hatten ohnehin Grund genug, jedes Mittel zu ergreifen, durch das ihnen die Zeit, die sonst gar zäh verflossen wäre, kürzer wurde.

Bucklaw, von seinen Jagdvergnügungen und fröhlichen Trinkgelagen abgeschnitten, weil er sich innerhalb der Burgmauern verborgen halten mußte, wurde schließlich ein trüber, unerfreulicher Gesellschafter. Wenn Ravenswood des Fechtens und Beilkespiels müde war, wenn er, Bucklaw, das Fell seines Pferdes mit Bürste und Striegel bis zum Überdruß gereinigt hatte und sah, wie es sich nach dem Verzehr seines Futters im Stall gemütlich niederstreckte, beneidete er fast die Zufriedenheit, mit der sich das Tier in seinem monotonen Leben einzurichten schien.

»Das dumme Vieh«, dachte er, »denkt weder an die Rennbahn, noch an die Jagd, noch an seine Pferdekoppel in Bucklaw, sondern fühlt sich noch in diesem engen, schlechten Stall wohl, als wär's hier geboren. Und ich, der ich immerhin mit der Freiheit eines Gefangenen alle Winkel und Verliese dieses elenden, alten Turms durchstreifen darf, bring's nicht fertig, mir mit Pfeifen und Schlafen die kurze Spanne bis zur Essenzeit zu vertreiben.«

Und mit dieser niederdrückenden Betrachtung ging er hinauf zu den Zinnen des Turms, um aufs weite Moor hinabzuschauen, ob sich dort nicht irgendetwas täte, oder mit Kieseln und Kalkstückchen nach Seemöwen und Wasserraben zu werfen, die sich unbesonnen in den Umkreis eines gelangweilten jungen Mannes begaben.

Ravenswood stellte trotz seines weit tieferen und gefestigteren Wesens ebenfalls beklemmende Betrachtungen an, die ihn in ähnlich üble Laune versetzten wie Müßiggang und schierer Überdruß seinen Gefährten.

Lucy Ashton hatte zunächst weniger Eindruck auf ihn gemacht, als man ihrer Erscheinung nach erwartet hätte. Als aber der tiefe, brennende Rachedurst, der ihn zum Treffen mit Sir William angetrieben hatte, allmählich abkühlte, fand er, daß sein Verhalten der Tochter dieses Mannes gegenüber roh und ihrem Rang und ihrer Schönheit unangemessen gewesen sei. Die Dankbarkeit, die sich in ihren Blicken ausdrückte, die freundliche Güte ihrer Worte waren beinahe mit Verachtung zurückgestoßen worden; und hatte Ravenswood Unrecht von Seiten Sir Ashtons erfahren, sagte ihm sein Gewissen doch, daß es an seiner Tochter übel vergolten wäre. Als seine Gedanken derart in

Selbstvorwürfe übergingen, machte die Erinnerung an Lucys schöne, durch die Umstände ihres Zusammentreffens noch reizvoller gewordene Züge einen zugleich besänftigenden und quälenden Eindruck auf ihn. Der Wohlklang ihrer Stimme, die Sanftkeit ihres Ausdrucks, der lebhafte Glanz ihrer kindlichen Zuneigung machten sein Bereuen, ihr Dankgefühl grob zurückgestoßen zu haben, noch bitterer, während vor seiner Einbildungskraft ihr Bild in immer zauberischerem Reiz entstand.

Sogar die tiefe Moralität und Aufrichtigkeit des jungen Ravenswood machten diese Erinnerungen gefährlicher und ihn geneigter, sie vor seinem geistigen Auge zu wiederholen. Fest entschlossen, die negativste Eigenschaft seines Charakters zu bekämpfen, ließ er bereitwillig die Bilder zu, ja rief sie mit Absicht herbei, die dazu am besten geeignet waren, und ließ sich verleiten – wie um das Bewußtsein seines abweisenden Verhaltens der Tochter seines Feindes gegenüber gutzumachen –, sie vielleicht mit mehr Anmut und Schönheit auszustatten, als ihr in Wirklichkeit zukam.

Hätte damals jemand Ravenswood ins Gedächtnis gerufen, daß er erst kurz zuvor der ganzen Familie jenes Mannes, den er nicht ohne Grund für Ruin und Tod seines Vaters verantwortlich machte, Rache geschworen hatte, hätte er diesen Vorwurf zunächst als üble Verleumdung abgetan, freilich – bei genauerer Selbstprüfung – zugeben müssen, daß er durchaus auf Wahrheit gegründet war, wenn es auch seiner jetzigen Stimmung nach schwer glaubhaft schien, diesen Fall für möglich zu halten.

Zwei widerstreitende Leidenschaften lebten in seiner Brust: das Verlangen, seines Vaters Tod zu rächen, und die Bewunderung für die Tochter seines Widersachers. Gegen das erste Gefühl hatte er angekämpft, bis es zu weichen schien; gegen letzteres unternahm er nichts, weil er seine Existenz kaum ahnte – daß dies tatsächlich der Fall war, zeigte sich hauptsächlich darin, daß er den Entschluß erneuerte, Schottland zu verlassen. Er blieb jedoch ohne ernsthafte Anstalten zur Abreise einen um den anderen Tag in Wolf's Crag. Gewiß, er hatte an einige Verwandte geschrieben, die in entlegenen Teilen Schottlands wohnten, namentlich an den Marquis von A., und hatte ihnen seine Absicht mitgeteilt; und wenn ihn Bucklaw in dieser Hinsicht drängte, pflegte er vorzugeben, daß er unbedingt die Antworten, vor allem die des Marquis, abwarten müsse, ehe er sich endgültig zu einem so einschneidenden Schritt entschließen könne.

Der Marquis war reich und mächtig, und obwohl er in Verdacht stand, der durch die Revolution gegründeten Regierung herzlich ablehnend gegenüberzustehen, hatte er doch Geschicklichkeit genug, im schottischen Geheimrat eine Partei anzuführen, die mit der Fraktion der englischen Hochkirche verbündet und mächtig genug war, jene Partei, der der Lord Keeper angehörte, mit der Möglichkeit eines Machtwechsels zu bedrohen. Sich bei einer derart bedeutenden Person Rat einzuholen, war eine glaubhafte Entschuldigung, derer sich Ravenswood Bucklaw und wahrscheinlich sich selbst gegenüber bediente, um seinen Aufenthalt in Wolf's Crag zu verlängern. Und sie gewann an Gewicht durch umlaufende Gerüchte über bevorstehende Ministerwechsel und Reformen der schottischen Regierung. Diese Gerüchte – je nach Wünschen und Vorteilen von den einen bekräftigt, von den anderen heftig dementiert – fanden ihren Weg sogar bis in den alten Turm Wolf's Crag, hauptsächlich durch Caleb, der neben anderen guten Eigenschaften ein eifriger Politikus war und selten einen Ausflug nach Wolf's Hope machte, ohne Neuigkeiten mitzubringen.

Wenn Bucklaw auch kein überzeugendes Argument gegen Ravenswoods Zögern vorbringen konnte, Schottland zu verlassen, ertrug er doch deshalb nicht mit weniger Ungeduld die Untätigkeit, zu der er sich verurteilt sah. Und es war nur der Einfluß, den sein neuer Gefährte auf ihn hatte, der ihn dazu brachte, sich in eine seinen Gewohnheiten und Neigungen so völlig fremde, reizlose Lebensweise zu fügen.

»Man pflegte Euch für einen rührigen, tätigen jungen Mann zu halten«, war sein wiederholter Vorwurf, »aber hier scheint Ihr entschlossen, wie die Ratte im Loch zu leben – mit dem kleinen Unterschied, daß das kluge Nagetier seine Einsiedelei da wählt, wo es Futter findet. Was uns angeht, werden Calebs Ausflüchte immer kühner, je armseliger es in seinem Speiseschrank aussieht, und ich fürchte, jene Geschichte vom Faultier wird sich an uns erfüllen: Wir haben fast das letzte grüne Blatt gefressen, und es bleibt uns nichts übrig, als uns vom Baum zu stürzen und das Genick zu brechen.«

»Keine Sorge«, versetzte Ravenswood, »das Schicksal wacht über uns, und außerdem können wir uns an der Revolution laben, die bevorsteht und schon manche Brust beunruhigt.«

»Wie, Schicksal? Wie, Revolution?« fragte sein Gefährte. »Ich finde, wir haben schon eine Revolution zu viel gehabt.«

Ravenswood unterbrach ihn, indem er ihm einen Brief überreichte.

»Oh«, meinte Bucklaw, »es war also kein Traum – heut' morgen schien's mir nämlich, als hörte ich Caleb einen armen Teufel überreden, kaltes Wasser zu trinken, indem er ihm versicherte, das sei morgens besser für seinen Magen als Bier oder Branntwein.«

»Es war ein Eilbote vom Marquis von A., der das Schicksal erlitt, seine erfindungsreiche Gastlichkeit zu genießen, die, glaube ich, in Sauerbier und Hering endete. – Lest, und seht selbst.«

»So schnell ich kann«, meinte Bucklaw, »aber ich bin in diesen Dingen nicht allzu bewandert, und Seine Lordschaft scheinen nicht der beste Schreiber zu sein.«

Der Leser wird in wenigen Sekunden – u.a. dank der Druckbuchstaben – den Brief überfliegen, zu dessen Entzifferung Bucklaw trotz der Hilfe Ravenswoods eine gute halbe Stunde brauchte:

»Unser ehrenwerter Cousin!

Unsere herzlichen Grüße! Dieses Schreiben soll Euch von der Anteilnahme in Kenntnis setzen, die wir an Eurem Glück und Euren Plänen nehmen. Wenn wir uns weniger beeilt haben, Euch unseren guten Willen zu zeigen, als man von einem nahen Freund und Verwandten hätte erwarten sollen, bitten wir Euch, dies einem Mangel an Gelegenheit, nicht der Gleichgültigkeit zuzuschreiben. Was Euern Entschluß angeht, ins Ausland zu reisen: Wir halten ihn derzeit für unratsam, da Eure Widersacher, wie sie's gewohnt sind, Eurer Reise falsche Motive unterstellen werden; und obwohl wir glauben und wissen, daß Ihr unschuldig seid wie wir, können Ihre Worte doch an Orten Glauben finden, an denen Euch Nachteil daraus entsteht, den wir mit mehr Leid und Schmerz sehen würden, als wir ihnen zu begegnen wüßten.

Nachdem wir Euch, wie es sich für einen Verwandten gehört, freimütig unsere bescheidene Meinung über Eure Reise ins Ausland geäußert haben, möchten wir gerne, um Euer Wohl besorgt, gewichtige Gründe anfügen, in Wolf's Crag zu bleiben, bis die Zeit der Ernte vorüber ist. Indes, wie das Sprichwort sagt: *verbum sapienti*, ein Wort ist mehr für einen Weisen als eine Predigt für einen Narren. Und obwohl wir diese Zeilen eigenhändig geschrieben haben und der Treue unseres Boten versichert sind, bleibt wahr, daß schlüpfrige Pfade äußerst vorsichtigen Gang erfordern und daß wir dem Papier nicht anvertrauen können, was wir Euch freudig mündlich mitteilen möchten.

Darum war es unsere Absicht, Euch inständig zu bitten, zu uns ins karge Hochland zu einer Hirschjagd zu kommen, um dort die Euch betreffenden Angelegenheiten zu verhandeln. Aber für den Augenblick wäre unser Zusammentreffen nicht günstig; wir verschieben es deshalb auf eine Zeit, wo wir nach Laune über diese Dinge sprechen können, die wir nun verschweigen müssen. Einstweilen bitten wir Euch zu glauben, daß wir sind und stets sein werden: Euer guter Verwandter, der Euch wohl will und der nur auf die Zeit wartet, deren Dämmern schon angebrochen ist, in der wir durch die Tat unser Wohlwollen zeigen dürfen. In dieser Hoffnung zeichnen wir herzlich

Euer Gnaden sehr ergebener Cousin

A.

Geschrieben in unserem bescheidenen Haus von B., etc.

Aufschrift: An den hochehrenwerten, unsern geschätzten Verwandten Herrn von Ravenswood. – Rasch, rasch, rasch, Bote rasch! Renn' und lauf', bis dies übergeben ist.«

«Was haltet Ihr von diesem Brief, Bucklaw?« fragte Ravenswood, nachdem sein Gefährte Sinn und Worte dieses Briefs erarbeitet hatte.

»Wahrhaftig, die Meinung des Marquis ist so rätselhaft wie seine Handschrift. Er bräuchte wirklich Ratgeber wie *So interpretiere ich Witze* oder *Briefeschreiben leichtgemacht,* und wäre ich an Eurer Stelle, würd' ich ihm ein Exemplar schicken. Er rät Euch überaus höflich, Eure Zeit und Euer letztes Geld in diesem schlechten, dummen, unterdrückten Land zu vergeuden, ohne Euch auch nur ein Obdach in seinem Haus anzubieten. Meiner Meinung nach hat er einen Plan im Auge, bei dem Ihr ihm nützlich sein könnt, und er will Euch zurückhalten, bis er reif ist – mit dem Vorbehalt, Euch eilig den Rücken zuzuwenden, wenn sein Komplott fehlschlägt.«

»Sein Komplott? Ihr glaubt, daß es sich um Verrat handelt?«

»Was sonst?« fragte Bucklaw. »Der Marquis steht schon lange im Verdacht, ein Auge nach St. Germain gerichtet zu haben.«

»Er sollte mich nicht voreilig in ein solches Unternehmen verwickeln – wenn ich an die Zeiten Charles I. und II. denke und an die des letzten Jacobs, seh' ich als Mann und Patriot wenig Veranlassung, mein Schwert für ihre Nachkommen zu ziehen.«

»Hm!« erwiderte Bucklaw. »Habt Ihr Euch also niedergesetzt, die am Ohr gestutzten Hunde zu betrauern, die der ehrliche Claver'se behandelt hat, wie sie's verdienten?«

»Sie gaben diesen Hunden erst diesen Namen, um sie dann zu hängen«, versetzte Ravenswood. »Ich hoffe, den Tag noch zu erleben, an dem Whigs und Tories gleichermaßen Gerechtigkeit widerfährt und an dem diese Spitznamen nur noch unter Kaffeehauspolitikern benutzt werden wie *Flittchen* und *Weibsstück* unter Apfelverkäuferinnen, als sinnentleere Bosheiten.«

»Das wird zu unsern Lebzeiten nicht mehr geschehen – das Eisen ist zu tief in unsere Körper und Seelen gedrungen.«

»Und doch, eines Tages wird es soweit sein, daß sich die Männer nicht immer gleich bei diesen Schimpfnamen wie bei einem Trompetenstoß erheben. Wenn das Leben innerhalb der Gesellschaft erst besser ausgestaltet sein wird, werden dessen Annehmlichkeiten zu liebgeworden sein, um sie für bloße politische Spekulationen aufs Spiel zu setzen.«

»Gut gesagt«, antwortete Bucklaw, »doch mein Herz hält's mit dem alten Lied

Gutes Korn zu sehen auf den Feldern
Und Galgen aufgebaut, die Whigs zu hängen,
Und das Recht dort, wo es hingehört,
Das wär' das Ding, das mich betört.«

»Singt so laut Ihr wollt, *cantabit vacuus*«, antwortete Ravenswood. »Aber ich glaube, der Marquis ist zu klug, zumindest zu vorsichtig, mit Euch in diesen Refrain einzustimmen. Ich vermute, er spielt eher auf einen Umsturz im schottischen Geheimrat als auf einen im ganzen britischen Königreich an.«

»O Schande über Eure Staatskniffe«, rief Bucklaw aus, »über Eure kühl berechneten Winkelzüge, in denen alte Gentlemen in gewirkten Nachtmützen und gefütterten Schlafröcken wie bei einer Schachpartie einen Schatzmeister oder Lord Commissioner aus dem Feld schlagen wie einen Turm oder Läufer! Und Ihr, Herr, so ernst und besonnen Ihr auch scheinen mögt, Ihr habt etwas in Euch, das Euer Blut heißer kochen läßt, als zu Eurer jetzigen Laune, über politische Wahrheiten zu philosophieren, paßt. Ihr seid einer dieser Weisen, die alles mit reichlich Vernunft betrachten, bis ihr Blut langsam warm wird – und dann! Wehe jedem, der sie dann an ihre eigenen Grundsätze erinnert.«

»Möglicherweise«, antwortete Ravenswood, »kennt Ihr mich besser als ich mich selbst. Aber unparteiisch zu denken, wird mir gewiß dabei helfen, auch so zu handeln. Doch hört! Caleb läutet zu Tisch.«

»Was er immer mit der größten Feierlichkeit tut, im scharfen Kontrast zur Magerkeit des Essens – als ob dieser höllische Klingklang, der eines Tages den ganzen Glockenturm ins Meer stürzen wird, imstande wäre, eine verhungerte Henne in einen fetten Kapaun und einen Hammelknochen in eine Hirschkeule zu verwandeln.«

»Ich wünschte, wir kämen angesichts der äußersten Feierlichkeit und Zeremonie, mit der Caleb eine einzige, einsame bedeckte Schüssel auf den Tisch stellt, mit dem davon, was Eure schlimmste Befürchtung ist, Bucklaw.«

»Deckt auf, Caleb! Deckt auf, um Himmelswillen!« rief Bucklaw aus. »Gebt uns, was Ihr habt, ohne lange Vorrede. – Laßt doch, sie steht da gut so, Mann«, fügte er, immer noch an den alten Burgmeister gewandt, hinzu, der ohne zu antworten an der Schüssel rückte, bis sie mit mathematischer Präzision exakt in der Mitte des Tisches plaziert war.

»Was gibt's denn, Caleb?« fragte sein Herr mit dunklen Vorahnungen.

»Ähm, Sir, das solltet Ihr längst wissen. Doch der ehrenwerte Laird von Bucklaw ist derart ungeduldig...«, antwortete Caleb, der noch immer die Schüssel und ihren Deckel festhielt und sichtlich zögerte, ihren Inhalt sehen zu lassen.

»Was ist es denn, um Gotteswillen – doch hoffentlich kein Paar blanke Sporen nach alter Bordersitte?«

»Ähm – hm«, hüstelte Caleb, »Euer Ehren belieben zu scherzen – dennoch getraue ich mich zu behaupten, daß es keine schlechte Sitte war, die, wie ich gehört habe, auch in einer ehrenwerten und blühenden Familie befolgt wurde. Doch was unser Mittagsmahl betrifft, habe ich erwogen, daß – da wir heute *St. Magdalen* haben, die zu ihrer Zeit eine würdige Königin Schottlands war – Euer Ehren es für angemessen halten würden, wenn nicht zu fasten, sich doch zur Befriedigung der Natur mit einer leichten Speise zu begnügen, wie z.B. gesalzenem Hering oder dergleichen.«

Und indem er die Schüssel aufdeckte, ließ er vier der schmackhaften Fische sehen und fügte mit gedämpfter Stimme hinzu, daß dies keineswegs gewöhnliche Heringe seien, sondern Milchner, die zu seiner Ehren besonderem Gebrauch mit ganz auserlesener Sorgfalt von der Haushälterin (arme Mysie) eingesalzen worden wären.

»Genug mit allem Schöngerede!« schnitt sein Herr ihm das Wort ab. »Laßt uns die Heringe essen, da wir nun einmal nichts

Besseres bekommen können – aber ich fange an, wie Ihr zu fürchten, Bucklaw, daß wir am letzten grünen Blatt nagen und, den Umtrieben des Marquis zutrotz, aus Mangel an Proviant das Lager wechseln müssen.«

KAPITEL 8

Hei, wenn die Jäger ihr lust'ges Horn blasen
Und aus dem Versteck die ängst'ge Beute treiben –
Wer, den das Blut der Jugend in den Adern wärmt,
Würde müßig ausgestreckt liegenbleiben,
Leblos wie ein Klotz,
Ausgeschlossen von allem Schönen,
Das die Schöpfung bietet?
Ethwald, 1. Akt, 1. Szene.

Leichtes Mahl, leichter Schlaf. Wenn man an die Kost denkt, die Caleb den Gästen von Wolf's Crag vorsetzte, wird man sich nicht wundern, daß ihr Schlaf kurz gewesen ist.

Am Morgen stürzte Bucklaw mit lautem Hallo, das einen Toten hätte erwecken können, in das Zimmer seines Gastgebers:

»Auf, auf, in Gottes Namen – draußen gibt's eine Jagd, die einzige, die ich diesen Monat gesehen hab', und Ihr liegt hier auf einem Bett, das sich durch nichts empfiehlt, als daß es ein bißchen weicher ist als der Steinboden in Eurer Ahnengruft.«

Ravenswood hob verdrossen seinen Kopf. »Treibt keine Späße am frühen Morgen, Mr. Hayston, es ist kein Vergnügen, in einem Schlaf gestört zu werden, der eben erst begonnen hat – und das nach einer Nacht voller Gedanken über ein Schicksal, das härter ist als dies Lager.«

»Still – still!« versetzte sein Gast. »Steht auf. Steht auf, die Hunde sind los! Ich habe selbst die Pferde gesattelt, denn der alte Caleb rief nach Stallknechten und Bediensteten und wär' keinen Schritt weitergekommen, als zwei Stunden lang Männer zu entschuldigen, die hundert Meilen entfernt von hier sind. – Steht auf, Herr, die Hunde sind los. – Steht auf, sag' ich, die Jagd beginnt.«

Und Bucklaw rannte davon.

»An nichts liegt mir weniger«, murmelte Ravenswood und

erhob sich langsam. »Wessen Hunde kommen uns da so nahe?« »Die des edlen Lord Bittlebrains«, antwortete Caleb, der dem ungestümen Laird von Bucklaw in das Schlafzimmer seines Herrn gefolgt war, »und ich weiß nicht, mit welchem Recht sie innerhalb Eurer Lordschaft Ländereien heulen und jaulen.«

»Ich auch nicht, Caleb«, versetzte Ravenswood, »außer daß sie die Ländereien und das Jagdrecht gekauft haben und sich nun für berechtigt halten, alle Rechte zu genießen, für die sie mit ihrem Geld bezahlt haben.«

»Mag sein, Mylord, aber es ist nicht gerade ehrenhaft, daß sie hierherkommen und dieses Recht ausüben, während Eure Lordschaft auf seiner eigenen Burg Wolf's Crag weilt. Lord Bittlebrains täte gut daran sich zu erinnern, was seine Vorfahren gewesen sind.«

»Und wir, was sind wir?« fragte sein Herr mit unterdrückter Bitterkeit. »Doch reicht mir den Mantel, Caleb; ich will Bucklaw zuliebe die Jagd mitansehen. Es wäre egoistisch, das Vergnügen meines Gastes dem meinen zu opfern.«

»Opfern!« wiederholte Caleb in einem Ton, der anzudeuten schien, es sei die vollständigste Absurdität, wenn sein Herr auch nur die geringste Konzession aus Rücksicht auf jemand anderen mache. »Opfern, du meine Güte! Doch ich bitte Euer Ehren um Verzeihung – und welchen Mantel wollt Ihr anziehen?«

»Welchen Ihr wollt, Caleb – mein Kleiderschrank ist, denk' ich, nicht allzu reichhaltig gefüllt.«

»Nicht reichhaltig!« empörte sich Caleb. »Wir haben den grauen und den silbernen, die Euer Gnaden an Hew Hildebrand, Euren Vorreiter, verschenkt hat; und den französischen Samtmantel, der mit den Kleidern von Mylord Eurem Vater (Gott hab' ihn selig!) an bedürftige Freunde der Familie gekommen ist –, und der *drap-de-Berry*...«

»Den ich Euch gegeben habe, Caleb, und der, schätze ich, der einzige ist, bei dem wir eine Chance hätten, an ihn 'ranzukommen, abgesehen von dem natürlich, den ich gestern trug. Bitte, gebt mir den, und kein weiteres Wort mehr davon.«

»Wie's Euer Ehren beliebt«, erwiderte Caleb, »und ohne Zweifel ist's ein dunkelfarbener Anzug, und Ihr seid in Trauer. Freilich habe ich den *drap-de-Berry* nie getragen, das hätte sich schlecht für mich geschickt, und da Euer Ehren keine Wahl hat und er sauber gebürstet ist und dort unten Ladies sind...«

»Ladies?« fragte Ravenswood. »Was für Ladies? Sprich!«

»Was weiß denn ich, Euer Gnaden? Vom Wachturm konnte ich nur ihr glänzendes Zaumzeug und ihre fliegenden Federn sehen – es war wie der Hof von Elfenland.«

»Gut, gut, Caleb«, antwortete sein Herr, »helft mir meinen Mantel anziehen und gebt mir meinen Degen. – Was ist das für ein Getrappel im Hof?«

»Nur Bucklaw, der die Pferde 'rausbringt«, sagte Caleb nach einem Blick aus dem Fenster, »als wenn's in der Burg an Leuten fehlte oder ich nicht jeden ersetzen könnte, der zum Tor hinaus ist.«

»Ach Caleb, wenn's nur nach Eurem guten Willen ginge, wir wären prächtig versorgt«, seufzte sein Herr.

»Ich hoffe, Eurer Lordschaft fehlt's nicht an allzu vielem, und wenn ich's sorgfältig erwäge, bin ich sicher, daß wir das Ansehen der Familie so gut, wie's die Umstände nur erlauben, in Ehren halten. Nur Bucklaw ist immer so frei heraus und vorneweg. Und jetzt hat er Eurer Lordschaft Pferd ohne den gestickten Saumsattel herausgeführt! Und dabei hätt' ich ihn in einer Minute ausbürsten können.«

»Laßt gut sein«, sagte sein Herr, der ihm entwischte und die enge, steile Wendeltreppe hinabstieg, die in den Hof führte.

»Wenn Euer Gnaden sich noch ein wenig gedulden würde«, meinte Caleb etwas verschnupft, »würde ich Euch sagen, was *nicht* so gut wäre.«

»Und das wäre?« fragte Ravenswood ungeduldig und hielt doch inne.

»Zum Beispiel, wenn Ihr einen Herrn zum Mittagessen mitbrächtet – denn ich kann an einem Festtag kein anderes Essen machen als an dem Fastentag, den ich Bucklaw mit *Königin Margaret* vorgemacht hab'. Und um die Wahrheit zu sagen, wenn's Eurer Lordschaft belieben sollte, Euch von Lord Bittlebrains zum Essen einladen zu lassen, könnte ich für 'was Feines für den nächsten Morgen sorgen. Oder wenn Ihr stattdessen mit ihnen in der Schenke speisen wollt; für die Zeche könntet Ihr eine Ausrede gebrauchen, sagt, Ihr hättet Eure Börse vergessen oder daß die Wirtin Euch noch Lehnszins schuldet, den Ihr auf diese Weise eintreiben wollt.«

»Oder jede and're Lüge, die mir in den Sinn kommt, nicht wahr?« versetzte sein Herr. »Lebt wohl, Caleb, ich lege die Ehre der Familie in Eure Hände.«

Und damit schwang er sich aufs Pferd und folgte Bucklaw, der halsbrecherisch den steilen Pfad, der von der Burg hinabführte, hinuntergalloppierte, sobald er sah, daß Ravenswood den Fuß in den Steigbügel gesetzt hatte. Caleb Balderstone blickte ihnen sorgenvoll nach und schüttelte seine dünnen, grauen Locken.

Von dem ihm eigenen Ungestüm angefeuert brauste der junge Bucklaw mit der sorglosen Hast des Wirbelwinds umher. Ravenswood war kaum langsamer, denn wenn er sich auch nur ungern aus seiner Ruhe aufstören ließ, sobald er erst einmal Feuer gefangen hatte, riß es ihn zu äußerster Begeisterung und Heftigkeit hin. Auch stand sein Eifer nicht immer im rechten Verhältnis zum Anlaß, sondern man konnte ihn dem Fallen eines Steins vergleichen, der mit gleicher Geschwindigkeit hinabstürzt, unabhängig, ob der Arm eines Riesen oder die Hand eines Kindes ihn losgelassen hat. Er fühlte deshalb außergewöhnlich stürmisch die Jagdlust, die die Jugend aller Stände hinreißt, so daß sie eher ein angeborener Trieb unserer tierischen Natur zu sein scheint, der alle Unterschiede von Rang und Bildung hinwegfegt, als ein Ausweis der Zivilisation.

Die wiederholten Stöße des Waldhorns, das damals die Hunde anfeuerte und leitete, das laute, obwohl entfernte Gebell der Meute, das halbgehörte Geschrei der Jäger, die halbgesehenen Gestalten, die den Tälern des Moors entstiegen, über die freie Ebene hineilten oder sich durch Moorwege wanden, und vor allem das Gefühl seiner eigenen, rasenden Bewegung enthoben Ravenswood, wenigstens für einen Augenblick, der peinigenden Betrachtung seiner gegenwärtigen Lage. Was ihm zuerst diesen unangenehmen Gegenstand wieder zu Bewußtsein brachte, war die Tatsache, daß sein Pferd – obwohl es einen Reiter hatte, der die Gegend bestens kannte – der Jagd nicht nachkommen konnte. Als er mit dem bitteren Gefühl, durch seine Armut von jenem Vergnügen ausgeschlossen zu sein, das seiner Väter höchste und in Friedenszeiten einzige Lust gewesen war, die Zügel anzog, wurde er von einem wohlberittenen Fremden eingeholt, der unbemerkt dicht hinter ihm einhergesprengt war.

»Euer Pferd hat sich verausgabt«, sagte der Mann mit einer Höflichkeit, die man auf Jagden selten findet. »Darf ich Euer Ehren bitten, meins anzunehmen?«

»Sir«, sagte Ravenswood, eher überrascht als erfreut über diesen Vorschlag, »ich weiß wirklich nicht, womit ich diese Gunst von einem Fremden verdient habe.«

»Fragt nicht«, drängte Bucklaw, der bis jetzt mit viel Widerwillen sein stattliches Pferd zurückgehalten hatte, um seinen Gastgeber nicht zurückzulassen. »Nehmt die Gabe an, die Euch die Götter bescheren, wie der große John Dryden sagt – oder halt! Leiht *mir* dieses Pferd, mein Freund. Ich sehe, es hat Euch ziemliche Mühe gekostet, ihn diese halbe Stunde lang im Zaum zu halten. Ich will ihm an Eurer Stelle den Teufel austreiben. Und jetzt, Herr von Ravenswood, reitet Ihr meins, das Euch wie ein Adler davontragen wird.«

Und die Zügel seines Pferdes Ravenswood zuwerfend, sprang er auf das des Fremden und sprengte in vollem Galopp davon.

»Habt Ihr je ein derart leichtsinniges Wesen gesehen!« seufzte Ravenswood. »Und Ihr, mein Freund, wie konntet Ihr ihm Euer Pferd anvertrauen?«

»Das Pferd gehört jemandem, der es Euer Ehren oder einem seiner edlen Freunde gerne überläßt.«

»Und der Name des Besitzers ist…?«

»Euer Ehren muß mir verzeihen, Ihr werdet ihn von ihm selbst erfahren. Wenn es Euch recht wäre, Eures Freundes Pferd zu nehmen und mir Euren Klepper zu überlassen, könnten wir uns nach dem Fall des Hirsches treffen, denn ich höre, daß man zum Stellen bläst.«

»Ich vermute, mein Freund, das wird zugleich das beste Mittel sein, Euch Euer Pferd wieder zu verschaffen«, antwortete Ravenswood. Und nachdem er Bucklaws Pferd bestiegen hatte, ritt er eilig jenem Ort entgegen, von dem der Hörnerschall das nahe Ende des Hirsches ankündigte.

In diese munteren Töne mischten sich Ausrufe der Jäger wie *»Hyke a Talbot! Hyke a Teviot! now, boys, now!«* und ähnliches Jagdgeschrei alter Zeiten, und das ungeduldige Bellen der Hunde, die nun das Opfer ihrer Verfolgung umringt hatten, bildete einen lebhaften, unermüdlichen Chor. Die verstreuten Reiter kamen von allen Seiten am Hauptort der Handlung zusammen.

Bucklaw sprengte unermüdlich einher und kam als erster an den Ort, wo sich der Hirsch – unfähig, weiter zu fliehen – gegen die Hunde gekehrt hatte oder, wie die Jäger sagen, gestellt war. Das gejagte Tier mit seinem stattlichen, zur Erde geneigten Kopf, seinen von weißem Schaum bedeckten Flanken, seinen vor Wut und Todesangst hervortretenden Augen flößte nun seinerseits seinen Verfolgern Furcht ein. Die Jäger kamen einer nach dem anderen heran und lauerten auf eine Gelegenheit, ihn mit Vorteil anzugreifen, was unter diesen Umständen nur mit äußerster Vorsicht geschehen darf. Die Hunde blieben etwas zurück und verrieten durch ihr lautes Gebell Eifer und Furcht zugleich, während jeder der Jäger zu hoffen schien, daß einer seiner Kameraden das gefährliche Wagstück unternehmen werde, das Tier anzugreifen und zu Fall zu bringen. Der Boden, eine Moorsenke, war nicht günstig, sich dem Hirsch unbemerkt zu nähern, und das Siegesgejubel war groß, als Bucklaw mit der Behendigkeit eines exzellenten Reiters vom Pferd sprang, wie ein Blitz schnell und überraschend zum Hirsch sauste und ihn mit einem Hieb seines kurzen Waidmessers ins Hinterbein zu Boden brachte. Die Meute, die über ihren nun geschwächten Feind herstürzte, endigte bald seinen schweren Todeskampf und feierte den Triumpf durch Bellen, während die Hörner und Stimmen der Jäger ein Todessignal erschallen ließen, das irgendwo fern über den Wogen des benachbarten Ozeans verhallte.

Der Aufseher der Jagdhunde verscheuchte dann die Meute vom ausröchelnden Hirsch und bot knieend sein Messer einer schönen Frau dar, die sich auf ihrem weißen Zelter aus Abscheu oder Mitleid bis jetzt in einiger Entfernung gehalten hatte. Sie trug eine Reitmaske aus schwarzer Seide – wie man sie damals zu tragen pflegte, teils um das Gesicht vor Sonne und Regen zu schützen, teils weil der Anstand nicht erlaubte, daß eine Lady bei einem rauschenden Vergnügen in gemischter Gesellschaft mit unbedeckten Gesicht erscheine. Der Reichtum ihrer Kleidung sowie Verhalten und Gestalt ihres Zelters, nicht minder die waidmännische Huldigung des Hundeaufsehers ließen sie Bucklaw dennoch als die Hauptperson der Jagd erkennen. Nicht ohne ein Gefühl des Bedauerns, das an Verachtung grenzte, sah dieser leidenschaftliche Jäger, wie sie das ihr angebotene Waidmesser ausschlug, mit dem sie den ersten Schnitt in die Brust des Hirsches tun sollte, um die Qualität des Wildbrets zu prüfen. Es drängte ihn, ihr seine Huldigung zu machen; aber es war Bucklaws Unglück, daß ihn seine Lebensweise nie mit Frauen von Rang und Klasse bekannt gemacht hatte, so daß er trotz all seiner natürlichen Draufgängerei scheu und linkisch war, sobald es galt, eine vornehme Dame anzusprechen.

Als er sich endlich zur Höflichkeit ein Herz gefaßt hatte (um seinen eigenen Ausdruck zu gebrauchen), fühlte er sich entschlossen genug, der schönen Jägerin einen guten Tag zu wünschen und die Hoffnung auszusprechen, daß die Jagd ganz ihrem Wunsch entsprochen haben möge. Ihre Antwort war höflich und zurückhaltend und drückte einigen Dank an den tapferen Kavalier aus, der mit so viel Geschick die Jagd beendigt habe, als Hunde und Jäger einen etwas schweren Stand gehabt hätten.

»Wahrhaftig, Madam«, sagte Bucklaw, durch diese Bemerkung flugs in seinem Element, »das war doch eine Kleinigkeit, so daß ein junger Mann kaum zu fürchten hatte, ein Hirschgeweih in den Leib gerammt zu bekommen. Ich war fünfhundertmal auf der Hirschjagd, Madam, und nie sah ich den Hirsch zu Wasser oder zu Land gestellt, ohne daß ich herzlich drauflos gegangen wäre. Alles Übung und Gewohnheit, Madam, und vor allen Dingen muß man umsichtig und behutsam vorgehen; auch solltet Ihr, Madam, ein gut geschärftes, doppelschneidiges Waidmesser haben, mit dem Ihr vor- und rückwärts schneiden könnt, denn ein Stoß mit dem Hirschgeweih ist eine gefährliche und manchmal tödliche Sache.«

»Ich glaube nicht, Sir«, antwortete die junge Lady, und die Maske verbarg kaum ihr Lächeln, »daß ich diese sorgfältigen Vorschriften häufig anzuwenden habe.«

»Aber der Herr hat in allem recht, Mylady«, ergriff ein alter Waidmann das Wort, der Bucklaws Rede mit großer Freude angehört hatte, »mein Vater, ein Förster, hat immer gesagt, daß die Wunde eines alten Ebers leichter zu heilen ist als der Stoß eines Hirschgeweihs, denn wie es ein alter Waidmannsspruch sagt:

Wenn dich verletzt das Horn des Hirschen,
Bringt's dich auf die Totenbahre;
Der Riß, den dir der Eber reißt, der heilt –
Drum fürcht' ihn wen'ger.«

»Ich würde vorschlagen«, fuhr Bucklaw fort, der nun endgültig in seinem schönsten Fahrwasser angekommen war und alles leiten und lenken wollte, »daß, da die Hunde müde und entkräftet sind, ihnen der Kopf des Hirschen zur Belohnung gegeben wird und daß der Jägerbursche, der den Hirsch zerlegen soll, auf die Gesundheit der Lady einen kräftigen Becher Bier trinke oder ein Glas Branntwein, denn wenn er ihn zerlegt, ohne zu trinken, hält sich das Wildbret nicht lange.«

Diese überaus erfreuliche Anweisung wurde, wie man ohne Zögern glauben wird, vom Jägerburschen gern befolgt, der zur Erwiderung Bucklaw das Waidmesser anbot, das die junge Lady abgelehnt hatte – eine Höflichkeitsbezeugung, die die junge Dame unterstützte:

»Ich glaube, Sir«, sagte sie, während sie sich dem Kreis entzog, »daß mein Vater, zu dessen Vergnügen die Hunde Lord Bittlebrains heute losgelassen wurden, gern die Sorge für dies alles einem Gentleman von Eurer Erfahrung überläßt.«

Dann wünschte sie ihm mit einer anmutigen Verbeugung noch einen guten Morgen und verließ, von zwei Dienern begleitet, die ihr sofort zur Seite eilten, den Ort des Geschehens, ohne daß Bucklaw, zu erfreut über die Gelegenheit, seine Waidmannskunst zeigen zu können, darauf achtete. Er hatte sich rasch seiner Jacke entledigt und schnitt und hackte und stach mit aufgekrempelten Ärmeln und nackten Armen bis an die Ellbogen in Blut und Fett. Mit der Präzision Sir Tristrams selbst zankte und diskutierte er mit allen Anwesenden über Eingeweide, Bruststücke, Seitenstücke und Schenkel.

Als Ravenswood, der ein wenig hinter seinem Freund zurückgeblieben war, sah, daß der Hirsch am Boden lag, wich sein zwischenzeitliches Jagdfieber dem Widerwillen, sich in seinen unglücklichen Lebensumständen den Blicken von seinesgleichen oder geringeren preisgegeben zu sehen. Er hielt sein Pferd auf einer kleinen Anhöhe an, von der aus er die lebhafte Szene überschauen und das Geschrei der Jäger hören konnte, das sich mit dem Bellen der Hunde und dem Wiehern und Stampfen der Pferde mischte. Aber das fröhliche Gelärm berührte das Ohr des verarmten Edelmanns traurig. Die Jagd mit all ihren Nebenvergnügungen war von alters her als fast ausschließliches Vorrecht des Adels angesehen worden, wie sie denn früher tatsächlich seine Hauptbeschäftigung in Friedenszeiten gewesen war. Der Gedanke, sich durch seine gegenwärtige Lage gerade von diesem, seinen Rang symbolisierenden Vergnügen ausgeschlossen zu sehen, sowie das Gefühl, daß nun andere Leute das Jagdrecht auf den Dünen vor der Küste ausübten, das seine Ahnen sich strikt selbst vorbehalten hatten, während er, der Erbe des Besitztums, gezwungen war, sich in einiger Entfernung von der Gesellschaft zu halten, erweckten Betrachtungen, die ein von Natur düsteres und grübelndes Gemüt wie das Ravenswoods äußerst niederschlagen mußten. Doch sein Stolz machte der Ungeduld darüber Platz, daß sich sein flatterhafter Freund Bucklaw nicht beeilte, mit dem geliehenen Pferd zurückzukehren, das Ravenswood, ehe er den Ort verließ, gerne in den Händen seines gefälligen Eigentümers gesehen hätte. Als er sich der versammelten

Jägerschar nähern wollte, wurde er von einem Reiter eingeholt, der sich wie er während des Falls des Hirschen etwas abseits gehalten hatte.

Es war ein bejahrter Mann in einem bis zum Gesicht zugeknöpften Scharlachmantel, und sein Hut war niedergeschlagen, wahrscheinlich zum Schutz gegen das Wetter. Sein Pferd, stark und ruhig, war eher für einen Reiter, der der Jagd zusehen als an ihr teilnehmen wollte. Ein Diener folgte ihm in gebührendem Abstand, und seine Kleidung war die eines älteren Herrn von Rang. Er wandte sich sehr höflich an Ravenswood, zugleich jedoch mit einiger Verlegenheit.

»Ihr scheint ein tapferer junger Gentleman zu sein«, sagte er, »und doch scheint Euch das edle Jagdvergnügen so gleichgültig, als hättet Ihr die Last meiner Jahre auf dem Buckel.«

»Ich habe der Jagd schon mit mehr Lust beigewohnt«, erwiderte Ravenswood. »Doch jetzt müssen mich Ereignisse entschuldigen, die vor kurzer Zeit meine Familie getroffen haben – außerdem«, fügte er hinzu, »war ich zu Beginn der Jagd nur schlecht beritten.«

»Ich glaube, einer meiner Diener war so klug, Eurem Freund ein Pferd zu überlassen.«

»Ich danke ihm und Euch für diese Gefälligkeit. Mein Freund ist Mr. Hayston von Bucklaw, den Ihr sicher mitten unter den eifrigsten Jägern finden werdet. Er wird das Pferd Eures Dieners zurückgeben, und ich gebe ihm meins – und er wird«, schloß er, indem er den Kopf des Pferdes vom Fremden weglenkte, »seinen besten Dank für diese Freundlichkeit dem meinigen hinzufügen.«

Damit nahm Ravenswood seinen Weg heimwärts, als habe er von seinem Begleiter Abschied genommen. Aber der Fremde ließ sich nicht abschütteln. Auch er wandte sein Pferd und ritt nahe bei Ravenswood in dieselbe Richtung, so daß dieser – wenn er nicht gegen jede Höflichkeit, Achtung für das Alter des Fremden oder Dankbarkeit für den geleisteten Dienst verstoßen wollte – seiner Gesellschaft nicht leicht entschlüpfen konnte.

Der Fremde teilte nicht lange das Schweigen.

»Das ist also die alte Burg Wolf's Crag, die in den schottischen Annalen so oft erwähnt wird«, sagte er, während er zum alten Turm hinaufschaute, hinter dem sich zunehmend dichte, dunkle Gewitterwolken zusammenballten.

Ravenswood beantwortete diese Feststellung mit kühler, zurückhaltender Bestätigung.

»Es war, wie ich gehört habe«, fuhr der Fremde fort, den diese Kälte nicht abschreckte, »eine der frühesten Besitzungen der ehrenwerten Familie Ravenswood.«

»Ihre früheste«, antwortete Ravenswood, »und vermutlich Ihre letzte.«

»Ich – Ich... Ich hoffe nicht, Sir«, beeilte sich der Fremde zu sagen, während er seine Stimme durch mehr als ein Räuspern klärte und sich bemühte, ein gewisses Zögern seinerseits zu besiegen. »Schottland weiß, was es diesem alten Geschlecht verdankt, und erinnert sich seiner vielen Taten. Ich hege keinen Zweifel, wenn Ihrer Majestät in einer passenden Bittschrift der Verfall..., ich meine: der Niedergang dieser alten, vornehmen Familie geschildert würde, sich Mittel finden lassen möchten ad *reaedificandam antiquam domum*...«

»Ich will Euch die Mühe ersparen, diesen Punkt weiter zu besprechen«, unterbrach ihn Ravenswood stolz. »Ich bin der Erbe dieses unglücklichen Hauses, Herr von Ravenswood. Und Ihr, Sir, werdet als Mann von Stand und Bildung, der Ihr zu sein scheint, wissen, daß außer dem Unglück, das uns betroffen hat, nichts weher tut als unerwünschtes Mitleid.«

»Ich bitte um Verzeihung, Sir«, sagte der ältere Reiter, »ich habe nicht gewußt... Es tut mir leid. Ich hätte die Bemerkung gewiß nicht gemacht und habe an nichts weniger gedacht als...«

»Entschuldigungen sind nicht nötig, Sir«, erwiderte Ravenswood, »denn hier, denke ich, trennen sich unsere Wege, und ich versichere Euch, daß ich Euch mit allem Gleichmut verlasse.«

Mit diesen Worten lenkte er sein Pferd auf den schmalen Dammweg, der nach Wolf's Crag führte und von dem mit recht – in den Worten des Barden von Hope – gesagt werden konnte:

Nur wenige nahmen den grasbewachsenen Weg,
Jäger und Krieger gingen darauf hinauf
Zu den Hügeln, die das Meer umschließt.

Doch ehe er sich von seinem Begleiter abwenden konnte, kam, von ihrer Dienerschaft begleitet, die junge Lady heran, die wir bereits erwähnt haben.

»Tochter«, sagte der Fremde zur maskierten jungen Dame, »dies ist der Herr von Ravenswood.«

Es wäre angebracht gewesen, daß der junge Mann nach der Vorstellung etwas gesagt hätte, aber es war etwas in der anmutigen Gestalt und zurückhaltenden Bescheidenheit der Dame, was ihn nicht nur abhielt, sich zu erkundigen, wem – und durch wen – er vorgestellt worden war, sondern ihm auch für den Augenblick ganz die Sprache nahm. Die dunklen Wolken, die lange Zeit die Anhöhe von Wolf's Crag verhangen hatten und sich, je näher sie kamen, immer dichter und düsterer über Land und See legten – die entfernteren Gegenden verhüllend, die näheren verdüsternd und der See einen bleiernen Anschein und dem Moor einen von dunklerem Braun verleihend –, begannen in diesem Augenblick durch fernes, wiederholtes Rollen Blitz und Donner anzukündigen, mit denen sie schwanger waren, und zwei schnell aufeinander folgende Blitze erleuchteten kurz und hell den grauen Turm Wolf's Crags und die rollenden Wogen der See, die nun plötzlich in einem rötlichen Licht schimmerte.

Das Pferd der schönen Jägerin zeigte Anzeichen der Ungeduld und baldigen Scheuens, und es war Ravenswood als Mann und Gentleman unmöglich, sie einfach der Sorge ihres alten Vaters oder ihrer Diener zu überlassen. Er war – oder glaubte sich – aus Höflichkeit verpflichtet, ihren Zügel zu fassen und ihr in der Beruhigung ihres Tiers beizustehen. Während er damit beschäftigt war, wies der alte Herr darauf hin, daß sichtlich ein schweres Unwetter im Anmarsch sei, daß sie sich weit vom Hause Lord Bittlebrains befänden, dessen Gäste sie wären, und daß er dem Herrn von Ravenswood verbunden wäre, wenn er ihm den Weg zum nächsten Zufluchtsort gegen den Sturm zeigen wolle.

Gleichzeitig warf er verlegen einen sehnsüchtigen Blick auf die Burg Wolf's Crag, der es Ravenswood unmöglich machte, einem alten Mann und einer jungen Dame in einer solchen Verlegenheit ein Obdach zu verweigern. In der Tat machte der Zustand der jungen Jägerin diesen Akt der Höflichkeit unerläßlich, denn während er ihr half, konnte er nicht anders als bemerken, daß sie sehr zitterte und äußerst beunruhigt war, zweifellos aus Furcht vor dem nahenden Sturm.

Ich bin nicht sicher, ob Ravenswood ihre Furcht teilte, aber seine Nerven waren auf nicht ganz unähnliche Weise durcheinandergebracht, als er sagte: »Mehr als ein bloßes Obdach kann Wolf's Crag nicht gewähren, aber wenn damit in diesem Augenblick gedient ist...«

Er hielt inne, als bleibe ihm der Rest der Einladung in der Kehle stecken.

Doch der alte Gentleman ließ nicht zu, daß er die eher angedeutete als ausgesprochene Einladung zurücknahm. Der Sturm, sagte der Fremde, mache ihm jede unschlüssige Ablehnung unmöglich, die Gesundheit seiner Tochter sei schwach und durch einen kürzlichen Vorfall zusätzlich angegriffen – er hoffe, daß es unter diesen Umständen zu entschuldigen sei, wenn er sich der Gastlichkeit des Herrn von Ravenswood aufdränge, das Wohl seines Kindes müsse ihm mehr gelten als alle Förmlichkeiten.

Damit war die Sache beschlossen, kein Ausweg möglich. Ravenswood zeigte den Weg, ohne den Zügel der Dame loszulassen, denn er wollte verhindern, daß ihr Pferd bei einem plötzlichen Donnerschlag durchgehen könnte. Dennoch war er durch diese Umstände nicht abgelenkt genug, um nicht zu bemerken, daß die Totenblässe, die Hals, Stirn und die von der Maske unbedeckten Teile des Gesichts der jungen Lady eingenommen hatte, einer starken rosigen Röte wich – und er fühlte verlegen, daß ein stilles Mitgefühl seine eigenen Wangen ebenfalls erröten machte. Der Fremde fuhr unter dem Anschein der Besorgnis für seine Tochter fort, Ravenswoods Gesichtsausdruck genau zu beobachten, während sie die Anhöhe von Wolf's Crag hinaufritten. Als sie vor der alten Burg hielten, war Ravenswood in sonderbarer Gemütsverfassung, und als er im Hof nach Caleb rief, war in seiner Stimme etwas Strenges, fast Wütendes, das von der Höflichkeit, mit der man geehrte Gäste empfängt, ein wenig abstach.

Caleb kam – und weder die Blässe der schönen Fremden beim ersten Donnerschlag, noch die Blässe irgendeiner anderen Person in irgendeinem anderem Umstand ähnelten derjenigen, die sich augenblicklich über das Gesicht des alten Burgmeisters ausbreitete, als er die Gäste erblickte und erwog, daß die Zeit des Mittagessens nahte.

»Ist er verrückt?« murmelte er. »Ist er denn rein verrückt, Lords und Ladies mit einem Troß Diener hinterdrein anzuschleppen, wo's bald Glockenschlag zwölf ist?«

Er ging auf seinen Herrn zu, bat um Verzeihung, daß er der übrigen Dienerschaft erlaubt habe, auszugehen und die Jagd anzusehen, und fügte hinzu, daß sie die Rückkehr Ihrer Lordschaft gewiß erst bei dunkler Nacht erwarteten und infolgedessen zu befürchten sei, sie würden den ganzen Tag nicht mehr auftauchen.

»Still, Balderstone!« sagte Ravenswood streng. »Laßt Eure Narrheiten. – Mein Herr, meine Dame«, wandte er sich an seine Gäste, »dieser alte Mann und eine noch ältere, schwache Frau machen meine ganze Dienerschaft aus. Die Erfrischungen, die Ihr hier finden könnt, sind noch kärglicher, als eine derart elende, baufällige Wohnung verspricht – doch was immer da ist, steht zu Euren Diensten.«

Der Fremde, über den wilden Anblick des verfallenen Turms betroffen, den die finsteren Gewitterwolken noch schauriger machten, vielleicht auch vom ernsten, entschiedenen Ton bewegt, mit dem ihr Gastgeber zu ihnen sprach, blickte sich ängstlich um, gleichsam als bereue er die Eilfertigkeit, mit der er das angebotene Obdach angenommen hatte. Doch war es jetzt zu spät, aus dieser selbstgewählten Kalamität herauszukommen.

Was Caleb betrifft: Er war über die freimütige, offene Sprache, mit der sein Herr den kahlen Zustand des Hauses schilderte, derart schockiert, daß er volle zwei Minuten lang lediglich in seinen Wochenbart nuscheln konnte: »Er ist verrückt – rein verrückt –

völlig toll geworden! Doch der Teufel hol' Caleb Balderstone, wenn die Familie ihr Ansehen verliert, und wäre er auch närrisch wie die sieben Weisen zusammen!«

Trotz der finsteren Miene und Ungeduld seines Herrn nahte er sich ihm furchtlos und ernsthaft und fragte, ob er der jungen Lady nicht eine kleine Erfrischung und ein Glas Tokayer oder spanischen Weißwein bringen solle, oder...

»Laßt Eure unangebrachten Possen!« sagte sein Herr streng. »Bringt die Pferde in den Stall und stört uns nicht mehr mit Euren Albernheiten.«

»Ganz wie Ihr wünscht«, sagte Caleb, »nichtsdestoweniger, da Eure edlen Gäste weder Sekt, noch Tokayer belieben...«

Doch in diesem Augenblick verkündete Bucklaws Stimme, die man sogar aus Pferdegetrappel und Hörnerschall heraushörte, daß er an der Spitze des größern Teils der Jagdgesellschaft den Burgpfad heraufritt.

»Der Teufel hol' mich«, murmelte Caleb, sich trotz des neuen Überfalls der Philister ein Herz fassend, »wenn sie mich aus dem Felde schlagen. – Dieser hoffnungslose Tunichtgut, ein solches Rudel hierherzutreiben, das so viel Branntwein zu finden hofft wie Grabenwasser, wo er doch unsere Verhältnisse genau kennt! Aber wenn ich die Maulaffen von Bediensteten, die sich hinter ihren Herrn in den Hof geschmuggelt haben, loswerden könnte, könnt's im Ganzen vielleicht noch glimpflich abgehen.«

KAPITEL 9

Mit ausgedörrten Kehlen,
mit Lippen schwarz vor Trockenheit
Hörten sie mich weit offenen Mundes schreien:
Barmherzigkeit! Sie grinsten freudig
Und saugten alle den Atem ein,
Als tränken sie.
Coleridge, Rime of the Ancient Mariner.

Hayston von Bucklaw gehörte zu jener leichtsinnigen Sorte Mensch, die lediglich um eines Freundes willen keinem Spaß entsagt. Als man erfahren hatte, daß die Ehrengäste der Jagd auf dem Weg nach Wolf's Crag waren, schlugen die Jäger höflichkeitshalber vor, das Wildbret dorthin zu bringen – und Bucklaw nahm gerne an, da er mit Vergnügen an die Verwirrung dachte, in die ihre Ankunft in hellen Scharen den armen Caleb Balderstone stürzen würde, und nicht an die Verlegenheit, die sein Freund Ravenswood empfinden würde, so schlecht auf den Empfang einer großen Gesellschaft vorbereitet zu sein. Aber er hatte in Caleb einen gewandten, rüstigen Gegner, der für alle erdenklichen Verlegenheiten Ausflüchte und Entschuldigungen, die seiner Meinung nach dem Ansehen der Familie nützten, bei der Hand hatte. »Gott sei gepriesen!« murmelte Caleb. »Ein Flügel des Hoftors ist gestern vom Wind zugeschlagen worden, und es wär' doch gelacht, wenn ich nicht rechtzeitig den anderen zuschlagen kann.«

Freilich wünschte er zugleich, taktierend wie ein kluger Befehlshaber, zwei Fliegen mit einer Klappe zu schlagen und sich vom Feind im Innern (ein jeder, der aß und trank) zu befreien, bevor er die Maßnahmen traf, die anderen, die sich unter Jubelgeschrei näherten, auszuschließen. Er lauerte darum mit Ungeduld auf den Augenblick, in dem Ravenswood seine beiden Gäste in die Burg führte, und begann sofort, seine strategischen Unternehmungen auszuführen.

»Ich finde«, sagte er zu den fremden Dienern, »daß – da sie den Hirschkopf mit allen Ehren hierherbringen – wir sie höflich vor dem Tor empfangen sollten.«

Die arglosen Stallknechte waren auf diesen hinterlistigen Wink hin kaum hinausgeeilt, als der ehrliche Caleb ohne Zögern den zweiten, offenstehenden Torflügel mit solcher Wucht zuwarf, daß das Krachen von Turm und Zinnen widerhallte. Als er auf diese Weise den Eingang gesichert hatte, richtete er von einem vorspringenden Fenster oder Schießloch aus eine kurze Ansprache an die ausgeschlossenen Jäger. Er gab ihnen kurz und bündig zu verstehen, daß das Burgtor niemals und unter keinen Umständen während der Mahlzeiten geöffnet würde, daß der Herr von Ravenswood mit vornehmen Gästen zu Tisch sei, daß es unten bei der Schankwirtin zu Wolf's Hope exzellenten Branntwein gäbe – und er deutete diplomatisch an, daß die Zeche von seinem Herrn gezahlt werden würde, freilich tat er dies nur äußerst dunkel und zweideutig, denn Caleb Balderstone hütete sich wie Ludwig XIV., die Finesse bis zu offener Falschheit zu treiben, und begnügte sich, wenn's irgend möglich war, zu trügen, ohne ausdrücklich zu lügen.

Diese Erklärung wurde von den einen mit Überraschung, anderen mit Lachen und von der ausgeschlossenen Dienerschaft mit Bestürzung aufgenommen. Insbesondere letztere drängten auf Einlaß, da sie ihre Herrin und ihre Herrn zu bedienen hätten. Doch Caleb war nicht in Stimmung, Ausnahmen zu machen. Er blieb bei seinem Entschluß mit der hartnäckigsten Unerschütterlichkeit, die gegen jeden Einwand gewappnet und gegen jedes Argument taub ist. Bucklaw kam nun aus der Nachhut heran und forderte in entschieden ärgerlichem Ton Einlaß. Caleb blieb ungerührt.

»Und wenn der König auf seinem Thron vor dem Tor stände«, erklärte er, »sollten seine zehn Finger es nicht öffnen gegen den Brauch in der Familie Ravenswood und gegen die Dienstplicht ihres Hauptbediensteten.«

Bucklaw geriet in schauerlichen Zorn und erklärte sich unter mehr Flüchen und Schwüren, als wir zu wiederholen für schicklich halten, für übelst beleidigt und verlangte mit Nachdruck, den Herrn von Ravenswood zu sprechen. Aber auch dies stieß bei Caleb auf taube Ohren.

»Dieser Bucklaw ereifert sich gar zu schnell«, murmelte er. »Der Teufel hol' mich, wenn er meinen Herrn zu sehen bekommt, ehe er ausgeschlafen hat. Morgen früh wird er sich selbst besser kennen. Dieser Strolch, einen Schwarm betrunkener Jäger hierher zu bringen, wo er weiß, daß wir nichts haben, den eigenen Durst zu stillen.«

Er verschwand vom Fenster und überließ es ihnen, ihren Ausschluß aufs beste zu verdauen.

Aber eine andere Person, deren Gegenwart Caleb in der Hitze des Gefechts nicht bemerkt hatte, war von allem Zeuge gewesen: der oberste Diener des Fremden, ein Mann des Vertrauens und von Einfluß und ebenjener, der Bucklaw bei der Jagd sein Pferd abgetreten hatte. Er war im Stall, als Caleb auf den Ausschluß der Diener sann, und entging deshalb dem Schicksal der andern, vor dem seine persönliche Wichtigkeit ihn nicht bewahrt hätte.

Dieser Mann beobachtete die Handlungsweise Calebs, begriff ohne Schwierigkeiten deren Motive, und da er die Gesinnung seines Herrn der Familie Ravenswood gegenüber kannte, war es ihm nicht schwer abzuschätzen, wie er sich am besten zu verhalten habe. Unbemerkt von Caleb nahm er den Platz ein, den dieser soeben verlassen hatte, und verkündete der Dienerschar, es sei der Wille seines Herrn, daß Lord Bittlebrains' und seine eigenen Leute in die benachbarte Schenke gehen und dort alle Erfrischungen, die zu haben wären, bestellen sollten und daß er die Begleichung der Zeche übernehmen werde.

Der muntere Jägerhaufen zog vom ungastlichen Tor Wolf's Crags ab – und während sie den steilen Dammpfad hinabstiegen, verfluchten sie den geizigen und unwürdigen Burgherrn und verdammten über die waidmännische Freiheit hinaus deren Bewohner. Bucklaw war trotz mancher Eigenschaften, die ihn unter günstigeren Umständen zu einem Mann von Verdienst und Urteil gemacht hätten, so vernachlässigt in seiner Erziehung, daß er unfähig war, anders zu denken und zu fühlen als seine

Jagdkameraden. Das Lob, das eben noch über ihn selbst ausgeschüttet worden war, sah er im Kontrast zur allgemeinen Abfälligkeit, mit der man sich über Ravenswood äußerte; er rief sich die trüben, monotonen Tage zurück, die er in Wolf's Crag verbracht hatte, und verglich sie mit dem Frohsinn seiner sonstigen Lebensart; er dachte mit großer Entrüstung an seinen Ausschluß aus der Burg und betrachtete ihn als grobe Beleidigung seiner Person – und all' diese Gefühle zusammen führten ihn dazu, mit Ravenswood zu brechen.

Bei seiner Ankunft an der Dorfschenke in Wolf's Hope traf er unerwartet einen alten Bekannten, der soeben vom Pferd stieg – keinen anderen als den überaus achtbaren Captain Craigengelt, der rasch auf ihn zukam und, ohne an die Unterkühltheit ihres letzten Abschieds zu denken, ihm aufs Wärmste die Hand schüttelte. Es war Bucklaw unmöglich, irgendeinen warmen Händedruck unerwidert zu lassen, und Craigengelt fühlte kaum die Berührung seiner Finger, als er bereits wußte, wie die Dinge zwischen ihnen standen.

»Langes Leben wünsch' ich Euch, Bucklaw«, rief er aus, »selbst in dieser schlechten Welt ist noch Platz für ehrliche Leute!«

Die Jakobiten dieser Zeit bezeichneten sich selbst als *ehrliche Leute* – mit welchem Recht, vermag ich nicht zu beurteilen.

»Für andere aber auch, wie's scheint«, versetzte Bucklaw, »wie hättet Ihr Euch sonst hierher gewagt, edler Captain?«

»Wer? Ich? Ich bin frei wie der Wind am Martinstag, der weder Pacht noch Steuern zahlt. Alles ist erklärt und in bester Ordnung mit den ehrlichen, alten Schwätzern von Auld Reekie. Puh! Puh! Sie wagten's nicht, mich eine Woche in Gewahrsam zu behalten. Eine gewisse Person hat bessere Freunde in ihren Reihen als Ihr wißt – und die können einem aus der Patsche helfen, wenn's am unwahrscheinlichsten scheint.«

»Pah!« antwortete Bucklaw, der den Charakter seines Mannes wohl kannte und infolgedessen geringschätzte. »Laßt Euer lügenhaftes Gewäsch und sagt geradeheraus: Seid Ihr in Freiheit und Sicherheit?«

»In Freiheit und Sicherheit wie ein Whig-Ratsherr auf der Chaussee seines eigenen Bezirks oder ein scheinheiliger presbyterianischer Geistlicher auf der eigenen Kanzel – und ich komme, um Euch zu sagen, daß Ihr Euch nicht länger verstecken braucht.«

»Ich darf also annehmen, daß Ihr Euch meinen Freund nennt, Captain Craigengelt?«

»Freund!« versetzte Craigengelt. »Mehr als das! Ich bin dein wahrer Achates, Mann, wie ich Gelehrte habe sagen hören… Hand und Handschuh, Rinde und Baum, dein auf Leben und Tod!«

»Das wird sich gleich erweisen«, antwortete Bucklaw. »Du bist nie ohne Geld, wie immer du dazu kommst. Leih' mir zwei Goldstücke, damit sich die Leute da erst mal den Staub aus den Kehlen spülen können, und dann…«

»Zwei Goldstücke? Du kannst zwanzig haben, Junge, und nochmal zwanzig obendrauf!«

»Ach… Ernsthaft?« – Bucklaw hielt inne, denn seinem gesunden Menschenverstand mußte das Motiv derart außergewöhnlicher Freigebigkeit reichlich verdächtig erscheinen. – »Craigengelt, Ihr seid entweder tatsächlich ein durch und durch ehrlicher Bursche, und ich weiß nicht wie ich das glauben soll. Oder Ihr seid cleverer, als ich geglaubt habe – und das kann ich auch kaum glauben.«

»*L'un n'empeche pas l'autre*«, erwiderte Craigengelt, »nehmt und schaut – das Gold ist so gut, wie je welches gewogen wurde.«

Er schüttelte eine Anzahl Goldstücke in Bucklaws Hand, und dieser steckte sie zu sich, ohne sie zu zählen oder zu betrachten, und sagte, er sei in einer Lage, in der er sich anwerben lassen müsse, auch wenn der Teufel das Handgeld biete. Und zu den Jägern gekehrt, rief er aus: »Kommt, Leute, alles geht auf meine Kosten!«

»Lang lebe Bucklaw!« schrien die Jagdgesellen.

»Und Schande über den, der seinen Anteil von der Jagd annimmt und die Jäger trocken läßt wie einen Trommelkopf!« ergänzte ein anderer.

»Das Haus Ravenswood war einst ein gutes, ehrenwertes Haus in diesem Land«, sagte ein alter Mann, »aber es hat sein Ansehen heutzutage verloren, und der jetzige Herr hat sich nicht besser denn als habgieriger Schuft erwiesen.«

Und mit diesem Ausspruch, dem alle Anwesenden zustimmten, stürmten sie lärmend in das Wirtshaus, wo sie bis tief in die Nacht zechten. Das leutselige Wesen Bucklaws erlaubte ihm selten, in der Wahl seiner Gefährten besonnen zu sein, und bei gegenwärtiger Gelegenheit, wo ihm der fröhliche Genuß durch vorangegangene Mäßigkeit, ja fast Enthaltsamkeit gewürzt wurde, fühlte er sich derart glücklich in der Leitung des Schmauses, als bestände seine Gesellschaft aus Söhnen von Prinzen. Craigengelt hatte seine eigenen Gründe, diesem Hang aufs äußerste zu schmeicheln, und da er Launigkeit, Schamlosigkeit und die Fähigkeit, ein Lied zu singen, besaß und obendrein die Gemütsverfassung seines wiedergewonnenen Gefährten vollkommen durchschaute, gelang es ihm leicht, denselben bis über die Ohren in das rauschende Gelage hineinzuverstricken.

Im Turm von Wolf's Crag war unterdessen Ravenswood, nachdem er seine Gäste in den großen Burgsaal geführt hatte, zu sehr mit seinen eigenen, widersprüchlichen Betrachtungen beschäftigt, als daß er auf die Unternehmungen Calebs hätte achten können.

Der unermüdliche Balderstone, der aus Neigung oder Gewohnheit vom frühen Morgen bis in die Nacht arbeitete, hatte diesen düsteren Raum nach und nach von den Verheerungen des Leichenschmauses gereinigt und einigermaßen in Ordnung gebracht. Aber all' seine Findigkeit und Mühe vermochten nicht, die wenigen verbliebenen Möbelstücke so geschickt anzuordnen, diesen alten, kahlen Wänden ihr trübes, trostloses Aussehen zu nehmen. Die schmalen, tief in die Wände eingelassenen Fenster schienen das heitere Tageslicht eher auszuschließen als einzulassen, und die schweren, finsteren Gewitterwolken vergrößerten noch die tiefe Dunkelheit.

Als Ravenswood mit der Höflichkeit eines Kavaliers dieser Zeit – freilich nicht ohne eine gewisse Gezwungen- und Verlegenheit

– die junge Lady an der Hand ans obere Saalende führte, blieb ihr Vater näher an der Tür stehen, als wolle er Hut und Mantel ablegen. In diesem Augenblick hörte man das Zukrachen des Tores, bei dem der Fremde erschrocken auffuhr, eilig zum Fenster schritt und mit einem Ausdruck der Besorgnis auf Ravenswood blickte, nachdem er das Tor geschlossen und seine Diener ausgesperrt sah.

»Ihr habt nichts zu befürchtet, Sir«, versicherte Ravenswood ernst. »Dies Dach wird Euch, wenn es auch nichts Besseres bieten kann, doch Sicherheit gewähren. Indes«, fügte er hinzu, »wäre es an der Zeit zu erfahren, wer mich in meiner zerfallenen Wohnung mit seinem Besuch beehrt.«

Die junge Lady blieb schweigsam und ruhig, und der Vater, an den die Frage gerichtet war, schien in der Lage eines Schauspielers, der sich an einer Rolle versucht, für die er sich nicht geeignet fühlt, und der steckenbleibt, gerade, wenn man am meisten erwartet, daß er reden sollte. Während er seine Verlegenheit durch Gesten äußerer Höflichkeit zu überspielen suchte und seine Verbeugungen machte, schien es, als wenn er mit einem Fuß vorwärtsgehen und mit dem anderen davonlaufen wolle – und als er den Kragen seines Mantels aufknöpfte und seinen Hut aus Biberfell abnahm, waren seine Finger fahrig, als sei ersterer mit verrostetem Eisen geschlossen und letzterer schwer wie Blei. Die Dunkelheit durch die Gewitterwolken nahm zu und schien die Vermummung, die er so zögerlich ablegte, überflüssig zu machen. Ravenswoods Ungeduld wuchs im gleichen Maße, in dem der Fremde zögerte, und er schien heftig mit sich zu kämpfen, obwohl vermutlich aus einem gegenteiligen Grund: *Er* bemühte sich, seine Worte zurückzuhalten, während der Fremde allem Anschein nach gerade um Worte *rang*, die ausdrücken sollten, was er jetzt zwangsläufig erklären mußte. Schließlich zerriß Ravenswoods Ungeduld das gezwungene Schweigen:

»Ich begreife, daß Sir William Ashton wenig geneigt ist, sich in Wolf's Crag vorzustellen.«

»Ich hoffte, es wäre unnötig«, antwortete der Lord Keeper, von seinem Schweigen befreit wie ein Geist von der Stimme seines

Geisterbeschwörers, »und ich bin Euch verbunden, Herr von Ravenswood, daß Ihr das Eis mit einem Schlag gebrochen habt, weil gewisse Umstände – ich möchte sagen: unglückliche Umstände – mir eine Vorstellung meiner selbst ein wenig peinlich gemacht haben.«

»Und ich darf also«, erwiderte Ravenswood ernst, »die Ehre dieses Besuchs nicht für reinen Zufall halten?«

»Wir wollen so sagen«, antwortete der Lord und nahm eine Ungezwungenheit an, die seinem Herzen vermutlich fremd war: »Die Ehre dieses Besuchs habe ich schon seit einiger Zeit heiß ersehnt, doch wäre es ohne den zufälligen Sturm wohl nicht dazu gekommen. Meine Tochter und ich sind gleichermaßen erfreut über die Gelegenheit, dem tapferen Mann zu danken, der ihr und mir das Leben gerettet hat.«

Der Haß, der in Lehnszeiten die großen Familien trennte, hatte wenig von seiner Erbitterung verloren, auch wenn er sich nicht mehr in offenen Gewalttaten entlud. Weder die Gefühle, die Ravenswood für Lucy Ashton zu nähren begonnen hatte, noch die Gastfreundschaft, die er seinen Gästen schuldig war, konnten – so warm sie auch stritten – die tiefen Leidenschaften unterdrücken, die in ihm aufstiegen, als er den Feind seines Vaters in der Halle der Familie stehen sah, deren Ruin er so stark mitverschuldet hatte. Sein Blick wanderte vom Vater auf die Tochter mit einer Unentschlossenheit, deren Ergebnis abzuwarten Sir William Ashton nicht für gut befand. Er hatte seinen Reitmantel abgelegt, und nachdem er sich seiner Tochter genähert hatte, löste er das Band ihrer Maske.

»Lucy, meine Liebe«, sagte er, indem er sie zu Ravenswood führte, »leg' Deine Maske ab und laß' uns unseren Dank an den Herrn offen und unverhüllt ausdrücken.«

»Wenn er so gut sein will, ihn anzunehmen«, war alles, was Lucy hervorbrachte – aber ihre Stimme klang so sanft und in ihr schien gleichermaßen so sehr die Verletzung über die kalte Aufnahme und ihre Verzeihung und ihr Verständnis dafür mitzuschwingen, daß die Worte dieses unschuldigen, schönen Geschöpfs dem abweisenden Ravenswood regelrecht ins Herz schnitten. Er murmelte anfänglich etwas von Überraschung und Verlegenheit und endete damit, daß er mit Wärme und großem Ernst seiner Freude darüber Ausdruck verlieh, ihr Schutz unter seinem Dach gewähren zu können. Dann begrüßte er sie nach den Höflichkeitsregeln der damaligen Zeit, wobei sich ihre Wangen berührten und wieder voneinander entfernten; Ravenswood ließ die Hand nicht los, die er in freundlicher Höflichkeit ergriffen hatte, und eine Röte, die bei weitem mehr Bedeutung auf diese Begrüßungszeremonie legte, als gewöhnlich üblich war, bedeckte die schönen Wangen Lucy Ashtons, als auf einmal der Saal von einem Blitzstrahl grell erleuchtet wurde.

Einen Augenblick lang konnte man jeden einzelnen Gegenstand deutlich unterscheiden. Die sanfte, halb hinsinkende Gestalt Lucy Ashtons, das stattliche, wohlgeformte Äußere Ravenswoods, seine dunklen, feurigen, noch immer etwas unentschlossenen Augen, die alten Waffen und Wappenbilder an den Saalwänden – all das sah der Lord Keeper für einen Moment scharfumrissen in einem helleuchtenden, rotschimmernden Lichtblitz, dem ganz unmittelbar ein Donnerschlag folgte, denn die Gewitterwolken hingen über der Burg, und die Erschütterung war derart plötzlich und furchtbar, daß der alte Turm bis in seine Grundfesten erzitterte und jeder, der sich darin befand, seinen Einsturz befürchten mußte. Der Ruß, seit Jahrhunderten ungestört, fiel durch die weiten Schornsteine herab, Kalk und Staub wirbelten in Wolken von der Wand auf und sei es, daß der Blitz wirklich die Burg getroffen hatte, oder sei es eine Folge der gewaltigen Druckluft: mehrere schwere Steine stürzten von den bröckelnden Zinnen in die Tiefe der heftig brandenden See. Es mochte scheinen, als habe der alte Gründer der Burg Blitz, Sturm und Donner geschickt, um sein Mißfallen darüber zu offenbaren, seinen Nachkommen mit dem Feind des Hauses versöhnt zu sehen.

Die Bestürzung war allgemein, und es bedurfte der gemeinsamen Anstrengungen des Lord Keeper und Ravenswoods, Lucy vor einer Ohnmacht zu bewahren.

Auf diese Weise fand sich Ravenswood zum zweiten Mal in der

heiklen, gefährlichen Aufgabe wieder, einem schönen, hilflosen jungen Geschöpf hilfreich beizustehen, das er schon einmal in ähnlicher Lage gesehen hatte und das seither zum Lieblingsgegenstand seiner Tag- und Nachtträume geworden war. Falls der Schutzgeist des Hauses eine Verbindung zwischen Ravenswood und dem bezaubernden weiblichen Gast verdammte, war das Mittel, mit dem er seine Meinung ausdrückte, so überaus unglücklich gewählt, wie es sonst nur das eines einfachen Sterblichen hätte sein können. Die gemeinsame Aufgabe, alles Nötige zu tun, um die Aufregung der jungen Lady zu besänftigen und ihre Kräfte wiederzuerwecken, brachte Ravenswood und den Lord Keeper für einen Augenblick in so natürlichen Kontakt zueinander, daß die Barriere der alten Feindschaft, wenigstens für eine Zeitlang, in sich zusammenfiel. Sich gegenüber einem alten Mann grob oder auch nur kalt zu verhalten, dessen Tochter (und eine *solche* Tochter), von einem heftigen, natürlichen Schrecken überwältigt, vor ihnen lag, und das unter seinem eigenen Dach – das war ihm unmöglich. Und als Lucy, nach beiden ihre Hände ausstreckend, wieder fähig war, ihnen für ihre Güte zu danken, fühlte Ravenswood, daß seine Gefühle der Feindschaft dem Lord Keeper gegenüber nicht mehr die vorherrschenden in seiner Brust waren.

Das Wetter, ihr Gesundheitszustand und die Abwesenheit ihrer Dienerschaft machten es Lucy Ashton unmöglich, den Rückweg nach Bittlebrains House anzutreten, das volle fünf Meilen entfernt lag; und Ravenswood blieb höflichkeitshalber nichts anderes übrig, als sein Dach für den Rest des Tages und die Nacht anzubieten – freilich brachen ein etwas gezwungenes Erröten und ein Blick, der seinen Zügen nicht fremd war, durch, als er erwähnte, wie schlecht er zur Bewirtung seiner Gäste versehen sei.

»Kein Wort von Mangel«, unterbrach ihn der Lord Keeper schnell, um ihn nicht auf ein gefährliches Thema kommen zu lassen, »Ihr habt vor, aufs Festland zu reisen, und Euer Haus ist deshalb wahrscheinlich vorübergehend nicht versorgt. Das verstehen wir wohl, doch wenn Ihr davon sprechen solltet, daß es unpassend sei, zwingt Ihr uns, Unterschlupf im Dörfchen zu suchen.«

Als Ravenswood antworten wollte, wurde die Tür zur Halle aufgerissen und Caleb Balderstone stürzte herein.

KAPITEL 10

Bring ihnen reichlich Fleisch, Frau – ein halbes Huhn;
Und die alten, verdorb'nen Sardinen trage auf;
Ein wenig frisches Salböl drauf
Und eine starke Zwiebel – das betäubt den Geschmack.
Pilgerfahrt der Liebe.

Der Donner, der allen, die ihn hörten, in die Glieder fuhr, hatte offenbar den überaus erfindungsreichen Genius der Blume aller Burgmeister erweckt: Noch ehe das Donnergrollen verhallt war und man zur Besinnung kam, ob die Burg stehen bliebe oder einstürze, rief Caleb aus: »Dem Himmel sei Dank! Das kommt wie gerufen!« Dann verschloß er kurzerhand die Küchentür vor der Nase des Dieners des Lord Keeper, den er vom Tor zurückkommen sah, und murmelte: »Wie zur Hölle kam *der* hier 'rein? Der Teufel mag's wissen! – Mysie, was sitzt du da zitternd und plärrend am Kamin? Komm her – oder bleib, wo du bist, und schrei, so laut du kannst; dazu bist du wenigstens noch gut. Schrei, sag' ich, alte Hexe, schrei! Lauter! Noch lauter! So laut, daß es die Herrschaften im Saal hören können. Ich hab' dich mit weniger Grund bis über den Bass hinaus schreien hören. Und halt – runter mit dem Geschirr!«

Und mit einem mächtigen, weitausholenden Schlag stürzte er von einem Bord allerhand Zinn- und Tongeschirr herunter, erhob seine Stimme über das Gepolter und rief und brüllte auf eine Weise, die Mysies hysterischen Schrecken vor dem Donner in die tiefe Furcht verwandelte, ihr alter Dienstgefährte hätte jeglichen Verstand verloren: »Er hat alles in Stücke und Scherben zerschlagen! Dazu die einzige Milchsuppenschüssel, die wir noch hatten – und den Deckelnapf für die Mahlzeit unseres Herren hat er zerbrochen. Der Himmel steh' uns bei, der alte Caleb ist durch den Donner verrückt geworden!«

»Ach, halt den Schnabel…!« fuhr ihr Caleb im Siegesrausch

über seinen gelungenen Streich über den Mund. »Nun ist für alles gesorgt – für Mittagessen und für alles andere. Der Donner war Gold wert.«

»Der arme Mann ist völlig verrückt!« Mysie betrachtete ihn verwirrt mit Mitleid und Schrecken. »Hoffentlich kommt er wieder zu sich...«

»Hör mich an, alte Trödelhexe!« erklärte Caleb, immer noch entzückt, sich aus einer derart bedenklichen Klemme gerettet zu sehen. »Halt den fremden Mann aus der Küche 'raus. Fluch, der Donner wär' durch den Schornstein gefahren und hätte das beste Essen vernichtet, das je zubereitet worden ist: Rindfleisch, Schinken, Böckchen, Lerchen, junge Hasen, Geflügel, Wildbret, und was nicht alles. Trag dick auf, und spar nicht an Atem. Ich will hoch zum Saal. Mach soviel Lärm, wie du kannst – doch laßt bloß nicht den fremden Diener in die Küche!«

Mit diesem Auftrag an seine Verbündete eilte Caleb zum Saal hinauf, aber als er durch einen kleinen Spalt in der Tür (den – zur Bequemlichkeit so manchen Dieners – die Zeit gerissen hatte) geblickt und den Zustand Miß Ashtons erkannt hatte, wartete er klug ab, zum einen, weil er ihren Schrecken nicht vergrößern wollte, zum anderen, weil er für seinen Vortrag über die verheerenden Auswirkungen des Donners ungeteilte Aufmerksamkeit brauchte.

Als er merkte, daß sich die Lady erholt hatte und die Sprache auf die Bequemlichkeiten und Vorräte der Burg kam, hielt er es für an der Zeit, in Aktion zu treten.

»O Jammer! O Jammer über Jammer – solch ein Unglück im Hause Ravenswood, und ich muß es miterleben!«

»Was ist denn, Caleb?« fragte sein Herr beunruhigt. »Ist ein Teil der Burg eingestürzt?«

»Die Burg eingestürzt? Nein, aber der Ruß ist heruntergestürzt und der Donner schnurgerade durch den Schornstein gefahren, und alles liegt durcheinander in der Gegend herum rechts und links wie die Ländereien des Lairds von Hotchpotch – und nun haben wir vornehme Gäste zu bewirten...« Hier machte er Sir William Ashton und seiner Tochter eine tiefe Verbeugung. »Und nichts ist mehr im Hause, das man auftragen könnte, weder zum Mittag –, noch zum Abendessen, soweit ich sehen kann!«

»Ich glaube Euch ohne Schwierigkeiten«, sagte Ravenswood trocken.

Balderstone schnitt seinem Herrn ein halb strafendes, halb abbittendes Gesicht, als er beschrieb: »Es war nichts Besonderes, freilich ein wenig besser als Euer Gnaden übliches Mahl – hübsch bedeckt, wie sie im Louvre sagen –, drei Trachten und das Obst.«

»Behaltet Euren Unsinn für Euch, alter Narr!« mahnte Ravenswood, über seinen Diensteifer beschämt, aber ohne rechte Idee, wie er ihm widersprechen könne, ohne eine noch lächerlichere Szene heraufzubeschwören.

Caleb begriff diesen Vorteil und entschloß sich, in die Offensive zu gehen. Da er jedoch den Diener des Lord Keeper in den Saal treten und verstohlen zu seinem Herrn sprechen sah, benutzte er zuvor ebenfalls die Gelegenheit, Ravenswood einige Worte ins Ohr zu flüstern: »Still, Sir, um Gottes willen! Wenn es mir Spaß macht, meine Seele durch Lügen zur Ehre der Familie aufs Spiel zu setzen, tut das Eurer keinen Schaden – wenn Ihr mich nur ruhig machen laßt, will ich bescheiden sein mit meinem Festessen, aber wenn Ihr mir widersprecht, der Teufel hol' mich, wenn ich Euch nicht ein Essen für einen Baron auftische!«

Ravenswood dachte, daß es vielleicht wirklich das Beste wäre, seinen Burgmeister frei gewähren zu lassen, und dieser begann sogleich an den Fingern aufzuzählen: »Nicht viel an Vorrat... Könnte für vier Personen von Ehre und Stand gereicht haben... Erste Tracht: Kapaune in weißer Sauce, Bocksbraten, Speck mit Eurer Erlaubnis. Zweite Tracht: Hasenbraten, Butterkrebse, eine Kalbspastete. Dritte Tracht: Schwarzer Hahn (schwarz genug jetzt vor lauter Ruß), Pudding, Torten und andere süße Kleinigkeiten und Eingemachtes... Und das ist alles«, sagte er, die Ungeduld seines Herrn bemerkend, »das ist alles – die Äpfel und Birnen freilich nicht mitgerechnet.«

Miß Ashton hatte sich nach und nach erholt, so daß sie dem, was vorging, einige Aufmerksamkeit schenken konnte; und als sie die unterdrückte Ungeduld Ravenswoods bemerkte, die zur ruhigen Zuversicht, mit der Caleb sein erdichtetes Mahl ausbreitete, in argem Kontrast stand, erschien ihr die Szene derart komisch, daß sie ein lautes Lachen nicht zurückhalten konnte, in das zuerst ihr Vater, freilich mit mehr Mäßigung, und schließlich Ravenswood selbst einstimmte, auch wenn er sich bewußt war, daß man sich in gewisser Weise auf seine Kosten amüsierte. Ihre Heiterkeit ließ das alte Gewölbe widerhallen. Sie hörten auf – sie erneuerten ihr schallendes Gelächter. Caleb stand unterdessen in ernster, ärgerlicher, finsterer Würde da, was das Lächerliche der Situation und die Heiterkeit der Zuschauer noch erhöhte.

Endlich, als sich das Gelächter erschöpft hatte, rief er ohne übertriebene Höflichkeit aus: »Der Teufel ist in die vornehmen Herrschaften gefahren! Sie frühstücken derart prächtig, daß der Verlust des besten Mittagsmahls, das je ein Koch geliefert hat, sie so lustig macht, als wär's der beste Spaß im ganzen George Buchanan. Wenn's im Bauch Euer Gnaden so leer wäre wie in dem von Caleb Balderstone, wär' Euch bei einem derart bedauerlichen Vorfall mit Lachen wenig geholfen.«

Die verdrossene Art, mit der Caleb seinem Ärger Luft machte, erneuerte die Fröhlichkeit der Gesellschaft, und der alte Burgmeister erblickte darin nicht nur einen Verstoß gegen das Ansehen der Familie, sondern auch eine ausdrückliche Mißachtung der Beredsamkeit, die er bei Aufzählung des Verlustes an den Tag gelegt hatte. («Die Beschreibung eines Mittagsmahls«, sagte er später zu Mysie, »die einen satten Magen hungrig hätte machen können – und sie haben darüber gelacht!«)

»Aber« – Miß Ashton nahm so viel Ernst an, wie sie vermochte – »sind denn alle diese Leckerbissen so vollständig ungenießbar geworden, daß kein Stückchen mehr gerettet werden kann?«

»Gerettet, mein Fräulein? Was wollt Ihr aus Ruß und Asche retten? Ihr könnt selbst hinuntergehen und in die Küche schauen – die Köchin in Krämpfen, die besten Lebensmittel durcheinandergewirbelt, Rindsbraten, Kapaune und weiße Sauce, Pastete und Speck mit Erlaubnis, und all die Süßigkeiten und das Gebäck, Ihr könnt's mit eigenen Augen sehen, mein Fräulein. Das heißt«, verbesserte er sich, »Ihr könnt von dem allen natürlich nichts mehr sehen, denn die Köchin hat's aufwischt, wie's sich gehört. Aber Ihr könnt die weiße Sauce sehen, wo sie verschüttet ist. Ich habe mit dem Finger hineingetupft, und sie schmeckte wie saure Milch oder so ähnlich. Wenn das nicht eine Wirkung des Donners ist, weiß ich nicht, was sonst. – Dieser Herr hier muß das Geschepper von unserem ganzem Porzellan- und Silbergeschirr doch gehört haben?«

Der Diener des Lord Keeper – obwohl Diener eines Staatsmanns und trainiert darin, unter gar keinen Umständen eine Regung zu zeigen – war angesichts dieser Aufforderung einigermaßen verlegen und antwortete lediglich mit einer Verbeugung.

»Ich denke, Herr Burgmeister«, sagte der Lord Keeper, der zu fürchten begann, Ravenswood möge die Fortsetzung der unerfreulichen Szene sehr mißfallen, »daß, wenn Ihr Euch mit meinem Diener Lockhard zurückzieht – er ist weitgereist und mit allen Erdenklichkeiten wohlvertraut –, ihr hoffentlich ein Mittel finden werdet, uns aus diesem Engpaß zu helfen.«

»Euer Ehrwürden weiß«, erwiderte Caleb, der – obwohl er schier verzweifelte über der Frage, wie er das Fehlende verschaffen sollte – lieber wie der stolze Elefant vor eigener Anstrengung sterben, als die Hilfe eines Standeskollegen ertragen wollte, »Euer Ehrwürden weiß wohl, daß ich, was die Ehre des Hauses betrifft, keinen Ratgeber nötig habe.«

»Es wäre ungerecht von mir, das zu leugnen, Caleb«, sagte sein Herr, »aber Eure Kunst besteht hauptsächlich aus Ausflüchten, die uns so wenig ernähren wie der Speisezettel Eures von Blitz und Donner ruinierten Mahls. Vielleicht kann ja Mr. Lockhard Ersatz für das finden, was nicht mehr da ist und vermutlich auch nie da gewesen ist.«

»Euer Gnaden belieben zu scherzen«, versetzte Caleb. »Ich bin sicher, daß es mich im schlimmsten Fall lediglich einen Gang nach Wolf's Hope kostet, und ich speise vierzig Mann – nicht, daß die Leute von Wolf's Hope diese Ehrenpflicht verdienten. Sie waren übel beraten bezüglich der Zinseier und -butter, keine Frage.«

»Geht und beratet Euch miteinander«, sagte Ravenswood, »geht ins Dorf hinunter und versucht Euer Bestes. Wir wollen unsere Gäste nicht ohne Erfrischungen lassen, nur um die Ehre einer verarmten Familie zu retten. Und hier, Caleb – nehmt meine Börse, ich glaube, sie wird Euer bester Verbündeter sein.«

»Börse! Börse, wahrhaftig!« Caleb eilte unwillig zum Ausgang des Saals. »Was soll ich mit Euer Gnaden Börse, auf Eurem eig'-nen Grund und Boden? Ich finde, wir brauchen nicht für das zu bezahlen, was unser ist?«

Die Diener verließen die Halle, und kaum war die Tür hinter ihnen zu, als sich der Lord Keeper wegen seines herzhaften Lachens entschuldigte und Lucy die Hoffnung ausdrückte, den gutherzigen Alten nicht beleidigt oder verletzt zu haben.

»Caleb und ich, Madam, müssen uns daran gewöhnen, unverzagt oder doch wenigstens mit Geduld das Lächerliche zu ertragen, das überall der Armut anhaftet.«

»Ihr tut Euch unrecht, Herr von Ravenswood, auf mein Ehrenwort«, erklärte sein älterer Gast. »Ich glaube, ich kenne Eure Verhältnisse besser als Ihr selbst, und hoffe, Euch zu zeigen, wie sehr ich Anteil daran nehme und daß... kurzgesagt, daß Eure Aussichten besser sind, als Ihr annehmt. Außerdem kenne ich nichts, das achtbarer wäre, als der Mut, sich über das Unglück zu erheben und ehrbare Entbehrung dem Schuldenmachen oder der Abhängigkeit vorzuziehen.«

Ob aus Furcht, das Feingefühl Ravenswoods zu verletzten, oder aus Sorge, dessen Stolz zu wecken, der Lord Keeper machte diese Andeutungen mit ängstlicher, schüchterner Zurückhaltung und schien sehr darauf bedacht, diesen Punkt nicht zu vertiefen, obwohl Ravenswood das Gespräch selbst darauf gebracht hatte. Mit einem Wort, er schien zugleich vom Drang, sich freundschaftlich zu zeigen, getrieben und von der Furcht, aufdringlich zu erscheinen, zurückgehalten. Es ist nicht unbedingt erstaunlich, daß Ravenswood, der wenig mit der Welt bekannt war, damals mehr Vertrauen in die Aufrichtigkeit dieses vollendeten Schmeichlers setzte, als man in einem guten Dutzend Menschen dieser Sorte finden kann. Er antwortete jedoch zurückhaltend, daß er allen verbunden sei, die gut von ihm dächten; und sich bei seinen Gästen entschuldigend, verließ er den Saal, um Anweisungen zu ihrer Bewirtung zu geben, soweit es die Verhältnisse erlaubten.

Nach Beratung mit der alten Mysie wurden ohne große Umstände die Maßnahmen für die Nacht getroffen, da in der Tat wenig Wahl möglich war. Ravenswood überließ sein Zimmer Miß Ashton, und als Kammerfrau sollte sie Mysie bedienen, die einst eine wichtige Person gewesen war, ein schwarzseidenes Kleid, das zuvor der Großmutter ihres Herrn gehörte, getragen und auf den Hofbällen von Henrietta Maria getanzt hatte. Dann erkundigte er sich nach Bucklaw, und als er erfuhr, daß er mit den Jägern und ihrer Begleitung in der Schenke sei, veranlaßte er, daß Caleb ihn dort mit den Verhältnissen in Wolf's Crag vertraut mache, um ihm anzuzeigen, daß er besser ein Bett im Dorf suche, da der ältere Gast zwangsläufig ins Geheimzimmer einquartiert werden müsse, da es das einzige Schlafgemach war, das sich für ihn herrichten ließ. Ravenswood machte sich nichts draus, in seinen Feldmantel gehüllt die Nacht vor dem Feuer im Saal zuzubringen, und für die schottischen Dienstleute jener Zeit, selbst für die höchsten Ranges, ja sogar für junge Männer von Familie und Bildung war im Notfall frisches Stroh oder der Heuboden allerorten ein passables Nachtlager.

Im übrigen war Lockhard von seinem Herrn beauftragt, aus dem Wirtshaus etwas Wildbret mitzubringen, und Caleb verließ sich auf seinen Einfallsreichtum zur Ehre der Familie. Ravenswood wollte ihm zwar ein zweitesmal seine Börse reichen, aber da es vor dem fremden Diener geschah, hielt sich der Burgmeister für verpflichtet abzulehnen, wonach es seine Finger juckte.

»Hätte er mir's nicht heimlich zustecken können?« murmelte Caleb. »Aber Seine Gnaden wird's nie lernen, wie man sich in solchen Fällen benimmt.«

Inzwischen bot Mysie nach einem in den abgelegenen Gegenden Schottlands allgemeinen Brauch den Fremden den Ertrag ihrer kleinen Milcherei an, bis bessere Speise bereit sei. Und nach einem anderen, noch nicht ganz verjährten Brauch führte

Ravenswood den Lord Keeper, da das Gewitter inzwischen weitergezogen war, auf die höchste Spitze des Turms, um die große, weite Aussicht zu bewundern und sich die Zeit bis zum Essen zu vertreiben.

K A P I T E L
11

»Nun, Dame«, zitierte er, »Je vous dis sans doute,
Hätt' ich vom Kapaun auch nur die Leber
Und von Euerm weißen Brot allein die Kruste,
Danach 'nen Schweinskopf, auf dem Rost gebraten
(Obwohl kein Tier für mich getötet werden soll),
Dann hätt' ich mit Euch heimeliges Leid.«
Chaucer, Sumners Geschichte.

Caleb trat seine Erkundungsexpedition nicht ohne gewisse böse Ahnungen an. Drei Dinge lagen ihm schwer auf dem Herzen: Er wagte nicht, seinem Herrn die Beleidigung zu gestehen, die er an diesem Morgen Bucklaw zugefügt hatte; er mochte nicht bekennen, daß er die Börse allzu voreilig abgelehnt hatte; und drittens fürchtete er unerfreuliche Konsequenzen, wenn er mit Hayston zusammenträfe, der ganz gewiß unter dem Eindruck des Affronts und sehr wahrscheinlich unter dem einer nicht geringen Menge Branntwein stehen würde.

Caleb war, um ihm Gerechtigkeit widerfahren zu lassen, kühn wie ein Löwe, wenn es um die Ehre der Familie Ravenswood ging; freilich war es eine besonnene Kühnheit, die sich nicht gern unnötigen Risiken aussetzt. Aber jede Bedenklichkeit stand in diesem Fall zurück gegen das dringliche Anliegen, die Erbarmungswürdigkeit des Burghaushalts zu verschleiern und seiner Prahlerei von den reichen Nahrungsquellen kein Desaster folgen zu lassen, ohne deshalb die Hilfe Lockhards oder die Börse seines Herrn in Anspruch nehmen zu müssen. Es war dies für ihn eine so unverbrüchliche Ehrensache wie für den edlen Elefanten, mit dem wir ihn bereits verglichen haben, der hoffnungslos überladen war und sich das Genick brach aus verzweifelter Anstrengung, seine Pflicht zu erfüllen, als er bemerkte, daß man zu seinem Beistand einen anderen Elefanten herbeibrachte.

Das Dorf, dem sie sich nun näherten, hatte dem armen Burgmeister schon häufig aus ähnlichen Verlegenheiten geholfen – freilich hatten sich die Verhältnisse vor kurzem geändert.

Es war ein kleines Dorf, das sich eine Meeresbucht entlangzog, die von der Mündung eines Baches geformt worden war, und das von der Burg aus, zu der es in früheren Zeiten gehörte, nicht gesehen werden konnte, weil eine vorspringende Anhöhe die Sicht verdeckte. Es wurde Wolf's Hope genannt – was soviel bedeutet wie: des Wolfs Zuflucht –, und die wenigen Einwohner verdienten ihren ungewissen Lebensunterhalt, indem sie während der Heringssaison mit zwei, drei Fischerbooten ausfuhren und in den Wintermonaten Gin und Branntwein schmuggelten. Sie zollten den Lords von Ravenswood den althergebrachten Respekt, aber durch die Schwierigkeiten der Familie war es den meisten Einwohnern von Wolf's Hope gelungen, sich aus den Ketten feudaler Abhängigkeit zu befreien und gegen Zahlung einer jährlichen Summe die vollen Eigentumsrechte an ihren kleinen Besitzungen, Hütten, Gärten und Gemeindeangelegenheiten zu erlangen. Auf diese Weise brauchten sie die hohen Abgaben nicht zu fürchten, mit denen die schottischen Feudalherren der Zeit, die selbst in großer Armut lebten, gewohnt waren, unter allerlei Vorwänden – oder auch ohne jeden Vorwand – ihre noch ärmeren Pächter zu quälen. Im großen ganzen konnte man sie deshalb unabhängig nennen, was bitter für Caleb war, der früher nach alter Gewohnheit bei ihnen die gleiche weitreichende Autorität im Eintreiben der Abgaben ausgeübt hatte, wie es in vergangenen Zeiten in England der Fall war, als »die königlichen Lieferanten unter den gotischen Falltoren herausstürzten, um ohne Geld, aber mit Gewalt und Privilegien Vorräte zu erwerben, und die Beute von hundert Märkten und alles, dessen man in einem flüchtenden, sich versteckenden Land habhaft werden konnte, heimschleppten, um es in hundert Höhlen zu verstauen.«

Caleb liebte die Erinnerung an diese Autorität, die in kleinerem Maßstab die großen Abgabeneintreibungen der Monarchen nachahmte, und bedauerte ihren Niedergang. Und da er sich die falsche Hoffnung machte, das alte Vorrecht, das den Baronen von Ravenswood den besten und größten Anteil an allen Naturprodukten im Umkreis von fünf Meilen um ihre Burg bestimmte, schlummere sozusagen nur und sei noch nicht für alle Zeiten verabschiedet, nahm er hier und da Gelegenheiten wahr, die Erinnerung der Einwohner daran ein wenig wachzurütteln. Sie fügten sich zuerst mit mehr oder minder Bereitwilligkeit, denn sie hatten den Bedürfnissen des Barons und seiner Familie so lange den Vorzug vor ihren eigenen eingeräumt, daß ihre faktische Unabhängigkeit ihnen noch nicht das unmittelbare Gefühl ihrer Freiheit gab. Sie glichen einem Mann, der lange gefangen war und selbst in der Freiheit den Druck der Handschellen an seinen Gelenken zu spüren meint. Doch der Genuß der Freiheit führt bald zum natürlichen Bewußtsein ihrer Vorzüge, so wie der befreite Gefangene bei der Bewegung seiner Glieder bald das Gefühl des Drucks verliert, das er verspürte, solange er gefesselt war.

Die Einwohner von Wolf's Hope begannen zu murren, zu widersprechen und schließlich sich zu weigern. Vergebens erinnerte Caleb Balderstone sie daran, daß – als der elfte Lord Ravenswood, den man wegen seiner Freude an Schiffen und Meer den *Skipper* nannte, den Handel in ihrem Hafen durch den Bau eines Piers (ein Schutzdamm aus grob aufeinandergeschichteten Steinen), der die Fischerboote vor dem Wetter schützte, begünstigt hatte –, es Teil der Abmachung gewesen sei, daß er den ersten Topf Butter nach dem Kalben jeder Kuh innerhalb der Baronei erhalte sowie das erste Ei, das die Hennen an jedem Montag legten und das deshalb das »Montagsei« genannt wurde.

Die Angesprochenen hörten's, kratzten sich den Kopf, hüstelten, niesten und erwiderten, zur Antwort gedrängt, einstimmig, sie wüßten nicht recht – die allgemeine Zuflucht eines schottischen Bauern, dessen Gewissen oder Gefühl eine Forderung für nicht so abwegig hält, wie es sein ureigenstes Interesse tut.

Caleb überreichte den Notabeln von Wolf's Hope sein Butter- und Eiergesuch schriftlich, das er als Rückstand für die vorgenannte Begünstigung bzw. Hilfeleistung forderte und das auf die angegebene Art zu entrichten sei, und nachdem er ihnen angedeutet hatte, daß er nicht abgeneigt sei, Gut oder Geld zu nehmen, wenn ihnen die Begleichung so recht sei, verließ er sie in der Hoffnung, daß sie Art und Weise und angemessene Höhe der Abgaben besprechen würden. Aber sie kamen im Gegenteil überein, die Abgabe zu verweigern, und waren lediglich in Hinsicht der Begründung ihres Widerstands unschlüssig, als der Böttcher, eine äußerst wichtige Person in einem Fischerdorf und einer der Wortführer des Dörfchens, bemerkte, daß ihre Hühner so manchen Tag für die Lords von Ravenswood gelegt hätten und daß es an der Zeit wäre, daß sie es für die täten, die ihnen Stall und Gerste gäben. Ein einmütiges Grinsen gab die Zustimmung der Versammlung zu erkennen.

»Und«, fuhr der Redner fort, »wenn's Euer Wille ist, will ich bis nach Dunse laufen, zum Schreiber Davie Dingwall, der in den Norden gekommen ist, um unter uns Ordnung zu stiften – der bringt die Sache ins Reine, das garantier' ich.«

Entsprechend wurde ein Tag bestimmt, an dem über das Ansuchen eine Versammlung abgehalten werden sollte, und Caleb wurde eingeladen, daran teilzunehmen.

Er kam mit offenen Händen und leerem Magen, im Vertrauen darauf, die einen zu seines Herrn Nutzen, den anderen zu seinem eigenen auf Unkosten der Einwohner von Wolf's Hope zu füllen. Doch wie bitter war das Ende seiner Hoffnungen! Als er am Ostende das langgezogene Dorf betrat, trabte von Westen her die schreckliche Gestalt Davie Dingwalls heran, ein verschlagener, hartfäustiger, gewitzter Landadvokat, der bereits gegen die Familie Ravenswood verhandelt hatte und ein Hauptagent Sir William Ashtons war. Er ritt, auf einem ledernen Mantelsack sitzend, der die Urkunden über die Feudalverhältnisse des Dorfs enthielt, zur Versammlung und gab seiner Hoffnung Ausdruck, Mr. Balderstone nicht warten gelassen zu haben, da er angewiesen und bevollmächtigt sei, »zu zahlen oder zu empfangen, zu erstatten oder zu vergüten und schließlich in Hinsicht aller gegenseitigen und strittigen Forderungen, welche immer es auch seien, zu entscheiden, die einerseits den Ehrenwerten

Edgar Ravenswood beträfen, gemeinhin genannt der Herr von Ravenswood...«

»Der *Hoch*ehrenwerte Edgar *Lord Ravenswood*«, beharrte Caleb mit großem Nachdruck, denn wenn er auch wußte, daß ihm aus diesem Streit kein Vorteil erwachsen würde, war er doch entschlossen, von der Ehre kein Jota zu opfern.

»Lord Ravenswood also«, sagte der Sachwalter, »wir wollen nicht über Höflichkeitstitel mit Euch streiten. Gemeinhin Lord Ravenswood genannt oder Herr von Ravenswood, Besitzer durch Erbe der Länder und Baronei Wolf's Crag, und andererseits John Whitefish und andere aus der Stadt Wolf's Hope innerhalb der vorgenannten Baronei.«

Caleb war sich aus trauriger Erfahrung bewußt, daß er mit diesem käuflichen Winkeladvokaten einen ganz anderen Kampf würde bestehen müssen als mit den Einwohnern von Wolf's Hope selbst, deren alte Erinnerungen, Voreingenommenheiten und Denkgewohnheiten er durch hundert indirekte Argumente bestrickt hätte, die den Rechtsvertreter nicht im mindesten beeindrucken würden. Der Ausgang der Debatte rechtfertigte seine schlimmsten Befürchtungen. Vergebens bot er allen Einfallsreichtum und alle Beredsamkeit auf und versammelte sämtliche Argumente, die sich aus alten Sitten, angestammtem Respekt sowie aus den guten Taten, die die Lords von Ravenswood der Gemeinde Wolf's Hope erwiesen hatten und in Zukunft erweisen würden, herleiten ließen. Der Schreiber beharrte auf dem Inhalt der Urkunden: Dort stände nichts darüber. Und als Caleb aufs Ganze ging und die Konsequenzen schilderte, die entstehen könnten, wenn Lord Ravenswood dem Dorf seinen Schutz entzöge, ja, als er gar andeutete, daß strenge Maßnahmen nicht auszuschließen seien, lachte ihm der Mann des Gesetzes ins Gesicht.

Seine Klienten, erwiderte er, hätten sich entschlossen, ihr Bestes für ihr Dorf zu tun, und er dächte, daß Lord Ravenswood, wo er doch Lord sei, genug daran zu tun habe, nach seiner eigenen Burg zu sehen. Was die Androhung von strengen Maßnahmen beträfe, wolle er Mr. Balderstone daran erinnern, daß die neuen

Zeiten nicht die alten wären, daß man auf der Südseite des Forth und weit vom Hochland lebe, daß seine Klienten sich in der Lage sähen, sich selbst zu beschützen, und daß sie, sollten sie sich darin geirrt haben, von der Regierung zu ihrer Sicherheit einen Korporal und vier Rotröcke erbitten würden, die – fügte Mr. Dingwall grinsend hinzu – gewiß vollkommen ausreichend seien, sie gegen Lord Ravenswood und alles, was er oder seine Anhänger ausrichten könnten, zu schützen.

Hätte Caleb alle Blitze der Aristokratie in seinen Augen vereinigen können, um diesen Verächter der Lehnspflichten und Privilegien tot niederzustrecken, er würde sie ihm ohne jeden Zweifel und bedingungslos an den Kopf geschleudert haben. Aber so war er gezwungen, seinen Heimweg zur Burg anzutreten, wo er einen halben Tag lang selbst für Mysie unsichtbar blieb. Er verschloß sich in sein eigenes Gewölbe, wo er sitzend eine Zinnschüssel polierte und sechs Stunden ohne Unterlaß *Maggie Lauder* dazu pfiff.

Der Ausgang dieses unglücklichen Handels hatte Caleb von allen Hilfsquellen abgeschnitten, die ihm sonst aus Wolf's Hope und Umgebung zugeflossen waren. Er hatte sich wirklich geschworen, daß ihn der Teufel holen solle, wenn er je wieder einen Fuß auf die Straße dorthin setze. Bis jetzt hatte er sein Wort gehalten, und sein Ausbleiben hatte erstaunlicherweise auf die Einwohner von Wolf's Hope in gewisser Weise den Effekt einer Bestrafung. Mr. Balderstone war in ihren Augen ein Wesen, das mit einer höheren Ordnung der Dinge in Verbindung stand, dessen Gegenwart ihre kleinen Feste ehrte, dessen Rat ihnen in vielen Fällen nützlich war und dessen Gesellschaft ihrem Dorf eine gewisse Würde verlieh. Der Ort, gestanden sie sich ein, sähe nicht mehr aus wie sonst und wie er aussehen sollte, seit Mr. Caleb sich derart in der Burg verschließe – doch was die Eier und die Butter beträfe, sei dies gewiß eine höchst unvernünftige Forderung gewesen, wie Mr. Dingwall deutlich festgestellt habe.

So standen die Dinge, als der alte Burgmeister, obwohl ihm dies Galle und Bitterkeit verursachte, sich gezwungen sah, entweder vor einem fremden Mann von Stand und – was schlimmer war – vor dem Diener dieses Fremden die vollständige Unfähigkeit Wolf's Crags zu offenbaren, ein Mittagessen zustandezubringen, oder sich auf das Mitleid der Einwohner von Wolf's Hope zu verlassen. Das war eine entsetzliche Herabwürdigung, aber die Not ließ keine Wahl und kannte kein Gesetz. Mit diesen Gefühlen betrat er das Dorf.

Da er so rasch wie möglich seinen Begleiter los sein wollte, schickte er Mr. Lockhard zum Gasthaus von Luckie Sma'trash, von wo das Getöse, das Bucklaw, Craigengelt und ihre Gesellschaft beim Schmaus veranstalteten, zur Straße herunterschallte, während das rote Licht, das aus den Fenstern drang, das graue Zwielicht erhellte und einen Haufen Fässer und Fäßchen beleuchtete, die im Hof des Böttchers auf der anderen Seite des Wegs aufgeschichtet standen.

»Wenn Ihr, Mr. Lockhard«, sagte der alte Burgmeister zu seinem Begleiter, »zur Schenke gehen wolltet, wo das Licht herkommt und sie, wie ich glaube, eben *Cauld Kail in Aberdeen* singen, könnt Ihr den Auftrag Eures Herrn bezüglich des Wildbrets ausrichten, und ich will den meinigen bezüglich Bucklaws Unterbringung besorgen, sobald ich die übrigen Lebensmittel aufgetrieben habe. Nicht, daß wir das Wildbret nötig hätten«, fügte er hinzu, indem er seinen Gefährten beim Knopf zurückhielt, »aber es ist ein Kompliment an die Jäger, wißt Ihr – und Mr. Lockhard, falls sie Euch etwas zu trinken anbieten, ein Bier, einen Becher Wein oder ein Glas Branntwein, seid so gescheit, es anzunehmen, für den Fall, daß das Gewitter unsere Getränke auf der Burg hat sauer werden lassen, was sehr zu befürchten steht.«

Hierauf entließ er Lockhard und ging mit Füßen, schwer wie Blei und dennoch leichter als sein Herz, durch die holprige Straße des langgezogenen Dorfs und dachte nach, wo er seinen ersten Angriff machen könne. Er mußte jemanden finden, dem die einstige Größe und Würde der Ravenswoods mehr galt als die neugewonnene Freiheit und dem sein Besuch als ein Akt hoher Wertschätzung schiene, der Ehrfurcht einflößte und zugleich schmeichelte. Freilich fiel ihm niemand ein, der von dieser Beschaffenheit war.

»Der Pfarrer ist auch ein wenig kühl«, dachte er, während er erneut den Refrain von *Cauld Kail in Aberdeen* anstimmen hörte, »er hat zwar seinen Platz durch den vorigen Lord erhalten, aber sie haben wegen des Zehnten miteinander Streit gehabt. Die Frau des Brauers hat uns lang genug geborgt, und ihre Rechnung ist überreich beglichen; außerdem, wenn's nicht die Ehre der Familie besonders erforderte, wär's Sünde, eine Witwe zu plagen.«

Niemand war besser in der Lage, aber auch niemand weniger dazu aufgelegt, sich im gegenwärtigen Fall freundschaftlich zu zeigen als Gibbie Girder, der schon erwähnte Böttcher, der den Aufruhr in der Butter- und Eiersache geleitet hatte.

»Doch alles kommt, hoff' ich, darauf an, wie man die Leute richtig anpackt«, sagte sich Caleb, »und wenn ich nicht einst den dummen Einfall gehabt hätte, ihn einen *Johnnie Dahergelaufen* zu nennen, hätte der Schlingel keinen Haß auf die Familie. Doch er hat ein hübsches, junges Weibsbild geheiratet, Jean Lightbody, die Tochter vom alten Lightbody, der bei Loup-the-Dyke in Dienst stand, und der alte Lightbody war mit Marion verheiratet, die lange Zeit bei Mylady in der Familie diente. Ich hatte so manchen Tag Spaß mit Jeans Mutter, und man sagt, daß sie weiterhin bei ihnen wohnt. Der Bursche hat sowohl Jacobusse wie Georgiusse genug, wenn man nur an sie herankommen könnte... Wahrhaftig, damit tät' man ihm eine Ehre an, die er von uns gar nicht verdient, und wenn er durch uns alles verlöre, käm' er noch billig davon – er kann's leicht entbehren.

Seine Unentschlossenheit abschüttelnd und sich auf der Ferse umdrehend, ging Caleb eilig zum Haus des Böttchers zurück, zog den Riegel ohne Umschweife auf und befand sich im Nu im Zwischenhof, von dem aus er ungesehen ins Innere der Küche spähen konnte.

Im Gegensatz zur kümmerlichen Haushaltung von Wolf's Crag knisterte ein lustiges Feuer den Schornstein des Böttchers hinauf. Seine Frau, in Perlenschmuck und Puffärmeln, legte letzte Hand an ihren Sonntagsanzug, während sie ihr hübsches, gutmütiges Gesicht in einem zerbrochenen Spiegel betrachtete, der zu ihrem besonderen Gebrauch auf der Schüsselbank stand. Ihre Mutter, die alte Luckie Loup-the-Dyke, nach einstimmigem Urteil ihrer Gefährtinnen das flotteste alte Ding im Umkreis von zwanzig Meilen, saß beim Feuer in der vollen Pracht ihres Mohairkleids, ihres Perlenschmucks und ihrer reinen Schürze, ein behagliches Pfeifchen schmauchend und die Geschäfte der Küche beaufsichtigend. Denn – und dies war für das begierige Herz des bekümmerten Burgmeisters ein erfreulicherer Anblick als der einer herausgeputzten oder springlebendigen Frau – auf dem Feuer kochte ein großer Topf, ja Kessel mit Rindfleisch und Speck, während davor zwei Lehrlinge, die einander gegenüber saßen, zwei Bratspieße in Bewegung hielten, dessen einer ein Hammelviertel und der andere eine fette Gans und ein paar Wildenten trug. Der Anblick und der Duft eines solchen Landes des Überflusses überwältigte Caleb fast. Er wandte sich für einen Moment ab, um das Wohnzimmer in Augenschein zu nehmen, und fand hier einen nicht minder überraschenden Anblick: ein großer runder Tisch, für zehn oder zwölf Personen gedeckt und mit schneeweißem Tischtuch geschmückt, große Zinnkannen, von silbernen Bechern umgeben, deren Inhalt aller Wahrscheinlichkeit nach der glänzenden Außenseite korrespondierte, reine Teller, Löffel, scharfe und glänzende Messer und Gabeln – alles war zu einer besonderen Festlichkeit vorbereitet.

»Der Böttcher hat den Teufel im Leib!« murmelte Caleb in neidischem Erstaunen, »eine Schande, daß sich Leute seines Schlages derart den Gaumen kitzeln. Aber ich will nicht Caleb Balderstone heißen, wenn nicht einige der guten Bissen heute Abend ihren Weg nach Wolf's Crag finden.«

Mit diesem Entschluß trat er in die Küche und küßte unter höflichen Begrüßungen die Mutter und die Tochter. Wolf's Crag war der Hof der Baronei und Caleb dessen erster Verwalter, und es ist mit Recht bemerkt worden, daß – obwohl die Männer, die die Abgaben zahlen, den eintreibenden Männern der Adelshöfe zuweilen grollen – sie dem schönen Geschlecht durchaus willkommen sind, weil sie den frischesten Klatsch aus der Adelswelt und neueste Informationen über die aktuellen Moden liefern. Die beiden Frauen hingen deshalb alsbald an Calebs Hals und boten ihm die Küsse des Willkommens.

»Ach, seid Ihr's denn wirklich, Mr. Balderstone? Es macht uns immer Freude, Euch zu sehen. Setzt Euch – setzt Euch, der Hausherr wird froh sein, Euch zu sehen. Ihr habt ihn in Eurem Leben noch nicht so wohlgelaunt gesehen, denn wir taufen heute Abend unser kleines Kind, wie Ihr vielleicht gehört habt – und sicher bleibt Ihr, Euch die Zeremonie anzuschauen. Wir haben einen Hammel geschlachtet, und einer unserer Burschen ist mit seiner Flinte im Moor gewesen – Ihr habt doch immer eine Vorliebe für Wildgeflügel gehabt.«

»Nein – nein, gute Frau«, antwortete Caleb, »ich bin nur gekommen, Euch Glück zu wünschen, und ich hätte gerne ein Wort mit dem Hausherrn gewechselt, aber...« – und er wandte sich um, als wolle er gehen.

»Ihr dürft nicht so fort«, sagte die ältere Frau lachend und ihn mit der Freiheit einer alten Bekannten zurückhaltend, »wer weiß denn, ob's dem Kind nicht schadet, wenn Ihr's nicht mal ansehen wollt?«

»Aber ich bin in großer Eile, liebe Frau«, erwiderte der Burgmeister und ließ sich ohne großen Widerstand auf einen Stuhl ziehen, »und um zu essen...« – denn er bemerkte, daß die Hauswirtin für ihn einen Teller auftrug – »um zu essen... – Ach Himmel! Man bringt uns fast um dort oben mit Essen von morgens bis in die Nacht – es ist eine schändliche Schwelgerei; das haben wir nun von den englischen Pockenaufläufen.«

»Still, denkt nicht an die englischen Pockenaufläufe«, versetzte Luckie Lightbody, »probiert unsere, Mr. Balderstone, wir haben weißen Fleischauflauf und welchen mit Blutwurst – versucht, welcher Euch am besten schmeckt.«

»Beide gut, beide köstlich! Könnten nicht besser sein – aber der Duft allein macht mich satt, da ich so spät zu Mittag gegessen habe« (der arme Teufel hatte seit dem Morgen gefastet). »Doch ich möchte Eure Hausmannskost nicht verachten, liebe Frau, und wenn Ihr's erlaubt, wickel' ich's in mein Tellertuch und eß' es zu Abend, denn ich bin der Leckereien von Mysie überdrüssig – Ihr wißt, ländliche Kost war mir immer das Liebste, Marion, und« – mit einem Blick auf die Frau des Böttchers – »die Frauen vom Land dazu. Die hier sieht um kein Haar weniger gut aus als die da, als sie Gilbert heiratetete, und damals war sie das schönste junge Ding der ganzen Gegend. Aber wie sagt man: glückliche Kuh, schönes Kalb.«

Die Frauen lächelten über dieses Kompliment in sich hinein und einander zu, als sie sahen, daß Caleb die Aufläufe in ein mitgebrachtes Tellertuch wickelte wie ein Dragoner, der alles, was ihm in die Hände fällt, in seinen Plünderersack steckt.

»Und was gibt's Neues auf der Burg?« fragte die Hausherrin.

»Neuigkeiten! Die erstaunlichsten Neuigkeiten, die Ihr je gehört habt. Der Lord Keeper ist oben mit seiner schönen Tochter, und er wird sie dem Lord an den Hals werfen, falls der ihm nicht zuvorkommt – und ich garantier' Euch, er wird ihr unsere alten Ländereien an die Schleppe ihres Kleids heften.«

»Nein, wirklich? – Und will er sie haben? Und sieht sie gut aus? Und welche Haarfarbe hat sie? Und trägt sie ein Reitkleid oder eine Jacke?« waren die Fragen, die die Frauen auf Caleb niederprasseln ließen.

»Genug, genug! Man würde einen Tag brauchen, um auf alle Eure Fragen zu antworten, und ich habe kaum eine Minute. Wo ist der Hausherr?«

»Er ist unterwegs, den Pfarrer holen«, erwiderte Mrs. Girder, »den würdigen Mr. Peter Bide-the-Bent aus Mosshead – der rechtschaffene Mann hat sich in den Zeiten der Verfolgung in den Bergen den Rheumatismus geholt.«

»Ach so – ein Whig und einer aus den Bergen, niemand geringeres«, äußerte Caleb mit einer Verdrossenheit, die er nicht unterdrücken konnte. »Ich habe Zeiten erlebt, Luckie, als der würdige Mr. Cuffcushion und sein Gesangbuch Euren Zwecken oder denen jeder ehrbaren Frau in ähnlichen Umständen vollauf genügt hätte.«

»Nur zu wahr«, erwiderte Mrs. Lightbody, »aber was soll ich tun? Jean muß ihre Psalmen singen und ihren Zopfknoten flechten, wie's dem Hausherrn gefällt, und nicht auf andere Art – glaubt mir, Mr. Balderstone, er ist der Herr und Meister im Haus.«

»Soso, und hat er auch das Geld in seinen Händen?« fragte Caleb, für dessen Pläne eine solche Dominanz des Mannes wenig versprach.

»Jeden Pfennig. Aber seht, er kleidet sie so reizend und fein, da hat sie wenig Ursache, sich zu beklagen. Wenn's eine besser hat als sie, haben's zehn andere schlechter.«

»Nun ja«, sagte Caleb niedergeschlagen, aber nicht besiegt, »das ist nicht mehr die Art, in der Ihr mit Eurem Mann umgesprungen seid – aber jedes Land hat sein eigenes Gesetz. Ich muß gehen. Ich wollte dem Hausherrn nur ins Ohr raunen, daß ich auf der Burg habe sagen hören, Peter Puncheon, der Böttcher der Königin im Magazin von Timmer Burse, sei gestorben – da dacht' ich, daß vielleicht ein Wort von meinem Lord an den Lord Keeper Gilbert nützen würd'. Aber da er nicht zuhause ist…«

»Aber dann wartet doch, bis er heimkommt«, bat die Witwe. »Ich hab's dem Hausherrn immer gesagt, daß Ihr ihm wohlwollt – aber er muß ja jedes unbedachte Wort gleich in den falschen Hals kriegen.«

»Nun gut, dann will ich bis zur letzten Minute warten, die ich kann.«

»Und Ihr findet also«, fragte die schöne junge Gattin von Mr. Girder, »diese Miss Ashton hübsch? Und das sollte sie ja wohl auch sein, wenn sie glaubt, unseren schönen jungen Lord umstricken zu müssen, der ein Gesicht und ein Benehmen hat und auf dem Pferd sitzt wie ein Königssohn. Wißt Ihr, Mr. Balderstone, daß er immer zu meinem Fenster sieht, wenn er durch den Ort reitet?«

»Ich weiß es wohl, denn ich habe seine Lordschaft sagen hören, die Böttchersfrau hätte die dunkelsten Augen in der ganzen Baronei. Und ich sagte: Das mag wohl sein, mein Lord, denn ihre Mutter hatte zu meiner Zeit die gleichen, wie ich zu meinem Schaden weiß. Na, Marion? Haha – ach, das waren mir fröhliche Tage!«

»Schst, alter Schwerenöter«, sagte die Witwe, »solch einen Unsinn vor dem jungen Volk zu reden. Aber Jean, hörst du denn nicht das Kind weinen? Bestimmt ist wieder das Fieber gestiegen wegen der Erkältung.«

Mutter und Großmutter standen auf und rannten zu einem entlegenen Winkel des Hauses, wo der junge Held des Abends niedergelegt war. Als Caleb auf diese Weise die Luft rein fand, nahm er eine kräftigende Prise, um seine Entschlossenheit ein wenig zu schärfen und zu festigen.

»Soll mich der Henker holen«, dachte er, »wenn Bide-the-Bent oder Girder heute abend diesen Spieß mit Geflügel schmausen.«

Und dann wandte er sich dem älteren Spießdreher zu, einem Jungen von etwa elf Jahren, und drückte ihm einen Penny in die Hand: »Hier sind zwei Pennys, mein Junge, lauf' zu Mrs. Sma'trash und laß' dir meine Dose mit Schnupftabak füllen. Ich will solange den Spieß für dich drehen, und sie wird dir ein Stück Pfefferkuchen für deine Mühe geben.«

Kaum war der ältere Junge in dieser Mission unterwegs, als Caleb, dem zurückgebliebenen Spießdreher ernst und fest ins Gesicht sehend, den Geflügelspieß vom Feuer nahm, seinen Hut auf den Kopf drückte und zügig damit von dannen schritt. Er blieb nur kurz an der Tür des Wirtshauses stehen, um knapp mitzuteilen, daß Mr. Hayston von Bucklaw heute nacht kein Bett auf der Burg erwarten könne.

Wenn diese Nachricht Calebs an sich schon ein wenig kurz angebunden war, so wurde sie durch die ausnehmend rohe Vermittlung der Wirtin zur ausdrücklichen Beleidigung, die Bucklaw – wie es auch Männern von kühlerem Temperament gegangen sein würde – äußerst erzürnte. Captain Craigengelt schlug unter einstimmigem Applaus vor, den alten Fuchs (er meinte Caleb) ein wenig zu jagen und zu prellen, ehe er seinen Bau erreiche. Aber Lockhard deutete den Dienern seines Herrn und denen Lord Bittlebrains in gebietendem Tonfall an, daß die geringste Ungehörigkeit, die man dem Diener des Herrn von Ravenswood zufüge, Sir William Ashton aufs höchste mißfallen würde. Und nachdem er dies in einer Weise klargemacht hatte, die ihnen die rechte Lust benahm, ihren Streich auszuführen, verließ er, von zwei Dienern begleitet, die mit Lebensmitteln beladen waren, das Wirtshaus und holte Caleb ein, als der soeben das Dorf hinter sich ließ.

KAPITEL 12

Sollt' ich von euch denn irgendetwas nehmen?
Wahr ist, ich flehte gar;
Und was schlimmer ist als das:
beraubte mich freundlicher Verbundenheit;
Und was noch schlimmer an dem allen ist:
Ich verlor mich selbst dabei.
Witz ohne Geld.

Das Gesicht des kleinen Jungen, des einzigen Zeugen von Calebs Verstoß gegen die Eigentumsgesetze und die der Gastlichkeit, hätte ein hübsches Bild abgegeben. Er saß völlig unbeweglich da, als wäre ihm eins der Gespenster erschienen, von denen man ihm an langen Winterabenden erzählte, und da er seine eigene Arbeit darüber vergaß und den Bratspieß nicht mehr anrührte, vergrößerte er das Unglück dieses Abends, indem er das Hammelfleisch kohlschwarz anbrennen ließ. Er wurde aus der Geistesabwesenheit seiner tiefen Verblüffung durch eine beherzte Ohrfeige geweckt, die ihm die Witwe Lightbody versetzte, die – wie auch immer sie sonst ihrem Namen Ehre machen konnte – eine kräftige Person und im Gebrauch ihrer Hände diesbezüglich äußerst geübt war (was, einem Gerücht nach, ihr verstorbener Mann zu seinem Schaden hinreichend erfahren hatte).
»Was läßt du den Braten anbrennen, Taugenichts?«
»Ich – weiß nicht.«
»Und wo ist dieser Strolch Giles?«
»Ich weiß nicht«, schluchzte der verwirrte Berichterstatter.
»Und wo ist Mr. Balderstone? Und vor allem, im Namen von Rat und Kirchenvorstand (wenn ich so sagen darf): Wo ist der Spieß mit dem Geflügel?«

Als Mrs. Girder hinzukam und die bestürzten Ausrufe ihrer Mutter zum Duett machte, so daß sie in das eine Ohr des Jungen schrie, während ihre Mutter das andere betäubte, wurde der arme kleine Lausbub derart verstört, daß er den Hergang nun endgültig nicht mehr zusammenbrachte, und erst, als der ältere Junge zurückgekehrt war, begann die Wahrheit allmählich das Licht der Welt zu erblicken.

»Sieh' einer an, Sirs!« meinte Mrs. Lightbody. »Wer hätte das von Caleb Balderstone gedacht, daß er einer alten Bekannten einen solchen Streich spielt!«

»Schande über ihn!« sagte Mr. Girders Gattin. »Und was soll ich denn bloß meinem Mann sagen? Der würde mir den Schädel einschlagen, wenn's in Wolf's Hope nicht noch eine andere Frau gäbe.«

»Schweig, dummes Ding«, erwiderte die Mutter. »Nein, nein – es ist schon zu vielem gekommen, aber bis dahin noch nicht. Denn wenn er dir den Schädel einschlagen will, muß er mir auch den Schädel einschlagen, und ich hab' Bessere als ihn in die Flucht geschlagen. Das Faustrecht ist keine üble Sache – wir brauchen ein kleines Gefecht nicht zu scheuen.«

Pferdegetrappel kündigte die Ankunft des Böttchers und des Pfarrers an. Kaum abgestiegen eilten sie zum Küchenfeuer, denn der Abend war nach dem Gewitter kühl geworden und in den Wäldern war es naß und windig gewesen. Die junge Frau, dem Zauber ihres Sonntagskleids vertrauend, kam ihnen entgegen, die erste Attacke auf sich zu nehmen, während ihre Mutter wie die Veteranendivision der römischen Legion im Hintergrund blieb, um im Bedarfsfall zu Hilfe zu eilen. Beide hofften, die Entdeckung dessen, was geschehen war, hinauszuzögern – die Mutter, indem sie ihre tatkräftige Person zwischen Mr. Girder und das Feuer brachte, und die Tochter durch die außerordentliche Herzlichkeit, mit der sie den Pfarrer und ihren Mann empfing, und die ängstliche Besorgnis, mit der sie sich erkundigte, ob ihnen kalt geworden wäre.

»Kalt!« entgegnete der Ehemann barsch – denn er gehörte nicht zur Klasse jener Lords und Herren, deren Frauen Vizekönige über sie sind. »Uns wird's kalt genug sein, denk' ich, wenn Ihr uns nicht ans Feuer laßt.«

Und mit diesen Worten durchbrach er die zwei Verteidigungslinien, und da er ein wachsames Auge auf all seine Besitztümer jeglicher Art hatte, bemerkte er auf den ersten Blick, daß der Bratspieß mit seiner schmackhaften Last verschwunden war.

»Was zum Teufel, Frau…«

»Pfui Schande!« schrieen beide Frauen auf. »Und das vor Mr. Bide-the-Bent!«

»Ich nehm's zurück«, sagte der Böttcher, »aber…«

»Wenn wir«, warnte Mr Bide-the-Bent, »den Namen des Erzfeindes unserer Seele in den Mund nehmen…«

»Ich nehm's zurück!«

»…setzen wir uns seinen Versuchungen aus und laden ihn ein, ja nötigen ihn gewissermaßen, seinen Umgang mit anderen unglücklichen Personen beiseite zu legen und sich mit denen zu befassen, die seinen Namen im Munde führen.«

»Gut, gut, Mr. Bide-the-Bent, kann ein Mann mehr tun, als sein Unrecht einsehen? Aber laßt mich die Frauen fragen, warum sie das Wildgeflügel vor unserer Ankunft angerichtet haben.«

»Es ist nicht angerichtet worden, Gilbert«, sagte seine Frau, »sondern… – sondern ein Unglück…«

»Was für ein Unglück?« fragte Girder mit blitzenden Augen. »Es ist nicht verdorben, hoffe ich. Nun?«

Seine Frau wagte aus Furcht vor ihm nicht zu antworten, aber ihre Mutter eilte ihr mit in die Seite gestemmten Armen zu Hilfe: »Ich habe es einem Bekannten gegeben, Gibbie Girder – nun, und was jetzt?«

Ihre kühne Selbstsicherheit machte Girder einen Augenblick stumm. »Und *Ihr* gabt das Geflügel, den besten Bissen unseres Kindstaufschmauses, einem Eurer Bekannten, Ihr alte Hexe! Und wie mag denn wohl sein Name sein, frag' ich?«

»Mr. Caleb Balderstone – von Wolf's Crag«, antwortete Marion, auf einen Kampf vorbereitet.

Girders Wut ging über alle Maßen. Wenn es einen Umstand gab, der seinen Zorn noch vergrößern konnte, war es der, das verschwenderische Geschenk an Caleb Balderstone gegangen zu sehen, gegen den er aus bekannten Gründen entschiedenen Groll nährte. Er erhob gegen die ältere Frau seine Reitgerte, doch hielt sie mit Selbstvertrauen die Stellung und schwang mutig den großen eisernen Schöpflöffel, mit dem sie gerade einen Hammelbraten mit Fett begossen hatte. Ihre Waffe war ohne Zweifel die bessere und ihre Arme nicht die schwächeren – Gilbert hielt es infolgedessen für das Beste, sich an seine Frau zu wenden, deren Gewimmer den Pfarrer, der im Grunde das gutmütigste, kindlichste Geschöpf der Welt war, aufs innigste rührte: »Und du, dumme Gans – sitzt still dabei und siehst zu, wie mein Hab und Gut an einen verrückten, besoffenen, schäbigen, wurmstichigen Bedienten verschenkt wird, weil er die Ohren eines albernen, alten Weibs mit nutzlosem Gewäsch kitzelt und mit jedem zweiten Wort das Blaue vom Himmel herunterlügt? Warte, ich will dich dafür…«

Hier schritt der Pfarrer mit Wort und Tat ein, während die Witwe Lightbody, ihren Löffel schwingend, vor ihre Tochter trat.

»Soll ich meine eigene Frau nicht strafen dürfen?« schrie der Böttcher höchst aufgebracht.

»Ihr könnt Eure eigene Frau strafen, wie's Euch beliebt«, versetzte Mrs. Lightbody, »aber meine Tochter rührt Ihr nicht an, das sag' ich Euch.«

»Schämt Euch, Mr. Girder!« warf der Geistliche ein. »Das hätte ich am wenigsten von Euch gedacht, daß Ihr Eurer sündhaften Leidenschaft den Zügel lassen würdet gegen Euer Nächstes und Teuerstes, obendrein an diesem Abend, an dem Ihr die feierlichste Pflicht christlicher Eltern erfüllen wollt – und für was? Für puren Überfluß leiblicher Freuden, der ebenso wertlos wie unnötig ist.«

»Wertlos!« rief der Böttcher aus. »'ne bessere Gans ist nie über die Stoppeln gegangen, nie haben zwei schönere Wildenten ihre Federn genetzt.«

»Mag sein, Nachbar«, erwiderte der Pfarrer, »doch seht, welcher Überfluß noch immer bei Eurem Feuer zurückbleibt. Ich habe eine Zeit erlebt, in der zehn der Haferkuchen, die auf diesem Brett stehen, köstliche Leckerbissen für ebenso viele Männer gewesen wären, die auf Bergen, im Moor und in Höhlen um des Evangeliums willen hungers starben.«

»Und das ist's, was mich am meisten aufregt«, versetzte der Böttcher, der gern jemanden gefunden hätte, der an seinem nicht ganz unbegründeten Ärger Anteil genommen hätte, »wenn es die Alte da einem leidenden Heiligen oder sonst jemandem gegeben hätte und nicht ausgerechnet diesem diebischen, lügnerischen, drangsalierenden Tory-Schurken, der mit dem Kämpfertrupp, den der alte Tyrann Allan Ravenswood (der nun ist, wo er hingehört) gegen die Heiligen zu Bothwell Bridge anführte, dann hätte ich kein Wort darüber verloren. Aber das Beste vom Schmaus so einem zu geben...!«

»Nun gut, Gilbert«, wandte der Pfarrer ein, »aber seht Ihr nicht darin das Urteil eines höheren Gerichts? Die Kinder des Gerechten sieht man nicht ihr Brot betteln – denkt daran, daß der Sohn eines mächtigen Unterdrückers in die Klemme gebracht ist, von Eurem Überfluß sein Haus ernähren zu müssen.«

»Und außerdem«, erklärte die Frau, »war es gar nicht für Lord Ravenswood – wenn er nur jemanden ausreden lassen wollte –: Es war für den Lord Keeper, der oben auf Wolf's Crag ist.«

»Sir William Ashton auf Wolf's Crag!« entfuhr es dem erstaunten Faßbinder.

»Und in bester Freundschaft mit Lord Ravenswood«, fügte die Witwe Lightbody hinzu.

»Albernes Weib! Dieser alte, listige Plapperer könnte euch weismachen, der Mond sei ein grüner Käse. Der Lord Keeper und Ravenswood! Sie sind wie Katz und Maus, Hund und Hase.«

»Ich sage Euch, sie verstehen sich aufs beste«, versetzte die Schwiegermutter. »Und dann: Peter Puncheon, der Böttcher im Magazin der Königin, ist gestorben, und die Stelle ist zu haben, und...«

»Gott behüt' uns, wollt ihr wohl die Schnäbel halten«, rief Girder aus, denn all diese Neuigkeiten wurden als Kanon für zwei Stimmen mitgeteilt, da die junge Frau, durch die Wendung des Gesprächs ermutigt, alle Worte ihrer Mutter, sobald sie von den Lippen waren, aufschnappte und in höherer Tonart wiederholte.

»Was die Hausfrau sagt, ist wahr, Meister«, bestätigte Girders Vorarbeiter, der während des Streits hinzugekommen war. »Ich habe die Diener vom Lord Keeper drüben bei Luckie Sma'trash trinken und schmausen sehen.«

»Und ist ihr Herr oben auf Wolf's Crag?« fragte Girder.

»Freilich«, versetzte sein Vertrauter.

»Und gut Freund mit Ravenswood?«

»Scheint so, da er bei ihm zu Gast ist.«

»Und Peter Puncheon ist tot?«

»Kürzlich ausgelaufen, das alte Faß«, antwortete der Vorarbeiter, »nachdem so mancher Tropfen Branntwein zuvor in ihn hineingelaufen ist. Doch was den Bratspieß und das Geflügel angeht – das Pferd ist noch gesattelt, Meister, und ich könnte hinterherreiten und alles zurückbringen, denn Mr. Balderstone ist noch nicht weit.«

»Tut das, Will – und kommt her, ich will Euch sagen, was Ihr zu tun habt, wenn Ihr ihn einholt.«

Er ersparte den Frauen seine weitere Anwesenheit und nahm Will beiseite, um ihm seine geheimen Anweisungen zu geben.

»Eine schöne Sache«, meinte die Schwiegermutter, als der Böttcher wieder den Raum betrat, »den unschuldigen Burschen einem bewaffneten Mann hinterherzuschicken. Ihr wißt doch, daß Mr. Balderstone immer einen kurzen Degen bei sich trägt, und einen Dolch dazu.«

»Ich hoffe«, sagte der Pfarrer, »Ihr habt gut überlegt, was Ihr getan habt, auf daß Ihr nicht an einem Unglück schuldig werdet, von dem meine Pflicht mich zu sagen zwänge: Der, der die Veranlassung gab – auch wenn er selbst nicht schlug – ist dennoch keineswegs ohne Schuld.«

»Verwirrt Euch nicht Euern Bart, Mr. Bide-the-Bent«, versetzte Girder, »unter Weibern und Pfarrern kann man einfach keinen Dampf ablassen. Ich weiß schon am besten, was für mich gut ist. Jean, trag' das Essen auf, und kein Wort mehr davon.«

Und er erwähnte im Verlauf des Abends den Verlust mit keinem einzigen Wort mehr.

Unterdessen sprengte der Vorarbeiter auf dem Pferd seines Meisters pfeilschnell dem räuberischen Caleb nach, der sich, wie man leicht glauben wird, auf dem Weg nicht unnötig aufhielt. Er vergaß selbst seine Redseligkeit vor lauter Eile und versicherte lediglich Mr. Lockhard, daß die Frau des Lieferanten auf sein Geheiß das Geflügel etwas vorgebraten habe für den Fall, daß die durch den Donner tief erschreckte Mysie ihren Rost nicht bei vollem Feuer habe. Ansonsten gab er vor, sobald wie möglich auf Wolf's Crag sein zu müssen, und hastete mit einer Schnelligkeit voraus, daß seine Begleiter ihm kaum folgen konnten.

Er glaubte sich schon aller Verfolgung ledig, denn er hatte den höchsten Punkt der Anhöhe zwischen Wolf's Crag und dem Dorf erreicht, als er aus der Ferne den Hufschlag eines Pferdes und eine Stimme hörte, die ausrief: »Mr. Caleb! – Mr. Balderstone! – Mr. Caleb Balderstone! – He, wartet ein wenig.«

Caleb – wir erwähnen es ohne Überraschung – beeilte sich nicht, dem Aufruf zu gehorchen. Zuerst wollte er gar nicht hören und erklärte seinen Begleitern kaltschnäuzig, es sei nur ein Echo des Windes; dann meinte er, es sei der Mühe nicht wert, sich deswegen aufzuhalten; und schließlich, als die Gestalt des Reiters in der Abenddämmerung auftauchte, machte er unwillig Halt. Er raffte all seinen Mut zusammen, um seine Beute zu verteidigen, nahm eine würdevolle Stellung ein, streckte – quasi als Speer und Schild zugleich – den Bratspieß aus und war entschlossen, eher zu sterben, als den Raub wieder herzugeben.

Aber wie groß war sein Erstaunen, als der Vorarbeiter des Böttchers auf ihn zuritt, ihn respektvoll grüßte und sagte, sein Herr bedaure überaus, während seines Besuches abwesend gewesen zu sein, daß es ihn weiterhin schmerze, daß er am Kindstaufschmaus nicht teilnehmen könne, und daß er sich die Freiheit nehme, einen Weinschlauch voll trockenen spanischen Weißweins und ein Fäßchen Branntwein zu schicken, da er wisse, daß Gäste auf der Burg und sie ein wenig knapp an Vorrat seien.

Ich habe einmal irgendwo die Geschichte eines älteren Herrn gehört, der von einem entlaufenen Bären verfolgt wurde, bis er völlig erschöpft war. In einem Anfall von Verzweiflung wandte er sich um und ging mit einem erhobenen Stock auf Meister Petz zu – bei diesem Anblick wurde sich das Tier instinktiv seiner Dressur bewußt und statt den Herrn in Stücke zu reißen, stellte es sich auf die Hinterbeine und tanzte eine Sarabande. Das freudige Erstaunen dieses älteren Herrn, der sich aus äußerster Gefahr so wunderbar gerettet sah, glich dem Calebs, als er begriff, daß sein Verfolger bereit war, die Beute zu vergrößern, statt sie ihm wieder zu entreißen. Es fiel ihm jedoch alles wie Schuppen von den Augen, als der Böttcherbursche vom Pferd stieg, auf dem er zwischen den zwei Behältnissen gesessen hatte, und ihm ins Ohr flüsterte, wenn etwas in Hinsicht der Stelle Peter Puncheons getan werden könne, würde es John Girder zur Genüge zu vergelten wissen; auch würde derselbe sich freuen, mit Herrn Balderstone darüber zu sprechen, der ihn in allen seinen Wünschen nachgiebig wie einen Faßreif finden werde.

Caleb hörte alles ohne eine andere Antwort an als die, die von allen großen Männern von Ludwig XIV. an abwärts gegeben worden ist: »Wir wollen sehen.« Dann fügte er laut zur Erbauung Mr. Lockhards hinzu: »Ich werde nicht versäumen, meinem Lord Ravenswood gebührlich zur Kenntnis zu bringen, mit welcher Höflichkeit und Aufmerksamkeit Euer Meister bezüglich der Übersendung der geistigen Getränke gehandelt hat. Und Ihr, mein Freund, seid so gut und reitet zur Burg, und wenn keiner der Diener, wie zu befürchten steht, zurück ist – denn sind sie einmal aus dem Haus, machen sie gleich Tag und Nacht draus –, könnt Ihr alles in die Loge des Wächters legen, rechts vom großen Tor. Der Wächter ist freilich auf Besuch bei einem Freund, also wird Euch niemand dabei stören.«

Der Böttchervorarbeiter ritt auf diese Anweisung hin voraus, und als er die Behältnisse in der verwaisten, bröckelnden Torwächterloge abgelegt hatte, wandte er sich um, ohne deshalb von jemandem befragt worden zu sein. Nachdem er sich auf diese Weise des Auftrags seines Meisters entledigt und auf dem Rückweg vor Caleb und seiner Gesellschaft höflich die Mütze gezogen hatte, kehrte er zum Dorf zurück, um seinen Anteil am Kindstaufschmaus zu haben.

KAPITEL 13

Irr und wirr, wie in des Herbststurms Brausen,
Die trock'nen Blätter durch die Gegend sausen,
Und wie die Spreu dorthin und dahin fliegt,
Wenn sich des Worflers Schaufel senkt und hebt,
So irrt der Menschen Streben ab vom Ziele,
Als wär' es jeder Schelmerei des Winds zum Spiele.
Anonym.

Wir verließen Caleb Balderstone im vollen Siegesrausch über die von ihm zu Ehren des Hauses Ravenswood vollbrachten Großtaten. Als er die verschiedenen Schüsseln gemustert und geordnet hatte, fand er, daß seit dem Leichenschmaus Wolf's Crag keinen solch königlichen Vorrat gesehen hätte. Groß war die Seligkeit des alten Dieners, als er den alten Eichentisch mit einem reinen Tuch schmückte und Wildbraten und Geflügel auftrug, während er hin und wieder einen Blick in die Runde warf, als wolle er seinem Herrn und dessen Gästen ihre Ungläubigkeit vorhalten; und mit mancher mehr oder minder wahren Geschichte von der alten Größe Wolf's Crags und über die Macht der Lords wurde Lockhard den ganzen Abend unterhalten.
»Ein Untertan«, erzählte Caleb, »betrachtete damals kaum ein Kalb oder ein Lamm als sein eigen, bevor er Lord Ravenswood gefragt hatte, ob's ihm gefalle, es anzunehmen; und sie mußten die Erlaubnis des Lords einholen, wenn sie sich verheiraten wollten – und man erzählt manch heitere Geschichte über dieses und andere Privilegien. Und obwohl unsere Zeiten nicht mehr die guten, alten Zeiten sind, in denen die Macht noch in ihrem Recht stand, ist doch wahr, Mr. Lockhard – und Ihr müßt es besonders bemerkt haben –, daß wir vom Haus Ravenswood unser Möglichstes tun, durch gerechte und gesetzliche Ausübung all' unserer Baronialrechte das gebührende Treueband zwischen Herr und Untertanen aufrechtzuerhalten, das immer seltener

wird in unserer heillosen Zeit der Mißregierung und des Verfalls der Autorität.«
»Hm!« sagte Mr. Lockhard, »Mit Eurer Erlaubnis, Mr. Balderstone – findet Ihr, daß die Leute aus dem Dorf unten lenksam sind? Ich muß gestehen, daß Ihr uns in Schloß Ravenswood, das nun meinem Herrn, dem Lord Keeper, gehört, nicht die folgsamste Sorte Untertanen zurückgelassen habt.«
»Ah, aber Ihr müßt bedenken, Mr. Lockhard«, versetzte Caleb, »daß der Herr gewechselt hat, und wo sie dem alten Lord zwei Dienste erwiesen haben, bekommt der neue Herr nicht einen. Eine starrköpfige, widerspenstige Art haben die Untertanen Ravenswoods schon immer gehabt, und es ist schlimm, mit ihnen zu leben, wenn sie ihren Meister nicht kennen – und wenn Euer Herr sie einmal rappelköpfisch macht, bringt sie das ganze Land nicht wieder zur Vernunft.«
»Nur zu wahr«, erwiderte Mr. Lockhard, »und da es so ist, würde das Beste für uns alle sein, eine Heirat zwischen Eurem jungen Lord und unserer schönen Lady zu schmieden. Sir William würde gewiß Eure alten Ländereien an den Saum ihres langen Rockes heften, denn ihm fiel's nicht schwer, rasch jemandem andere abzuluchsen, so ein gescheiter Kopf, wie er ist.«

Caleb schüttelte den Kopf.

»Ich wünschte«, sprach er, »ich wünschte, das wäre eine Lösung, Mr. Lockhard. Es gibt alte Prophezeiungen über dies Haus. Wenn ich sie mit meinen alten Augen, die schon Unglück genug gesehen haben, erfüllt sehen sollte, würde mir das übel gefallen.«

»Still! Schert Euch nicht um Aberglauben«, sagte sein Amtskollege, »wenn sich die jungen Leute gefallen, wird ein schönes Paar draus. Doch offen gesprochen, wir haben eine Dame im Haus, die gern ihre Hand mit im Spiel hätte, wie in jeder anderen Sache. Immerhin schadet's nichts, wenigstens auf ihr aller Wohl zu trinken, und ich will Mrs. Mysie einen Becher mit Mr. Girders Sekt füllen.«

Während sie sich in der Küche ergötzten, war die Gesellschaft in der Halle nicht weniger vergnügt. Sobald Ravenswood sich durchgerungen hatte, alle Gastfreundschaft, die er anzubieten hatte, dem Lord Keeper angedeihen zu lassen, schien es ihm eine Pflicht, die offene, heitere Miene eines freundlichen Gastgebers zu zeigen. Es ist verschiedentlich bemerkt worden, daß, wenn ein Mann anfängt, einen Charakter zu spielen, er häufig damit endet, ihn in vollem Ernst anzunehmen. Nach Ablauf einiger Stunden fand sich Ravenswood zu seinem eigenen großen Erstaunen in der Laune eines Mannes, der sich ganz ernsthaft bemüht, willkommene, geehrte Gäste zu unterhalten. Wieviel von dieser veränderten Stimmung der Schönheit und Unkompliziertheit Miß Ashton zugeschrieben werden mußte, und der Gutmütigkeit, mit der sie sich in das Unbequeme ihrer Lage fügte, wieviel davon auf die einschmeichelnde, anziehende Unterhaltung des Lord Keeper kam, der mit Worten, die das Ohr gewinnen, reichlich versehen war – das wollen wir dem scharfsinnigen Leser zur Mutmaßung überlassen. Ravenswood war für keins von beidem gefühllos.

Der Lord Keeper war ein alter Staatsmann, mit Höfen und Kabinetten wohlbekannt und vertraut mit allen Wendungen der öffentlichen Angelegenheiten während der letzten ereignisreichen Jahre des 17. Jahrhunderts. Er konnte aus eigener Bekanntschaft von Männern und Ereignissen in einer Weise erzählen, die die Aufmerksamkeit fesselte, und besaß die Kunst, nie ein Wort zu sagen, das ihm hätte übel ausgelegt werden können, und doch seine Zuhörer glauben zu machen, daß er ohne die geringste Zurückhaltung spräche. Ravenswood fühlte sich – trotz seiner Vorurteile und berechtigten Gründe des Grolls – zugleich unterhalten und informiert, indem er ihm zuhörte, während der Staatsmann, den seine Beklommenheit zuerst verhindert hatte, sich im rechten Glanz zu zeigen, nun die leichte, silberzüngige Beredsamkeit eines Rechtsgelehrten ersten Ranges gewann.

Seine Tochter sprach nicht viel, aber sie lächelte, und alles, was sie sagte, zeugte von einem Wohlwollen und einer Warmherzigkeit, die für einen stolzen Mann wie Ravenswood bezaubernder waren als der glänzendste Esprit. Vor allem aber fiel ihm auf, daß ihn seine Gäste, sei es aus Dankbarkeit oder einem andern Grund, in seiner öden, ärmlichen Halle mit einer Achtung betrachteten, als wäre er von allem Glanz und aller Fülle seines Standes umringt. Niemand erwähnte die Mängel, und wenn, geschah es nur, um die Kunstgriffe, mit denen Caleb dem Mangel abzuhelfen gesucht hatte, zu loben. Wo ein Schmunzeln unvermeidlich war, war es gutmütig, oft mit einer wohlangebrachten Schmeichelei verbunden, mit der die Gäste zu erkennen gaben, wie sehr sie das Verdienst ihres edlen Gastgebers schätzten und wie wenig sie an die Unbequemlichkeiten dachten, von denen sie umgeben waren. Es mag auch sein, daß der Gedanke, daß man seiner persönlichen Verdienste wegen seine mißlichen Lebensumstände übersähe, für das stolze Wesen Ravenswoods ebenso wohltuend war wie die Konversation Sir Williams und die Schönheit seiner Tochter.

Die Stunde der Ruhe kam heran. Der Lord Keeper und seine Tochter zogen sich in ihre Gemächer zurück, die besser eingerichtet waren, als sie erwartet hatten. Denn bei den nötigen Vorbereitungen hatte sich Mysie des Beistands einer Klatschbase erfreuen können, die auf neugieriger Lauerexpedition vom Dorf gekommen, aber von Caleb zurückgehalten worden war, um bei den häuslichen Arbeiten für den Abend zu helfen – so daß sie sich gezwungen sah, im Haushalt von Wolf's Crag kräftig zur Hand zu gehen, statt ins Dorf zurückzukehren und brühend heiß die vornehme junge Lady und ihre Kleider zu beschreiben.

Der Sitte der Zeit gemäß führte der Herr von Ravenswood den Lord Keeper in sein Gemach. Caleb, der ihnen folgte, stellte mit einer Feierlichkeit, wie sie Wachsfackeln gebührt hätte, zwei grobe Talglichter, wie man sie heute nur auf dem Land findet, auf einem armseligen Drahtgestell, das als Leuchter diente, auf den Tisch. Dann verschwand er wieder und kehrte mit zwei Tonkrügen zurück («Das Porzellan«, sagte er, »ist seit Myladys Zeiten wenig gebraucht worden«). Der eine war voll Kanarien-, der andere voll Branntwein.

Der Kanarienwein, erklärte er – unbekümmert darum, ob man ihn Lügen strafen könne –, lagere seit zwanzig Jahren im Keller von Wolf's Crag, obgleich es ihm nicht zukomme, so vor den ehrwürdigen Herren zu sprechen; der Branntwein, ein köstliches Getränk, süß wie Met und stark wie Sampson, sei immer im Haus gewesen seit dem denkwürdigen Fest, bei dem der alte Micklestob oben an der Treppe von Jamie von Jenklebrae erschlagen worden sei, in einer Ehrensache, die hochedle Lady Muirend betreffend, die in gewisser Beziehung eine Verwandte der Familie gewesen sei; nichtsdestoweniger. –

»Um's kurz zu machen, Mr. Caleb«, sagte der Lord Keeper, »vielleicht wollt Ihr mich mit einem Krug Wasser beglücken.«

»Gott behüte, daß Eure Lordschaft in dieser Familie Wasser trinke«, versetzte Caleb, »das wäre eine Schande für ein so berühmtes Haus.«

»Dennoch, wenn Seine Lordschaft Lust darauf hat«, versetzte Ravenswood lächelnd, »folgt seinem Willen, denn wenn ich mich nicht irre, ist ganz neulich Wasser hier getrunken worden, und mit Wohlgefallen dazu.«

»Freilich, wenn Seine Lordschaft Lust hat«, sagte Caleb, und als er mit dem Wasserkrug wieder hereintrat: »Er wird kaum anderswo ein solches Wasser finden, wie es der Brunnen von Wolf's Crag liefert – dennoch...«

»Dennoch müssen wir den Lord Keeper in dieser unserer schlechten Kammer jetzt in Ruhe lassen«, sagte Ravenswood, seinen schwatzhaften Diener unterbrechend, der sich rasch mit einer tiefen Verbeugung zur Tür kehrte, bereit, seinen Herrn aus dem Geheimzimmer zu begleiten.

Aber der Lord Keeper hielt seinen Gastgeber zurück: »Ich habe mit dem Herrn von Ravenswood noch ein Wort zu wechseln, Mr. Caleb, und mir scheint's, er wird Euch entschuldigen, wenn Ihr nicht auf ihn wartet.«

Caleb zog sich mit einer zweiten, noch tieferen Verbeugung zurück, und sein Herr blieb in großer, unruhiger Erwartung stehen, wie dieser an unerwarteten Vorfällen derart reiche Tag wohl enden werde.

»Herr von Ravenswood«, begann Sir William Ashton zögernd, »ich hoffe, Ihr kennt die christlichen Gesetze zu gut, um zu dulden, daß die Sonne über Eurem Groll untergeht.«

Ravenswood errötete und versetzte, er habe diesen Abend keine Gelegenheit, seine durch das Christentum ihm auferlegte Pflicht auszuüben.

»Ich hätte das Gegenteil geglaubt«, sagte sein Gast, »wenn ich die verschiedenen Streitigkeiten und Prozesse betrachte, die leider häufiger als wünschenwert und nötig zwischen dem letzten edlen Lord, Eurem Vater, und mir statthatten.«

»Ich hätte gewünscht, mein Herr«, sagte Ravenswood, von einer Aufwallung unterdrückter Gefühle beunruhigt, »daß diese Dinge anderswo als unter meines Vaters Dach zur Sprache kommen.«

»Ich hätte das Heikle dieser Erwähnung zu anderer Zeit sehr deutlich gefühlt, aber nun muß ich fortfahren in dem, was ich sagen will. Ich habe in meinem Innern ungemein darunter gelitten, daß falsche Scham mich abgehalten hat, ein persönliches Gespräch mit Eurem Vater, um das ich in der Tat oft nachsuchte, dringlich zu erbitten – mancher Ärger und Kummer wäre ihm und mir dadurch erspart worden.«

»Das ist wahr«, sagte Ravenswood nach kurzem Besinnen; »ich hörte meinen Vater sagen, daß Eure Lordschaft eine persönliche Unterredung vorgeschlagen habe.«

»Vorgeschlagen, mein lieber Herr? Ja, ich habe sie vorgeschlagen; aber ich hätte sie erbitten, erflehen sollen. Ich hätte den Schleier wegreißen sollen, den eigennützige Personen zwischen ihm und mir ausgebreitet hatten; und ich hätte mich, wie ich es war, bereitwillig zeigen sollen, selbst einen großen Teil meiner begründeten Rechte aufzuopfern, um Gefühle wie die seinen, die bei ihm ganz natürlich gewesen sein müssen, wieder zu versöhnen. Laßt mich zu meiner Rechtfertigung sagen, mein junger Freund – denn so will ich Euch nennen -: Hätten Euer Vater und ich so viel Zeit zusammen verbracht, wie mein guter Stern mir heute vergönnte, in Eurer Gesellschaft zuzubringen, wäre es möglich, daß sich das Land noch heute eines Edelmanns erfreute, der zu den achtenswertesten des alten Adels gehörte. Und ich hätte den Kummer nicht gehabt, durch Feindschaft von einem Mann getrennt zu werden, dessen Charakter ich so vollständig hochachtete und bewunderte.«

Er hielt sein Schnupftuch vor die Augen. Auch Ravenswood war bewegt, doch erwartete er schweigend den weiteren Verlauf dieses außergewöhnlichen Gesprächs.

»Ihr müßt verstehen«, fuhr der Lord Keeper fort, »daß es manch strittige Punkte zwischen uns gab, die ich – obwohl ich die Klärung meiner Rechte durch richterliche Urteile für nötig hielt – nie über die Grenze der Angemessenheit zu treiben gesonnen war.«

»Mylord«, sagte Ravenswood, »es ist nicht nötig, dieses Thema weiter zu verfolgen. Was das Gesetz Euch gibt oder gegeben hat, gehört Euch – weder mein Vater, noch ich würden etwas auf dem Weg der Gnade angenommen haben.«

»Gnade? – Nein, Ihr mißversteht mich«, fing der Lord Keeper wieder an; »oder vielmehr: Ihr seid kein Rechtsgelehrter. Ein Recht mag oft vor dem Gesetz bestehen und dort anerkannt werden, dessen sich doch ein Ehrenmann nicht gerne in jedem Fall bedienen möchte.«

»Das tut mir leid, Mylord«, sagte Ravenswood.

»Nein, nein«, versetzte sein Gast, »Ihr sprecht wie ein junger Ratsherr: Eure Beherztheit geht Eurem Verstand voraus. Es gibt noch mancherlei, was wir besprechen und entscheiden sollten. Könnt Ihr mich tadeln, der ich ein friedfertiger Mann bin und mich in der Burg eines jungen Edelmanns befinde, der mir und meiner Tochter das Leben rettete, daß ich mich sehne, ängstlich sehne, daß diese Dinge aufs Gerechteste geregelt werden?«

Der alte Mann hielt, während er sprach, Ravenswoods Hand fest und machte es ihm unmöglich, eine andere als zusagende Antwort zu geben: Also wünschte er seinem Gast eine gute Nacht und bestimmte den nächsten Tag zur Fortsetzung des Gesprächs.

Ravenswood eilte in die Halle, wo er die Nacht zubringen wollte, und ging mit schnellen, ungleichmäßigen Schritten darin auf und ab. Sein Todfeind war unter seinem Dach, doch seine Gefühle gegen ihn waren weder die eines Familienfeindes, noch die eines wahren Christen. Es kam ihm so vor, als könne er ihm als Familienfeind nie verzeihen und als Christ seine Rache nicht weiter treiben, und als ob er einen niederträchtigen, ehrlosen

Vergleich zwischen seinem Groll gegen den Vater und seiner Neigung für die Tochter mache. Er verfluchte sich selbst, während er im Mondlicht und beim rötlichen Schein des verglimmenden Feuers hin- und herrannte. Er riß die Gitterfenster auf und schlug sie wieder zu, als wenn ihn das Einströmen und das Ausschließen der frischen Luft gleichermaßen beunruhigten. Endlich legte sich seine Rastlosigkeit, und er warf sich in den Stuhl, der für diese Nacht sein Ruheplatz sein sollte.

»Wenn dieser Mann« – war seine ruhigere Überlegung, die auf den Sturm der Leidenschaften folgte – »wenn dieser Mann wirklich nicht mehr verlangt, als was ihm das Gesetz zuspricht, wenn er selbst seine anerkannten Rechte dem Kompromiß unterordnen will – welche Ursache konnte mein Vater haben, sich zu beklagen? Und welche habe ich? – Diejenigen, von denen wir unsere alten Besitzungen gewonnen haben, fielen unter dem Schwert meiner Ahnen und mußten Land und Leute den Siegern überlassen; wir fallen unter der Gewalt eines Gesetzes, das mächtiger ist als die schottische Ritterschaft. Laßt uns mit den heutigen Siegern verhandeln, als wären wir in unserer Burg belagert ohne Hoffnung auf Verstärkung. Vielleicht ist dieser Mann anders, als ich glaubte, und seine Tochter – doch ich will nicht an sie denken.«

Er warf sich seinen Mantel um, schlief ein und träumte von Lucy Ashton, bis der Tag durch die Gitterfenster glänzte.

KAPITEL 14

Wenn wir Leute von Welt unsere Freunde und Verwandten
Ins Unglück stürzen sehen und reichen nicht die Hand,
Um ihnen aufzuhelfen, sondern setzen lieber unser'n Fuß
Auf ihren Kopf, um auf den Boden ihn zu pressen,
Wie ich bekennen muß, ich's mit Euch tat…
Doch nun, wo ich Euch wieder hoch im Aufstieg seh',
Kann ich und will ich auch Euch beistehen.
Neue Art, alte Schulden zu zahlen.

Der Lord Keeper nahm mit sich auf sein Lager – das härter war als das, worauf er sich gewöhnlich streckte – die Gedanken des Ehrgeizes und der Staatssorgen, die den Schlummer vom weichsten, schwellendsten Flaumbett verscheuchen. Er hatte lange genug zwischen den widerstreitenden Strömungen der Zeit gesegelt, um ihre Gefahren zu kennen und die Notwendigkeit einzusehen, sein Schiff dem vorherrschenden Winde zu überlassen, wenn er im Sturm dem Schiffbruch entgehen wollte. Die Natur seines Wesens und die damit verknüpfte furchtsame Vorsicht hatten ihm die Biegsamkeit des geschmeidigen alten Grafen von Northampton gegeben, der seine Kunst, sich durch alle Staatsveränderungen von Heinrich VIII. bis zu Elisabeth durchzulavieren, freimütig aus dem Umstand erklärte, daß er vom Weiden- und nicht vom Eichbaum abstamme. Es war daher zu allen Zeiten das Bestreben Sir William Ashtons, die Veränderungen am politischen Horizont zu beobachten und sich, noch ehe der Kampf entschieden war, in gutes Einvernehmen mit der wahrscheinlich siegreichen Partei zu setzen. Sein abtaxierendes Wesen war wohlbekannt und erweckte die Verachtung der aufrechten Häupter beider Parteien. Doch seine Fähigkeiten waren nützlich und von Vorteil, seine Rechtskenntnis hochgeachtet, wodurch er andere Mängel derart gut aufwog, daß die Machthaber froh waren, seine Dienste empfangen und belohnen zu können, ohne ihm deshalb unbegrenztes Vertrauen oder vollkommene Achtung zu schenken.

Der Marquis von A. hatte allen Einfluß aufgeboten, eine Veränderung im schottischen Kabinett zu bewirken, und seine derzeitigen Pläne waren derart geschickt angelegt und unterstützt worden, daß ihr glücklicher Ausgang einigermaßen gewiß schien. Doch fühlte er sich weder so stark, noch so selbstbewußt, nicht neue Mitstreiter unter seine Flagge zu werben. Den Lord Keeper auf seine Seite zu ziehen, wurde für nicht unwichtig gehalten, und ein Freund, der dessen Verhältnisse und Charakter kannte, wurde zu seiner politischen Bekehrung ausersehen.

Als dieser Herr, dessen eigentlicher Reisezweck unter einem Höflichkeitsbesuch verborgen gehalten wurde, auf Schloß Ravenswood ankam, fand er den Lord Keeper darüber beunruhigt, daß seine persönliche Sicherheit durch Ravenswood bedroht sei. Die Äußerungen der alten Alice, das unerwartete Auftauchen Ravenswoods mit Waffen in der Umgebung des Schlosses, unmittelbar nachdem er vor ihm gewarnt worden war; die abweisende und stolze Erwiderung, die er für den Dank erfuhr, mit dem er ihn für die Hilfe in der Not belud – dies alles hatte einen tiefen Eindruck auf Sir William gemacht.

Sobald der politische Agent des Marquis begriff, woher der Wind wehte, begann er Zweifel und Besorgnisse anderer Art zu erwecken, die den Lord Keeper kaum weniger beunruhigen mußten. Er erkundigte sich mit gespielter Teilnahme, ob der verwickelte Rechtsstreit zwischen Sir William und der Familie Ravenswood beendet sei und ob keine weitere Berufung mehr stattfinden könne. Der Lord Keeper bejahte, doch der Fragesteller war zu genau unterrichtet, um sich dadurch irremachen zu lassen. Er bewies ihm auf unmißverständliche Art, daß einige der wichtigsten Punkte, die zu seinen Gunsten gegen das Haus Ravenswood entschieden worden waren, nach dem Unionsvertrag zur Revision vor das britische Oberhaus gebracht werden könnten – ein Gerichtshof, vor dem der Lord Keeper eine instinktartige Furcht hatte. Dieser Rechtsweg ersetzte die Appellation an das alte schottische Parlament oder, wie der Fachausdruck hieß, die Protestation zur Rechtsrevidierung.

Der Lord Keeper, nachdem er eine Zeitlang die Gesetzlichkeit eines solchen Verfahrens angezweifelt hatte, war letztlich gezwungen, sich mit der geringen Wahrscheinlichkeit zu trösten, daß der junge Herr von Ravenswood im Parlament Freunde finden würde, die sich mit einer so schwierigen Sache befassen könnten.

»Tröstet Euch nicht mit falscher Hoffnung«, sagte der verschmitzte Freund; »es ist möglich, daß in der nächsten Parlamentssitzung der junge Ravenswood mehr Freunde findet als Eure Lordschaft selbst.«

»Das möcht' ich sehen!« spottete der Lord Keeper.

»Und doch«, sagte sein Freund, »sind dergleichen Dinge vor uns und zu unserer Zeit gesehen worden. Viele stehen heute in der Blüte großer Geschäfte, die vor ein paar Jahren im Versteck um ihr Leben zitterten, und mancher ißt heute auf Silbergeschirr, der gezwungen war, seinen Haferbrei aus einer hölzernen Schüssel zu löffeln. Und manch einstiges hohes Haupt ist in einem ebenso kurzen Zeitraum in der allgemeinen Menge verschwunden. Scott von Scotstarvets kuriose Denkschrift *Wechselhafter Stand der schottischen Staatsmänner*, von der Ihr mir ein Exemplar gezeigt habt, ist in unserer Zeit in Erfüllung gegangen.«

Der Lord Keeper antwortete mit einem tiefen Seufzer, daß diese Veränderungen nichts Neues in Schottland wären und daß man sie schon vor den Zeiten des angeführten Satirikers gekannt hätte.

»Es ist manches Jahr verflossen«, sprach er, »seit Fordun als ein altes Sprichwort angeführt hat: *Neque dives, neque fortis, sed nec sapiens Scotus, praedominante invidia, diu durabit in terra.*«

»Und seid versichert, geschätzter Freund«, war die Antwort, »daß selbst Eure langen Staatsdienste und gründliche Rechtsgelehrsamkeit Eure Person und Güter nicht sichern werden, wenn der Marquis von A. mit einer Partei ins britische Parlament kommt. Ihr wißt, der verstorbene Lord Ravenswood war sein naher Verwandter, da dessen Gemahlin im fünften Grad vom Ritter von Tillibardine abstammte, und ich bin fest überzeugt, daß er dem jungen Ravenswood die Hand bieten und sich als sein guter Verwandter zeigen wird. Warum sollte er es nicht tun? Ravenswood ist ein tatkräftiger, verständiger junger Mann, der sich mit Zunge und Händen zu helfen weiß; und es sind solche Leute wie er, die leicht Freunde unter ihren Verwandten finden, und nicht diese unbewaffneten, unfähigen Mephibosheths, die gewiß für jeden eine Bürde bleiben, der ihnen aufhilft. Und wenn die Angelegenheiten Ravenswoods vor's Oberhaus kommen, werdet Ihr sehen, daß Ihr mit dem Marquis einen rechten Tanz auszustehen habt.«

»Das wäre eine üble Belohnung«, erwiderte der Lord Keeper, »für meine langen Staatsdienste und die alte Achtung, die ich der edlen Familie und der Person Seiner Lordschaft immer geschenkt habe.«

»Nun ja«, entgegenete der Agent des Marquis »es nützt nicht viel, auf vergangene Verdienste und alte Achtung zurückzublicken – frisches Verdienst, gegenwärtige Achtungsbeweise, das ist's, was ein Mann wie der Marquis in diesen schlüpfrigen Zeiten fordern mag.«

Der Lord Keeper begriff inzwischen, worauf sein Freund hinauswollte. Aber er war zu vorsichtig, sich in seiner Antwort festzulegen.

Er wisse nicht, sagte er, welchen Dienst der Lord Marquis von einem Mann seiner geringen Fähigkeiten verlangen könne, der nicht immer zu seinem Befehl gestanden und doch seine Pflicht gegen König und Vaterland getan habe.

Nachdem er auf diese Weise alles und nichts gesagt hatte – denn die Ausnahme war ins Spiel gebracht, um später alles Beliebige darunterzubringen –, änderte Sir William Ashton das Thema und ließ den betreffenden Gegenstand nicht mehr vorkommen. Sein Gast reiste ab, ohne den durchtriebenen, alten Staatsmann dazu gebracht zu haben, sich auf seine künftige Verfahrensweise festzulegen, doch hegte er die Gewißheit, ihn in einer sehr delikaten Angelegenheit mit Besorgnissen erfüllt und damit den Grundstein zu späteren Unterhandlungen gelegt zu haben.

Als er dem Marquis von seiner Unterhandlung Rechenschaft ablegte, kamen beide überein, dem Lord Keeper mit neuen Beunruhigungen zuzusetzen, um das Gefühl der Sicherheit nicht mehr in ihm aufkommen zu lassen, insbesondere während der Abwesenheit seiner Lady. Sie wußten wohl, daß ihr stolzer, hochfahrender, herrschsüchtiger Sinn ihn mit dem ihm fehlenden Mut versehen würde, daß sie der gegenwärtig herrschenden Partei, mit der sie die besten Beziehungen unterhalte, notwendig zugetan wäre und daß sie unverhohlen die Familie Ravenswood (deren altes Ansehen die neuerrungene Würde ihres Gemahls in den Schatten stellte) in einem solchen Grad haßte, daß sie ihr eigenes Haus für die Hoffnung aufs Spiel gesetzt haben würde, das ihres Feindes völlig zu zermalmen.

Aber Lady Ashton war derzeit abwesend. Ihre Angelegenheiten hatten sie lange in Edinburgh gehalten und später nach London geführt, nicht ohne die Hoffnung, die Ränke des Marquis durchkreuzen zu können, denn sie stand in hoher Gunst bei der berühmten Sarah, Herzogin von Marlborough, mit der sie, was den Charakter betraf, große Ähnlichkeit besaß. Es war dementsprechend nötig, ihrem Gemahl noch vor ihrer Rückkehr hart zuzusetzen, und in dieser Absicht schrieb der Marquis jenen Brief an Ravenswood, den wir in einem früheren Kapitel mitgeteilt haben. Der Brief war sorgsam formuliert, daß seinem Verfasser die freie Wahl blieb, künftig einen so großen oder kleinen Anteil am Schicksal seines Verwandten zu nehmen, wie für den Verlauf seiner eigenen Pläne günstig war. Aber wie abgeneigt der Marquis als Staatsmann auch sein mochte, sich offen für Ravenswood zu erklären und die Rolle des Beschützers einzunehmen, für die er keineswegs etwas aufs Spiel setzen wollte, es muß doch zu seiner Ehre gesagt werden, daß er tatsächlich eine ebenso starke Neigung fühlte, Ravenswood beizustehen, wie seinen Namen zu gebrauchen, um den Lord Keeper in Schrecken zu versetzen.

Der Bote, der diesen Brief überbrachte, mußte nah am Wohnsitz des Lord Keeper vorbei. Er hatte Weisung, sein Pferd in einem dem Schloßpark benachbarten Dorf ein Hufeisen verlieren zu lassen und, während der Schmied des Orts es ersetzte, die äußerste Unruhe über den Zeitverlust zu äußern und alle Ungeduld der Welt zu zeigen, da er mit einer Botschaft des Marquis von A. an den Herrn von Ravenswood unterwegs sei, die Leben und Tod beträfe.

Diese Neuigkeit wurde sogleich von verschiedener Seite mit Zusätzen ans Ohr des Lord Keeper gebracht, und jeder Berichterstatter unterstrich die außerordentliche Eile des Boten und die erstaunlich kurze Zeit, in der er seine Reise vollendet hatte. Der ängstliche Staatsmann hörte schweigend zu; aber insgeheim erhielt Lockhard den Auftrag, die Rückkehr des Boten zu erwarten, ihm im Dorf aufzulauern, ihn wenn möglich mit starken Getränken abzufüllen und alle rechten oder schlechten Mittel anzuwenden, den Inhalt des Briefes in Erfahrung zu bringen, den er überbracht hatte. Da man indes diesen Anschlag vorausgesehen hatte, kehrte der Bote auf einer anderen, entlegenen Straße zurück und entging der ihm gelegten Schlinge.

Die Besorgnis des Lord Keeper wuchs immens. Das Recht, das Parlament, das zuvor in diesen Dingen als unbefugt angesehen worden war, bezüglich der Urteile eines Zivilgerichts anzurufen, war bereits einige Male mit Erfolg in Anspruch genommen worden, und er hatte nicht wenig Grund, über den Ausgang beunruhigt zu sein, wenn das englische Haus der Lords sich dazu entschließen sollte, auf die Petition Ravenswoods zur Revidierung des Rechts einzugehen. Das Haus konnte einem berechtigten Rechtsanspruch Gehör geben, vielleicht nach allgemeineren Rechtsgrundsätzen entscheiden, die dem Lord Keeper nicht ganz so günstig waren wie das buchstäbliche Gesetz. Da er überdies, obwohl zu unrecht, nach den Gerichtshöfen urteilte, die er selbst in den Zeiten vor der schottischen Union kennengelernt hatte, mochte der Lord Keeper nur zu sehr recht haben zu glauben, daß in dem Haus, vor das sein Prozeß gebracht werden sollte, die altbekannte schottische Maxime die Oberhand gewinnen möge: Zeige mir den Mann, so zeig' ich dir das Recht. (Der hohe unparteiische Charakter der englischen Rechtspflege war damals in Schottland wenig bekannt und ihre Ausbreitung dort einer der unschätzbarsten Vorteile, der durch die Union gewonnen wurde. Allerdings war dies ein erfreulicher Umstand, den der Lord Keeper, der seine Erfahrungen in einem anderen System gemacht hatte, nicht voraussehen konnte.) Im Verlust seines politischen Einflusses sah er bereits den Verlust seines Prozesses voraus. Jeder Bericht, der ihm zugetragen worden war, ließ ihm das Gelingen der Pläne des Marquis wahrscheinlicher werden, und der Lord Keeper begann für unerläßlich zu erachten, sich nach einer Zuflucht gegen den kommenden Sturm umzuschauen. Sein furchtsamer Charakter ließ ihn auf Mittel des Ausgleichs und der Versöhnung setzen. Der Vorfall mit dem wilden Bullen, geschickt benutzt, konnte, glaubte er, eine Annäherung und Versöhnung zwischen Ravenswood und ihm begünstigen. Er würde dann womöglich erfahren, welches Vertrauen derselbe in die Kraft seines Rechts und die Mittel, es durchzusetzen, hege, und vielleicht würden die Dinge zu einem Kompromiß gebracht werden, da die eine Partei reich, die andere vollkommen arm war. Eine Versöhnung mit Ravenswood würde ihm wahrscheinlich eine Atempause gewähren, mit dem Marquis von A. sein eigenes Spiel zu spielen.

»Und überdies«, sagte er sich selbst, »ist es eine großmütige Handlung, dem Erben einer gesunkenen Familie aufzuhelfen; und sollte er von der neuen Regierung mit freundschaftlicher Wärme unterstützt werden, wer weiß, ob meine Tugend nicht dann auch einen anderen Löhn fände als den, der in ihr selbst liegt?«

So dachte Sir William Ashton, indem er mit einer nicht eben ungewöhnlichen Selbsttäuschung seine egoistischen Absichten mit dem Banner der Tugend bedeckte; und als er erst einmal so weit war, schweifte seine Einbildungskraft noch weiter. Er fing an sich vorzustellen, daß – wenn eine solche Heirat den größeren Teil seiner Rechtsforderungen beschwichtigen möge – es wohl schlechtere Partieen für seine Tochter Lucy geben könnte. Die Familienehre der Ravenswoods könnte wiederhergestellt werden: Lord Ravenswood war ein altehrwürdiger Titel, und eine Heirat würde den Besitz des größeren Teils der Güter dieser Familie in den Händen des Lord Keeper garantieren und die Herausgabe des kleineren Teils weniger bitter machen.

Mit diesen ungeordneten, vielgestaltigen Plänen im Kopf nahm der Lord Keeper eine wiederholt vorgebrachte Einladung Lord Bittlebrains an und kam auf diese Weise bis auf wenige Meilen in die Nähe von Wolf's Crag. Er fand Lord Bittlebrains abwesend, wurde aber von der Dame höflich empfangen, die die baldige Heimkehr ihres Gemahls erwartete. Sie drückte ihr besonderes Vergnügen darüber aus, Miß Ashton zu sehen, und befahl zur Unterhaltung des Lord Keeper, die Meute loszulassen. Letzterer nahm diesen Vorschlag mit Freuden an, da er dadurch Gelegenheit erhielt, Wolf's Crag auszukundschaften und vielleicht nähere Bekanntschaft mit dem Eigentümer zu machen, wenn ihn die Jagd aus seinem einsamen Wohnsitz herauslocke. Lockhard war beauftragt, seinerseits mit den Bewohnern der Burg Bekanntschaft zu machen, und wir haben gesehen, wie er seine Rolle spielte.

Der zufällige Sturm war dem Lord Keeper zu seinem Plan derart gelegen gekommen, daß er nicht in seinen ausschweifendsten Hoffnungen damit gerechnet hätte. Seine Furcht vor dem persönlichen Groll des jungen Mannes war bedeutend gemindert worden, seit er ihm weit schrecklicher durch seine Rechtsansprüche und durch die Mittel, sie geltend zu machen, erschien. Obwohl er zwar mit Recht glaubte, daß man nur in verzweifelten Verhältnissen zu verzweifelten Mitteln greife, war er doch nicht ohne eine geheime, sein Herz pochenmachende Furcht, als er sich auf einmal innerhalb des Turms von Wolf's Crag befand, eines wegen seiner Stärke und Einsamkeit für einen gewalttätigen Racheakt so vorzüglich geeigneten Orts. Der finstere Empfang, der ihnen anfangs von Ravenswood zuteil wurde, und die Schwierigkeit, die er fühlte, diesem zürnenden Edelmann zu erklären, was für Gäste unter seinem Dach wären, besänftigten diese Unruhe nicht, sodaß, als Sir William Ashton hinter sich das Hoftor mit Gewalt zuschlagen hörte, Alice' Worte in seinem Ohr widerklangen, er habe die Sache mit dem stolzen Geschlecht Ravenswood zu weit getrieben und sie würden auf ihre Stunde der Rache warten.

Die offene Gastfreundschaft, die Ravenswood später seinem

neuen Bekannten zeigte, schlug die Besorgnisse nieder, die durch solche Bemerkungen erweckt werden konnten, und es entging Sir William Ashton nicht, daß er Lucys Anmut und Schönheit diese Veränderung im Verhalten seines Gastgebers verdankte.

All diese Gedanken stürzten auf ihn ein, als er vom Geheimzimmer Besitz nahm. Die eiserne Lampe, das schmucklose Gemach, das eher einem Gefängnis als einem Schlafzimmer glich, das wilde, ununterbrochene Geräusch der Brandung, die in der Tiefe an die Felsen schlug, auf denen die Burg stand, machten seinen Sinn traurig und verwirrten ihn. Der Niedergang dieser Familie war größtenteils seinen glücklichen Anschlägen zuzuschreiben, doch sein Gemüt war listig, nicht grausam; also war für ihn der Anblick dieser Armut und dieses Elends, die er verursacht hatte, ebenso schmerzlich, wie es für eine gefühlvolle Hausfrau sein mußte, der Schlachtung von Lämmern und Geflügel beizuwohnen, die auf ihren Befehl getötet wurden. Und wenn er nun an die Wahl dachte, einen großen Teil der Beute an Ravenswood herauszugeben oder den Erben dieses verarmten Hauses als Mitglied seiner eigenen Familie aufzunehmen, war ihm zumute wie der Spinne, wenn ihr ganzes kunstvolles, fein ausgesponnenes Gewebe durch den Schwung eines Besens vernichtet wird. Wenn er dann in der Sache zu weit ginge, erhob sich für ihn die gefährliche Frage, die sich macher gute Ehemann, wenn es ihn gelüstet, nach freien Stücken zu handeln, stellen mußte, ohne darauf eine befriedigende Antwort zu finden: Was wird meine Frau, was wird Lady Ashton sagen? Kurz, er kam schließlich zu einem Entschluß, zu dem sich schwächere Gemüter häufig flüchten: Er wollte die kommenden Ereignisse abwarten, günstige Gelegenheiten zu seinem Vorteil nutzen und sein Verhalten danach ausrichten. Und mit dieser Politik des Aufschiebens bettete er sein Gemüt zur Ruhe.

KAPITEL 15

Ich habe einen kleinen Brief bei mir für Euch, wegen dessen Zustellung Ihr mich entschuldigen müßt.
Es ist ein Angebot, zu dem mich Freundschaft drängt, und keineswegs beleidigend für euch, da ich nichts wünsche als Gerechtigkeit für beide Seiten.
König und Kein König.

Als Ravenswood am Morgen mit seinem Gast zusammentraf, war die düstere Stimmung seines Gemüts teilweise wieder zurückgekehrt. Auch er hatte die Nacht mehr in Überlegungen als Schlummer zugebracht, und die Gefühle, die er für Lucy Ashton nährte, hatten einen scharfen Kampf mit denen ausgefochten, die er so lange für seinen Vater hegte. Die Hand seines Familienfeindes in Freundschaft zu ergreifen, ihn unter seinem Dach zu bewirten, mit ihm Höflichkeiten und Freundlichkeiten auszutauschen – das war eine Demütigung, der sich sein stolzer Sinn nicht ohne Widerstreben fügte.

Aber da das Eis einmal gebrochen war, war der Lord Keeper entschlossen, es nicht wieder zufrieren zu lassen. Es gehörte zu seinem Plan, Ravenswood durch eine kunstvoll verwickelte Darlegung der Streitsache zwischen den beiden Familien in Betäubung und Verwirrung zu versetzen, da er zurecht glaubte, daß es für einen jungen Mann seines Alters schwierig sein würde, den Ausführungen eines gewandten Rechtsgelehrten zu folgen.

»Ich werde«, dachte Sir William, »den Vorteil haben, völlig offenherzig zu erscheinen, während mein Gegner aus allem, was ich sage, wenig Gewinn ziehen wird.«

Er nahm in dieser Absicht Ravenswood beiseite in die Vertiefung eines Fensters der Halle, und indem er das Gespräch des Vorabends wiederaufnahm, drückte er die Hoffnung aus, sein junger Freund werde sich die Zeit nehmen, eine genaue und weitläufige Schilderung der unseligen Verhältnisse zu hören, über die zwischen dem letzten Lord von Ravenswood und ihm Streit gewesen sei. Ravenswood wurde feuerrot, aber schwieg, und der Lord Keeper – obwohl ihm der aufblitzende stolze Ausdruck im Gesicht seines Zuhörers nicht gefiel – begann mit der Geschichte einer Schuldverschreibung von 20 000 Mark, die sein Vater Lord Allan Ravenswoods Vater geliehen hatte, und war eben im Begriff zu erklären, wie diese bedeutende Summe durch das exekutorische Verfahren ein *debitum fundi* geworden sei, als ihn Ravenswood unterbrach.

»Es ist nicht der rechte Ort«, sagte er, »die Darstellung unserer Streitsachen von einem Sir William Ashton anzuhören. Nicht hier, wo mein Vater gebrochenen Herzens starb, daß ich mit Anstand oder Gleichmut die Ursache seines Mißgeschicks erforschen könnte. Ich erinnere Euch, daß ich sein Sohn bin und die Pflichten eines Gastgebers vergessen könnte. Es wird eine Zeit kommen, wo diese Dinge an einem passenden Ort besprochen werden, der uns beiden die gleiche Freiheit gewährt, zu sprechen und zu hören.«

Zeit und Ort, meinte der Lord Keeper, seien denen gleichgültig, denen es nur um Gerechtigkeit ginge. Auch hätte er gewiß ein Anrecht, sich im voraus nach den Gründen zu erkundigen, aufgrund derer Ravenswood beabsichtige, den ganzen Prozeß, der von den hierzu einzig kompetenten Gerichten bereits hinlänglich und gewissenhaft beurteilt worden sei, wieder aufzurollen.

»Sir William Ashton«, antwortete Ravenswood mit Wärme, »die Ländereien, die Ihr nun besitzt, wurden meinen Vorfahren für Verdienste zugesprochen, die ihr Schwert gegen die englischen Eindringlinge geleistet hat. Wie wir sie verloren haben, da es weder durch Verkauf, noch Pfand, noch Schuldvergütung geschah, sondern durch ein dunkles, verworrenes Gebräu all' dieser Dinge – wie jährliche Renten zum Kapital geschlagen worden sind, wie keine Rechtsspitzfindigkeit, die Vorteil brachte, unbeachtet blieb, bis unser erbliches Eigentum zusammenschmolz wie ein Eiszapfen bei Tauwetter –, das alles versteht Ihr besser als ich. Doch will ich wegen der Offenheit Eures Betragens mir gegenüber glauben, daß ich mich in Eurem Charakter getäuscht habe und daß Dinge Euch als geschicktem, erfahrenem Juristen gerecht und billig erschienen, die meinem unwissenden Verständnis nach nicht sehr weit von Ungerechtigkeit und grober Erpressung entfernt sind.«

»Und Ihr, mein lieber Herr«, antwortete Sir William, »erlaubt mir, Euch zu sagen, daß Ihr mir ebenfalls falsch geschildert worden seid. Man hatte mich verführt, Euch für einen ungestümen, anmaßenden, hitzköpfigen jungen Mann zu halten, der bei geringster Herausforderung dazu neige, sein Schwert in die Waagschale der Gerechtigkeit zu werfen und auf jene barbarischen, gewaltsamen Mittel zu sinnen, von denen politische Bildung das schottische Volk schon lange befreit hat. Da wir uns offenkundig gegenseitig verkannt haben, warum sollte also der junge Edelmann nicht gerne auf den alten Juristen hören, wenn dieser die zwischen ihnen herrschenden Streitpunkte erklärt.«

»Nein, mein Herr«, antwortete Ravenswood, »wir müssen vor dem Haus der britischen Pairs, vor dem Gerichtshof höchster Instanz, wo Ehre und Rang gleichen Stand halten, miteinander reden. Die schwertgegürteten Lords von Britannien, unsere alten Pairs, sollen entscheiden, ob sie wollen, daß ein Geschlecht, das nicht zu den unbedeutendsten in ihrer Mitte gehört, seiner Besitzungen, des Lohns seiner Vaterlandsliebe, beraubt werden darf, so wie das Pfand eines armen Handwerkers dem Wucherer verfällt, sobald die Frist der Rückzahlung vorbei ist. Wenn sie sich der zugreifenden Strenge des Gläubigers und dem nagenden Wucher, der wie Motten ein Kleid unsere Ländereien zerfrißt, gefällig zeigen, wird es schlimmere Folgen für sie und ihre Nachkommen haben als für Edgar Ravenswood, denn mein Schwert und mein Mantel verbleiben mir, und ich kann dem Kriegshandwerk folgen, wo immer eine Trompete erklingt.«

Als er diese Worte in einem entschiedenen und zugleich schwermütigen Tonfall gesprochen hatte, blickte er auf und begegnete plötzlich den Augen Lucy Ashtons, die sich ihnen unbemerkt zugesellt hatte und ihn mit einem bewundernden Staunen betrachtete, das ihr alle Furcht, entdeckt zu werden, nahm. Die edle Gestalt Ravenswoods, seine feinen, vom Stolz des Herkommens und dem Gefühl innerer Würde belebten Züge, der weiche, ausdrucksvolle Klang seiner Stimme, sein verzweifeltes Schicksal und der Gleichmut, mit dem er das Schlimmste, das ihm geschehen konnte, dulden und tragen wollte, machten ihn zu einem gefährlichen Gegenstand der Betrachtung für ein Mädchen, dessen Gedanken bereits nur zu sehr um ihn kreisten. Als ihre Blicke sich begegneten, wurden beide feuerrot, und sie vermieden, sich ein zweites Mal anzublicken.

Sir William Ashton hatte, versteht sich, den Ausdruck in beider Gesicht scharf beobachtet.

»Ich habe nichts zu befürchten«, dachte er bei sich, »weder Parlament, noch Berufung. Ich kenne ein wirksames Mittel, mich mit diesem jungen Hitzkopf zu versöhnen, falls er mir gefährlich werden sollte. Die Hauptsache ist auf alle Fälle, sich nicht zu kompromittieren. Die Angel ist ausgeworfen, wir wollen die Schnur nicht zu früh aufziehen, denn es ist gut, sich die Möglichkeit zu lassen, die Schnur wieder loszuknüpfen, wenn wir es nicht der Mühe wert finden, den Fisch an Land ziehen.«

In dieser selbstsüchtigen, grausamen Berechnung, die er auf die erhofften Gefühle Ravenswoods für Lucy gründete, war er weit davon entfernt, das Leid zu erwägen, das er ihr verursachte, wenn er so mit ihren Gefühlen spiele, daß er nicht einmal an die Gefahr dachte, in die er seine eigene Tochter infolge einer unglücklichen Leidenschaft bringen könnte; als wenn ihre Liebe, die seiner Aufmerksamkeit nicht entgangen war, wie das Licht einer Kerze beliebig angezündet und ausgelöscht werden könnte.

Caleb Balderstone kam nun, um anzukündigen, daß das Frühstück bereitstehe, denn in diesen Tagen, wo man reichlich auftrug, machten die Reste des Abendessens ein vollständiges Frühmal. Auch vergaß er nicht, dem Lord Keeper mit einer tiefen Verbeugung einen Morgentrunk aus einem großen Zinnbecher anzubieten, der mit Petersilienblättern und Löffelkraut geschmückt war. Dann bat er um Verzeihung, daß er nicht den Silberpokal gebracht habe, wie es sich gehört hätte, doch dieser sei für den Augenblick bei einem Silberschmied in Edinburgh, um vergoldet zu werden.

»In Edinburgh vielleicht«, merkte Ravenswood trocken an, »aber wo und zu welchem Zweck wißt Ihr, fürcht' ich, so wenig wie ich.«

»Nun ja!« erwiderte Caleb mürrisch. »Es steht ein Mann schon den ganzen Morgen vor dem Tor – das ist eine Sache, die ich *weiß,* Eure Lordschaft. *Wißt Ihr*, ob Ihr mit ihm sprechen wollt oder nicht?«

»Will er mit mir sprechen, Caleb?«

»Mit weniger wäre ihm nicht gedient«, erwiderte Caleb, »aber Ihr könnt ihn zuerst durch ein Fensterchen in Augenschein nehmen – wir sollten nicht jedermann ins Schloß lassen.«

»Was! Glaubt Ihr etwa, daß es ein Gerichtsbediensteter ist, der mich wegen Schulden verhaften soll?« sagte Ravenswood.

»Ein Gerichtsbediensteter Euch wegen Schulden verhaften, und das auf Eurer Burg Wolf's Crag! – Eure Lordschaft belieben mit dem alten Caleb Scherze zu treiben.« Doch flüsterte er ihm ins Ohr, als er ihn hinausbegleitete: »Es täte mir leid, wenn ich einem braven Mann in Eurer Lordschaft Meinung schaden würde, doch würde ich mir den Burschen da zweimal ansehen, ehe ich ihn in diese Mauern einließe.«

Es war jedoch kein Gesetzesdiener, sondern niemand anders als Captain Craigengelt – mit einer Rotnase, wie sie nur ein hochansehnliches Glas Branntwein bewirkt haben konnte, mit seinem aufgekrempten Tressenhut, der ein wenig schräg auf dem Gipfel seiner schwarzen Reiterperücke thronte, mit seinem Säbel an der Seite und Pistolen in den Halftern, und in einem Reitanzug, der mit verschossenen Tressen besetzt war. Das wahre Bild von einem, der einem ehrlichen Mann zurufen könnte: »Halt!«

Nachdem ihn Ravenswood in Augenschein genommen hatte, ließ er das Tor öffnen.

»Ich denke, Captain Craigengelt«, sagte er, »daß zwischen Euch und mir keine derart wichtigen Geschäfte vorliegen, als daß wir sie nicht hier auf dem Vorplatz abhandeln könnten. Ich habe derzeit Gesellschaft auf dem Schloß, und die Art, in der wir uns zuletzt trennten, enthebt mich, Euch dazu einzuladen.«

Craigengelt, obwohl in der Unverschämtheit Meister, fühlte sich bei diesem ungünstigen Empfang etwas betroffen. Es wäre nicht seine Absicht, sagte er, sich der Gastfreundschaft des Herrn von Ravenswood aufzudrängen – er käme lediglich in der ehrenwerten Absicht, den Auftrag eines Freundes auszurichten, ansonsten würde der Herr von Ravenswood keinen Anlaß haben, sich über sein Eindringen zu beschweren.

»Macht's kurz, Sir, das wird die beste Entschuldigung sein. Wer ist der Herr, der so glücklich ist, Euch als Bote in seinen Diensten zu haben?«

»Mein Freund, Mr. Hayston von Bucklaw«, antwortete Craigengelt mit unverhohlener Wichtigkeit und Zuversicht, die ihm der bekannte Mut seines Absenders einflößte, »der der Ansicht ist, daß er von Euch mit etwas weniger Achtung behandelt worden ist, als sich geziemt, und der darum entschlossen ist, Genugtuung zu fordern. Ich bringe hier« – und mit diesen Worten zog er ein Stück Papier aus der Tasche – »die genaue Länge seines Degens; und er fordert Euch auf, Euch bewaffnet und von einem Freund begleitet an irgendeinem Platz im Umkreis einer Meile von der Burg einzufinden, und ich werde ihm als Sekundant dienen.«

»Genugtuung und gleiche Waffen?« wiederholte Ravenswood, der, wie sich der Leser erinnern wird, keinen Grund zur Annahme hatte, seinem letzten Gast die geringste Beleidigung zugefügt zu haben. »Auf mein Wort, Captain Craigengelt, Ihr habt entweder die haarsträubendste Lüge erfunden, die Euch je in den Kopf kam, oder Euer Frühschoppen ist ein wenig heftig ausgefallen. Was sollte Bucklaw veranlassen, mir eine solche Botschaft zu senden?«

»Was das betrifft, Sir«, versetzte Craigengelt, »möchte ich Euch aus Pflicht meinem Freund gegenüber auf Eure Ungastlichkeit hinweisen, ihn ohne Grund aus Eurem Haus auszuschließen.«

»Unmöglich, er kann kein solcher Tor sein, eine Notlage als Beleidigung anzusehen. Auch begreife ich nicht, daß er sich – da er meine Meinung über Euch kennt, Captain – des Dienstes eines eitlen, nichtssagenden Menschen wie Euch bedient; denn ich würde wahrlich von keinem Ehrenmann erwarten, sich Eurer als Sekundant zu bedienen.«

»Ich – eitel und nichtsagend?« fuhr Craigengelt auf und legte die Hand an seinen Degen. »Wenn die Sache meines Freundes nicht Vorrang hätte und vor der meinen ausgetragen werden müßte, würde ich Euch auf der Stelle –«

»Ich kann von Eurer Erklärung nichts verstehen, Captain Craigengelt. Gebt Ruhe und tut mir den Gefallen, Euch zu entfernen.«

»Verflucht!« knurrte der Maulheld. »Und soll dies die Antwort sein, die ich in einer Ehrensache ausrichten soll?«

»Richtet dem Laird von Bucklaw aus – falls Ihr denn wirklich von ihm gesandt seid –«, antwortete Ravenswood, »daß, wenn er mir seine Beschwerde durch eine Person zukommen lasse, die zu einem solchen Auftrag geeignet wäre, ich nicht anstehen würde, meine Erklärung zu geben.«

»Dann, Herr, werdet Ihr wenigstens Sorge tragen, daß das Eigentum von Hayston, das hier zurückgeblieben ist, ihm von mir überbracht werde.«

»Welches Eigentum auch immer Bucklaw zurückgelassen haben soll, Sir«, antwortete Ravenswood, »wird ihm durch meinen Diener gebracht werden, da Ihr keine Vollmacht von ihm vorzeigen könnt.«

»Wohl, Herr«, sagte Captain Craigengelt mit einer Bosheit, die nicht einmal seine Furcht vor den Folgen unterdrücken konnte, »Ihr habt mir Schande und Schmach angetan, aber weit mehr Euch selbst. Wahrhaftig, *das* ist eine Burg!« setzte er hinzu, indem er sich umblickte, »Schlimmer als eine Diebsherberge, wo Reisenden ihr Eigentum geplündert wird.«

»Unverschämter Schurke«, fuhr Ravenswood auf, erhob seinen Stock und faßte Craigengelts Zügel, »wenn Ihr Euch nicht auf der Stelle davonmacht, seid Ihr dem Tode näher als dem Leben!«

Angesichts der Bewegung, die Ravenswood gegen ihn machte, drehte sich der Prahler derart eilig um, daß er nur mit Mühe den

Sturz seines Pferdes verhinderte, dessen Hufe rechts und links aus dem Steinpflaster Feuerfunken schlugen. Die Zügel fest in der Hand, sprengte er aus dem Tor hinaus und nahm den Weg in Richtung Dorf.

Als sich Ravenswood nach diesem Dialog umwandte, den Hof zu verlassen, sah er, daß der Lord Keeper heruntergekommen war und in höflicher Entfernung dem Auftritt Craigengelts beigewohnt hatte.

»Ich habe das Gesicht dieses Herrn gesehen«, sagte der Lord Keeper, »und zwar erst vor kurzem. Sein Name ist Craig…, Craig – so ähnlich, nicht wahr?«

»Der Kerl heißt Craigengelt«, antwortete Ravenswood, »wenigstens nennt er sich so.«

»Craigamstrick«, sagte Caleb, mit dem Wort *craig* spielend, das im Schottischen Hals bedeutet; »er heißt nicht nur so, er ist auch nah dran. Der Bengel hat ein wahres Galgengesicht, und ich wette zehn gegen eins, daß der Hanf zu seinem Strick schon geflochten ist.«

»Ihr versteht Euch auf Physiognomie, guter Mr. Caleb«, bemerkte der Lord Keeper lächelnd, »ich versichere Euch, dieser Herr war vor kurzem einem solchen Ende äußerst nahe, denn ich erinnere mich genau, Mr. Craigengelt, oder wie er heißt, auf einer Reise gesehen zu haben, die ich vor etwa vierzehn Tagen nach Edinburgh machte, wo er ein scharfes Verhör vor dem Geheimrat bestand.«

»Aus welcher Ursache?« fragte Ravenswood mit einigem Interesse.

Diese Frage führte zu einer Erzählung, die der Lord Keeper vorzubringen, sobald sich passende Gelegenheit dazu fände, sehr begierig war. Er nahm Ravenswood beim Arm und führte ihn in die Halle zurück.

»Die Antwort auf Eure Frage«, sagte er, »obwohl sie eine etwas lächerliche Angelegenheit betrifft, kann ich Euch nur unter vier Augen geben.«

Als sie die Halle erreicht hatten, nahm er Ravenswood wieder beiseite in die Vertiefung des Fensters, wo, wie man sich leicht vorstellen kann, Lucy Ashton es kein zweites Mal wagte, sich ihrer Unterredung aufzudrängen.

K A P I T E L 16

Hier ist ein Vater nun,
Der seine Tochter gegen fremdes Gut vertauscht,
Mit ihr 'nen alten, gift'gen Zwist verpflastert,
Ja sie im Sturm den Fischen vorwirft,
Die Wogen zu besänftigen.
Anonym.

Der Lord Keeper eröffnete das Gespräch anscheinend unbefangen, obwohl er äußerst genau auf den Eindruck achtete, den seine Mitteilung auf Ravenswood machen würde.

»Ihr wißt, mein junger Freund«, sagte er, »daß Argwohn ein verbreitetes Laster unserer unruhigen Zeiten ist und daß noch der Beste und Weiseste von uns deshalb den Künsten der Intriganten ausgesetzt wird. Wenn ich vor kurzem auf einen solchen gehört hätte oder der gewiefte Staatsmann wäre, als den man mich bei Euch geschildert hat, würdet Ihr Euch jetzt, Herr von Ravenswood, – statt in Freiheit zu sein und gegen mich nach Belieben schalten und walten zu können, um, wie Ihr meint, Eure Rechte zu behaupten – in der Burg von Edinburgh oder einem andern Staatsgefängnis oder, wenn Ihr diesem Schicksal entgangen wärt, auf der Flucht in fremden Landen befinden, von einem Urteil *in contumatiam* bedroht.«

»Mylord Keeper«, versetzte Ravenswood, »ich glaube nicht, daß Ihr hier Scherze treiben wollt, doch scheint mir unmöglich, daß Ihr es ernst meint.«

»Unschuld«, erwidertete Lord Keeper, »ist immer voll Zutrauen, und zuweilen, was verzeihlich ist, ist sie es mit Anmaßung.«

»Mir leuchtet nicht ein, wie das Bewußtsein der Unschuld in irgendeinem Fall anmaßend genannt werden kann.«

»Wenigstens unklug – denn es kann uns zum Irrtum verleiten, daß das, was uns ganz allein bewußt ist, auch allen anderen klar sei. Meiner Erfahrung nach verteidigt sich ein Schurke aus diesem Grund besser als ein Unschuldiger. Da ihn das Bewußtsein der Unschuld nicht leitet, hält sich ein solcher Kerl an jeden Vorteil, den ihm das Gesetz gewährt, und zuweilen – wenn seine Rechtsbeistände Männer von Talent sind – gelingt es ihm, die Richter zu zwingen, ihn für unschuldig zu erklären. Ich erinnere mich des bekannten Falls Sir Coolie Condiddle von Condiddle, der wegen Veruntreuung angeklagt war und der, obgleich seine Schuld aller Welt bekannt war, nicht nur freigesprochen wurde, sondern auch fortfuhr, über ehrlichere Leute zu Gericht zu sitzen.«

»Erlaubt mir, Euch zu bitten, zur Sache zu kommen. Ihr scheint zu sagen, daß ich im Verdacht gestanden hätte.«

»Im Verdacht, Herr? Na, und ob! Ich kann Euch die Beweise zeigen, wenn ich sie bei mir habe. Lockhard, kommt her. Gebt mir das kleine Felleisen mit den Vorlegeschlößchen, das ich Euch besonders anempfohlen habe, hört Ihr?«

»Ja, Mylord.«

Lockhard verschwand, und der Lord Keeper fuhr fort, halb wie zu sich selbst sprechend: »Ich glaube, die Papiere bei mir zu haben... Ja, ich glaube ja, denn da ich in diese Gegend reisen wollte, war es natürlich, sie mit mir zu nehmen. – Jedenfalls habe ich sie in Schloß Ravenswood, das weiß ich gewiß. – Solltet Ihr vielleicht so gut sein wollen –«

In diesem Moment trat Lockhard wieder herein und gab ihm das Felleisen in die Hand. Der Lord Keeper nahm einige Papiere heraus, die den an den Geheimrat erstatteten Bericht über den Aufruhr beim Begräbnis Allan Lord Ravenswoods und seinen Anteil an der Niederschlagung einer Untersuchung gegen Edgar Ravenswood enthielten. Diese Dokumente waren sorgsam so ausgewählt worden, daß sie die natürliche Neugier Ravenswoods in bezug auf einen solchen Gegenstand anstachelten, ohne sie zu befriedigen, aber doch zeigten, daß Sir William Ashton in dieser heiklen Angelegenheit die Rolle eines Vermittlers zwischen ihm und den eifersüchtigen Behörden des Tags übernommen hatte. Als der Lord Keeper seinen Gastgeber mit diesen Gegenständen zur Prüfung versehen hatte, wandte er sich dem Frühstück zu und plauderte teils mit seiner Tochter, teils mit dem alten Caleb, dessen Groll gegen den Usurpator von Schloß Ravenswood durch diese Vertraulichkeit etwas besänftigt wurde.

Ravenswood blieb, nachdem er die Schriften überflogen hatte, mit an die Stirn gedrückter Hand einige Minuten in tiefes Nachdenken versunken. Dann überblickte er noch einmal eilig alle Papiere, als wollte er in ihnen eine versteckte Absicht oder ein Indiz der Fälschung entdecken, das ihm beim ersten Durchlesen entgangen wäre. Allem Anschein nach bestärkte der zweite Durchgang die Meinung, die er durch den ersten gewonnen hatte, denn er sprang von seinem steinernen Sitz auf, ging auf den Lord Keeper zu, faßte seine Hand, drückte sie fest und bat ihn wiederholt um Verzeihung für die Ungerechtigkeit, die er ihm, dem Beschützer seiner Freiheit und Verteidiger seiner Ehre, zugefügt habe.

Der Staatsmann empfing dies Bekenntnis zuerst mit wohlgespieltem Erstaunen, dann mit der Miene herzlicher Offenheit. Tränen begannen bei diesem unverhofften, rührenden Auftritt aus Lucys blauen Augen hervorzudringen. Den vor kurzem so stolzen, verschlossenen Ravenswood, den sie immer für den Beleidigten gehalten hatte, nun ihres Vaters Verzeihung erflehen zu sehen, war eine ebenso unerwartete wie wärmende, bewegende Veränderung.

»Trockne deine Tränen, Lucy«, sagte ihr Vater, »warum willst du weinen, daß man deinen Vater, obgleich er Jurist ist, für einen fairen und gerechten Mann erkennt? – Wollt Ihr mir für etwas danken, mein lieber Herr«, fuhr er an Ravenswood gerichtet fort, »das Ihr an meiner Stelle nicht getan haben würdet? *Suum cuique tributio* war der Rechtsgrundsatz der Römer, und ich lernte ihn, als ich Justinian studierte. Übrigens – habt Ihr mir nicht alles tausendfach dadurch vergolten, daß Ihr das Leben dieses teuren Kindes gerettet habt?«

»Ja«, antwortete Ravenswood in vollem Gefühl seiner Schuld, »aber dieser geringe Dienst war nur die Folge einer spontanen Aufwallung, während die Verteidigung, die Ihr mir zu einer Zeit gewährtet, wo Ihr nur zu gut wußtet, wie schlimm ich von Euch dachte und wie feindselig ich gegen Euch gesinnt war, die Folge einer edlen, männlichen und überlegten Weisheit war.«

»Still«, erwiderte der Lord Keeper, »ein jeder von uns hat auf seine Weise gehandelt: Ihr als beherzter Kriegsmann, ich als gerechter Richter und geheimer Rat. Wir hätten vielleicht unsere Rollen nicht vertauschen können – wenigstens hätte ich einen schlechten Stierkämpfer abgegeben und Ihr, mein lieber Herr, hättet Eure Sache, obwohl sie gut ist, in eigener Person vielleicht schlechter verteidigt, als ich es als Euer Stellvertreter vor dem Geheimrat getan habe.«

»Mein großmütiger Freund!« sagte Ravenswood, und mit diesem kurzen Wort, das der Lord Keeper sehr freigebig benutzte, Ravenswood jetzt aber zum ersten Mal aussprach, gab er seinem Familienfeind ohne Rückhalt sein stolzes, aber edles Herz. Ravenswood war bei denen, die ihn kannten, ebenso sehr wegen seines Gefühls als wegen seines zurückhaltenden, eigensinnigen und reizbaren Charakters bekannt. Folglich wichen seine Vorurteile, wie eingewurzelt sie auch waren, vor Liebe und Dankbarkeit, und die Reize der Tochter in Verbindung mit den Diensten des Vaters löschten aus seinem Gedächtnis die Rachegelübde aus, die er bei seines Vaters Begräbnis feierlich abgelegt hatte. Aber sie waren vernommen und ins Buch des Schicksals verzeichnet.

Caleb war bei diesem sonderbaren Auftritt zugegen und konnte sich dessen Außerordentlichkeit nicht anders erklären als durch eine Heirat zwischen den Familien, wobei Schloß Ravenswood die Mitgift wäre. Was Lucy betrifft: Sie konnte, als ihr Ravenswood die feurigsten Entschuldigungen für seine unverzeihliche Vernachlässigung machte, nur mit Tränen in den Augen lächeln und, nachdem sie ihm ihre Hand gereicht hatte, in gestammelten Worten versichern, wie sehr sie über die Versöhnung ihres Vaters und ihres Retters erfreut sei. Selbst der Staatsmann war bewegt und gerührt durch die warme, rückhaltlose, edelmütige Offenheit, mit der Ravenswood der Familienfehde entsagte und ihn ohne Bedenken um Verzeihung bat. Seine Augen glänzten, als er auf die beiden jungen Leute blickte, die sich ohne Zweifel liebgewinnen mußten und wie für einander geschaffen schienen. Er dachte daran, wie hoch Ravenswood mit seinem stolzen, ritterlichen Charakter unter Umständen aufsteigen könne, unter denen er sich selbst durch seine geringe Abkunft und die Schüchternheit seines Gemüts zurückgehalten fühlte. Dann seine Tochter – sein Liebling, seine beständige Begleiterin, schien dazu geschaffen, in einer Verbindung mit einem so geradlinigen Charakter, wie ihn Ravenswood besaß, glücklich zu leben, ja, die feine, zarte Gestalt Lucy Ashtons schien die männliche Stärke Ravenswoods als Stütze nötig zu haben. Und es war für mehr als einige Minuten, daß Sir William Ashton diese Heirat als ein wahrscheinliches und wünschenswertes Ereignis ansah, denn es verlief eine volle Stunde, bis seine Vorstellung durch den Gedanken an Ravenswoods Armut und an das Mißfallen von Lady Ashton gestört wurde. Es ist gewiß, daß der ungewöhnliche Zudrang schöner Gefühle, von denen sich der Lord Keeper ergriffen fühlte, ein Umstand war, der die Liebe von Ravenswood und seiner Tochter sehr ermutigte und beide Liebenden zu dem Glauben verleitete, daß ihre Verbindung ihm höchst angenehm sein müsse. Er selbst schien diese Wahrheit gefühlt zu haben, denn wenn er lange nach der unglücklichen Katastrophe seine Zuhörer warnte, Gefühlen nicht die Oberhand über das Urteil zu lassen, versicherte er zugleich, daß er das größte Unglück seines Lebens einer sehr kurzen Schwärmerei zuschreiben müsse, bei der er seines eigenen Vorteils nicht gedacht habe. Wenn dies der Fall war, muß man gestehen, daß die Strafe für ein so kurzes Versehen lang und streng gewesen sei.

Nach einigem Schweigen nahm der Lord Keeper die Unterhaltung wieder auf: »Über Eurem Erstaunen, in mir einen ehrlicheren Mann zu finden als Ihr erwartet habt, habt Ihr diesen Craigengelt ganz vergessen, mein lieber Herr, und doch wurde Eures Namens in dieser Sache gedacht.«

»Der Schuft!« sagte Ravenswood. »Meine Verbindung mit ihm war oberflächlich wie irgend möglich, freilich war es eine Dummheit, mit ihm überhaupt in Verbindung zu treten. – Was sagte er über mich?«

»Genug«, antwortete der Lord Keeper, »um den wahrhaft loyalen Schrecken einiger unserer Hochweisen aufzurühren, die dafür eintreten, auf bloßen Verdacht und käufliche Informationen hin gegen die Leute vorzugehen. – Einigen Unsinn über Euren Vorsatz, in französischen Dienst oder in den des Prätendenten, ich weiß nicht mehr in welchen, zu treten, worauf aber der Marquis von A., einer Eurer besten Freunde, und eine andere Person, die einige einen Eurer schlimmsten und gefährlichsten Feinde nennen, schlechterdings nicht hören wollten.«

»Ich bin meinem edlen Freund verbunden, aber mehr noch« – er schüttelte die Hand des Lord Keepers – »meinem edlen Feind.«

»*Inimicus amicissimus*«, sagte der Lord Keeper, den Händedruck erwidernd; »doch dieser Herr – dieser Mr. Hayston von Bucklaw – ich fürchte, der arme junge Mann – ich hörte den Kerl seines Namens erwähnen – steht unter schlechter Leitung.«

»Er ist alt genug, sich selbst zu leiten«, sagte Ravenswood.

»Alt genug vielleicht, aber kaum klug genug, wenn er diesen Schelm zu seinem *fidus Achates* ausersehen hat. Er hat eine Denunziation gegen ihn abgelegt; wenigstens wäre dies eine Folge seines Verhörs gewesen, hätte man nicht mehr auf den Charakter des Zeugen als auf den Inhalt seiner Aussage gesehen.«

»Mr. Hayston von Bucklaw ist«, sagte Ravenswood, »scheint mir's, ein Ehrenmann und keiner gemeinen und unedlen Handlung fähig.«

»Aber wohl einer unvernünftigen. Ihr müßt mir das zugeben«, antwortete der Lord Keeper. »Der Tod wird ihn bald in den Besitz einer schönen Herrschaft setzen – oder hat es bereits getan –; die alte Lady Girnington – eine vortreffliche Person, nur daß ihre eingewurzelte Bosheit sie aller Welt verhaßt macht – ist wahrscheinlich jetzt tot. Sechs Erben, die nach und nach starben, haben sie reich gemacht. Ich kenne die Herrschaft wohl, sie grenzt an meine eigene – ein reiches Land!«

»Ich freue mich darüber«, sagte Ravenswood, »und würde mich noch mehr freuen, wenn ich fände, daß Bucklaw mit dem Glück auch seine Gewohnheiten und seine Freunde wechselte. Das Erscheinen Craigengelts als angeblicher Freund von ihm ist nicht unbedingt vertrauenerweckend für seine künftige Achtungswürdigkeit.«

»Das ist ein Vogel von schlimmer Vorbedeutung, ganz gewiß«, sagte der Lord Keeper, »er krächzt von Gefängnis und Galgen. Doch ich sehe, Mr. Caleb wird ungeduldig, daß wir uns zum Frühstück wenden.«

KAPITEL

17

Sir, bleibt zuhaus und hört auf eines alten Mannes Rat:
Sucht nicht, Euch an eines Fremden Herd zu sonnen.
Unser eig'ner blauer Rauch ist wärmer als ihr Feuer,
Das heimische Essen gesund, wenn es auch einfach ist,
Und fremde Leckereien giftig, so süß sie schmecken.
Die französische Kurtisane.

Ravenswood verließ seine Gäste, die sich zur Abreise anschickten, um seinerseits die nötigen Vorbereitungen zu treffen, Wolf's Crag für ein paar Tage zu verlassen. Er wollte darüber mit Caleb sprechen und fand seinen treuen Diener in seinem rußigen, bröckelnden Loch hocherfreut über die Abreise der Gäste und sogleich flugs überschlagend, wie lange bei kluger Sparsamkeit der noch vorhandene Vorrat zur Versorgung des Tischs seines Herrn ausreichen könne.

»Er ist kein Vielfraß, zum Glück, und Bucklaw, der ein Pferd samt Sattel aufgefressen haben würde, ist fort. Kresse oder Wasserlimonen und ein Stück Haferbrot genügen dem Herrn zum Frühstück ebenso gut wie Caleb. Dann das Mittagessen – es ist nicht mehr viel dran am Schulterblatt; aber es wird sich rösten lassen – es wird sich sehr gut rösten lassen.«

Seine triumphalen Berechnungen wurden durch Ravenswood unterbrochen, der ihm nicht ohne Zögern seine Absicht mitteilte, mit dem Lord Keeper nach Schloß Ravenswood zu reiten und dort ein oder zwei Tage zuzubringen.

»Gott bewahre!« rief der alte Diener aus und wurde bleich wie das Tischtuch, das er eben zusammenlegte.

»Und warum, Caleb?« fragte sein Herr. »Warum soll mich Gott bewahren, den Besuch des Lord Keeper zu erwidern?«

»Ach, Sir!« versetzte Caleb. »Mr. Edgar! Ich bin Euer Diener, und es kommt mir nicht zu, Euch Ratschläge zu geben – aber ich bin ein alter Diener, ich habe Eurem Vater und Großvater gedient, und ich erinnere mich, Lord Randal, Euren Urgroßvater, noch gesehen zu haben, als ich noch ein Kind war.«

»Und, Balderstone? Was hat das damit zu tun, daß ich einem Nachbarn eine Höflichkeit erwidern will?«

»O! Mr. Edgar, das heißt Mylord!« versetzte der Burgmeister. »Euer eigenes Gewissen müßte Euch sagen, daß es Eures Vaters Sohn unangemessen ist, Nachbarschaft mit diesen Leuten zu halten – es verträgt sich nicht mit der Ehre der Familie. Wenn er hierher gekommen wäre, sich mit Euch zu versöhnen und Euch Euer Eigentum zurückzugeben, wenn er daran dächte, sein Haus durch eine Heirat mit Euch zu ehren, dann wollte ich nicht nein sagen, denn die junge Lady ist ein gewinnendes, süßes Geschöpf. Doch achtet auf Euren Rang und Eure Würde! Ich kenne diese Sorte Menschen wohl – sie werden dann größer von Euch denken.«

»Seht, nun geht Ihr weiter als ich selbst, Caleb«, sagte Ravenswood und verbarg hinter einem gezwungenen Lachen eine gewisse Betroffenheit. »Ihr wollt mich in eine Familie verheiraten, die zu besuchen Ihr mir nicht erlaubt – wie kann das angehen? Und dabei seht Ihr bleich aus wie der Tod.«

»Sir«, begann Caleb wieder, »Ihr würdet sicher nur lachen, wenn ich Euch sagte, daß Thomas the Rhymer, dessen Zunge nie log, etwas über Euer Haus sagte, das in Erfüllung gehen wird, wenn Ihr heute nach Schloß Ravenswood reitet. – Ach, wenn ich's erleben müßte, es erfüllt zu sehen!«

»Und was ist es, Caleb?« fragte Ravenswood, der die Furcht des alten Dieners gern lindern wollte.

Caleb antwortete, daß er diese Verse nie einem Sterblichen gegenüber zitiert hätte und daß sie ihm von einem alten Priester mitgeteilt worden wären, der zu Zeiten, als die Familie noch katholisch war, der Beichtvater von Lord Allans Vater gewesen sei.

»Aber oft«, sprach er, »hab' ich mir die düsteren Worte vor mir selbst wiederholt, und wenig konnte ich daran glauben, daß sie eintreffen würden – bis heute.«

»Schweigt mit Eurem Unsinn, und sagt mir die dummen Verse auf, die Euch den Kopf verwirrt haben«, forderte Ravenswood unwillig.

Mit zitternder Stimme und schreckensbleichen Wangen stammelte Caleb die folgenden Verse:

»*Wenn der letzte Laird Ravenswood*
nach Ravenswood reiten wird
Und um ein totes Mädchen wirbt, seine Braut zu sein -
In Kelpies Flow wird er dann stallen sein Pferd,
Und sein Name wird verloren sein für immer von der Erd'.«

»Kelpies Flow kenn' ich gut«, sagte Ravenswood, »ich nehme an, Ihr meint den Treibsand zwischen unserer Burg und Wolf's Hope. Doch wie ein Mann bei Sinnen *sein Pferd dort stallen* könnte...«

»Grübelt nicht darüber nach, Sir – Gott bewahre, daß wir den Sinn der Prophezeiung erfahren. Aber bleibt zuhause und laßt die Fremden allein nach Schloß Ravenswood reiten. Wir haben genug für sie getan, und mehr zu tun, würde dem Ansehen der Familie eher schaden als nützen.«

»Gut, Caleb, ich verspreche Euch, Eure Worte nicht zu vergessen. Da ich aber nicht nach Schloß Ravenswood reite, um mir dort eine Braut zu suchen, sei sie tot oder lebendig, hoffe ich, einen besseren Stall für mein Pferd zu finden als den Treibsand von Kelpies, zumal ich mich vor dem ernsthaft fürchte, seit vor zehn Jahren die Dragonerpatrouille darin umgekommen ist. Mein Vater und ich sahen vom Turm aus, wie sie gegen die heranrauschende Flut ankämpften, aber sie waren längst verloren, ehe man ihnen Hilfe reichen konnte.«

»Und sie haben's wohlverdient, diese Taugenichtse aus dem Süden!« meinte Caleb. »Was hatten sie auf unserem Sand herumzustreifen und ehrliche Leute zu hindern, ein Fäßchen Branntwein ans Ufer zu bringen? Ich hab' sie's emsig tun sehen, und ich hätt' am liebsten die alte Kanone von der Südmauer abgefeuert, wenn ich nicht gefürchtet hätt', daß das ganze Ding in die Luft fliegt.«

Calebs Kopf war nun ganz beherrscht von den Gewalttätigkeiten der englischen Soldaten und Zolleute, so daß sein Herr keine große Mühe hatte, von ihm loszukommen und sich seinen Gästen wieder zuzugesellen. Alles war zu ihrer Abreise bereit, und da einer der Reitknechte des Lord Keeper das Pferd Ravenswoods gesattelt hatte, stiegen sie im Hof auf.

Caleb hatte mit einiger Anstrengung die Flügel des äußeren Tors geöffnet und dort Stellung bezogen, um durch eine ehrerbietige und zugleich wichtige Miene, die er sich gab, in seiner hageren, abgezehrten, dünnen Person die Abwesenheit einer ganzen Adelsdienerschaft aus Türstehern, Wächtern und Livreebedienten zu ersetzen.

Der Lord Keeper erwiderte seine tiefe Verbeugung mit einem herzlichen Lebewohl, indem er sich vom Pferd bückte und dem Burgmeister das Trinkgeld zusteckte, das in jener Zeit gewöhnlich von den abreisenden Gästen an die Dienerschaft der Familie, die sie bewirtet hatte, verabreicht wurde. Lucy lächelte dem alten Mann freundlich zu, sagte ihm Adieu und gab ihm ihr Trinkgeld mit einer Anmut, die unfehlbar das Herz des wackeren Empfängers erweicht hätte, wären nicht Thomas the Rhymer und der unglückliche Prozeß gegen seinen Herren gewesen. So aber hätte er vielleicht gerne die Sätze des Herzogs aus »Wie es Euch gefällt« zitiert:

Du hätt'st mit dieser Tat mir mehr gefallen,
Hätt'st einen andern Vater du genannt.

Ravenswood ritt nahe bei der Lady und sprach ihr Mut zu, während ihr Pferd langsam den Felsenpfad, der zum Moor führte, hinabstieg, als einer der Diener aus dem Nachtrab meldete, daß Caleb ihnen laut hinterherrufe und seinen Herrn sprechen wolle.

Ravenswood fühlte, daß es sonderbar erscheinen würde, wenn er diese Aufforderung mißachtete, obgleich er innerlich die ungelegene Diensteifrigkeit Calebs verwünschte. Er sah sich also gezwungen, die angenehme Aufgabe, die ihn beschäftigte, Mr. Lockhard zu überlassen und zum Hoftor zurückzureiten. Er wollte bereits Caleb etwas mürrisch nach dem Grund seines Geschreis fragen, als der gute alte Mann ausrief:

»Still, Sir! Still, und laßt mich ein Wort sprechen, das ich vor den Leuten nicht sagen konnte.« Er legte in die Hand seines Herrn das Geld, das er eben erhalten hatte: »Hier sind drei Goldstücke, und Ihr werdet Geld dort nötig haben. Nehmt und seid still!« Denn Ravenswood weigerte sich, Calebs Goldstücke anzunehmen. »Sagt kein Wort, aber laßt sie im ersten Ort, durch den Ihr kommt, wechseln, denn sie sind frisch geprägt, und man könnte sie wiedererkennen.«

»Ihr vergeßt, Caleb«, sagte sein Herr, indem er ihn zwang, das Geld zurückzunehmen und seine Hand vom Zügel zu lassen, »Ihr vergeßt, daß ich selbst noch einige Goldstücke besitze. Behaltet das für Euch, mein alter Freund, und noch einmal: Lebt wohl. Ich versichere Euch, ich habe genug. Ihr wißt, Ihr habt so hausgehalten, daß uns unser Leben wenig oder nichts kosten konnte.«

»Gut, dies mag Euch ein andresmal dienen«, sagte Caleb, »doch seht, ob Ihr wirklich genug habt, denn zu Ehren der Familie müßt Ihr den Dienern dort Trinkgelder geben, und Ihr müßt etwas haben, um Eindruck zu schinden, wenn sie zu Euch sagen: *Herr, wollt Ihr um ein Goldstück wetten?* Dann müßt Ihr Eure Börse ziehen und sagen: *Warum nicht?* Aber sorgt dafür, die Wette nicht anzunehmen und steckt Eure Börse wieder zu Euch, bevor...«

»Das geht auf keine Kuhhaut mehr, Caleb – ich sollte wahrhaftig längst auf und davon sein.«

»Und Ihr wollt wirklich gehen?« Caleb ließ den Mantel seines Herrn los und vertauschte den belehrenden Tonfall mit einem leidenschaftlichen Klagen: »Und Ihr wollt wirklich gehen, trotz allem, was ich Euch von der Prophezeiung, von der toten Braut und dem Kelpies-Treibsand erzählt habe? – Wohlan, ein Mann, der seinen Weg gehen will, soll ihn haben. Aber seid vorsichtig, wenn Ihr auf der Jagd in den Park kommt – trinkt nicht aus dem Nixenbrunnen... – Fort ist er: Wie ein Pfeil fliegt er den Pfad hinunter hinter ihr drein! – Wozu der Kopf bei der Familie Ravenswood heutzutage da ist, möcht' ich wissen...!«

Der alte Burgmeister sah seinem Herrn lange nach und

wischte sich häufig eine gewisse Nässe, die in seine Augen trat, ab, damit er so lange wie möglich seine stattliche Gestalt von der der anderen Reiter unterscheiden konnte.

»Dicht beim Zügel ihres Pferdes – ganz dicht dabei! – Wie weise sagt der heilige Mann: *Daran auch sollt Ihr erkennen, daß das Weib Gewalt hat über alle Männer* – ohne diese Frau würde unser Verderben nicht besiegelt worden sein.«

Mit einem Herzen voll trüber Vorahnungen kehrte Caleb zu seinen dringenden Geschäften zurück, sobald er den Gegenstand seiner Besorgnis aus der in der Ferne immer undeutlicher werdenden Gruppe der Reiter nicht mehr herauszufinden vermochte.

Unterdessen setzte die Gesellschaft ihre Reise fröhlich fort. Ravenswood, einmal entschlossen, war nicht der Mann zu zögern oder Dinge schleifen zu lassen. Er überließ sich dem Vergnügen, das er in Gesellschaft Miß Ashtons fühlte, und zeigte eine lebhafte, galante Munterkeit, die so nahe an Fröhlichkeit grenzte, wie seine Wesensart und Familienverhältnisse erlaubten. Der Lord Keeper wurde von seinen gründlichen Beobachtungen überrascht; er war vermöge seines Standes und seines Umgangs ein vortrefflicher Beurteiler dieser hohen Eigenschaften und wußte eine Eigenschaft äußerst zu schätzen, die ihm selbst völlig fehlte, nämlich die kurze und feste Entschlossenheit im Charakter Ravenswoods, dem Zweifel und Furcht unbekannt zu sein schienen. Er war darum herzensfroh, einen so furchtbaren Gegner versöhnt zu haben, während er mit einer Mischung aus Freude und Angst an die großen Dinge dachte, die sein junger Gefährte ausführen würde, wenn der Wind der Hofgunst einmal seine Segel schwellte.

»Was könnte sie wünschen…«, fragte er sich, weil seine Gedanken vornehmlich mit dem Widerstand beschäftigt waren, den Lady Ashton seinem derzeitigen Wunsch entgegensetzen würde. »Was könnte eine Frau von einer Heirat mehr verlangen, als daß eine gefährliche Forderung an uns gegenstandslos wird, als die Verwandtschaft mit einem vornehmen, tapferen, reichbegabten Schwiegersohn, der beste Beziehungen hat und ohne Zweifel flott werden wird, wenn die nächste Flut kommt, und der gerade darin stark ist, worin wir schwach sind, nämlich an Abkunft und entschlossenem Temperament eines Kämpfers? Gewiß, kein vernünftiges Weib würde zögern. – Aber ach! –« Seine Überlegungen kamen ins Stocken angesichts der Erwägung, daß Lady Ashton nicht immer vernünftig wäre, in seinem Sinn des Wortes. »Irgendeinen Clown von Laird aus Merse diesem glänzenden jungen Edelmann und einer Einigung in bestem Einvernehmen bezüglich des Besitzes von Ravenswood vorzuziehen – es wäre die Handlung einer Närrin!«

Der alte Staatsmann stellte diese Überlegungen an, bis sie Bittlebrains House erreichten, wo man, wie im voraus ausgemacht, zu Mittag essen und sich ausruhen wollte, um am Nachmittag die Reise fortzusetzen.

Sie wurden mit allem Pomp empfangen, und es war besonders Ravenswood, der von den edlen Gastgebern mit größter Zuvorkommenheit behandelt wurde. Es war so, daß Lord Bittlebrains die Pairwürde durch ein gefälliges Äußeres erlangt hatte, durch die Kunst, einen Charakter als weise erscheinen zu lassen, dessen Eloquenz letztlich aus Phrasen bestand, und dadurch, daß er den Veränderungen der Zeit sorgfältigste Aufmerksamkeit schenkte und denen politische Dienste leistete, die sie am gewinnbringendsten vergelten konnten. Seine Gattin und er fühlten sich in ihrem neuen Rang, an den sie nicht gewöhnt waren, nicht sehr heimisch und bestrebten sich, mit denen auf gutem Fuß zu stehen, die auf einer Höhe schon geboren waren, zu der man sie selbst aus tieferem Kreis erst erhoben hatte. Die außergewöhnliche Aufmerksamkeit, die sie Ravenswood schenkten, erhöhte dessen Wichtigkeit in den Augen des Lord Keeper, der – obwohl er im allgemeinen eine ziemlich geringe Meinung von Lord Bittlebrains hatte – die Richtigkeit seines Urteils in Fragen des unmittelbaren Vorteils aufs höchste schätzte.

»Ich wünschte, Lady Ashton hätte das gesehen«, war sein stiller Gedanke; »kein Mensch weiß so gut wie Bittlebrains, auf welcher Seite sein Brot mit Butter bestrichen ist – und er schmiegt sich vor Ravenswood wie ein Bettler vor dem Koch. Noch schlimmer die Dame, die ihre dickbrauigen Töchter am Klavier spielen und plärren läßt, als wollte sie sagen: Wähle und nimm! Sie können sich mit Lucy so wenig messen wie die Eule mit dem Schwan, und so mögen sie ihre dicken, schwarzen Augenbrauen anderswo zu Markte tragen.«

Nachdem diese Vergnügungen beendet waren, stiegen die Reisenden, die den größeren Teil des Wegs noch vor sich hatten, wieder zu Pferd, und nachdem der Lord Keeper, Ravenswood und die Diener *doch-an-dorroch* getrunken hatten – einen Abschiedstrunk, der je nach Rang aus einem unterschiedlichen geistigen Getränk bestand –, setzte sich die Reitergesellschaft wieder in Bewegung.

Es war schon dunkel, als sie die Allee von Schloß Ravenswood erreichten, eine lange, gerade Straße, die zur Front des Hauses führte und rechts und links mit hohen Ulmen besetzt war, die im Nachtwind seufzten, als hätten sie Mitgefühl mit ihrem alten Eigentümer, der jetzt in der Gesellschaft, ja fast im Gefolge ihres neuen Herrn in ihren Schatten zurückkehrte. Empfindungen ähnlicher Art bedrückten Ravenswood selbst. Er wurde nach und nach stiller und blieb hinter der Lady zurück, an deren Seite er bis jetzt dienstbeflissen geritten war. Er erinnerte sich deutlich zurück an den Abend, an dem er zur selben Stunde seinen Vater begleitet hatte, als dieser den Herrensitz, von dem er Namen und Adelstitel herleitete, verließ, um nie mehr dahin zurückzukehren. Die lange Front des alten Schlosses, auf die er, wie er sich erinnerte, oft zurückgeblickt hatte, war damals dunkel wie ein Trauerkleid gewesen. Die gleiche Front erglänzte nun von vielen Lichtern, von denen einige von festem Standpunkt aus ihre Strahlen in die dunkle Nacht hinaussandten, während andere von einem Fenster zum andern eilten und vom Aufhebens und der Geschäftigkeit kündeten, die die durch einen vorausgeschickten Boten gemeldete Ankunft der Herrschaft verursachte. Dieser Kontrast drückte schwer auf Ravenswoods Herz, so daß er die unversöhnlichen Gefühle, mit denen er den neuen Besitzer seines väterlichen Erbes zu betrachten gewohnt war, teilweise wiedererweckte und seinen Gesichtszügen einen Ausdruck finsterer Strenge verlieh, als er, nachdem er vom Pferd gestiegen war, in der Halle stand, die nicht mehr sein war, umgeben von den zahlreichen Dienern des jetzigen Besitzers.

Als der Lord Keeper eben im Begriff war, seinen Gast mit jener Herzlichkeit zu begrüßen, die ihrem letzten guten Vernehmen angemessen schien, bemerkte er die Veränderung, die in Ravenswood vorgegangen war, hielt in seiner Absicht inne und empfing seinen Gast nur mit einer tiefen, vertraulichen Verbeugung, in der er anzudeuten schien, daß er die Gefühle, die sich auf Ravenswoods Stirn ausdrückten, nur zu gut nachempfinden könne.

Zwei Oberbediente, von denen jeder ein Paar große, silberne Leuchter trug, führten die Gesellschaft in einen großen Saal, dessen Verwandlung Ravenswood einen Eindruck vom außergewöhnlichen Wohlstand der jetzigen Bewohner des Schlosses gab. Die modernde Tapete, die zu seines Vaters Zeit die Wände dieses stattlichen Raums halb bedeckte, halb jedoch in Fetzen herunterhing, war einer vollständigen Holztäfelung gewichen, deren Eichenholzleisten und -einfassungen derart kunstvoll mit geschnitzten Blumenkränzen und Vögeln verziert waren, daß es tatsächlich schien, als schwellten sie ihre Kehlen und flatterten mit ihren Flügeln. Verschiedene alte Familienporträts von bewaffneten Helden des Hauses Ravenswood, zusammen mit einigen alten Rüstungen und Kriegswaffen, hatten den Bildern von King William und Queen Mary, von Sir Thomas Hope und Lord Stair, zwei berühmten schottischen Rechtsgelehrten, Platz gemacht. Auch sah man die Bilder von Vater und Mutter des Lord Keeper: die letztere sauer, zänkisch, steif, mit einer schwarzen Haube mit engen Flügeln, ein Gebetbuch in der Hand haltend; der erstere – unter einer schwarzseidenen Genfer Kappe, die so dicht an den Schädel anschloß, als sei er geschoren – zeigte ein geiziges, mürrisches Puritanergesicht, das in einen dünnen, rötlichen Bart auslief und in dem sich Züge darstellten, in denen Scheinheiligkeit mit Geiz und Schurkerei stritten.

»Und um solchen Vogelscheuchen Raum zu geben«, dachte Ravenswood, »wurden meine Ahnen von Wänden gerissen, die sie errichtet hatten!«

Er blickte noch einmal auf die Bilder, und während er dies tat, schien der Gedanke an Lucy Ashton – sie war nicht mit ins Zimmer getreten – mit einem Mal weniger Eindruck auf seine Einbildungskraft zu machen. Auch hingen zwei oder drei holländische Possen, wie man seinerzeit die Gemälde von Ostade und Teniers nannte, und ein beachtlich gutes Bild italienischer Schule dort. Überdies waren in Lebensgröße zu sehen: der Lord Keeper in seiner Amtsrobe neben seiner Gemahlin in Seide und Hermelin, eine stolze Schönheit, die in ihre Blicke die volle Würde des Hauses Douglas legte, von dem sie abstammte. Der Maler war, sei es, daß er der Wahrheit oder einer heimlichen Laune nachgab, ungeachtet seines Könnens nicht in der Lage gewesen, auf der Leinwand dem Gemahl den würdevollen, gebietenden Ausdruck zu geben, der den vollen Besitz häuslicher Autorität bezeugt. Schon auf den ersten Blick war augenfällig, daß der Lord Keeper trotz Ehrenzeichen und goldenen Quasten unter der Herrschaft seiner Frau stand. Der Fußboden dieses schönen Saals war mit wertvollen Teppichen belegt, Feuer brannten in zwei Kaminen und zehn silberne Wandleuchter, die in ihren hellen Spiegelplatten das Licht, das sie trugen, zurückstrahlten, verbreiteten über das Ganze eine Tageshelle.

»Wollt Ihr eine Erfrischung wählen?« fragte Sir William Ashton, dem es nicht ungelegen gewären wäre, das gezwungene Schweigen zu brechen.

Er erhielt keine Antwort, denn sein Gast war derart versunken in die Betrachtung der Veränderungen, die der Raum erfahren hatte, daß er die Anrede des Lord Keeper kaum wahrnahm. Das erneute Anbieten von Erfrischungen mit dem Zusatz, daß das Familienmahl in Kürze bereit sei, brachte Ravenswood zur Besinnung und erinnerte ihn, daß es unbeherrscht, vielleicht gar lächerlich scheinen könne, wenn er sich von den Umständen, in denen er sich befand, zu sehr beeindrucken ließe. Er zwang sich deshalb zu einer Unterhaltung mit Sir William Ashton, in der er soviel Gleichmut zeigte, wie ihm zu Gebote stand.

»Es wird Euch nicht überraschen, Sir William, daß ich an den Veränderungen interessiert bin, die Ihr zur Verschönerung dieses Saals vorgenommen habt. Zu meines Vaters Zeit, nachdem ihn unsere Unglücksfälle gezwungen hatten, zurückgezogener zu leben, wurde er wenig genutzt, und es war mein Spielzimmer, wenn mir das Wetter nicht erlaubte, ins Freie zu gehen. In dieser Nische war meine kleine Werkstatt, in der ich einige Zimmermannswerkzeuge, die mir Caleb verschaffte und deren Gebrauch er mich lehrte, wie Schätze hütete; dort drüben, unter dem schönen silbernen Leuchter, hatte ich meine Angelruten, Jagdmesser, Bogen und Pfeile.«

»Ich habe einen jungen Springinsfeld«, versuchte der Lord Keeper dem Gespräch eine Wendung zu geben, »der eine ähnliche Art hat. Er ist nicht glücklich, außer im Freien. Mich wundert, daß er nicht hier ist. Hier, Lockhard – schickt William Shaw nach Mr. Henry. Ich schätze, er wird wohl wie gewöhnlich an Lucys Schürzenzipfel hängen. Das närrische Mädchen zieht die ganze Familie nach ihrem Belieben hinter sich drein.«

Selbst diese wohlbedachte Erwähnung seiner Tochter riß Ravenswood nicht aus dessen eigenen Betrachtungen.

»Wir waren gezwungen«, sagte er, »in diesem Raum einige Rüstungen und Bilder zurückzulassen – darf ich fragen, wohin sie gebracht worden sind?«

»Hm!« antwortete der Lord Keeper etwas zögernd. »Das Zimmer wurde in unserer Abwesenheit renoviert, und *cedant arma togae* ist der Grundsatz der Juristen, wißt Ihr, und der ist hier, fürcht' ich, allzu buchstäblich angewandt worden. Ich hoffe – Ich glaube, daß sie erhalten sind... Gewiß habe ich diesbezügliche Anordnungen gegeben. Darf ich hoffen, daß, wenn man sie entdeckt und in Ordnung gebracht haben wird, Ihr mir die Ehre antut, sie von mir als Vergütung für ihr zeitweiliges Fehlen anzunehmen?«

Ravenswood machte eine steife Verbeugung und begann mit verschränkten Armen von neuem, den Raum zu untersuchen.

Henry, ein verwöhnter Junge von fünfzehn Jahren, sprang ins Zimmer und lief auf seinen Vater zu.

»Denk' mal, Papa, Lucy ist so widerspenstig und zänkisch nachhause gekommen, daß sie nicht 'mal mit mir in den Stall hinunter will, um mein neues Pony zu sehen, das Bob Wilson aus Galloway mitgebracht hat.«

»Ich denke, es war sehr unvernünftig von dir, es von ihr zu verlangen.«

»Dann seid Ihr so verdrießlich wie sie«, antwortete der Junge, »aber wenn Mama zurückkommt, wird sie euch beiden auf die Finger klopfen.«

»Schweig' mit deinen Unverschämtheiten, naseweises Teufelchen!« sagte sein Vater. »Wo ist dein Erzieher?«

»Er ist zu einer Hochzeit in Dunbar gegangen – ich hoffe, er kriegt Haggis zum Mittagessen«; und er begann das alte schottische Lied zu singen:

Es gab einmal Haggis in Dunbar,
Faldera u.s.w.

»Ich bin Mr. Cordery für seine Gewissenhaftigkeit äußerst verbunden«, sagte der Lord Keeper, »und wer hat während seiner Abwesenheit seine Stelle vertreten, Mr. Henry?«

»Norman und Bob Wilson – und ich selbst natürlich.«

»Ein Stallbursche, ein Förster und dein eigenes dummes Ich – fürwahr, das sind die passenden Lehrer für einen jungen Advokaten! – Was soll's, du wirst nie andere Statuten kennen als die gegen das Schießen von Rotwild, das Töten von Lachsen und...«

»Da wir gerade von Rotwild sprechen«, fiel der junge Wildfang seinem Vater bedenkenlos ins Wort, »Norman hat einen Hirschbock geschossen, und ich hab' Lucy das Geweih gezeigt, und sie sagte, es sei nur ein Achtender, und sie sagt, gestern sei mit Lord Bittlebrains Hunden einer erlegt worden, der habe zehn Enden gehabt – stimmt das?«

»Er kann zwanzig gehabt haben, Henry, was weiß denn ich. Aber wenn du dich an diesen Herrn hier wendest, er kann dir alles darüber sagen. – Geh, sprich mit ihm, Henry, es ist der Herr von Ravenswood.«

Während dieses Gesprächs standen Vater und Sohn beim Feuer, während Ravenswood bis ans andere Ende des Saals gegangen war und ihnen, in die Betrachtung eines Gemäldes vertieft, den Rücken zukehrte. Der Junge lief auf ihn zu und zupfte ihn mit der Freiheit eines verzogenen Kindes am Saum seiner Jacke: »Ich sage, Sir, wenn es Euch gefällt, mir zu erzählen…«

Doch als sich Ravenswood umwandte und Henry in sein Gesicht blickte, war der plötzlich und auf einen Schlag völlig verwirrt – er trat zwei, drei Schritte zurück und blickte Ravenswood mit einer Mischung aus Furcht und Staunen an, die aus seinem Gesicht den sonstigen Ausdruck vorlauter Keckheit vollständig verbannte.

»Kommt zu mir, junger Mann«, sagte Ravenswood, »und ich will Euch alles erzählen, was ich von der Jagd weiß.«

»Geh' zu dem Gentleman, Henry«, sagte sein Vater; »du bist ja sonst nicht so schüchtern.«

Doch weder die Einladung, noch die Ermunterung zeigte Wirkung auf den Jungen. Im Gegenteil, nachdem er Ravenswood verstört betrachtet hatte, drehte er sich um, und indem er so behutsam auftrat, als ginge er auf Eiern, schlich er sich zu seinem Vater zurück und drängte sich so nah wie möglich an ihn.

Ravenswood hielt es für das Höflichste, dem Gespräch zwischen Vater und verwöhntem Sohn keine Aufmerksamkeit zu schenken, und kehrte sein Gesicht noch einmal den Gemälden zu.

»Warum sprichst du nicht mit dem Herrn, kleiner Narr?« fragte der Lord Keeper.

»Ich fürchte mich«, antwortete Henry mit leiser Stimme.

»Fürchten? Angsthase!« sagte sein Vater und schüttelte ihn leicht am Kragen. »Wovor fürchtest du dich?«

»Warum sieht er denn genauso aus wie das Bild von Sir Malise Ravenswood?« fragte der Knabe flüsternd.

»Wie welches Bild, Narr? Bisher habe ich dich bloß für einen Wildfang gehalten, aber es scheint, du willst ein vollständiger Idiot werden.«

»Ich sage Euch, es ist das Bild vom alten Malise von Ravenswood, und er sieht ihm so ähnlich, als wär' er direkt der Leinwand entsprungen. Es hängt oben in der alten Baronenhalle, wo die Mägde die Wäsche waschen; und er hat eine Rüstung an und keine Jacke wie der Herr... Und er hat keinen Bart und Backenbart wie das Bild, und er hat irgendetwas anderes um den Hals und kein Kragenband wie er und...«

»Und warum sollte der Gentleman seinen Vorfahren nicht ähneln, närrischer Bursche?« fragte der Lord Keeper.

»Ja, aber wenn er jetzt gekommen ist, uns aus dem Schloß zu vertreiben«, versetzte der Knabe, »und wenn er zwanzig verkleidete Männer bei sich hat... Und wenn er gekommen ist, um mit einer hohlen Stimme zu sagen: *Meine Stunde ist gekommen!* Und wenn er Euch am Herd totschlägt, wie Malise es mit dem anderen Mann gemacht hat, von dem man immer noch das Blut sehen kann!«

»Still! Red' keinen Unsinn!« ermahnte der Lord Keeper, den es nicht sehr belustigte, diese unangenehmen Vorstellungen des Jungen anhören zu müssen. »Herr von Ravenswood, hier kommt Lockhard und will uns sagen, daß das Abendessen aufgetragen ist.«

Im selben Augenblick trat Lucy, die nach ihrer Ankunft ihre Kleidung gewechselt hatte, herein. Die außergewöhnliche, zarte Schönheit ihres Gesichts, das jetzt nur von einer Flut blonder Locken beschattet wurde, die sylphenartige Gestalt, die, des schweren Reitkleids entledigt, nun in himmelblaue Seide gehüllt war, die Anmut ihrer Bewegungen und ihres Lächelns verjagten mit einer Rasanz, die den Herrn von Ravenswood selbst in Erstaunen versetzte, alle düsteren und unfreundlichen Gedanken, die sein Inneres eine Zeitlang umwölkt hatten. In diesen anziehenden Zügen konnte er weder eine Verwandtschaft mit dem Gesicht des filzigen, spitzbärtigen Puritaners, noch mit dessen steifer, verwelkter Gemahlin, weder eine mit der Glattheit des Lord Keeper, noch eine mit dessen hochmütiger Gattin erkennen. Und während er Lucy Ashton anstarrte, erschien sie ihm wie ein zur Erde herabgestiegener Engel, der nichts gemeinsam habe mit den elenden Sterblichen, unter denen sie sich für gewisse Zeit bewegte. Derart ist die Macht der Schönheit über ein jugendliches, enthusiastisches Wesen.

KAPITEL 18

Ich handle hierin allzu schlecht
Und sollte an nichts andres denken,
Als daß der Eltern Klage
Den Himmel dazu bringt, fortgesetzt Elend
Auf's Haupt des Ungehorsamen zu streuen.
Doch der Verstand belehrt uns: auf Eltern hört man nie,
Wenn sie des Kinds Gemüt zu streng regieren
Und seine Liebe kontrollieren,
Mit der erhab'ne Kräfte es begeistern.
Die Sau hat ihre Perle verloren.

Das Festmahl auf Schloß Ravenswood prunkte in dem Maß durch Überfülle, in dem das von Wolf's Crag durch schlechtverhüllten Mangel aufgefallen war. Der Lord Keeper mochte angesichts dieses Kontrasts innerlich Stolz fühlen, doch hatte er zuviel Taktgefühl, es sich anmerken zu lassen. Im Gegenteil, er schien sich mit Vergnügen des (wie er sich ausdrückte:) Junggesellenmahls von Caleb Balderstone zu erinnern und eher verdrossen als erfreut über die Fülle seiner eigenen Tafel.

»Wir machen's so«, erklärte er, »weil andere es so machen. Doch wuchs ich zu einem schlichten Mann heran an der frugalen Tafel meines Vaters, und es wäre mir lieb, wenn meine Frau und meine Familie mir erlaubten, zu meinem sauren Hafer und *meinem armen Mann* zurückzukehren.«

Das war ein wenig übertrieben, und Ravenswood antwortete knapp: »Die Verschiedenheit des Rangs – ich meine«, verbesserte er sich, »die Verschiedenheit des Wohlstands zieht zwangsläufig eine Verschiedenheit des Haushalts nach sich.«

Diese trockene Bemerkung setzte dem Gespräch über dieses Thema ein Ende, und der Abend wurde mit Ungezwungenheit und sogar Herzlichkeit verbracht. Und Henry verlor so sehr seine anfängliche Scheu, daß er mit dem lebendigen Ebenbild des grimmigen Sir Malise von Ravenswood, genannt »Der Rächer«, eine Hirschjagd abmachte. Der nächste Morgen war die verabredete Zeit. Die Jäger waren früh auf und die Jagd verlief erfolgreich. Dann folgte das Gastmahl, und die dringende Einladung, noch einen Tag zu bleiben, wurde ausgesprochen und angenommen. Dies, hatte Ravenswood beschlossen, sollte der letzte seines Aufenthalts sein, doch fiel ihm ein, daß er die alte, ergebene Dienerin seines Hauses, die alte Alice, noch nicht besucht habe, und es war nur angemessen, einer so treuen Anhängerin einen Morgen zu widmen.

Dem Besuch Alice' wurde folglich ein Tag gewidmet, und Lucy war Ravenswoods Führerin auf dem Weg. Gewiß ist, daß Henry sie begleitete und ihrem Spaziergang den Anschein eines *tête-à-tête* nahm, was es freilich war, wenn man die verschiedenen Gegenstände in Erwägung zieht, die den Jungen davon abhielten, dem Paar die geringste Aufmerksamkeit zu schenken. Bald war es eine Krähe, die auf Schußweite auf einem Zweig saß, bald sprang ein Hase über den Weg – und Henry und sein Windhund querfeldein hinterdrein –, dann hielt er ein langes Gespräch mit dem Förster, so daß er eine deutliche Strecke hinter ihnen zurückblieb, und ein andresmal ging er, einem Dachsbau nachzuspähen, was ihn ein gutes Stück voraus brachte.

Die Unterhaltung zwischen Ravenswood und Lucy nahm unterdessen eine anziehende, fast vertrauliche Tönung an. Sie konnte nicht anders, als ihm mitzuteilen, wie sehr sie den Schmerz nachfühlen könne, den er beim Besuch der bekannten und doch jetzt so veränderten Orte empfinden müsse. Und sie drückte dies mit so viel Wärme aus, daß sich Ravenswood dadurch für einen Moment wie für all sein Unglück entschädigt fühlte. Ohne es zu wollen, äußerte er etwas in dieser Richtung, und Lucy hörte es mit mehr Verwirrung als Mißfallen an. Freilich machte sie den Versuch, dem Gespräch eine andere Wendung zu geben, was ihr umso leichter gelang, als Ravenswood weiter gegangen war, als er beabsichtigte, und sein Gewissen energisch alle Alarmglocken zu läuten begann, als er drauf und dran war, der Tochter Sir William Ashtons von Liebe zu sprechen.

Sie näherten sich Alice' Hütte, die vor kurzem renoviert worden war und nun einen vielleicht weniger malerischen, aber weit gefälligeren Anblick bot. Die alte Frau saß auf ihrem angestammten Platz unter der Hängebirke, sich mit einer gewissen Sorglosigkeit des hohen Alters in den Strahlen der Herbstsonne wärmend. Bei Ankunft der Besucher kehrte sie ihnen ihr Gesicht zu: »Ich höre Eure Schritte, Miß Ashton, aber der Gentleman, der Euch begleitet, ist nicht Mylord, Euer Vater.«

»Und wie kommt Ihr darauf, Alice?« fragte Lucy. »Wie ist es Euch möglich, nach dem Klang der Schritte auf feste Erde und unter freiem Himmel so sicher zu schließen?«

»Mein Gehör, Kind, ist durch meine Blindheit geschärft worden, und ich kann bestimmte Schlüsse aus feinsten Geräuschen ziehen, die früher so unbeachtet an mein Ohr gedrungen wären wie jetzt an Eure. Die Notwendigkeit ist eine strenge, aber ausgezeichnete Lehrerin, und wer nicht mehr sehen kann, muß seine Wahrnehmungen aus anderen Quellen schöpfen.«

»Nun gut, Ihr hört die Schritte eines Mannes«, erwiderte Lucy, »aber wer sagt Euch, daß es nicht mein Vater ist?«

»Der Schritt des Alters, meine Liebe, ist zögerlich und behutsam: der Fuß wird langsam von der Erde gehoben und senkt sich vorsichtig zu ihr zurück. Doch was ich höre, ist der schnelle, entschlossene Schritt der Jugend, und ich würde sagen – könnte ich einer derart unwahrscheinlichen Vermutung trauen –, es ist der Schritt von einem Ravenswood.«

»Tatsächlich!« staunte Ravenswood. »Das ist eine Schärfe der Wahrnehmung, die ich nicht glauben würde, wenn ich sie nicht selbst bezeugen könnte. Ich *bin* Ravenswood, Alice – der Sohn Eures alten Herrn.«

»Ihr?« rief die Alte beinahe mit einem Schrei der Überraschung aus. »Ihr, der Herr von Ravenswood – hier? An diesem Ort, und in dieser Begleitung? Ich kann das nicht glauben. Laßt mich mit meiner alten Hand Euer Gesicht fühlen, damit mein Tastsinn meinem Gehör beistehe.«

Ravenswood setzte sich neben sie nieder und erlaubte ihr, mit ihrer zitternden Hand sein Gesicht zu erfühlen.

»Wahrhaftig! Es sind Gesicht und Stimme von Ravenswood – die stolzen Gesichtszüge und die kräftige, freie Stimme. Aber was macht Ihr hier, Herr von Ravenswood? Was macht Ihr auf den Besitzungen Eures Feindes und in Gesellschaft seiner Tochter?«

Während die alte Alice sprach, entflammte sich ihr Gesicht, wie sich vermutlich das eines alten Untergebenen entflammt haben würde, in dessen Gegenwart ein junger Lehnsherr Beweise von Degeneration seines Geschlechts offenbart hätte.

»Der Herr von Ravenswood«, sagte Lucy, der diese Vorhaltungen nicht gefielen und die sie darum abkürzen wollte, »ist zu Besuch bei meinem Vater.«

»Wirklich!« sagte die alte Blinde staunend.

»Ich wußte«, fuhr Lucy fort, »daß es ihm Vergnügen machen würde, wenn ich ihn zu Eurer Hütte führte.«

»Wo ich, um die Wahrheit zu sagen, Alice«, ließ sich Ravenswood vernehmen, »einen etwas herzlicheren Empfang erwartet hätte.«

»Das ist höchst sonderbar!« murmelte die alte Frau. »Aber die Wege des Himmels sind unergründbar. Hört, junger Mann, Eure Väter waren unerbittlich gegeneinander, aber sie waren ehrlich in ihrer Feindschaft – sie versuchten nicht, dem Gegner unter der Maske der Gastfreundschaft beizukommen. Was habt Ihr mit Lucy Ashton zu schaffen? Warum sollten Eure Schritte auf ihren Wegen wandeln? Wie kann Eure Stimme im selben Akkord und Takt wie die von Sir William Ashtons Tochter erklingen? Junger Mann, wer Rache durch unehrenhafte Mittel anstrebt...«

»Schweigt, Alte!« unterbrach sie Ravenswood streng. »Leiht Euch der Teufel seine Stimme? Nehmt zur Kenntnis, daß diese junge Lady auf Erden keinen Freund hat, der mehr für sie wagen würde, um sie vor Beleidigung und Unrecht zu beschützen.«

»Ah, liegen die Dinge so?« fragte die Alte mit veränderter, trauriger Stimme. »Dann helfe Gott Euch beiden!«

»Amen, Alice!« sagte Lucy, die den Sinn dessen, was die alte Blinde andeutete, nicht verstanden hatte. »Und Gott gebe Euch Eure Sinne und Eure gute Laune zurück. Wenn Ihr derart geheimnisumwittert sprecht, statt Eure Freunde freundlich willkommen zu heißen, werden diese bald so wie andere Leute über Euch denken.«

»Was denken denn *andere Leute*?« wollte Ravenswood wissen, denn auch er begann zu glauben, die Alte spräche etwas irr.

»Sie denken«, flüsterte Henry Ashton, der herbeigekommen war, Ravenswood ins Ohr, »daß sie eine Hexe ist, die mit denen in Haddington hätte verbrannt werden sollen.«

»Was sagt Ihr da?« fuhr Alice auf und kehrte ihr zornentbranntes blindes Gesicht dem Jungen zu. »Daß ich eine Hexe bin und mit den hilflosen, alten Frauen hätte leiden sollen, die man in Haddington ermordet hat?«

»Hört Euch das an!« flüsterte Henry. »Und dabei hab' ich leiser gesprochen als ein Zaunkönig piepst.«

»Wenn der Halsabschneider und der Unterdrücker, wenn der, der die Armen demütigt, wenn der Verrücker alter Landmarken und der Zerstörer alter Geschlechter mit mir auf demselben Scheiterhaufen stehen würde – *dann* könnte ich sagen: *Zündet an in Gottes Namen*!«

»Das ist furchterregend«, sagte Lucy, »ich habe die arme Frau nie in einem solchen Geisteszustand gesehen – aber Alter und Armut können Widerspruch schwer ertragen. Komm, Henry, wir wollen sie für jetzt verlassen, sie möchte mit dem Herrn von Ravenswood allein sprechen. Wir wollen heimwärts gehen und uns« – wie sie mit Blick auf Ravenswood hinzufügte – »am Nixenbrunnen noch ein wenig ausruhen.«

»Und Alice«, sagte der Junge, »wenn Ihr von irgendeiner Hasendame wißt, die sich unter's Rotwild mischt und sie ihre Jungen zur falschen Zeit bekommen läßt, könnt Ihr ihr von mir schöne Grüße bestellen und daß ich Norman, wenn er nicht schon eine silberne Kugel für sie bereit hat, einen meiner Jackenknöpfe für diesen Zweck leihen würde.«

Alice gab keine Antwort, bis sie wußte, daß Schwester und Bruder außer Hörweite waren. Dann sagte sie zu Ravenswood: »Und auch Ihr seid mir böse wegen meiner Zuneigung? Es mag gerecht sein, daß sich Fremde beleidigt fühlen, aber daß Ihr ärgerlich seid!«

»Ich bin nicht ärgerlich, Alice«, erwiderte Ravenswood. »Nur erstaunt, daß Ihr, deren gesunden Menschenverstand ich so oft habe rühmen hören, derart beleidigende, unbegründete Verdächtigungen hegt.«

»Beleidigend? – Ja, die Wahrheit ist immer beleidigend. Aber gewiß nicht unbegründet.«

»Ich versichere Euch: höchst unbegründet«, versetzte Ravenswood.

»Dann hat die Welt ihren Lauf geändert, die Ravenswoods ihren angestammten Charakter, und das geistige Auge der alten Alice ist noch blinder als ihr körperliches. Wann suchte je ein Ravenswood das Haus seines Feindes auf, ohne an Rache zu denken? Und Ihr, Edgar Ravenswood, seid entweder in verhängnisvollem Zorn hierhergekommen, oder in verhängnisvoller Liebe.«

»Weder noch. Auf meine Ehre… Ich meine, ich versichere Euch…«

Alice konnte seine errötenden Wangen nicht sehen, aber sie bemerkte sein Zögern und daß er das Pfand, das er in die Waagschale werfen wollte, wieder zurücknahm.

»Dann ist es also so«, sagte sie, »und deshalb will sie am Nixenbrunnen warten! Man hat diesen Ort oft verhängnisvoll für die Ravenswoods genannt, und daß er das ist, hat er schon oft bewiesen – aber nie war so wahrscheinlich, daß sich die alte Sage bewahrheitet, wie heute.«

»Ihr bringt mich um den Verstand, Alice«, sagte Ravenswood. »Ihr seid närrischer und abergläubischer als der alte Balderstone. Seid Ihr eine derart schlechte Christin anzunehmen, ich würde heute noch blutrünstig Krieg gegen die Ashton-Familie führen, wie es in früheren Zeiten der Fall war? Oder haltet Ihr mich für so töricht, daß ich nicht neben einer jungen Lady gehen kann, ohne mich Hals über Kopf in sie zu verlieben?«

»Meine Gedanken sind meine Sache. Und wenn ich auch blind bin für die Dinge, die mich umgeben, kann es doch sein, daß ich umso besser in die Zukunft sehe. Seid Ihr bereit, am untersten Platz an der Tafel zu sitzen, die einst Eurem Vater gehörte? Als

Verwandter und Verbündeter seines stolzen Nachfolgers? Seid Ihr bereit, von seiner Gnade zu leben, ihn auf seinen Wegen der Intrige und Spitzfindigkeiten zu begleiten? Bereit, an den Knochen seines Raubes zu nagen, nachdem er das Beste verzehrt hat? Könnt Ihr sprechen, wie Sir William Ashton spricht, denken, wie er denkt, wählen, wie er wählt, und könnt Ihr den Mörder Eures Vaters Euren *lieben Schwiegervater* und *verehrten Beschützer* nennen? Herr von Ravenswood – ich bin die älteste Dienerin Eures Hauses, und ich würde Euch lieber im Leichentuch und im Sarg sehen!«

Ravenswood fühlte eine große innere Unruhe. Die Alte schlug eine Saite an, die er eine Zeitlang erfolgreich zum Schweigen gebracht hatte. Er ging hastig im kleinen Garten auf und ab, und als er schließlich stehenblieb, stand er Alice genau gegenüber und rief aus: »Wagt Ihr wirklich, am Rand Eures Grabes den Sohn Eures Herren zur Blutrache anzutreiben?«

»Gott bewahre!« sagte Alice feierlich. »Und deshalb möchte ich, daß Ihr Euch von unglückseligen Gefühlen löst, denn Eure Liebe gleichermaßen wie Euer Haß wird nur Verhängnis oder Schande für Euch und andere heraufbeschwören. Ich würde, wenn es diese Hand nur vermöchte, die Ashtons vor Euch und Euch vor den Ashtons und beide vor ihren eigenen Leidenschaften schützen. Ihr könnt – und sollt – nichts mit ihnen gemein haben. Verlaßt sie, und wenn Gott über das Haus dieses Unterdrückers Rache verhängt hat, sollt Ihr nicht das Werkzeug dazu sein.«

»Ich will über das, was Ihr gesagt habt, nachdenken, Alice«, sagte Ravenswood ruhiger. »Ich glaube, Ihr meint es redlich mit mir, doch Ihr treibt die Freiheit einer ehemaligen Dienern etwas zu weit. Aber lebt wohl, und wenn mir der Himmel bessere Mittel verleiht, werd' ich's Euch nicht an Unterstützung fehlen lassen.«

Er versuchte, ihr ein Goldstück in die Hand zu drücken, doch sie weigerte sich es anzunehmen, und als er sich bemühte, es ihr aufzudrängen, fiel es zur Erde.

»Laßt es einen Augenblick auf dem Boden liegen«, bat Alice,

als Ravenswood sich bückte, um es aufzuheben. »Und glaubt mir, daß dieses Stück Gold ein Symbol für diejenige ist, die Ihr liebt: Sie ist Gold wert, das will ich zugeben, aber Ihr müßt Euch bücken bis zur Demütigung, bevor Ihr sie gewinnen könnt. Was mich angeht, ich habe mit Gold so wenig zu schaffen wie mit irdischen Leidenschaften – und die beste Nachricht, die die Welt für mich haben könnte, wäre, Edgar Ravenswood hundert Meilen entfernt vom Stammsitz seiner Ahnen zu wissen und entschlossen, nie mehr dorthin zurückzukehren.«

»Alice«, sagte Ravenswood, der zu vermuten begann, ihrer Ereiferung liege eine verborgene und gewichtigere Ursache zugrunde, als mit seinem zufälligen Besuch zu erklären sei, »ich habe Euch von meiner Mutter wegen Eures Verstandes, Eurer Klugheit und Eurer Treue rühmen hören, Ihr schreckt nicht närrisch vor Schattenbildern zurück und fürchtet nicht alte abergläubische Märchen wie Caleb Balderstone – erzählt mir genau, worin Gefahr für mich liegt, falls Ihr wißt, daß mir welche droht. Soweit ich mich kenne, bin ich frei von den Absichten, die Ihr mir bezüglich Lucy Ashton unterstellt. Ich habe wichtige Dinge mit Sir William in Ordnung zu bringen, und wenn dies erledigt ist, werde ich abreisen, und zwar, wie Ihr mir leicht glauben werdet, mit so wenig Neigung, an einen Ort zurückzukehren, der voller trauriger Erinnerungen für mich ist, als Ihr hegt, mich hier zu sehen.«

Alice neigte ihr blindes Gesicht zur Erde und blieb einige Augenblicke tief in Gedanken versunken.

»Ich will Euch die Wahrheit sagen«, sagte sie schließlich und erhob den Kopf. »Ich will Euch den Grund meiner Befürchtungen offenbaren, egal, ob aus meiner Aufrichtigkeit Gutes oder Böses entspringe. Lucy Ashton liebt Euch, Lord von Ravenswood.«

»Unmöglich.«

»Tausend Kleinigkeiten haben es mir bewiesen. Sie hat an keinen anderen mehr gedacht, seit Ihr sie vor dem Tod gerettet habt, und ich habe Erfahrung und Menschenkenntnis und weiß es ohne Zweifel aus den Unterhaltungen mit ihr. Was ich Euch gesagt habe, wird – falls Ihr wirklich ein Gentleman und Eures Vaters Sohn seid – für Euch der Beweggrund sein, Ihrer Gegenwart zu entfliehen. Ihre Leidenschaft wird erlöschen wie eine Lampe, der der nährende Stoff ausgeht – aber wenn Ihr bleibt, wird ihre unglückselige Liebe unvermeidlich sie selbst oder Euch oder Euch beide zerstören. Ich sage Euch dies Geheimnis ungern, doch es hätte Euch nicht lange verborgen bleiben können, und es ist besser, Ihr erfahrt es von mir. Reist ab, Herr von Ravenswood, denn Ihr kennt mein Geheimnis, und wenn Ihr noch eine einzige Stunde länger unter Sir William Ashtons Dach bleibt, ohne daran zu denken, seine Tochter zu heiraten, seid Ihr ein übler Schurke. Wenn Ihr aber daran denkt, Euch mit ihm zu verbünden, seid Ihr ein verblendeter, unverbesserlicher Narr.«

Mit diesen Worten stand die alte, blinde Frau auf, ergriff ihren Stock, ging langsam zu ihrer Hütte, betrat sie, verriegelte die Tür und überließ Ravenswood seinen eigenen Überlegungen.

KAPITEL 19

Liebreizender in ihrer abgeschied'nen Wohnung
...als Najade an den Ufern
eines griech'schen Baches – oder das Fräulein vom See
Das einsam sitzt an den Gestaden der alten Romantik.
Wordsworth.

Ravenswoods Gefühle waren äußerst gemischt. Er befand sich mit einem Schlag in einer Verlegenheit, die er schon seit einiger Zeit dunkel vorausgeahnt hatte. Das Wohlbehagen, das er in Lucys Gesellschaft fühlte, grenzte ans Zauberische, dennoch hatte er den inneren Widerwillen nicht ganz besiegen können, mit der Tochter seines Feindes zu verkehren; ja, obgleich er Sir William Ashton das Unglück, das seine Familie durch ihn erfahren hatte, vergab und obgleich er ihm angesichts der guten Absichten, die er für ihn zu nähren bekannte, sein Vertrauen schenkte, vermochte er nicht, eine Verbindung beider Häuser für möglich zu erachten. Allerdings fühlte er, daß Alice recht hatte, und daß seine Ehre erfordere, Schloß Ravenswood augenblicklich zu verlassen oder offen um Lucy Ashton zu werben. Die Möglichkeit, von ihrem reichen und mächtigen Vater abgewiesen zu werden, wenn er ihm den Antrag machte, die Möglichkeit, gedemütigt zu werden, wenn er um eine Ashton freite – das wäre für ihn ein zu schmerzlicher Ausgang gewesen.

»Ich will ihr wohl«, sprach er zu sich selbst, »und ihretwegen vergesse ich die Ungerechtigkeiten, die ihr Vater meinem Haus angetan hat; aber ich will sie nicht mehr – ja, nie mehr wiedersehen.«

Mit einem bitteren Gefühl faßte er diesen Entschluß gerade in dem Moment, als er eine Weggabelung ereichte, deren eine Richtung zum Nixenbrunnen führte, wo, wie er wußte, Lucy auf ihn wartete, deren andere auf einem Umweg zum Schloß. Er hielt einen Augenblick inne, bevor er den zweiten Weg einschlagen wollte, weil er daran dachte, welche Entschuldigung er für dieses auffallende Betragen geben wolle, und er murmelte vor sich hin: »Plötzliche Nachrichten aus Edinburgh – jeder Vorwand wird gut sein – nur nicht lange hier gezögert«, als auf einmal der junge Henry auf ihn zugelaufen kam und ihm keuchend zurief:

»Herr, Herr, Ihr müßt Lucy aufs Schloß heimbringen, denn ich habe keine Zeit. Norman wartet auf mich, ich will ihn auf seiner Runde begleiten, und ich nähme keinen *Jacobus* dafür wegzubleiben. Lucy fürchtet sich, allein nachhause zu gehen, obwohl die wilden Ochsen alle geschossen sind, und so müßt Ihr rasch herbeikommen.«

Wenn zwei Waagschalen gleich gefüllt sind, gibt das Gewicht einer Feder den Ausschlag.

»Ich kann unmöglich die junge Lady allein im Wald zurücklassen«, sagte sich Ravenswood. »Sie noch einmal zu sehen, wird wenig ausmachen, nachdem wir so oft beisammen gewesen sind – und es ist auch weit höflicher, daß ich ihr meinen Vorsatz, das Schloß zu verlassen, mitteile.«

Und nachdem er sich auf diese Weise bewiesen hatte, daß er nicht nur einen weisen, sondern auch notwendigen Schritt täte, nahm er den Weg zum verhängnisvollen Brunnen. Henry hatte ihn kaum die Richtung zu seiner Schwester nehmen sehen, als er wie der Blitz in anderer Richtung verschwand, um sich in der Gesellschaft des Försters der Jagd zu erfreuen. Ravenswood nahm sich nicht Zeit, sein Betragen noch einmal zu überlegen, und schritt rasch zu jener Quelle, an der er Lucy einsam bei den Trümmern sitzen fand.

Sie saß auf einem der versprengten Steine des alten Brunnens und schien mit Aufmerksamkeit den hellen, glitzernden Bach zu betrachten, der unter dem gerippten, dunklen Gewölbe, mit dem Ehrfurcht oder Reue seine Quelle bedeckt hatte, ans Tageslicht hervorschoß. Einem abergläubischen Auge hätte Lucy Ashton, in ihren Plaidmantel gehüllt, mit ihrem langen Haar, das zum Teil, aus einem Band sich lösend, über ihren Silbernacken fiel, das Bild der gemordeten Nymphe der Quelle gewährt. Aber Ravenswood sah nur eine ausnehmend bezaubernde, junge Frau, die –

wie konnte es anders sein? – für ihn noch schöner wurde, da er wußte, daß sie ihn liebe. Als er sie anblickte, fühlte er seinen Entschluß wie Wachs in der Sonne schmelzen, und er eilte aus dem Unterholz hervor, das ihn verbarg. Sie grüßte ihn, ohne sich von dem Stein, auf dem sie saß, zu erheben.

»Mein Bruder, der Tollkopf«, sagte sie, »hat mich verlassen, aber ich erwarte ihn in ein paar Minuten zurück, denn glücklicherweise, da ihm alles für eine Minute gefällt, gefällt ihm nichts länger.«

Ravenswood fühlte sich nicht stark genug, Lucy zu erklären, daß ihr Bruder einen weiten Gang beabsichtige und sobald nicht zurückkommen werde. Er setzte sich in einiger Entfernung von Miß Ashton ins Gras, und beide schwiegen eine Weile.

»Ich liebe diesen Platz«, sagte Lucy endlich, als wenn sie das Schweigen verlegen mache, »das schäumende Sprudeln der klaren Quelle, das Rauschen der Bäume, der Überfluß an Gras und wilden Blumen, die zwischen den Ruinen wachsen, machen den Ort so romantisch. Ich habe gehört, daß sich um diesen Ort Legenden ranken – ich liebe Legenden.«

»Die Legende hat ihn«, antwortete Ravenswood, »zu einem Ort erklärt, der meiner Familie das Verderben bringe, und ich habe einige Ursache, das zu glauben, denn es war hier, daß ich zum ersten Mal Miß Ashton sah, und es ist hier, wo ich für immer von ihr Abschied nehme.«

Das Blut, das der Anfang seiner Rede auf Lucys Wangen trieb, wurde durch das Ende rasch verscheucht.

»Abschied nehmen!« rief sie aus. »Was ist passiert, daß Ihr fort wollt? – Ich weiß, Alice haßt – ich meine: liebt meinen Vater nicht – und ich habe ihre sonderbare Stimmung heute nicht verstanden. Aber ich weiß, daß mein Vater für den großen Dienst, den Ihr uns erwiesen habt, von Herzen dankbar ist. Laßt mich hoffen, daß wir Eure Freundschaft, die wir schwer gewonnen haben, nicht wieder leicht verlieren.«

»Meine Freundschaft verlieren, Miß Ashton? Wohin das Schicksal mich auch ruft, was es auch über mich verhängt – ich werde Euer Freund, Euer aufrichtiger Freund bleiben. Doch ein

Verhängnis bedroht mich, und ich muß gehen, oder ich werde das Verderben anderer zu meinem eigenen hinzufügen.«

»Nein, geht nicht von uns, Herr«, bat Lucy, indem sie ihn mit großer Natürlich- und Freundlichkeit am Saum seines Mantels faßte, als wolle sie ihn zurückhalten. »Ihr dürft uns nicht verlassen. Mein Vater ist einflußreich und er hat noch einflußreichere Freunde – geht nicht, bis Ihr seht, was seine Dankbarkeit für Euch tut. Glaubt mir, daß er bereits im Staatsrat für Euch Schritte unternimmt.«

»Mag sein«, erwiderte Ravenswood stolz, »aber nicht Eurem Vater, Miß Ashton, sondern meinen eigenen Bemühungen will ich den Erfolg in der Laufbahn verdanken, in die ich einzutreten gedenke, meine Vorbereitungen sind bereits gemacht – ein Degen und ein Mantel, ein kühnes Herz und eine tatkräftige Hand.«

Lucy bedeckte ihr Gesicht mit den Händen, aber ihre Tränen drängten sich zwischen den Fingern hervor.

»Verzeiht mir«, sagte Ravenswood, indem er ihre rechte Hand faßte, die sie ihm nach einigem Sträuben überließ, während sie fortfuhr, ihr Gesicht mit der linken zu bedecken, »ich bin zu schroff, zu hart, zu ungehobelt, um mit einem zarten, sensiblen Wesen umzugehen. Vergeßt, daß eine so finstere Erscheinung Euren Lebensweg gekreuzt hat – und laßt mich meiner Wege gehen, denn ich weiß, daß mir nach der Trennung von Euch kein größeres Unglück mehr zustoßen kann.«

Lucy weinte noch immer, doch ihre Tränen waren weniger bitter. Jeder Versuch Ravenswoods, ihr seinen Entschluß abzureisen zu erklären, war nur ein neuer Beweis seines Wunsches zu bleiben, bis er endlich, anstatt Abschied zu nehmen, das Gelübde ewiger Treue gab und das ihrige als Antwort empfing. Das alles geschah derart schnell und entsprang derart unmittelbar aus der Gewalt des Augenblicks, daß – ehe noch Ravenswood über die Folgen dieses Schritts nachdenken konnte – ihre Hände und ihre Lippen die Aufrichtigkeit ihrer Liebe bekräftigten.

»Und nun gehört es sich«, sagte Ravenswood nach kurzer Überlegung, »daß ich mit Sir William Ashton spreche, er muß von unserer Verlobung erfahren. Es soll nicht scheinen, als wohne Ravenswood unter seinem Dach, um die Liebe seiner Tochter heimlich zu gewinnen.«

»Ihr wollt darüber mit meinem Vater sprechen?« fragte Lucy besorgt und fügte wärmer hinzu: »Tut es nicht – tut es nicht! Wartet, bis das Los Eures Lebens entschieden ist – bis Euer Stand und Eure Aussichten bekannt sind, und dann wendet Euch an meinen Vater. Ich weiß, er liebt Euch – ich glaube, er wird einwilligen – aber meine Mutter – »

Sie hielt inne und schämte sich, den Zweifel auszudrücken, den sie fühlte, ob ihr Vater in einer so wichtigen Angelegnheit es wagen würde, einen festen Entschluß ohne die Genehmigung seiner Gemahlin zu fassen.

»Eure Mutter, meine Lucy?« versetzte Ravenswood. »Sie ist aus dem Hause Douglas, die sich mit meiner Familie verheiratet haben, als ihr Glanz und ihre Macht aufs höchste gestiegen waren – was könnte Eure Mutter gegen eine Verbindung mit mir einwenden?«

»Ich sagte nichts von einwenden«, sagte Lucy, »aber sie achtet eifersüchtig auf ihre Rechte und könnte fordern, daß man sie in ihrer Eigenschaft als Mutter zuerst anspricht.«

»Nun gut«, versetzte Ravenswood, »London ist weit, aber innerhalb vierzehn Tagen kann sie einen Brief erhalten und beantworten – ich will den Lord Keeper nicht drängen, mir einen augenblicklichen Entscheid auf meinen Antrag zu geben.«

»Aber«, sagte Lucy zögernd, »wäre es nicht besser zu warten, nur ein paar Wochen zu warten? Wenn meine Mutter Euch gesehen, Euch kennengelernt hätte – ich bin sicher, sie würde einwilligen. Aber sie kennt Euch nicht persönlich, und der Familienstreit...«

Ravenswood richtete einen durchdringenden Blick auf sie, als wenn er ihr Inneres erforschen wolle.

»Lucy, ich habe Euch meine langgehegten Rachepläne geopfert, die ich mir mit kaum besseren als barbarischen Zeremonien beschworen hatte – ich habe sie in Eurem Bild geopfert, ehe ich noch den inneren Wert desselben kannte. Am Abend, der auf meines Vaters Begräbnis folgte, schnitt ich eine Strähne meines Haars ab, und während sie im Feuer verbrannte, schwor ich, meine Feinde mit heißer Rache zu verfolgen, bis sie sich vor mir in Nichts auflösten wie dieses verschrumpfende Sinnbild der Vernichtung.«

»Es war eine Todsünde«, sagte Lucy bleich, »ein solch schreckliches Gelübde abzulegen.«

»Zugegeben. Und es wäre ein noch größeres Verbrechen gewesen, es zu halten. Um Euretwillen gab ich diese Rachepläne auf; obwohl ich kaum wußte, daß dies der Grund war, der mich bestimmte, bis ich Euch ein zweites Mal sah und mir des Einflusses, den Ihr über mich besitzt, gewiß wurde.«

»Und wie könnt Ihr nun so schreckliche Gedanken erwähnen, die sich so wenig mit der Gesinnung vertragen, die Ihr mir offenbart habt, und mit der, die Ihr mich genötigt habt, Euch zu bekennen?«

»Weil ich möchte, daß Ihr den Preis kennenlernt, mit dem ich Eure Liebe erkauft habe – das Recht, das ich habe, Eure Standhaftigkeit zu erwarten. Ich will nicht sagen, daß ich die Ehre meiner Familie, meinen letzten Besitz, dafür in Tausch gegeben habe, aber obwohl ich es weder sage noch denke, verhehle ich mir nicht, daß dieWelt es tun wird.«

»Wenn das Eure Gefühle sind«, erwiderte Lucy, »habt Ihr ein grausames Spiel mit mir getrieben. Nehmt Euer Versprechen, das Ihr, ohne die Ehre Eurer Familie zu erniedrigen, nicht geben konntet, zurück. Betrachtet das Vergangene als nicht geschehen! Vergeßt mich – ich will mich bemühen, mich selbst zu vergessen.«

»Ihr tut mir Unrecht – bei allem, was mir hoch und heilig ist, Ihr tut mir das größte Unrecht. Wenn ich den Preis erwähnte, um den ich Eure Liebe erkaufte, geschah es Euch zu zeigen, wie hoch ich sie schätze, um das Band der Treue noch fester zu knüpfen und um Euch zu zeigen, wie peinlich es für mich wäre, wenn Ihr je Eure Treue brechen würdet.«

»Und wie, Ravenswood, könnt Ihr dies für möglich halten? Wie könnt Ihr nur an Untreue von meiner Seite denken! Ist es, weil ich Euch bat, mit Eurem Antrag bei meinem Vater noch eine kurze Zeit zu warten? Verlangt jedes Gelübde von mir, das Ihr für gut haltet – wenn Gelübde zur Treue auch nichts hinzufügen, mindern sie doch den Argwohn.«

Ravenswood verteidigte, entschuldigte sich, ja, kniete vor ihr, um ihren Unwillen zu besänftigen, und Lucy, die ebenso versöhnlich wie offenherzig war, vergab ihm bald die Beleidigung, die er ihr durch seine Zweifel zugefügt hatte. Der Streit endete damit, daß die Liebenden eine symbolische Zeremonie des Treuegelöbnisses vollzogen, die man noch heute gelegentlich findet: Sie zerbrachen gemeinsam das dünne Goldstück, das Alice von Ravenswood nicht hatte annehmen wollen.

»Und nie soll dies von meinem Hals kommem«, sagte Lucy, als sie ihren Teil des Goldstücks um ihren Hals hängte und es mit ihrem Halstuch bedeckte, »bis Ihr, Edgar Ravenswood, mich auffordert, es Euch zurückzugeben – und solange ich es trage, soll mein Herz keine andere Liebe bekennen als für Euch.«

Unter ähnlichen Beteuerungen hängte Ravenswood den anderen Teil der Goldmünze auf sein Herz. Und dann endlich fiel ihnen ein, wie schnell die Zeit während ihres Gesprächs vergangen war und daß man auf dem Schloß sicherlich schon auf sie wartetete, wenn nicht gar beunruhigt war. Als sie sich erhoben, um die Quelle, die Zeuge ihres gegenseitigen Versprechens geworden war, zu verlassen, pfiff ein Pfeil durch die Luft und traf einen Raben auf dem dürren Ast einer alten Eiche, in deren Nähe sie gesessen hatten. Der Vogel flatterte eine kleine Strecke und fiel zu Füßen Lucys nieder, deren Kleid er mit einigen Blutstropfen bespritzte.

Miß Ashton war sehr erschrocken, und Ravenswood sah sich befremdet und verdrießlich nach allen Seiten nach dem Schützen um, der ihnen diesen ebenso unerwarteten wie unerwünschten Beweis seiner Kunst abgelegt hatte. Der Übeltäter war bald entdeckt, und es war niemand anders als Henry Ashton, der mit seiner Armbrust im Arm angesprungen kam.

»Ich wußte, daß ich euch erschrecken würde«, sagte er, »und wißt ihr, ihr saht so vertieft aus, daß ich glaubte, er würde euch auf den Kopf fallen, ehe ihr es merktet. Worüber habt ihr geredet, Lucy?«

»Ich sagte zu Eurer Schwester, was für ein loser Schelm Ihr seid, uns hier so lange warten zu lassen«, antwortete Ravenswood, um Lucy aus ihrer Verlegenheit zu helfen.

»Ihr habt auf mich gewartet? Ich hab' Euch doch gesagt, daß Ihr Lucy nachhause bringen sollt und daß ich mit dem alten Norman die Runde im Hayberry-Dickicht machen wollte, und Ihr könnt Euch darauf verlassen, daß man dazu eine gute Stunde braucht, und wir haben alle Hirschspuren verfolgt, während Ihr hier mit Lucy wie ein rechter Faulenzer sitzt.«

»Gut, gut, Mr. Henry«, sagte Ravenswood, »doch laßt sehen, wie Ihr Euch rechtfertigt, Raben zu töten. Wißt Ihr nicht, daß alle Raben unter dem Schutz des jeweiligen Lords von Ravenswood stehen und daß es Unglück bringt, einen von ihnen in seiner Gegenwart zu töten.«

»Norman sagt das auch«, versetzte der Knabe, »er hat mich bis auf einen Pfeilschuß weit zu euch begleitet und hat gesagt, daß er nie einen Raben nahe bei Menschen so still sitzen gesehen habe, und er hat gewünscht, daß es Glück bedeuten möge, denn der Rabe ist einer der wildesten Vögel, die fliegen, wenn's kein gezähmter ist – und so schlich ich mich langsam heran bis auf fünfzig Yards, und dann zischte der Pfeil davon, und da liegt er nun! – War das kein guter Schuß? Und dabei hab' ich fast noch nie mit der Armbrust geschossen – vielleicht nicht mehr als zehnmal.«

»Vortrefflich geschossen in der Tat«, sagte Ravenswood, »Ihr werdet ein guter Schütze werden, wenn Ihr tüchtig übt.«

»Norman sagt dasselbe«, antwortete der Junge, »aber ich weiß, daß es nicht mein Fehler ist, wenn ich nicht genug übe, denn wenn ich könnte, wie ich wollte, würd' ich nichts anderes tun. Nur mein Vater und mein Erzieher werden zuweilen böse, und Miß Lucy gibt sich auch viel Mühe wegen meines Fleißes, obwohl sie selbst den lieben, langen Tag müßig am Brunnen sitzen kann, wenn sie einen schönen, jungen Herrn bei sich hat, der mit ihr plaudert – ich habe mehr als zwanzig Mal gesehen, daß sie das getan hat.«

Der Junge sah, während er drauflosplapperte, seine Schwester an und hatte trotz seines mutwilligen Geschwätzes Geistesgegenwart genug zu bemerken, daß er ihr wehtat, ohne die Ursache oder das Ausmaß begreifen zu können.

»Komm her, Lucy«, sagte er, »und betrübe dich nicht, und wenn ich ein Wort zuviel gesagt hab', will ich's wieder zurücknehmen – und was liegt dem Herrn von Ravenswood daran, wenn du hundert Herzallerliebste hast? – Drum laß' die Finger von den Augen – und gut.«

Ravenswood war für den Augenblick wenig erfreut über das, was er hörte, doch sagte ihm sein kluger Verstand, daß es nicht mehr war als das stichelnde Geschwätz eines verzogenen Kindes. Aber obwohl er ein Gemüt hatte, das Eindrücke ebenso schwer aufnahm wie wieder fahren ließ, erfüllte das Geschwätz Henrys seine Seele mit einer Art von Argwohn, seine eingegangene Verbindung möge ihn am Ende dem Schicksal eines besiegten Feindes bei einem römischen Triumph aussetzen, bei dem der Gefangene dem Wagen des Siegers folgt und dieser seinen Ehrgeiz auf Unkosten des Besiegten sättigt. Es war, wir wiederholen es, für solchen Argwohn kein Grund vorhanden, auch konnte man nicht sagen, daß er ihn für einen Augenblick ernstlich genährt habe. In der Tat, es war unmöglich, in Lucy Ashtons klare, blaue Augen zu blicken und dennoch den geringsten Zweifel an ihrer Aufrichtigkeit zu hegen. Indes mochten Stolz und Armut ein Gemüt argwöhnisch machen, das in glücklicheren Umständen diesem Fehler – wie jeder anderen Gemeinheit – fremd geblieben sein würde.

Sie erreichten das Schloß, in dem Sir William Ashton, über ihr langes Ausbleiben beunruhigt, sie in der Halle erwartete.

Wäre Lucy, sagte er, in irgendeiner anderen Gesellschaft als der eines Mannes gewesen, der schon bewiesen habe, daß er in der Lage sei, sie zu beschützen, bekenne er, daß er sehr beunruhigt gewesen wäre und daß er Leute nach ihnen ausgesandt hätte. Aber in der Gesellschaft des Herrn von Ravenswood habe seine Tochter, wie er wisse, nichts zu fürchten.

Lucy begann sich wegen ihres langen Ausbleibens zu entschuldigen, aber da ihr Gewissen nicht frei war, wurde sie bald verlegen, und als Ravenswood ihr zuhilfe kam und die Erklärung fortsetzen wollte, verstrickte er sich in die gleiche Verwirrung. Er glich einem Mann, der einen Gefährten aus dem Moor zu ziehen versucht und dabei selbst im zähen Schlamm stecken bleibt. Es ist unwahrscheinlich, daß die Verlegenheit des jungen Liebespaares der Aufmerksamkeit des feinbeobachtenden Staatsmanns entging, den Stand und Gewohnheit gleichermaßen befähigten, der menschlichen Natur durch sämtliche verwickelten Windungen hindurch nachzuspähen. Doch es gehörte nicht zu seiner jetzigen Politik, das, was er sah, zu bemerken. Sein Wunsch war, Ravenswood Fesseln anzulegen und seine eigene Freiheit zu bewahren, und es fiel ihm nicht ein, daß sein Plan vereitelt werden könnte, wenn Lucy die Liebe, die sie, wie er hoffte, bloß einflößen sollte, wirklich erwiderte. Aber selbst wenn sie sich wirklich einer romantischen Neigung für Ravenswood ergeben sollte und der ausdrückliche Widerspruch von Lady Ashton diese Neigung unratsam machen sollte, glaubte der Lord Keeper, daß derselben leicht entgegengewirkt werden könne, sei es durch eine Reise nach Edinburgh oder gar London, sei es durch kostbare Brüsseler Spitzen für ihre Kleider oder durch die Seufzer von etwa einem halben Dutzend Liebhaber, die sich darum streiten würden, den zu ersetzen, dem sie notgedrungen habe entsagen müssen. Dies war seine Absicht für den schlimmsten Fall. Doch dem wahrscheinlicheren Ausgang der Sache gemäß würde eine flüchtige Neigung, wie sie sie für den Herrn von Ravenswood nähren mochte, eher Ermutigung als Entmutigung brauchen.

Dieses letztere schien ihm das Wahrscheinlichere, da er erst diesen Morgen – während ihrer Abwesenheit vom Schloß – einen Brief erhalten hatte, dessen Inhalt er Ravenswood mitzuteilen sich beeilte. Es war nämlich ein Bote mit einem Päckchen von jenem Freund angekommen, der uns bereits bekannt ist und der heimlich daran arbeitete, eine patriotische Verbindung zu stiften, an deren Spitze Sir Williams größer Schrecken stand, der rührige und ehrgeizige Marquis von A.. Dieser Freund hatte zwar von Sir William Ashton keine eindeutig zusagende Antwort erhalten, doch ein überaus geneigtes Gehör gefunden. Er hatte dies seinem Herrn mitgeteilt, der darauf mit dem alten französischen Sprichwort *Chateau qui parle, et femme qui écoute, l'un et l'autre va se rendre* geantwortet hatte. Ein Staatsmann, der einen Vorschlag zu Veränderungen ohne Einwand anhört, war nach Meinung des Marquis im Fall einer Festung, die verhandelt, oder einer Dame, die zuhört, und entsprechend war er entschlossen, die Belagerung fortzusetzen.

Das Päckchen enthielt einen Brief von besagtem Freund und einen anderen vom Marquis selbst an den Lord Keeper, worin diesem der Besuch jener beiden Personen ohne Umstände angekündigt wurde. Sie wären, hieß es, auf einer Reise in den Süden, der Weg wäre ihnen gleichgültig, aber die Bewirtung in den Gasthöfen so verhaßt als möglich; der Lord Keeper sei mit dem einen der Schreibenden seit langem gut bekannt, und obgleich er mit dem Marquis nicht in demselben vertrauten Verhältnis stünde, wäre ihre Bekanntschaft doch hinlänglich geeignet, denen, die diesem Besuch einen politischen Grund unterlegen wollten, den Mund zu stopfen. Der Lord Keeper nahm den Vorschlag ohne Bedenken an, nahm sich aber vor, sich kein Zollbreit weiter in die Unterstützung ihrer Pläne einzulassen, als die *Vernunft* (d.h. sein eigener Vorteil) ihm als ratsam andeuten sollte.

Zwei Umstände machten ihm besonders Freude, Ravenswoods Anwesenheit und die Abwesenheit seiner Gemahlin. Dadurch, daß er jenen unter seinem Dach habe, glaubte er, allen gefährlichen und feindseligen Unternehmungen, in die sich jener auf Anstiften des Marquis einlassen könnte, überhoben zu sein, und Lucy, sah er voraus, würde für seine Zögerungs- und Vertagungspläne die Rolle der Gastgeberin weit besser spielen als ihre Mutter, die in dieser Eigenschaft durch ihr stolzes, unbeugsames Gemüt auf seine politischen Pläne gewiß nur störend einwirken könne.

Sein dringendes Ansuchen, Ravenswood möge die Ankunft seines Verwandten abwarten, wurde rasch angenommen, denn die Erklärung am Nixenbrunnen hatte jeden Wunsch einer baldigen Reise beseitigt. Lucy und Lockhard erhielten Befehl, alles Nötige vorzubereiten, um die erwarteten Gäste mit einem Glanz und Pomp empfangen zu können, wie man sie in jener Zeit in Schottland selten sah.

K A P I T E L 20

Marall. Sir, es kommt der Ehrenmann,
Grad' abgestiegen von seinem Pferd...
Overreach. Herein mit ihm,
Und tut, wie ich befehle...
Ist die laute Musik, die ich angeordnet hab',
Bereit, ihn zu empfangen.
Neue Art, alte Schulden zu zahlen.

Sir William Ashton – obwohl ein Mann von Verstand, Rechtsgelehrtheit und großer Weltkenntnis – hatte doch einige Charakterflecken, die der Unsicherheit seines Wesens und der Glätte, die seinen Aufstieg in der Welt begründete, gemäßer waren als seinem gegenwärtigen hohen Standpunkt, da sie einen von Natur mittelmäßigen, freilich sorgsam gebildeten Geist und ein unbedeutendes, obwohl sorgfältig verhülltes Gemüt anzeigten. Er liebte es, wie ein Neureicher mit seinem Reichtum zu prunken. Er kümmerte sich selbst um geringste Kleinigkeiten, und Lucy bemerkte bald die zürnende Röte auf Ravenswoods Wangen, wenn ihr Vater mit Lockhard oder gar mit der alten Haushälterin allen Ernstes über Dinge verhandelte, um die man in vornehmen Familien kein Aufhebens machte, weil ihre Befolgung selbstverständlich war.

»Ich würde Sir William«, sagte Ravenswood eines Abends, nachdem derselbe das Zimmer verlassen hatte, »das Penible bei einem solchen Anlaß verzeihen, denn der Besuch des Marquis ist eine Ehre und muß als solche gewürdigt werden; aber ich vergehe bei diesen erbärmlichen Einzelheiten aus Speisekammer und Hühnerstall – sie bringen mich zur Verzweiflung, und ich würde lieber den Mangel in Wolf's Crag erdulden, als vom Reichtum auf Schloß Ravenswood gequält zu werden.«

»Und doch«, sagte Lucy, »hat mein Vater gerade durch Achtsamkeit auf solche Einzelheiten seinen Besitz erworben. –«

»Den meine Vorfahren aus Unachtsamkeit auf solche Dinge dafür verloren haben«, versetzte Ravenswood. »Wie dem auch sei, ein Lastenträger schleppt immer nur eine Bürde, wär' es auch eine Bürde Gold.«

Lucy seufzte. Sie sah zu deutlich, daß der Mann, der sie liebte, die Gebräuche und Gewohnheiten ihres Vaters verspottete, den sie so lange als ihren besten Freund betrachtet hatte, dessen Zärtlichkeit sie für die abstoßende Härte ihrer Mutter tröstete.

Die Liebenden entdeckten bald andere, nicht weniger wichtige Dinge, über die sie uneins waren. Die Religion, die Frieden auf Erden bringen sollte, wurde in diesen Tagen der Zwietracht so mißdeutet und mißverstanden, daß ihre Gebräuche und Formen Gegenstände heftigsten Streits und feindseligster Auseinandersetzungen wurden. Der Lord Keeper, als Whig, war Presbyterianer und hatte es verschiedene Male für ratsam gehalten, größeren Eifer für die Kirche an den Tag zu legen, als er wohl wirklich fühlte. Seine Familie war ebenfalls in dieser Lehre erzogen. Ravenswood gehörte, wie wir wissen, der Episkopalkirche an und warf Lucy häufig den Fanatismus einiger ihrer Glaubensgenossen vor, während sie ihren Abscheu vor den freigeistigen Grundsätzen (wie sie die hierarchische Kirchenverfassung anzusehen gelehrt worden war) eher andeutete als ausdrücklich aussprach.

Obgleich ihre gegenseitige Liebe eher zu wachsen als nachzulassen schien, waren doch ihre Gefühle, als der Kontrast ihrer Charaktere immer deutlicher wurde, nicht ohne Beimischungen weniger erfreulicher Ingredienzen. Bei aller Liebe fühlte Lucy eine geheime Scheu vor Ravenswood. Seine Seele war von höherer, stolzerer Art als die anderer Menschen, mit denen sie bisher Umgang gehabt hatte. Seine Gedanken waren edler, freier, und er verachtete viele Dinge, die ihr als höchst ehrwürdig geschildert worden waren. Ravenswood seinerseits sah in Lucy einen sensiblen, nachgiebigen Charakter, der in seinen Augen allzu sehr der Gefahr ausgesetzt war, sich zu sehr seiner Umgebung anzupassen. Er fühlte, daß sein Wesen einer Gefährtin von unabhängigeren Sinnen bedürfe, die mit ihm das Meer des Lebens durchsteuern könne, entschlossen wie er selbst und mutig in Sturm oder Sonnenschein. Aber Lucy war derart schön, treu, sanft und freundlichen Herzens, daß er sich, während er ihr einen höheren Grad von Festigkeit und Entschlossenheit gerne angewünscht hätte und während er oft über ihre außerordentliche Besorgnis, daß ihre Liebe vor der Zeit entdeckt werden möchte, ungehalten wurde, gerade durch diese Sanftheit des Gemüts, die an Fügsamkeit grenzte, noch mehr eingenommen fühlte, indem er ein Wesen in ihr erblickte, das sich freiwillig zu seinem Schutz an ihn schmiege und ihn zum Herrn seines Schicksals auf Wohl und Wehe mache. Die Gefühle, die er in solchen Momenten für sie hegte, waren die, die unsere unsterbliche Joanna Baillie so schön ausgedrückt hat:

Du süßes Ding,
Wie sich je eins am schroffen Felsenblock
Hat angeschmiegt, ach! willst du dich an mich drängen?
Rauh und sturmerprobt bin ich; doch liebe mich,
Wie du es voller Treue tust, ich werde dich
Mit ganzem Herzen wiederlieben,
obgleich ich derart ungeeignet bin,
Gatte zu sein für so viel zärtliche Empfindsamkeit.

Auf diese Weise schienen genau die Punkte, in denen sie uneins waren, gewissermaßen die Beständigkeit ihrer gegenseitigen Gefühle zu gewährleisten. Wenn sie ihre Charaktere freilich vor jener leidenschaftlichen Aufwallung, in der sie sich so hastig gegenseitige Treue gelobten, genauer gekannt hätten, hätte Lucy vielleicht Ravenswood zu sehr gefürchtet, als daß sie ihn je geliebt haben würde, und er hätte vielleicht ihre Sanftmut und Hingabe für Schwäche angesehen, die keines Blickes würdig wäre. Aber sie waren nun einander verlobt, und Lucy fürchtete lediglich, daß der Stolz ihres Liebhabers ihn eines Tages verleiten könnte, sein Bündnis zu bereuen, Ravenswood hingegen, daß ein derart lenkbares Geschöpf wie Lucy bei Abwesenheit oder unter

Widerwärtigkeiten durch den Einfluß ihrer Umgebung bestimmt werden könnte, ihrem eingegangenen Bündnis zu entsagen.

»Fürchtet das nicht«, sagte Lucy, als sich ihr Geliebter einmal diese Sorge anmerken ließ, »Spiegel, die alle Gegenstände widerstrahlen, sind aus hartem Stoff, aus Glas oder Stahl geformt – die zarteren Stoffe behalten unverwischt den Eindruck, den sie einmal empfangen haben.«

»Das ist Poesie, Lucy«, erwiderte Ravenswood, »und in der Poesie ist immer Trug und oftmals Lug.«

»Dann glaubt wenigstens meiner aufrichtigen Prosa, daß – obgleich ich nie gegen die Zustimmung meiner Eltern einen Mann heiraten werde – weder Gewalt, noch Überredung über meine Hand verfügen sollen, bis Ihr dem Recht entsagt, das ich Euch gegeben habe.«

Die Liebenden hatten Zeit genug zu solchen Erörterungen. Henry war nur selten in ihrer Gesellschaft, er folgte entweder als gelangweilter Zuhörer den Vorträgen seines Erziehers oder als eifriger Freiwilliger den Unterweisungen der Förster und Reitknechte. Der Lord Keeper war morgens in seinem Kabinett, wo er seine umfangreiche Korrespondenz erledigte und ängstlich die verschiedenen Neuigkeiten, die er von allen Seiten über bevorstehende politische Umwälzungen in Schottland erhielt, und die zu erwartende Stärke der um die Macht kämpfenden Parteien erwog. Ansonsten beschäftigte er sich damit, die zum Empfang des Marquis von A., dessen Ankunft zweimal schon wegen Verhinderung aufgeschoben worden war, nötigen Vorbereitungen anzuweisen, zu widerrufen und erneut anzuweisen.

Angesichts dieser vielfältigen politischen und häuslichen Zerstreuungen schien er nicht zu bemerken, wie sich seine Tochter und sein Gast gegenseitig anzogen, und er wurde von manchen seiner Nachbarn getadelt – wie dies bei allen Nachbarn aller Länder Brauch ist –, daß er ein derart inniges Verhältnis zwischen zwei jungen Leuten gestatte. Die einzig natürliche Erklärung, die man dafür fand, war, daß er sie füreinander bestimmt habe, während er in Wahrheit lediglich Zeit gewinnen wollte, bis er das Ausmaß der Anteilnahme des Marquis an Ravenswood und die

Macht, die er zum Beweis dieser Anteilnahme aufzubieten habe, abschätzen konnte. Bis diese Punkte geklärt waren, beschloß der Lord Keeper, nichts zu tun, was ihm zum Nachteil gereichen könne, weder auf die eine, noch die andere Art, und wie mancher andere Schlaukopf betrog er sich auf die kläglichste Weise selbst.

Unter denen, die das Verhalten Sir William Ashtons, Ravenswood so lange unter seinem Dach zu dulden und ihn frei mit Miß Ashton verkehren zu lassen, aufs strengste tadelten, befanden sich der neue Laird von Girnigton und sein getreuer Knappe und Mundschenk – Personen, die uns von früher unter den Namen Hayston von Bucklaw und Captain Craigengelt bekannt sind. Ersterer war zuguterletzt in den Besitz der Güter seiner langlebigen Großtante gelangt und hatte die übrigen ererbten Reichtümer dazu angewandt, seine väterlichen Ländereien zurückzukaufen (nach deren Namen er sich vorzugsweise nannte) – ungeachtet des Vorschlags von Captain Craigengelt, es sei vorteilhafter, das Geld ins Law'sche System zu investieren, das seinerzeit in Mode kam, und seines Angebots, eigens zu diesem Zweck eine Reise nach Paris zu machen. Aber Bucklaw hatte im Unglück einige Besonnenheit gelernt und wollte auf keinen Vorschlag eingehen, der seiner frischgewonnenen Unabhängigkeit im geringsten bedrohlich werden konnte. Wer einmal auf Wolf's Crag Erbsenbrot gegessen, sauren Wein getrunken und im Geheimzimmer genächtigt habe, sagte er, würde für den Rest seines Lebens einen gutgedeckten Tisch und ein weiches Bett zu schätzen wissen und sich peinlichst hüten, noch einmal solcher Gastfreundschaft zu bedürfen.

Craigengelt sah sich in seiner Hoffnung, aus Laird Bucklaw Vorteil zu ziehen, fürs erste betrogen. Dennoch fuhr er fort, am Glück seines Freundes mitzuknabbern. Bucklaw, in der Auswahl seiner Gesellschaft nie bedenklich, fühlte sich behaglich und vergnügt im Umgang mit einem Kauz, mit dem und über den er herzlich lachen konnte, der einen solchen Appetit an den Tag legte, daß er, wie ein alter schottischer Ausdruck sagt, die Schüssel mit dem Bissen verschlang, der sich auf alle Spiele verstand und der, wenn der Laird Lust auf eine Flasche Wein hatte (und das war nicht selten der Fall), immer danach dürstete, ihn von der Schmach, sich allein zu betrinken, zu befreien. In dieser Eigenschaft war Craigengelt der fleißige Dauergast des Hauses Girnington.

Zu keiner Zeit und unter keinen Umständen hätte aus diesem Umgang etwas Gutes erwachsen können. Doch unmittelbaren bösen Folgen wurde vorgebeugt durch die genaue Kenntnis, die Bucklaw vom Charakter seines Gastes hatte, und durch die tiefe Verachtung, die er ihm entgegenbrachte. Und doch drohte dieser schlechte Umgang immer wieder, das Gute zu verderben, das die Natur in die Seele des Gastgebers gepflanzt hatte.

Craigengelt hatte den Spott, mit dem der Herr von Ravenswood den Schleier des Mutes und der Ehrenhaftigkeit von seinem Gesicht gerissen hatte, nie verziehen, und Bucklaw gegen ihn aufzustacheln, war das sicherste Rachemittel für sein feiges, listiges, hinterhältiges Gemüt.

Wann immer sich die Gelegenheit bot, brachte er die Herausforderung zur Sprache, die Ravenswood ernst zu nehmen abgelehnt hatte, und suchte durch alle möglichen Einflüsterungen seinen Gastgeber glauben zu machen, daß es seine Ehre verlange, diese Sache mit Ravenswood rasch ins Reine zu bringen. Doch legte ihm Bucklaw in dieser Hinsicht schließlich strenges Schweigen auf:

»Ravenswood hat mich nicht wie einen Edelmann behandelt«, sagte er, »und hat kein Recht gehabt, mich mit einer hochmütigen Antwort abzuspeisen. Aber er hat mir einmal das Leben geschenkt, und wenn ich die Sache richtig übersehe, sind wir miteinander quitt. Kommt er mir erneut in die Quere, sehe ich die alte Rechnung als beglichen an, und dann soll sich der Herr in Acht nehmen!«

»Und ob er das soll!« schürte Craigengelt, »denn wenn Ihr einmal dabei seid, Bucklaw, wett' ich alles, Ihr haut ihn in Stücke vor dem dritten Stoß.«

»Dann versteht Ihr nichts von der Sache«, versetzte Bucklaw kühl, »oder Ihr habt ihn nie fechten sehen.«

»Ich – nichts von der Sache verstehen! Ein guter Scherz, wahrhaftig! Gewiß, ich hab' Ravenswood nie fechten sehen, aber bin ich deshalb etwa nicht in Monsieur Sagoons Schule gewesen, dem ersten *maitre d'armes* in Paris? Und war ich nicht bei Signor Poco in Florenz, und bei Meinherr Durchstossen in Wien – und kenn' ich nicht alle ihre Künste?«

»Keine Ahnung, ob Ihr all' ihre Künste kennt oder nicht – aber was sagt das, wenn Ihr sie kennen würdet?«

»Nichts, als daß ich verdammt sein will, wenn ich je einen Franzosen, Italiener oder Holländer nur halb so gut fechten sah wie Euch, Bucklaw.«

»Ich fürchte, Ihr lügt, Craigengelt. Nun ja, ich kann immerhin meine Haut mit Degen, Schwert, Dolch und Säbel verteidigen, und das ist genau, was ein Edelmann zu wissen braucht.«

»Und das Doppelte von dem, was 99 von 100 wissen«, schmeichelte Craigengelt. »Sie lernen ein paar Stöße mit dem Degen, und dann, hoppsa, verstehen sie die edle Kunst der Verteidigung! Als ich im Jahr 1695 in Rouen war, gab es dort einen Chevalier de Chapon, und ich ging in die Opera, wo wir drei englische…«

»Ist die Geschichte lang, die Ihr erzählen wollt?« unterbrach ihn Bucklaw ohne Umstände.

»Wie es Euch beliebt«, antwortete der Tellerlecker, »denn wir können's auch kurz halten.«

»Dann kurz«, bat Bucklaw. »Ist sie ernst oder komisch?«

»Höllisch ernst, ich versprech's, denn der Chevalier und ich…«

»Dann will ich gar nichts davon wissen«, winkte Bucklaw ab, »füllt mir lieber einen Becher mit dem Claret meiner alten Tante, Ruhe ihrer Asche!, und wie der Hochländer sagt: *Skioch doch na sciaill.*«

»Genau das hat mir der alte Sir Evan Dhu immer gesagt, als ich im Jahr 1689 mit den feurigen Jungs im Feld lag. Craigengelt, pflegte er zu sagen, Ihr seid ein großartiger Bursche und wißt Euern Stahl zu schwingen. Aber Ihr habt einen Fehler.«

»Wenn er Euch so lange wie ich gekannt hätte«, warf Bucklaw ein, »hätte er noch ein paar Dutzend weitere entdeckt. Doch verschont mich mit Euren Geschichten; bringt Euren Trinkspruch aus, Mann.«

Craigengelt stand auf, ging auf Zehenspitzen zur Tür, sah hinaus, schloß sie sacht, kam zurück, setzte seinen verschossenen Tressenhut aufs Ohr, nahm sein Glas in die Hand, legte die andere ans Schwert und sagte: »Auf den König über dem Wasser!«

»Ich will Euch die Wahrheit sagen, Captain Craigengelt, ich werde meine Meinung über diese Dinge für mich behalten, denn das Andenken meiner verehrungswürdigen Tante Girnington ist mir zu wertvoll, als daß ich ihre Ländereien und Güter durch Hochverrat an der bestehenden Regierung aufs Spiel setzen möchte. Bringt mir König James mit einem Gefolge von dreißigtausend Mann nach Edinburgh, Captain, und ich will Euch sagen, was ich von seinem Thronanspruch halte. Aber meinen Hals in eine Schlinge zu stecken und meine schönen Güter der gesetzlichen Beschlagnahmung auszusetzen – verlaßt Euch drauf, so ein Narr bin ich nicht. Wenn Ihr also Euer Schwert und Euren Becher ergreift, um hier die Luft mit verräterischen Trinksprüchen aufzuwirbeln, sucht Euch Euren Wein und Eure Gesellschaft woanders.«

»Nun«, erwiderte Craigengelt, »bringt Euren Trinkspruch selber aus, und welcher es auch sei, ich werde den Becher mit Euch leeren, und sei's eine Meile bis auf den Grund.«

»Und ich will einen Trinkspruch ausbringen, der's verdient. Was haltet Ihr von Miß Lucy Ashton?«

»Bin dafür«, rief der Kapitän, indem er seinen Becher ergriff, »das hübscheste Mädchen in ganz Lothian. Schade, daß der alte Aktenreiter, ihr Vater, sie dem hochnäsigen, bettelhaften Lumpen Ravenswood an den Hals werfen will!«

»Das ist noch nicht ausgemacht«, sagte Bucklaw in einem Ton, der – obwohl er gleichgültig schien – nicht nur die lebhafte Neugier seines Gesellschafters weckte, sondern in diesem auch die Hoffnung keimen ließ, mit einem Vertrauen bedacht zu werden, durch das er seinem Schutzherrn unverzichtbar würde, denn er war nicht gewillt, sich lediglich dulden zu lassen, wenn er durch Kunst oder List einen höheren Anspruch auf Gunst erhalten könne.

»Ich dachte«, sagte er nach einer Weile, »die Sache wäre abgemacht. Sie sind immer zusammen, und man spricht von nichts anderem zwischen Lammer Law und Traprain.«

»Sie mögen schwatzen, was ihnen beliebt – ich weiß es besser. Noch einmal: Auf die Gesundheit von Miß Lucy Ashton, alter Knabe.«

»Ich würd' den Becher ja auf Knien leeren, wenn ich wüßte, daß das Ding pfiffig genug wäre, diesem verdammten Lumpenbaron Hörner aufzusetzen.«

»Ich verbitte mir, den Ausdruck *Hörner aufsetzen* und den Namen von Miß Ashton in einem Atemzug auszusprechen«

»*Hörner aufsetzen* sagte ich? *Einen Korb geben*, wollte ich sagen, beim Jupiter, *einen Korb geben*. Und ich hoffe, sie wird ihn wegwerfen wie eine Niete in der Lotterie und den rechten Herzkönig wählen, mein Bursche! – Aber...«

»Was aber?«

»Aber ich bin gewiß, daß sie stundenlang zusammen sind in Wald und Feld.«

»Daran ist die Affenliebe ihres törichten Vaters schuld – das wird man dem Mädchen bald aus dem Kopf schlagen, wenn's je hineingekommen ist«, antwortete Bucklaw. »Und nun füllt mir noch ein Glas, Captain, ich bin im Begriff, Euch glücklich zu machen. Ich will Euch in ein Geheimnis einweihen, in ein Komplott.«

»Eine Heiratsgeschichte?« Craigengelt ließ das Maul schief hängen, während er die Frage tat, denn er hatte die Besorgnis, eine Vermählung könne sein Bleiben in Girnington unsicherer machen als in den Junggesellentagen seines Gastgebers.

»Ja, eine Heirat, Mann! Doch warum sinkt Euch der Mut, und warum werden die Rubine auf Euren Wangen so blaß? Der Tisch wird eine Ecke haben, und die Ecke einen Teller, und neben dem Teller wird ein Glas stehen, und die Tischecke und der Teller und das Glas sollen für Euch gefüllt sein, und wenn alle Unterröcke von Lothian das Gegenteil geschworen hätten. Ha, alter Bursche, ich bin nicht der Mann, der sich am Gängelband führen läßt!«

»Das hat schon mancher brave Mann gesprochen, und einige meiner besten Freunde. Doch der Teufel hol's, ich weiß nicht warum: Die Weiber konnten mich nie ausstehen und wußten mich immer aus der Gunst zu bringen, noch ehe die Hochzeitsreise vorüber war.«

»Hättet Ihr Stand gehalten, bis sie vorüber war, hättet ihr eine gute Jahrespension gewonnen gehabt«, sagte Bucklaw.

»Aber das habe ich nie gekonnt«, antwortete der Parasit niedergeschlagen. »Zum Beispiel Mylord Castle-Cuddy, wir waren engstens vertraut, ich ritt seine Pferde, borgte Geld für ihn und mich, kümmerte mich um seine Falken und brachte ihm bei, wie er am besten zu wetten hätte; und als er auf den Einfall kam, sich zu verheiraten, besorgte ich ihm Katie Glegg, eine Frau, der ich so gewiß zu sein glaubte, wie ein Mann nur sein kann. Aber sie hatte mich zum Haus hinaus, als ging's auf Rädern, und das vor Ablauf von vierzehn Tagen.«

»Nun denn«, versetzte Bucklaw, »ich vermute, ich habe nichts von Castle-Cuddy an mir und Lucy nichts von Katie Clegg. Ihr seht, die Sache läuft, ob's Euch gefällt oder nicht. Die einzige Frage ist: Wollt Ihr mir Dienste leisten?«

»Dienste leisten?« rief der Captain aus. »Euch, meinem besten Freund, für den ich barfuß um die ganze Welt laufen würde? Sagt mir, wie, wann, wo und warum, und seht selbst, ob ich Euch nicht in allem möglichen Dienste leiste.«

»Gut denn, Ihr müßt zweihundert Meilen für mich reiten.«

»Tausend – und es soll mir ein Flohsprung sein!« antwortete der Gast. »Ich werde auf der Stelle mein Pferd satteln lassen.«

»Laßt Euch lieber erst sagen, wohin Ihr reiten und was Ihr tun sollt. Wie Ihr wißt, habe ich eine Verwandte in Northumberland, Lady Blenkensop, deren langjährige Bekanntschaft ich während der Zeit meiner Armut das Unglück hatte zu verlieren und deren Antlitz mir wieder lächelt, seit sich die Sonne des Glücks wieder über mein Haupt erhob.«

»Verflucht seien all' die doppelgesichtigen Frauenzimmer!« rief Craigengelt heroisch aus. »Das sage ich als John Craigengelt, der seiner Freunde Freund in Glück und Unglück, in Armut und Reichtum ist. Ihr selbst wißt, wovon ich rede, Bucklaw.«

»Ich habe Eure Verdienste nicht vergessen«, erwiderte sein Patron. »Ich erinnere mich, daß Ihr mich, als ich im Unglück lag, für den Dienst des Königs von Frankreich oder den des Prätendenten pressen wolltet, und ferner, daß Ihr mir später zwanzig Goldstücke lieht, als Ihr, wie ich fest glaube, bereits die Nachricht kanntet, daß die alte Lady Girnington einen Schlaganfall davongetragen habe. Doch seid nicht niedergeschlagen, John, denn ich glaube, Ihr mögt mich auf Eure Art, und es ist mein Unglück, gegenwärtig keinen besseren Ratgeber zu haben. Doch um auf die Lady Benkensop zurückzukommen: Sie ist eine enge Vertraute der Herzogin Sarah.«

»Was! Von Sall Jennigs?« rief Craigengelt aus. »Dann muß sie was Rechts sein.«

»Haltet's Maul und behaltet Euer Torygeprahle für Euch, wenn's möglich ist«, sagte Bucklaw. »Ich sage Euch, daß durch die Herzogin von Marlborough meine Verwandte in Northumberland eine gute Freundin von Lady Ashton, des Keepers Frau – oder, möchte ich hinzufügen, des Lord Keepers Lady Keeper –, geworden ist, und daß letztere auf ihrer Rückreise aus London Lady Blankensop mit einem Besuch beehrt hat und sich in diesem Augenblick auf deren altem Schloß am Ufer des Wandsbeck befindet. Da diese Damen gewohnt sind, in der Familienregierung ihre Männer für Luft anzusehen, hat es ihnen gefallen, ohne Sir William Ashton zu fragen, eine Heirat zwischen Lucy Ashton und mir aufs Tapet zu bringen, und Lady Ashton handelt unter eigener Vollmacht für ihre Tochter und ihren Gemahl. Mutter Blenkensop aber tut mir die Ehre an, mich zu vertreten. Es wird Euch nicht schwer fallen zu glauben, daß ich ein wenig erstaunt war, einen Vertrag, an dem ich so sehr beteiligt bin, so weit gediehen zu finden, ohne daß man mich um meine Meinung gefragt hätte.«

»Und sagt, welche Antwort gabt Ihr?«

»Mein erster Gedanke war, den Vertrag und die Unterhändler zum Teufel zu schicken, mein zweiter, herzlich zu lachen, und mein dritter und letzter, daß die Sache nicht unvernünftig wäre und mir gut anstehen würde.«

»Hm, ich dachte, Ihr hättet die junge Dame nur ein einziges Mal gesehen, und damals trug sie eine Reitmaske…«

»Doch sie gefiel mir damals durchaus… Und das üble Betragen Ravenswoods – mich auszuschließen und mit den Dienern essen zu lassen, weil er den Lord Keeper und seine Tochter in seiner Bettelburg hatte –; der Teufel hol' mich, Craigengelt, wenn ich ihm verzeihe, ehe ich ihm einen hübschen Streich gespielt habe!«

»Das müßt Ihr, wenn Ihr ein ganzer Kerl seid«, nickte Craigengelt, für den das Gespräch nun eine angenehme Wendung nahm, »und wenn Ihr ihm das entzückende Ding abspenstig macht, wird's ihm das Herz brechen.«

»Nicht unbedingt, denn sein Herz ist durch und durch gestählt mit Vernunft und Philosophie – Dinge, von denen Ihr, Craigengelt, nicht mehr versteht als ich, Gott helfe mir. Aber es wird seinen Stolz brechen, und das ist's, was ich will.«

»Ich glaube, jetzt kenne ich den Grund seines ungehobelten Betragens auf seinem alten Wackelturm! Sich Eurer Gesellschaft schämen? O nein! Gott, er fürchtet, Ihr könntet das Rennen machen und ihm das Mädchen wegschnappen.«

»Was, Craigengelt? Glaubt Ihr wirklich? Aber nein, nein – er sieht tausendmal besser aus als ich.«

»Wer – er?« rief der Parasit aus. »Er ist schwarz wie ein Feuerhaken, und was seinen Körper betrifft: Er ist ein großer Kerl, gewiß – aber gebt mir einen wendigen, starken, mittelgroßen…«

»Die Pest über dich!« unterbrach ihn Bucklaw. »Und über mich, daß ich dir zuhöre. Ihr würdet genauso reden, wenn ich bucklig wäre. Doch was Ravenswood angeht: Er hat keine Rücksicht auf mich genommen, und ich brauche keine auf ihn nehmen – wenn ich ihm das Mädchen wegschnappen kann, werd' ich's tun.«

»*Natürlich* werdet Ihr sie ihm wegschnappen können… Ihr habt alle Trümpfe in der Hand.«

»Die Sache ist so weit gediehen«, berichtete Bucklaw, »daß ich den Vorschlag meiner Verwandten angenommen habe, Mitgift usw. sind zu meiner Zufriedenheit geklärt, und die Sache läuft, sobald Lady Ashton, die ihre Tochter und ihren Sohn in der Hand hat, nachhause kommt. Im Moment möchten die Frauen, daß ich ihnen eine vertraute Person mit einigen Papieren schicke.« »Bei diesem guten Wein, ich will für Euch bis ans Ende der Welt reiten, bis vor die Tore von Jericho, bis zum Richterstuhl von Prester John!« rief Craigengelt aus.

»Ich glaub's Euch gerne, daß Ihr etwas für mich tun wollt und viel für Euch. Jeder könnte die Papiere überbringen, aber Ihr habt noch etwas mehr zu tun. Ihr müßt vor Lady Ashton – so als wär's Euch völlig gleichgültig – ein Wort fallen lassen über den Aufenthalt Ravenswoods bei ihrem Gemahl und über seinen vertrauten Umgang mit ihrer Tochter. Auch müßt Ihr ihr erzählen, daß man im ganzen Land von einem Besuch des Marquis von A. spricht, der, wie man glaube, zwischen Ravenswood und Miß Ashton eine Heirat stiften wolle. Es wäre mir lieb zu hören, was sie dazu sagt, denn, der Teufel hol's, wenn ich mich in Bewegung setzte, den Preis zu gewinnen, sobald ich sehe, daß Ravenswood beim Wettrennen den Sieg davontragen wird – und er hat mir bereits manchen Vorteil voraus.«

»Nicht im geringsten, das Mädchen hat zu viel Verstand. Drum will ich zum dritten Mal auf ihre Gesundheit trinken, und wären Zeit und Ort, ich tät's auf Knien, und wer nicht mit mir einstimmen wollte, dem riß ich die Därme…«

»Hört, Craigengelt, da Ihr in Gesellschaft vornehmer Frauen sein werdet«, sagte Bucklaw, »tut mir den Gefallen und vergeßt Eure Stallflüche und Eure *Verdammts* – ich werde ihnen freilich schreiben, daß Ihr ein ungehobelter, ungebildeter Kerl seid.«

»Ja, ja«, erwiderte Craigengelt, »ein freier, aufrichtiger, ehrlicher Soldat.«

»Nicht zu ehrlich und nicht zu sehr Soldat, doch mein Schicksal will, daß ich Euch nötig hab', gerade wie Ihr seid, denn ich muß Lady Ashton tüchtig anspornen, daß sie in Bewegung kommt.«

»Ha, und *wie* ich sie anspornen werde«, sagte Craigengelt, »sie wird herangesprengt kommen wie eine Kuh, die von einem Schwarm Hornissen verfolgt wird…«

»Und noch was, Craigie. Eure Stiefel und Eure Kleidung sind gut genug, darin zu trinken, aber sie sind etwas zu liederlich für den Teetisch. Seid so gut und putzt Euch etwas besser heraus – und hier ist etwas, um die Unkosten dafür zu decken.«

»Nein. Nein, Bucklaw. Bei meiner Seele, Mann, Ihr tut mir unrecht. Indes«, fügte er hinzu, während er das Geld einsteckte, »wenn Ihr drauf besteht, muß ich mich fügen.«

»Dann auf auf's Pferd und fort«, sagte sein Gastgeber, »sobald Euer Reiseanzug besorgt ist. Ihr könnt das schwarze Stutzohr reiten, und hört wohl: Ich will es Euch zum Geschenk machen.«

»Ich trinke diesen ordentlichen Schluck auf das Gelingen meiner Mission!« antwortete der Gesandte.

»Ich danke Euch, Craigie, und prost! Dem Glück steht außer etwaigen Launen des Vaters oder der Tochter nichts mehr im Weg, aber man hat mir versichert, daß die Mutter beide um den Finger wickeln kann. Nehmt Euch in Acht, sie nicht mit Eurem jakobitischen Jargon zu verschrecken.«

»Oh ja, das ist wahr – sie ist Whig und eine Freundin der alten Sall von Marlborough, den Sternen sei's gedankt, ich kann zur Not jede Farbe tragen. Ich habe so tapfer unter John Churchill gekämpft wie unter Dundee oder dem Herzog von Berwick.«

»Ich glaube Euch vollkommen, Craigie«, erwiderte der Hausherr, »doch bitte, geht hinab in den Keller und bringt uns eine Flasche Burgunder 1678er – er ist in der vierten Kiste rechts. Und noch eins, Craigie – Ihr könnt ein halbes Dutzend Flaschen bringen, wenn Ihr schon mal dabei seid. Ich denke, das wird für diesen Abend genügen.«

K A P I T E L 21

Bald sahen sie das Dienergefolg
Der vierbespannten Kutsche.
Herzog auf Herzog.

Craigengelt machte sich auf die Reise, sobald alle Vorbereitungen getroffen waren, und entledigte sich seines Auftrags mit der Geschicklichkeit, die ihm Bucklaw zugetraut hatte. Da er mit einem Beglaubigungsschreiben von Mr. Hayston von Bucklaw kam, war er beiden Damen sehr willkommen, und wer im voraus für einen neuen Bekannten eingenommen ist, verwechselt häufig – wenigstens eine Zeitlang – seine Fehler und Mängel mit Tugenden und Talenten. Obgleich beide Damen bessere Gesellschaft gewöhnt waren, gelang es ihnen doch, sich in Mr. Haystons Freund, von dem sie nicht anzweifelten, daß er ein sympathischer, gebildeter Herr sein müsse, auf wundersamste Weise selbst zu betrügen. Freilich war Craigengelt mittlerweile anständig gekleidet und machte rein äußerlich etwas daher. Seine Dreistigkeit wurde für ehrliche Offenheit genommen, die seinem Kriegerstand wohl anstehe, sein Prahlen für Mut und seine Derbheit für Witz. Damit hier jedoch niemand eine Verletzung der Wahrscheinlichkeit wittere, fügen wir aus Höflichkeit gegenüber den Damen hinzu, daß ihr Urteil recht verblendet und ihre Gunst empfindlich bestochen war durch den Umstand, daß Captain Craigengelt gerade in einem Augenblick ankam, in dem sie händeringend einen Dritten zu einer Partie Tredrill suchten – ein Spiel, in dem er, wie in allen anderen Glücksspielen auch, ein großer Meister war.

Nachdem er ihre Gunst gewonnen hatte, war sein zweites Augenmerk, die Pläne seines Beschützers zu unterstützen. Er fand Lady Ashton sehr zugunsten des Vorschlags gestimmt, den Lady Blenkensop – teils aus Sympathie für ihren Verwandten, teils aus Kuppelsucht – ihr gemacht hatte. Er hatte also leichte Arbeit.

Bucklaw, von seiner Armut geheilt, war so recht ein Ehemann, wie sie ihn sich für ihre Schäferin von Lammermoor wünschte. Sein Vermögen ansehnlich und seine Familie hochgeachtet – Lady Ashton war der Meinung, daß das Glück ihrer Tochter mit einem solchen Gemahl ganz und gar vollkommen sein müsse. Auch traf sich günstig, daß Bucklaw durch seine neuen Erwerbungen einen gewissen politischen Einfluß auf die benachbarte Grafschaft besaß, in der die Familie Douglas von alters her große Güter hatte. Es war ein Lieblingswunsch von Lady Ashton, daß ihr ältester Sohn Sholto diese Grafschaft im britischen Parlament vertrete, und sie sah eine Verbindung mit Bucklaw als Umstand an, der ihren Wünschen hochförderlich sein mußte.

Craigengelt, dem es auf seine Weise keineswegs an Scharfsinn mangelte, richtete, nachdem er bemerkte, woher der Wind von Lady Ashton wehte, geschwind die Segel danach.

»Es würde Bucklaw ein Leichtes sein«, erklärte er, »selbst die Grafschaft zu vertreten, er müßte lediglich seine Bereitschaft zeigen und die notwendigen Besuche machen. Zwei Geschwisterkinder, sechs entferntere Verwandte, sein Verwalter und sein Schatzmeister wären allesamt gewichtige Stimmen, und der Girnington'sche Einfluß hätte aus Furcht oder Liebe immer das Übergewicht gehabt.« Doch Bucklaw mache sich nichts draus, die erste Geige zu spielen und sich um diese Dinge zu bekümmern, und es sei ein Jammer, daß sein Einfluß einer guten Leitung ermangele.

Auf dies alles horchte Lady Ashton mit gespitzen Ohren, innerlich entschlossen, in eigener Person den Einfluß ihres künftigen Schwiegersohns zum Besten ihres Erstgeborenen und anderer Beteiligter zu leiten.

Als der Captain die Lady derart günstig gestimmt fand, begann er, um den Ausdruck seines Absenders zu gebrauchen, sie anzuspornen, indem er auf die gegenwärtigen Verhältnisse auf Schloß Ravenswood anspielte, auf den langen Besuch, den der Erbe dieser Familie beim Lord Keeper mache, und auf die Gerüchte, die – obwohl er verdammt sein wolle, wenn er sie glauben würde – in der Nachbarschaft im Umlauf wären. Es gehörte nicht zur

Rolle des Captains, sich über diese Gerüchte zu ereifern, doch merkte er an den errötenden Wangen, an der zögernden Sprache und den blitzenden Augen Lady Ashtons, daß der Streich, den er führen wollte, ins Schwarze getroffen hatte. Ihr Gemahl hatte ihr keineswegs so oft und regelmäßig geschrieben, wie sie es für seine Schuldigkeit hielt, und über seinen überaus bedeutsamen Besuch auf Wolf's Crag und über den Gast, den er in solcher Herzlichkeit auf Schloß Ravenswood aufgenommen hatte, kein Sterbenswort! Ja, sie mußte gar durch einen Fremden von all' diesen Dingen unterrichtet werden.

Eine solche Verheimlichung war nach ihrer Meinung zum mindesten ein Versuch des Hochverrats, wenn nicht offener Aufruhr gegen ihre häusliche Gewalt, und sie gelobte sich in ihrem Herzen, den Lord Keeper als auf Revolte sinnenden Untertanen der gerechten Strafe zu überführen. Ihr Zorn wurde umso heftiger, als sie ihn in Gegenwart von Lady Blenkensop, der Verwandten Bucklaws, und vor Craigengelt, seinem vertrauten Freund, nicht zeigen durfte. Der Heiratsplan mit Bucklaw erschien ihr nun dreifach wünschenswert, denn sie vermutete, ihr Gemahl würde aus politischem Kalkül oder Furcht Ravenswood vorziehen.

Der Captain war Ingenieur genug zu bemerken, daß die Lunte angezündet sei. Noch im Laufe desselben Tages hörte er daher ohne das geringste Befremden, daß Lady Ashton entschlossen sei, ihren Besuch bei Lady Blenkensop abzukürzen, um bei Tagesanbruch in aller Eile, die der Zustand der Straßen und die Art zu reisen geboten, nach Schottland zurückzukehren.

Unglücklicher Lord Keeper! Er ahnte nicht, was für ein Tornado mit aller Wucht gegen ihn heranbrauste. Wie Don Gayferos vergaß er seine Dame schön und treu und dachte nur an den bevorstehenden Besuch des Marquis von A.. Er hatte mittlerweile gewisse Nachricht erhalten, daß dieser Herr unfehlbar um 1 Uhr nachmittags, was eine späte Essensstunde war, das Schloß mit seinem Besuch beehren werde, und alles geriet bei dieser Ankündigung in Bewegung. Der Lord Keeper inspizierte die Zimmer, beratschlagte sich mit dem Kellermeister und wagte es auf die Gefahr eines *démêlé* mit dem Koch – einem hochmütigen Genie, das selbst die Anweisungen von Lady Ashton ignorierte –, einen Blick in die Küche zu tun. Als er sich endlich hinreichend überzeugt hatte, daß alles im besten Gange war, forderte er Ravenswood und seine Tochter auf, auf die Terrasse hinauszugehen, um von diesem Punkt aus nach dem Herannahen Seiner Lordschaft Ausschau zu halten. Mit langsamen Schritten wandelte er in dieser Absicht die Terrasse auf und ab, die sich, von einem starken, steinernen Geländer umgeben, auf der Vorderseite des Schlosses erstreckte und die Höhe des ersten Stockwerks erreichte, während die Besucher des Schlosses durch einen darunterliegenden Torweg, zu dessen flachem Dach die niedrigen, breiten Stufen einer bequemen Treppe von der Terrasse führten, Zugang zum Hof gewannen. Das Ganze glich halb einer Festung, halb einem Lustschloß, und obgleich es zum Teil auf Verteidigung berechnet war, sah man doch, daß es aus Zeiten stammte, in denen die Lords von Ravenswood eine auf Macht gegründete Sicherheit genossen.

Man hatte von diesem Standpunkt aus eine ausgezeichnete Aussicht. Doch was für uns wichtiger ist: Man sah von da zwei Landstraßen, die eine von Osten, die andere von Westen kommend, die sich, indem sie eine dem Schloß gegenüberliegende Hügelkette durchschnitten, einander von verschiedenen Seiten allmählich annäherten, bis sie sich, nicht weit vom Eingang der Schloßallee, vereinigten. Es war die westliche Straße, nach der der Lord Keeper aus ängstlicher Unruhe, seine Tochter aus Gefälligkeit für ihn und Ravenswood – unbeschadet einer inneren Übellaunigkeit – aus Gefälligkeit für die Tochter blickten, um die ersten Zeichen der Ankunft des Marquis zu erspähen.

Dieselben ließen nicht lang auf sich warten. Zwei Läufer in weißer Kleidung, mit schwarzen Mützen und langen Stöcken in den Händen, eröffneten den Zug, und ihre Schnelligkeit war derart immens, daß es ihnen nicht schwer wurde, ihren von der Etikette vorgeschriebenen Vorsprung vor Wagen und Reitern zu behaupten. Sie sprengten mit großen Sprüngen voran und erwiesen sich als schier unermüdliche Vertreter ihres atemraubenden Berufs. Hinter diesen glänzenden Meteoren, die davonsprangen, als wäre der Bluträcher hinter ihnen her, erhob sich eine Staubwolke, die von Dienern zu Pferd, die vor, hinter und neben der Staatskarosse des Marquis ritten, kündete.

Die Vorzüge des Adelslebens in jenen Zeiten hatten etwas, das stark auf die Einbildungskraft wirkte. Die Kleidung, der Schmuck und die Anzahl der Diener, die prächtige Art zu reisen, der gebietende, fast kriegerische Anblick seiner bewaffneten Begleitung erhoben den Adel weit über die Lairds, die nur von zwei Dienern begleitet reisten, und der Handelsstand dachte so wenig daran, es dem Adel gleichzutun, wie er daran dachte, den königlichen Hofstaat nachzuahmen. Jetzt ist alles anders, und ich, Peter Pattieson, habe bei meiner letzten Reise nach Edinburgh die Ehre gehabt, mit einem Pair des Königreichs das Bein zu wechseln, wie es in der Postwagensprache heißt. Es war nicht so in jenen Tagen, von denen ich schreibe, und die Ankunft des Marquis, die man lang vergebens erwartet hatte, prunkte im vollen Glanz der alten Aristokratie. Sir William Ashton war mit dem, was er sah, derart beschäftigt und gab auf das Zeremoniell des Empfangs für den Fall, daß man etwas vergessen hätte, so genau acht, daß er kaum hörte, wie sein Sohn Henry ausrief: »Da kommt noch eine andere Kutsche mit sechs Pferden auf der östlichen Straße, Papa... Gehören die alle beide dem Marquis?«

Endlich, nachdem der Junge seine Aufmerksamkeit durch wiederholtes Ärmelzupfen stärker in Anspruch genommen hatte,

Kehrt er sich um und sah mit einem Mal
Ein schreckliches Gesicht.

Es war nur zu wahr: Eine andere sechsspännige Kutsche, von vier reitenden Dienern begleitet, kam in Eile auf der östlichen Straße den Hügel herab, und es war zweifelhaft, welche von beiden zuerst den Eingang der Allee erreichen würde. Die eine Kutsche war grün, die andere blau, und die grünen und blauen Wagen im Zirkus von Rom oder Konstantinopel erregten nicht mehr Unruhe bei den Bürgern als diese Doppelerscheinung beim Lord Keeper. Erinnern wir uns an den furchtbaren Ausruf des Ruchlosen, als ein Freund – um ihm das Pantasiegespinst einer Geistererscheinung, die in einer bestimmten Gestalt zu bestimmter Stunde erscheine, zu nehmen – eine Person vor ihn stellte, der man das Äußere dieses Gespenstes gegeben hatte: *»Mon Dieu!«* sagte der sterbende Sünder, der, wie es schien, beide Erscheinungen (die wirkliche und die eingebildete) wahrnahm, *»il y en a deux.«*

Die Überraschung des Lord Keeper war kaum weniger unangenehm angesichts dieser doppelten Ankunft, sein Geist ahnte böse Dinge. Es war unmöglich, daß lediglich ein Nachbar so ohne Rücksicht auf die Form heraneilte in einer Zeit, in der man penibel auf die Etikette sah. Es muß Lady Ashton sein, dachte er bei sich und grübelte ängstlich nach der Ursache dieser plötzlichen, unangemeldeten Ankunft. Er fühlte sich auf frischer Tat ertappt. Daß die Gesellschaft, in der sie ihn unglücklicherweise überraschte, ihr in hohem Grade mißfallen würde, stand außer Frage, und die einzige Hoffnung, die ihm blieb, war ihr großes Anstandsgefühl, daß, wie er glaubte, einer heftigen Szene vorbeugen würde. Doch sein Zweifel und seine Furcht waren so stark, daß sie die ganze wohldurchdachte Empfangszeremonie für den Marquis in Verwirrung brachten.

Solche Besorgnisse beschränkten sich nicht bloß auf Sir William Ashton.

»Es ist meine Mutter – es ist meine Mutter!« sagte Lucy, indem sie bleich und händeringend auf Ravenswood blickte.

»Wenn es Lady Ashton ist«, erwiderte er leise, »warum seid Ihr dann so unruhig? Die Rückkehr einer Mutter nach langer Abwesenheit von der Familie sollte gewiß andere Gefühle als Furcht und Unbehagen erwecken.«

»Ihr kennt meine Mutter nicht«, sagte Miß Ashton mit vor Schreck halberstickter Stimme. »Was wird sie sagen, wenn sie Euch hier sieht!«

»Mein Aufenthalt war wohl zu lang«, erwiderte Ravenswood mit einem Anflug von Stolz, »wenn ihr Mißfallen an meiner Gegenwart so schrecklich ist. – Liebe Lucy«, fuhr er in einem besänftigenden, aufmunternden Ton fort, »Eure Furcht vor Lady Ashton ist kindisch, sie ist eine Frau von Stand, eine Dame von gutem Ton, ein Mensch, der die Welt kennt und weiß, was sie ihrem Gemahl und seinen Gästen schuldig ist.«

Lucy schüttelte den Kopf und zog sich, als wenn ihre Mutter, die noch eine gute halbe Meile entfernt war, ihr Verhalten hätte sehen und tadeln können, von Ravenswood zurück, ergriff den Arm ihres Bruders Henry und führte ihn auf die andere Seite der Terrasse. Auch der Lord Keeper ging zum großen Tor hinunter, ohne Ravenswood zu seiner Begleitung einzuladen, und entsprechend blieb dieser auf der Terrasse stehen, verlassen und, sozusagen, gemieden von allen Bewohnern des Hauses.

Dies mißfiel einem Mann, der ebenso stolz wie arm war und der geglaubt hatte, daß er, wenn er seinem alteingesessenen Groll großmütig entsage, um Sir William Ashtons Gast zu werden, eher eine Gunst erteile als eine empfange.

»Ich kann Lucy verzeihen«, sagte er zu sich selbst, »sie ist jung, schüchtern und sich eines ohne die Genehmigung der Mutter eingegangenen Versprechens bewußt; doch sollte sie mir, wenn sie sich versprochen hat, keine Ursache zum Argwohn geben, daß sie sich ihrer Wahl schäme. Was den Lord Keeper betrifft, so hat ihn Besinnung, Verstand und Haltung verlassen, seit ihm der erste Schimmer von Lady Ashtons Kutsche ins Auge fiel. Ich muß sehen, worauf das hinausläuft, und wenn sie mir Grund geben, mich für einen unwillkommenen Gast zu halten, wird mein Besuch rasch beendet sein.«

Mit diesem Argwohn im Innern verließ er die Terrasse, um zu den Ställen zu gehen und Befehl zu geben, sein Pferd bereitzuhalten für den Fall, daß er ausreiten wolle.

Unterdessen hatten sich die Führer der beiden Kutschen gegenseitig bemerkt. Der Kutscher Lady Ashtons erhielt sofort Befehl von ihr, wenn irgend möglich als erste vorzufahren, da sie, wer immer die Gäste in der Kutsche auch sein mögen, zuerst eine Unterredung mit ihrem Gemahl zu haben wünsche. Auf der anderen Seite entschloß sich der Kutscher des Marquis – seiner und seines Herrn Würde eingedenk –, als er sah, daß die Konkurrenz die Geschwindigkeit verstärkte, die gebührende Reihenfolge sicherzustellen. Folglich sah der Lord Keeper zu seiner großen Bestürzung die kurze Frist, die ihm zur Überlegung vergönnt war, durch die Eile der wetteifernden Kutscher zusammenschmelzen, die – indem sie einander finster in die Augen blickten und den Pferden lebhaft die Peitsche gaben – mit rasender Geschwindigkeit den Weg hügelab jagten, während das berittene Gefolge gezwungen war, die Pferde zu schnellem Galopp anzutreiben.

Alle letzte Hoffnung, die Sir William Ashton noch blieb, war die Möglichkeit eines Kutschenunglücks, das seiner Dame oder seinem Besucher den Hals bräche. Ich bin nicht sicher, ob er dies ausdrücklich gewünscht hat, sehe aber keinen Grund anzunehmen, daß er über ein solches Ereignis untröstbar geblieben sein würde.

Aber auch diese Hoffnung zerstob, denn Lady Ashton, weit entfernt von Furcht, begann immerhin das Lächerliche eines Wettrennens mit vornehmem Besuch zum Tor ihres eigenen Schlosses einzusehen und gab, als sie sich der Allee näherten, dem Kutscher Anweisung, langsamer zu machen und der fremden Equipage den Vorrang zu lassen – ein Befehl, dem der Kutscher umso lieber gehorchte, da er zu seiner Ehrenrettung wie gerufen kam, waren doch die Pferde des Marquis besser oder zumindest frischer als die seinen. Er drosselte daher die Geschwindigkeit und ließ die grüne Kutsche mit ihrem Gefolge in die Allee einfahren, die mit der Rasanz eines Wirbelsturms den Eingang passierte. Kaum hatte der schmuckbekleidete Kutscher des Marquis begriffen, daß ihm der *pas d'avance* gelassen worden war, fuhr er mit großer Gemächlichkeit, vom ganzen Gefolge umringt, im Schatten der hohen Ulmen dahin, während Lady Ashtons Wagen noch langsamer in einiger Entfernung folgte.

Vor dem Schloß und unter dem Torweg, der zum innern Hof führte, stand Sir William Ashton in großer Verwirrung, sein jüngster Sohn und seine Tochter neben ihm, und hinter ihnen hielten sich die Diener verschiedenen Ranges mit und ohne Livree. Der hohe und niedere Adel von Schottland tat sich in jener Zeit durch einen Überfluß an Dienern hervor, die man sich leicht in einem Land verschaffte, das mehr Menschen hervorbrachte, als es beschäftigen konnte.

Ein Mann von Sir William Ashtons Erfahrung ist zu sehr Meister seines Benehmens, als daß ihn Widerwärtigkeiten lange in Verlegenheit lassen könnten. Er hieß auf die übliche Weise den Marquis willkommen, als er aus dem Wagen stieg, und drückte, während er ihn zur großen Halle führte, die Hoffnung aus, daß er eine angenehme Reise gehabt habe. Der Marquis war ein großer, wohlgebauter Mann mit einem nachdenklichen, intelligenten Gesichtsausdruck und einem Auge, in dem das Feuer des Ehrgeizes schon manches Jahr die Lebhaftigkeit der Jugend ersetzt hatte, seine Erscheinung war kühn und stolz, doch wurde dieser Eindruck durch seine angewohnte Mäßigung und durch sein Streben nach Popularität im Volk, die ihm als Parteihaupt notwendig war, gemildert. Er antwortete mit Höflichkeit auf die höflichen Erkundigungen des Lord Keeper, und ihm wurde Miß Ashton förmlich vorgestellt, bei welcher Gelegenheit der Lord Keeper unzweideutige Beweise davon gab, was wirklich in seinem Innern vorging, denn er stellte seine Tochter als seine Frau Lady Ashton vor.

Lucy errötete, der Marquis blickte mit Erstaunen auf das höchst jugendliche Gesicht seiner Gastgeberin und der Lord Keeper sammelte sich mit Mühe soweit, daß er erklären konnte: »Ich wollte sagen: meine Tochter, Mylord – doch die Wahrheit ist, daß ich den Wagen von Lady Ashton kurz hinter dem von Eurer Lordschaft durch die Allee kommen sah und…«

»Keine Entschuldigungen, Mylord«, versetzte sein edler Gast, »ich bitte Euch, geht Eure Lady empfangen, während ich hier die Bekanntschaft Miß Ashtons mache. Es tut mir leid, daß meine Leute unserer Gastgeberin den Vortritt an ihrem eigenen Tor streitig gemacht haben, doch Euer Gnaden weiß, daß ich Lady Ashton immer noch im Süden glaubte. Erlaubt mir, Euch zu bitten, alle Förmlichkeiten beiseite zu lassen und zu ihrem Empfang zu eilen.«

Das war just, wozu es den Lord Keeper drängte, und er nahm die zuvorkommende Erlaubnis Seiner Lordschaft sogleich in Anspruch. Lady Ashton abzufangen und den Ausbruch ihres Unwillens im Geheimen hinzunehmen, mochte sie in gewissem Grade in die Lage versetzen, ihre unwillkommenen Gäste mit dem geziemden *decorum* zu empfangen. Als darum ihr Wagen stillstand, war der Arm des aufmerksamen Gemahls bereit, Lady Ashton beim Aussteigen behilflich zu sein. Als wenn sie ihn nicht sähe, schob sie seinen Arm weg und forderte den Captain Craigengelts, der mit seinem Tressenhut unter dem Arm an der Kutsche stand und auf der ganzen Reise den Dienst eines *cavaliere servente* versehen hatte. Indem sie sich auf den Arm dieser achtbaren Person stützte, durchschritt sie den Hof, sprach einige Worte zu den Dienern und richtete nicht ein einziges an Sir William Ashton. Vergebens bestrebte sich dieser, ihre Aufmerksamkeit auf sich zu ziehen, und er war eher in ihrem Gefolge als in ihrer Begleitung auf dem Weg zur Halle, in der sie den Marquis im Gespräch mit dem Herrn von Ravenswood fanden, denn Lucy hatte die erste Gelegenheit zu entschlüpfen genutzt. Verlegenheit zeigte sich auf allen Gesichtern, ausgenommen dem des Marquis, denn selbst Craigengelts Unverschämtheit war kaum ausreichend, die Furcht vor Ravenswood zu verbergen, und die übrigen fühlten das Beengende einer Lage, in die sie sich so unerwartet versetzt sahen.

Nachdem der Marquis eine Zeitlang gewartet hatte, daß ihn Sir William Ashton vorstelle, beschloß er, sich selbst vorzustellen.

»Der Lord Keeper«, verbeugte er sich vor Lady Ashton, »hat mir soeben seine Tochter als seine Frau vorgestellt – er dürfte mir wohl Lady Ashton als seine Tochter vorstellen, denn sie ist ganz dieselbe, wie ich sie vor Jahren kannte. Will sie einem alten Bekannten das Vorrecht eines Gastes gewähren?«

Er küßte die Lady mit zu viel Anstand, als daß er eine Zurückweisung zu befürchten gehabt hätte, und fuhr dann fort: »Dieser Besuch, Lady Ashton, soll Frieden stiften, und deshalb erlaube ich mir, den jungen Herrn von Ravenswood, meinen Vetter, Eurer wohlwollenden Beachtung vorzuführen.«

Lady Ashton mußte zwangsläufig höflich reagieren, doch in ihrer Verbeugung lag etwas Hochfahrendes, das einem kalten Zurückstoßen glich. Auch Ravenswood verbeugte sich auf eine Art, die die Kälte, mit der er begrüßt worden war, zurückgab.

»Vergönnt mir«, sagte sie, »Eurer Lordschaft meinen Freund vorzustellen.«

Craigengelt machte mit der groben Dreistigkeit, die Männer seines Schlages für elegant halten, eine schleifende Verbeugung gegen den Marquis und verzierte sie durch einen Schnörkel mit seinem Tressenhut. Die Lady wandte sich an ihren Gemahl.

»Ihr und ich, Sir William«, sagte sie, und dies waren die ersten Worte, die sie an ihn richtete, »wir haben seit unserer Trennung neue Bekannte gewonnen. Laßt mich meinen Bekannten, den ich gemacht habe, Euch vorstellen: Captain Craigengelt.«

Wieder eine Verbeugung und ein Schnörkel mit dem goldenen Tressenhut, die der Lord Keeper erwiderte, ohne sich die bereits mit ihm gemachte Bekanntschaft anmerken zu lassen und mit einer ängstlichen Beflissenheit, die seinen Wunsch zu erkennen gab, daß Friede und Vergessen zwischen den streitenden Teilen und ihren Bundesgenossen stattfinden möchte.

»Laßt mich Euch den Herrn von Ravenswood vorstellen«, sagte er zu Craigengelt, um sein Friedenssystem in Anwendung zu bringen. Aber Ravenswood dehnte seine Gestalt zu voller Höhe aus und sagte, ohne den Vorgestellten nur eines Blickes zu würdigen, mit Nachdruck: »Captain Craigengelt und ich kennen uns bereits zur Genüge.«

»Zur Genüge – zur Genüge«, versetzte der Captain in einem matten Ton, der dem eines doppelten Echos glich, und mit einem Hutschnörkel, dessen Ausdehnung im Verhältnis zu dem, womit er den Marquis und den Lord Keeper beehrt hatte, äußerst abgekürzt war.

Lockhard, dem drei Diener folgten, trat nun herein mit Wein und Erfrischungen, wie man sie üblicherweise zur Anregung des Appetits vor dem Essen anbot, und als diese den Gästen vorgesetzt waren, entschuldigte sich Lady Ashton, daß sie sich mit ihrem Gemahl auf einige Minuten einer dringenden Angelegenheit halber zurückziehen müsse. Der Marquis bat die Lady, sich keinen Zwang anzutun, und Craigengelt, nachdem er eiligst ein zweites Glas Kanariensekt geleert hatte, beeilte sich, den Raum zu verlassen, da er keine Lust fühlte, mit dem Marquis von A. und Ravenswood allein zu bleiben, denn der eine flößte ihm geistigen und der andere leiblichen Schrecken ein.

Er gab bei seinem plötzlichen Aufbruch vor, wegen seines Pferdes und Gepäcks einige Maßnahmen treffen zu müssen, und beharrte darauf, obwohl Lady Ashton Lockhard den Auftrag gegeben hatte, Captain Craigengelt auf das aufmerksamste und sorgfältigste zu bedienen. Der Marquis und Ravenswood konnten sich auf diese Weise untereinander über die Aufnahme, die sie gefunden hatten, austauschen, während Lady Ashton ihren Gemahl, der ihr wie ein verurteilter Verbrecher folgte, in ihr Ankleidezimmer führte.

Kaum war das Ehepaar hineingetreten, überließ sich die Lady ganz ihrem heftigen Gemüt, das sie bisher des Scheins willen zurückgehalten hatte. Sie schloß die Tür hinter dem bestürzten Lord Keeper ab, zog den Schlüssel aus dem Schlüsselloch und wandte sich mit einem Gesicht, dem die Jahre den stolzen Reiz nicht geraubt hatten, und mit Augen, aus denen Entschlossenheit und Unwille sprachen, mit diesen Worten an ihren verblüfften Gemahl:

»Mylord, ich wundere mich nicht sehr über die Bekanntschaften, die Ihr während meiner Abwesenheit gemacht habt, sie stehen völlig in Übereinstimmung mit Eurer Geburt und Erziehung, und wenn ich von Euch was anderes erwartet habe, bekenne ich aufrichtig meinen Irrtum und daß ich dafür die Enttäuschung, die Ihr mir zuteil werden laßt, verdient habe.«

»Meine liebe Lady Ashton – meine teure Eleonora«, sagte der Lord Keeper, »nehmt einen Augenblick Vernunft an, und ich will Euch davon überzeugen, daß ich mit aller geziemenden Rücksicht auf die Würde und den Vorteil meiner Familie gehandelt habe.«

»Auf den Vorteil Eurer Familie mögt Ihr Euch vollkommen verstehen«, gab die zürnende Lady zurück, »ja sogar selbst die

Würde Eurer eigenen Familie, wenn man hintendrein eine verbessernde Hand anlegt. – Indes, da meine Familie mit der Eurigen unablöslich verbunden ist, müßt Ihr mich entschuldigen, wenn ich ihr so viel Aufmerksamkeit schenke, als es meine Pflicht ist.«

»Was wollt Ihr denn, Lady Ashton? Was mißfällt Euch? Wie kommt es, daß Ihr mich bei Eurer Ankunft nach langer Abwesenheit derart beschuldigt?«

»Fragt Euer eigenes Gewissen, Sir William; was hat Euch getrieben, ein Abtrünniger an Euren politischen Freunden und Meinungen zu werden, und Euch verleitet – wer weiß, für was –, Eure einzige Tochter einem lumpigen, bankrotten Jakobiten zu vermählen, der noch obendrein der angestammte Feind Eurer Familie ist?«

»Was im Namen der Gerechtigkeit hätte ich Eurer Meinung nach tun sollen, Madam?« antwortete ihr Gemahl. »War's mir angesichts dessen, was sich gehört, möglich, einen jungen Edelmann aus dem Haus zu jagen, der meiner Tochter und mir das Leben rettete, und das den folgenden Morgen drauf?«

»Euch das Leben rettete! Ich habe von dieser Geschichte gehört. Der Lord Keeper wurde von einer schwarzbraunen Kuh in Schrecken gejagt, und er sieht den jungen Kerl, der sie tötete, für einen Guy von Warwick an – jeder Metzger von Haddington hat den gleichen Anspruch auf Eure Gastfreundschaft.«

»Lady Ashton«, stammelte der Lord Keeper, »das ist unerträglich – und wenn ich obendrein begierig bin, Euch durch jedes Opfer zufriedenzustellen – falls Ihr mir nur sagen wollt, was ich tun soll.«

»Geht hinunter zu Euren Gästen«, sagte das gebieterische Weib, »und entschuldigt Euch bei Ravenswood, daß die Ankunft Craigengelts und einiger anderer Freunde es Euch unmöglich mache, ihm Wohnung auf dem Schloß anzubieten – ich erwarte den jungen Mr. Hayston von Bucklaw.«

»Um Himmelswillen, Madam!« rief ihr Gemahl aus. »Ravenswood einem Craigengelt weichen, einem nichtsnutzigen Spieler und Denunzianten! – Es fiel mir schon schwer genug, mir nicht anmerken zu lassen, daß ich den Kerl am liebsten zum Haus hinaus gewünscht hätte, und ich war höchst erstaunt, ihn in Eurer Begleitung zu sehen.«

»Weil Ihr ihn darin gesehen habt, mögt ihr wohl überzeugt sein«, antwortete die zärtliche Ehehälfte, »daß es eine gute Gesellschaft war. Und was diesen Ravenswood betrifft, erfährt er nur die Behandlung, die er, wie ich mit Sicherheit weiß, einem meiner schätzbarsten Freunde zufügte, der das Unglück hatte, einige Zeit sein Gast zu sein. Indes entschließt Euch schnell, denn wenn Ravenswood nicht das Haus verläßt, verlasse ich es.«

Sir William Ashton schritt das Gemach in verzweifelter Stimmung auf und ab: Furcht, Scham und Ärger stritten mit der Nachgiebigkeit, die er gewöhnlich seiner Frau zu erweisen pflegte. Doch er endigte damit, womit schüchterne Gemüter unter solchen Umständigen gewöhnlich endigen; er entschloß sich zu einem *mezze termine*, einer ausgleichenden Maßnahme.

»Ich sage Euch frei heraus, Madam, ich kann und will mich der von Euch vorgeschlagenen Unhöflichkeit gegen den Herrn von Ravenswood nicht schuldig machen – er hat das nicht von mir verdient. Wenn Ihr unvernünftig genug sein wollt, einen Mann von Stand unter Eurem Dach zu beleidigen, kann ich es nicht verhindern; aber wenigstens will ich nicht der Vollstrecker derart verkehrter Maßregeln sein.«

»Ihr wollt nicht?« fragte die Lady.

»Nein, beim Himmel, Madam!« versetzte ihr Gemahl. »Fordert von mir alles, was sich mit gewöhnlichem Anstand verträgt, z.B. seine Bekanntschaft nach und nach aufzugeben oder etwas Ähnliches... Doch ihm mein Haus zu verbieten – darauf will und kann ich mich nicht verständigen.«

»Dann werde ich dafür sorgen, die Ehre der Familie aufrechtzuerhalten, wie ich es schon oft habe tun müssen.«

Sie setzte sich nieder und schrieb in Eile einige Zeilen. Der Lord Keeper machte noch einen Versuch, sie vom entscheidenden Schritt abzuhalten, als sie die Türe öffnete, um eine Dienerin aus dem Vorzimmer zu rufen: »Bedenkt, was Ihr tut, Lady Ashton; Ihr werdet Euch einen jungen Mann zum Feind machen, der wahrscheinlich Mittel und Wege finden wird, uns zu schaden.«

»Habt Ihr je gehört, daß die Douglas einen Feind gefürchtet haben?« antwortete die Lady höhnisch.

»Ja, aber er ist stolz und rachsüchtig wie hundert Douglasse und hundert Teufel dazu. Schlaft noch einmal eine Nacht darüber.«

»Keinen Augenblick länger gesäumt!« antwortete die Dame. »Hier, Jungfer Patullo, gebt dies Billet dem jungen Ravenswood.«

»Dem Herrn von Ravenswood, Madam?« fragte Mrs. Patullo.

»Ja, ihm, wenn Ihr ihn so nennen wollt.«

»Ich wasche meine Hände in dieser Sache in Unschuld«, sagte der Lord Keeper. »Ich will in den Garten gehen und dafür sorgen, daß Jardine die Früchte zum Nachtisch auswählt.«

»Tut das«, sagte die Lady, indem sie ihm mit verächtlichen Blicken nachsah, »und dankt Gott, daß jemand hinter Euch steht, der ebenso geschickt ist, die Ehre der Familie zu bewahren, wie Ihr es seid, nach Äpfeln und Birnen zu schauen.«

Der Lord Keeper blieb lange genug im Garten, um seiner Dame Zeit zu geben, ihren Willen zu tun und um wenigstens den ersten Ausbruch von Ravenswoods Unwillen verrauschen zu lassen. Als er in die Halle zurückkehrte, fand er den Marquis von A. im Begriff, einigen seiner Diener Befehle zu geben. Er schien höchst mißvergnügt und unterbrach die Rede, mit der sich Sir William entschuldigte, Seine Lordschaft allein gelassen zu haben.

»Ich nehme an, Sir William, daß Euch das sonderbare Billet nicht unbekannt ist, mit dem Eure Dame meinen Verwandten von Ravenswood« – er legte besonderen Nachdruck auf *meinen* – »beehrt hat und daß Ihr folglich darauf vorbereitet seid, daß ich alsbald Abschied nehme. Mein Verwandter ist bereits abgereist, denn er hielt es für unnötig, Abschied zu nehmen, da alle früheren Höflichkeiten durch diese sonderbare Beleidigung aufgehoben wären.«

»Ich verwahre mich dagegen feierlich, Mylord«, sagte Sir William, das Billet in der Hand haltend, »ich kenne den Inhalt dieses

Schreibens nicht. Ich weiß, daß Lady Ashton eine leicht aufbrausende, vorurteilsvolle Frau ist und jede Beleidigung, die zugefügt und empfangen worden ist, schmerzt mich von Herzen, doch ich hoffe, Euer Gnaden wird bedenken, daß eine Dame...«

»Sich gegen Personen von einem gewissen Stand mit Anstand betragen soll«, vollendete der Marquis die Rede des Lord Keeper.

»Wahr, Mylord«, sagte der unglückliche Keeper. »Doch Lady Ashton ist nun mal eine Frau...«

»Und als solche, denk' ich«, fiel ihm der Marquis erneut ins Wort, »sollte sie die Pflichten kennen, die ihrem Geschlecht auferlegt sind. Doch da kommt sie, und ich will aus ihrem eigenen Mund den Grund dieser außerordentlichen, unerwarteten Beleidigung hören, die meinem nahen Verwandten angetan worden ist, während wir beide Eurer Lady Gäste waren.«

Lady Ashton trat in diesem Augenblick ins Zimmer. Ihr Wortwechsel mit Sir William und eine darauffolgende Unterredung mit ihrer Tochter hatten sie nicht abgehalten, alle Sorge auf ihre Kleidung zu verwenden. Sie erschien im vollen Staat, und die prächtige Kleidung, in der vornehme Damen seinerzeit bei solchen Gelegenheiten erschienen, paßte ausgezeichnet zu ihrem Gesicht und ihrer Haltung.

Der Marquis von A. verbeugte sich stolz, und sie gab den Gruß mit gleichem Stolz und Kälte zurück. Er nahm dann aus der Hand Sir William Ashtons das Billet, das er ihm einen Augenblick zuvor gegeben hatte, ging auf die Lady zu und wollte eben zu sprechen beginnen, als sie ihn unterbrach.

»Ich sehe, Mylord, daß Ihr einen unangenehmen Gegenstand berühren wollt. Es schmerzt mich, daß er sich zu dieser Zeit zugetragen hat, wenn dadurch im geringsten Grad die achtungsvolle Aufnahme, die Eurer Lordschaft gebührt, gestört werden sollte. Mr. Edgar Ravenswood, dem ich dieses Billet geschickt habe, hat die Gastfreundschaft dieses Hauses und die Herzensgüte Sir William Ashtons mißbraucht, um eine junge Person zu einem Versprechen zu verführen, mit dem ihre Eltern nicht einverstanden sind und nie einverstanden sein werden.«

Die beiden Herren antworteten fast gleichzeitig:

»Mein Verwandter ist dazu nicht fähig«, sagte der Marquis, und der Lord Keeper: »Ich bin überzeugt, daß meine Tochter Lucy dazu noch weit weniger fähig ist.«

Lady Ashton fiel beiden ins Wort: »Mylord Marquis, Euer Verwandter – wenn Mr. Ravenswood dies zu sein die Ehre haben sollte – hat sich insgeheim unterwunden, die Gefühle dieses jungen, unerfahrenen Mädchens zu gewinnen. Sir William Ashton, Eure Tochter ist einfältig genug gewesen, einem höchst unpassenden Freier mehr Aufmunterung zu geben, als sie gesollt hätte.«

»Ich glaube, Madame«, sagte der Lord Keeper, seine sonst recht strapazierfähige Geduld verlierend, »daß, wenn Ihr uns nichts Besseres zu erzählen habt, Ihr besser daran getan hättet, dieses Familiengeheimnis für Euch zu behalten.«

»Verzeiht, Sir William«, erwiderte die Lady ruhig. »Der edle Marquis hat ein Recht, die Ursache der Maßnahme zu erfahren, die ich gegen seinen Blutsverwandten für nötig erachtet habe.«

»Eine Ursache«, murmelte der Lord Keeper, »die nach der Wirkung kommt, denn wenn sie wirklich besteht, weiß ich wenigstens gewiß, daß meine Frau noch nichts davon wußte, als sie ihren Brief an Ravenswood schrieb.«

»Es ist das erste Mal, daß ich davon etwas höre«, sagte der Marquis, »aber da Lady Ashton einen so heiklen Gegenstand angesprochen hat, erlaube ich mir zu sagen, daß mein Verwandter durch seine Herkunft ein Recht hat, ein geduldiges Gehör oder zum mindesten eine höfliche Zurückweisung zu finden, selbst wenn er so ehrgeizig gewesen wäre, sein Auge auf die Tochter Sir William Ashtons zu werfen.«

»Erinnert Euch Mylord, welcher Herkunft Miß Lucy Ashton von mütterlicher Seite ist«, sagte die Lady.

»Ich erinnere mich Eurer Herkunft – von einer jüngeren Linie des Hauses Angus«, antwortete der Marquis, »und Ihr solltet nicht vergessen, Mylady, daß sich die Ravenswoods dreimal mit dem Hauptstamm dieses Hauses vermählt haben. Nein, Madam – ich weiß, wie die Dinge stehen – alte und langgenährte Vorurteile sind schwer zu überwinden. Ich habe alle Nachsicht mit ihnen, sonst hätte ich nicht zulassen können und dürfen, daß mein Verwandter, dem man gewissermaßen die Tür gewiesen hat, allein abreise – doch ich hatte Hoffnung, vermitteln zu können. Ich habe noch immer nicht die Absicht, Euch mit Groll zu verlassen, und werde erst gegen Abend abreisen, da ich den Herrn von Ravenswood wenige Meilen von hier auf der Straße treffen will. Laßt uns die Sache in Ruhe besprechen.«

»Das ist, was ich begierig wünsche«, sagte Sir William Ashton lebhaft. »Lady Ashton, wir wollen es Mylord von A. nicht erlauben, uns mit Unwillen zu verlassen. Wir müssen ihn nötigen, zum Mittagsmahl auf dem Schloß zu bleiben.«

»Das Schloß«, sagte die Lady, »und alles, was darin ist, steht dem Marquis zu Befehl, so lange es ihm gefällt, es mit seiner Anwesenheit zu beehren. Doch was das weitere Besprechen dieses unangenehmen Gegenstandes betrifft...«

»Verzeiht mir, werte Dame«, sagte der Marquis, »aber ich kann nicht zulassen, daß Ihr in einer derart wichtigen Sache einen voreiligen Entschluß faßt. Ich sehe, daß noch mehr Gesellschaft ankommt, und da ich das Vergnügen habe, mit Lady Ashton meine frühere Bekanntschaft zu erneuern, hoffe ich, daß sie mir erlauben wird, gewisse unangenehme Dinge, die mir von Bedeutung sind, nicht zu berühren, bevor wir nicht erst über angenehmere gesprochen haben.«

Die Lady lächelte, verbeugte sich, und gab ihre Hand dem Marquis, von dem sie mit aller Höflichkeit der damaligen Zeit – derzufolge es den Gästen nicht erlaubt war, die Dame des Hauses unter dem Arm zu fassen wie ein Bauer seinen Schatz auf der Kirchweih – in den Speisesaal geführt wurde.

Dort gesellten sich Bucklaw und Craigengelt zu ihnen sowie weitere Nachbarn, die der Lord Keeper für den Besuch des Marquis von A. eingeladen hatte. Die Abwesenheit Miß Ashtons, deren Platz leer blieb, wurde durch eine kleine Unpäßlichkeit entschuldigt. Die Bewirtung war glanzvoll bis zur Verschwendung, und die Gesellschaft blieb bis zu später Stunde beisammen.

KAPITEL 22

So war das Schicksal unseres gefall'nen Vaters,
und dennoch war es besser noch als meins;
Er teilte sein Exil mit seiner Frau,
Ich aber bin verbannt allein.
Waller.

Ich versuche erst gar nicht, die Mischung aus Zorn und Reue zu beschreiben, mit der Ravenswood den ehemaligen Stammsitz seiner Familie verließ. Der Ton, in dem das Billet Lady Ashtons abgefaßt war, machte es ihm bei seinem Stolz (von dem er vielleicht zu viel hatte) unmöglich, einen Augenblick länger im Schloß zu bleiben. Der Marquis, den die Beleidigung zum Teil mitbetraf, war dennoch auf Ausgleich bedacht. Er ließ daher seinen Verwandten allein abreisen, nachdem er ihm versprochen hatte, in der kleinen Schenke *Zum Fuchsbau* – die, wie sich der Leser erinnert, zwischen Schloß Ravenswood und Wolf's Crag lag, etwa fünf schottische Meilen von beiden Orten entfernt – auf ihn warten zu wollen. Dort wollte der Marquis mit Ravenswood noch in dieser Nacht oder am nächsten Morgen zusammentreffen. Seinen Gefühlen nach hätte er das Schloß sofort verlassen; aber er wollte – wenigstens nicht ohne einen Versuch gemacht zu haben – die Vorteile nicht verscherzen, die er sich von einem Besuch beim Lord Keeper versprochen hatte, und selbst Ravenswood war in der größten Hitze seines Zorns nicht abgeneigt, einer Versöhnung zuzustimmen, die das Wohlwollen Sir William Ashtons ihm gegenüber und die Vermittlung seines edlen Verwandten nicht ganz unmöglich machten. Er selbst reiste freilich ab, ohne sich einen Augenblick länger aufzuhalten, als diese Verabredungen nötig machten.

Er trieb sein Pferd anfangs zu scharfem Ritt durch eine Parkallee an, als wenn er durch diese heftige Bewegung die Gefühle hätte betäuben können, die in seinem Innern tobten. Doch als der Weg wilder und einsamer wurde und die Türme des Schlosses hinter den Bäumen in seinem Rücken verschwanden, ließ er es langsamer angehen, als wolle er sich den quälenden Gedanken, die er vergebens zu bekämpfen versucht hatte, überlassen. Der Pfad, auf dem er sich befand, führte zum Nixenbrunnen und zu Alice' Hütte, und der verhängnisvolle Einfluß, den der Aberglaube jenem Ort zuschrieb, und die Warnungen, die Alice vergebens an ihn gerichtet hatte, drängten sich seiner Erinnerung auf.

»Alte Sagen sprechen die Wahrheit«, sprach er zu sich selbst. »Der Nixenbrunnen ist tatsächlich Zeuge der letzten Unbesonnenheit des Erben von Ravenswood gewesen. Alice hat recht gehabt, und ich bin genau in der Lage, die sie voraussagte – oder in einer noch schmachvolleren, nicht Verwandter und Verbündeter des Zerstörers meiner Väter Haus, wie die alte Sibylle sagte, sondern gedemütigter Tropf, der nach einer unwürdigen Rolle gestrebt hat und mit Hohn abgewiesen worden ist.«

Wir fühlen uns verpflichtet, unsere Erzählung so wiederzugeben, wie wir sie gehört haben, und wenn wir uns die damalige Zeit vergegenwärtigen und den Wunderglauben derer, durch deren Mund diese Überlieferung gegangen ist, könnte man sie schwerlich als schottische Geschichte bezeichnen, wenn nicht ein Hauch schottischen Aberglaubens mit im Spiel wäre. Als sich Ravenswood der einsamen Quelle näherte, soll ihm folgendes sonderbare Abenteuer begegnet sein:

Sein Pferd, das langsam vorwärtsschritt, blieb unvermittelt stehen, schnaubte, bäumte sich auf und weigerte sich derart hartnäckig weiterzugehen, als wenn es urplötzlich irgendetwas Schreckliches vor sich sähe. Bei einem Blick in Richtung Brunnen entdeckte Ravenswood eine weibliche Gestalt in einem weißen oder grauen Umhang, die auf dem gleichen Platz saß, auf dem Lucy Ashton sich niedergelassen hatte, während sie seine verhängnisvolle Liebeserklärung anhörte. Sein erster Gedanke war, daß sie den Weg, den er vom Schloß nahm, glücklich erraten hätte und zu diesem ihr wohlbekannten, lauschigen Flecken gekommen wäre, damit sie voneinander Abschied nehmen und sich dem gegenseitigen Trennungsschmerz hingeben könnten. In diesem Glauben sprang er vom Pferd, band die Zügel an einem Baum fest und eilte der Quelle entgegen, indem er lebhaft, doch zugleich mit beklommenem Atem rief: »Miß Ashton! – Lucy!«

Die Gestalt wandte sich um, als er sie ansprach, aber seinem erstaunten Blick zeigte sich nicht das Gesicht Lucy Ashtons, sondern das der alten, blinden Alice. Die sonderbare Kleidung, die eher einem Leichengewand als der einer lebenden Frau glich, das Ansehen ihrer Gestalt, die ihm größer als sonst vorkam, und vor allem der Umstand, eine blinde, altersschwache Frau allein und fern – sehr fern, wenn man ihre Gebrechen bedenkt – von ihrer Hütte zu finden, erfüllte ihn mit Staunen und fast mit Schrecken. Als er sich näherte, erhob sie sich langsam von ihrem Sitz, hob ihre faltige Hand, als wollte sie ihn davon abhalten, näherzukommen, und ihre welken Lippen bewegten sich lebhaft, obwohl kein Laut zu hören war. Ravenswood blieb stehen, aber als er sich nach einer kurzen Pause wieder in ihre Richtung bewegte, wich Alice – oder ihr Ebenbild – langsam zurück ins Dickicht, wobei sie ihm ihr Gesicht immer zugekehrt hielt. Die Bäume verdeckten sie bald vollständig, und Ravenswood, der allen Ernstes und nicht ohne Entsetzen zu glauben begann, daß das Wesen, das er gesehen habe, nicht dieser Welt angehören könne, blieb wie angewurzelt stehen, als die Gestalt mit einem Mal ganz verschwand. Schließlich, nachdem er seinen Mut gesammelt hatte, ging er zur Stelle, wo die Gestalt gesessen zu haben schien, aber er fand weder niedergedrücktes Gras, noch andere Spuren, aus denen er hätte schließen können, daß das, was er gesehen hatte, wirklich und physisch vorhanden gewesen war.

Voll jener sonderbaren Vorstellungen und verworrenen Gefühle, die einen Mann bestürmen mögen, der eine übernatürliche Erscheinung gesehen zu haben glaubt, ging Ravenswood, sich häufig umblickend, als wenn er befürchtete, die Gestalt würde erneut erscheinen, zurück zu seinem Pferd. Aber ob die Erscheinung nun übernatürlich oder das Produkt einer über-

hitzten, allzu lebhaften Imagination war, sie kehrte nicht wieder, und er fand sein Pferd schwitzend und zitternd, als wenn es von jenem äußersten Schrecken erfüllt wäre, mit dem die Anwesenheit übernatürlicher Erscheinungen, wie man glaubt, die Tiere ängstigen. Ravenswood stieg auf und ritt langsam vorwärts, das Pferd von Zeit zu Zeit streichelnd, das innerlich zu schauern und zu beben schien, als ob es bei jeder sich öffnenden Lichtung des Walds ein neues Objekt der Furcht zu erblicken erwartete. Nach einem Moment Überlegung entschloß sich der Reiter, die Sache näher zu untersuchen.

»Können meine Augen mich getäuscht haben?« fragte er sich. »Und so lange? – Oder täuscht die blinde Alice ihre Gebrechen womöglich nur vor, um Mitleid zu erregen? Aber selbst wenn, ihre Bewegungen glichen nicht denen einer lebenden Person. Soll ich wirklich glauben, wie die Leute sagen, daß dies unglückliche Geschöpf einen Bund mit den Mächten der Finsternis geschlossen hat? Ich muß es wissen! Meine Augen dürfen mich nicht täuschen!«

In dieser Ungewißheit ritt er zu Alice' Hütte. Ihr Platz unter der Birke war leer, obwohl der Tag freundlich war und die Sonne schien. Er ging näher an die Hütte heran und hörte darin weibliches Weinen und Wehklagen. Man antwortete ihm nicht, als er anklopfte, so daß er nach kurzem Warten die Tür öffnete und in die Hütte trat. Einsamkeit und Schmerz schlugen ihm förmlich entgegen: Auf einem elenden Bett lag der Leichnam der letzten Dienerin des Hauses Ravenswood, der es vergönnt war, in der Nachbarschaft des Stammsitzes dieser Familie zu bleiben. Sie war eben erst gestorben, und das junge Mädchen, das ihr bis in den letzten Augenblick gedient hatte, rang die Hände und schluchzte vor kindlicher Furcht und Schmerz über dem Leichnam seiner Herrin.

Ravenswood konnte nur schwer das Entsetzen des armen Mädchens besänftigen, das sein unerwartetes Eintreten zuerst zusätzlich erschreckt hatte; und als ihm gelungen war, das Mädchen zu beruhigen, war das erste, was es äußerte, daß er zu spät gekommen wäre. Auf seine Frage, wie er das verstehen solle, erfuhr er, daß die Verstorbene, als sie den Tod nahen fühlte, einen Bauer zum Schloß gesandt habe, um den Herrn von Ravenswood um eine Unterredung zu bitten, und daß sie die Rückkehr des Boten mit allergrößter Ungeduld erwartet habe.

Aber die Boten der Armen sind langsam und nachlässig. Der Kerl erreichte das Schloß, wie man später erfuhr, als Ravenswood es bereits verlassen hatte, und fand zu viel Vergnügen bei der fremden Dienerschaft, als daß er sich beeilt hätte, zu Alice' Hütte zurückzukehren. Unterdessen schien ihre Seelenangst mit dem Todeskampf ihres Körpers zu wachsen, und um es mit den Worten Babies zu sagen: »Sie betete inbrünstig, daß sie den Sohn ihres Herrn noch einmal sehen und ihm ihre Warnung wiederholen könne. Sie starb, als die Glocke im fernen Dorf gerade eins schlug.« Ravenswood dachte mit innerem Schauder, daß er den Ton der Glocke im Wald gehört und kurz darauf gesehen hatte, was er jetzt als Geist der Verstorbenen zu betrachten geneigt war.

Sowohl der Respekt vor der Verstorbenen, als auch das Mitgefühl mit der fassungslosen Dienerin ließen Ravenswood an die Dinge denken, die zu tun waren. Die Verstorbene hatte, wie er vernahm, den Wunsch geäußert, auf einem abgelegenen Kirchhof in der Nähe der Schenke *Zum Fuchsbau* begraben zu werden, der Gräber von einigen Mitgliedern der Familie Ravenswood und vielen ihrer Diener enthielt und *die Einsiedelei* genannt wurde. Ravenswood hielt es für seine Pflicht, diesen im schottischen Bauernstand häufig vorkommenden Wunsch zu erfüllen, und sandte Babie ins benachbarte Dorf, um einige Frauen herbeizurufen, wobei er ihr versicherte, selbst in der Zwischenzeit beim Leichnam zu bleiben, den ohne Totenwache zu lassen man, wie im alten Thessalien, für höchst ungebührlich hielt.

Eine Viertelstunde oder mehr saß er allein bei der Leiche, und trotz seines natürlichen Mutes war er durch das Zusammenspiel derart vieler außerordentlicher Ereignisse einigermaßen mitgenommen.

»Sie starb«, dachte er, »während sie dringlichst wünschte,

mich zu sehen. Ist es möglich, daß innige Wünsche während der Agonie den Todeskampf überdauern können? Die Gesetze der physikalischen Welt überwinden und uns einen Toten noch in der Gestalt eines Lebenden zeigen? – Und wie kommt es, daß sich das, was sich dem Auge zeigte, dem Ohr nicht offenbaren konnte? Und warum diese Ausnahme in den Naturgesetzen, wenn deren Sinn nicht erkennbar wird? Vergebliche Fragen, die bestenfalls der Tod, der mich dieser bleichen, welken Gestalt gleichmachen wird, beantworten kann.«

Während er sprach, legte er ein Leintuch über das leblose Gesicht, dessen Züge er nicht länger betrachten wollte. Dann setzte er sich auf einen alten Eichenholzstuhl, der mit seinem eigenen Familienwappen verziert war und den Alice für sich hatte retten können, als Gläubiger, Beamte, Dienerschaft und Gerichtsvollzieher das von seinem Vater verlassene Schloß plünderten. In dieser Situation verbannte Ravenswood so weit wie irgend möglich alle abergläubischen Gedanken, die ihm die seltsame Erscheinung Alice' eingeflößt hatte. Seine Vorstellungen waren ohne die Zutat übernatürlicher Schrecken düster genug, da er sich binnen Stunden aus einem glücklich Liebenden und einem geehrten und geachteten Freund des Vaters seiner Geliebten in einen schwermütigen, einsamen Totenwächter beim Leichnam einer armen, verlassenen, alten Frau verwandelt sah.

Er wurde jedoch früher in seinem traurigen Amt abgelöst, als angesichts der Entfernung zwischen Hütte und Dorf und des Alters und der Gebrechen dreier alter Frauen (die erste war über achtzig Jahre alt, die zweite paralytisch und die dritte hinkte) zu erwarten war. Bei keiner anderen Gelegenheit würden sich die ehrwürdigen Sibyllen auch so beeilt haben, aber die Pflichten einem Verstorbenen gegenüber gelten in der ländlichen Bevölkerung Schottlands als Liebesdienst. Ich weiß nicht, ob es am Charakter des Volkes liegt, der dunkel und leidenschaftlich ist, oder ob es ein Nachklang alter katholizistischer Überzeugungen ist, daß die Leichenfeierlichkeiten immer als eine Festivität für die Lebenden betrachtet werden – doch Totenschmaus und Zechgelage waren und sind die übliche Begleitung altschottischer Begräbnisse. Was der Leichenschmaus, *dirgie* genannt, für die Männer war, war die Einsargung der Leiche für die Frauen. Den Leichnam auf eine zu diesem Zweck eigens bestimmte Holzplatte auszustrecken, ihn in reines Leinentuch und das wollene Totengewand zu wickeln, waren Tätigkeiten, die man immer den alten Frauen des Dorfes überließ und die ihnen ein sonderbares, schauriges Vergnügen bereiteten.

Die alten Frauen grüßten Ravenswood mit einem gräßlichen Lächeln, das ihn an die Begegnung zwischen Macbeth und den Hexen auf der verdorrten Heide von Forres erinnerte. Er gab ihnen etwas Geld und empfahl ihnen die Pflege des Leichnams an, die sie unmittelbar begannen, indem sie ihm andeuteten, daß er die Hütte verlassen müsse, damit sie ihr trauriges Geschäft beginnen könnten. Ravenswood blieb nur noch solange, sie zum schuldigen Respekt für die Tote zu ermahnen und sich zu erkundigen, wo er den Totengräber des Friedhofs finden könne, auf dem die alte Alice sich ihre letzte Ruhestätte ausersehen habe.

»Wird Euch ein Leichtes sein, Johnny Mortsheugh zu finden«, sagte die ältere Sibylle, auf deren welker Wange noch immer ein grausiges Lächeln spielte. »Er wohnt beim *Fuchsbau*, wo's schon manches Zechfest gegeben hat, denn Tod und Trinkkrug sind enge Nachbarn.«

»Ja, das muß so sein, alte Freundin«, sagte die hinkende Alte, indem sie sich auf die Krücke stützte, »denn ich erinnere mich, wie der Vater des Herrn von Ravenswood, der da steht, den jungen Blackhall wegen eines lockeren Worts beim Wein oder Branntwein mit einem Jagdmesser erstach. Er ging hinein flink wie eine Lerche und kam heraus mit den Füßen voran. Ich war dabei, als man seine Leiche einkleidete, und als das Blut abgewaschen war, war er ein recht hübsches Mannsbild.«

Es fällt nicht schwer sich vorzustellen, daß diese unangebrachte Anekdote die Eile Ravenswoods anspornte, die finstere, unerfreuliche Gesellschaft zu verlassen. Während er zum Baum ging, an dem sein Pferd angebunden war, und den Sattelgurt in Ordnung brachte, konnte er nicht verhindern, durch die Gartenhecke hindurch ein ihn betreffendes Gespräch zwischen der Hinkenden und der über Achtzigjährigen anzuhören. Die beiden waren in den Garten gehumpelt, um Rosmarin, Stabwurz, Raute und andere Kräuter zu sammeln, die man auf den Leichnam streuen oder zur Ausräucherung im Kamin der Hütte verbrennen wollte. Die Paralytische, vom Weg zu erschöpft, hatten sie als Totenwache bei der Leiche zurückgelassen, damit Hexen und Dämonen nicht ihr Spiel mit ihr trieben.

»Frischer, ausgewachsener Schierling, Annie Winnie«, sagte die eine heiser, »manche Gefährtin hätte sich keinen besseren Gaul gewünscht, um hoch über Berg und Hügel durch Nebel und Mondschein zu fliegen und im Keller vom König von Frankreich abzusteigen.«

»Ja, aber selbst der Teufel ist heute hartherzig wie der Lord Keeper, und die Großen haben Herzen aus Stein. Sie zwicken uns, sie stechen uns und foltern uns als Hexen, und wenn ich zehnmal mein Gebet rückwärts bete, will mich doch der Satan nicht von ihnen erlösen.«

»Habt Ihr ihn je gesehen, den Satan?«

»Das nicht, aber ich weiß, daß ich oft von ihm geträumt habe, und ich denke, der Tag wird kommen, an dem sie mich dafür verbrennen werden. – Aber sorgt Euch nicht darum, Freundin! Wir haben Geld vom Herrn von Ravenswood bekommen, und wir wollen dafür Brot und Bier und Tabak und Branntwein und ein wenig weichen Zucker holen lassen – und Teufel hin oder her, wir wollen eine lustige Nacht zusammen haben.«

Bei diesen Worten ließen ihre Münder ein langes, garstiges Lachen erschallen, das in etwa dem Schrei eines Kauzes glich.

»Ein freier Mann und ein freigebiger Mann, dieser Herr von Ravenswood«, sagte Annie Winnie, »und ein hübscher Kerl dazu – starker Oberkörper, schmale Hüften, das müßte ein schöner Leichnam sein! Ich wollte, daß ich ihn zu strecken und einzuwickeln hätte...«

»Es steht auf seiner Stirn geschrieben, Annie Winnie«, sagte die über Achtzigjährige, »daß weder Männer-, noch Frauenhände ihn strecken werden und daß das Totenbrett ihm nie auf den Rücken gelegt werden wird. Ihr könnt drauf wetten, denn ich hab's aus erster Hand.«

»Er wird auf dem Schlachtfeld sterben, Ailsie Gourlay? Durch Schwert oder Kugel, wie viele seiner Vorfahren vor ihm?«

»Fragt nicht weiter – so gut wird's ihm nicht gehen!«

»Ich weiß, Ihr versteht mehr als andere, Ailsie Gourlay. Doch wie könnt Ihr das wissen?«

»Zerbrecht Euch nicht den Kopf darüber, Annie Winnie«, antwortete die Sibylle, »ich hab's aus sicherer Quelle.«

»Und doch sagt Ihr, Ihr hättet Satan nie gesehen«, versetzte ihre Gefährtin.

»Ich hab's aus sicherer Quelle«, beharrte Ailsie, »von denen, die sein Schicksal verkündet haben, ehe ein Hemd über seinen Kopf gekommen ist.«

»Horcht! Ich höre den Hufschlag seines Pferdes«, sagte die andere, »klingt nicht, als wär's ein glücklicher Ritt.«

»Macht rasch!« schrie die paralytische Alte aus der Hütte. »Laßt uns an die Arbeit gehen, denn wenn der tote Körper nicht gestreckt wird, wird er sich winden und drehen und uns alle ängstigen.«

Ravenswood hörte davon nichts mehr. Er verachtete all den Aberglauben um Zauberei, Omen und Prophezeiungen, an dem sein Land und seine Zeit noch so sehr hingen, daß den geringsten Zweifel daran auszudrücken, für ein ebenso großes Verbrechen gehalten wurde wie der Unglaube unter Juden und Sarazenen. Er wußte auch, daß der herrschende Hexenglaube auf den unter Todesangst und fürchterlichsten Qualen einer grausamen Folter erpreßten Geständnissen basierte, die die Kriminalakten Schottlands im 17. Jahrhundert füllten und schändeten. Doch die Erscheinung am Mittag, wahr oder eingebildet, hatte sein Inneres mit abergläubischen Gefühlen erfüllt, die er vergebens zu verscheuchen suchte. Und die Angelegenheit, die er nahe dem Wirtshaus *Zum Fuchsbau* zu verrichten hatte, war nicht dazu angetan, ihn aufzuheitern.

Da Mortsheugh, der Totengräber, in unmittelbarer Nachbarschaft des Friedhofs wohnte, ging Ravenswood nach einer kurzen Erfrischung zu jenem Ort, an dem Alice beigesetzt werden sollte. Er lag in einem Winkel, den die Schleife eines dahinbrausenden Flusses aus den benachbarten Bergen bildete. Eine grobe Höhle im nahen Felsen, die im Innern in Kreuzform ausgeschlagen war, bildete die Einsiedelei, in der irgendein angelsächsischer Heiliger in alten Zeiten Buße getan und dem Ort seinen Namen gegeben hatte. Die reiche Abtei von Coldinghame hatte einst daneben eine Kapelle errichtet, von der freilich keine Überreste mehr zu sehen waren, obwohl der Friedhof, der sie umgab, immer noch als Begräbnisplatz diente. Einige alte Eibenbäume wuchsen noch innerhalb der Mauern des einst heiligen Bodens, große Kämpfer und Lords waren von alters hier begraben worden, aber ihre Namen waren vergessen, ihre Denkmäler zerfallen. Einzig Grabmäler von Personen niedrigen Standes mit ihren aufrechtstehenden Grabsteinen waren noch vorhanden. Die Wohnung des Totengräbers bestand aus einer einsamen Hütte, die sich an die zerfallene Friedhofsmauer drängte und so niedrig war, daß sie mit ihrem Dach, das fast bis zur Erde reichte und dicht mit Stroh, Nebel und Pflanzen bedeckt war, einem überwachsenen Grab glich. Auf seine Erkundigung erfuhr Ravenswood, daß der Mann der letzten Schaufel auf eine Hochzeit gegangen sei, denn er diente der Umgebung sowohl als Totengräber wie auch als Geiger. Ravenswood kehrte deshalb zur Schenke zurück, nachdem er die Nachricht hinterlassen hatte, daß er am nächsten Morgen früh wieder nach dem Mann fragen würde, dessen doppeltes Handwerk ihn mit dem Haus der Trauer und der Freude verband.

Ein Reiter des Marquis kam bald darauf im *Fuchsbau* an und meldete, daß sein Herr Ravenswood am folgenden Morgen in dieser Schenke treffen wolle. Ravenswood kehrte deshalb nicht nach Wolf's Crag zurück, sondern übernachtete am Ort.

KAPITEL 23

Hamlet. Hat dieser Kerl denn kein Gespür für seine Arbeit?
Er singt beim Grabschaufeln.
Horatio. Die Gewohnheit hat's
Für ihn zu einem leichten Ding gemacht.
Hamlet. Es ist tatsächlich so:
Die Hand, die wen'ger schafft, hat das sensiblere Gefühl.
Hamlet, 5. Akt., 1. Szene.

Ravenswoods Schlaf wurde durch unangenehme, beunruhigende Träume und Visionen unterbrochen, und die Phasen des Wachens verbrachte er mit melancholischen Rückblicken auf die Vergangenheit und peinigenden Betrachtungen der Zukunft. Er war vermutlich unter allen Reisenden, die je in diesem erbärmlichen Wirtshaus schliefen, der einzige, der sich nicht über ihre Unbequemlichkeiten beklagte, ja ihrer nicht einmal gewahr wurde. Denn wenn »das Innere eines Menschen leer ist, wird der Körper empfindlich«.

Dennoch sah der Morgen Ravenswood früh auf, der hoffte, daß ihm frische Luft die Stärkung gewähren würde, die ihm die Nacht verweigert hatte. Er schlug den Weg zum alten Friedhof ein, der etwa eine Meile von der Schenke entfernt lag.

Dünner blauer Rauch, der sich von der Hütte aufwärts wand und sie als Wohnung eines Lebenden von denen der Toten unterschied, zeigte ihm, daß ihr Bewohner zurückgekehrt und bereits tätig war. Wirklich fand er, als er den kleinen Friedhof betrat, den alten Mann an einem halbfertigen Grab arbeiten.

»Mein Schicksal«, dachte Ravenswood, »scheint eine Vorliebe für Szenen von Untergang und Tod zu haben – aber das sind kindische Gedanken, und ich will sie verscheuchen. Ich will meiner Einbildung nicht noch einmal erlauben, meine Sinne zu verdüstern!«

Der Alte machte, auf seinen Spaten gestützt, eine Pause, als

Ravenswood sich näherte, und erwartete dessen Aufträge; und da Ravenswood nicht gleich zu sprechen anhob, eröffnete der Küster das Gespräch auf seine Art.

»Ich wette, Ihr seid ein Hochzeitskunde, Herr?«

»Wie kommt Ihr darauf, Freund?«

»Ich lebe von zwei Geschäften, Sir, von der Fiedel und vom Spaten. Ich fülle die Welt und leere sie – und erkenne meine zwei Sorten Kundschaft nach dreißigjähriger Praxis am Blick.«

»Diesmal irrt Ihr Euch.«

»Wirklich?« fragte der alte Mann, indem er ihn scharf ansah. »Mag sein, denn so ebenmäßig Eure Stirn auch ist, ich seh' auf ihr doch etwas, das dem Tod ebenso nah' ist wie dem Ehestand. Nun gut, Hacke und Schaufel stehen Euch zu Diensten wie Bogen und Fiedel.«

»Ich möchte, daß Ihr einer alten Frau, Alice Gray, die am Craigfoot in Ravenswood Park wohnte, ein anständiges Begräbnis macht.«

»Alice Gray! Die blinde Alice!« entfuhr es dem Totengräber. »Hat's die doch noch hingerafft? Das ist ein Glockenschlag, der mich mahnt, mich reisefertig zu halten. Ich erinner' mich noch, wie Habbie Gray sie hier ins Land gebracht hat, damals war sie ein hübsches Weibsbild und sah uns alle über ihre südländische Nase hinweg von oben herab an. Ich bin sicher, ihr Hochmut hat sich verflüchtigt. Ist sie wirklich tot?«

»Sie ist gestern gestorben und wünschte sich, hier neben ihrem Mann begraben zu werden. Ihr wißt gewiß, wo er liegt?«

»Ob ich weiß, wo er liegt?« antwortete der Totengräber mit der in Schottland beliebten Umständlichkeit des Antwortens. »Ich weiß, wo alle Leichen hier liegen. Doch Ihr spracht von ihrem Grab – Gott helf' uns, ein normales Grab wird sie nicht drinbehalten können, wenn's wahr ist, was die Leute über die alte Alice und ihre letzten Tage sagen. Selbst wenn ich's zwei Meter tief grabe! Denn ein Hexengrab darf keinen Zentimeter weniger haben, wenn nicht die anderen Hexen als alte Freundinnen sie aus dem Leichentuch loswickeln sollen. Doch sei's zwei Meter tief oder bloß einen – wer bezahlt dafür, frag' ich Euch?«

»Ich mein Freund, und alle anderen angemessenen Unkosten dazu.«

»Angemessene Unkosten? Nun, da ist der Grabplatz, das Läuten – obgleich die Glocke ohne Zweifel zersprungen ist –, die Kiste, mein Taglohn, mein Trinkgeld, und dann mein Leichenschnaps und Leichenbier... Ich glaube nicht, daß das unter sechzehn schottische Pfund abgeht!«

»Da ist das Geld, mein Freund«, sagte Ravenswood, »und etwas mehr. Macht, daß Ihr Euch im Grab nicht irrt.«

»Ich wette, Ihr seid einer ihrer Verwandten aus England«, sagte der alte Totengräber, »ich habe gehört, daß sie sich weit unter ihrem Stand verheiratet hat. Es war ganz recht, ihr Zaumzeug anzulegen, solange sie lebte, und es ist ganz recht, ihr ein anständiges Begräbnis zu geben, jetzt wo sie tot ist, denn das ist eine Ehrensache, die Euch mehr als sie angeht. Man mag seine Verwandten für sich selbst sorgen lassen, solange sie leben und die Last ihrer Verfehlungen selber tragen können, aber es ist unnatürlich, sie wie Hunde begraben zu lassen, weil die Schande *davon* auf die Verwandten fällt. Was kümmert's schließlich den toten Leichnam?«

»Freilich würde es Euch nicht freuen, wenn die Leute ihre Verwandten bei einer Hochzeit vernachlässigten«, erwiderte Ravenswood, den die strenge Begrenzung der Philantropie des Totengräbers auf sein Geschäft amüsierte.

Der Alte erhob seine scharfblickenden, grauen Augen mit einem listigen Lächeln, als wenn er den Scherz verstünde, fuhr jedoch sogleich im vorigen, ernsten Tonfall fort: »Hochzeiten – wer wollte Hochzeiten vernachlässigen! Gewiß, die sollen gefeiert werden mit gutem Essen und Trinken, Treffen aller Freunde und Musik, mit Harfen, Posaunen, Psaltern – oder guten Fiedeln und Dudelsäcken, wenn die Instrumente der alten Welt nicht aufzutreiben sind.«

»Wenn nur eine Fiedel dabei ist, wage ich zu behaupten«, entgegnete Ravenswood, »würde das für das Fehlen aller anderen Instrumente entschädigen.«

Der Totengräber sah ihn wieder scharf an, als er antwortete:

»Kein Zweifel – kein Zweifel, wenn sie gut gespielt wird. Doch dort«, sagte er, als wolle er dem Gespräch eine andere Wendung geben, »ist Halbert Grays Grab, nach dem Ihr gefragt habt, genau die dritte Gruft hinter dem großen, sechsfußigen Grabstein dort, der über irgendeinem Ravenswood steht, denn obwohl es nicht ihr üblicher Begräbnisplatz ist, liegt hier so mancher aus dieser Familie und ihrer Anhänger, der Teufel hol' sie!«

»Ihr scheint sie nicht zu mögen, diese Ravenswoods?« fragte Ravenswood, nicht sehr erfreut über die Art, mit der der Alte über seine Familie gesprochen hatte.

»Ich kenne niemanden, der sie mag«, antwortete der Totengräber. »Als sie Land und Macht hatten, haben sie beides schlecht verwaltet, und jetzt, wo ihr Haupt gebeugt ist, schert sich kaum einer drum, wann sie es wieder erheben.«

»Wahrhaftig«, sagte Ravenswood, »ich habe noch nie gehört, daß diese unglückliche Familie solchen Unwillen in ihrem Land verdient hätte. Ich weiß von ihrer Armut, gewiß – aber macht sie das verachtenswert?«

»Ist zumindest der halbe Weg dazu«, antwortete der Totengräber, »auf mein Wort: Ich zumindest weiß nichts anderes, das mich verächtlich machen könnte, und die Leute sind weit davon entfernt, mich so zu achten, wie sie's tun würden, wenn ich in einem zweistöckigen, schiefergedeckten Haus wohnte. Was die Ravenswoods betrifft, hab' ich drei Generationen von ihnen gekannt, und die eine taugte immer noch weniger als die vorherige.«

»Ich dachte, sie seien im Lande beliebt gewesen?«

»Beliebt! Aber seht selbst, Sir, was den alten Lord Großvater betrifft – ich lebte auf seinem Land, als ich noch ein kleiner Junge war, und konnte prächtig die Trompete blasen, denn ich hatte damals Atem genug. Und wenn ich an den Trompeter Marine denke, den ich vor den Lords der Umgegend habe spielen hören, ich hätt' ihn niedergespielt, als wär' er ein Kind mit seiner Pfennigspfeife – ich hätt' gern sehen wollen, ob er *Boot and saddle* oder *Horse and away* oder *Gallants, come trot* mit mir geblasen hätte – das hätt' er nicht geschafft!«

»Was hat das mit dem alten Lord Ravenswood zu tun, mein Freund?« fragte Ravenswood, der mit einer gewissen Ängstlichkeit, die hier äußerst natürlich war, die Fortsetzung der Erzählung des Musikanten erwartete. »Was hat sein Andenken mit Euren Trompeterkünsten zu tun?«

»Genau dies, Sir«, erwiderte der Totengräber, »daß ich sie in seinem Dienst einbüßte. Seht Ihr, ich war Schloßtrompeter und mußte bei Tagesanbruch und zu Mittag blasen, und zu andern Zeiten, wenn Gesellschaft auf der Burg war und Mylord es so wollte; und als er seine Männer zu den Waffen rief, um nach Bothwell Bridge gegen die Landesverwüster, die kopfverdrehten Whigs zu reiten, mußte ich, ob ich wollte oder nicht, auch aufs Pferd steigen und mit ihnen davonreiten.«

»Und das war nur recht und billig«, sagte Ravenswood. »Ihr wart sein Diener und Untertan.«

»Diener, sagt Ihr?« versetzte der Totengräber. »Ja, das war ich – aber ich war's, um die Leute zu ihrer warmen Mahlzeit zu schicken oder im schlimmsten Fall zu einem anständigen Begräbnis, und nicht um sie dazu zu treiben, sich auf einem Schlachtfeld alle Knochen zu zerschlagen. Doch Geduld, Ihr werdet hören, wie das ausging und wieviel Dank ich den Ravenswoods schuldig bin. Wir zogen aus an einem Sommermorgen, den 24. Juni 1679, die Trommeln schlugen, die Kanonen ratterten, die Pferde stampften und trappelten. Hackstoun von Rathillet hatte die Brücke mit Musketen, Karabinern, Picken, Schwertern und was weiß ich besetzt, und wir Reiter erhielten Befehl, durch die Furt überzusetzen. Ich hasse Furten schon immer, aber ganz besonders, wenn Tausende von bewaffneten Männern auf dem anderen Ufer warten. Der alte Ravenswood war an der Spitze und schwang seinen *Andreas Ferrara*, indem er uns zuschrie, nachzukommen und zu blasen, als ging's auf einen Jahrmarkt. Caleb Balderstone, der noch lebt, brüllte im Nachzug und schwor Gog und Magog, daß er demjenigen sein Schwert in die Eingeweide stoßen werde, der sich unterstände, sein Pferd umzuwenden. Der junge Allan Ravenswood, eine gespannte Pistole in der Hand – es war ein Glück, daß sie nicht losging –, schrie mir zu, mir, der ich kaum Atem genug für meine eigene Lunge hatte: *Blas', Feigling! Blas', verfluchter feiger Lump, oder ich blase dir das Gehirn aus dem Schädel!* Und glaubt mir, ich blies zum Kampf, daß das Glucken einer Henne Musik dagegen war.«

»Gut, gut, Sir, faßt Euch kurz.«

»Kurz! Es hätt' nicht viel gefehlt, und ich hätt' mich kurz gefaßt, und zwar in der Blüte meiner Jugend, wie die Schrift sagt, und das ist genau, worüber ich mich beklage. Gut! Wir platschten alle blindlings ins Wasser, auf Tod oder Leben – ein Pferd drängte das andere, wie's das dumme Vieh zu tun pflegt und Reiter, die ebensowenig Verstand haben. Das Gebüsch am Ufer brannte förmlich von den Mündungsfeuern der Whigs, und mein Pferd hatte kaum den Fuß an Land gesetzt, als so ein finsterer, westländischer Kerl – in hundert Jahren werd' ich sein Gesicht nicht vergessen; Augen wie ein Falke und ein Bart so groß wie meine Schaufel – mir auf einmal seine lange, schwarze Flinte ganz dicht vor dem Ohr abbrennt. Dem Himmel sei Dank, mein Pferd bäumte sich auf, und ich fiel von der einen Seite herunter, während die Kugel auf der andern pfiff, und der schreckliche alte Lord versetzte dem Whig einen solchen Schlag mit seinem breiten Schwert, daß dessen Kopf in zwei Teile zerspalten wurde und der üble Bursche mit seinem ganzen Gewicht auf mich stürzte.«

»Dafür seid Ihr dem alten Lord doch eher Euren Dank schuldig, glaube ich«, sagte Ravenswood.

»Was, ich? Potztausend! Erstens dafür, daß er mich in Lebensgefahr brachte, ob ich wollte oder nicht, und dann, daß er mir einen Kerl auf die Rippen lud, der mir die halbe Lunge aus dem Körper quetschte? Ich bin seit der Zeit immer kurzatmig und kann keine zwanzig Schritte geh'n, ohne wie ein alter Müllersgaul zu schnaufen.«

»Deshalb verlort Ihr Eure Stellung als Trompeter?«

»Ob ich sie verlor? Da könnt Ihr Gift drauf nehmen, daß ich sie verlor!« versetzte der Totengräber. »Denn wie hätt' ich mit halbem Atem blasen können? Dennoch wär's mir noch ziemlich gut gegangen, denn ich hatte mein Gehalt und freie Wohnung und außer Fiedelspielen wenig zu tun. Aber der letzte Lord von Ravenswood, Allan, war noch tausendmal schlimmer als sein Vater.«

»Was! Hat Euch mein Vater – ich wollte sagen: der Sohn dieses Vaters, der letzte Lord Ravenswood, der großzügigen Gabe beraubt, die sein Vater Euch zugestanden hatte?«

»In der Tat hat er's«, antwortete der Alte, »denn er ließ seine Angelegenheiten vor die Hunde gehen und hetzte uns Sir William Ashton auf den Hals, der nichts für nichts gibt und mich und alle armen Geschöpfe, die ihr Futter und eine Höhle für ihr Haupt auf dem Schloß hatten, kurzerhand hinauswarf.«

»Wenn Lord Ravenswood seine Leute schützte und versorgte, solange er die Mittel dazu hatte, sollten diese sein Andenken ehren, oder?«

»Ich laß' Euch Eure Meinung, Herr«, antwortete der Totengräber, »doch Ihr werdet mir nicht weismachen, daß er sich selbst und den armen Teufeln gegenüber, die von ihm abhingen, seine Pflicht getan hat, indem er uns zum Tor hinausführte. Er hätte jedem von uns lebenslängliches Wohnrecht in unsern Häusern und Gärten überlassen können; und jetzt lebe ich als alter Mann in dieser elenden Hütte da, die sich besser für einen Toten als einen Lebenden eignet, und muß mich vom Rheumatismus umbringen lassen. Und das alles nur, weil Ravenswood sein Vermögen wie ein Narr verwaltet hat.«

»Es ist nur zu wahr«, sagte Ravenswood betroffen, »die Strafen der Zügellosigkeit beschränken sich nicht auf die Leiden des Verschwenders.«

»Doch dieser junge Edgar wird wohl für mich alles rächen.«

»Wirklich?« fragte Ravenswood überrascht. »Warum glaubt Ihr das?«

»Man sagt, er wolle die Tochter Lady Ashtons heiraten, und wenn ihm diese Lady erst einmal den Daumen aufs Auge gedrückt hat, werdet Ihr sehen, ob er den Kopf je wieder heben kann. Ein schlechter Bissen, wenn ich er wäre. Mag sie für sich bleiben, wenn sie alles, was ihr nahekommt, mit kochendem Wasser begießen will! – Seht, das Schlimmste, was ich dem jungen Menschen wünschen könnte, ist, daß er sich eine Ehre draus macht, sich mit den Feinden seines Vaters zu verbünden, die ihm seine großen Ländereien abgenommen haben und mir meinen hübschen Kohlgarten.«

Cervantes bemerkt sehr scharfsinnig, daß Schmeichelei selbst aus dem Mund eines Narren gefällt und sowohl Tadel als auch Lob oft Eindruck auf uns machen, trotzdem wir die Gründe und Meinungen verachten, auf denen sie basieren. Nachdem Ravenswood seinen Auftrag bezüglich Alice' Bestattung rasch wiederholt hatte, verließ er den Totengräber in der schmerzlichen Überzeugung, daß die große und kleine Welt über seine Verlobung mit Lucy wie dieser unwissende, selbstsüchtige Bauer urteilen würde.

»Und ich habe mich zum Gespött der Leute gemacht und solchen Nachreden ausgesetzt – und *sie* haben mich zurückgewiesen! O Lucy, Deine Treue muß fest und stark sein wie ein Diamant, um mich für die Demütigung zu entschädigen, mit der die Meinung der Welt und das Betragen deiner Mutter den Erben von Ravenswood überhäuft!«

Als er aufblickte, gewahrte er den Marquis von A., der nach seiner Ankunft im *Fuchsbau* ausgegangen war, um seinen Verwandten zu suchen.

Er entschuldigte sich bei Ravenswood, daß er am vergangenen Abend nicht gekommen sei. Er hätte dies gerne getan, wäre aber zur Kenntnis einer Sache gekommen, die ihn verhindert habe.

»Wie ich nun weiß«, fuhr er fort, »war hier ein Techtelmechtel im Spiel, und obgleich ich Euch tadeln möchte, daß Ihr mir nichts davon mitgeteilt habt, da ich doch gewissermaßen das Haupt der Familie…«

»Mit Eurer Lordschaft Erlaubnis«, erwiderte Ravenswood, »ich bin Euch für die Anteilnahme, die Ihr mir schenkt, herzlich verbunden, aber *ich* bin das Haupt der Familie.«

»Ich weiß, ich weiß«, sagte der Marquis beschwichtigend, »Ihr seid es streng genommen in einem heraldischen und genealogischen Sinn. Was ich meine ist, daß, da Ihr in gewisser Hinsicht unter meiner Führung…«

»Ich nehme mir die Freiheit, Euch zu sagen, Mylord«, antwortete Ravenswood – und der Ton, in dem er ihn unterbrach, hatte durchaus etwas Schneidendes –, als er selbst vom Totengräber unterbrochen wurde, der ihnen keuchend nachlief, um Ihre Gnaden zu fragen, ob sie im Wirtshaus Musik verlangten, um das karge Mahl zu verschönern.

»Wir brauchen keine Musik!« sagte Ravenswood kurz und scharf.

»Euer Gnaden weiß nicht, was Ihr verschmäht«, beharrte der Fiedler mit der aufdringlichen Beherztheit seines Berufsstandes. Ich spiele *Wilt thou do't again* und *The Auld Man's Mear's Dead* sechsmal besser als Patie Birnie. Ich hol' meine Fiedel schneller, als man eine Sargschraube umdreht.«

»Geht Eures Weges, Sir«, sagte der Marquis.

»Wenn Euer Gnaden ein Herr aus dem Norden ist«, sagte der unerschütterliche Musikant, »wie ich Eurer Aussprache zu entnehmen glaube – ich kann auch *Liggeram Cosh* und *Mullin Dhu* und *The Cummers of Athole.*«

»Macht, daß Ihr fortkommt, Freund, Ihr stört unser Gespräch.«

»Oder wenn Ihr – mit Euer Gnaden Erlaubnis – vielleicht ehrlich denkt« – er sagte dies in einem leisen und verschwörerischen Ton – »ich spiele auch *Killiecrankie* und *The King shall hae his ain* und *The Auld Stuarts back again.* Die Wirtin der Schenke ist eine kluge, verschwiegene Person, kein Mensch erfährt's, auf was angestoßen wird und welche Musik in ihrem Haus gespielt wird – sie ist für alles taub außer für das Klingeling des Silbers.«

Der Marquis, der gelegentlich im Verdacht stand, ein Jakobit zu sein, konnte nicht anders als herzlich lachen. Er gab dem Kerl eine Münze und wies ihn an, wenn er Lust hätte, seinen Dienern aufzuspielen oder seines Weges zu gehen.

»Sehr wohl, Sir«, sagte der Fiedler, »ich wünsche Euer Gnaden einen guten Tag. Ich bin um etwas Geld reicher, und Ihr seid um meine Musik ärmer, das sag' ich Euch. Doch ich will heimgehen, mein Grab fix fertigmachen, wie man eine Fiedelsaite stimmt, und dann nehme ich mein anderes Berufswerkzeug, suche Eure Leute auf – und dann will ich sehen, ob sie bessere Ohren als ihre Herren haben.«

KAPITEL 24

Wahre Liebe, die es redlich meint,
Du hast es schwer;
Ringen mußt du jeden Tag
Um Glück, Gefallen und Bestand.

Ich weiß aus vielen Klagen meiner Freunde
Und mehr noch aus dem eignen Herz,
Wie Zeit und launenhafter Wandel
Die Bande wahrer Liebe lösen.
Hendersoun.

»Da wir den zudringlichen Geiger nun los sind«, hob der Marquis wieder an, »will ich Euch sagen, mein teurer Verwandter, daß ich über Eure Liebesaffäre mit der Tochter Sir William Ashtons zu sprechen versucht habe. Ich habe die junge Dame bisher lediglich einige Minuten gesehen; da mir also ihre persönlichen Vorzüge nicht bekannt sind, sollte es für Euch schmeichelhaft und kann es ihr nicht beleidigend sein, wenn ich sage, daß Ihr's besser treffen könntet.«

»Mylord, ich bin Euch für die Anteilnahme an meinen Angelegenheiten verbunden«, erwiderte Ravenswood. »Es war nicht meine Absicht, Euch mit irgendeiner Sache, Miß Ashton betreffend, zu belästigen. Da aber Eure Lordschaft Kenntnis über mein Verhältnis zu dieser jungen Dame bekommen hat, will ich Euch sagen, daß Ihr gewiß annehmen dürft, daß ich die Einwände dagegen, in ihres Vaters Familie einzuheiraten, nicht unbeachtet gelassen habe und dennoch die Gründe, die diese Einwände überwogen, vollkommen einleuchtend fand, so daß ich in dieser Sache so weit gegangen bin.«

»Nun, Herr, wenn Ihr mich zuende gehört hättet«, sagte sein edler Verwandter, »würdet Ihr Euch diese Bemerkung gespart haben, denn ungeachtet der Frage, ob Ihr Gründe hättet, die

Euch jedes Hindernis zu überwiegen schienen, habe ich mit allen Mitteln die Ashtons zu überreden versucht, auf Eure Absichten einzugehen.«

»Ich bin Eurer Lordschaft für Eure unaufgeforderte Vermittlung verbunden«, sagte Ravenswood, »besonders, da ich überzeugt bin, daß Ihr die Grenzen, die ich mir selbst zu stecken für gut fand, nicht überschreiten würdet.«

»Worauf Ihr Euch verlassen könnt«, sagte der Marquis; »ich fühle das Delikate der Situation selbst zu deutlich, als daß ich einen nahen Verwandten meines Hauses in eine demütigende oder zweideutige Stellung mit diesen Ashtons gebracht hätte. Ich demonstrierte ihnen alle Vorteile, wenn sie ihre Tochter in ein so edles Haus, das mit den besten Familien Schottlands verwandt ist, verheirateten; ich gab ihnen den genauen Verwandtschaftsgrad an, in dem die Ravenswood zu uns stehen; ja, ich deutete ihnen an, welche Veränderung die Politik wahrscheinlich nehmen wird und welche Karte im nächsten Parlament Trumpf sein werde. Ich sagte, daß ich Euch als meinen Sohn und Neffen betrachte, nicht als einen entfernten Verwandten, und daß Eure Angelegenheiten die meinen seien.«

»Und was war das Ergebnis der Erklärungen Eurer Lordschaft?« fragte Ravenswood, der im Zweifel war, ob er sich über die Einmischung ereifern oder freuen sollte.

»Tjah, der Lord Keeper würde Argumenten der Vernunft nicht unzugänglich gewesen sein«, antwortete der Marquis. »Er will seine Stellung nicht gerne verlieren, die ihm bei den gegenwärtigen Aussichten auf eine Veränderung mit ziemlicher Wahrscheinlichkeit verlustig gehen muß. Die Wahrheit zu sagen, er scheint Euch zu mögen und für die vielen Vorteile empfänglich zu sein, die ihm eine solche Heirat bringen müßte. Aber seine Frau, die das Zepter in der Hand hält…«

»Was ist mit Lady Ashton?« fragte Ravenswood. »Erzählt, wie ist die Sache ausgegangen – ich kann's ertragen.«

»Das freut mich«, erwiderte der Marquis, »denn ich würde mich schämen, wenn ich Euch nur halb berichten würde, was sie sagte. Genug – ihr Entschluß ist unmißverständlich; und die Vorsteherin einer vornehmen Mädchenpension hätte nicht mit mehr Hochmut einen irischen Offizier in halbem Sold abgewiesen, der um Erlaubnis bittet, der Erbin eines reichen, westindischen Pflanzers den Hof machen zu dürfen, als Lady Ashton alle Vermittlungsvorschläge, die ich zu Euren Gunsten machen konnte, verächtlich zurückgestoßen hat. Ihre Absichten sind mir ein Rätsel. Eine ehrenvollere Verbindung könnte sie nicht finden, soviel ist gewiß. Was Geld und Güter betrifft, sind das Dinge, um die sich eher ihr Mann als sie zu kümmern pflegt. Ich glaube wirklich, sie haßt Euch, weil Ihr von Rang seid, den ihr Mann nicht hat, und vielleicht, weil Euch die Ländereien fehlen, die ihr guter Mann besitzt. Doch ich würde Euch nur verärgern, wenn ich mehr darüber sagte – seht, wir haben das Gasthaus erreicht.«

Ravenswood schwieg, während er in die Hütte trat, die aus allen Fugen (und es waren nicht wenige) rauchte, weil die Reiseköche des Marquis damit beschäftigt waren, ein Mahl zuzubereiten und mitten in der Wildnis eine Speisetafel aufzubieten.

»Mylord Marquis«, sagte Ravenswood, »ich habe bereits erwähnt, daß Euch ein Zufall zum Mitwisser eines Geheimnisses gemacht hat, das meinem Willen nach selbst Euch, meinem Verwandten, einige Zeit hätte verborgen bleiben sollen. Da aber nicht mehr nur ich und die Person, die noch daran beteiligt ist, dies Geheimnis kennen, tut es mir nicht leid, daß es Eure Lordschaft ist, die darum weiß – denn ich bin völlig überzeugt, daß Ihr mein edler Verwandter und Freund seid.«

»Es ist bei mir gut aufgehoben, darauf könnt Ihr Euch verlassen, Herr von Ravenswood«, sagte der Marquis, »doch würde ich gerne hören, daß Ihr diesen Heiratsplan aufgebt, den Ihr nicht ohne einen gewissen Grad von Erniedrigung verfolgen könnt.«

»Darüber, Mylord, werde ich urteilen«, antwortete Ravenswood, »und wie ich hoffe, mit ebensoviel Feingefühl wie meine Freunde. Aber ich habe keinerlei Vereinbarungen mit Sir William und Lady Ahston. Es ist allein Miss Ashton, um die es mir geht und nach der sich mein Verhalten richtet. Wenn sie mich weiterhin in meiner Armut den wohlhabenderen Freiern, die ihre Freunde ihr empfehlen, vorzieht, werde ich ihrer aufrichtigen Liebe doch getrost ein Opfer bringen können – den Vorteil der höheren Geburt und die Vorurteile eines tiefgewurzelten Familienhasses. Sollte Miß Lucy Ashton ihre Meinung über diese zarte Angelegenheit ändern, vertraue ich auf meine Freunde, daß sie meine getäuschte Liebe verschweigen, und werde meine Feinde dazu zu bringen wissen, dasselbe zu tun.«

»Gesprochen wie ein tapferer, junger Edelmann«, sagte der Marquis. »Ich für mein Teil wäre um Euretwillen betrübt, wenn die Sache vorwärts ginge. Dieser Sir William Ashton war vor zwanzig Jahren ein ziemlich guter Zungendrescher von Advokat, und indem er vor Gerichtsschranken focht und Parlamentsausschüsse leitete, ist er vorangekommen – die Darien-Sache half ihm empor, denn er hatte guten Verstand und gesunde Augen und hat rechtzeitig verkauft – aber seine beste Zeit ist vorbei. Keine Regierung wird ihn so hoch schätzen wie er sich selbst, oder vielmehr wie seine Frau, und bei seiner Unentschlossenheit und Lady Ashtons Unverschämtheit wird er, ahnt mir, auf dem Markt als Ladenhüter sitzen bleiben und zum Ramsch werden, wenn niemand auf ihn bietet. Ich sage nichts über Miß Ashton; aber ich versichere Euch, eine Verbindung mit ihrem Vater wird Euch weder zum Nutzen, noch zur Zierde gereichen, auch wenn er Euch einen Teil dessen, was er Eurem Vater geraubt hat, als Mitgift herausrücken sollte. Mein Wort drauf, Ihr gewinnt mehr, wenn Ihr die Sache beherzt vor's Haus der Pairs bringt. Und ich will der Mann sein«, fuhr Seine Lordschaft fort, »der Euch den Fuchs hetzen wird; er soll den Tag bereuen, an dem er eine Verbindung zurückgewiesen hat, die nur allzu ehrenvoll für ihn gewesen wäre und die ihm zugunsten eines Verwandten von mir angeboten wurde.«

In dieser Rede war etwas, das über's Ziel hinausschoß. Ravenswood konnte sich nicht verhehlen, daß sein edler Vetter außer dem Mitgefühl für seinen Verwandten noch andere Gründe haben müsse, um über die Zurückweisung des Heiratsantrags beleidigt zu sein; freilich beklagte er sich weder, noch war er besonders erstaunt darüber. Er begnügte sich zu wiederholen, daß seine Verbindung mit Miß Ashton rein persönlich sei, daß er weder Reichtum, noch Aufstieg durch Mittel und Einfluß ihres Vaters anstrebe und daß nichts ihn abhalten solle, sein Versprechen zu halten, wenn sie es nicht ausdrücklich anders wünschen würde – und dann bat er darum, diesen Gegenstand fürs erste nicht mehr zu berühren und versprach dem Marquis von A., daß er ihm von Fortgang oder Rückschritten in dieser Sache Kenntnis geben werde.

Der Marquis hatte bald angenehmere und zugleich wichtigere Dinge mitzuteilen. Ein Bote, der ihm von Edinburgh nach Ravenswood Castle und von da zum *Fuchsbau* gefolgt war, brachte ein Päckchen voll guter Neuigkeiten. Die politischen Berechnungen des Marquis hatten sich – sowohl in London, als auch in Edinburgh – erfüllt, und er sah die Rangerhöhung, die er anstrebte, bereits in Greifweite. – Die Speisen, die die Diener bereitet hatten, wurden nun aufgetragen, und ein Epikuräer hätte sie vielleicht mit doppeltem Genuß verzehrt angesichts des Kontrasts mit der elenden Stube, in der sie serviert wurden.

Die Wendung, die das Gespräch nahm, war angenehm und aufmunternd. Der Marquis verweilte mit Vergnügen beim Einfluß, den er nach den kommenden Ereignissen wahrscheinlich innehaben werde, und beim Gebrauch, den er davon zugunsten seines Verwandten machen wolle. Ravenswood wiederholte den Dank, den er auch ehrlich fühlte, obwohl er den Eindruck hatte, daß man zu lange über diesen Gegenstand sprach. Der Wein war hervorragend, und da es die Gewohnheit des Marquis war, kein Ende zu finden, wenn er sich so gut verköstigt sah, brachen sie erst zwei Stunden später als ursprünglich vorgesehen auf.

»Was macht's, mein lieber, junger Freund«, sagte der Marquis, »Eure Burg Wolf's Crag ist gerade mal fünf oder sechs Meilen entfernt und wird Eurem Verwandten von A. dieselbe Gastlichkeit gewähren, die sie diesem gewissen Sir William Ashton gewährt hat.«

»Sir William nahm die Burg im Sturm ein«, erwiderte Ravenswood, »und wie so mancher Sieger hatte er wenig Ursache, sich seiner Eroberung zu freuen.«

»Gut, gut!« meinte der Lord von A., der es infolge des Weins mit seiner Würde nicht mehr ganz so genau nahm. »Wie's aussieht, muß ich Euch bestechen, wenn ich willkommen sein will... Kommt, stoßt mit mir und einem vollen Glas auf die Gesundheit der jungen Lady an, die kürzlich in Wolf's Crag schlief und der ihr Quartier gefallen hat. Meine Knochen sind nicht so zart wie ihre, und ich bin entschlossen, für diese Nacht ihr Zimmer zu erobern, damit ich beurteilen kann, wie hart das Lager ist, das Liebe weich machen kann.«

»Eure Lordschaft mag seine Kasteiungen wählen, wie's ihm beliebt«, sagte Ravenswood, »aber ich versichere Euch, mein alter Diener wird sich erhängen oder von den Zinnen stürzen, wenn der Besuch Eurer Lordschaft so unerwartet kommt. Glaubt mir, wir sind ganz und gar nicht vorbereitet.«

Aber auf diese Erklärung antwortete der Marquis mit der Versicherung, ihm seien alle Bequemlichkeiten gleichgültig und er fest entschlossen, Wolf's Crag zu besuchen. Sein Vorfahr, erzählte er, sei dort herrlich bewirtet worden, bevor er mit dem damaligen Lord Ravenswood in die unglückselige Schlacht von Flodden gezogen sei, in der sie beide fielen. So in die Enge getrieben, erbot sich Ravenswood vorauszureiten, um für alle Vorbereitungen zu sorgen, die Zeit und Umstände erlaubten; doch der Marquis wollte auf die Gesellschaft seines Verwandten nicht verzichten und ließ sich lediglich darauf ein, daß ein Vorbote dem Oberdiener Caleb Balderstone die Nachricht von der unerwarteten Invasion ankündigen solle.

Ravenswood stieg auf Einladung des Marquis kurz darauf in die Kutsche, und als sie im Verlauf der Reise vertrauter wurden, stellte ihm der Marquis all die glänzenden Aussichten vor Augen, die er genießen würde, falls die politischen Pläne gelängen. Diese Aussichten beruhten nicht zuletzt auf einer geheimen, höchst wichtigen Mission auf den Kontinent, für die ein Mann von Rang, großen Fähigkeiten und vollkommener Vertrauenswürdigkeit gesucht wurde, dem für die Erfüllung Ehre und Vorteile gewiß seien. Wir wollen auf Art und Ziel dieses Auftrags nicht weiter eingehen, sondern nur anmerken, daß die Aufgabe Ravenswood hochannehmbar erschien und daß er mit Freuden die Möglichkeit begrüßte, aus seiner gegenwärtigen Lage der Armut und Untätigkeit zu unabhängiger, ehrenvoller Wirksamkeit zu gelangen.

Während er entsprechend begierig den Details lauschte, mit denen der Marquis ihn nun vertraut machte, kehrte der Bote, der nach Wolf's Crag geschickt worden war, mit Caleb Balderstones ehrerbietiger, gehorsamer Versicherung zurück, daß, soweit es die Kürze der Zeit erlaube, alles vorbereitet werde, um Seine Lordschaft nach Gebühr zu empfangen.

Ravenswood kannte Ausdrucks- und Handelnsweise seines Dieners zu gut, um auf solche Versicherungen etwas zu geben. Er wußte, daß Caleb nach dem Prinzip jener spanischen Generale handelte, die zur großen Verwirrung des Prinzen von Oranien, ihres Oberkommandierenden, die Zahl der Truppen und aller Ausrüstungen für vollständig ausgaben, da sie es mit Würde und Ehre Spaniens nicht für vereinbar hielten, irgendeinen Mangel an Mann oder Munition zuzugeben – bis der Tag der Schlacht ihn unvermeidlich ans Licht brachte. Folglich fühlte sich Ravenswood genötigt, dem Marquis anzudeuten, daß das schöne Versprechen, das sie soeben von Caleb empfingen, keineswegs eine äußerst schlechte Bewirtung unmöglich mache.

»Ihr tut Euch Unrecht«, sagte der Marquis, »oder Ihr wollt mich überraschen. Durch dieses Fenster sehe ich ein großes Licht in der Gegend, wo, wenn ich mich recht entsinne, Wolf's Crag liegt, und dem Glanz nach, in dem der alte Turm erstrahlt, müssen die Vorbereitungen zu unserem Empfang außerordentlich sein. Ich erinnere mich, daß Euer Vater mich auf gleiche Weise täuschte, als wir vor zwanzig Jahren für einige Tage zur Falkenjagd auf den Turm wollten, und doch brachten wir unsere Zeit in Wolf's Crag so vergnügt hin, wie wir es auf meinem Jagdschloß zu B. nicht besser hätten tun können.«

»Eurer Lordschaft steht, fürchte ich, die Erfahrung bevor, daß der jetzige Eigentümer geringenere Mittel hat, seine Freunde zu bewirten – der Wille nur, das kann ich versichern, ist der gleiche geblieben. Aber ich weiß ebenso wenig wie Eure Lordschaft, wie ich mir das große, strahlende Licht über Wolf's Crag erklären

soll – der Turm hat nur wenige, kleine Fenster, und die des ersten Stocks werden obendrein von der Hofmauer verdeckt. Ausgeschlossen, daß eine solche Beleuchtung mit rechten Dingen zugeht.«

Das Rätsel war bald gelöst, denn fast im selben Augenblick stoppten die Reiter, und man vernahm die Stimme von Caleb Balderstone am Kutschenfenster, der mit dem Ausdruck des Schmerzes und der Furcht ausrief: »Ach, ihr Herren! Ach, meine guten Lords! Haltet Euch rechts! Wolf's Crag brennt, Turm und Halle, all' der Reichtum drinnen und draußen – all' die feinen Möbel, Gemälde, Tapeten, Stickereien, Vorhänge und der andere Dekor – alles in Flammen, als wär's nicht mehr als Torf und Erbsenstroh! Haltet Euch rechts, ihr Herren, ich fleh' Euch an; bei Lucky Sma'trash findet ihr Bewirtung; aber ach, welch' unglückliche Nacht, und wie unglücklich ich, daß ich sie erleben muß!«

Ravenswood war anfangs wie betäubt über diesen neuen, unerwarteten Unglücksfall, doch nach kurzer Besinnung sprang er aus dem Wagen, wünschte seinem edlen Verwandten eiligst gute Nacht und war im Begriff, die Anhöhe zum Turm hinaufzueilen, von dem sich jetzt eine hohe, rote Feuersäule erhob, die zur See hin weit über die brandenden Wogen flackerte.

»Nehmt ein Pferd, Vetter«, rief der Marquis, äußerst bestürzt, daß ein neues, unerwartetes Unglück seinen jungen Protegé befallen hatte. »Und mir auch ein Pferd; und ihr, Burschen, eilt vorwärts, rettet, was zu retten ist, und löscht das Feuer – reitet zu, Burschen, als ging's um euer Leben!«

Die Begleiter setzten sich in Bewegung, spornten ihre Pferde und riefen Caleb zu, ihnen den Weg zu weisen. Doch die Stimme des besorgten Hausmeisters übertönte den Tumult: »Halt, ihr Herren, halt! Wendet die Zügel, um Himmelswillen! Fügt dem Verlust von weltlichem Tand nicht den von Menschenleben hinzu! – Dreißig Pulverfässer, die ein Schiff aus Dünkirchen zu Zeiten des alten Lords ausgeladen hat – alle in den Gewölben des alten Turms, das Feuer kann nicht weit davon sein, das weiß ich. – Um Gotteswillen, rechts, Leute, rechts! Der ganze Hügel könnte mit uns in die Luft fliegen – oder ein Eckstein von Wolf's Crag jede ärztliche Hilfe überflüssig machen!«

Man wird leicht glauben, daß auf diese Erklärung hin der Marquis und seine Dienerschaft schleunigst den von Caleb gewiesenen Weg nahmen, wobei sie Ravenswood mit sich zogen, obwohl dieser manch Rätselhaftes an der Sache fand.

»Schießpulver!« rief er aus und hielt Caleb zurück, der ihm vergebens zu entwischen suchte. »Was für Schießpulver? Ich begreife nicht ganz, wie eine große Menge Pulver in Wolf's Crag lagern kann, ohne daß ich davon wußte.«

»Ich begreife es«, unterbrach ihn der Marquis flüsternd, »ich begreife es ganz und gar – um Gotteswillen, stellt ihm jetzt keine weiteren Fragen.«

»Da haben wir's«, sagte Caleb, indem er sich seinem Herrn entwand und seine Kleidung in Ordnung brachte, »Euer Gnaden wird sich auf das ehrenvolle Zeugnis Seiner Lordschaft verlassen; Seine Lordschaft erinnert sich wohl, daß im Jahr von König Williams Tod...«

»Still! Still, guter Freund!« sagte der Marquis. »Ich werde Euerm Herrn über diese Sache Auskunft geben.«

»Und kam Euch niemand von den Leuten aus Wolf's Hope zu Hilfe«, fragte Ravenswood, »bevor die Flammen derart weit um sich griffen?«

»Gewiß, viele kamen, um lange Finger zu machen«, versetzte Caleb. »Aber mir fiel nicht ein, sie in den Turm zu lassen, wo so viel Silbergeschirr und andere Kostbarkeiten waren.«

»Ach, ihr unverschämter Lügner!« entfuhr es Ravenswood in unverhohlenem Zorn. »Es war nicht eine einzige Unze von...«

»Außerdem«, fiel ihm äußerst unehrerbietig sein Kellermeister ins Wort, »war uns das Feuer auf dem Hals, die vielen Tapeten und das Schnitzwerk im Festsaal gaben ihm Zunder, und die Burschen liefen alle davon, sobald sie das Wort Pulver hörten.«

»Ich bitte Euch«, mischte sich noch einmal der Marquis ein, »stellt ihm keine weiteren Fragen.«

»Nur eine, Mylord. – Was ist aus der armen Mysie geworden?«

»Mysie! Ich hatte keine Zeit, mich um Mysie zu kümmern. Sie

ist im Turm, da bin ich sicher, und erwartet ihr letztes Stündlein.«

»Beim Himmel!« rief Ravenswood. »Ich begreife das alles nicht! Das Leben eines treuen, alten Geschöpfs steht auf dem Spiel – Mylord, ich kann nicht länger warten – ich muß hinaufreiten und sehen, ob die Gefahr wirklich so dringend ist, wie dieser alte Narr hier vorgibt.«

»Nun ja, so wahr ich von Brot lebe«, meinte Caleb, »Mysie ist wohlauf und in Sicherheit. Ich sah sie außerhalb des Turms, ehe ich ihn verließ. Hätte ich denn eine alte Dienstgefährtin vergessen können?«

»Und warum habt Ihr gerade das Gegenteil gesagt?«

»Hab' ich das? Dann hab' ich gewiß geträumt – oder diese schreckliche Nacht hat mir den Kopf verwirrt. Wirklich, sie ist in Sicherheit, und keine lebende Seele mehr in der Burg.«

Auf diese feierlich wiederholte Versicherung hin ließ sich Ravenswood (obwohl er seinem Wunsch, die Explosion, die die Burg seiner Väter bis auf den Grund zerstören würde, mit eigenen Augen anzusehen, kaum widerstehen konnte) ins Dorf Wolf's Hope führen, wo nicht nur die Schenke, sondern auch das Haus des Küfers für seine und seines edlen Gastes Aufnahme mit solcher Zuvorkommenheit vorbereitet war, daß dies eine nähere Erklärung verdient.

Wir wollen rasch nachtragen, daß Lockhard entdeckt hatte, auf welche Weise sich Caleb mit den Zutaten des Festmahls versorgt hatte, und daß der Lord Keeper – amüsiert über den Vorfall und zu der Zeit bestrebt, sich Ravenswood erkenntlich zu zeigen – den Küfer von Wolf's Hope für die von der Regierung zu vergebende Stelle vorschlug, deren verhoffte Erwerbung den Verlust des Wildgeflügels versüßt hatte. Die Beförderung von Mr. Girder sollte dem alten Caleb eine freudige Überraschung bescheren, denn als er sich einige Tage nach der Abreise seines Herrn gezwungen sah, dringender Geschäfte wegen das Dorf zu besuchen, und aus Furcht, daß man von ihm Rechenschaft über den Erfolg seines Bittgesuchs einfordern könne bzw., was wahrscheinlicher war: ihm wegen seiner trügerischen Vorspiegelungen Vorwürfe machen würde, wie ein Gespenst an der Tür des

Küfers vorbeihuschen wollte, hörte er sich plötzlich dreistimmig – im Diskant, Tenor und Baß – rufen, und dieses Trio bildeten Mrs. Girder, die alte Frau Loup-the-Dyke und der Hauswirt: »Mr. Caleb! Mr. Caleb! Mr. Caleb Balderstone! Wollt Ihr trockenen Mundes an unserer Tür vorbeigehen? Wir sind tief in Eurer Schuld!«

Dies hätte ebensogut im Spott wie im Ernst gesagt sein können. Caleb nahm das Schlimmste an, spielte den Tauben und ging mürrisch weiter, indem er seinen altes Castorhut tief in die Stirn drückte und die Augen niederschlug, als wolle er die Kieselsteine der Straße zählen. Aber plötzlich fand er sich umringt und aufgehalten wie ein Handelsschiff vor Gibraltar, das drei algerische Galeeren umkreisen.

»Gott behüt' uns, Mr. Balderstone!« sagte Mrs. Girder.

»Wer hätte das von unser'm alten Bekannten gedacht!« ergänzte die Mutter.

»Und nicht einmal warten wollen, daß man sich bedanken kann«, fügte der Küfer hinzu, »und unsereiner tut's so selten! Ich will nicht hoffen, daß Zwietracht zwischen uns gesät ist, Mr. Balderstone – jedem, der Euch sagt, daß ich für meinen Platz als Küfer der Königin nicht dankbar wäre, soll mein Böttcherbeil das Maul stopfen, so wahr ich hier stehe.«

»Liebe Freunde – teure Freunde«, sagte Caleb, der im Zweifel war, wie die Dinge standen, »wozu die Umstände? Man versucht, seinen Freunden zu helfen, so gut man kann, und manchmal glückt's, und manchmal nicht. Ich mach' mir nichts aus Danksagungen, hab' sie nie leiden mögen.«

»Meiner Treu, Mr. Balderstone, Ihr solltet Euch über die meinigen nicht zu beklagen haben«, sagte der Küfer aufrichtig. »Wenn ich Euch nur für Euren guten Willen zu danken hätte – die Gans und die Wildenten und das Fäßchen Sekt wären dann genug, um unsre Rechnung zu begleichen. Guter Wille, Mann, ist wie ein schlechtgefügtes Faß, das keine Flüssigkeit hält; aber eine gute Tat gleicht einer festen, runden, neuen Tonne, die Wein für die Königstafel halten kann.«

»Habt Ihr nichts von dem Schreiben gehört«, fragte die Schwiegermutter, »das unsern John ganz sicher zum Küfer der Königin macht? Und kaum ein junger Mann, der je ’nen Reif an’s Faß gehämmert hat, der sich nicht darum beworben hätte!«

»Ob ich’s gehört habe!« Caleb begriff, woher der Wind blies, und beeilte sich, den Ausdruck von Zweifel mit einem Anflug von Spott zu beantworten. »Ob ich’s gehört habe, fragt sie!« Und während er sprach, nahm er einen stolzen Gang an, setzte seinen Krempenhut zurecht und ließ seine Stirn unter demselben in allem aristokratischen Glanz hervorscheinen wie die Sonne, die durch Wolken bricht. »Unmöglich, daß ich’s nicht gehört hätte, und so will ich denn der erste sein, der Euch küßt, meine lieben Damen, und Euch Glück wünscht, Küfer; und ich zweifle nicht, daß Ihr nun wißt, wer Eure Freunde sind, die Euch geholfen haben und helfen können. Ich hielt’s für gut, mich zuerst ein wenig fremd zu stellen«, fügte Caleb hinzu, »um zu sehen, ob Ihr von echtem Schrot und Korn seid – doch Ihr seid’s.«

Mit diesen Worten küßte er die Frauen mit einem Ausdruck von Jovialität und reichte mit huldreicher Miene Mr. Girder die Hand zu einem kräftigen Druck. Nach dieser überraschenden, Caleb höchst wohltuenden Neuigkeit zögerte er nicht, wie man leicht glauben wird, eine Einladung zu einem Fest anzunehmen, zu dem nicht nur die angesehensten Personen des Dorfs, sondern auch sein alter Widersacher Mr. Dingwall eingeladen wurden. Bei dieser Festlichkeit war er natürlich der gefeiertste und geehrteste Gast und tischte der Gesellschaft derart viele Geschichten über den Einfluß auf, den er auf seinen Herrn, sein Herr auf den Lord Keeper, der Lord Keeper auf den Staatsrat und der Staatsrat auf den König habe, daß, bevor die Gesellschaft auseinanderging (was eher in einer frühen als späten Stunde geschah), ein jeder der Dorfnotabeln auf der Strickleiter, die Caleb ihrer Einbildung geliehen hatte, nach dem Gipfel irgendeiner Beförderung kletterte. In diesem Moment gewann der listige Caleb nicht nur die alte Stellung unter den Dorfbewohnern wieder, die er innegehabt hatte, als die Familie Ravenswood noch in alter Pracht und Würden gestanden hatte, sondern nahm an Bedeutung geradezu noch zu. Der Schreiber, der Anwalt selbst – so immens ist der Durst nach Beförderung – fühlte sich versucht, Caleb heimlich in eine Ecke zu ziehen und ihm mit gespielter Kümmernis von der schwindenden Gesundheit des Sheriff-Clerks der Gegend vorzusprechen.

»Ein exzellenter Mann, ein hochachtenswerter Mann, Mr. Caleb, doch was soll ich sagen: Wir sind arme, schwache Sterbliche – heute hier und morgen beim Hahnenschrei schon fort – und wenn er dahinsiecht, muß jemand Neues seine Stelle antreten, und wenn Ihr sie mir zuweisen könntet, will ich mich erkenntlich erweisen. Eine Handvoll Goldstücke... Und ich kann auch etwas für Euch tun, die Wolf's Hoper mit dem Herrn von Ravenswood aussöhnen – dem Lord von Ravenswood, wollt' ich sagen – Gott schütze den edlen Lord!«

Ein Lächeln und ein feuriger Händedruck waren die angemessene Antwort auf dieses Angebot, und Caleb stahl sich heimlich aus der heiteren Gesellschaft fort, um sich ausdrücklichen Versprechungen zu entziehen.

»Gott steh' mir bei«, dachte Caleb, als er sich im Freien fand und seinem Frohlocken Luft machen konnte, »hat man je eine solche Herde Dummköpfe gesehen! Die Möwen und kleinen Gänschen auf Bass haben zehnmal mehr Verstand! – Und wenn ich der Lord High Commissioner beim Parlament wär', sie hätten nicht mehr Aufhebens um mich machen können und, die Wahrheit zu gestehen, ich nicht mit ihnen! Doch der Schreiber – ha! ah haha! Gnade mir, wenn ich auf meine alten Tage dem Schreiber noch den Weg bahnen sollte. Sheriff-Clerk! – Doch ich hab' noch eine alte Rechnung mit ihm offen, und ich will meinen Schaden wieder eintreiben. Das Amt wird ihn so viel kosten, als wenn er's im Ernst kriegen sollte, wozu wenig Wahrscheinlichkeit besteht, falls nicht mein Herr den Lauf der Welt besser kennenlernen wird, was ungemein zu bezweifeln ist.«

K A P I T E L 25

Flammen lodern in die Höhe, Funken stieben
Hoch und hell wie Sterne an dem Firmament.
Der Feuerschauer des Untergangs erleuchtet,
Wild emporgetrieben
Aus deinem Horst, die Finsternis des Himmels.
Campbell.

Diese Umstände erklären die bereitwillige und verschwenderische Aufnahme, die der Marquis von A. und Ravenswood in Wolf's Hope fanden. Caleb hatte kaum vom Brand des Turms Nachricht gegeben, als sich der ganze Ort aufmachte, das Feuer zu löschen. Und obwohl der treue Diener ihrem Eifer durch Erwähnung des furchtbaren Inhalts der unterirdischen Gewölbe entgegenwirkte, bekam er durch diesen Schlag lediglich eine andere Richtung. Nie hatte man so viele Kapaune, fette Gänse und zahmes Geflügel geschlachtet, nie so viele geräucherte Schinken gekocht, nie so viel Kuchen, Gebäck, Plätzchen und Waffeln gebacken. Nie hatte man so viele Fässer angeschlagen, nie so viele Bierkrüge entkorkt. Alle bescheideneren Häuser standen für die Diener des Marquis offen, der, wie man glaubte, als Vorbote des Ämtersegens kam, der in Zukunft das übrige Schottland trocken lassen und sich in reichen Strömen über das Dorf Wolf's Hope in Lammermoor ergießen werde. Der Geistliche wollte die vornehmeren Gäste für das Pfarrhaus in Anspruch nehmen – er hatte, hieß es, ein Auge auf eine benachbarte Pfarrei geworfen, deren Vorsteher von angegriffener Gesundheit war –, aber Mr. Balderstone bestimmte die vornehmen Gäste für den Küfer, seine Frau und seine Schwiegermutter, und diese vollführten Freudentänze ob dieser Bevorzugung.

Die Gäste wurden unter vielem Kopfnicken und Verbeugen bewillkommnet, und die Bewirtung war derart gut, wie man von Personen niederen Standes bei einem solchen Besuch nur erwarten konnte. Die alte Dame, die einst in Ravenswood Castle gelebt hatte und, wie sie sagte, die Lebensart der Aristokratie kannte, war keineswegs schüchtern, alles, soweit es die Umstände erlaubten, den Regeln der Etikette gemäß anzuordnen. Das Haus des Küfers war geräumig genug, jedem Gast sein eigenes Zimmer zu gewähren, wohin sie mit allen geziemenden Ehren geführt wurden, während man Anstalten machte, die üppige Mahlzeit aufzutragen.

Ravenswood war kaum allein, als er, von tausend Gefühlen getrieben, Zimmer, Haus und Dorf verließ und auf die Kuppe des Hügels eilte, der zwischen Dorf und Turm lag, um dem Einsturz seiner und seiner Väter Burg beizuwohnen. Einige streunende Jungs hatten aus Neugier die gleiche Richtung genommen, nachdem sie zuvor der Ankunft der sechsspännigen Kutsche und ihres Gefolges zugesehen hatten. Als sie an Ravenswood vorbeiliefen, einander aufmunternd, sich zu beeilen, um den alten Turm wie eine Kastanienschale auseinanderplatzen zu sehen, konnte er sich einer zornigen Aufwallung nicht erwehren.

»Und *das* sind die Söhne der Untertanen meines Vaters, die verpflichtet waren, uns durch Blut, Feuer und Wasser zu folgen; und jetzt ist die Zerstörung des Hauses ihres Lehnsherren nur noch ein Spaß für sie!«

Diese Gedanken verrieten sich teilweise in der Ungehaltenheit, mit der er, als er sich plötzlich am Mantel gezupft fühlte, ausrief: »Was wollt Ihr von mir, verdammter Hund?«

»Ich bin ein Hund, und obendrein ein alter«, sagte Caleb (denn er war es, der sich diese Freiheit genommen hatte), »und es scheint mir, daß ich auch den Lohn eines Hundes ernten werde – doch ich mache mir nicht so viel draus wie aus einer Prise Tabak, denn ich bin ein zu alter Hund, um neue Kunststücke zu lernen und einem neuen Herrn zu folgen.«

Während er sprach, erreichte Ravenswood die Anhöhe, von der aus Wolf's Crag zu sehen; die Flammen waren verloschen, und nur eine dunkle Röte zeigte sich noch auf den Wolken über dem Turm: der Widerschein der Glut des in sich zusammengesunkenen Feuers.

»Der Turm kann nicht explodiert sein«, stellte Ravenswood fest. »Wir hätten den Knall gehört – wenn nur ein Bruchteil des Pulvers, von dem Ihr sprecht, dort gewesen wäre, hätte man den Knall zwanzig Meilen weit gehört.«

»Scheint so«, meinte Caleb gelassen.

»Dann ist das Feuer nicht in die Gewölbe vorgedrungen?«

»Scheint so«, antwortete Caleb mit derselben unerklärlichen Seelenruhe.

»Hört zu, Caleb, das geht ein wenig über meine Geduld. Ich werde gehen und selbst sehen, wie es sich mit Wolf's Crag verhält.«

»Euer Gnaden sollte das nicht tun«, widersprach Caleb entschlossen.

»Warum nicht?« versetzte Ravenswood scharf. »Wer oder was soll mich hindern?«

»Ich.«

»Ihr, Balderstone? Ihr vergeßt Euch, scheint mir.«

»Scheint mir nicht«, ließ sich Balderstone vernehmen, »denn ich kann Euch hier und jetzt sagen, was Ihr dort erfahren würdet. Nur erregt Euch nicht so sehr und laßt die Burschen da nichts merken, oder den Marquis, wenn Ihr wieder unten seid.«

»Sprecht, alter Narr«, erwiderte sein Herr, »und laßt mich Gutes und Schlechtes auf einen Streich hören.«

»Nun, das Gute und Schlechte ist justament, daß der Turm genauso unversehrt und leer dasteht, wie Ihr ihn verlassen habt.«

»Ihr beliebt zu scherzen! – Und das Feuer?«

»Kein Funken Feuer, außer etwas glühendem Torf und, mag sein, ein Köhlchen aus Mysies Pfeife.«

»Aber die Flamme? Die lichterlohe Feuersäule, die man auf zehn Meilen hätte sehen können – woher kam die?«

»Wie das alte, wahre Sprichwort sagt: *So klein auch das Licht, man sieht es weit in dunkler Nacht.* Ein wenig Farnkraut und Stallstroh, das ich im Hof angezündet habe, sobald ich den Boten zurückgeschickt hatte. Und wahrhaftig, wenn Ihr noch einmal jemanden schickt oder mitbringt, laßt es lediglich die engsten Verwandten sein, ohne fremde Diener wie diesen Lockhard, die alles ausschnüffeln und ausgucken und das Auge immer nach der schwachen Seite des Haushalts richten, um die Familie in Verruf zu bringen und einen zu zwingen, so viele Lügen auf seine Seele zu laden, daß man mit dem Erfinden kaum hinterherkommt. Ich würde lieber ganz im Ernst Feuer an den Turm legen und als Dreingabe gleich mitverbrennen, als die Ehre der Familie befleckt zu sehen.«

»Auf mein Wort, ich bin Euch für Euren Vorschlag unendlich verbunden, Caleb«, sagte sein Herr, der – obwohl immer noch verdrossen – zugleich das Lachen kaum unterdrücken konnte. »Aber das Pulver? Ist Pulver im Turm? Der Marquis schien davon zu wissen.«

»Das Pulver – ha! Der Marquis -« prustete Caleb, »ich müßte noch lachen, selbst wenn man mir den Schädel einschlüge. Der Marquis – das Pulver! War's da? Freilich war's da! Ob er davon weiß? Und ob! Der Marquis wußte es ganz genau, und das war das Beste an dem Spaß, denn als ich mit allem, was ich sagte, bei Euer Gnaden nichts ausrichten konnte, ließ ich ein einziges Wort über das Pulver fallen und zwang den Marquis, mir meine Last abzunehmen.«

»Ihr habt meine Frage nicht beantwortet«, sagte Ravenswood ungeduldig. »Wie kam das Pulver dorthin, und wo ist es jetzt?«

»Es kam dahin – wenn Ihr es durchaus wissen wollt -«, flüsterte Caleb und sah sich geheimnisvoll um, »als eine kleine Verschwörung geplant war. Der Marquis und die großen Lords aus dem Norden waren alle dabei, und außer dem Pulver wurde manche Flinte und mancher Säbel aus Dünkirchen hergebracht. Es war eine schreckliche Plackerei, das alles bei finsterer Nacht in den Turm zu bringen, denn Ihr könnt Euch denken, die Sache sollte nicht an die große Glocke gehängt werden. Doch wenn Ihr zum Nachtessen hinuntergehen wollt, will ich Euch auf dem Weg alles erzählen.«

»Und diese Taugenichtse... Macht es Euch Freude, sie die ganze Nacht hier warten zu lassen, um einen Turm explodieren zu sehen, der gar nicht brennt?«

»Nicht, wenn's Euer Gnaden beliebt, sie heimgehen zu lassen.

Indes«, fügte Caleb hinzu, »es würde ihnen nichts schaden; sie würden morgen weniger Lärm machen und abends besser schlafen. Doch wie's Euer Gnaden gefällt.«

Er ging daraufhin zu den Jungs, die in ihrer Nähe auf der Anhöhe standen, und ließ sie feierlich wissen, daß Seine Gnaden, der Lord Ravenswood, und der Marquis von A. Befehl gegeben hätten, daß der Turm erst am folgenden Mittag zersprengen solle. Die Jungs zerstreuten sich auf diese tröstliche Versicherung hin. Ein paar von ihnen folgten Caleb jedoch, um genauere Auskunft zu erlangen, namentlich der Junge, der als Spießdreher in der Küche des Küfers über's Ohr gehauern worden war: »Mr. Balderstone! Mr. Balderstone! Die Burg ist also verloschen wie der Zunder einer alten Frau?«

»Gewiß, Junge. Glaubst du, daß die Burg eines großen Herrn wie Lord Ravenswood sich unterstehen wird, weiterzubrennen, während er dabeisteht und es mit eigenen Augen ansieht? – Man muß«, fuhr Caleb fort, nachdem er sich von dem zerlumpten Burschen losgemacht und seinem Herrn zugesellt hatte, »den Kindern in der Erziehung den rechten Weg weisen und ihnen vor allen Dingen Respekt beibringen.«

»Ihr habt mir noch nicht gesagt, Caleb, was aus den Waffen und dem Pulver geworden ist.«

»Nun, was die Waffen betrifft – es war damit, wie's im Kinderreim heißt:

Ein bißchen nach Ost, ein bißchen nach West
– ein bißchen ins Krähennest.

Und das Pulver – ich hab's eingetauscht, wenn sich Gelegenheit bot; bei den Kapitänen von holländischen Loggern und französischen Schiffen gegen Gin und Brandy, und das diente dem Haus so manches Jahr. Ein guter Tausch, das Zeug war ein Mittelding zwischen dem, was die Seele des Menschen erfreut, und dem, was sie aus dem Leibe treibt. Außerdem hab' ich einige Pfund für Euch aufgehoben, falls Ihr etwas zum Schießen brauchen würdet, und schwerlich hätte ich in der letzten Zeit auf andere Art Pulver zu

Eurem Vergnügen haben können. Und nun, da Euer Zorn verflogen ist, Herr, sagt, hab' ich's nicht gut gemacht, und seid Ihr dort unten nicht weit besser aufgehoben als in Euren eigenen alten Ruinen, so wie die Dinge leider Gottes nun stehen?«

»Ihr mögt recht haben, Caleb, doch bevor Ihr mein Schloß in Spaß oder Ernst niederbrennt, würde ich gerne ein Wort dabei mitzureden haben.«

»Pfui Schande, Euer Gnaden!« versetzte Caleb. »Einem alten Kerl wie mir steht's durchaus an, für das Ansehen der Familie drauflloszuflunkern, aber mit Eurer Ehre würde sich's nicht gut vertragen. Überdies sind junge Leute nicht klug genug, sie wissen aus kleinen Winkelzügen nicht den rechten Vorteil zu ziehen. Dies Feuer – und ein Feuer soll's sein, und müßte ich zur Beglaubigung den alten Stall abbrennen! – gibt uns nicht nur einen Vorwand, in der Umgebung und unten im Hafen alle Dinge, die uns fehlen, zu erbitten – dies Feuer wird alles verbessern, namentlich das Ansehen der Familie, das mich täglich zwanzig Lügen kostete, die, was das Schlimmste war, nicht einmal Glauben fanden.«

»In der Tat, das war hart, Caleb; doch mir leuchtet nicht ein, wie dieses Feuer Eurer Glaubwürdigkeit und dem Vertrauen in Euch nützen kann.«

»Da haben wir's!« sagte Caleb. »Hab' ich's nicht gesagt, daß junge Leute von unreifem Urteil sind? – Was es nützen soll, fragt Ihr? Es wird eine glaubwürdige Entschuldigung für das Ansehen der Familie auf zwanzig Jahre hinaus sein, wenn's klug angewandt wird. Wo sind die Familiengemälde? fragt ein Naseweiser. Das große Feuer zu Wolf's Crag, antworte ich. Wo ist das Silberzeug der Familie? fragt ein anderer. Das große Feuer, sage ich, wer dachte an Silber, als Leib und Leben in Gefahr waren? Wo sind die Kleider, das Leinenzeug, wo Teppiche und Dekor – die Prunksachen, Decken, Vorhänge, Betthimmel, Stickereien? Das Feuer – das Feuer – das Feuer! Macht das beste draus, und das Feuer wird Euch zu allem dienen, was Ihr haben solltet und nicht habt – und eine gute Ausrede ist, wenn man so will, besser als die Dinge selbst, denn die zerbrechen und zerreißen und nutzen mit der Zeit ab, während eine gute Ausrede, umsichtig und geschickt angewandt, einem Edelmann und seiner Familie Gott-weiß-wie-lange dienen kann.«

Ravenswood kannte Hartnäckigkeit und Eigensinn seines Burgmeisters zu gut, um sich in weitere Erörterungen mit ihm einzulassen. Er überließ Caleb der Freude über seinen glücklichen Einfall und kehrte zum Dorf zurück, wo er den Marquis und die Wirtinnen des Hauses in einiger Aufregung antraf – ersterer war besorgt wegen seiner Abwesenheit, die letzteren wegen der Schande, die der Ruf ihrer Kochkunst durch den Aufschub der Mahlzeit erleiden könne. Alle waren nun erleichtert und hörten mit Freude, daß das Feuer im Turm von selbst erloschen sei, ohne die Gewölbe erreicht zu haben (und das war alles, was Ravenswood über die verzweifelte List seines Burgmeisters öffentlich zu machen für gut fand).

Man setzte sich zu einem exzellenten Abendessen nieder. Keine Einladung konnte Mr. und Mrs. Girder dazu bewegen – nicht einmal in ihrem eigenen Haus –, mit so vornehmen Gästen bei Tisch zu sitzen. Sie blieben im Zimmer stehen und spielten, wie es die Sitte der Zeit war, die Rolle respektvoller, aufmerksamer Diener der Gesellschaft. Die ältere Dame, die wegen ihres Alters und ihrer Bekanntschaft mit der Familie Ravenswood zugänglicher war, zeigte sich weniger förmlich. Sie spielte halb Gastwirtin, halb Hausfrau. Sie empfahl die besten Speisen, ja nötigte sie den Gästen auf und ließ sich leicht überreden, am guten Essen einigen Anteil zu nehmen, um den Gästen mit gutem Beispiel voranzugehen. Oft unterbrach sie ihr Mahl, um ihr Leid zu klagen, daß der Marquis nicht äße, daß der Herr von Ravenswood eine zu magere Keule abnage, daß leider nichts da wäre, was man solch hohen Herrschaften mit Anstand vorsetzen könne, und sie fügte hinzu, daß Lord Allan – Friede seiner Seele – die eingesalzenen Gänse so geliebt habe, weil sie auf ein Glas Branntwein Appetit machten, und daß der Branntwein direkt aus Frankreich komme, denn trotz aller englischen Gesetze und Zollbeamten hätten die Briggs aus Wolf's Hope den Weg nach Dünkirchen nicht vergessen.

Hier stieß der Küfer seine Schwiegermutter mit dem Ellenbogen an, was ihm folgenden Zusatz im weiteren Verlauf ihrer Rede einbrachte:

»Ihr braucht mich nicht zu stoßen, John, niemand sagt, daß *Ihr* wißt, wo der Branntwein herkommt, und das würde sich für Euch als Küfer der Königin auch nicht schicken. Und was liegt«, fuhr sie an Ravenswood gewandt fort, »König, Königin oder Kaiser daran, wo eine alte Frau ihren Schnupftabak und ihren Branntwein kauft, um sich das Herz zu stärken?«

Nachdem sie sich auf diese Weise aus der Verlegenheit laviert hatte, fuhr Frau Loup-the-Dyke – trotz der Schweigsamkeit ihrer Gäste – mit großem Eifer fort, den ganzen Abend allein das Gespräch zu bestreiten, bis ihre Gäste, einen weiteren Umtrunk ablehnend, um Erlaubnis baten, sich in ihre Zimmer zurückzuziehen.

Der Marquis nahm das Prunkzimmer ein, wie es jedes Haus, das etwas auf sich hielt, besaß, um bei Gelegenheiten wie der jetzigen zu dienen. Die heutige Art, Wände mit Stuck zu verzieren, war damals noch unbekannt, und Tapeten gab es nur in adligen und vornehmen Häusern. Deshalb hatte der Küfer, reich und einigermaßen eitel zugleich, die Mode der Gutsbesitzer und der Geistlichkeit nachgeahmt, ihre Prunkzimmer mit Wandbehängen aus geprägtem Leder aus den Niederlanden zu verzieren, die Tiere und Bäume zeigten und mit vielen kraftvollen moralischen Sentenzen aus Kupfergold versehen waren (die, obwohl in Niederholländisch abgefaßt, vermutlich ebensogut befolgt wurden, als wenn sie in breitestem Schottisch geschrieben wären). Das Ganze hatte einen etwas düsteren Anstrich, aber ein Feuer aus gepichten Faßdauben flackerte munter im Kamin, und das Bett war mit frischem, blendend weißem Leinen bezogen, das noch nie benutzt worden war und ohne den heutigen Anlaß vielleicht nie benutzt worden wäre. Auf dem Nachttisch stand ein altmodischer Spiegel mit Goldrahmen – Teil der verstreuten Schmuckstücke der benachbarten Burg –, flankiert von einer langhalsigen Flasche Florenzer mit einem fast ebenso großen Glas, das denen ähnelte, die Tenier sich gewöhnlich auf jenen

Selbstporträts in die Hand malt, in denen er sich unter ein Dorffest mischt. Als Gegenstück zu diesen zwei fremden Schildwachen standen auf der anderen Seite des Spiegels zwei echt schottische Wächter, nämlich ein Krug Doppelale und ein von John Girder eigenhändig in Silber gefaßter Becher aus Elfenbein und Ebenholz – Stolz seines Herzens. Diese Vorkehrungen gegen den Durst ergänzte ein stattlicher süßer Kuchen – mit diesen Vorräten hätte das Zimmer durchaus eine Belagerung von zwei oder drei Tagen bestehen können.

Wir wollen noch erwähnen, daß der Kammerdiener des Marquis den brokatenen Schlafrock seines Herrn und dessen reichbestickte, mit Brüsseler Spitzen umsäumte Nachtmütze aus Samt auf einen gepolsterten, ledernen Sessel legte und überlassen diese wichtige Person ihrer Ruhe, indem wir hoffen, daß sie die bequemen Anstalten, die wir präzise beschrieben haben, weil sie uns alte schottische Lebensart illustrieren, zu seinem Nutzen anzuwenden verstand.

Unnötig, auch das Schlafzimmer Ravenswoods bis ins Detail zu beschreiben, es war jenes des Hausherren und seiner Frau. Es war in warmen Farben mit einer Art Wollvorhang bestückt, der in Schottland hergestellt worden war. Das starrende Porträt John Girders selbst schmückte das Zimmer, von einem verhungernden Franzosen gemalt, der – Gott weiß, wie und warum – auf einem Schmugglerschiff aus Vlissingen oder Dünkirchen nach Wolf's Hope gekommen war. Es trug die Züge eines rohen, eigensinnigen und doch verständigen Handwerkers, aber *Monsieur* hatte sich bemüht, in Ausdruck und Haltung eine gewisse französische Anmut zu legen, was mit dem mürrischen Ernst des Originals derart wenig übereinstimmte, daß man das Bild nicht ansehen konnte, ohne sich ungemein erheitert zu fühlen. John und seine Familie bildeten sich nicht wenig auf das Gemälde ein und wurden dafür von den Nachbarn gerügt, die behaupteten, indem der Küfer zu seinem Porträt gesessen und es in seinem Schlafzimmer aufgehängt habe, habe er das Privileg des Reichsten im Dorf mißachtet und nicht nur die Grenzen seines Standes außer acht gelassen, sondern sich überdies in großer Anmaßung und Eitelkeit zu weit vorgedrängt. Aus Achtung für das Andenken meines verstorbenen Freundes Mr. Richard Tinto habe ich diesen Gegenstand in einiger Ausführlichkeit dargestellt, doch will ich dem Leser seine weitschweifigen, kuriosen Betrachtungen über den Charakter der französischen Schule und den Stand der schottischen Malerei zu Beginn des 18. Jahrhunderts ersparen.

Zur damals üblichen frühen Stunde schickten sich der Marquis von A. und sein Verwandter zur Weiterreise an, freilich nicht ohne vorher ein üppiges Frühstück eingenommen zu haben, wobei kalte und warme Speisen sowie Haferbrei, Wein, starke Getränke und Milchspeisen in verschiedener Zubereitung den Gästen zeigten, daß die Wirte des Hause ihnen keine schlechtere Ehre erweisen wollten als am gestrigen Abend. Der Lärm der Abreisevorbereitungen erfüllte ganz Wolf's Hope. Man zahlte Rechnungen, schüttelte sich die Hände, sattelte die Pferde, bespannte die Wagen und teilte Trinkgelder aus. Der Marquis überreichte John Girder eine großzügige Gabe für seine Hausbediensteten, und Girder konnte sich nicht enthalten, einen Moment zu überlegen, ob er das Goldstück nicht für sich behalten sollte, zumal ihm der Schreiber Dingwall versicherte, daß es ihm rechtlicherseits zustehe, da er für den Aufwand, für den diese Vergütung gegeben worden sei, letztlich in Vorleistung getreten sei. Aber ungeachtet dieses rechtlichen Anspruchs brachte John es nicht übers Herz, den Glanz seiner Gastlichkeit durch Knauserigkeit zu trüben. Er erklärte seinen Leuten lediglich, er werde sie als verdammt undankbares Pack ansehen, wenn sie ihr Kännchen Schnaps woanders als in seinem Keller kaufen würden, und da das Trinkgeld aller Wahrscheinlichkeit nach zu genau diesem Zweck verwandt werden würde, tröstete sich der Küfer, daß die Gabe des Marquis am Ende doch in seinen Besitz zurückkomme, ohne daß er seinem Charakter etwas zu vergeben brauche.

Während der Reisevorbereitungen erfreute Ravenswood das Herz seines alten Dieners durch die überaus vorsichtig formulierte Mitteilung (denn er kannte Calebs lebendige Einbildungskraft), daß sich seine Lebensumstände wahrscheinlich bald zum Glücklichen wenden würden. Er überreichte Balderstone unter wiederholten Versicherungen, daß er Aussicht auf ausreichende Geldmittel habe, den größeren Teil seiner geringen Barschaft und gebot Caleb, wenn ihm seine Gunst lieb wäre, sich aller weiteren Ansprüche an die Einwohner von Wolf's Hope – an Keller, Hühnerställe und anderes Eigentum – zu enthalten. Der alte Diener fügte sich diesem Verbot bereitwilliger, als sein Herr erwartet hatte.

»Ohne Zweifel«, sprach er, »wäre es Schmach und Schande, die armen Geschöpfe zu quälen, wenn die Familie in der Lage ist, anständig aus eigenen Mitteln zu leben. Und es kann klug sein«, fügte er hinzu, »wenn man sie sich ein wenig verschnaufen läßt, damit sie bei künfigen Gelegenheiten umso eilfertiger sein mögen.«

Nachdem dies abgemacht war und Ravenswood seinem alten Diener freundlich Lebewohl gesagt hatte, gesellte er sich seinem edlen Verwandten zu, der bereit war, in den Wagen zu steigen. Die alte und die junge Wirtin, die beide zum Abschied einen Kuß von den edlen Gästen empfangen hatten, standen einfältig lächelnd an der Haustür, als die sechsspännige Kutsche, begleitet vom Zug rasselnder Reiter, aus dem Dorf donnerte. Auch John Girder stand auf seiner Schwelle und blickte abwechselnd auf seine rechte Hand, die eben von einem Marquis und einem Lord geschüttelt worden war, und ins Haus, in dem sich überall die Verheerungen des letzten Mahls zeigten – so als wollte er die ihm zuteil gewordene Ehre mit dem Aufwand der Bewirtung abwägen.

Schließlich sprach er: »Laßt alle Männer und Frauen an ihre Arbeit gehen, als wenn's nie einen Marquis, Lord oder Herzog gegeben hätt'. Laßt das Haus in Schuß bringen, die angebrochenen Speisen aufheben, und wenn's gar nicht mehr zu genießen ist, gebt's den Armen. Und Ihr, Schwiegermutter und Frau, ich sag' Euch: daß Ihr mir ja mit keinem Wort mehr von dem Unsinn hier redet, und behaltet Eure Prahlereien für Euch und Eure Schnatterfreundinnen, denn mein Kopf ist mir schon ganz vernebelt davon.«

Da Johns Macht unumschränkt war, verfügten sich alle an ihre gewohnten Arbeiten und ließen ihn nach Lust jene Luftschlösser bauen, die er auf Kosten seiner materiellen Habe gewonnen hatte.

KAPITEL 26

Nun habe ich das Glück beim Schopf gepackt,
Und wenn's entflieht, ist's meine Schuld;
Der, der mit strengsten Widrigkeiten rang,
Versteht's am besten,
seinen Kurs nach günst'gem Wind zu richten.
Altes Schauspiel.

Unsere Reisenden erreichten Edinburgh ohne weitere Abenteuer, und Ravenswood nahm, wie vorher verabredet worden war, Wohnung bei seinem edlen Freund.

Mittlerweile war die bereits erwartete politische Krise eingetreten, in deren Verlauf die Torypartei im schottischen wie im englischen Rat von Königin Anne eine vorübergehende Mehrheit gewann – die näheren Ursachen und Folgen sollen uns hier nicht interessieren. Es genügt zu sagen, daß es die verschiedenen politischen Parteien je nach Beschaffenheit ihrer Grundsätze unterschiedlich bewegte. In England versuchten viele aus der Partei der Hochkirche – mit Harley, dem späteren Earl von Oxford, an der Spitze –, ihre Prinzipien von denen der Jakobiten abzusetzen, was ihnen den Namen *die Wankelmütigen* einbrachte. Die schottische Partei der Hochkirche, oder, wie sie sich selbst nannten: *die Cavaliers* waren im Gegensatz dazu in ihrer Politik konsequenter, wenn auch weniger vorausschauend, und betrachteten die gegenwärtigen Veränderungen als Voranstalten, nach dem Ableben der Königin ihren Bruder, den Chevalier de St. George auf den Thron zu rufen. Diejenigen, die in seinen Diensten Schaden erlitten hatten, nährten nun die überspanntesten Hoffnungen nicht nur auf Entschädigung, sondern auch auf Rache an ihren politischen Widersachern; Familien, die den Whigs angehörten, sahen dagegen harte Zeiten, wie sie sie schon einmal während der Regierung Charles II. und seines Bruders erlebt hatten, auf sich zukommen sowie Rückerstattungen der Güter, die unter König William von den Jakobiten konfisziert worden waren.

Doch am meisten schreckten diese Veränderungen jene Gruppe äußerst umsichtiger Personen auf, die man unter allen Regierungen findet, die aber in einer Provizialverwaltung wie der Schottlands zu dieser Zeit im Überfluß vorkamen: diejenigen, die Cromwell die »Nachzügler der Vorsehung« nannte, d.h. die, die ihr Fähnlein regelmäßig nach dem Wind der jeweils herrschenden Partei ausrichteten. Viele von ihnen verloren keine Zeit, vor dem Marquis von A. ihre früheren Überzeugungen zu widerrufen, und da man rasch begriff, daß er regen Anteil an den Angelegenheiten seines Verwandten Ravenswood nahm, waren sie die ersten, die Maßnahmen trafen, durch die Ravenswood einen Teil seines Besitzes und den Adelstitel seiner Familie zurückerhalten sollte.

Der alte Lord Turntippet gab vor, einer der eifrigsten Befürworter dieser Maßnahmen zu sein, denn es täte ihm wahrhaft tief in der Seele weh, ließ er wissen, einen tapferen jungen Mann von echtem altem Adel und, was noch mehr sei, einen Blutsverwandten des Marquis von A., den er, wie er schwor, auf Erden am höchsten schätze, in solche Klemme gebracht zu sehen. Zu seinem eigenen, bescheidenen Vergnügen, wie er sagte, und um zur Wiederherstellung dieses alten Hauses etwas beizutragen, übersandte der besagte Turntippet drei Familiengemälde, denen die Rahmen fehlten, und sechs hohe Lehnstühle mit Polstern, auf die das Wappen Ravenswoods gestickt war, ohne auch nur ein Sterbenswörtchen über die Summe des Geldes zu verlieren, die er vor sechzehn Jahren bezahlt hatte, als der Haushalt der Wohnung Lord Ravenswoods in Canongate verhökert worden war.

Weit mehr zu Lord Turntippets Verdruß als Überraschung – obwohl er so tat, mehr von zweiter als ersterem erfüllt zu sein – empfing der Marquis das Geschenk reichlich trocken und bemerkte, daß die Rückgabe, falls er erwarte, daß sie vom Herrn von Ravenswood und seinen Freunden angenommen werde, ein ziemlich großes Landgut umfassen müsse, das für eine äußerst unangemessene Summe an Turntippet verpfändet worden war und das er in der Zeit des Durcheinanders in den Familienangelegenheiten und durch Mittel, auf die sich die Anwälte jener Periode gut verstanden, ganz in seinen Besitz gebracht habe.

Der alte opportunistische Lord zuckte angesichts dieser Forderung hocherschreckt zurück; er beteuerte bei Gott, daß es jetzt nicht an der Zeit sei, dem jungen Mann das Landgut zurückzugeben, da dieser zweifellos den Hauptteil seines Besitzes von Sir William Ashton zurückerlangen werde, wozu er selbst, wie nur recht und billig sei, nach Kräften behilflich sein wolle; und schließlich erklärte er, daß er gewillt sei, dem jungen Gentleman das Land für den Fall seines Ablebens zuzusichern.

Aber alle diese Ausflüchte waren vergeblich, und er wurde genötigt, das Eigentum gegen Erstattung der Summe, für die es verpfändet worden war, herauszurücken. Da ihm nichts anderes übrig blieb, als mit den höheren Mächten Frieden zu schließen, kehrte er sorgenschwer und mißvergnügt heim und jammerte seinen Vertrauten vor, daß ihm bisher jede Veränderung im Staate irgendein Quentchen Vorteil gebracht habe, daß aber die jetzige – zur Hölle damit! – ihn eine seiner schönsten Schreibfedern aus seinem Flügel koste.

Ähnliche Maßnahmen trafen auch andere, die sich am Unglück des Hauses Ravenswood bereichert hatten; und insbesondere Sir William Ashton drohte eine Berufung vor dem Haus der Pairs gegen jenen Richterspruch, durch den er Schloß und Ländereien Ravenswoods in Besitz genommen hatte. Ihm gegenüber fühlte sich Ravenswood, Lucy zuliebe und angesichts der Gastfreundschaft, die er bei ihm genossen hatte, verpflichtet, mit großer Aufrichtigkeit zu handeln. Er schrieb dem einstigen Lord Keeper (denn Sir William hatte dieses Amt verloren), berichtete ihm freimütig von der Verlobung, die zwischen ihm und Miss Ashton bestand, bat um seine Einwilligung in diese Verbindung und erklärte sich bereit, alle Angelegenheiten mit Sir William zu dessen Zufriedenheit zu regeln.

Der gleiche Sendbote wurde mit einem Brief an Lady Ashton beauftragt, in dem er für alles, wodurch er – ohne Absicht – ihr Mißfallen erregt habe, um Vergebung bat; er beschrieb ausführlich seine Liebe zu Miß Ashton und daß sie schon von längerer Dauer sei, und er beschwor die Lady als eine Douglas von Charakter und Namen, alte Vorurteile und Mißverständnisse edelmütig zu vergessen; sie dürfe überzeugt sein, daß Ihre Familie einen Freund und sie selbst einen respektvoll ergebenen Diener gewonnen habe im Unterzeichner »Edgar, Herr von Ravenswood«.

Ein dritter Brief war an Lucy gerichtet, und der Bote hatte Anweisung, ihn unter allen Umständen auf sicheren und geheimen Wegen in ihre Hände kommen zu lassen. Der Brief enthielt leidenschaftliche Beteuerungen unerschütterlicher Liebe und verweilte lange bei den hoffnungsvollen Veränderungen in den Lebensumständen seines Absenders, die gewiß von großem Einfluß seien, die Hindernisse, die ihrer Verbindung im Weg standen, zu beseitigen. Er berichtete die Schritte, die er unternommen habe, die Vorurteile ihrer Eltern, vor allem die ihrer Mutter, zu beschwichtigen, und drückte die Hoffnung aus, daß sie sich als wirksam erweisen mögen. Wenn nicht, baue er darauf, daß während seiner längeren Abwesenheit aus Schottland in einer dringlichen und ehrenvollen Mission die Vorurteile verblassen würden; während er andererseits glaube und hoffe, daß Miß Ashtons Treue, in die er unverbrüchliches Vertrauen setze, alle Versuche vereiteln würde, sie von ihrer Liebe abzubringen. Manch anderes stand noch in dem Brief, das, wie wichtig es auch den Liebenden schien, für den Leser nicht von Interesse sein würde. Auf alle drei Briefe erhielt Ravenswood Antwort – auf unterschiedlichen Wegen und in unterschiedlichem Tonfall.

Lady Ashton beantwortete den Brief durch seinen eigenen Boten, dem nicht erlaubt wurde, eine Sekunde länger auf Schloß Ravenswood zu verweilen, als sie brauchte, die folgenden Zeilen zu verfassen:

»Zu Händen Mr. Ravenswood von Wolf's Crag.

SIR, UNBEKANNTERWEISE,

ich habe einen Brief erhalten, der mit *Edgar, Herr von Ravenswood,* unterzeichnet ist und über dessen Verfasser ich mir nicht im Klaren bin. Soweit ich weiß, verlor diese Familie alle Ehre durch den Hochverrat in Person von Allan, dem letzten Lord Ravenswood. Sir, falls Ihr zufällig die Person werden solltet, als die Ihr Euch unterschreibt, nehmt zur Kenntnis, daß ich vollen Anspruch auf die elterliche Gewalt über Miss Lucy Ashton geltend mache und daß ich bereits unwiderruflich über sie zugunsten einer sehr würdigen Person verfügt habe. Und, Sir, wäre dies nicht so: Ich würde auf keinen Vorschlag von Euch oder einem Eurer Verwandten hören angesichts der Tatsache, daß sie alle ihre Hand erhoben haben gegen die Freiheit und Unverletztlichkeit von Gottes Kirche. Sir, kein flüchtiger Glücksschimmer kann meine unerschütterliche Meinung in dieser Hinsicht ändern, denn oft schon war mein Los, wie der heilige David den Gottlosen an der Macht und blühend wie ein Lorbeerbaum zu sehen – und doch, ich ging vorüber, und sie waren nicht mehr da und ihre Stelle kannte sie nicht mehr. Mit dem Wunsch, daß Ihr Euch zu Eurem Besten diese Dinge zu Herzen nehmt, bitte ich Euch inständig, keine weitere Notiz zu nehmen von der, die Eure unbekannte Dienerin zu bleiben wünscht,

MARGARET DOUGLAS,
sonst ASHTON.«

Etwa zwei Tage nach diesem unerfreulichen Brief wurde Ravenswood, als er in Edinburgh durch die High Street ging, von einer Person angetippt, in der er – als der Mann, um sich zu entschuldigen, den Hut lüftete – Lockhard, den vertrauten Diener Sir William Ashtons, erkannte. Der Mann verbeugte sich, drückte ihm einen Brief in die Hand und verschwand. Der Umschlag enthielt vier eng beschriebene Folioseiten, aus denen dennoch, wie es bei den Schreiben großer Rechtsgelehrter manchmal vorkommt, nicht mehr zu entnehmen war, als daß sich ihr Verfasser in größter Verlegenheit fühle.

Sir William unterstrich doppelt und dreifach seine hohe Wertschätzung und Achtung, die er für seinen lieben jungen Freund, den Herrn von Ravenswood, empfinde, und die ganz außerordentlich hohe Wertschätzung und Achtung für den Marquis von

A., seinen sehr lieben, alten Freund. Er drückte die Hoffnung aus, daß die Maßnahmen betreffs seiner mit der notwendigen Rücksicht auf die Unverletzlichkeit richterlicher Erlässe und Urteile ergriffen werden möchten, und beteuerte vor Menschen und Engeln, daß, wenn das schottische Recht, wie es von den höchsten Gerichtshöfen interpretiert worden sei, im englischen Haus der Lords umgestoßen werde, die Übel, die daraus für die Allgemeinheit entstehen würden, seinem Herzen eine tiefere Wunde schlagen würden als jeglicher Verlust, den er durch ein so irreguläres Verfahren erleiden sollte. Er pries Großmut und gegenseitige Nachsicht und wies auf die Unbeständigkeit aller menschlichen Dinge hin, seit jeher ein beliebtes Thema einer schwächeren politischen Partei. Pathetisch beklagte und milde kritisierte er die Hast, mit der man ihn seines Amts als Lord Keeper enthoben habe, das er dank seiner Erfahrung zum allseitigen Nutzen hätte erfüllen können; auch sei ihm nicht vergönnt worden zu erklären, inwieweit seine eigenen Ansichten zur allgemeinen Politik in der Essenz sich von denen der jetzigen Machthaber unterschieden. Er sei überzeugt, daß der Marquis von A. ebenso aufrichtig das allgemeine Beste wolle wie er selbst, und wenn sie sich bei einer Konferenz über die Mittel verständigen könnten, würde er mit seinem Eifer und seiner Erfahrung der neuen Verwaltung liebend gerne zur Hand gehen. Über die Verlobung zwischen Ravenswood und seiner Tochter sprach er trocken und verworren. Er bedauerte, daß ein so voreiliger Schritt wie die Verlobung getan worden war, beschwor Ravenswood, sich zu erinnern, daß er ihn nie dazu ermuntert habe, und wies darauf hin, daß ein Rechtsgeschäft *inter minores*, ohne Mitwirkung der natürlichen Vormundschaft seiner Tochter, nichtig und rechtsungültig wäre. Dieser voreilige Schritt, fügte er hinzu, habe einen sehr nachteiligen Eindruck auf Lady Ashton gemacht, der so bald nicht zu beseitigen sei. Ihr Sohn, Colonel Douglas Ashton, habe die Vorurteile seiner Mutter in vollem Ausmaß übernommen, und es wäre ihm, Sir William, unmöglich, einen ihnen mißfallenden Kurs ohne einen verhängnisvollen und nachhaltigen Bruch in der Familie zu verfolgen – woran für jetzt nicht zu denken sei. Die Zeit, dieser große Arzt, hoffe er, würde die Dinge zum Guten wenden.

Von Lucy Ashton erhielt Ravenswood auf nicht nachvollziehbaren Wegen die folgenden Zeilen: »Ich habe Euer Schreiben erhalten, doch nur unter größtem Risiko; versucht nicht, mir noch einmal zu schreiben, bis die Zeiten besser sind. Ich werde heftig bedrängt, doch will ich meinem Versprechen treu bleiben, solange mein Verstand mir zu Gebote steht. Daß Ihr glücklich und im Aufstreben seid, ist ein Trost für mich – und Trost brauche ich wahrlich in meiner Situation.« Das kurze Schreiben war unterzeichnet mit »L. A.«.

Diese Zeilen erfüllten Ravenswood mit äußerster Unruhe. Ihrer Bitte ungeachtet versuchte er verschiedene Male, Briefe zu ihr durchdringen zu lassen und ein Treffen mit ihr zu erreichen; aber seine Pläne wurden vereitelt, und er erkannte zu seinem Verdruß, daß strenge und wirksame Maßnahmen getroffen worden waren, jede Korrespondenz zu verhindern. Ravenswood war über diesen Umstand umso tiefer betroffen, als seine Abreise aus Schottland wegen der ihm übertragenen Mission unmöglich verschoben werden konnte. Er übergab daher Sir William Ashtons Brief dem Marquis von A., der lächelnd bemerkte, daß die Gnadenfrist für Sir William abgelaufen sei und er langsam begreifen möge, welche Seite des Zauns die Sonne jetzt beschiene. Nur mit größter Mühe erlangte Ravenswood vom Marquis das Versprechen, den Rechtssteit vor dem Parlament mit einem Kompromiß beizulegen, falls sich Sir William willens zeigen sollte, einer Verbindung zwischen Ravenswood und Lucy Ashton zuzustimmen.

»Es würde mir bedeutend schwerer fallen«, sagte der Marquis, »Euch Euer Geburtsrecht so wegwerfen zu sehen, wenn ich nicht vollkommen sicher wäre, daß Lady Ashton – oder Lady Douglas, oder wie immer sie sich nennen mag – auf ihrem Entschluß bestehen und ihr Mann es nicht wagen wird, ihr zu widersprechen.«

»Aber dennoch«, sagte Ravenswood, »vertraue ich darauf, daß Eure Lordschaft meine Verlobung als heilig ansehen wird.«

»Verlaßt Euch auf mein Ehrenwort«, antwortete der Marquis,

»ich wäre selbst ein Freund Eurer Narrheiten; und indem ich Euch auf diese Weise meine Meinung deutlich gemacht habe, will ich bestmöglich im Sinne Eurer Wünsche handeln.«

Ravenswood blieb nun nichts mehr übrig, als seinem edlen Verwandten und Beschützer zu danken und ihm Vollmacht in allen seinen Angelegenheiten zu geben. Dann verließ er Schottland in seiner Mission, die ihn, so schätzte man, einige Monate auf dem Kontinent halten würde.

KAPITEL 27

Hat man je einer Frau in solcher Laune den Hof gemacht?
Hat man je eine Frau durch solche Laune gewonnen?
Ich werde sie kriegen.
Richard III.

Zwölf Monate waren vergangen, seit Ravenswood auf den Kontinent abgereist war – obwohl man seine Rückkehr in kürzerer Frist erwartet hatte, hielten ihn die Angelegenheiten seiner Mission bzw., wie es öffentlich hieß, seine Privatangelegenheiten, länger zurück –, als Bucklaw mit seinem vertrauten Trinkgefährten Craigengelt an den Seiten eines hohen, grabmalartigen Kamins in der niedrigen Halle von Girnington zusammensaß. Ein munteres Feuer brannte, auf dem runden Eichentisch standen ein Krug mit vortrefflichem Claret und zwei Humpen – aber trotz dieser einladenden Komposition war Bucklaw verdrießlich und mürrisch, während Craigengelt seinen Scharfsinn anstrengte, wie einem Ausbruch übler Laune seines Schutzherrn vorzubeugen sei. Nach langem Schweigen, unterbrochen lediglich durch Bucklaws ständiges nervöses Antippen des Feuerrosts mit der Stiefelspitze, wagte Craigengelt endlich anzuheben: »Der Teufel hol' mich, wenn ich je einen Mann erblickt habe, der weniger nach einem Bräutigam aussah als Ihr! Verdammt, Ihr seht eher aus wie einer, der gehängt werden soll!«

»Schönen Dank für das Kompliment«, versetzte Bucklaw, »indes scheint's mir, Ihr denkt an die mißliche Lage, die Euch vermutlich einmal begegnen wird. Sagt, Craigengelt, wenn's Euer Ehrwürden beliebt: Warum sollte ich heiter aussehen, wenn ich niedergeschlagen bin, und obendrein höllisch niedergeschlagen?«

»Das ist's, was mich ärgert. Da seid Ihr drauf und dran, die beste Partie im ganzen Land zu heiraten, um die Ihr so eifrig geworben habt, und seid schlecht aufgelegt wie ein Bär, der seine Jungen verloren hat.«

»Ich bin nicht sicher«, antwortete der Laird mürrisch, »ob ich die Heirat schließen würde, wenn die Dinge nicht schon zu weit wären, um sie noch zurücknehmen zu können.«

»Zurücknehmen!« rief Craigengelt mit wohlgespielter Verwunderung aus. »Zurücknehmen! Ist denn nicht das Vermögen dieses Mädels...«

»Der jungen Lady, wenn Ihr erlaubt«, unterbrach ihn Hayston.

»Schön, schön, es war nicht despektierlich gemeint. Wird Miß Ashtons Mitgift nicht schwerer wiegen als jede andere in Lothian?«

»Zugegeben. Aber ich will keinen Penny von ihrer Mitgift, ich hab' selbst genug.«

»Und die Mutter, die Euch wie ihr eigenes Kind liebt?«

»Mehr als einige ihrer Kinder, glaube ich – und sonst wäre an dieser Liebe auch nicht viel dran.«

»Und Colonel Sholto Douglas, der sich diese Heirat mehr wünscht als alles andere auf der Welt?«

»Weil er damit rechnet, die Leitung der Grafschaft von ... übertragen zu bekommen – durch meinen Einfluß.«

»Und der Vater, der so eifrig hinter dieser Heirat her ist wie ich hinter einem Jackpot beim Spiel?«

»Tja«, erwiderte Bucklaw verächtlich, »es ist nun einmal Sir Williams Politik, sich die nächstbeste Partie zu sichern, nachdem er sein Kind nicht gegen die Sicherung des großen Ravenswood-Besitzes eintauschen kann, den ihm das englische Haus der Lords aus den Händen zu winden droht.«

»Und was sagt Ihr zur jungen Lady selbst? Die schönste junge Frau in ganz Schottland, in die Ihr derart vernarrt wart, solange sie Euch nicht wollte – und nun, wo sie aufgetaut ist und ihre Verlobung mit Ravenswood aufgelöst hat, seid Ihr verstockt. Ich muß sagen, der Teufel steckt in Euch, Ihr wißt weder, was Ihr wollt, noch was gut für Euch ist.«

»Ich will Euch meine Meinung sagen« – Bucklaw stand auf und ging im Zimmer auf und ab – »ich würde gerne wissen, was zum

Teufel der Grund dafür ist, daß Miß Ashton so plötzlich ihren Sinn geändert hat.«

»Was kümmert's Euch, wenn's doch zu Euren Gunsten ist?«

»Offen gesprochen, ich habe diese Sorte von schönen Damen nie recht gekannt, und ich glaube, sie sind launisch wie der Teufel; aber es ist etwas in Miß Ashtons Wandel, das mir ein verteufeltes Quentchen zu plötzlich und zu ernst ist für eine bloße Kapriole. Ich bin sicher, Lady Ashton versteht sich auf alles, was das menschliche Gemüt beeinflussen kann.«

»Wenn man sie nicht beeinflussen könnte«, gab Craigengelt zu bedenken, »wie der Teufel sollte man sie dann je formen?«

»Auch wieder wahr.« Bucklaw unterbrach seinen Gang durch den Saal und lehnte sich gegen den Rücken seines Stuhls. »Und außerdem steht mir immer noch Ravenswood im Weg – glaubt Ihr, daß er Lucy aus ihrem Wort entläßt?«

»Klarer Fall. Was hätte er davon, sich querzustellen, wo er doch eine andere Frau heiraten will und sie einen anderen Mann?«

»Glaubt Ihr im Ernst, daß er die fremde Lady heiratet, von der wir gehört haben?«

»Ihr habt selbst gehört, was Captain Westenho von ihren glänzenden Hochzeitsvorbereitungen erzählte.«

»Captain Westenho hat zu viel von Eurer Art, Craigie, als daß er ein glaubwürdiger Zeuge sein könnte. Er trinkt stark, spielt viel, flucht elendig, und ich fürchte, er lügt und betrügt obendrein ein wenig. Nützliche Eigenschaften, Craigie, am rechten Ort angewandt – aber vor dem Gericht der Wahrheit haben sie ein bißchen zu viel von einem Freibeuter.«

»Nun gut«, sagte Craigengelt, »dann müßt Ihr Colonel Douglas Ashton glauben, der in öffentlicher Gesellschaft den Marquis von A. – sich dieses Ohrenzeugens nicht bewußt – hat sagen hören, daß sein Verwandter bessere Pläne habe, als seinen väterlichen Besitz für die bleichwangige Tochter eines herabgekommenen Fanatikers herzugeben, und daß Bucklaw eingeladen sei, Ravenswoods ausgelatschte Schuhe zu tragen.«

»Hat er das gesagt, beim Himmel!« rief der von Natur aus hitzige Bucklaw aus und überließ sich einem heftigen Zornesausbruch. »Wenn ich dabeigewesen wäre, hätte ich ihm die Zunge aus dem Rachen gerissen vor all seinen Torfstechern, Speichelleckern und Hochlandangebern. Warum hat Ashton ihn nicht gleich entzweigehauen?«

»Der Teufel hol' mich, wenn ich's weiß, er hätt's wahrlich verdient; aber er ist ein alter Mann und Staatsminister, und es wäre mehr Risiko als Ruhm dabei, sich mit ihm anzulegen. Ihr solltet lieber darauf bedacht sein, Miß Lucy Ashton vor der Schande zu bewahren, die auf sie fallen könnte, als Euch mit einem Mann zu messen, der zu alt ist zu kämpfen und der auf einem zu hohen Stuhl sitzt, als daß Eure Hand so hoch hinaufreichen könne.«

»Sie *wird* eines Tages so hoch hinaufreichen und seinen Verwandten Ravenswood hinwegfegen. Einstweilen will ich Sorge dafür tragen, daß Miß Ashton keine Unehre erleiden soll durch die Geringschätzung, die sie ihr erweisen. Es ist freilich eine unangenehme Aufgabe, und ich wünschte, ich hätte sie schon hinter mir; ich weiß kaum, wie ich mit ihr reden soll... Aber füll' ein Glas, Craigie, und wir stoßen auf ihre Gesundheit an. Es ist spät geworden, und eine Nachthaube aus gutem Claret ist der beste Schlaftrunk von ganz Europa.«

KAPITEL 28

Es war die Handschrift uns're Übereinkunft.
Sie schlief im Bett nicht, ich bestand drauf;
Sie aß am Tisch nicht, ich bestand darauf;
Allein, es war der Hauptsatz meiner Rede;
Und in Gesellschaft spielt' ich oft drauf an.
Komödie der Irrungen.

Der nächste Morgen sah Bucklaw und seinen treuen Achates Craigengelt auf Schloß Ravenswood. Sie wurden überaus freundlich empfangen vom Schloßherrn und seiner Dame sowie von ihrem Sohn und Erben Colonel Ashton. Nach vielem Verhaspeln und Erröten – Bucklaw hatte trotz seiner Kühnheit in anderen Dingen die linkische Schüchternheit desjenigen, der wenig in vornehmer Gesellschaft gelebt hat – gelang es ihm endlich, den Wunsch vorzubringen, mit Miß Ashton über ihre bevorstehende Verbindung reden zu dürfen. Sir William und sein Sohn blickten auf Lady Ashton, die mit der größten Gelassenheit erwiderte, Lucy würde Herrn Hayston sogleich erwarten.
»Ich hoffe«, fügte sie mit einem Lächeln hinzu, »daß – da Lucy sehr jung ist und vor kurzem in eine Verlobung verstrickt war, derer sie sich nun herzlich schämt – unser geschätzter Bucklaw ihren Wunsch verzeihen wird, daß ich bei der Unterredung dabei sei.«
»Das ist wahrhaft, werte Lady«, erwiderte Bucklaw, »was ich selbst gewünscht haben würde, denn ich verstehe mich derart wenig auf die sogenannte Galanterie, daß mir leicht ein verwünschter Mißgriff unterlaufen könnte, wenn ich nicht den Vorteil Eurer Anwesenheit als Vermittlerin hätte.«

Auf diese Weise vergaß Bucklaw in seiner augenblicklichen Verlegenheit den von ihm gehegten, nicht unbegründeten Verdacht, daß Lady Ashton den Gefühlen ihrer Tochter Gewalt antue, und verschenkte die Gelegenheit, sich durch eigene Anschauung Klarheit über ihre wahren Gefühle zu verschaffen.

Die übrigen Herren verließen den Raum, und kurz darauf trat Lady Ashton, gefolgt von ihrer Tochter, herein. Sie erschien, wie er sie bei früheren Gelegenheiten gesehen hatte, eher gefaßt als beunruhigt; aber ein feinfühligerer Beobachter als er hätte kaum zu unterscheiden vermocht, ob ihre Gelassenheit in Verzweiflung oder Gleichgültigkeit begründet sei.

Bucklaw hatte mit seinen eigenen Gefühlen zu viel zu schaffen, als daß er die der jungen Dame genauer hätte erforschen können. Er stotterte eine unzusammenhängende Anrede daher, brachte die zwei, drei Dinge, die er ansprechen wollte, durcheinander und blieb schließlich hoffnungslos stecken, bevor er es noch zu einem anständigen Abschluß gebracht hatte. Miß Ashton hörte zu – oder sah so aus, als ob sie zuhörte –, gab aber keine Silbe zur Antwort, sondern fuhr fort, ihre Augen auf eine kleine Stickerei zu heften, mit der sie wie zufällig ihre Finger emsig beschäftigte. Lady Ashton saß in einiger Entfernung und war durch die Tiefe der Fensternische, in die sie ihren Stuhl gerückt hatte, kaum zu sehen. Von dort flüsterte sie mit einer Stimme, die, obwohl sanft und süß, doch etwas Gebieterisches und Befehlendes hatte: »Lucy, meine Teure – hast du gehört, was Bucklaw sagt?«

Daß ihre Mutter anwesend war, schien dem armen Mädchen entfallen gewesen zu sein. Sie fuhr zusammen, ließ ihre Nadel fallen und gab hastig, fast in einem Atemzug, die sich widersprechenden Antworten: »Ja, Madam – nein, Mylady, ich bitte um Verzeihung, ich habe nicht gehört.«

»Du brauchst nicht zu erröten, meine Liebe, und noch weniger so bleich und erschrocken zu sein«, besänftigte Lady Ashton, indem sie sich näherte. »Gewiß, daß ein Mädchen die Rede eines Herrn langsam anhören soll, doch du mußt bedenken, daß Mr. Hayston dir von einem Gegenstand spricht, für den du ihn schon längst ein günstiges Gehör hast hoffen lassen. Du weißt, wie sehr es deinem Vater und mir am Herzen liegt, bald den glücklichen Ausgang dieser Sache zu sehen.«

Im Tonfall Lady Ashtons war ein eindringlicher, ja strenger Wink geschickt unter dem Anschein der größten mütterlichen Zärtlichkeit verborgen. Die Hülle war für Bucklaw, der sich leicht genug hintergehen ließ, der Kern für die erschrockene Lucy, die wohl wußte, wie sie die Winke ihrer Mutter zu verstehen hatte, auch wenn ihr Sinn noch so kunstreich für fremde Augen und Ohren verborgen war.

Miß Ashton saß unbeweglich auf ihrem Stuhl; in ihren unsteten Blicken war Furcht, ja Entsetzen, aber sie blieb vollkommen stumm. Bucklaw, der unterdessen im Zimmer auf- und abgeschritten war, bis er seine Fassung wiedererlangt hatte, blieb einige Schritte vor ihrem Stuhl stehen: »Ich bin, scheint's, ein verdammter Narr gewesen, Miß Ashton. Ich habe zu Euch zu sprechen versucht, wie man mir sagte, daß es jungen Damen gefiele, und ich glaube nicht, daß Ihr verstanden habt, was ich gesagt habe – was kein Wunder ist, denn, verdammt, ich hab's selbst nicht verstanden! Doch ein- für allemal und auf gut schottisch, Euer Vater und Eure Mutter sind mit dem Vorschlag einverstanden, und wenn Ihr einen offenen, jungen Burschen, der Euch nie den Sinn durchkreuzen will, zum Mann nehmen wollt, werd' ich Euch an die Spitze des besten Hauses aller drei Lothians stellen, Ihr sollt Lady Girningtons Wohnung in Canongate haben, hingehen, wo's Euch gefällt, tun, was Euch gefällt, und sehen, was Euch gefällt – und das ist nur angemessen. Lediglich eine Ecke unten am Tisch bedinge ich mir aus, für einen unwürdigen, alten Spielkumpan von mir, dessen Gesellschaft ich lieber entbehren als haben möchte, hätte mir der verdammte Kerl nicht weisgemacht, daß ich ohne ihn nichts tun könnte – und so hoffe ich, Ihr werdet mir den Craigie nicht vertreiben, obwohl man leicht bessere Gesellschaft finden könnte.«

»Bucklaw«, griff Lady Ashton wieder ins Geschehen ein, »wie könnt Ihr glauben, daß Lucy an dem offenen, ehrlichen und gutherzigen Geschöpf Captain Craigengelt etwas auszusetzen hätte?«

»Nun ja, Madam«, erwiderte Bucklaw, »was Craigies Offenheit, Ehrlichkeit und Gutherzigkeit angeht, so nehmen sie sich, glaube ich, nicht viel – doch darum geht es nicht. Der Kerl kennt meine Art, hat mir Dienste erwiesen, und ich kann, wie gesagt, nicht gut ohne ihn sein. Doch dies alles führt mich dazu, da ich nun Mut genug gesammelt habe, einen offenen Antrag zu machen: Ich möchte gerne hören, daß mir Miß Ashton eine offene Antwort von ihren Lippen gibt.«

»Mein lieber Bucklaw«, sagte Lady Ashton, »laßt mich Lucys Schüchternheit entschuldigen. Ich sage Euch in ihrer Gegenwart, daß sie bereits eingewilligt hat, sich durch ihren Vater und mich in dieser Sache leiten zu lassen. Lucy, meine Liebe«, fügte sie mit jener einzigartigen Kombination aus Sanftheit des Tons und eindringlicher Entschlossenheit, die wir bereits erwähnt haben, hinzu, »Lucy, meine Teuerste! Sprich für Dich selbst: Ist es nicht so, wie ich sage?«

Ihr Opfer antwortete mit zitternder, hohler Stimme: »Ich *habe* versprochen, Euch zu gehorchen – doch unter einer Bedingung.«

»Sie meint«, wandte sich Lady Ashton an Bucklaw, »daß sie eine Antwort auf die Forderung erwartet, die sie an den Mann in Wien oder Paris, oder wo immer er sonst ist, gestellt hat, daß er sie der Verlobung entbinde, in die er sie kunstvoll verstrickt hat. Ich bin überzeugt, mein teurer Freund, Ihr werdet es nicht für Unrecht halten, daß sie es mit dieser Sache so genau nimmt, denn wahrhaftig, es betrifft uns alle.«

»Sehr wahr, vollkommen richtig«, sagte Bucklaw, und halb murmelte, halb sang er den Schluß des alten Lieds:

»Die alte Lieb' sei abgetan,
Eh' man fängt mit der neuen an.

Freilich dachte ich«, fuhr er fort, »Ihr könntet schon sechsmal von Ravenswood eine Antwort haben. Verdammt, wenn ich nicht Lust hätte, selbst eine zu holen, wenn mich Miß Ashton mit dem Auftrag beehren will.«

»Auf keinen Fall«, sagte Lady Ashton, »wir haben beileibe Mühe genug gehabt, Douglas, für den sich das besser geschickt haben würde, von einem übereilten Schritt abzuhalten; und glaubt Ihr, daß wir es Euch erlauben würden, mein guter Freund, der uns fast ebenso teuer ist, zu einem verzweifelten Mann in verzweifelter Sache zu gehen? In der Tat, alle Freunde der Familie sind der Meinung – und meine liebe Lucy selbst wird auch so denken –, daß, da diese unwürdige Person keine Antwort auf ihren Brief gegeben hat, das Stillschweigen in diesem wie in andern Fällen als eine Einwilligung zu gelten hat und daß ein Vertrag für aufgelöst gehalten werden muß, wenn die betroffenen Parteien nicht mehr darauf bestehen. Sir William, der es am besten wissen sollte, hegt darüber keinen Zweifel, und entsprechend, meine teure Lucy…«

»Madam«, sagte Lucy mit ungewohnter Energie, »drängt mich nicht weiter. Wie ich schon gesagt habe: Wenn dies unglückliche Versprechen zurückgenommen wird, sollt Ihr über mich verfügen, wie Ihr wollt. Bis dahin wäre es eine schwere Sünde vor Gott und den Menschen, wenn ich täte, was Ihr verlangt.«

»Aber, meine Liebe, wenn dieser Mann starrsinnig in seinem Schweigen verharrt…«

»Er *wird nicht* schweigen«, antwortete Lucy, »es sind sechs Wochen, seit ich ihm eine Abschrift meines früheren Briefes durch verläßliche Hand zuschickte.«

»Du hast doch nicht – du konntest doch nicht – du durftest doch nicht…«, entfuhr es Lady Ashton mit einer Heftigkeit, die sich mit dem Tonfall, den sie zuvor angenommen hatte, wenig vertrug, doch sie verbesserte sich augenblicklich und sprach im gelindestmöglichen Ton des Vorwurfs: »Meine teuerste Lucy, wie hast du an so etwas denken können?«

»Laßt das«, griff Bucklaw ein, »ich respektiere Miß Ashton wegen dieser Denkweise, und ich wünschte nur, ich wäre selbst ihr Bote gewesen.«

»Und sagt, Miß Ashton«, fragte ihre Mutter spöttisch, »wie lange müssen wir auf die Rückkehr Eures Pacolet – Eures Geisterboten – warten, da unsere üblichen Boten aus Fleisch und Blut mit dieser Sache nicht beauftragt werden konnten?«

»Ich habe Wochen, Tage, Stunden und Minuten gezählt«, antwortete Miß Ashton, »ehe noch eine Woche vergeht, werde ich eine Antwort haben, wenn er nicht tot ist. – Bis dahin, Sir«, wandte sie sich an Bucklaw, »habt Nachsicht, meine Mutter zu bitten, mich mit dieser Sache zu verschonen.«

»Es soll meine inständigste Bitte an Lady Ashton sein«, sagte Bucklaw. »Bei meiner Ehre, Madam, ich achte Euer Gefühl, und obwohl der Abschluß dieser Sache mir wünschenswerter denn je ist, würde ich doch, so wahr ich ein Edelmann bin, ganz darauf verzichten, wenn er Euch nur einen Augenblick des Schmerzes bereiten würde.«

»Mr. Hayston hat das, denke ich, nicht zu fürchten«, sagte Lady Ashton, bleich vor Zorn, »solange das Glück der Tochter in den Händen ihrer Mutter liegt. – Laßt mich Euch fragen, Miß Ashton, in welchen Worten Euer letzter Brief verfaßt war?«

»Im selben, Madam«, antwortete Lucy, »den Ihr mir bei der früheren Gelegenheit diktiertet.«

»In acht Tagen also«, sagte ihre Mutter, die wieder den Ton der Zärtlichkeit annahm, »hoffen wir, meine Allerliebste, daß du diesem Zögern ein Ende machen wirst.«

»Wir sollten Miß Ashton die Zeit lassen, die sie braucht, Madam«, sagte Bucklaw, dessen derbe Gemütsart nicht mit Mangel an Herzensgüte verwechselt werden darf, »Boten können aufgehalten werden. Ein verlorenes Hufeisen hat mich einmal einen ganzen Tag gekostet. – Wartet, ich will in meinen Kalender sehen: In zwanzig Tagen haben wir St. Judä, und am Tag zuvor muß ich in Caverton Edge sein, um das Wettrennen zwischen der schwarzen Stute des Laird of Kittlegirth und dem vierjährigen Hengstfüllen vom Mehlhändler Johnston zu sehen, aber ich kann die ganze Nacht durchreiten, oder Craigie kann mir Nachricht bringen, wie die Wette steht. Ich hoffe, bis dahin werde ich Miß Ashton keine weiteren Ungelegenheiten machen, und Euer Gnaden und Sir William und Colonel Douglas werden die Güte haben, ihr ungeschmälert die Zeit zu geben, ihren Entschluß zu fassen.«

»Sir«, sagte Miß Ashton, »Ihr seid sehr großmütig.«

»Was das angeht, Madame«, antwortete Bucklaw, »will ich nichts weiter sein als ein offener, gutherziger Kerl, der Euch, wie bereits gesagt, gerne glücklich machen will, wenn Ihr es ihm erlauben wollt und Ihr ihm zeigt, wie er's zu machen hat.«

Dann grüßte er sie mit mehr Anteilnahme als gewöhnlich und nahm Abschied. Lady Ashton, die ihn zur Tür begleitete, versicherte, daß ihre Tochter seinen aufrichtigen Gefühlen volle Gerechtigkeit widerfahren ließe und bat ihn, vor seiner Abreise Sir William zu sprechen, »da wir«, sagte sie, indem sie einen scharfen Blick auf Lucy zurückwarf, »an St. Judä alle bereit sein müssen, zu unterzeichnen und zu siegeln.«

»Zu unterzeichnen und zu siegeln!« wiederholte Lucy mit dumpfer Stimme, als die Tür des Zimmers geschlossen war – »zu unterzeichnen und zu siegeln – es zu tun und sterben!«, und matt und kraftlos ihre Hände faltend, sank sie starr in ihren Sessel zurück.

Aus diesem Zustand wurde sie kurz darauf durch das Hereinstürmen ihres Bruders Henry erweckt, der sie lärmend um das Versprechen anging, ihm zwei fleischfarbene Streifen für die Schleifen seiner neuen Strumpfbänder zu geben.

Lucy stand mit der äußersten Fassung auf, und nachdem sie ein kleines, elfenbeinernes Kästchen geöffnet hatte, suchte sie das Band, das der Knabe brauchte, maß es genau ab, zerschnitt es in die gehörigen Längen und knotete es nach den Wünschen des Jungen.

»Mach' das Kästchen noch nicht zu«, sagte Henry, »ich brauche noch ein wenig Silberdraht, um die Schellen an den Fußbändern meines Falken zu befestigen – obwohl der neue Falke sie eigentlich nicht wert ist. Weißt du, nach all' der Plage, die wir hatten, ihn aus seinem Nest zu kriegen, dem ganzen Weg in Posso bei Mannor Water war er am Ende doch nicht mehr als irgendein erstbester Raubvogel. Er macht seine Krallen im Blut eines Rebhuhns naß, zieht sie dann heraus und läßt den Vogel fliegen. Und was dem armen Vogel dann geschieht, das weißt du: Er muß Schmerzen leiden und sterben unter dem ersten Farngebüsch oder Stechginster, unter dem er sich verkriecht.«

»Wahr, Henry, wahr, nur zu wahr«, sagte Lucy schwermütig, während sie den Jungen fest bei der Hand hielt, nachdem sie ihm den Silberdraht gegeben hatte; »aber es gibt mehr Raubvögel in der Welt als deinen Falken, und mehr verwundete Vögel, die nicht mehr wollen, als in Frieden sterben, und die weder Farngebüsch, noch Stechginster finden, um ihr Haupt darunter zu verbergen.«

»Ah, das ist wieder 'was aus deinen Romanen«, erwiderte der Junge, »und Sholto sagt, sie hätten dir den Kopf verdreht. Doch hör, Norman pfeift dem Falken – ich muß fort und ihm die Fußbänder anlegen.«

Und er lief davon mit der gedankenlosen Unbekümmertheit seines Alters und überließ seine Schwester ihren quälenden Betrachtungen.

»Es ist mein Schicksal«, sagte sie, »daß jedes lebende Wesen, selbst die, die mir die meiste Liebe schuldig sind, mich meiden, und mich denen überlassen, die mich plagen. Doch es ist Recht, daß es so ist. Allein und unberaten habe ich mich in diese Gefahren verstrickt – allein und unberaten muß ich mich aus ihnen herauswinden.«

KAPITEL 29

Was folgt darauf
Andres als düstre, dumpfe Schwermut,
Die Schwester des Ingrimms und völliger Verzweiflung,
Und, auf ihren Fersen, die große, giftge Schar
Des bleichen Siechtums und des Lebensüberdrusses?
Komödie der Irrungen.

Um Bucklaw (der sonst wirklich, wie er gesagt hatte, ein gutmütiger Kerl war) einige Gerechtigkeit widerfahren zu lassen wegen der Leichtigkeit, mit der er in seinen Urteilen dem Fahrwasser von Lady Ashton folgte, während er der Tochter seinen Antrag machte, sollte sich der Leser an die strikte häusliche Disziplin erinnern, die zu jener Zeit die weiblichen Mitglieder einer schottischen Familie zu befolgen hatten.

Die Sitten des Landes waren in dieser wie in anderer Hinsicht denen Frankreichs vor der Revolution sehr ähnlich. Junge Frauen von Stand erschienen bis zu ihrer Vermählung selten in Gesellschaft und standen Gesetz und Gepflogenheiten nach unter strengster Vormundschaft ihrer Eltern, die ihnen nur zu leicht ihre Heiratspläne aufzwangen, ohne im geringsten nach den Gefühlen der Beteiligten zu fragen. Bei derlei Gelegenheit erwartete der Freier von seiner Braut wenig mehr als schweigende Einwilligung in den Willen ihrer Eltern, und da er wenig Gelegenheit hatte, sie näher kennenzulernen, geschweige denn mit ihr vertraut zu werden, wählte er aufgrund von Äußerlichkeiten – wie die Freier im *Kaufmann von Venedig* ihre Kästchen – und begnügte sich, den Erfolg wie in der Lotterie dem Zufall zu überlassen.

Da dies allgemeine Sitte der Zeit war, mochte nicht sehr befremden, daß Hayston von Bucklaw, den seine Anlagen zur Verschwendung gewissermaßen von der besten Gesellschaft ausgeschlossen hatten, bei seiner künftigen Verlobten Gefühle nicht beachtete, für die auch mancher Mann von mehr Einfühlsamkeit, Erfahrung und Geistesgegenwart nicht empfänglich gewesen wäre. Er wußte – was damals die Hauptsache war –, daß ihre Eltern und Freunde ihm entschieden günstig wären und daß überzeugende Gründe zu seinen Gunsten sprachen.

Dazu gehörte, daß das Verhalten des Marquis von A. seit Ravenswoods Abreise eine Verbindung zwischen seinem Verwandten und Lucy Ashton beinahe unmöglich machte. Der Marquis war Ravenswood aufrichtig wohlgesonnen, aber wie so viele Freunde und Beschützer schätzte er die Situation völlig falsch ein, indem er nur die vermeintlich »wahren Interessen« in Betracht zog, obgleich er wußte, daß sie Ravenswoods Gefühlen entgegenstanden.

Der Marquis betrieb also unter Aufbietung seiner ministerlichen Machtfülle das Gesuch ans britische Haus der Pairs, die Entscheidungen der Gerichtshöfe, durch die Sir William Besitzer von Ravenswoods Ländereien geworden war, für nichtig zu erklären. Da eine solche Maßnahme, vom ganzen Ansehen der Macht unterstützt, im schottischen Rechtswesen – obgleich heute üblich – damals neu war, wurde sie von den Juristen der Gegenpartei als Willkürakt und tyrannische Unterdrückung des allgemeinen Rechts des Landes beschimpft. Und wenn Fremde, die lediglich in politischer, nicht persönlicher Beziehung zur Familie Ashton standen, so sprachen, kann man sich leicht vorstellen, was diese Familie selbst über eine solche Ausnahmeregel gesagt und gedacht haben möge. Sir William, dessen Habsucht noch größer war als seine Unsicherheit, war verzweifelt über den Verlust, der ihn bedrohte. Der stolzere Sinn seines Sohnes geriet in Wut bei dem Gedanken, seines erhofften Erbes beraubt zu werden. Aber dem weit unnachgiebigeren Gemüt Lady Ashtons erschien das Benehmen Ravenswoods bzw. das seines Interessenvertreters als Provokation, die die heißeste, unauslöschlichste Rache forderte. Selbst die stille und vertrauensvolle Lucy – durch die Meinungen, die sie in ihrer Umgebung hörte, verunsichert – konnte nicht anders, als Ravenswoods Verhalten übereilt und abweisend zu finden.

»Es war mein Vater«, wiederholte sie sich seufzend, »der ihn hier bewillkommnet und zu unserm Umgang ermutigt – oder wenigstens: ihn zugelassen – hat. Hätte er sich dessen nicht erinnern und es vergelten sollen, indem er die Geltendmachung seiner Rechte ein wenig aufgeschoben hätte? Ich hätte für ihn den doppelten Wert dieser Güter hingegeben, die er mit einer Vehemenz einfordert, die zeigt, daß er vergessen hat, wie sehr ich in dieser Sache beteiligt bin.«

Lucy murmelte diese Dinge lediglich vor sich hin, denn sie wollte das Geschrei ihrer Umgebung gegen ihren Liebhaber nicht vergrößern. Man nannte seine Schritte ungesetzlich, schikanös und tyrannisch und verglich sie mit den übelsten Maßnahmen der übelsten Zeiten der übelsten Stuarts; man sah in ihnen eine Herabwürdigung Schottlands, da die Urteile gelehrter schottischer Richter auf den Prüfstand eines Hofes gestellt wurden, der zwar aus Männern von höchstem Rang bestand, der jedoch mit dem Landesrecht nicht vertraut war und von dem angenommen wurde, daß er das schottische Recht verachte. Als Folge dieser erklärten Ungerechtigkeit gegen ihren Vater konnte nicht ausbleiben, daß man Lucy auf jede erdenkliche Weise dahin bringen wollte, die Verlobung mit Ravenswood aufzugeben – es sei eine Schande, skandalös und Sünde, sich mit dem Todfeind der Familie einzulassen, und dessen Motiv Berechnung, zum Unglück ihrer Eltern noch zusätzliche Bitterkeit hinzuzufügen.

Lucy ließ sich nicht beirren, und obwohl unberaten und sich selbst überlassen, hätte sie vieles ertragen können: die Klagen ihres Vaters, sein Murren gegen das, was er die Tyrannei der herrschenden Partei nannte, seine nichtendenwollenden Vorwürfe der Undankbarkeit gegen Ravenswood, sein endloses Dozieren über die Mittel, durch die Verträge aufgehoben oder annuliert werden konnten, sein Zitieren aus dem Bürger-, Landes- und kirchlichen Recht und seine Vorlesungen über die *patria protestas.*

Ebenso hätte sie geduldig oder im Zorn den bitteren Hohn und die gewaltsamen Ausbrüche ihres Bruders, Colonel Douglas

Ashton, sowie die aufdringlichen, unangebrachten Einmischungen von Freunden und Verwandten zurückweisen können. Aber es ging über ihre Kraft, der ständigen, nicht nachlassenden Verfolgung durch Lady Ashton standzuhalten, die alles um sich her vergaß und alle ihre starken Kräfte bündelte, um die Verbindung ihrer Tochter mit Ravenswood auseinanderzureißen und eine ewige Scheidewand zwischen den Liebenden zu errichten, indem sie Lucy mit Bucklaw vermählte. Mit den versteckten Winkeln des menschlichen Herzens weit besser vertraut als ihr Gemahl, war ihr bewußt, daß sie auf diese Weise einen schweren, entscheidenden Schlag gegen ihren auserkorenen Todfeind führte, und sie zögerte keine Sekunde, ihn ins Werk zu setzen, obwohl sie wußte, daß der verwundende Stich mitten durchs Herz ihrer Tochter gehen würde. In dieser Absicht lauerte sie auf jede Seelenregung ihrer Tochter, nahm jede Maske an, die ihr dienlich schien, und wob seelenruhig an jeglichem hinterhältigen Mittel, mit dem man auch die festeste Überzeugung ins Wanken bringen konnte.

Lady Ashton hintertrieb jede Verbindung zwischen den Liebenden und erwarb durch ihr Gold und ihre Autorität eine so vollständige Kontrolle über jeden, der um ihre Tochter war, daß es wohl nie eine belagertere, uneinnehmbarere Festung gab und doch zu gleicher Zeit Miß Ashton allem äußeren Anschein nach unter keinerlei Beschränkung stand. Die Grenze der Ländereien ihres Vaters wurde wie eine unsichtbare, unüberschreitbare Linie um ein verzaubertes Schloß, über die nichts Unerlaubtes hineinkam oder herausging. Auf diese Weise fielen jeder Brief, in dem Ravenswood Lucy die triftigen Gründe auseinandersetzte, die ihn in der Fremde zurückhielten, und mehr als eine Nachricht, die die arme Lucy auf diesem, wie sie meinte, sicheren Weg an ihn sandte, in die Hände ihrer Mutter. Der Inhalt der aufgefangenen Briefe, vor allem der Ravenswoods, war zwangsläufig von der Art, die den Haß Lady Ashtons noch anstachelten und ihren Starrsinn erhöhten. Sie verbrannte die Papiere regelmäßig, nachdem sie sie gelesen hatte, und begleitete ihre Vernichtung mit einem Lächeln zusammengepreßter Lippen und einem stieren Frohlocken in ihrem Blick, das die Zuversicht ausdrückte, die Hoffnungen der Schreibenden würden alsbald ebenso in Rauch aufgegangen sein.

Es kommt nicht selten vor, daß der Zufall den Ränkeschmieden zuhilfe kommt – ein Gerücht wehte vom Kontinent herüber, das sich auf allerlei plausible Mutmaßungen gründete, freilich jeglicher realen Basis entbehrte, daß Ravenswood auf dem Sprung stehe, eine wohlhabende, vornehme, fremde Dame zu heiraten. Dieses Gerücht wurde von beiden politischen Parteien gierig aufgeschnappt, die um Macht und deshalb um die öffentliche Meinung stritten und die mit Vorliebe die geheimsten Umstände aus dem Privatleben ihrer politischen Gegner aufgriffen, um daraus Stoff für heiß geführte Diskussionen zu stricken.

Der Marquis von A. äußerte seine Meinung laut und öffentlich, zwar nicht in den groben Worten, die Captain Craigengelt ihm zuschrieb, aber doch in einer Art, die für die Ashtons äußerst beleidigend war. Er halte das Gerücht, sagte er, für überaus glaubhaft und wünsche herzlich, es möge wahr sein. Eine solche Heirat sei angemessener und ehrenvoller für einen geistvollen jungen Mann als die mit der Tochter eines alten, whiggischen Anwalts, dessen Intrigen die Familie Ravenswood fast zugrunde gerichtet hätten.

Die Gegenpartei ließ den Widerstand, den Ravenswood von Miß Ashtons Familie erfuhr, selbstverständlich außer acht und goß Schande über seinen Wankelmut und Treuebruch, als hätte er die junge Lady zu einer Verlobung verführt, um sie dann willkürlich und aus einer Laune heraus zu verlassen.

Es wurde Sorge dafür getragen, daß dieses Gerücht auf jedem nur erdenklichen Wege nach Schloß Ravenswood gelangte, denn Lady Ashton war sich nur zu gut der Tatsache bewußt, daß es durch ständige Wiederholung aus verschiedener Quelle letztlich den Anschein der Wahrheit annehmen würde. Mal wurde es als Allerweltsneuigkeit vorgebracht, mal im Tonfall hochwichtiger Nachrichten; mal wurde es Lucy als übler Scherz ins Ohr geflüstert, mal bedeutungsschwer als ernste Warnung.

Selbst der junge Henry wurde zum Werkzeug gemacht, seine

Schwester zu quälen. Eines Morgens stürzte er mit einem Weidenzweig in ihr Zimmer, der, wie er sagte, für sie aus Deutschland angekommen wäre. Lucy war, wie wir gesehen haben, für ihren jüngeren Bruder sehr eingenommen, und sein mutwilliger, gedankenloser Scherz in diesem Moment kam ihr beleidigender vor als die überlegten Gemeinheiten ihres älteren Bruders. Aber ihr Schmerz hatte nichts von Groll an sich; sie umarmte den Jungen und sagte mit matter Stimme: »Armer Henry! Du sprichst nur nach, was sie dir sagen«, und dann brachen die Tränen aus ihr heraus.

Der Junge – so gedankenlos er aufgrund seines Alters und Charakters auch sein konnte – war tief bewegt.

»Der Teufel hol' mich, Lucy«, sagte er, »wenn ich dir noch einmal so eine schmerzliche Botschaft ausrichte! Ich hab' dich viel lieber« – und er küßte ihre Tränen von ihren Augen – »als alle anderen. Und ich geb' dir mein graues Pony zum Ausreiten, und du kannst darauf galloppieren, wenn du willst – und auch über das Dorf hinausreiten, wenn du Lust dazu hast.«

»Wer hat dir gesagt«, fragte Lucy, »daß ich nicht hinreiten darf, wohin ich will?«

»Das ist ein Geheimnis«, erwiderte der Junge, »aber du wirst sehen, daß du nie über das Dorf hinausreiten kannst, ohne daß dein Pferd ein Hufeisen verliert oder lahmen wird oder die Schloßglocke läutet oder etwas anderes passiert, das dich zurückbringt. Aber wenn ich dir noch mehr erzähle, wird mir Douglas nicht die Farben geben, die sie mir versprochen haben.«

Dieses Gespräch stürzte Lucy in noch tiefere Niedergeschlagenheit, denn es bewies ihr, was sie schon seit einiger Zeit geargwöhnt hatte: daß sie kaum mehr war als eine Gefangene in ihres Vaters Haus. Sie fühlte sich als Objekt der Verdächtigung, des Zorns, der Verachtung, ja des Hasses der Familie; und es schien ihr, als sei sie von genau der Person, um derentwillen sie von ihrer Umgebung angefeindet wurde, verlassen worden. In der Tat, die Untreue Ravenswoods begann mit jedem Tag wahrscheinlicher zu werden.

Ein Glücksritter namens Westenho, ein alter Bekannter Craigengelts, tauchte um diese Zeit aus der Fremde auf. Der ehrenwerte Captain, obwohl er sich mit Lady Ashton keineswegs absprach, tat doch alles, was ihren Plänen förderlich war, und brachte seinen Spießgesellen dazu, durch Übertreibung tatsächlicher Umstände und Hinzudichtung anderer die bevorstehende Heirat Ravenswoods ausrücklich zu beglaubigen.

Auf diese Weise von allen Seiten bedrängt und in die Verzweiflung getrieben, verließen Lucy unter dem Druck ständiger Anfeindung und Verfolgung die Kräfte. Sie wurde schwermütig und unaufmerksam und wandte sich – ganz gegen ihre Natur und Gewohnheit – gelegentlich ironisch, ja heftig gegen die, von denen sie sich zu sehr belästigt sah. Ihre Gesundheit wurde angegriffen, und ihre fiebrigen Wangen und ruhelos hin- und herwandernden Augen erschienen wie Symptome dessen, was man Nervenfieber nennt. In den meisten Müttern würde das Mitgefühl erweckt haben, doch Lady Ashton, fest und entschieden in ihrem Vorsatz, betrachtete diese gesundheitlichen und geistigen Schwächeperioden mit nicht mehr innerer Anteilnahme, als ein feindlicher Maschinist auf die Türme einer belagerten Stadt blickt, die unter dem Feuer der Artillerie zu wanken beginnen; oder genauer: sie betrachtete diese Ausbrüche plötzlichen Erschreckens und plötzlicher, heftiger Wechsel des Temperaments als Anzeichen für Lucys erlahmende Widerstandskraft; so wie der Angler am Zappeln des Fisches, den er am Haken hat, abliest, daß er den Fisch bald an Land bringen kann. Um die Entwicklung der Sache zu beschleunigen, bediente sich Lady Ashton eines Mittels, das sich mit dem Charakter und der Leichtgläubigkeit jener Zeiten zwar durchaus vertrug, das der Leser aber wahrscheinlich verabscheuungswürdig und teuflisch finden wird.

KAPITEL 30

Worin eine Hexe lebte, in ekelhaften Lumpenkleidern,
In selbstgewählter Armut, völlig bedürfnislos;
Einsamkeit wählend, um weit weg zu wohnen
Von allen Nachbarn, ihre teuflischen Taten
Und höllischen Künste vor den Menschen zu verbergen,
Um aus der Ferne zu verletzen,
Unerkannt, wem immer sie mißgünstig war.
Fairy Queen.

Lucy Ashtons Gesundheitszustand erforderte bald die Hilfe einer erfahreneren Krankenpflegerin, als die weiblichen Hausangestellten der Familie waren. Ailsie Gourlay, manchmal auch die »weise Frau von Bowden« genannt, war die Person, die Lady Ashton aus ihren eigenen, gewichtigen Gründen als Betreuung für ihre Tochter ausersah.

Diese Frau hatte sich unter den wenig Gebildeten durch angebliche Wunderheilungen unerklärlicher Krankheiten, gegen die die Ärzte nichts auszurichten wußten, großen Ruf erworben. Ihre Heilmittel bestanden zum Teil aus Kräutern, die zu bestimmten »planetarischen« Stunden gepflückt wurden, zum Teil aus Formeln, Riten und Zaubermitteln, die vermutlich manchmal einen günstigen Einfluß auf die Einbildungskraft ihrer Patienten entwickelten. Dies war das Handwerk, zu dem sich Ailsie Gourlay öffentlich bekannte, und das, wie man sich leicht denken kann, nicht nur von ihren Nachbarn, sondern auch von der Geistlichkeit des Distrikts mit argwöhnischen Blicken betrachtet wurde. Insgeheim aber vertiefte sie sich noch mehr in die okkulten Wissenschaften; denn ungeachtet der schrecklichen Bestrafungen, die auf dem Verbrechen vermeintlicher Hexerei standen, fehlte es nicht an denen, die – gestählt durch ein tiefes Bedürfnis und die Bitterkeit des Denkens und Fühlens – bereit waren, um des Einflusses, den sie durch Schrecken auf ihre Umgebung gewannen, und elenden Lohns willen, den sie aus der Ausübung ihrer angeblichen Künste ziehen konnten, jene verhaßte und gefährliche Rolle anzunehmen.

Ailsie Gourlay war nicht so töricht, sich zu einem Bund mit dem Bösen zu bekennen, denn das wäre ein schneller, beinahe unfehlbarer Weg zu Pfahl und Teerfaß gewesen. Ihre Zauberei, sagte sie, sei so harmlos wie die Calibans. Freilich sagte sie derart erfolgreich die Zukunft voraus, deutete Träume, braute Liebestränke, entdeckte gestohlene Dinge und fügte und löste Heiraten, als stände ihr dabei – wie ihre Nachbarschaft auch tatsächlich glaubte – Beelzebub selbst zur Seite. Das Schlimmste an den Anhängern dieser okkulten Wissenschaften war, daß sie, da sie sich von der Menschheit ausgestoßen fühlten, sich in der Regel wenig darum bekümmerten, was sie taten und inwieweit sie den öffentlichen Haß verdienten. Tatsächliche Verbrechen wurden oft unter dem Deckmantel der Zauberei begangen; und das einzige, was das Entsetzen mildern kann, mit dem wir in den Kriminalakten von den Hexenprozessen lesen, ist der Umstand, daß viele von ihnen das harte Schicksal, zu dem sie wegen vermeintlicher Hexerei verurteilt wurden, als Giftmischerinnen, Betrügerinnen und Handlangerinnen in geheimen Verbrechen nicht zu Unrecht erlitten.

So war Ailsie Gourlay, die Lady Ashton mit der Pflege ihrer Tochter betraute, um auf diese Weise vollständige Kontrolle über deren Willen zu erlangen. Eine Frau von geringerer Bedeutung als Lady Ashton hätte einen solchen Schritt nicht gewagt; aber ihr hoher Stand und die Stärke ihres Charakters setzten sie über den Tadel der Welt hinaus, und ihr wurde nachgesagt, daß sie für ihre Tochter die beste und erfahrenste Krankenpflegerin aus der Nachbarschaft ausgewählt habe, während eine weniger bedeutende Person in den Verdacht gekommen wäre, Hilfe bei einer Verbündeten des Teufels gesucht zu haben.

Ailsie Gourlay begriff die Rolle, die sie spielen sollte, leicht und bereitwillig aufgrund von Winken und Andeutungen, ohne Lady Ashton zur Unannehmlichkeit zu nötigen, sie ausdrücklich auszusprechen. Sie war in einiger Hinsicht für ihren Part prädestiniert, hing er doch ab von der Kenntnis des menschlichen Herzens und seiner Leidenschaften. Sie bemerkte, daß Lucy bei ihrem Anblick angesichts ihrer äußeren Erscheinung zurückschauderte, und während sie innerlich das arme Mädchen für den unwillkürlichen Abscheu haßte, den es empfunden hatte, begann sie ihr Werk mit dem Bestreben, jenen ungünstigen Eindruck auszuräumen, den sie in ihrem Herzen als tödliche Beleidung empfand. Das war leicht zuwege gebracht, denn die äußere Häßlichkeit des alten Weibs wurde bald von einem Anschein der Freundlichkeit und Anteilnahme überwogen – beides war Lucy zuletzt wenig gewohnt gewesen. Ihre aufmerksamen Dienste und wirkliche Geschicklichkeit gewannen ihr das Ohr, wenn nicht gar das Vetrauen, ihrer Patientin. Und unter dem Vorwand, die Öde des Krankenzimmers durch ein wenig Zerstreuung zu beleben, lenkte sie Lucys Aufmerksamkeit auf geschickt erzählte, spannende Legenden, für die Lucy ohnehin eine Vorliebe hatte. Ailsie Gourlays Erzählungen waren zuerst von mildem, ansprechendem Charakter:

Von Feen, die nächtlich auf der Heide tanzen,
Von Liebenden, gezwungen, sich zu trennen und zu weinen,
Und hohen Burgen, wo verrückte Zaub'rer
Gefang'ne Knechte halten.

Nach für nach nahmen sie jedoch einen dunkleren und unheimlicheren Charakter an und wurden von der Art, die auch – erzählt bei mitternächtlichem Licht von bebenden, bleichen Lippen, gesteigert durch eine zitternde Stimme, einem erhobenen dürren Zeigefinger und dem Kopfwiegen der blauäugigen Alten – eine weniger leichtgläubige Imaginationskraft in einem nüchterneren Zeitalter erschreckt haben würde. Die Alte erkannte ihren Vorteil und zog die magische Schlinge enger und enger um das ergebene Opfer. Ihre Legendenerzählungen begannen sich auf das Schicksal der Familie Ravenswood zu beziehen, deren einstige Größe und furchtbare Macht der Aberglaube mit vielen Sagen beehrt hatte. Die Geschichte der verhängnisvollen Quelle wurde von der alten Sibylle des langen und breiten und mit schaudererregenden Zusätzen erzählt. Die von Caleb zitierte Weissagung von der toten Braut, die der letzte Ravenswood gewinnen würde, sprach auf unheimliche Weise für sich selbst; und die sonderbare Erscheinung, die Ravenswood im Wald gesehen hatte und von der seine hastigen Fragen in der Hütte der alten Alice teilweise Zeugnis ablegten, bildeten Anlaß für viele Übersteigerungen.

Lucy hätte sich um diese Geschichten nicht geschert, wenn sie eine andere Familie betroffen hätten und ihre eigene Lage nicht so verzweifelt gewesen wäre. Aber in der Situation, in der sie sich befand, gewann die Vorstellung, daß ein schlimmes Schicksal über ihrer Liebe schwebe, Oberhand über ihre anderen Gefühle. Und die Schrecken des Aberglaubens verfinsterten ein Gemüt, das bereits Schmerz, Elend, Ungewißheit und ein niederdrückendes Empfinden von Verlassenheit und Trostlosigkeit zermürbt hatten. Ihre Pflegerin erzählte Geschichten, in denen die Verhältnisse den ihrigen so sehr glichen, daß Lucy nach und nach verleitet wurde, sich über derlei tragische und unheimliche Themen mit der Alten, auf die sie immer noch mit unwillkürlichem Schauder sah, zu besprechen und immer mehr Vertrauen in sie zu setzen. Ailsie Gourlay wußte dieses halbe Zutrauen wohl zu nutzen. Sie lenkte Lucys Gedanken auf die Wahrsagerei – vermutlich die sicherste Methode, den Verstand zu erschüttern und den Sinn zu schwächen. Omen wurden erklärt, Träume ausgelegt und andere Gaukeltricks der Vortäuschung in Anwendung gebracht. In der Anklageschrift gegen Ailsie Gourlay finde ich angeführt – denn es wurde, und dies mag halbwegs ein Trost sein, der Alten der Prozeß gemacht und sie durch das Urteil einer Kommission des geheimen Staatsrats verurteilt, in North Berwick Law verbrannt zu werden –, daß sie, neben anderen Vergehen, beschuldigt wurde, mit Hilfe des Satans einer jungen Person von Stand in einem Spiegel einen damals in der Fremde befindlichen Herrn gezeigt zu haben, mit dem besagte junge Person verlobt war und der sich in dem Trugbild mit einer anderen Dame zu verheiraten schien. Doch dieser und einige andere

Teile der Akten scheinen, was Namen und Daten betrifft, gewissenhaft unvollständig gelassen worden zu sein, was wahrscheinlich aus Rücksicht auf die Ehre der beteiligten Familien geschah. Wenn Ailsie Gourlay wirklich fähig war, eine solche Täuschung fertigzubringen, leuchtet ein, daß sie besseren Beistand zur Ausübung ihres Trugs gehabt haben müsse als nur den ihrer eigenen Geschicklichkeit und Geldmittel. Die unerklärliche Vision tat indes ihre Wirkung und verwirrte Miß Ashtons Sinn. Sie wurde völlig unausgeglichen, ihre Gesundheit schwand dahin und ihr Verhalten war niedergeschlagen, melancholisch und unvorhersagbar. Ihr Vater, der die Ursache dieser Veränderungen halb erriet, setzte ausnahmsweise einmal seinen Willen durch und verbannte Ailsie Gourlay vom Schloß. Doch der Pfeil war abgeschossen und stak brennend in der Brust des verwundeten Opfers.

Es war kurz nach der Abreise dieser Frau, daß Lucy Ashton, von ihren Eltern gedrängt, ihnen mit einer Entschiedenheit, die sie in Erstaunen setzte, erklärte, sie sei sich bewußt, daß Himmel, Erde und Hölle sich gegen ihre Verbindung mit Ravenswood verschworen hätten, daß aber ihr Verlöbnis bindend sei und sie es ohne Zustimmung Ravenswoods weder lösen könne, noch wolle.

»Verschafft mir Gewißheit«, schloß sie, »daß er mich meines Wortes entbindet, und verfügt über mich, wie es euch gefällt, mir ist es gleichgültig. Was nützt das Schmuckkästchen, wenn die Diamanten verloren sind?«

Der hartnäckige Tonfall, in dem sie das sagte, das unnatürliche Blitzen in ihren Augen und die fest geschlossenen Hände machten jeden Einwand überflüssig, und alles, was Lady Ashton durch ihre äußersten Überredungskünste noch erreichte, war das Vorrecht, den Brief diktieren zu dürfen, in dem ihre Tochter von Ravenswood zu wissen verlangte, ob er, wie sie es ausdrückte, »die unglückliche Verlobung« aufrechterhalten oder aufgeben wolle. Lady Ashton bediente sich dieses Vorteils derart geschickt, daß der Stil des Briefs den Eindruck erweckte, als fordere Lucy ihren Liebhaber auf, einer Verbindung zu entsagen, die dem Glück und Wohlergehen beider zuwiderliefe. Doch selbst dieser List nicht trauend, entschloß sich Lady Ashton schließlich, den Brief zu vernichten, in der Hoffnung, daß die Ungeduld Lucy verleiten würde, Ravenswood ungehört und abwesend zu verdammen. Hierin irrte sie sich. Die Zeit war längst verstrichen, in der eine Antwort vom Kontinent hätte kommen können. Der schwache Hoffnungsstrahl, der noch in Lucys Seele glomm, war am Erlöschen. Doch verließ sie der Gedanke nie, daß der Brief ihn möglicherweise nicht erreicht hätte. Eine der neuesten Hinterhältigkeiten ihrer Mutter lieferte ihr unerwartet das Mittel, Sicherheit über das zu erlangen, was sie am heißesten zu wissen wünschte.

Nachdem die Dienerin der Hölle vom Schloß verbannt worden war, entschloß sich Lady Ashton, die nichts unversucht ließ, auf Lucy einzuwirken, ein Werkzeug ganz anderer Art ins Werk zu setzen. Es war dies niemand anders als der zuvor schon erwähnte Reverend Bide-the-Bent, ein presbyterianischer Geistlicher von strengster Disziplin und Rechtgläubigkeit, auf dessen Beistand sie nach dem Grundsatz des Tyrannen in der Tragödie setzte:

Ein Priester soll ihr von dem Glauben pred'gen,
Als Sünde ihr darstellen ihr Gelübde,
Das ich gebrochen haben will.

Aber Lady Ashton hatte sich in ihrem erhofften Handlanger verrechnet. Er war zwar äußerst voreingenommen in ihrem Sinne, und es war keine schwierige Angelegenheit, ihm die Verbindung zwischen der Tochter einer gottesfürchtigen, gläubigen, presbyterianischen Familie von Stand mit dem Erben eines blutdürstigen, episkopalischen Verfolgers, dessen Väter die Hände bis ans Gelenk ins Blut der Heiligen Gottes getaucht hätten, als Greuel darzustellen. In der Vorstellung des Geistlichen war dies etwa so wie die Verbindung eines moabitischen Fremden mit einer Tochter Zions. Aber trotz aller Voreingenommenheit und Glaubensgrundsätze besaß Bide-the-Bent ein gesundes Urteil und hatte Mitgefühl erworben gerade in der Schule der Verfolgung, in der das Herz so oft verhärtet. In einer geheimen Unterredung mit Miß Ashton bewegte ihn ihre Not tief, und er konnte nicht anders, als ihr recht geben in ihrem Wunsch, sich direkt mit Ravenswood wegen ihrer Verlobung auseinandersetzen. Als sie ihm eindringlich die Ungewißheit schilderte, ob der Brief je tatsächlich abgeschickt worden sei, schritt der alte Mann im Zimmer auf und ab, schüttelte sein graues Haar, blieb des öfteren auf seinen elfenbeinköpfigen Stock gestützt stehen und bekannte nach einigem Zögern, daß er ihre Zweifel als begründet betrachte und er selbst behilflich sein wolle, sie zu zerstreuen.

»Ich sehe mich gezwungen anzunehmen, Miß Lucy«, sagte er, »daß Eure verehrte Mutter in dieser Sache einen Eifer zeigt, der, obwohl er zweifellos aus Liebe zu Eurem Glück in diesem und dem nächsten Leben kommt – denn der Mann ist aus dem Geschlecht der Verfolger und selbst ein Verfolger, ein Cavalier, ein Spötter, der nicht lebt in Jesus… – Aber dennoch ist uns befohlen, Gerechtigkeit gegen jedermann zu üben und unsere christliche Pflicht und Schuldigkeit zu tun gegen Fremde und die, die in unserer Brüderschaft sind. Deshalb will ich, ja ich selbst behilflich sein, Euren Brief in Edgar Ravenswoods Hände zu bringen, indem ich darauf vertraue, daß das Eure Befreiung aus dem Netz zur Folge haben wird, in das er Euch sündigerweise verstrickt hat. Und damit ich in dieser Sache weder mehr, noch weniger tue, als Euch Eure verehrten Eltern erlaubt haben, bitte ich Euch, ohne Zusatz oder Auslassung den Brief noch einmal zu schreiben, den Euch Eure verehrte Mutter diktiert hat. Ich werde ihn auf einen Weg bringen, auf dem er sicher ankommen wird, so daß Ihr, verehrte junge Dame, wenn Ihr keine Antwort erhaltet, den unausweichlichen Schluß ziehen müßt, daß der Mann stillschweigend auf dieses nichtige Verlöbnis verzichtet, ohne es gerne ausdrücklich aufgeben zu mögen.«

Lucy ergriff begierig den Vorschlag des würdigen Geistlichen. Ein zweiter Brief wurde geschrieben, in denselben Worten des ersten, und von Mr. Bide-the-Bent der Obhut von Saunders Moonshine anvertraut, einem eifrigen Kirchenältesten an Land und an Bord seiner Brigg einem der kühnsten Schmuggler, die je vor dem Meereswind gekreuzt sind. Auf die Bitte seines Pastors versprach Saunders bereitwillig, den Brief sicher an jenen Hof zu bringen, an dem sich der Herr von Ravenswood gerade aufhalte. (Dieser Rückblick wurde nötig, um die Besprechung zwischen Miß Ashton, ihrer Mutter und Bucklaw zu erläutern, die wir ausführlich in einem vorhergehenden Kapitel beschrieben haben.)

Lucy glich nun dem Seemann, der, während er durch einen stürmischen Ozean getrieben wird, zu seiner Rettung eine einzige Planke erfaßt, dessen Kräfte, sich daran festzuhalten, mit jedem Moment schwächer werden und der in der tiefen Finsternis der Nacht nur mehr die Blitze aufleuchten sieht, die ihm die schäumenden Wogen zeigen, unter denen er bald begraben sein wird.

Woche auf Woche verging, und Tag auf Tag. Und weder ein Brief, noch eine Nachricht von Ravenswood.

KAPITEL 31

Wie leserlich sind diese Namen, wie wenig gleichen sie
All den verschwomm'nen Unterschriften in meinem Buch!
Die Buchstaben des Bräutigams in einer Zeile oben
Zugespitzt, doch gerad', wie Fichtenbäume im Gehölz;
Und frei und fein darunter die der Braut,
So dünn und leicht wie ihr Jasmin.
Crabbe.

Der St. Judä-Tag, die von Lucy selbst ausbedungene letzte Frist, war gekommen und wie bereits gesagt: weder Briefe, noch Nachrichten von Ravenswood. Aber Nachrichten waren von Bucklaw und seinem Vertrauten Craigengelt eingegangen, die am frühen Morgen ankamen, um die Verlobung zu vollziehen und das Nötige zu unterzeichnen.

Der Heiratsantrag war von Sir William selbst mit Sorgfalt verfaßt, und es war mit Rücksicht auf den Gesundheitszustand von Miß Ashton beschlossen worden, außer den unmittelbar beteiligten Personen niemanden bei der Unterzeichnung der Dokumente zugegen sein zu lassen. Ferner wurde bestimmt, daß am vierten Tag nach Unterzeichnung des Kontrakts die Hochzeit gefeiert werden sollte, eine Vereinbarung, die Lady Ashton für sinnvoll hielt, um zu verhüten, daß Lucy erneut in ihr Widerstreben verfallen könne. Dies war allem Anschein nach nicht zu befürchten. Sie hörte von den im Gang befindlichen Vorbereitungen mit der stummen Gleichgültigkeit der Verzweiflung, oder vielmehr mit einer Empfindungslosigkeit, die aus der Betäubung aller ihrer Gefühle herrührte. Für einen unachtsamen Beobachter wie Bucklaw war in ihrem Verhalten kein größeres Sträuben zu erkennen, als einer jeden schüchternen, jungen Dame anstehen mochte, doch konnte er sich den Eindruck dennoch nicht ganz verbergen, daß sie eher der Wahl ihrer Eltern als einer Neigung zu seinen Gunsten nachgab. Nachdem der Bräutigam ihr einen guten Morgen gewünscht hatte, wurde Lucy einige Zeit allein gelassen, doch merkte ihre Mutter an, daß der Kontrakt vor Mittag unterzeichnet werden müsse, damit die Ehe glücklich werde.

Lucy ließ sich für diesen Anlaß ankleiden, wie es dem Geschmack ihrer Umgebung gefiel, und sie wurde entsprechend prächtig ausstaffiert. Ihre Kleidung bestand aus weißer Seide und Brüsseler Spitzen, und ihr Haar war mit einer Menge Juwelen geschmückt, deren Glanz einen scharfen Kontrast zur Totenblässe ihres Gesichts und zu ihrem leeren, irren Blick bildete.

Sie war kaum angekleidet, als Henry erschien, um die teilnahmslose Braut zum Prunksaal zu führen, wo alles zur Unterzeichnung des Vertrags bereit war.

»Weißt du, Schwester«, sagte er, »es freut mich wirklich, daß du Bucklaw kriegst und nicht Ravenswood, der wie ein spanischer Grand aussieht und wie einer, der uns den Hals abschneiden und dann mit Füßen treten will. Ich bin froh, daß die weite See heute zwischen uns und ihm ist, denn ich vergesse nie, wie erschrocken ich war, als ich ihn für das Bild des alten Sir Malise hielt, der aus der Leinwand gesprungen sei. Sag' ernsthaft, bist du nicht erleichtert, ihn so gut losgeworden zu sein?«

»Frag' nicht, lieber Henry«, sagte seine unglückliche Schwester; »wenige Dinge können sich noch ereignen, die mich froh oder traurig machen können in dieser Welt.«

»Das sagen alle jungen Bräute«, schwatzte Henry, »und darum sei nicht niedergeschlagen, Lucy, in zwölf Monaten wirst du ein anderes Lied singen. Ich bin der Brautführer und reite vor dir zur Kirche, und alle unsere Freunde und Verwandten und die von Bucklaw reiten mit im Zug. Und ich werde einen scharlachfarbenen Anzug mit Spitzen tragen, und einen Federhut und einen Degengürtel, doppelt mit Gold eingefaßt, und einen Dolch statt eines Degens. Ein Degen wär' mir lieber gewesen, aber Vater will nichts davon wissen. All' diese Sachen und noch hundert andere mehr kommen heute abend mit dem alten Gilbert und seinen Lasteseln aus Edinburgh. Sobald sie da sind, werd' ich sie dir bringen und zeigen.«

Das Geplauder des Jungen wurde durch die Ankunft von Lady

Ashton unterbrochen, die über die Verzögerung ihrer Tochter etwas beunruhigt war. Mit ihrem süßesten Lächeln faßte sie Lucy beim Arm und führte sie in den Saal, wo man auf sie wartete.

Anwesend waren nur Sir William Ashton, Colonel Douglas Ashton, in vollständiger Uniform, Bucklaw, im Anzug des Bräutigams, Craigengelt, auf Kosten seines Patrons vom Scheitel bis zur Sohle neu eingekleidet, und der ehrwürdige Bide-the-bent, da die Gegenwart eines Geistlichen bei allen besonderen Feierlichkeiten streng-presbyterianischer Familien ein Haupterfordernis war.

Weine und Erfrischungen standen auf dem Tisch, auf dem die Papiere zur Unterzeichnung bereit lagen.

Doch bevor man sich dem Geschäft oder den Erfrischungen zuwandte, lud Mr. Bide-the-Bent auf ein von Sir William gegebenes Zeichen die Gesellschaft zu einem kurzen Gebet ein, in dem er den Segen für den jetzt zu schließenden Heiratsvertrag erflehte. Mit der Einfalt seiner Zeit und seines Berufs, die ihm deutliche persönliche Anspielungen erlaubte, bat er, daß das verwundete Herz der einen dieser edlen Partien zur Belohnung ihres Gehorsams gegen ihre überaus achtbaren Eltern geheilt werden möge und daß, da sie sich als ein Kind ganz nach Gottes Willen erwiesen habe, indem sie Vater und Mutter ehre, sie und die Ihrigen den versprochenen Segen genießen möchten – langes Leben auf Erden und danach einen großen Anteil Glück in einem besseren Land. Er bat ferner, daß der Bräutigam von allen Torheiten, die Jugend vom Pfad der Tugend lockten, abgebracht werden und aufhören möge, sich an eitler und unnützer Gesellschaft, an Spöttern, Aufrührern und jenen, die bis spät beim Wein sitzen, zu ergötzen (hier zwinkerte Bucklaw Craigengelt zu), und daß er Gesellschaft meiden werde, die zum Irrtum führe. Ein angemessenes Gebet für Sir William und Lady Ashton und ihre Familie beschloß diese religiöse Ansprache, die sich an jeden der Anwesenden wandte, nur an Craigengelt nicht, den der würdige Geistliche vermutlich als ohnehin verlorenen Sünder betrachtete.

Das Geschäft des Tages wurde nun angegangen; Sir William

Ashton unterzeichnete den Kontrakt mit juristischer Förmlichkeit und Genauigkeit, sein Sohn mit militärischer Nonchalance und Bucklaw, der so schnell unterschrieb, wie Craigengelt die Seiten umblättern konnte, beschloß damit, daß er seine Feder gegen die Spitzenhalsbinde seines Schützlings ausspritzte.

Es war nun an Miß Ashton, die Papiere zu unterzeichnen, und sie wurde von ihrer alles genau verfolgenden Mutter zu diesem Zweck an den Tisch geführt. Beim ersten Versuch begann sie, mit trockener Feder zu schreiben, und als dieser Umstand entdeckt war, schien sie nach wiederholtem Versuch unfähig, ihre Feder ins silberne Tintenfaß zu tauchen, das gefüllt vor ihr stand. Die Wachsamkeit von Lady Ashton half dieser Verlegenheit ab. Ich selbst habe den unseligen Vertrag gesehen und in den gestochenen Buchstaben, mit denen der Name Lucy Ashton auf jeder Seite gezeichnet ist, ein nur schwaches Zittern ihrer Hand erkannt, was ihren Gemütszustand zur Zeit der Unterzeichnung offenbart. Aber die letzte Unterschrift ist unvollständig, verwischt und bekleckst, denn während ihre Hand sie schrieb, hörte man den Hufschlag eines Pferdes am Tor, sodann vernahm man Schritte in der äußeren Galerie und hörte eine Stimme, die in befehlendem Tonfall dem Widerstand der Dienerschaft Trotz bot. Die Feder fiel Lucy aus der Hand, während sie mit einem schwachen Schrei ausrief: »Er ist gekommen – er ist gekommen!«

KAPITEL 32

Der Zunge nach ist das ein Montague!
Reich mir den Degen, Junge;
Auf Treu' und Ehre meines Stammes,
Ihn totzuschlagen, halt' ich nicht für Sünde.
Romeo und Julia.

Miß Ashton hatte kaum die Feder fallen lassen, als die Tür aufflog und Ravenswood eintrat.

Lockhard und ein weiterer Diener, die sich vergebens bemüht hatten, sich seinem Durcheilen der Galerie und des Vorzimmers entgegenzustellen, standen nicht weniger starr vor Überraschung auf der Schwelle, als es die ganze Gesellschaft im Raum war. Colonel Douglas Ashton fühlte zugleich Zorn aufwallen; Bucklaw heuchelte hochmütige Gleichgültigkeit; die übrigen, selbst Lady Ashton, zeigten Anzeichen von Furcht – Lucy schien wie zu Stein erstarrt angesichts dieses unerwarteten Gespensts. Und der Begriff Gespenst war wirklich angemessen, denn Ravenswood sah einem Toten ähnlicher als einem Lebenden.

Er stellte sich in der Mitte des Raums auf, dem Tisch gegenüber, an dem Lucy saß, und sah sie, als wären sie allein im Zimmer, mit Augen an, in denen sich tiefe Trauer und nachdenklicher Vorwurf mischten. Sein dunkler Reitumhang, von einer Schulter verrutscht, hing auf der anderen Seite in den weiten Falten eines spanischen Mantels herunter. Seine übrige Kleidung war beschmutzt von der Reise und durch den scharfen Ritt in Unordnung gebracht. Er trug ein Schwert an der Seite und Pistolen im Gürtel. Sein ins Gesicht gedrückter Hut, den er beim Eintreten nicht abgenommen hatte, steigerte noch das Finstere seines Gesichts, das – voll Trauer und tief gezeichnet von gespensterhaften Furchen, wie sie nur eine langwierige Krankheit hervorruft – über die ohnehin schon markanten, ernsten, sogar wilden Züge hinaus düster und grauenerregend aussah. Sein verwirrtes, verwehtes Haar, das unter seinem Hut hervordrang, und seine starre, unbewegliche Haltung ließen seinen Kopf eher einer Marmorbüste als dem eines lebenden Menschen gleichen. Er sprach kein einziges Wort, und einige Minuten lang herrschte tiefes Schweigen.

Es war Lady Ashton, die dieses Schweigen brach. Sie hatte ihre natürliche Kühnheit teilweise wiedergewonnen und verlangte den Grund für dieses unerlaubte Eindringen zu erfahren.

»Dies ist eine Frage, Madam«, sagte ihr Sohn, »die zu stellen ich das meiste Recht habe; und ich muß den Herrn von Ravenswood auffordern, mir an einen Ort zu folgen, wo er mit Muße darauf antworten können wird.«

Bucklaw trat mit den Worten dazwischen, daß kein Mensch auf Erden ihm das Vorrecht nehmen dürfe, vom Herrn von Ravenswood eine Erklärung zu fordern. »Craigengelt«, fügte er in leiserem Ton hinzu, »was macht Ihr für ein Gesicht, als wenn Ihr einen Geist säht? Holt mir mein Schwert aus der Galerie.«

»Ich werde niemandem«, beharrte Colonel Ashton, »den Vortritt darin zugestehen, diesen Mann für seine beispiellose Beleidigung meiner Familie zur Rechenschaft zu ziehen.«

»Geduld, Ihr Herren«, unterbrach Ravenswood, indem er sich schroff gegen sie wandte und mit einer Handbewegung ihrem Hin und Her Schweigen gebot. »Wenn Ihr Eures Lebens so müde wie ich des meinen seid, will ich gerne Zeit und Ort finden, die Sache auszumachen – aber jetzt steht mir nicht der Sinn nach Banalitäten.«

»Banalitäten!« empörte sich Colonel Ashton und zog sein Schwert halb heraus, während Bucklaw das seinige ergriff, das Craigengelt geholt hatte.

Sir William Ashton, um die Sicherheit seines Sohnes besorgt, sprang zwischen die jungen Männer und Ravenswood und rief aus: »Mein Sohn, ich befehle Euch –! Bucklaw, bitte! Haltet Frieden, im Namen der Königin und des Gesetzes!«

»Im Namen der Gesetze Gottes«, erhob Bide-the-Bent die Stimme und stellte sich mit erhobenen Armen zwischen Bucklaw, den Colonel und den Gegenstand ihrer Wut. »Im Namen dessen, der Friede auf Erden und Güte unter die Menschheit brachte, beschwöre, bitte, befehle ich Euch: Keine Gewalt gegeneinander! Gott haßt den Blutdürstigen – wer das Schwert zieht, soll durch das Schwert umkommen.«

»Haltet Ihr mich für einen Hund, Sir,« wandte sich Colonel Ashton scharf gegen ihn, »oder für ein noch begriffsstutzigeres Tier, daß ich eine solche Beleidigung in meines Vaters Haus einfach hinnehmen soll? Laßt mich gehen, Bucklaw! Beim Himmel, er soll mir Rede und Antwort stehen, oder ich steche ihn auf der Stelle nieder!«

»Rührt ihn hier nicht an!« warf Bucklaw ein. »Er hat mir einmal das Leben geschenkt, und wär' er auch der Teufel persönlich – er soll offenen, ehrlichen Kampf finden.«

Während sich die beiden jungen Männer auf diese Weise mehr miteinander als mit ihm beschäftigten, gewann Ravenswood die Ruhe, mit strenger und durchdringender Stimme auszurufen: »Schweigt! – Wenn Ihr wirklich Gefahr sucht, wählt eine passendere Zeit. Mein Geschäft hier wird bald beendigt sein. – Ist das Eure Handschrift, Madam?« fügte er in einem sanfteren Tonfall hinzu und zeigte Miß Ashton ihren letzten Brief.

Ein stockendes »Ja« entrang sich ihren Lippen, mehr ein Hauch denn eine bewußte Antwort.

»Und ist *dies* ebenfalls Eure Handschrift?« Ravenswood streckte ihr ihren gegenseitigen Vertrag entgegen.

Lucy blieb stumm. Der Schreck und ein noch quälenderes, verwirrenderes Gefühl hatten ihre Sinne so betäubt, daß sie die an sie gerichtete Frage wahrscheinlich nicht einmal verstand.

»Falls Ihr vorhaben solltet«, warf Sir William Ashton ein, »auf dieses Papier gesetzliche Ansprüche zu gründen, erwartet nicht, daß Ihr eine Antwort auf eine außergerichtliche Frage bekommt.«

»Sir William Ashton«, erwiderte Ravenswood, »ich bitte Euch und alle Anwesenden, meine Absicht nicht mißzuverstehen. Wenn diese junge Lady aus eigenem, freiem Willen die Auflösung des Vertrags wünscht, wie es ihrem letzten Brief nach scheinen könnte, ist mir kein welkes Blatt, das der Herbstwind über's Moor jagt, so wertlos wie dies Schreiben hier. Doch ich muß und will die Wahrheit aus ihrem eig'nen Munde hören – sonst rühre ich mich nicht vom Fleck. Ihr seid in der Überzahl und könnt mich morden, wenn Ihr wollt – doch ich bin bewaffnet und das Leben ist mir nichts mehr wert, und ich werde nicht sterben, ohne reichlich Rache zu nehmen. Das ist mein Entschluß; denkt darüber, wie Ihr wollt. Ich will ihre Entscheidung aus ihrem Mund hören, aus ihrem Mund, allein und ohne Zeugen. Und nun wählt!« rief er aus, während er mit der rechten Hand den Degen zog und mit der linken eine Pistole, die Spitze der einen und die Mündung der andern Waffe gegen den Boden haltend. »Wählt, ob diese Halle in Blut schwimmen soll, oder ob ihr mir eine Unterredung mit meiner Verlobten gewährt, die mich das Gesetz Gottes und des Landes zu fordern berechtigt.«

Alle wichen beim Klang seiner Stimme und der sie begleitenden Handlung – der Ausbruch wahrer Verzweiflung ließ ihre Empfindungen, Interessen und Bedenklichkeiten plötzlich beinahe nichtig erscheinen.

Der Geistliche ergriff als erster das Wort: »In Gottes Namen, seid friedlich und hört einen Vorschlag vom geringsten seiner Diener an. Was diese ehrbare Person fordert, ist, obwohl ein wenig arg heftig vorgetragen, nicht unvernünftig. Laßt es ihn von Miß Ashtons eigenen Lippen hören, daß sie sich dem Willen ihrer Eltern pflichtgetreu unterwirft und ihren Vertrag mit ihm bereut; und sobald er davon überzeugt worden ist, wird er in Frieden nach seiner Wohnstatt ziehen und uns nicht mehr belästigen. Wahrhaftig, wir sollten Geduld mit denen haben, die – in der Galle der Bitterkeit und den Fängen der Sünde befangen – vom reißenden Strom irdischer Leidenschaften mitgerissen werden. Gewährt dem Herrn von Ravenswood die Unterredung, auf der er besteht – es wird nur eine kurze Qual für diese ehrbare junge Frau sein, die ihre Treue fest der Wahl ihrer Eltern unterworfen hat. Laßt es geschehen – kraft meines Berufs bitte ich Euer Ehren, auf diesen versöhnlichen Vorschlag einzugehen.«

»Niemals!« antwortete Lady Ashton, deren Zorn ihren ersten Schrecken überflügelte. »Niemals soll dieser Mann unter vier

Augen mit meiner Tochter sprechen, die einem anderen verlobt ist! Verlasse dies Zimmer, wer will – ich werde bleiben! Ich fürchte weder Gewalt, noch Waffen« (sie warf einen Seitenblick auf Colonel Ashton), »obwohl andere, die meinen Namen tragen, von ihnen etwas mehr beeindruckt werden.«

»Um Gotteswillen, Madam«, rief der würdige Geistliche aus, »gießt kein Öl ins Feuer! Der Herr von Ravenswood wird sicher nichts gegen Euer Dabeisein einwenden, wenn er den Gesundheitszustand der jungen Lady und Eure Mutterpflichten in Betracht zieht. Ich selbst werde auch bleiben – vielleicht, daß meine grauen Haare den Zorn lindern.«

»Ihr seid dazu eingeladen, Sir«, sagte Ravenswood, »und Lady Ashton mag ebenfalls bleiben, wenn sie es für notwendig erachtet. Aber laßt alle anderen hinausgehen.«

»Ravenswood«, raunte Colonel Ashton beim Hinausgehen, »Ihr werdet für dies hier bezahlen, es wird nicht lang dauern.«

»Wie Ihr mögt«, versetzte Ravenswood.

»Aber ich hab' als erster Anspruch darauf, Euch meine Rechnung zu präsentieren«, ließ sich Bucklaw – mit halbem Lächeln – vernehmen.

»Trefft Eure Vorbereitungen, wie es Euch gefällt – laßt mich nur diesen Tag in Ruhe, und morgen will ich auf Erden nichts Dringlicheres zu tun haben, als Euch alle Genugtuung zu geben, die Ihr wünscht.«

Die Gentlemen verließen den Raum, nur Sir William Ashton zögerte.

»Herr von Ravenswood«, sprach er in versöhnlichem Tonfall, »ich glaube, diesen Skandal und diese Schande, die Ihr meiner Familie zumutet, nicht verdient zu haben. Wenn Ihr Euren Degen einsteckt und mir in mein Studierzimmer folgt, will ich Euch durch die einleuchtendsten Gründe von der Nutzlosigkeit Eures gegenwärtigen, unrechtmäßigen Vorgehens überzeugen.«

»Morgen, Herr – morgen! Morgen will ich Euch geduldig zuhören – der heutige Tag hat sein eigenes heiliges, unaufschiebbares Erfordernis.«

Er wies zur Tür, und Sir William verließ den Raum.

Ravenswood steckte seinen Degen ein, entspannte die Pistole und barg sie im Gürtel; dann ging er nachdenklich zur Zimmertür, verriegelte sie, kehrte um, nahm seinen Hut von der Stirn, strich seine Haare aus dem Gesicht und sagte, indem er Lucy mit einem Blick ansah, in dem der Schmerz alle Heftigkeit verdrängt hatte: »Erkennt Ihr mich, Miß Ashton? Ich bin noch immer Edgar Ravenswood.«

Sie blieb stumm, und er fuhr mit wachsendem Nachdruck fort: »Ich bin immer noch genau der Edgar Ravenswood, der aus Liebe zu Euch der Ehrenpflicht der Rache entsagte, an die er gebunden war. Ich bin genau der Ravenswood, der Euch zuliebe vergab und in Freundschaft denen die Hand reichte, die seinen Besitz plünderten und seinen Vater verleumdeten und mordeten.«

»Meine Tochter«, unterbrach ihn Lady Ashton, »wird keinen Zweifel an Eurer Identität hegen, die giftige Sprache, die Ihr gegenwärtig führt, wird sie hinlänglich erinnern, daß sie mit dem Todfeind Ihres Vaters spricht.«

»Bitte geduldet Euch, Madam«, antwortete Ravenswood, »die Antwort muß von *ihren* Lippen kommen. Noch einmal, Miß Lucy Ashton: Ich bin jener Ravenswood, dem Ihr das feierliche Versprechen gabt, das Ihr nun widerrufen und zurücknehmen wollt.«

Lucy, völlig bleich, konnte nicht mehr, als die Worte stammeln: »Es war meine Mutter...«

»Sie spricht die Wahrheit«, sagte Lady Ashton. »*Ich* war's, die ihr im Sinne göttlichen und menschlichen Gesetzes mit Rat und Tat beistand, ein voreiliges, unglückliches Versprechen zu widerrufen und es durch die höchste aller Autoritäten, die Heilige Schrift, für null und nichtig erklären zu lassen.«

»Die Heilige Schrift!« sagte Ravenswood spöttisch.

»Laßt ihn den Text hören«, wandte sich Lady Ashton an den Geistlichen, »aus dem Ihr selbst nach reiflicher Überlegung den Schluß gezogen habt, daß dieser Vertrag keinerlei Gültigkeit habt.«

Der Geistliche nahm seine Bibel aus der Tasche und las die folgenden Worte:

»Wenn aber eine Frau vor dem Herrn ein Gelübde ablegt oder einen Eid schwört, so lange sie noch jung ist und in ihres Vaters Haus lebt, dann soll ihr Vater von ihrem Gelübde oder ihrem Eid, mit dem sie sich verpflichtet hat, erfahren. Schweigt ihr Vater dazu, tritt das Gelübde oder der Eid in Kraft.«

»Und war es mit uns nicht exakt so?« unterbrach Ravenswood.

»Zähmt Eure Ungeduld, junger Mann«, antwortete der Geistliche, »und hört an, was in dem heiligen Text folgt: *Versagt ihr Vater an dem Tag, an dem er davon erfährt, seine Zustimmung, tritt das Gelübde oder der Eid nicht in Kraft; der Herr wird es ihr erlassen, weil ihr Vater seine Zustimmung versagt hat.«*

»Und ist nicht«, fiel Lady Ashton mit Frohlocken ein, »der hier beschriebene Fall genau der unsrige? Will diese Person leugnen, daß die Eltern, sofort als sie von dem Verlöbnis erfuhren, dieses ganz ausdrücklich untersagten und ihn von dieser Entscheidung schriftlich in Kenntnis setzten?«

»Ist das alles?« fragte Ravenswood, auf Lucy blickend. »Wollt Ihr ernsthaft geschworene Treue, den Gebrauch des freien Willens und gegenseitige Liebe diesen erbärmlichen, heuchlerischen Spitzfindigkeiten opfern?«

»Hört Euch das an!« fuhr Lady Ashton auf und blickte zum Geistlichen. »Hört Euch diese Blasphemien an!«

»Möge Gott ihm vergeben«, sprach Bide-the-Bent weihevoll, »und seine Unwissenheit erleuchten!«

»Denkt an das, was ich für Euch getan habe«, wandte sich Ravenswood an Lucy, »ehe Ihr einwilligt in das, was man hier in Eurem Namen tut. Die Ehre einer alten Familie, der Rat meiner besten Freunde – sie konnten mich nicht von meinem Entschluß abbringen; weder Argumente der Vernunft, noch abergläubische Prophezeiungen haben meine Treue erschüttern können. Die Toten selbst haben sich erhoben, mich zu warnen – und ich habe nichts auf ihre Warnung gegeben. Seid Ihr bereit, mein Herz für seine Treue mit derselben Waffe zu durchbohren, die mein rasches Vertrauen Euch in die Hand gab?«

»Herr von Ravenswood«, sagte Lady Ashton, »Ihr habt die Fragen gestellt, die Ihr stellen wolltet. Ihr seht die vollständige

Unfähigkeit meiner Tochter, sie Euch zu beantworten. Deshalb will ich für sie antworten, und zwar auf eine Weise, die keinen Zweifel übrig läßt. Ihr wollt wissen, ob Lucy Ashton aus freien Stücken der Verlobung entsagen will, zu der sie verführt worden ist. Ihr haltet ihren Brief in Händen, der die Auflösung der Verlobung verlangt; und damit Ihr ihren Entschluß noch deutlicher erkennen mögt: Hier ist der Vertrag, den sie diesen Morgen in Gegenwart dieses ehrwürdigen Geistlichen zusammen mit Mr. Hayston von Bucklaw unterschrieben hat.«

Ravenswood blickte wie versteinert auf das Dokument.

»Und ihre Unterschrift geschah ohne Zwang oder List?« fragte er, auf den Geistlichen blickend.

»Ich beteure es bei der Heiligkeit meines Amtes.«

»In der Tat, Madam, dies ist ein unwiderleglicher Beweis«, murmelte Ravenswood finster; »und es wäre überflüssig und schändlich, noch ein weiteres Wort darüber zu verlieren. Hier, Madam« – er legte das unterschriebene Papier und das zerbrochene Goldstück vor Lucy nieder – »hier sind die Beweisstücke Eurer ersten Verlobung. Mögt Ihr der, die Ihr heute geschlossen habt, treuer sein. Darf ich Euch bemühen, mir die Andenken meines unangebrachten Vertrauens zurückzugeben, um nicht zu sagen, meiner außerordentlichen Torheit.«

Lucy beantwortete den verächtlichen Blick ihres Geliebten mit einem Starren, aus dem jede Besinnung verschwunden zu sein schien. Doch mußte sie seine Worte teilweise verstanden haben, denn sie hob ihre Hände, als wollte sie ein blaues Band lösen, das sie um den Hals trug. Es gelang ihr nicht, ihre Absicht auszuführen. Lady Ashton schnitt das Band entzwei und knüpfte das zerbrochene Goldstück los, das Miß Ashton noch immer verborgen an ihrem Busen trug. Das Dokument ihres gegenseitigen Versprechens befand sich schon seit längerer Zeit im Besitz Lady Ashtons, die Ravenswood jetzt alles mit einer hochmütigen Verbeugung überreichte. Ravenswood schnitt es ins Herz, als er das Goldstück entgegennahm.

»Und sie konnte es dort tragen –«, sagte er zu sich selbst, »konnte es an ihrem Busen tragen, an ihrem Herzen – selbst wenn sie... – Doch Klagen helfen nichts!« wies er sich zurecht, indem er verstohlen eine Träne aus dem Auge wischte, die sich dort angesammelt hatte, und augenblicklich wieder seine entschlossen-finstere Haltung annahm. Er schritt zum Kamin, warf Papier und Goldstück ins Feuer und zerstampfte mit dem Absatz seines Stiefels die Kohlen, als wolle er ihrer völligen Vernichtung dadurch sichergehen.

»Ich will hier nicht länger lästig fallen. Eure üblen Wünsche und schlechten Dienste, Lady Ashton, will ich mit der Hoffnung beantworten, daß dies Eure letzten Intrigen gegen das Glück und die Ehre Eurer Tochter sein werden. Und Euch, Madam«, sagte er zu Lucy, »will ich nur sagen: Betet zu Gott, daß Ihr nicht eines Tages als Weltwunder geltet wegen dieses willentlichen, überlegten Treuebruchs.«

Mit diesen Worten wandte er sich ab und verließ den Raum.

Sir William Ashton hatte durch Bitten und kraft seiner Autorität seinen Sohn und Bucklaw in einem entfernten Teil des Schlosses zurückgehalten, um eine neuerliche Begegnung der beiden mit Ravenswood zu verhindern. Doch als Ravenswood die große Treppe herabstieg, übergab ihm Lockhard ein Billet, das mit *Sholto Douglas Ashton* unterzeichnet war und in dem gefragt wurde, wo der Herr von Ravenswood in vier oder fünf Tagen zu finden wäre, da es eine Sache von Wichtigkeit mit ihm zu regeln gäbe, sobald ein wichtiges Familienereignis stattgefunden habe.

»Richtet Colonel Ashton aus«, sagte Ravenswood kalt, »daß er mich in Wolf's Crag findet, wann immer es ihm beliebt.«

Als er die äußere Treppe hinunterging, wurde er ein zweites Mal unterbrochen, diesmal von Craigengelt, der im Namen seines Auftraggebers, des Lairds von Bucklaw, die Hoffnung ausdrückte, daß Ravenswood in den nächsten zehn Tagen Schottland nicht verlassen werde, da Bucklaw ihm für alte und neue Höflichkeiten seinen Dank abstatten wolle.

»Sagt Euerm Herrn«, entgegnete Ravenswood beißend, »er mag die Zeit wählen, wie er mag. Er wird mich in Wolf's Crag antreffen, falls ihm kein anderer in dieser Sache zuvorgekommen ist.«

»Meinem *Herrn?*« erwiderte Craigengelt (der sich etwas mehr ins Zeug legte, seit er Colonel Ashton und Bucklaw am Fuß der Treppe erblickt hatte). »Erlaubt mir Euch zu sagen, daß ich auf Erden keine solche Person kenne und daß ich nicht zulasse, wie Ihr mit mir sprecht.«

»Wenn Ihr sie auf Erden nicht kennt, dann sucht sie in der Hölle!« rief Ravenswood aus, der den Zorn, den er bis jetzt zurückgehalten hatte, nicht mehr unterdrücken konnte, und stieß Craigengelt mit solcher Gewalt von sich, daß er die Stufen hinabrollte und besinnungslos liegenblieb.

»Ich bin ein Narr«, murmelte Ravenswood, »meinen Zorn an einem solch nichtswürdigen Wicht auszulassen.«

Er bestieg sein Pferd – das er bei seiner Ankunft an der Balustrade vor dem Schloß angebunden hatte –, ritt überaus langsam an Bucklaw und Colonel Ashton vorbei, lüftete seinen Hut und sah beide durchdringend an während dieses stummen Grußes, den sie mit dem gleichen finsteren Ernst zurückgaben. Bedächtig – als wolle er zeigen, daß er Unterbrechung eher suche als miede – ritt Ravenswood weiter, bis er das Ende der Allee erreicht hatte. Als er das obere Tor passiert hatte, wendete er sein Pferd und betrachtete das Schloß mit einem langen, langen Blick. Dann erst gab er seinem Pferd heftig die Sporen und raste davon.

KAPITEL 33

Wer kommt aus dem Brautgemach?
Es ist Azrael, der Todesengel.
Thalaba.

Nach der erschütternden Szene, die auf dem Schloß stattgefunden hatte, wurde Lucy in ihr Zimmer gebracht, wo sie eine Zeitlang in einem Zustand völliger Benommenheit blieb. Später, im Lauf des folgenden Tages, schien sie sich erholt zu haben – sie gewann zwar nicht ihre vollen Kräfte zurück, wohl aber eine Art unberechenbarer Leichtigkeit, die ihrem Charakter und ihrer Lage fremd war, und die mitunter von tiefem Schweigen, Melancholie und launischer Reizbarkeit unterbrochen wurde. Lady Ashton wurde sehr besorgt und befragte die Ärzte der Familie. Da aber ihr Puls unverändert blieb, konnten sie nur sagen, daß die Krankheit in ihrem Gemüt begründet sei, und sie empfahlen leichte Bewegung und Zerstreuung. Miß Ashton verlor kein Wort mehr über die Szene im Saal. Es schien fraglich, ob sie sich ihrer überhaupt bewußt war, denn oft sah man sie ihre Hand zum Hals führen, als suche sie das Band, das man ihr genommen hatte, und wenn sie es nicht fand, murmelte sie überrascht und mißgestimmt: »Es war das Band, das mich ans Leben fesselte.«

Ungeachtet all dieser bedenklichen Anzeichen, konnte Lady Ashton die Heirat ihrer Tochter nicht aufschieben, nachdem sie so weit gegangen war. Es kostete sie viele Mühe und Unruhe, Bucklaw nur die schöne Seite zu präsentieren. Sie wußte wohl, daß – wenn er nur einmal einen Widerwillen von Seiten ihrer Tochter sähe – er den Vertrag zu ihrer eigenen großen Schande brechen würde. Sie entschloß sich folglich, daß die Hochzeit, falls Lucy weiterhin völlig teilnahmslos bleiben sollte, am anberaumten Tag gefeiert werden solle, denn sie hoffte darauf, daß eine Veränderung von Ort, Verhältnissen und Gesichtern um sie herum auf das leidende Gemüt ihrer Tochter weit rascher und heilsamer wirken würde als die langsamen Kuren, die die Ärzte empfahlen. Der Ehrgeiz, die Bedeutung seiner Familie zu erhöhen und sich gegen die Pläne des Marquis von A. zu rüsten, veranlaßte Sir William Ashton, einer Sache zuzustimmen, die er wahrscheinlich nicht einmal hätte verhindern können, wenn er es gewollt hätte. Was die jungen Männer, Bucklaw und Colonel Ashton, betrifft: sie beteuerten, daß es nach allem, was vorgefallen war, höchst schimpflich wäre, den vorgesehenen Hochzeitstermin nur um eine Stunde zu verschieben, da man den Aufschub allgemein der Einschüchterung zuschreiben würde, die Ravenswood durch seinen Besuch und seine Drohungen eingeflößt habe.

In der Tat wäre Bucklaw solcher Hast nicht fähig gewesen, hätte er Gesundheits- und Gemütszustand Miß Ashtons gekannt. Aber der Brauch erlaubte nur seltene, kurze Treffen zwischen Bräutigam und Braut – ein Umstand, den Lady Ashton so geschickt ausnutzte, daß sich Bucklaw des wahren Zustands seiner unglücklichen Verlobten nie bewußt war.

Am Abend vor der Hochzeit schien Lucy einen ihrer Ausbrüche von Unbeschwertheit zu haben und begutachtete mit mädchenhafter Neugier die verschiedenen Kleidungsstücke und andere Dinge, die die Mitglieder der Familie für diesen Anlaß bereitgelegt hatten.

Der Morgen brach klar und heiter an. Die Hochzeitsgäste strömten in prächtigen Scharen aus allen Himmelsrichtungen herbei. Nicht nur die Verwandten Sir William Ashtons, die noch edleren Stammesgenossen seiner Frau und die zahlreichen Freunde und Verwandten des Bräutigams fanden sich glänzend beritten und festlich gekleidet zu dieser feierlichen Gelegenheit ein, sondern fast jede presbyterianische Familie von Rang auf fünfzig Meilen Umkreis war bei einem Anlaß zugegen, den man – durch die Zurückweisung seines Verwandten – als eine Art Triumph über den Marquis von A. ansah.

Herrliche Erfrischungen erwarteten die Gäste bei ihrer Ankunft, und dann hieß es: »Auf die Pferde!« Die Braut wurde zwischen ihrem Bruder Henry und ihrer Mutter herbeigeführt. Ihre

Fröhlichkeit vom vergangenen Tag war tiefer Schwermut gewichen, die jedoch diesem ernsten Anlaß nicht unangemessen schien. Es war ein Glanz in ihren Augen und eine leichte Röte auf ihren Wangen, die man lange nicht gesehen hatte und in Verbindung mit ihrer großen Schönheit und der Pracht ihres Kleides bewirkten, daß ihr Erscheinen mit allgemeinem Beifallsgemurmel begrüßt wurde, in das selbst die Damen sich nicht enthalten konnten einzustimmen. Während der Reiterzug sich fertigmachte, schalt Sir William Ashton, ein Mann des Friedens und der Formen, mit seinem Sohn Henry, der sich einen lächerlich langen Militärdegen seines Bruders Colonel Ashton angegürtet hatte: »Wenn du schon zu diesem friedvollen Anlaß eine Waffe tragen mußt, warum hast du nicht den kurzen Dolch genommen, der zu diesem Zweck aus Edinburgh geschickt wurde?«

Der Junge verteidigte sich, derselbe sei verloren.

»Du hast ihn selbst versteckt, vermute ich, um mit dem langen Ding da, das ein Sir William Wallace hätte tragen mögen, angeben zu können. Aber sei's drum, besteig' dein Pferd und paß' auf deine Schwester auf.«

Der Junge gehorchte und wurde in der Mitte des Festzugs aufgestellt. Zu dieser Zeit war er zu eingenommen von seiner eigenen Erscheinung, seinem Degen, seinem mit Spitzen verzierten Mantel, seinem Federhut und zugerittenen Pferd, um einer andern Sache Aufmerksamkeit zu schenken; aber später erinnerte er sich bis zur Stunde seines Todes, daß, als die Hand seiner Schwester, mit der sie sich auf dem Damensitz hinter ihm abstützte, die seine berührte, sie feucht und kalt wie ein Marmorgrab gewesen sei.

Weit über Tal und Hügel leuchtend, erreichte der Brautzug schließlich die Gemeindekirche, die er fast bis auf den letzten Platz füllte, da, ohne die Diener zu rechnen, über hundert Herren und Damen zugegen waren. Die Trauungszeremonie wurde nach den Riten des presbyterianischen Glaubens vollzogen, zu dem zu konvertieren Bucklaw jüngst für angebracht gehalten hatte.

Außerhalb der Kirche wurden freigebig Spenden an die Armen

der benachbarten Gemeinden verteilt; die Leitung der Aktion hatte Johnny Mortsheugh, der vor kurzem aus seinem einsamen Quartier in der Einsiedelei versetzt worden war, um Küster an der Gemeindekirche von Ravenswood zu werden. Dame Gourlay und zwei ihrer Altersgenossinnen – jene, die bei Alice' Totenwache geholfen hatten – saßen in einiger Entfernung auf einem flachen Grabstein und verglichen neidisch ihren Anteil, den sie bei der Spendenverteilung ergattert hatten.

»Johnny Mortsheugh«, sagte Annie Winnie, »hätte seine alten Freundinnen besser bedenken sollen, so fein, wie er in seinem neuen schwarzen Rock aussieht. Ich habe nur fünf Heringe statt sechs bekommen, und dies hier sieht nicht wie'n guter Sixpence aus, und ich will verdammt nochmal sagen, daß dieser winzige Bissen Rindfleisch 'ne Unze leichter ist als alle anderen, die verteilt worden sind, und obendrein ist's ein sehniges Kniestück, während deins, Maggie, ein Lendenstück ist.«

»Meins?« murmelte das gelähmte, häßliche Weib. »Meins ist halb Knochen, da bin ich sicher. Wenn die großen Leute den armen Tröpfen zu ihren Hochzeiten und Begräbnissen etwas geben, sollt' es doch etwas sein, denk' ich, das ihnen gut tut.«

»Ihre Geschenke«, sagte Ailsie Gourlay, »werden nicht aus Liebe oder Respekt für uns verteilt, und es ist ihnen gleichgültig, ob wir satt werden oder hungern. Sie würden uns Schiefer statt Brot geben, wenn's ihrer Eitelkeit schmeichelte, und doch erwarten sie von uns, daß wir so dankbar sind, als wenn sie uns aus Liebe und Mitgefühl etwas gäben.«

»Wahr gesprochen«, stimmte ihre Gefährtin zu.

»Ailsie Gourlay, du bist die älteste von uns dreien – hast du je eine prächtigere Hochzeit gesehen?«

»Ich will nicht sagen, daß ich's hab«, antwortete das alte Weib, »aber ich glaube, daß ich bald ein erstklassiges Begäbnis zu sehen bekomme.«

»Wär' mir recht«, sagte Annie Winnie, »denn die Spenden sind da nicht schlechter, und keiner erwartet von einem, daß man grinst und lacht und Grimassen macht und den verrückten hohen Herren Glück wünscht, die über uns regieren wie gefühllose, rohe Tiere. Ich mag's, wenn ich die Totenspende einpacken und meinen alten Reim drauf singen kann:

Mein Brot in der Schürze, meinen Penny im Sack,
Du bist nicht edel, und ich bin kein Pack.«

»So ist's recht, Annie«, sagte die Gelähmte. »Gott schicke uns grüne Weihnachten und einen vollen Friedhof!«

»Aber ich möchte wissen, Ailsie Gourlay – denn du bist die älteste und weiseste von uns –, wen's von diesen Zechbrüdern als ersten hinrafft.«

»Siehst du das verhätschelte Mädchen dort«, fragte Dame Gourlay, »das vor lauter Gold und Juwelen glitzert und das man auf den Schimmel hebt, da hinter dem flatterhaften Bürschchen in Scharlach mit seinem langen Degen an der Seite?«

»Aber das ist die Braut!« rief ihre Gefährtin aus, deren kaltes Herz von einem Hauch Mitleid berührt wurde. »Das ist die Braut – so jung, so schön, so gesund... – Und ihr Lebensfaden ist nur noch so kurz?«

»Ich sag' dir, sie ist schon bis zum Hals im Leichentuch! Die letzten Sandkörner sind's, die noch verrinnen, und man hat sie wahrlich genug geschüttelt. Die Blätter an den Bäumen welken rasch, aber sie wird nicht mehr erleben, wie der Wind am Martinstag mit dem Laub im Kreise tanzt.«

»Du hast einst drei Monate an ihrem Krankenbett gesessen«, sagte die Gelähmte, »und dafür zwei rote Goldstücke erhalten, wenn ich nicht irre.«

»Gewiß, gewiß«, antwortete Ailsie mit bitterem Grinsen, »und Sir William Ashton versprach mir ein schönes, rotes Kleid dafür – 'nen Scheiterhaufen und Ketten und 'n Teerfaß. Na, was hältst du von solchen Geschenken? Und das dafür, daß man mehr als achtzig Tage von aller Herrgottsfrühe bis tief in die späte Nacht bei seiner kranken Tochter verbracht hat. Aber mag er sie für seine eig'ne Lady behalten.«

»Ich hab' sagen hören«, sagte Annie Winnie, »mit Lady Ashton sei nicht gut Kirschen essen.«

»Siehst du sie da drüben, wie sie stolz auf ihrem grauen Wallach zum Kirchhof hinausreitet? So furchtlos und schöngekleidet sie reiten mag, steckt doch mehr Teufelei in dieser Frau als in allen schottischen Hexen, die je bei Mondlicht über North Berwick Law geflogen sind.«

»Was plappert Ihr da von Hexen, Ihr alten Weiber?« fuhr Johnny Mortsheugh dazwischen. »Treibt Ihr Eure Streiche noch auf dem Friedhof, um Braut und Bräutigam Schaden zuzufügen? Geht heim, sonst nehm' ich meinen Stock, und dann sollt Ihr den Weg schneller finden, als Euch lieb ist.«

»Hoho, Sir«, entgegnete Ailsie Gourlay, »was sind wir doch fein in unserm schwarzen Rock und mit frischgepudertem Kopf, als hätten wir nie selbst Hunger und Durst gekannt! Und werden wir heut' nacht im großen Saal die Geige kratzen unter all den andern Bierseligen aus der ganzen Nachbarschaft? Laß' sehen, ob die Wirbel halten, Johnny...«

»Seid alle meine Zeugen, gute Leute«, rief Mortsheugh aus, »daß sie mir mit Unheil droht und mich verhexen will. Wenn mir oder meiner Fiedel diese Nacht etwas zustößt, werd' ich den schwärzesten Hexenstreich draus machen, an dem sie je beteiligt war. Ich schlepp' sie vor den Kirchenrat und die Synode – ich bin selbst halber Geistlicher, seit ich Küster einer bewohnten Gemeinde bin.«

Obwohl der wechselseitige Haß zwischen diesen häßlichen, alten Weibern und dem Rest der Menschheit ihre Herzen gegen alle Eindrücke der Feierlichkeit gestählt hatte, war dies keineswegs bei der großen Menge der Fall. Der Glanz des Brautgefolges, die farbenfrohen Anzüge und Kleider, die feurigen Pferde, der fröhliche Anblick der schönen Frauen und stattlichen Männer machten auf das Volk mächtigen Eindruck. Die wiederholten Rufe »Ashton und Bucklaw auf ewig!«, das Abfeuern von Pistolen, Flinten und Musketen bezeugten die Teilnahme, die das Volk dem Zug schenkte, während es ihn zum Schloß begleitete. Mochten auch hier und da ein älterer Bauer oder seine Frau über den Pomp der emporgekommenen Familie spotten und an die alten Tage der Ravenswoods zurückdenken, selbst diese nahmen ihren Weg zum Schloß, wo Speise und Trank für Reiche und Arme bereitstanden, und bezeugten trotz ihrer Vorbehalte den Einfluß des *l'Amphitrion où l'on dîne.*

Auf diese Weise von Reich und Arm begleitet, kehrte Lucy zu ihres Vaters Haus zurück. Bucklaw ritt neben der Braut, aber ungewohnt in einer solchen Situation, bestrebte er sich weit mehr, Aufmerksamkeit auf seine Person und Reitkunst zu ziehen, als sich ihr vertraulich zuzuwenden. Unter tausendfachem Jubelgeschrei kamen sie glücklich auf dem Schloß an.

In den alten Zeiten wurden Hochzeiten bekanntlich mit großen öffentlichen Festen gefeiert, wie sie das Taktgefühl heute nicht mehr für angemessen hält. Die Hochzeitsgäste wurden bei gegenwärtiger Gelegenheit mit einem verschwenderischen Mahl bewirtet, dessen Überreste, nachdem sich die Dienerschaft daran gelabt hatte, unter die jubelnde Menge verteilt wurden, und manches Faß Bier brachte die Fröhlichkeit außerhalb des Schlosses mit der innen in Einklang. Der größte Teil der Männer verweilte nach Sitte der Zeit beim Trinkgelage und den besten Weinen, während die Damen – für den Ball geschmückt, der jedes Hochzeitsfest beschloß – ungeduldig ihre Ankunft in der großen Galerie erwarteten. Zu später Stunde schließlich hob man das Gelage auf, und die Herren strömten in den Saal, in dem sie, durch Wein und den freudigen Anlaß belebt, ihre Degen niederlegten und ihre ungeduldigen Damen zum Tanz führten. Musik hallte schon von der verzierten Decke des Prunksaals wieder. Der strengen Etikette gemäß hätte die Braut den Ball eröffnen müssen; aber Lady Ashton, die ihre Tochter wegen ihrer Gesundheit entschuldigte, bot als Stellvertreterin ihrer Tochter Bucklaw ihre Hand.

Aber als Lady Ashton voll Anmut das Haupt erhob und das Zeichen zum Beginn des Tanzes erwartete, wurde sie durch eine überraschende Veränderung in der Ausstattung des Saals derart unvermittelt erschüttert, daß sie ausrief: »Wer hat gewagt, die Gemälde zu vertauschen?«

Alle sahen auf, und wer den üblichen Zustand des Saals kannte, bemerkte mit Erstaunen, daß das Porträt von Sir William

Ashtons Vater von seinem Platz entfernt worden war und an seiner Stelle das Bild von Sir Malise Ravenswood der versammelten Gesellschaft Blicke des Zorns und der Rache zuwarf. Der Austausch mußte stattgefunden haben, während die Räume leer waren, aber man hatte ihn nicht bemerkt, bis die Fackeln und Wandleuchter für den Ball angezündet wurden. Die stolzen, erhitzten Gemüter der Männer drängten unverzüglich auf eine Untersuchung des Vorfalls, den sie als Affront gegen ihren Gastgeber und sich selbst auffaßten; aber Lady Ashton, die rasch ihre Fassung zurückgewonnen hatte, gab die Sache als verrückten Einfall eines im Schloß geduldeten, schwachsinnigen Bauernmädchens aus, deren verwirrte Einbildungskraft durch Frau Gourlays Erzählungen über »die frühere Familie«, wie Lady Ashton die Ravenswoods nannte, sehr durcheinandergebracht worden sei. Das anstoßerregende Bild wurde sogleich entfernt und der Ball von Lady Ashton mit solcher Anmut und Würde eröffnet, daß sie den Zauber der Jugend ersetzten und das überreichlich gespendete Lob der älteren Mitglieder der Gesellschaft beinahe rechtfertigten, ihre Eleganz im Tanz triumphiere über die der jungen Leute.

Als Lady Ashton sich niedersetzte, war sie nicht erstaunt zu sehen, daß ihre Tochter den Saal verlassen hatte, und sie folgte ihr in der Absicht, dem erschreckenden Eindruck zu begegnen, den ein solcher Umstand wie die geheimnisvolle Vertauschung der Bilder auf Lucys Nerven machen konnte. Dem äußeren Anschein nach fand Lady Ashton ihre Besorgnisse unbegründet, denn nach etwa einer Stunde kehrte sie zurück und flüsterte dem Bräutigam etwas zu, der sich daraufhin von den Tänzern entfernte und den Saal verließ. Die Musiker spielten die rauschendsten Melodien, die Tanzenden ergaben sich ihrem Vergnügen mit allem Enthusiasmus, den Jugend, Fröhlichkeit und Beschwingtheit erzeugten – als auf einmal ein schriller, durchdringender Schrei ertönte, der Tanz und Musik jäh abbrechen ließ. Alle standen wie erstarrt; doch als ein zweiter gellender Schrei ertönte, riß Colonel Ashton eine Kerze vom Wandleuchter, forderte von Henry den Schlüssel zur Brautkammer (dem er als

Brautführer anvertraut worden war) und stürzte, von Sir William, Lady Ashton und einigen näheren Verwandten begleitet, dorthin. Die Hochzeitsgäste warteten auf ihre Rückkehr in blankem Entsetzen.

Colonel Ashton, an der Tür des Zimmers angekommen, erhielt auf Klopfen und Rufen keine andere Antwort als ersticktes Stöhnen. Er zögerte nicht länger, die Tür zu öffnen, spürte aber den Widerstand von etwas, das innen gegen die Tür gelehnt lag. Als es ihm gelungen war, sie ganz zu öffnen, und er mit seiner Kerze in die tiefe Dunkelheit des Raumes leuchtete, fand er den Bräutigam ausgestreckt auf der Schwelle liegen – und um ihn herum schwamm alles in Blut. Ein Aufschrei tiefsten Grauens entfuhr allen Anwesenden; und die Ballgäste im Saal, von neuem Schrecken ergriffen, stürzten aufgeregt herbei. Colonel Ashton flüsterte seiner Mutter zu: »Sucht nach ihr – sie hat ihn ermordet!«, zog seinen Degen, stellte sich vor den Eingang und erklärte, er werde außer dem Geistlichen und einem anwesenden Arzt niemanden einlassen. Mit deren Hilfe wurde Bucklaw, der noch atmete, vom Boden aufgehoben und in ein anderes Zimmer getragen, wo sich seine Freunde voll düsterer Erwägungen um ihn drängten und auf die Meinung des Arztes warteten.

Währenddessen suchten Lady Ashton, ihr Gemahl und einige Begleiter Lucy vergeblich im Brautzimmer. Da es keine weitere Tür gab, begannen sie bereits zu vermuten, sie habe sich womöglich aus dem Fenster gestürzt, als einer der Begleiter, der seine Kerze niedriger als die übrigen hielt, einen weißen Schimmer in der Nische eines altmodischen Kamins entdeckte. Dort fanden sie das unglückliche Mädchen, halb sitzend, halb liegend, mit aufgelöstem Haar, ihr Nachtkleid zerrissen und blutbefleckt, mit gläsernen Augen und die Gesichtszüge von wildem Irrsinn verzerrt. Als sie sich entdeckt sah, plapperte sie wirres Zeug, schnitt Grimassen und deutete auf sie mit blutigen Fingern und krampfartigen Gesten eines besessenen Triumphs.

Rasch wurde weiblicher Beistand herbeigeholt und die unglückliche Braut mit einiger Kraftanstrengung überwältigt. Als man sie über die Schwelle trug, blicke Lucy zu Boden und äußerte die ersten verständlichen Worte, indem sie mit grinsendem Frohlocken sagte: »So, habt Ihr Euren hübschen Bräutigam aufgehoben?« Sie wurde von den schaudernden Helfern in ein anderes, entlegenes Zimmer gebracht, wo man sie streng bewachte. Der furchtbare Schmerz ihrer Eltern, das Entsetzen und die Verwirrung aller, die auf dem Schloß waren, die wütenden Vorwürfe zwischen den Freunden der beiden Parteien sind nicht zu beschreiben.

Der Arzt war der erste, den man mit einiger Geduld anhörte; er erklärte, daß die Verletzungen Bucklaws schwer und äußerst ernstzunehmen, aber nicht tödlich seien, daß Aufregung oder übereilter Transport ihm aber gefährlich werden könnten. Dies ließ Bucklaws zahlreiche Freunde verstummen, die zuvor heftig darauf bestanden hatten, daß er auf alle Fälle vom Schloß zum naheliegendsten ihrer Häuser gebracht werden müsse. Sie verlangten jedoch, daß nach dem Vorgefallenen vier von ihnen als Wache am Krankenbett ihres Freundes und außerdem eine angemessene Anzahl ihrer Diener bewaffnet auf dem Schloß bleiben sollten. Als diese Bedingung von Colonel Ashton und seinem Vater angenommen worden war, verließen die übrigen Freunde des Bräutigams in tiefer, finsterer Nacht das Schloß.

Die nächsten Sorgen des Arztes galten Miß Ashton, die, wie er erklärte, in einem sehr gefährlichen Zustand sei. Weiterer ärztlicher Beistand wurde sofort hinzugerufen. Die ganze Nacht verbrachte sie in Wahnsinn. Am Morgen verfiel sie in einen Zustand völliger Bewußtlosigkeit. Am nächsten Abend, prognostizierten die Ärzte, werde die Krisis ihrer Krankheit eintreten. Das bestätigte sich: Denn obgleich sie aus ihrer Erstarrung mit einem Anschein von Ruhe erwachte und zuließ, daß man ihre Nachtkleider wechselte, schien doch, sobald sie ihre Hand zum Hals führte, als suche sie das unselige blaue Band, eine ganze Flut von Erinnerungen auf sie einzuströmen, der Seele und Leib nicht mehr gewachsen waren. Sie warf sich in Krämpfen und Zuckungen hin und her, bis der Tod eintrat, ohne daß sie fähig gewesen wäre, ein erklärendes Wort über die schreckliche Szene zu äußern.

Der zuständige Distriktrichter kam am nächsten Tag und stellte mit allem Takt und aller Rücksicht auf die betroffene Familie seine pflichtgemäße Untersuchung dieses traurigen Ereignisses an. Aber man fand nichts, was die allgemeine Annahme, daß die Braut in einem plötzlichen Anfall von Wahnsinn den Bräutigam auf der Schwelle des Zimmers verwundet habe, nicht eindeutig und zweifelsfrei bestätigt hätte. Die Tatwaffe wurde blutbeschmiert im Zimmer gefunden. Es war der Dolch, den Henry am Hochzeitstag hatte tragen sollen und den seine unglückliche Schwester wahrscheinlich am vorhergehenden Abend, an dem er ihr nebst anderen für die Hochzeit bestimmten Gegenständen gezeigt worden war, in einem unbeobachteten Augenblick zu sich gesteckt hatte.

Die Freunde Bucklaws erwarteten, nach seiner Genesung werde er einiges Licht in diese dunkle Geschichte bringen, und bedrängten ihn mit Fragen, denen er eine Zeitlang unter dem Vorwand zu großer Schwäche auswich. Als er jedoch endgültig auf dem Wege der Besserung und in sein eigenes Haus gebracht worden war, versammelte er jene Personen – Männer wie Frauen –, die sich für berechtigt gehalten hatten, ihn wegen dieser Sache mit Fragen zu bestürmen, und dankte ihnen für die Anteilnahme und Hilfe, die sie ihm angeboten hätten.

»Ich wünsche, meine Freunde«, sagte er, »daß ihr alle versteht, daß ich weder eine Geschichte zu erzählen, noch ein Unrecht zu rächen habe. Sollte mich in Zukunft eine Dame über die Vorfälle jener unglückseligen Nacht befragen, werde ich stumm bleiben und diese Zudringlichkeit so auffassen, als wünsche sie ihre Freundschaft mit mir zu brechen: kurz, ich werde fortan kein Wort mehr mit ihr wechseln. Sollte aber ein Mann die gleiche Frage stellen, werde ich seine Unhöflichkeit als gleichbedeutend mit einer Einladung, ihn bei *Duke's Walk* zu treffen, betrachten, und ich will hoffen, daß er sich demgemäß betragen wird.«

Eine derart deutliche Erklärung bedurfte keines weiteren Kommentars, und bald darauf zeigte sich, daß Bucklaw als ernsterer, weiserer Mann von seinem Krankenbett aufgestanden war. Er verbannte Craigengelt aus seiner Nähe; freilich nicht, ohne ihm eine Unterstützung zukommen zu lassen, die, gut angewandt, ihn vor Mangel und Versuchung schützen würde.

Bucklaw ging später ins Ausland und kehrte nicht mehr nach Schottland zurück; er soll, heißt es, die Umstände seiner unglücklichen Heirat in seinem Leben nie mehr erwähnt haben.

KAPITEL 34

Wessen Herz wäre so steinern, wessen Denken so hart,
Daß er nicht, wenn er
Von diesem gewaltigen Unglück hörte,
Den Ton seines Lieds zu tiefster Traurigkeit stimmte –
Zu sehen, wie ein edler Liebender
So plötzlich, unerwartet aus dem Leben schied,
Umkam mit so wenig inn'rem Frieden,
Indem er unbesonnen ritt auf unbekannten Grund.
Gedicht aus Nisbets Heraldry, 2. Band.

Doch wir sind der Zeit etwas vorausgeeilt, indem wir Bucklaws Gesundung und weiteres Schicksal beschrieben. Die traurige Zeremonie des Begräbnisses Lucy Ashtons wurde im nebligen Grauen eines Herbstmorgens in so kleinem Kreis und mit so wenig Feierlichkeit wie irgend möglich vollzogen. Einige wenige nahe Verwandte begleiteten die Tote in denselben Kirchhof, zu dem sie erst vor kurzem als Braut geführt worden war – mit genauso wenig freiem Willen vielleicht, wie jetzt ihre leblosen, starren Überreste bezeugten. In unmittelbarer Nachbarschaft der Kirche befand sich die Familiengruft, die Sir William Ashton vorbereitet hatte und in die – in einem Sarg, der weder Name, noch Datum trug – die Leiche jenes Mädchens gebettet wurde, das vor kurzem noch so liebenswert, schön und unschuldig gewesen war und das eine nicht abreißende Kette von Drangsal und Zwang in den Wahnsinn getrieben hatte.

Während die Trauernden in der Gruft waren, saßen, trotz der ungewohnt frühen Stunde, die häßlichen, alten drei Weiber des Dorfes – die das Aas wie Geier gewittert hatten – auf einem Grabstein, in respektloses Gespräch vertieft.

»Hab' ich's nicht gesagt«, sagte Ailsie Gourlay, »daß auf die schöne Hochzeit ein ebenso schönes Begräbnis folgen würde?«

»Schönes Begräbnis?« erwiderte Annie Winnie. »Weder Essen,

noch Trinken, und gerade mal ein winziges Silberstückchen für die Armen – war's nicht wert, sich für so wenig einen so weiten Weg zu machen, und das, wo wir so gebrechlich sind.«

»Schweig, dummes Ding!« versetzte Ailsie Gourlay. »Könnten all' die Leckereien, die sie uns geben würden, halb so gut munden wie die Rache dieser Stunde? Da stehen sie nun – vor vier Tagen noch waren sie toll vor Freude und haben sich auf ihren Pferden gebrüstet, und jetzt gehen sie langsam und schlicht wie wir. Geglitzert haben sie vor Gold und Silber – und jetzt sind sie schwarz wie ein Feuerhaken. Und Miß Lucy Ashton, die Widerwillen empfand, wenn ihr ein ehrliches Weib nahekam – eine Kröte soll nun auf ihrem Sarg sitzen, und sie wird keinen Widerwillen mehr zeigen können, wenn die quakt. Und Lady Ashton brennen Höllenfeuer in der Brust; und Sir William mit seinen Galgen, Scheiterhaufen und Ketten – wie mögen ihm die Hexenkünste seines eigenen Hauses gefallen?«

»Dann ist es also wahr«, murmelte die gelähmte Alte, »daß die Braut von bösen Geistern aus dem Bett und in den Kamin gezerrt worden ist und daß das Gesicht des Bräutigams auf den Rücken gedreht war?«

»Was kümmert's dich, wer's wie getan hat«, antwortete Ailsie Gourlay. »Aber ich halt's für keinen üblen Spaß, und die Lords und Ladies wissen das wohl.«

»Und ist es wahr«, fragte Annie Winnie, »weil du doch so viel darüber weißt, daß das Gemälde vom alten Sir Malise Ravenswood auf's Tanzparkett heruntergestiegen ist und vor ihnen allen lauten Streit angefangen hat?«

»Das nicht«, erwiderte Ailsie, »aber in die Halle kam das Bild! Und ich weiß genau, wie's dahingekommen ist – als Warnung, daß Hochmut vor dem Fall kommt. Aber es gibt noch eine besondere Belustigung, Freundinnen: Ihr habt zwölf Trauernde gesehen, die mit Flor und Mantel paarweise die Treppe hinunterstiegen.«

»Na und? Was ist mit denen?« fragte die eine alte Frau.

»Ich hab' sie gezählt«, sagte die andere mit einem Eifer, der bewies, daß ihr dies Schauspiel zu angenehm war, um es nicht gebannt zu verfolgen.

»Aber ihr habt nicht gesehen«, warf Ailsie, über ihren eigenen Scharfblick begeistert, ein, »daß ein dreizehnter unter ihnen ist, von dem sie nichts wissen. Und wenn ein alter Aberglaube wahr ist, wird einer aus dieser Gesellschaft nicht mehr lange leben. Aber kommt mit, Freundinnen – wenn wir hierbleiben, schiebt man's uns in die Schuhe, und es kommt nichts Gutes dabei 'raus.«

Und so verließen sie, krächzend wie Raben, die eine Pest ankündigen, mit ihren düsteren Prophezeiungen den Kirchhof.

Tatsächlich bemerkten die Trauernden, als die Bestattungszeremonie vorüber war, daß ein Überzähliger unter ihnen sei, und man flüsterte sich diese Entdeckung gegenseitig leise zu. Der Verdacht fiel auf eine Gestalt, die, in die gleichen Trauerkleider wie die anderen gehüllt, in einem Zustand völliger Reglosigkeit gegen eine Säule der Gruft lehnte. Die Verwandten der Familie Ashton drückten flüsternd ihr Befremden und Mißfallen über den Eindringling aus, als sie von Colonel Ashton unterbrochen wurden.

»Ich weiß«, flüsterte er, »wer diese Person ist. Und sie hat – oder wird bald haben! – nicht minder große Ursache zu trauern wie wir. Laßt mich mit ihm reden, und stört das Begräbnis nicht durch unnötige Aufregung.«

Mit diesen Worten verließ er die Gruppe seiner Verwandten, faßte den Unbekannten beim Mantel und preßte mit unterdrückter Heftigkeit hervor: »Folgt mir!«

Der Fremde, der bei dieser Stimme wie aus einer Erstarrung erwachte, folgte ihm unwillkürlich, und sie stiegen die zerfallene Treppe hinauf, die aus der Gruft führte. Die anderen Trauernden kamen ihnen nach, doch blieben sie am Eingang des Grabgewölbes stehen und beobachteten besorgt, was zwischen Colonel Ashton und dem Fremden vor sich ging, die jetzt im entlegensten Teil des Kirchhofs unter einem Eibenbaum eng beieinanderstanden.

Zu diesem ruhigen Fleck hatte Colonel Ashton den Fremden geführt, sich ihm zugewandt und ihn mit ernster, ruhiger Stimme angesprochen: »Ich spreche ohne Zweifel zum Herrn von Ravenswood?«

Keine Antwort.

»Ich spreche ohne Zweifel«, hob der Colonel, zitternd vor steigendem Zorn, wieder an, »mit dem Mörder meiner Schwester?«

»Nur zu wahr«, antwortete Ravenswood mit hohler, bebender Stimme.

»Wenn Ihr bereut, was Ihr getan habt«, sagte der Colonel, »mag Eure Reue Euch vor Gott nützen – bei mir bewirkt sie nichts. Hier« – er gab ihm ein Papier – »stehen die Maße meines Degens und Ort und Zeit des Treffens. Morgen früh bei Sonnenaufgang, auf den Dünen im Osten von Wolf's Hope.«

Ravenswood betrachtete das Papier und schien unentschlossen. Schließlich sagte er: »Zwingt einen Mann nicht, sein Unglück noch zu vergrößern, der ohnehin verzweifelt ist. Erfreut Euch Eures Lebens, wenn Ihr könnt, und laßt mich mein Ende durch jemand anders suchen.«

»Niemals!« rief Douglas Ashton aus. »Ihr werdet durch meine Hand sterben oder den Ruin meiner Familie vollenden, indem Ihr mich tötet. Wenn Ihr meine Herausforderung zurückweist, wird es keinen Vorteil geben, den ich nicht ausnutzen werde, keine Beleidigung, die ich nicht auf Euch laden werde, bis der Name Ravenswood ein Synonym sein wird für alles, was unehrenhaft ist – wie er es jetzt schon für alles Schurkische ist.«

»Das ist er nicht und wird es nie sein!« erwiderte Ravenswood aufgebracht. »Wenn ich der letzte bin, der ihn trägt, schulde ich es meinen Vorfahren, daß der Name ohne Makel verlöscht. Ich nehme Eure Herausforderung an. Wir treffen uns, nehme ich an, allein?«

»Allein – und allein wird der Überlebende den Platz unseres Duells verlassen.«

»Dann sei Gott der Seele dessen gnädig, der fällt.«

»So sei es!« bekräftigte Colonel Ashton. »So weit reicht mein Mitgefühl selbst für den Mann, den ich aus tiefstem Herzen und mit gutem Grund hasse. Und nun brecht auf, man wird uns gleich unterbrechen. Die Dünen an der Küste im Osten von Wolf's Hope, Zeit: Sonnenaufgang; Waffen: nur unsere Degen.«

»Abgemacht«, sagte Ravenswood, »wir werden uns nicht verfehlen.«

Sie trennten sich, und Ravenswood bestieg sein Pferd, das er an einem Baum hinter der Kirche festgemacht hatte. Colonel Ashton kehrte mit seinen Verwandten zum Schloß zurück, trennte sich jedoch am Abend von ihnen unter einem Vorwand, vertauschte seine Kleidung mit einem Reitanzug und ritt nach Wolf's Hope, wo er sein Nachtquartier im kleinen Gasthof nahm, um am Morgen für das Duell bereit zu sein.

Es ist nicht bekannt, wie Ravenswood den Rest dieses unglücklichen Tages verbrachte. Spät in der Nacht kam er jedenfalls in Wolf's Crag an und weckte seinen alten Diener Caleb Balderstone, der es aufgegeben hatte, auf seine Rückkehr zu warten. Verworrene, widersprüchliche Gerüchte vom tragischen Tod Miss Ashtons und seiner geheimnisumwitterten Ursache hatten den alten Mann erreicht, den große Sorge erfüllte in Hinsicht des Eindrucks, den diese Ereignisse auf seinen Herrn machen würden.

Das Verhalten Ravenswoods konnte diese Besorgnis nicht lindern. Auf Balderstones Zureden, einige Erfrischungen zu sich zu nehmen, antwortete er zuerst gar nicht; dann verlangte er plötzlich grimmig nach Wein und trank, ganz gegen seine Gewohnheit, in großen Zügen. Als der Alte sah, daß sein Herr nichts essen würde, bat er, ihm in sein Zimmer leuchten zu dürfen. Er mußte seine Bitte drei-, viermal wiederholen, bis Ravenswood ein stummes Zeichen der Einwilligung gab. Doch als Balderstone ihn zu seinem Zimmer geführt hatte, blieb Ravenswood plötzlich auf der Schwelle stehen.

»Nicht hier«, sagte er ernst. »Zeigt mir das Zimmer, in dem mein Vater starb – das Zimmer, in dem *sie* schlief, als sie auf der Burg waren.«

»Wer, Sir?« fragte Caleb, der viel zu erschrocken war, um recht zu begreifen.

»*Sie,* Lucy Ashton! Wollt Ihr mich umbringen, alter Mann, indem Ihr mich zwingt, ihren Namen zu wiederholen?«

Caleb würde versucht haben, Einwände vorzubringen, den

schlechten Zustand des Zimmers zu erwähnen – aber die unverkennbare Ungeduld in den Zügen seines Herrn ließ ihn schweigen. Zitternd und wortlos leuchtete er ihm den Weg, stellte die Lampe auf den Tisch des kargen Zimmers und machte Anstalten, das Bett in Ordnung zu bringen, als ihn sein Herr in einem Tonfall, der keinen Widerspruch duldete, fortschickte. Der alte Mann zog sich zurück – nicht um zu ruhen, sondern um zu beten. Und von Zeit zu Zeit schlich er zur Tür, um zu lauschen, ob Ravenswood sich niedergelegt hätte. Die gemessenen schweren Schritte, die er hörte, wurden lediglich durch tiefes Stöhnen unterbrochen; und das wiederholte Aufstampfen mit dem Absatz seines Stiefels zeigte allzu deutlich an, daß er sich heftigen, unkontrollierten Ausbrüchen tiefster Verzweiflung überließ. Der Alte glaubte, daß der Morgen, den er sehnlichst erwartete, nie kommen würde – aber die Zeit, die gleichmäßig dahinfließt, wie rasch oder langsam es uns vorkommen mag, ließ endlich das rötliche Licht der Dämmerung über dem weiten Ozean aufschimmern. Es war früher November, und das Wetter war klar für die Jahreszeit. Aber während der Nacht hatte Ostwind geherrscht, und die heranströmende Flut rollte höher und kräftiger als üblich gegen die Felsen, auf denen die Burg stand.

Mit dem ersten Licht des Tages begab sich Caleb Balderstone erneut an die Tür von Ravenswoods Schlafzimmer. Sie hatte einen winzigen Spalt, durch den er beobachten konnte, wie Ravenswood damit beschäftigt war, die Länge von zwei oder drei Degen zu messen, die in einem dem Zimmer benachbarten Kabinett lagen. Dann, als er eine dieser Waffen auswählte, murmelte er: »Diese ist kürzer – soll er diesen Vorteil haben, wie er alle anderen hat.«

Caleb Balderstone ersah aus all dem nur zu gut, was sein Herr vorhatte und wie nutzlos jeder Versuch, ihn daran zu hindern, sein würde. Dann mußte er schleunigst von der Tür verschwinden, so plötzlich trat sein Herr aus dem Zimmer und stieg zu den Ställen hinab. Der treue Diener folgte ihm und ersah aus der Unordnung der Kleidung und den totenbleichen Blicken, daß sein Herr die ganze Nacht weder ein Auge zugetan, noch auch nur geruht hatte. Als er begann, sein Pferd zu satteln, bot Caleb ihm mit stockender Stimme und zitternden Händen seine Hilfe an. Ravenswood lehnte mit einer Geste ab, führte das Tier in den Hof und wollte eben aufsitzen, als der alte Diener, von Furcht und Treue getrieben, ihn zurückzuhalten versuchte und ausrief: »Oh, Sir! Herr! Tötet mich, wenn Ihr wollt, aber geht nicht! Wartet noch einen Tag ab – morgen kommt der Marquis von A., und alles wird wieder in Ordnung sein.«

»Zu spät, Caleb«, sagte Ravenswood und versuchte sich loszumachen, » Ihr habt keinen Herrn mehr.«

»Doch, das *habe* ich – solange der Erbe von Ravenswood atmet. Ich bin nur ein Diener, aber ich war es schon für Euren Vater und davor für Euren Großvater. Ich habe für die Familie gelebt und würde für sie sterben! Bleibt hier, und alles wird sich zum Guten wenden!«

»Zum Guten? Törichter Caleb, nichts in diesem Leben kann mehr gut werden, und glücklich soll die Stunde sein, die es endet!«

Mit diesen Worten löste er sich aus dem Griff des Alten, warf sich aufs Pferd und ritt zum Tor hinaus; doch kam er augenblicklich zurück und warf Caleb, der ihm entgegeneilte, eine schwere Börse mit Gold zu.

»Caleb,« rief er mit geisterhaftem Lächeln, »ich mache Euch zu meinem Testamentsvollstrecker.«

Dann wandte er wieder die Zügel und nahm seinen Weg den Hügel hinab.

Das Gold fiel unbeachtet aufs Pflaster. Der Alte lief, um zu sehen, welchen Weg sein Herr nahm, der sich nach links auf einen schmalen, unebenen, absteigenden Pfad wandte, der die Küste durch eine Felsspalte erreichte und in eine Art Bucht führte, in der in früheren Zeiten die Boote der Burg vertäut waren. Als Caleb ihn diese Richtung nehmen sah, lief er zu den östlichen Zinnen, von denen aus man die Dünen fast bis Wolf's Hope überschauen konnte. Er sah seinen Herrn in diese Richtung reiten, so schnell sein Pferd ihn nur trug. Plötzlich fuhr Balderstone die Prophezeiung durch den Kopf, daß der Lord von Ravenswood im Kelpies-

Treibsand umkommen werde, der halben Wegs zwischen der Burg und den Dünen im Norden von Wolf's Hope lag. Er sah ihn diesen verhängnisvollen Ort erreichen – er sah ihn diesen verhängnisvollen Ort nie wieder verlassen.

Colonel Ashton, nach Rache dürstend, wartete am verabredeten Treffpunkt, ungestüm auf- und abgehend und ungeduldige Blicke nach der Burg werfend. Die Sonne war inzwischen im Osten über der See aufgegangen, so daß er den Reiter deutlich auf sich zukommen sah, der eine Ungeduld an den Tag legte, die der seinen nicht nachstand. Doch urplötzlich, als hätte sie sich in Luft aufgelöst, war die Gestalt nicht mehr auszumachen. Er rieb sich die Augen, als wäre er eben Zeuge einer Geistererscheinung geworden, und lief dann in Richtung des Orts, wo der Reiter verschwunden war. Von der andern Seite kam Balderstone herbeigeeilt.

Keine Spur mehr von Pferd und Reiter! Es zeigte sich lediglich, daß die kürzlichen Stürme und die hohe Flut die gewöhnliche Ausdehnung des Treibsands sehr vergrößert hatten und der unglückliche Reiter, wie man an den Hufspuren ablesen konnte, in seiner verzweifelten Hast nicht sorgsam auf dem festen Sandboden am Fuß der Felsen geblieben war, sondern den kürzesten und gefährlichsten Weg genommen hatte. Eine einzige Spur legte Zeugnis von seinem Schicksal ab: Eine große, schwarze Feder hatte sich von seinem Hut gelöst, und die wogenden Wellen der steigenden Flut spülten sie vor Calebs Füße. Der alte Mann hob sie auf, trocknete sie und nahm sie zu sich.

Die Einwohner von Wolf's Hope wurden zu Hilfe gerufen und eilten zur Küste, einige an Land, einige mit ihren Booten, aber alles Suchen war vergeblich. Was die Tiefen des Treibsands ergriffen haben, geben sie nie mehr zurück.

Der Marquis von A., durch umlaufende, erschreckende Berichte alarmiert und um die Sicherheit seines Verwandten besorgt, traf am folgenden Tag ein und konnte nur noch seinen Verlust betrauern. Er ließ die Suche nach dem Körper fortsetzen, da sie aber keinen Erfolg zeigte, reiste er ab und vergaß, was geschehen war, im Getöse der Politik und Staatsaffären.

Nicht so Caleb Balderstone. Wenn irdischer Wohlstand den alten Mann hätte trösten können… In seinen letzten Jahren war er damit besser versehen als je zuvor, aber das Leben hatte seinen Reiz und Geschmack für ihn verloren. Die Richtung all seiner Gedanken, seiner Gefühle, ob des Stolzes oder der Anhänglichkeit, der Freude oder des Leids, war aus seiner engen Verbindung mit der Familie erwachsen, die es jetzt nicht mehr gab. Er ließ den Kopf hängen, gab seine üblichen Beschäftigungen auf und schien nur noch Freude daran zu finden, in den Zimmern der alten Burg herumzustreifen, in denen der Herr von Ravenswood zuletzt gewohnt hatte. Er aß, ohne sich gekräftigt zu fühlen, und schlummerte, ohne Ruhe zu finden. Und mit einer Treue, die sich manchmal bei Hunden, selten bei Menschen zeigt, verging er vor Gram und starb, bevor noch ein Jahr vergangen war.

Die Familie Ashton überdauerte die Ravenswoods nicht lange. Sir William Ashton überlebte seinen ältesten Sohn, den Colonel, der in Flandern bei einem Zweikampf erschlagen wurde. Henry, sein Erbe, starb unverheiratet. Lady Ashton wurde steinalt und überlebte all' die Personen, die ihr Unglück ihrer Unversöhnlichkeit verdankten. Daß sie innerlich Reue gefühlt und sich mit dem Himmel durch Buße ausgesöhnt habe – wir wollen und werden es nicht ausdrücklich bestreiten. Aber den Menschen in ihrem Umgang zeigte sie nie das kleinste Zeichen von Bedauern oder Schuldbewußtsein. In ihrer äußeren Erscheinung bewahrte sie den gleichen kühnen, stolzen, unnachgiebigen Charakter, den sie vor diesen unglücklichen Ereignissen gezeigt hatte. Ein prächtiges Denkmal aus Marmor überliefert ihren Namen, ihre Titel und ihre Tugenden, während von ihren Opfern weder Grabmal, noch Epitaph kündet.

ANMERKUNGEN

Zur Textgestalt

Der Roman wurde auf der Basis der Übersetzung von Wilhelm Sauerwein (1844) im ständigen Vergleich mit dem Original vollständig überarbeitet und sprachlich modernisiert. Der Text ist ungekürzt. Der Versuch, Scotts Verwendung schottischer Dialekte durch Anlehnungen an deutsche Dialekte oder Umgangssprache anzudeuten, wurde nicht unternommen. Scotts Anmerkungen sind in den allgemeinen Anmerkungsteil integriert. Die Zählweise der Kapitel wurde leicht verändert: Peter Pattiesons Vorrede, die im Original als *Chapter I* erscheint, wurde hier in ihrer Vorwortfunktion als *Peter Pattiesons Einleitung* kenntlich gemacht. Entsprechend ist das 35. Kapitel des Originals in dieser Ausgabe das 34. Kapitel.

Kurze Vorbemerkung zum historischen Hintergrund

Der Roman spielt unmittelbar zu Beginn des 18. Jahrhunderts. Mehr als zehn Jahre ist es her, daß der schottische König der Union Englands und Schottlands James II. (VII. von Schottland) von William of Orange (Wilhelm von Oranien), der im November 1688 mit einer Invasionsarmee von Holland aus in England landete, aufgrund fragwürdiger Thronansprüche mit Waffengewalt von seinem Thron vertrieben wurde. Eine Rebellion königstreuer Schotten, der sogenannten Jakobiten (nach James = Jacob), vor allem aus den schottischen Highlands unter der Führung von John Graham of Claverhouse (Viscount Dundee, im Volksmund *Bonnie Dundee* genannt) führte im Juli 1689 zu einem Sieg in der Schlacht von Killiekrankie gegen Williams Truppen, doch Claverhouse, die Leitfigur, wurde getötet und der Widerstand der Highlander verlief sich anschließend ohne weitere Erfolge. Wenn Scott im Roman von *Revolution* und *Bürgerkrieg* spricht, sind diese Kämpfe von 1688/89 gemeint.

Kurze Erklärung ständig wiederkehrender Begriffe zum historischen Hintergrund:

Jakobiten sind die Anhänger des ins Exil getriebenen James II. (VII. von Schottland) und der nachfolgenden Thronprätendenten der Dynastie der Stuarts.

Presbyterianer sind die Anhänger der reformierten Kirche in England und Schottland. Zwischen ihnen und den Anhängern der Episkopalkirche herrschten im 17. Jahrhundert heftige Kämpfe. Vor allem die schweren Verfolgungen der Presbyterianer unter den Regierungen der Stuart-Könige James I. (VI. von Schottland) (1567-1625) und Charles I. (1625-49) führten zu Verbitterung und Verhärtung der Gegnerschaft. Einen neuen Höhepunkt erlebte die Verfolgung der Presbyterianer in den achtziger Jahren des 17. Jahrhunderts, der sogenannten *killing time*. Die Presbyterianer wurden auch Covenanter genannt nach einem Sammlungsbund zum Schutz ihres Glaubens *(The National Covenant)*, der in Zeiten der Verfolgung immer wieder erneuert wurde.

Whigs ist die ursprünglich abschätzige Bezeichnung (schott. »Pferdedieb«) für die schottischen Presbyterianer, die die Stuart-Thronfolge ablehnten und entsprechend Gegner der Tories waren.

Tories ist die ursprünglich abschätzige Bezeichnung (irisch »Geächtete«) der Presbyterianer für die Anhänger der Stuart-Thronfolge – die Stuarts waren ganz überwiegend Anhänger der Episkopalkirche.

Einleitung

S. 18: *Der Autor hat es, bei einer früheren Gelegenheit, abgelehnt...* Die frühere Gelegenheit ist die Einleitung zu »Die Chronik von Canongate«. Scott schrieb dort über »Das Leid von Lammermoor« im Zusammenhang mit Anlässen und Quellen seiner Romane: »Alte, seltene Bücher und eine bedeutende Sammlung von Familienlegenden boten eine zweite, derart reichhaltige Fundgrube, daß es wahrscheinlicher schien, die Kraft des daraus Schöpfenden möge erlahmen, als daß der Stoff versiegen werde. So ereignete sich, um ein Beispiel anzuführen, die furchtbare Katastrophe in »Das Leid von Lammermoor« tatsächlich in einer angesehenen schottischen Familie. Die Frau, die mir schon vor etlichen Jahren die tragische Geschichte erzählte, stand in enger Verbindung zur Familie, in deren Mitte das Ereignis sich zutrug, und in der Art, wie sie davon berichtete, lag immer etwas Geheimnisvolles, das das Interesse noch anfachte. In ihrer Jugend hatte sie den Bruder gekannt, der vom unglücklichen Schlachtopfer an den Altar eilte und, damals beinahe noch ein Knabe und mit seinem stattlichen Äußeren beschäftigt, lediglich bemerkte, daß die Hand seiner Schwester naß und kalt wie die einer Statue war. – Es ist nicht nötig, den Schleier von dieser traurigen Szene noch weiter zu lüften, auch könnte dies, obwohl schon mehr als hundert Jahre seit jenem Vorfall vergangen sind, den jetzigen Nachkommen der in der Erzählung berührten Familien nicht unbedingt angenehm sein. Nur so viel will ich sagen, daß die historischen Ereignisse die Vorlage bildeten, ohne daß ich die Mittel oder Absicht hatte, Handlungsweise oder Charaktere der Personen exakt authentisch zu schildern.«

S. 18: *Laws »Denkschriften«...* Anmerkung Scotts: Laws »Denkschriften«, S. 226.

S. 18: *...des großen Earls von Stair...* Anmerkung Scotts: John Earl of Stair, Erinnerungen, C. Cobbet, London, S. 7.

S. 20: *Wenn ein Mann vor dem Herrn ein Gelübde ablegt...* Moses, 4. Buch, XXX 3,4,5,6.

S. 22: *...am 24. August war sie verheiratet worden...* Auf S. 25 wird im Andrew-Symson-Zitat der 12. August als Hochzeitstag angegeben.

S. 24: *Dieses Satiregedicht auf Lord Stair und seine Familie...* Anmerkung Scotts: Ich habe die Satire, die im ersten Band der seltsamen kleinen Sammlung mit dem Titel »Buch der Schmähschriften« (1827) erschien, mit der verglichen, die mir von Thomas Thomson, Esq., geschenkt wurde und die einen vollständigeren Text und ausführlichere Anmerkungen besitzt. Im

»Zweiten Buch der Schmähschriften«, S. 72, findet sich eine höchst beleidigende Nachrede auf Sir James Hamilton von Whitelaw.

S. 25: *Nupta August 12...* Lat.: Verheiratet am 12. August. Heimgeführt am 24. August. Gestorben am 12. September. Begraben am 30. September 1669.

S. 25: *Sir, was Ihr sagt, ist wahr...* Anmerkung Scotts: Diese Elegie ist nachgedruckt im Anhang zu einem topographischen Werk vom selben Autor, das »Umfassende Beschreibung von Galloway« betitelt ist, von Andrew Symson, Pfarrer von Kirkinner, Edinburgh 1823. Die Elegien dieses würdigen Gentlemans sind extrem rar, auch hat der Verfasser nie ein anderes Exemplar als sein eigenes zu Gesicht bekommen. Es ist zusammengebunden mit dem »Tripatriarchicon«, einem religiösen Gedicht nach einer biblischen Geschichte vom selben Autor.

S. 25: *Atropos' Dolch...* Atropos (griech. »die Unerbittliche«), eine der drei griechischen Schicksalgöttinnen.

Einleitung Peter Pattiesons

S. 30: *Peter Pattieson...* Der fiktive Erzähler des Romanzyklus »Erzählungen meines Wirtes« von Scott, zu dem außer »Das Leid von Lammermoor« u.a. »Rob Roy«, »Old Mortality« und »Das Herz von Midlothian« gehören.

S. 30: *digito monstrari...* Lat., im Sinne von: ...daß man mit Fingern auf mich zeigt.

S. 31: *der gefangene Sampson...* Simson, Gestalt aus dem Alten Testament.

S. 31: *Parve, nec invideo, sine me, liber, ibis in urbem.* Lat.: Mein kleines Buch, Du wirst ohne mich in die geschäftige Stadt gehen (Ovid).

S. 32: *sub Jove frigido...* Lat.: unter kaltem Himmel, im Sinne von: an der frischen Luft, im Freien.

S. 34: *point d'appui...* Franz.: Stützpunkt, fester Ansatzpunkt.

S. 34: *des schottischen Teniers, wie man Wilkie mit Recht ge-*

nannt hat... David Teniers (1610-1690), niederländischer Maler. David Wilkie (1785-1841), schottischer Maler.

S. 35: *Rubens...* Peter Paul Rubens (1577-1640), flämischer Maler.

S. 37: *Sir William Wallace, gräßlich vom Rumpf getrennt auf Befehl des verbrecherischen Edward...* Sir William Wallace (1270-1305) wollte Schottland von der englischen Herrschaft befreien, unterlag in der Schlacht von Falkirk 1298 und wurde 1305 vom englischen König Edward I. hinrichten lassen.

S. 38: *Hogarth...* William Hogarth (1697-1764), englischer Maler und Kupferstecher.

S. 41: *Domenichino, Moreland...* Domenichino (1581-1641), italienischer Maler (eig. Domenico Zampieri). George Morland, englischer Maler (1763-1804).

S. 41: *romance...* Englischer literarischer Gattungsbegriff, der im Deutschen nicht angemessen wiederzugeben ist. Eine *romance* ist eine in der Handlung meist abenteuerliche, auf Spannung und dichte Atmosphäre angelegte, emotional fesselnde Romanart. Das Bestehen von Abenteuern und Gefahren, Liebe und die Schrecknisse der Existenz, oft auf der Grundlage tiefgreifender psychologischer Konflikte, sind die Hauptmotive dieser in der angelsächsischen Literatur durchaus hochgeachteten Gattung.

S. 42: *im Geschmack des elisabethanischen Zeitalters...* Zeitalter Königin Elisabeths I. von England (1533-1603), Regierungszeit von 1558-1603.

S. 42: *...im Van-Dyke-Kostüm der Zeit Charles I. ...* Charles I. (1600-1649), Regierungszeit 1625-1649. Sir Anthonis van Dyke (1599-1641), flämischer Maler, ab 1632 Hofmaler Charles I..

S. 44: *Gines de Passamonte...* Figur aus Don Quijote (2. Teil, 25. Kapitel).

S. 44: *Lord Burleigh...* Lord William Cecil Burleigh (1520-1598), englischer Politiker.

Kapitel 1

S. 49: *Abou Hassan...* Figur aus 1001 Nacht.

Kapitel 2

S. 59: *...in terrorem.* Lat.: als Warnung, zur Abschreckung.

S. 62: *Una, Miranda...* Una = Heldin aus Edmund Spensers (1552-1599) *The Faerie Queen.* Miranda = Heldin aus Shakespeares *Der Sturm.*

S. 63: *Laird...* Schottischer Grundherr.

S. 65: *...seit Tristrams Zeiten...* Sir Tristram, Ritter der Tafelrunde, berühmt für seine Jagdliebe.

S. 66: *condictio indebiti...* juristisch: Rückforderungsanspruch aufgrund irrtümlich geleisteter Zahlungen.

Kapitel 3

S. 69: *Zwischen den Wipfeln...* Aus Edmund Spensers (1552-1599) *The Faerie Queen.*

S. 75: *Erinnert Euch an das Schicksal Sir George Lockharts...* Anmerkung Scotts: Sir George Lockhart, Präsident des Gerichtshofes. Er wurde von John Chiesley von Dalry in der High Street in Edinburgh im Jahr 1689 durch einen Pistolenschuß getötet. Dieser verzweifelte Mann war zur Rache getrieben worden durch einen seiner Meinung nach ungerechten Richterspruch des Präsidenten, der ungefähr 93 Pfund als Unterhalt zugunsten seiner Frau und seiner Kinder bestimmte. Man sagt, daß er zuerst vorgehabt habe, den Richter während des Gottesdienstes zu erschießen, daß ihn aber eine gewisse Scheu vor der Heiligkeit des Orts daran gehindert habe. Als die Versammlung auseinanderging, verfolgte er sein Opfer bis zum Ende einer engen Gasse auf der Südseite von Lawnmarket, wo das Haus des Präsidenten stand, und hier erschoß er ihn, gerade als er ins Haus treten wollte. Diese Tat geschah in Gegenwart vieler Zuschauer. Der Attentäter machte keinen Versuch zur Flucht, sondern rühmte sich seiner Tat, indem er ausrief: »Ich habe den Präsidenten gelehrt, wie man Gerechtigkeit ausübt.« Immerhin hatte er ihn redlich gewarnt, wie Jack Cade anläßlich einer ähnlichen Gelegenheit sagt. Der Mörder wurde, nachdem er die Folter ausgestanden hatte, auf besonderen Beschluß der Parlamentsstände hin vor den Lord Provost von Edinburgh als Obersheriff gestellt und abgeurteilt, in weitem Bogen zum Richtplatz gebracht zu werden, allwo ihm die rechte Hand abgehauen und er an den Galgen gehangen werden sollte, die Pistole am Halse tragend, mit der er den Präsidenten erschossen hatte. Dies Urteil wurde am 3. April 1689 vollstreckt und lange als ein schreckliches Beispiel des *perfervidum ingenium Scotorum* (Lat. schottische Hitzköpfigkeit) angeführt, wie die juristischen Bücher sich ausdrücken.

Kapitel 4

S. 77: *Dem schottischen Adel galt es...* Anmerkung Scotts: Einige Exemplare dieser Tiere wurden lange Zeit mindestens in den hohen Häusern Hamilton, Drumlanrig und Cumbernauld gehalten. So weit ich weiß, befindet sich eine kleine Anzahl noch heute bei Chillingham Caste in Northumberland, dem Sitz des Grafen von Tankerville.

S. 80: *Egeria, Numa...* Der Legende nach soll der römische Kaiser Numa Pompilius in Verbindung mit einer Wassernymphe namens Egeria gestanden haben.

S. 81: *Schlacht von Flodden...* Schlacht von Flodden Field am 9. September 1513 zwischen den Truppen von Henry VIII. und den schottischen unter James IV., die mit einer verheerenden Niederlage der Schotten endete.

S. 82: *Doch alle sind darüber einig...* 1. John Graham of Claverhouse. 2. Anspielung auf eine unheilverkündende Anekdote über Robert Bruce und eine Spinne. 3. Der Earl of Orkney, Clanchief der St. Clairs (= Sinclair), führte seine Männer an einem Montag über den Ord Hill nach Flodden, wo alle bis auf einen in der Schlacht von Flodden gegen die Engländer (9. September 1513) umkamen.

S. 81: *Luitur cum persona, qui luere non potest cum crumena...* Lat. Es zahlt mit seiner Person, wer nicht mit seiner Börse zahlen kann.

Kapitel 5

S. 93: Aus »Duncan« von Henry Mackenzie (1745-1831).

S. 95: *Locken des Chevaliers...* Chevalier de St.George, Sohn James II., der nach dessen Flucht mit ihm am Hof von St. Germain lebte und nach dem Tod seines Vaters in Frankreich unter dem Schutz von Louis XIV. stand. Für die Jakobiten war der Chevalier der rechtmäßige Thronerbe.

S. 98: *Die Fratze sprach nicht...* Aus John Drydens (1631-1700) Drama *The Spanish Fryar.*

S. 98: *Alexander...* Im frühen 18. Jahrhundert ausgesprochen populäres tragisches Drama von Nathamiel Lee (1653-1692).

S. 99: *Jakobusse...* Schottische Goldmünze, die zuerst von James I. von England herausgegeben wurde (Jacobuses, nach James = Jacob).

Kapitel 6

S. 106: *wie ein ossianischer Held...* Ossian: Mythischer Held Irlands aus den angeblich aus dem Gälischen übersetzen Sagen, die freilich von James MacPherson (1736-1796), dem vorgeblichen Herausgeber und Übersetzer, geschrieben wurden.

S. 118: *Gowrie-Verschwörung...* Earl William of Gowrie entführte 1582 den 16jährigen König James VI., hielt ihn gefangen und übernahm mit einer Gruppe protestantischer Adliger selbst die Regierung. Im folgenden Jahr konnte der König fliehen und ließ Gowrie hinrichten. Erstaunlich ähnliche Ereignisse trugen sich später zu: James VI. beschuldigte im August 1600 den Sohn des hingerichteten Gowrie, ihn angesichts eines Besuches in Perth mit dem Tode bedroht zu haben, und Gowrie wurde wenig später getötet.

Kapitel 7

S. 128: *...die am Ohr gestutzten Hunde...* Das Stutzen der Ohren war im 17. Jahrhundert, insbesondere während der *killing time*, der Zeit der härtesten Verfolgung, eine Strafmaßnahme gegen Presbyterianer; die Ohren wurden eingeschnitten und die Wunde mit einem schwarzen Bändchen bedeckt. John Graham of Claverhouse tat sich bei der Verfolgung der Presbyterianer besonders hervor.

S. 129: *...cantabit vacuus...* Zitat aus den Satiren von Juvenal (ca. 60-140): *Der Reisende mit leeren Händen singt dem Räuber ins Gesicht.*

S. 130: *...nach alter Bordersitte...* Border: Grenzland zwischen Schottland und England.

Kapitel 8

S. 132: *Ethwald...* Drama von Joanna Baillie (1762-1851).

S. 133: *drap-de-berry...* Eine Art wollener Kleidung in französischem Stil.

S. 136: *John Dryden...* John Dryden (1631-1700), englischer Dichter.

S. 140: *...mit der Präzision Str Tristrams...* Sir Tristram, Ritter der Tafelrunde, berühmt für seine Jagdliebe.

S. 142: *ad reaedificandam antiquam domum...* Lat.: zum Wiederaufbau des alten Hauses.

Kapitel 9

S. 150: *Auld Reekie...* Spitzname für Edinburgh («Die alte Qualmerin«).

S. 151: *Ich bin dein wahrer Achates...* Figur aus Vergils Aeneis, treuer Freund des Aeneas.

S. 151: *L'un n'empeche pas l'autre...* Frz.: Das eine schließt das andere nicht aus.

Kapitel 10

S. 158: *Pilgerfahrt der Liebe...* Komödie von John Fletcher (1597-1625).

S. 158: *bis über den Bass hinaus...* Bass Rock Island, eine kleine Insel vor der schottischen Ostküste etwa auf der Höhe Edinburghs.

S. 161: *als wär's der beste Spaß im ganzen George Buchanan...* 1781 erschienene, im 19. Jahrhundert populäre Sammlung mit dem Titel »Die gewitzten und unterhaltenden Heldentaten von George Buchanan, gewöhnlich Des Königs Narr genannt«.

Kapitel 11

S. 166: *Je vous dis sans doute...* Franz.: Ich sage Ihnen ohne Zweifel...

S. 167: *...als »die königlichen Lieferanten unter den gotischen Falltoren herausstürzten...* Anmerkung Scotts: Edmund Burke (1729-1797), »Rede zur ökonomischen Reform« (Works, Vol. 3, S.250, 1. Auflage).

S. 171: *...auf der Südseite des Forth und weit vom Hochland...* Der Rückhalt der Jakobiten war im 17. und 18. Jahrhundert das schottische Hochland, während der England zugewandte Süden Schottlands unter stark englischem Einfluß stand – eine Folge der Handelsbeziehungen zwischen England und Schottlands

Süden und der Erfahrung der Schotten in den Borders, d.h. dem Grenzland zwischen England und Schottland, daß das reichlich vergossene Blut in den Auseinandersetzungen und Kriegen zwischen beiden Ländern vornehmlich auf ihrem Boden und aus ihren Adern floß.

S. 171: *...vier Rotröcke...* Red-Coats, wegen ihrer Kleidung Spitzname der englischen Soldaten bzw. der schottischen Soldaten in englischen Diensten.

S. 173: *Jacobusse wie Georgiusse...* Siehe Anmerkung zu Kapitel 5. Georgius ist ein Goldstück aus der Zeit Henry VIII. mit St. George auf der Vorderseite.

S. 175: *...das haben wir nun von den englischen Pockenaufläufen...* Im Original *pock-puddings,* abschätziger Spitzname der Schotten für die Engländer (steht für »pockennarbige, aufgeschwemmte Gesichter«).

S. 176: *...in den Zeiten der Verfolgung...* Die Zeit der schwersten Verfolgungen der Presbyterianer in den achtziger Jahren des 17. Jahrhunderts, bekannt als *the killing times.*

Kapitel 12

S. 180: *Witz ohne Geld...* Komödie von John Fletcher (1597-1625).

S. 183: *Ich habe den Tag gesehen, wo zehn von den Haferkuchen, die auf diesem Brett stehen, köstliche Leckerbissen für ebenso viele Männer gewesen wären, die auf Bergen und in Höhlen um des Evangelii willen hungers starben...* Anspielung auf die Zeit der Verfolgung der Presbyterianer.

S. 187: Anmerkung Scotts zum 12.Kapitel: Der Einfall Caleb Balderstones in der Küche des Böttchers ist auf der Südseite des Tweed allgemein als abgeschmackt und übertrieben betrachtet worden. Der Verfasser kann lediglich sagen, daß ihm eine ähnliche Anekdote mit Datum und Namen der Personen von einem vor kurzem verstorbenen, edlen Grafen mitgeteilt worden ist, dessen Erzählungen aus vergangenen Zeiten – mochten sie Schottland oder England betreffen – sich nicht nur durch Leichtigkeit und Frische auszeichneten, die allen, die ihn kannten, unvergeßlich bleiben werden, sondern mehr noch durch strenge Genauigkeit. Ich teile seine Anekdote hier unter Auslassung der Namen mit:

In Mittelschottland lebte ein junger Herr, zweiter Sohn einer alten Familie, vom Vermögen eines zweiten Sohnes, d.h. von einer elenden jährlichen Zuwendung, die jedoch von seinem Diener durch zahlreiche Künste und Kniffe derart aufgebessert wurde, daß der Herr es anderen vornehmen jungen Männern gleichtun und schmausen, spielen und trinken konnte. Wahr ist, daß – da die Gesellschaft des jungen Herrn außerordentlich unterhaltsam war – die Freunde seinen Diener John dazu gebracht hatten, allerlei Beihilfe *sub rosa* anzunehmen, die sie nicht unmittelbar dem Herrn anzubieten wagten. Trotz dieser Zuneigung zu John und Johns Herrn fiel es den jungen Fuchsjägern ein, daß es einen guten Spaß abgeben müsse, John in Verlegenheit zu bringen.

In dieser Absicht und, wie ich glaube, in Folge einer Wette kamen vier oder fünf dieser jungen Männer in die kleine Wohnung des Herrn, die in der Nähe eines ansehnlichen Dorfs lag. Sie stiegen hier kurz vor der Essenszeit ab (denn man wollte dem Erfindungsgeist Johns einen tüchtigen Stoß versetzen), stürzten am verdutzten Diener vorbei ins Wohnzimmer und fragten ihren Gastgeber, nachdem sie eine verabredete Geschichte als Vorwand ihres Besuchs zum besten gegeben hatten, ob er ihnen ein Mittagessen geben könne. Ihr Freund empfing sie herzlich und ruhig und bezog sich, was das Essen beträfe, auf John. Dieser wurde gerufen, empfing die Anweisung seines Herrn, für die unverhofften Gäste sogleich ein Mittagessen zu bereiten, und versprach Gehorsam, ohne mit der Wimper zu zucken. Freudig waren die Erwartungen der Gäste – und die des Gastgebers vermutlich auch –, was die schönen Versprechungen Johns für ein Ende nehmen würden. Einige der Neugierigeren hatten einen Blick in die Küche geworfen, ohne dort etwas zu bemerken. Doch gerade, als die Dorfglocke zur Essenszeit schlug, stellte John ein mächtiges Stück Rindfleisch und grünes Gemüse vor sie hin, so daß die ganze Gesellschaft satt wurde und die Wette gegen die entschieden war, die meinten, John gänzlich auf falschem Fuß erwischt zu haben. Die Erklärung ist die gleiche wie in Caleb Balderstones Geschichte. John war so frei gewesen, den großen Kochtopf eines reichen Dickwanstes des Dorfs zu entwenden und ihn ins Haus seines Herrn zu schleppen, die Eigentümer bei Käse und Brot zurücklassend, was, wie er später sagte, gut genug für sie wäre. Die Furcht, es mit so vielen vornehmen Personen zu verderben, ließ den armen Beraubten ruhig bleiben, und er wurde später dafür durch gewisse Dienste unter der Hand belohnt, so daß der Spaß letztlich zu allseitiger Zufriedenheit auslief. In einigen Teilen Englands zu gewissen Zeiten und in einigen Teilen Schottlands noch heute wäre die Sache nicht so gut hingegangen.

Kapitel 13

S. 191: *...der eine war voll Kanarienwein, der andere voll Branntwein...* Anmerkung Scotts: Es war früher allgemein Sitte, Ale, Wein oder ein starkes geistiges Getränk ins Zimmer eines geehrten Gastes zu stellen, damit – falls er in der Nacht vor Durst erwache – er ihn löschen könne, und bedenkt man die oft ausschweifende Gastlichkeit jener Zeit, war dieser Fall nicht eben unwahrscheinlich. Der Autor hat dafür Beispiele aus alten Zeiten und alteingesessenen Familien gefunden. Es war vielleicht keine poetische Erdichtung, wenn es hieß:

Meine Gefährtin und ich, wir haben zur Nacht
Unterm Bett zwei volle Krüge Bier,
Die leeren wir aus, werden wir wach,
Was denkt Ihr nun von meiner Gefährtin und mir?

Man erzählt in Teviotdale, daß in einem altadeligen Hause, das mit den Presbyterianern sympathisierte, immer eine Bibel und eine Flasche Starkbier ins Zimmer der Gäste gegeben wurde. Einst hielten Pfarrer eine Versammlung in der Nähe des Schlosses. Alle wurden vom Baronet zum Essen eingeladen, und einige von ihnen blieben für die Nacht. Der Sitte der Zeit gemäß wurden sieben der ehrwürdigen Gäste in einen einzigen Bettraum gewiesen, wie man sie bei großem Zudrang von Gästen gebrauchte. Der Kellermeister versah nach dem alten Brauch jeden der Pfarrer mit einer Bibel und einer Flasche Bier. Aber nach einer kurzen Beratung unter sich riefen sie, wie es heißt, den Diener zurück, gerade als er den Raum verlassen wollte. »Mein Freund«, sagte einer der ehrwürdigen Gäste, »Ihr müßt wissen, wenn wir als Brüder zusammenkommen, liest der jüngste Pfarrer eine Stelle der Schrift den übrigen vor – darum brauchen wir nur eine Bibel. Nehmt die anderen sechs wieder mit und bringt statt ihrer noch sechs Flaschen Bier.«

Diese Synode wäre mit Johnsons weisem Eremiten völlig einig, der einem Schüler, der sich nach dem wahren Weg zum Glück erkundigte, mit dem berühmten Vers antwortete: »Komm', mein Junge, trinke Bier.«

Kapitel 14

S. 196: *Neue Art, alte Schulden zu zahlen...* Komödie von Philip Massinger (1583-1640).

S. 197: *...nach dem Unionsvertrag...* Seit 1603, als die Königreiche England und Schottland durch Erbfolge ein- und denselben König hatten, gab es wiederholt Bestrebungen, eine Union Englands und Schottlands herbeizuführen. Zu Beginn des 18. Jahrhunderts nahmen diesbezügliche Tendenzen zu, die schließlich 1706/7 zum *Act of Union* und zur Vereinigung zu einem Königreich Großbritannien führten.

S. 198: *Neque dives, neque fortis, sed nec sapiens Scotus, praedominante invidia, diu durabit in terra...* Lat.: Weder ein reicher, noch ein starker und nicht einmal ein weiser Schotte hält's lange auf Erden aus, wenn Mißgunst herrscht.

S. 199: *Mephibosheths...* Figur aus John Drydens »Absalom und Achitophel«.

S. 201: *...kehrte der Bote auf einer anderen, entlegenen Straße zurück und entging der ihm gelegten Schlinge...* Scott merkt zu dieser Episode noch an: Nachdem man eine Zeitlang vergeblich auf den Boten des Marquis gewartet hatte, wurde Mr. Dingwall beauftragt, sich bei seinen Klienten in Wolf's Hope zu erkundigen, ob wirklich ein Diener des Marquis von A. auf der benachbarten Burg eingetroffen wäre. Rasch erlangte man darüber Gewißheit, denn Caleb war eines morgens um fünf Uhr im Dorf gewesen, um zwei Krüge Bier und etwas gepökelten Lachs zu borgen, und der arme Bote war 24 Stunden bei Luckie Sma'trash krank gelegen infolge einer Mahlzeit von gesalzenem Lachs und saurem Bier. Also war das Bestehen einer Verbindung zwischen dem Marquis und seinem unglücklichen Verwandten, das Sir William Ashton eine Zeitlang hoffte, für ein Märchen halten zu können, über jeden Zweifel erhaben.

Kapitel 15

S. 205: *König und Kein König...* Komödie von John Fletcher (1597-1625) und Francis Beaumont (1584-1616).

S. 206: *20 000 Mark...* Schott. merk, schottische Silbermünze.

S. 206: *debitum fundi...* Lat.: Grundschuld.

S. 207: *...wir müssen vor dem Haus der britischen Pairs, vor dem Gerichtshof höchster Instanz, wo Ehre und Rang gleichen Stand halten, miteinander reden...* Anmerkung Scotts: Das Appellationsrecht des Court of Session, der höchsten Richter Schottlands, an das schottische Parlament in Zivilangelegnheiten war vor der Union heftig umstritten. Es war dies ein sehr wünschenswertes Recht, da die Prüfung und gelegentliche Revision der Urteile im Parlament gleichsam ein Zügel für die Richter war, dessen sie seinerzeit sehr bedurften, da sie sich mehr durch Rechtskenntnis als Rechtsempfinden und Unbestechlichkeit auszeichneten. – Die Mitglieder der Fakultät der Advokaten zogen sich im Jahr 1674 das höchste Mißfallen des *Court of Session* zu, weil sie sich weigerten, dem Appellationsrecht ans Parlament zu entsagen, und die meisten von ihnen wurden durch Willkürmaßnahmen aus Edinburgh verbannt und so für mehrere Sitzungen an der Ausübung ihres Berufs gehindert. Aber durch die Artikel der Union ist den schottischen Untertanen eine Appellation an das britische Haus der Pairs zugesichert, und dieses Recht hat ohne Zweifel seinen Einfluß gehabt, den unparteiischen, unabhängigen Charakter entstehen zu lassen, den die Richter des *Court of Session* – entgegen dem Beispiel ihrer Vorgänger – seitdem gezeigt haben.

Man kann leicht begreifen, daß ein alter Rechtsgelehrter wie der Lord Keeper einige Unruhe fühlen mußte, wenn die zu seinen Gunsten – unter buchstäblicher Auslegung des Gesetzes – gefällten Urteile einer neuen Prüfung vor einem wirklich unparteiischen und besonders von Gerechtigkeitssinn beseelten Gerichtshof unterworfen werden sollten.

Kapitel 16

S. 214: *...in contumatiam...* Jur.: vorsätzliches Nichterscheinen.

S. 216: *Suum cuique tributio...* Rechtsgrundsatz der alten Römer: Jedem, was ihm gebührt.

S. 216: *Justinian...* Byzantinischer Kaiser (482-565).

S. 219: *Inimicus amicissimus...* Lat.: ein zutiefst freundlicher Feind.

S. 219: *...fidus Achates...* Figur aus Vergils Aeneis, treuer Freund des Aeneas.

Kapitel 17

S. 222: *Thomas the Rhymer...* Thomas of Erceldoune, alter schottischer, legendenhafter Dichter und Prophet aus dem 13. Jahrhundert.

S. 223: *Kelpies Flow...* Der Name verweist auf Kelpie, einen

Wassergeist in schottischen Sagen, der in verschiedenen Gestalten auftritt und Menschen ins Wasser verführt.

S. 228: *doch-an-dorroch...* Gälisch: der Abschiedsbecher.

S. 230: die Bilder von Ostade und Teniers... Adriaen van Ostade (1610-1685); David Teniers (1610-1690), niederländische Maler.

S. 231: cedant arma togae... Laßt Waffen den Zeichen des Friedens weichen.

S. 232: Haggis... Schottisches Gericht: Hafermehl, Niere, gehacktes Herz und Leber vom Schaf, in einem Schafmagen gekocht.

S. 234: die sylphenartige Gestalt... Sylphen: Luftgeister.

Kapitel 18

S. 236: ... *wenn meine Frau und meine Familie mir erlaubten, zu meinem sauren Hafer und meinem armen Mann zurückzukehren...* Anmerkung Scotts: Das Schulterblatt eines Hammels wird in Schottland armer Mann genannt, so wie es in einigen Gegenden Englands als *armer Ritter von Windsor* bezeichnet wird – im Gegensatz, scheint's, zum Baron Sir Lion (Ochsenbraten). Man erzählt, daß ein alter schottischer Pair des vergangenen Zeitalters, der sich durch nicht eben gezierte Eigenschaften und durch eine auffallend übertriebene Zurschaustellung des hochländischen Charakters auszeichnete, während der Parlamentssitzungen in London von einem Unwohlsein befallen wurde. Der Inhaber des Gasthofs, in dem er wohnte, voll Eifer, seinem edlen Gast alle Aufmerksamkeit zu schenken, zählte ihm bei seinem Besuch den ganzen Inhalt seiner wohlgefüllten Vorratskammer auf, in der Hoffnung, auf etwas zu treffen, daß seinen Appetit anregen könne. »Ich glaube, Herr Wirt«, sagte Seine Gnaden, sich auf dem Bett erhebend und, indem er seinen Mantel zurückschlug, sein schreckliches, wildes Gesicht offenbarend, »ich glaube, ich könnte ein Stück von einem *armen Mann* essen.« Der Gastwirt floh voll Schrecken davon in der sicheren Gewißheit, daß sein Gast ein Kannibale sein müsse, der eine Speckseite von einem Untertanen als leichte Kost aufzuspeisen pflege, wenn er auf Krankenkost verwiesen sei.

Kapitel 19

S. 246: *Jacobus...* Siehe Anmerkung zu Kapitel 5.

S. 255: *Chateau qui parle, et femme qui écoute, l'un et l'autre va se rendre...* Frz.: Eine Festung, die verhandelt, und eine Frau, die zuhört, stehen kurz vor der Ergebung.

Kapitel 20

S. 257: *Neue Art, alte Schulden zu zahlen...* Komödie von Philip Massinger (1583-1640).

S. 259: *...unsere unsterbliche Joanna Baillie...* Joanna Baillie (1762-1851), mit Scott befreundete schottische Dichterin.

S. 261: *...das Law'sche System, das seinerzeit in Mode kam...* Der schottische, in Frankreich lebende Ökonom John Law of Lauriston (1671-1729) entwickelte immer neue, teils kühne Formen von Finanzanlageideen, die häufig scheiterten.

S. 263: *maitre d'armes...* Frz.: Waffenmeister.

S. 263: *Skioch doch na skiaill...* Schottische Redensart im Sinne der Aufforderung: Ruiniert einen Trunk nicht durch eine Geschichte.

S. 263: *...der alte Sir Evan Dhu...* Evan Cameron of Lochiel (1629-1729), Oberhaupt des Cameron-Clans, Anhänger der Stuarts, der 1689 an der Schlacht von Killiecrankie teilnahm und sich durch seine Tapferkeit auszeichnete.

S. 264: *Auf den König über dem Wasser...* Der im Exil lebende James II. (VII. von Schottland).

S. 264: *Lothian...* Landregion rund um Edinburgh, bestehend aus West-Lothian, Midlothian und East Lothian.

S. 270: *...John Churchill, Dundee, Herzog von Berwick...* John Churchill (1650-1722), erster Herzog von Marlborough, englischer Feldherr. Dundee = John Graham of Claverhouse. Herzog von Berwick (1670-1734), unehelicher Sohn James II., Feldherr in der französischen Armee.

Kapitel 21

S. 273: *Wie Don Gayferos...* Don Gayferos, ein Neffe des Ritters Roland und einer der zwölf Pairs von Karl dem Großen.

S. 274: *...und erwiesen sich als schier unermüdliche Vertreter ihres atemraubenden Berufs...* Anmerkung Scotts: Solcher Läufer wird oft in alten Komödien gedacht (ich führe nur Middletons *Mad World, my Masters* an), und vielleicht erinnern sich noch alte Leute in Schottland, sie im Gefolge adeliger Personen auf öffentlichen Reisen gesehen zu haben.

S. 274: *Mon Dieu! Il y en a deux.* Frz.: Mein Gott! Es gibt zwei!

S. 278: *...pas d'avance...* Frz. Vortritt.

S. 284: *mezze termine...* Ital.: Mittelweg, Halbheit.

Kapitel 22

S. 290: *Sibyllen...* Weissagende Seherin des Altertums.

Kapitel 23

S. 304: ...und als er seine Männer zu den Waffen rief, um nach Bothwell Bridge gegen die Landesverwüster, die kopfverdrehten Whigs zu reiten... Schlacht von Bothwell Bridge 1679. Sie wird von Scott ausführlich in seinem Roman »Old Mortality« thematisiert.

S. 304: *Andreas Ferrara...* Andrew Ferrara, Spitzname für das kurze, breite Schwert des schottischen Hochlands, zurückgehend auf einen venezianischen Waffenschmied des 16. Jahrhunderts mit Namen Andrea Ferrara, der Schotten in seiner Schwertschmiedekunst ausbildete.

S. 308: *Killiecrankie, The King shall hae his ain, The Auld Stuarts back again...* Lieder der Jakobiten: Killiecrankie bezieht sich auf die siegreiche Schlacht von Killiecrankie, The King shall hae his ain («The King shall have his own«) und *The Auld Stuarts back again* («The Old Stuarts are back again«) drücken den Wunsch nach der Wiederherstellung der Regierung in der Thronfolge der schottischen Stuarts aus.

Kapitel 24

S. 312: *Die Darien-Sache...* Im Jahre 1695 initiierte eine Gruppe von Unternehmern aus Edinburgh das euphorisch vorangetriebene Großprojekt einer schottischen Kolonie in der Landenge Darien, die Nord- und Südamerika verbindet. Hier sollte ein lukrativer Umschlagplatz für Waren aus und nach Indien eingerichtet werden. Doch das von König William mißbilligte (und hintertriebene) Projekt scheiterte und verschlang Unsummen des investierten Geldes. 2000 Menschenleben und 300 000 schottische Pfund, fast ausschließlich in Schottland aufgetrieben, kosteten drei gescheiterte Expeditionen. Fast jeder wohlhabende Schotte hatte Anteile des Unternehmens gekauft – viele waren nach dessen Scheitern bankrott, das Projekt für die schottische Wirtschaft ein völliges Desaster. Die Aussage des Marquis von A. in Scotts Roman, die Darien-Sache habe Sir William hochgebracht, weil er im rechten Moment zu verkaufen gewußt habe, bezieht sich auf Unternehmensanteile, deren Wert in der Euphorie des Beginns rasch gestiegen waren, bevor sie später abstürzten. Die Aussage hat eine politische Nebenbedeutung. William of Orange hatte 1689 den schottischen König der Union James II. mit Waffengewalt vom Thron vertrieben. James' Anhänger, die Jakobiten, formierten sich, ihre Aufstände wurden aber blutig niedergeschlagen. Als das Ausmaß der Aktionen König Williams gegen das schottische Darien-Projekt bekannt wurde, erbitterte das viele Schotten. Der Marquis von A. spielt mit seinen Worten darauf an, daß nur der dem

Desaster des Darien-Projekts entgehen konnte, der gute und geheime Beziehungen zu den Engländern pflegte.

S. 314: *Schlacht von Flodden...* Siehe Anmerkung zu Kapitel 4.

Kapitel 25

S. 322: *Flammen lodern...* Aus »Lochiels Warnung« von Thomas Campbell (1777-1844).

S. 327: *...von holländischen Loggern...* Logger: zweimastiges Fischereischiff.

Kapitel 27

S. 336: *Canongate...* Stadtteil von Edinburgh.

S. 340: *inter minores...* Lat.: zwischen Geringeren, jur.: unter Minderjährigen bzw. nicht voll Rechtsfähigen.

Kapitel 28

S. 351: Pacolet... Zwergenwüchsiger Bote aus einer alten französischen Legende.

Kapitel 30

S. 362: *The Faerie Queen* von Edmund Spenser (1552-1599).

S. 363: *Caliban...* Figur aus Shakespeares »Der Sturm«.

Kapitel 31

S. 370: *Crabbe...* George Crabbe (1754-1832), aus *The Parish Register.*

Kapitel 33

S. 384: *Thalaba...* »Thalaba, der Zerstörer« von Robert Southey (1774-1843).

S. 386: *Sir William Wallace...* Siehe Anmerkung zur »Einleitung Peter Pattiesons«.

S. 388: *Mein Brot in der Schürze...* Anmerkungs Scotts: Reginald Scott erzählte von einer alten Frau, die derart viele Wunderdinge vollbrachte, daß man sie der Zauberei verdächtigte. Als man ihre Tätigkeit untersuchte, fand sich, daß die einzige Belohnung, die sie annehmen wollte, ein Laib Brot und ein Sixpence war und daß das mächtige Zaubermittel, mit dem sie manche Heilung herbeiführte, der im Text mitgeteilte Knittelvers war.

S. 390: *l'Amphitrion où l'on dîne...* Zitat aus Molieres »Amphytrion«, im Sinne von: Der Mann, der für das Essen zahlt, ist der rechte Gastgeber.

S. 394: *... ihn bei Duke's Walk zu treffen...* Anmerkung Scotts: Gemeint ist ein Spazierweg in der Nähe von Holyrood House, den der Herzog von York, später James II., während seines Aufenthalts in Schottland oft besuchte. Er war lange der Ort, wo man Duelle auszutragen pflegte.

S. 395: Anmerkung Scotts (alias Peter Pattiesons) zum 33.Kapitel: Manchen Lesern mag dies alles überspannt, romantisch und lediglich der wilden Einbildungskraft eines Verfassers entsprungen vorkommen, der den weit verbreiteten Heißhunger aufs Schauerliche zu befriedigen wünscht; doch wer in der Geschichte der Familien Schottlands während der betreffenden Periode belesen ist, wird darin trotz geänderter Namen und einiger hinzugefügter Ereignisse in der Haupthandlung eine ohne jeden Zweifel wahre Geschichte wiedererkennen.

NACHWORT

»Die Schönheit der Küsten und Inseln, Seen und Berge des schottischen Hochlands ist unbestreitbar groß, aber doch vielleicht nicht so groß, wie mancher versucht sein könnte aus Walter Scott'schen Schilderungen herzuleiten. Nicht als ob diese Schilderungen der Wahrheit selbst entbehrten, gegentheils, sie zeichnen sich fast immer durch eine daguerreotypische Treue aus, die neben so vielem anderen zur Bewunderung hinreißen muß: aber es bleibt beim Leser selbst jener verzeihliche Irrthum nicht aus, der die Schilderung mit dem Geschilderten unwissentlich verwechselt und die Makellosigkeit, den Schwung und imposanten Vollklang der poetischen Beschreibung auf das beschriebene Objekt überträgt.«

Das liest man nicht alle Tage: Da stellt einer, der vom Fach ist und vom realistischen Erzählen nun wirklich etwas versteht – Fontane nämlich, der in seinem 1860 erschienenen Artikel »Das schottische Hochland und seine Bewohner« diesen bemerkenswerten Satz gleich an den Anfang stellt –, einem Kollegen früherer Generation das Urteil aus, seine Schilderungen seien der Sache völlig angemessen, nicht unter-, nicht übertrieben, nicht skizziert, nicht getuscht, nicht grell getüncht, und überträfen den Meister des Realismus, die Wirklichkeit selbst, doch – so daß das Vergnügen einer Reise durch die Romane und Verserzählungen Walter Scotts der einer tatsächlichen durch Schottland zumindest in nichts nachstehe.

Fontane – nach diesem Zitat beinahe überflüssig zu sagen – war von Scotts Werk begeistert. Da stand er beileibe nicht allein. 1871, zum 100. Geburtstag Scotts, resümierte Fontane: Der erste Roman Scotts »fiel mit dem Sturz der napoleonischen Herrschaft zusammen, und man darf ohne Übertreibung sagen, der Name Walter Scott fing an, den Namen Napoleon im Munde des Volkes, wenigstens der Gebildeten aller Völker, abzulösen.«

Der heutige Leser, der Scott in der Regel nur mehr als Autor der klassisch gewordenen Abenteuerromane »Ivanhoe« und »Quentin Durward« kennt, wird solche Sätze verdutzt zur Kenntnis nehmen. Und doch ist ohne jeden Zweifel wahr: Die Bewunderung, die Scotts Romane vor allem in der ersten Hälfte des 19. Jahrhunderts auslösten, ist nur schwer zu überschätzen.

Es begann mit einem literarischen Paukenschlag. Im Jahre 1814, am 7. Juli, erschien in Edinburgh ein Roman, der in der literarischen Welt quasi über Nacht in aller Munde war und, von der Kritik gefeiert, vom Publikum geliebt, den Siegeszug eines ganzen, umfangreichen Werks in Europa und Übersee einläutete. Sein Titel: »Waverley«. Sein Autor: unbekannt, der Roman erschien anonym. Der Verkauf einer einzigen durchschnittlichen Auflage binnen eines Jahres wäre unter den langsameren Bedingungen des frühen 19. Jahrhunderts geradezu sensationell gewesen. Von »Waverley« wurden in sechs Monaten fünf ungewöhnlich hohe Auflagen verkauft.

Das Rätselraten um die Identität des unbekannten Erfolgsautors war groß, und Gemunkel und Getüftel nahmen in den folgenden Jahren stetig zu – denn in schöner Regelmäßigkeit eilten frischverfertigte Romane von Erfolg zu Erfolg, ohne daß je ein Name sich zum Titel eines Buchs gesellte. Lapidar hieß es jedesmal: »Vom Autor des »Waverley«.

Gewiefte Kenner der Literatur ahnten freilich damals schon, was wir heute sicher wissen: Der Mann, der mit seinen Romanen den Weg zum erfolgreichsten Bestsellerautoren seiner Zeit beschritt und zugleich auf Jahrzehnte hinaus höchste Bewunderung quer durch alle sozialen Schichten und verschiedenste Kulturen errang, war Walter Scott, ein hochgeachteter Verfasser von Verserzählungen, ein Sammler volkstümlicher Sagen und Gedichte, ein begeisterter Übersetzer deutscher Literatur (daß er sich im Deutschen nicht gar so gut auskannte, beeinträchtigte nicht seinen Enthusiasmus – die Rückübersetzung seines »Götz von Berlichingen« ins Deutsche dürfte jedenfalls angenehm überraschen; um nicht ungerecht zu sein: immerhin war er der erste, der das Werk in die englische Sprache übertrug). Der überragende Erfolg jedoch kam mit den »Waverley Novels«.

»Da ist nun freilich alles groß, Stoff, Gehalt, Charaktere, Behandlung, und dann der unendliche Fleiß in die Vorstudien, sowie in der Ausführung die große Wahrheit des Details!« ist Goethe im März 1831 des Lobes voll, und Ludwig Tieck, bei Goethes zu Tisch, bläst ins selbe Horn: »Dieser Schriftsteller ist so bedeutend, daß das erste, was man von ihm liest, immer in Erstaunen setzet, man mag zu ihm gelangen von welcher Seite man wolle.« Eckermanns Vorschlag, Goethe solle seine Scott-Begeisterung doch einmal zu Papier bringen, lehnt dieser rasch ab. Die »Kunst in jenem Schriftsteller stehe so hoch, daß es schwer sei, sich darüber öffentlich mitzuteilen.« Und der erste Roman Scotts, »Waverley«, ist für Goethe »ohne Frage den besten Sachen an die Seite zu stellen, die je in der Welt geschrieben worden.«

Nicht weniger eindrucksvoll die beinahe verärgerte, ganz sicher nicht ohne Neid vorgebrachte Bemerkung Wilhelm Hauffs im Vorwort seines 1826 erschienen Romans »Lichtenstein« – der in Stil und Romankonzeption ein purer Scott ist –, daß »die grünen Ufer des Tweed und die Gebirge des schottischen Hochlands, Alt-Englands lustige Sitten und die romantische Armut der Galen auch bei uns in aller Munde« seien, daß – durch »getreue Übertragungen, die wie Pilze aus der Erde zu wachsen scheinen« – »wir in Schottlands Geschichte beinahe besser bewandert sind als in der unsrigen« – so daß er, Hauff, geradezu schüchtern-zaghaft sich fragen muß, ob der Versuch, einen deutschen historischen Roman vorzulegen, nicht »ein zu kühnes Unternehmen« und es »unbillig sei zu wünschen, daß sich die Aufmerksamkeit des Lesers einige kurze Stunden nach den Höhen der schwäbischen Alb und nach den lieblichen Tälern des Neckars wende.« Und wer ist schuld an diesem Übel, daß das deutsche Lesepublikum sich unermüdlich an den Geschichten aus der schottischen Geschichte ergötzt und nicht genug davon kriegen kann? »Der große Unbekannte, der uns die Bücher seiner Chroniken erschloß und Bild an Bild in unendlicher Reihe vor dem staunenden Auge vorüberführte. Er ist es, der diesen Zauber bewirkte.«

Der Zeugnisse wären Tausende mehr. Der englische Erfolgsautor Bulwer-Lytton widmet ihm den Roman »Eugene Aram« als eine »Gabe auf den Altar Ihres Genius'« und spricht von der »hohen, gerechten Bewunderung, die Sie mir wie allen meinen Zeitgenossen eingeflößt haben«. Samuel Goodrich schreibt über die Aufnahme der Scott-Werke in Amerika: »Das Erscheinen eines neuen Romans aus seiner Feder verursachte in den Vereinigten Staaten eine größere Sensation als manche Schlacht Napoleons«. Und Heinrich Heine berichtet vergnügt: »Von der Gräfin bis zum Nähmädchen, vom Grafen bis zum Laufjungen, liest alles die Romane des großen Schotten; besonders unsere gefühlvollen Damen. Diese legen sich nieder mit »Waverley«, stehen auf mit »Rob Roy« und haben den ganzen Tag den »Zwerg« in den Fingern« (Romantitel Scotts, versteht sich). Usw., usw.

Der Mann, der das Lesepublikum seiner Zeit solcherart in Begeisterung versetzte und sich um die Breitenwirkung von Literatur ungemein verdient machte, wurde 1771 in Edinburgh als Sohn eines Rechtsanwalts geboren. Als Kleinkind erkrankte er an Kinderlähmung, und da die Ärzteschar sich keinen Rat wußte, wurde er in der Hoffnung auf Kurierung durch gute Luft und Bewegung zum großväterlichen Besitz von Sandy-Knowe in den Borders geschickt, wo er die meiste Zeit seiner Kindheit verbrachte. So recht gesund wurde er dennoch nicht – zeitlebens plagte ihn in unterschiedlicher Schwere eine Lähmung des rechten Beins. Aber der träumerisch veranlagte junge Walter trotzte seiner Behinderung hartnäckig und liebte weite, oft einsame Wanderungen und Streunereien in die karge, moorige Borderlandschaft und zu seiner geliebten Ruine von Smailholm Tower. Es waren prägende Jahre für Scott: Er sog die Landschaften, die sich ihm boten, förmlich auf, ließ sich von den Geschichten und Legenden aus Gegenwart und Vergangenheit, die man sich erzählte, fesseln und rief sich während seiner weiten Streifzüge lebhaft und intensiv die großen Ereignisse der schottischen Geschichte in seine Phantasie, die heißen Grenzstreitigkeiten zwischen Schottland und England, die Verfolgungen der Presbyterianer oder die jakobitischen Rebellionen, für die er sich begeisterte. Schottische Landschaft und schottische Geschichte – das war seine Welt, das wurde ihm von Kindesbeinen an zur Leidenschaft.

Entsprechend schwer fiel ihm das Einleben in der städtischen Enge und familiären Umtriebigkeit – er hatte fünf Geschwister – in Edinburgh, wohin er 1779 zurückkehren mußte, um die Highschool und die Universität zu absolvieren. Nach einigem Ausprobieren schlug Scott die Rechtslaufbahn ein – in Edinburgh ist das wohl unvermeidlich – und übte ab 1792 verschiedene juristische Berufe aus. Mit größerem Eifer widmete er sich jedoch weiterhin seinen bevorzugten Interessen.

Nach wie vor unternahm er, wann immer er sich frei machen konnte, ausgedehnte Exkursionen durch Schottland und Nordengland, sammelte volkstümliche Balladen, Gedichte und Lieder, interessierte sich für jede Geschichte um historische Ereignisse, lokale Bräuche oder Sagen, die ihm zu Gehör kam, und begeisterte sich ansonsten nachhaltig für die Literatur im allgemeinen und die deutsche im besonderen, die seinerzeit in Großbritannien hoch in Kurs kam und vom von Scott bewunderten schottischen Schriftsteller Henry Mackenzie (dem er später »Waverley« widmete) enthusiastisch gefeiert wurde. Der begeisterungsfähige Scott lernte kurzerhand Deutsch, und seine ersten Veröffentlichungen waren Übersetzungen (Balladen G. A. Bürgers, der erwähnte »Götz«) und Sammlungen von schottischen Balladen, die ihn ermutigten, sich auch eigenständig schriftstellerisch zu erproben.

Bereits sein erstes Werk, die Verserzählung »The Lay of the Last Minstrel« (1805), erregte Aufsehen und hatte durchschlagenden Erfolg, den Scott freilich noch zu steigern wußte. »Marmion« (1808) und das wahre Jubelstürme auslösende »The Lady of the Lake« (1810) machten Scott auf der Insel nicht nur zu einem bewunderten Autor allerersten Ranges, sondern (im Verbund mit seinen Einnahmen als Jurist und aus dem Vermögen der Familie seiner 1797 geheirateten Frau) wohlhabend – wohlhabend genug, ein ebenso kurioses wie großartiges Unternehmen zu beginnen.

Der Name dieser Unternehmung: Abbotsford. Das Ergebnis: ein prächtiges, schloßähnliches Wohngebäude mit Zinnen, Erkern, Ecktürmen und Stufengiebeln, architektonisch eine Art feinste Promenadenmischung altertümlicher Stile, mit großzügig angelegtem Park, einer zuletzt 20.000 Bände umfassenden Bibliothek, darin zahllose Werke zur schottischen Geschichte und Kultur, sowie eine Innenausstattung, die Museumscharakter trug, hatte doch Scott eine unbezähmbare Vorliebe für alles mögliche, das sich bei Antiquaren ansammelte, und verwendete einen beträchtlichen Teil seines Vermögens darauf, Souvenirs der schottischen Vergangenheit aufzukaufen und Abbotsford einzuverleiben. 1811 hatte Scott das Grundstück erworben – niemand wird es verwundern, daß es am Tweed und in unmittelbarer Umgebung seiner als Kind durchstreiften Landschaften lag –, es sukzessive um umliegende Ländereien erweitert und den Wohnsitz nach für nach in verschiedenen Baustufen zwischen 1812 und 1824 errichtet.

Der Zauber, der von diesem Haus ausging und der dazu führte, daß ein regelrechter »Abbotsfordstil« in Mode kam, steht in deutlichem Kontrast zum gelinden Befremden, mit dem es nach Scotts Tod betrachtet wurde. Fontane spricht nach seiner »Pilgerfahrt« von einer »Schnurre und Absonderlichkeit« Scotts, von »Seltsamlichkeiten«, »Kuriositätenkram« und dem »Nipp der Zimmerausschmückung« und stellt fest: »Als der Dichter selbst noch lebte, er, dem diese Dinge etwas bedeuteten, eine Herzenssache waren, belebten sie sich unter dem lebendigen Wort, das er ihnen entgegentrug, wie die alte Sage Fels und Baum unter dem Klang der Leier lebendig werden läßt; jetzt aber, wo diese Klänge schweigen, sind die Steine wieder Stein, und selbst derjenige, der mit schottischer Dichtung und Geschichte wohlvertraut ist, schreitet durch diese Zimmer hin wie durch die Säle eines Wachsfigurenkabinetts.« Zurück zu Scotts bedeutenderen Werken.

1814 erschien »Waverley«, und dieser Roman war neu und löste einen Boom aus, der, man darf es ohne Übertreibung sagen, bis heute anhält. Denn wer mal eben rasch zur Überprüfung in die nächste Buchhandlung springt, findet in der Regel, oft zuvörderst gerückt, einen oder gar mehrere Verkaufstische mit Werken jener Gattung vor, die Scott ins Leben rief: der des historischen Romans.

»Waverley« erzählte – in einer damals einzigartigen Mischung aus konsequentem literarischem Anspruch, großer historischer Faktentreue und abenteuerlich-spannender Handlungsführung – von einem Kardinalereignis der schottischen Geschichte, der Rebellion der schottischen Jakobiten 1745 unter ihrem Thronprätendenten Charles Edward Stuart, die nach anfänglichen Erfolgen – vorsichtige Londoner waren schon mit ihren raschgepackten Siebensachen zur Südküste geeilt, um sich von der Insel wegzuverschiffen – in der vollständigen Niederlage von Culloden endete. Scott erfand einen Protagonisten, Edward Waverley, der ohne allzu großes Dazutun mitten in die bedeutsamen Ereignisse gerät und die Bekanntschaft wichtiger historischer Persönlichkeiten macht – anhand seiner wechselvollen Erlebnisse und Abenteuer vollzieht der Leser die Geschichte, Voraussetzungen und Umstände dieser Rebellion nach. Beides, die Ereignisse wie die Persönlichkeiten, zeichnete Scott getreu und auf der Basis umfangreichen historischen Wissens und genauer Studien.

Aber mehr noch: Scott begnügte sich nicht mit der Darstellung historischer Abfolgen, politischer Konstellationen oder für sich stehender Einzelereignisse, sondern versuchte, ein ganzes Zeitbild zu geben, ein anschauliches Panorama der gesellschaftlichen Verhältnisse einer vergangenen Epoche, ihrer Lebensumstände, Denkweisen und Sitten quer durch soziale Schichten und unterschiedliche Milieus. Das grundsätzlich Neue an Scotts historischen Romanen war, daß sie nicht mehr einfach in der Vergangenheit spielten, sondern diese Vergangenheit ganz gezielt zum Inhalt machten.

Dieses in »Waverley« gefundene Prinzip des Ineinanderblendens von abenteuerlicher Handlung, romantischen Motiven und der Darstellung exakt und dennoch lebendig-anschaulich vorgeführter geschichtlicher Ereignisse und ihrer gesellschaftlichen Dimension führte zu faszinierenden Ergebnissen – daß Scott überdies brillant zu erzählen vermochte und ein Meister der Personenzeichnung war (was nichts daran ändert, daß er auch eine gute Hundertschaft platter Klischeefiguren in die Welt gesetzt hat), tat sein übriges.

Der enorme Erfolg von »Waverley« spornte Scott an, und in

den folgenden Jahren erschienen weitere Romane, die vergangene Abschnitte der Geschichte Schottlands auf – von Scott ausdrücklich gewollt: – spannend-unterhaltsame Weise einer breiten Leserschaft lebendig machten, u.a. »Old Mortality« (1816), »Rob Roy« (1818), »The Heart of Midlothian« (1818) und »The Bride of Lammermoor« (1819), das unter außergewöhnlich schwierigen Verhältnissen entstand. Scott litt unter äußerst schmerzhaften Attacken von Magenkrämpfen und Fieber und konnte den Roman nicht, wie sonst üblich, an seinem Schreibtisch verfassen, sondern diktierte ihn vom Krankenbett zwei sich abwechselnden Stenographen. Während dieser Zeit besuchte ihn sein späterer Biograph George Lockhart und war über dessen Zustand erschüttert: »Er war stark abgemagert, seine Kleidung hing lose an ihm herunter, sein Gesicht eingefallen, mit tiefen Augenhöhlen, und vom tiefsten Gelb der Gelbsucht gezeichnet – sein Haar, das wenige Wochen zuvor lediglich einige leicht graue Stellen gehabt hatte, war beinahe buchstäblich schneeweiß geworden. Nur seine Augen behielten ihr altes Feuer unauslöschlich, ja, es schien, als hätten sie im Kontrast mit seiner sonstigen Entkräftung noch an Leuchtkraft gewonnen.«

Scott nahm große Dosen Opium gegen die Schmerzen, meist vergeblich. Vom Diktieren ließ er dennoch nicht ab. Wenn er sich vor Krämpfen wand, die Arbeit unterbrechen mußte und die Stenographen ihn zu einer Pause und Erholung drängten, wandte er ein: »Nein, nein – macht nur alle Türen zu, damit man mich draußen nicht schreien hört« – und diktierte weiter. Niedergeworfen von Fieber und Schmerzen rissen ihn dennoch fesselnde Stellen des Stoffs immer wieder derart mit, daß er sich plötzlich erhob, lebhaft im Raum auf und ab schritt und fortan mit sich steigernder Intensität alle Rolle der Charaktere gestisch begleitete und Dialoge lebensecht in Szene setzte, bis er völlig erschöpft niedersank – um etliche Kräfte ärmer, der Roman um ein glänzendes Kapitel reicher.

»The Bride of Lammermoor« hat davon etliche. Auch wenn es nicht immer ohne die für Scott typischen Längen abgeht, ist der Roman insgesamt in seinem Wechselspiel aus Komik, Ernst und

Tragik souverän komponiert und erstaunlich stringent erzählt. Es ist – vielleicht, weil sich Scott angesichts seiner Krankheit auch selbst mit der Möglichkeit eines bevorstehenden Todes vertraut zu machen begann – sein düsterster Roman geworden, der einzige, in dem er derart kritisch, skeptisch, herzschneidend erzählt, das Vertrauen in die Welt aufbricht und nicht gewillt ist, den Finsternissen des Universums einen jener beschönigend-trivialen Romanschlüsse entgegenzustellen, mit denen er auch manches seiner besten Werke schändet.

Als der Roman erschienen war und Scott das gedruckte Werk in Händen hielt, stellte er zu seiner Verblüffung fest, daß er sich an die Inhalte des Romans nicht im mindesten erinnern konnte. Die Ereignisse des historischen Vorbilds des Werks waren ihm präsent wie eh und je, doch die Komposition, die Erfindungen, Atmosphären und Variationen des Romans überraschten ihn vollständig, als sei er nicht der Autor des Ganzen, sondern lediglich ein Leser des Buchs. Ganze Szenen und Charaktere waren seinem Gedächtnis vollständig entfallen wie flüchtige Schemen eines Fiebertraums. »Ich denke, Sie werden mir zustimmen«, schrieb einer der Stenographen Lockhard später, »daß sich in der Geschichte des menschliches Geistes kaum etwas Erstaunlicheres denken läßt.«

Im selben Jahr wurde Scott erstmals so kühn, literarisch seinen heimatlichen schottischen Boden zu verlassen und gleichzeitig einen bedeutend weiteren Sprung in die Vergangenheit zu tun als je zuvor, ins Mittelalter nämlich: er diktierte zunächst (im gleichen Stil wie »The Bride of Lammermoor«) und schrieb dann – nach seiner Genesung – wieder selbst »Ivanhoe«. Da er nicht in gleichem Maße wie in den vorangegangenen Romanen historisch bis ins Detail getreu bleiben konnte – die Rekonstruktion mittelalterlicher Verhältnisse erforderte ein gerüttelt Maß an Spekulation –, füllte er die Lücken durch Phantasie und Einfühlung aus, was heutigen Historikern Schauer des Entsetzens über den Rücken treibt, dem Publikum damals wie heute aber ungebrochen gefällt. »Ivanhoe« und die weiteren Mittelalterromane »Quentin Durward« (1823) und »The Talisman« (1825) sind zu

Klassikern des Abenteuers geworden, die sich Generation für Generation ihre Leserschaft neu erobern.

Im Januar 1826 erschütterte ganz Edinburgh ein Gerücht, das anfangs niemand glauben mochte und das sich dennoch rasch als wahr bestätigte: Walter Scott, der große, bewunderte, von Erfolg zu Erfolg eilende Scott stand vor dem finanziellen Ruin! Mit vollständiger Überraschung, Bestürzung, Befremdung und Mitgefühl vernimmt die Öffentlichkeit, daß Scott sich schon 1805 entschlossen hatte, unter die Geschäftsleute zu gehen und inoffizieller Teilhaber der Druckerei seines Freundes Ballantyne zu werden. Scott, der Geld und Besitz ungemein zu schätzen wußte, war dennoch kein guter Rechner, und so ließ er sich durch hartnäckige Verluste seiner Lieblingsvorhaben, darunter z.B. eine eigene Zeitung, und undurchsichtige Finanzabwicklungen nicht schrecken, solange die Einnahmen aus den eigenen Werken ansehnlich flossen. Nun bewies ein Kassensturz Grausiges: Scotts Verlagshaus war bankrott, die Verschuldung gigantisch.

Während Scott in den Eintragungen seines Tagebuchs, des *Journal*, zwischen Resignation, Melancholie, Bitterkeit und stolzem Trotz schwankt, gibt er sich in der Öffentlichkeit unverzagt und kämpferisch. Als Freunde und Bewunderer ihm öffentlich anbieten, größere Summen zu spenden und darüber hinaus weiteres Geld zu sammeln, damit er aus dem Gröbsten heraus sei, lehnt er tief bewegt und doch zugleich in seinem Stolz verletzt ab: »No! this right hand shall work it all off! (Nein! diese rechte Hand wird alles abarbeiten!)« Er unternimmt den kühnen Versuch tatsächlich. In einer Hinsicht gelingt er. In anderer nicht.

Scott vergräbt sich hinter dem Schreibpult und schreibt Roman um Roman. Wie ein Akkordarbeiter füllt er Seite um Seite, kennt nicht Rast, noch Ruh und schickt die fertigen Bögen unmittelbar zum Drucker, damit sie sich möglichst schnell in Geld verwandeln mögen. Am 29. April 1828 beendet er vor dem Frühstück den Roman »Anna of Geierstein« und beginnt unmittelbar nach dem Frühstück einen Band der »Tales of a Grandfather«, seines Erzählwerks über die schottische Geschichte. Wie ein Gefangener in einem Steinbruch Steine schlägt, hackt Scott aus seinem großen historischen Wissen und seiner Erfahrung als Erzähler die Plots für seine Romane, die Höhe des Schuldenbergs mit Entsetzen, den allmählich in Gang kommenden Abtrag mit beginnender Zuversicht sehend.

Der Verlierer der übermenschlichen Anstrengung war Scotts Gesundheit. Seine Kräfte verbrauchten sich, Rheumatismus plagte ihn, das lahme rechte Bein machte ihm zu schaffen. Scott mißachtete die Sprache seines Körpers. Die Folge waren mehrere kleine Schlaganfälle. Sein Arzt riet ihm dringend zu Ruhe und Ausspannen. Scott hörte nicht auf ihn. Er schrieb und schrieb. In den Jahren 1831/32 ging es rapide bergab. Immer wieder überlebte er noch einmal einen Schlaganfall, immer häufiger geistesabwesend und verwirrt, und die Erkenntnis wurde unausweichlich, daß er nicht mehr lange zu leben hatte. Selbst die Politik trat jetzt auf den Plan, und die schottische Regierung bot dem großen Dichter des Landes die Fregatte Barham zur freien Verfügung an. Eine Reise in den Süden, in warmes Klima, sollte das Schlimmste noch einmal verhindern, wenigstens hinauszögern. Scott, am Rande des Todes und von seinen Ärzten gedrängt, nimmt an. Doch diese Reise nach Malta und Neapel kommt zu spät, Scott spricht in der Fremde nur mehr von seiner Heimat, will zurück nach Schottland, nach Abbotsford – er weiß, daß es zuende geht, und er will zu Hause sterben. Als er die heimische schottische Küste sichtet, als er in Abbotsford ankommt, stimmt er noch einmal Freudenrufe an. Es sind seine letzten. Scott stirbt am 11. Juli 1832. Unmittelbar nach seinem Tod werden durch Buch- und Rechteverkäufe alle Schulden abgetragen. In der vollständigen Niederlage ein Sieg.

Scotts Ruhm hielt noch jahrzehntelang nach seinem Tode an – trotz zunehmender Kritik aus literarischen und wissenschaftlichen Kreisen und hier und da bald auch etwas angenagt – und verblaßte erst in der zweiten Hälfte des 19. Jahrhunderts, zur Jahrhundertwende hin freilich recht zügig. Die Ursachen sind vielfältig und das folgende nur eine Auswahl.

Der herausragende Erfolg der Romane Scotts führte schon zu Lebzeiten und ungebrochen danach zu einer ganzen Schwemme von Nachahmern und Imitatoren, die seinen Fußspuren in unbetretenes Gelände munter folgten und sie unbekümmert auf weit blasserem Niveau breittraten. Einige findige Köpfe darunter gingen so weit, Scott nicht nur nachzuahmen, sondern ihre Werke in einem Aufwasch gleich unter dem Namen Scott erscheinen zu lassen. Ein Roman wie »Schloß Avalon« (der Autor war der deutsche Schriftsteller Willibald Alexis) konnte es da mühelos – »aus dem Englischen neu übersetzt« – bis zur Aufnahme in Scott-Werkausgaben bringen. Die Summe dieser Plagiate und Nachahmungen führte dazu, daß das, was das zeitgenössische Publikum noch als völlig neu und überraschend faszinierte, im Laufe der Zeit zu allzu bekanntem Gelände verkam.

Sind Tugenden und Qualitäten eines Autors oft genug besungen und allgemein abgeschätzt, wird der Fokus gerne, einer Art Naturgesetz folgend, auf dessen Schwächen eingestellt. Scott war da ein ergiebiges Opfer. Die in seinen schlechteren Romanen ans Haarsträubende grenzende Umständlichkeit der Komposition, die an keinem weitschweifig beschriebenen Stolperstein der erzählerischen Stringenz vorbeikommt, wurde nun ebenso triumphierend ins Licht gerückt wie sein unfehlbarer Drang zum Happy End, der die schlimmsten Plattheiten inkauf nimmt, nur damit sich der Plot am Ende in allgemeines Wohlgefallen auflöse. Freilich beweist das vorliegende tragisch-düstere »The Bride of Lammermoor« (ohnehin eins seiner Meisterwerke), daß Scott die Finsternisse des Universums nicht so fremd waren, wie andere seiner Romane vermuten lassen.

Angesichts solcher Befunde wurde schon vor dem Beginn unseres Jahrhunderts damit begonnen, Scotts Werk ungemein zu verbessern. Die Umständlichkeit der Komposition versuchten Guillotinisten der Literatur, sogenannte »Bearbeiter«, durch immer großzügigere Kürzungen zu beheben, was zum Erfolg hatte, daß bald die überwiegende Zahl der Bücher, auf denen Walter Scott stand, irgend etwas enthielten, nur nicht Scott. Unzählbar die jammervollen Romanausgaben, in denen vom ursprünglichen Text gerade mal ein Drittel übrigbleibt, wobei wir uns, wenn wir's näher besehen, aber schon im Bereiche des Euphemismus aufhalten, denn auch dieses Drittel ist natürlich nicht vom ursprünglichen Text, sondern stilistisch mit der Dampfwalze um jede Nuance, Feinheit, Ironie, Anspielung zur schnellen Leseautobahn niedergeplättet. Bedenkt man noch, daß in aller Regel – wenn man ja schon mal dabei ist – Scotts Werken sozusagen im Vorübergehen die essentiell wichtigen Vor- und Nachworte abgeschraubt werden, so darf man wohl mit Fug und Recht sagen, daß Scott unter den meistverstümmelten Autoren der Welt einen Platz in vorderster Reihe einnehmen darf.

Eine oft wiederholte, grundsätzlich-weltanschauliche Kritik formulierte Thomas Carlyle bereits 1838: Scott habe keine Botschaft an die Welt zu richten, es mangele ihm an Überzeugungen, und er richte sich allzu gemütlich in einer Welt aus Konventionen ein. – In der Tat gibt es keine übergeordnete politische, soziale oder philosophische Dimension in Scotts Werk. Er war Erzähler, kein Denker. Und er erhob nicht den Anspruch, einer zu sein. Man kann einem Böttcher nicht vorwerfen, daß er keine Tische baut.

Freilich gibt es aber doch etwas, was sich durch alle seine Werke zieht und woran Scott fest glaubt: den inneren Adel. Zwar war Scott zeitlebens konservativ und glaubte an die Berechtigung des Adels und dessen Verwaltung der Gesellschaft, aber in seinen Augen wurde dieser Adel zu seiner Herrschaft erst legitimiert durch moralische Vorbildfunktion und soziale Ausübung der politischen Macht. Dem zugrunde lag die Überzeugung von Wert und Würde des einzelnen, unabhängig von Geburt, Funktion oder Ansehen, dem sich alles unterzuordnen hatte. Scotts bevorzugte Figuren sind Menschen mit dem Stolz des Individuums, die ihre Würde gegen die Anfechtungen von innen und außen zu verteidigen wissen und dabei höchste moralische Ansprüche stellen, für unsere Zeit vielleicht überraschenderweise: an sich, nicht an andere. Dieser Begriff von Stolz ist nicht das Erheben über andere, sondern die konsequente Überzeugung, daß nur der Wert und Würde besitzt – und zwar völlig ungeachtet der Sicht der Welt –, der in Wesen und Handlungen innerlich vor sich selbst und einem zur selbstkritischen Distanz fähigen, vernunftbegabten Gewissen besteht. Aristokratie ist für Scott eine Grundhaltung des Denkens, Fühlens und Handelns, die nicht nur nicht auf die Aristokratie von Geburt beschränkt bleibt, sondern in der ein Bauernmädchen einen König zutiefst beschämen kann. »Jede Gesellschaft gründet auf der Aristokratie, denn die echte Aristokratie ist Forderung an sich selbst, und ohne diese Forderung stirbt jede Gesellschaft.« Dies ist der Kern von Scotts weltanschaulicher Auffassung – freilich stammt der Satz von Camus (1954).

Betrachtet man den Kontrast zwischen der geradezu ungestümen Scott-Begeisterung in der ersten Hälfte des 19. Jahrhunderts und seiner relativen Vergessenheit heute, scheint es, als habe er den – gewiß! – übertriebenen Ruhm zu Lebzeiten mit allzu großer Mißachtung danach bezahlen müssen. Das ist nun freilich nichts gar so Schlimmes, zu Lebzeiten überschätzt zu werden – Hunderte verhungerter Schriftsteller hätten sein Schicksal wohl gerne geteilt. Dennoch, und in voller Anerkennung seiner erzählerischen Mängel: es wäre an der Zeit, das Mißverhältnis wieder ein wenig ins rechte Lot zu rücken und den Mann wieder zu lesen, der so illustren, scharfsinnigen Köpfen wie Goethe, Cooper, Hauff, Manzoni, Balzac, Merimee, Hugo, Bulwer-Lytton, Tieck, Stendhal, Dumas, Tolstoj, Fontane, Stevenson – um nur eine kleine Auswahl zu nennen – soviel Bewunderung abrang und dem diese Autoren nicht wenig für ihr eigenes Werk zu verdanken hatten.

Das Schlußwort überlassen wir Heinrich Heine: »Es war Britanniens größter Dichter, man mag sagen und einwenden, was man will. Zwar die Kritiker seiner Romane mäkelten an seiner Größe und warfen ihm vor: er dehne sich zu sehr ins Breite, er gehe zu sehr ins Detail, er schaffe seine großen Gestalten nur durch Zusammensetzung einer Menge von kleinen Zügen, er bedürfe unzählig vieler Umständlichkeiten, um die starken Effekte hervorzubringen – Aber die Wahrheit zu sagen, er glich hierin einem Millionär, der sein ganzes Vermögen in lauter Scheidemünze liegen hat, und immer drei bis vier Wagen mit Säcken voll Groschen und Pfennigen herbeifahren muß, wenn er eine große Summe zu zahlen hat, und der dennoch, sobald man sich über solche Unart und das mühsame Schleppen und Zählen beklagen will, ganz richtig entgegnen kann: gleichviel wie, so gäbe er doch immer die verlangte Summe, er gäbe sie doch, und er sei im Grunde eben so zahlfähig, und auch wohl eben so reich wie etwa ein anderer, der nur blanke Goldbarren liegen hat, ja, er habe sogar den Vorteil des erleichterten Verkehrs, indem jener sich auf dem großen Gemüsemarkte, mit seinen großen Goldbarren, die dort keinen Kurs haben, nicht zu helfen weiß, während jedes Kramweib mit beiden Händen zugreift, wenn ihr gute Groschen und Pfennige geboten werden.«

Wir Kramweiber und -männer wissen seine Währung manchmal auch heute noch zu schätzen.

Michael Klein

INHALT

Die Deutsche Bibliothek – CIP-Einheitsaufnahme

Scott, Walter:
Das Leid von Lammermoor / Walter Scott. Hrsg. von Michael Klein.
Unter Verwendung einer alten Übers. vollst. überarb. von Michael Klein.
Mit Bildern von Stefanie Grewe. - Ungekürzte Ausg. mit allen späteren
Erg. Scotts. - Blieskastel : Gollenstein, 1999
(Bibliothek klassischer Erzähler)
Einheitssacht.: The bride of Lammermoor <dt.>
ISBN 3-933389-02-1

Buchgestaltung Stefanie Grewe
Reihengestaltung Johanna Krimmel
Satz Karin Luck, Alexander Detambel und Johanna Krimmel
auf Apple Macintosh
Schriften Walbaum und Helvetica Compressed
Papier Alster Werkdruck, 100 g
Lithos und Druck Bliesdruckerei P. Jung GmbH
Bindung Buchbinderei Schwind, Trier

Printed in Germany
ISBN 3-933389-02-1

Bibliothek Klassischer Erzähler

Die Bibliothek Klassischer Erzähler, die von Michael Klein und Karsten Schröder herausgegeben wird, will Entdeckungsreisen unternehmen. Entdeckungsreisen in die Welt der erzählenden Literatur vor allem des 19. Jahrhunderts, Entdeckungsreisen zu unbekannten Romanen klassisch gewordener Autoren oder zu Romanen von Autoren, über die die Zeit zu Unrecht hinweggegangen ist und deren Werke es wiederzuentdecken gilt.
Die Bibliothek Klassischer Erzähler will den Blick öffnen für eine Welt, in der es noch Fernen und Weiten, Utopien und Abenteuer gab und eine Qualität von Sprache, die heute gegen Ende des 20. Jahrhunderts nur noch selten zu finden ist.
Die Herausgeber erstellen anhand der Originaltexte und unter Verwendung alter Übersetzungen überarbeitete und modernisierte vollständige Textfassungen. Jeder Band dieser Reihe enthält ein Nachwort der Herausgeber, in dem jeweils Autor und Roman vorgestellt und literarische und historische Hintergründe thematisiert werden.
Alle Ausgaben erscheinen reichhaltig illustriert, gestaltet von jungen Buchdesignern.

Voraussichtlich im Herbst 1999 werden in dieser Reihe erscheinen:

Guy Newell Boothby · Pharos der Ägypter

Roman, ca. 340 Seiten, gebunden mit Illustrationen

Pharos der Ägypter ist ein mystischer Roman, der eindrucksvoll düstere Geschehnisse heraufbeschwört. Guy Newell Boothby versteht es meisterhaft, auf der Grenze zwischen Phantasie und Realität zu balancieren.
Der Roman des Australiers Guy Newell Boothby (1867-1905) erschien zuerst 1899 in London und bereits 1902 in deutscher Übersetzung.
In dem Londoner Atelier des Künstlers Forrester taucht eines Tages der geheimnisvoll und düster wirkende Ägypter Pharos auf. Er will unter allen Umständen eine Mumie zurückholen, die Forresters Vater einst in Ägypten ausgegraben und nach England geschafft hatte. Pharos stiehlt die Mumie und entführt die schöne junge Valerie. Forrester folgt dem unheimlichen Ägypter und versucht, die junge Frau zu befreien. Eine abenteuerliche Flucht führt die beiden durch halb Europa.

William Gilmore Simms · Wigwam und Blockhaus

Originalausgabe: The Wigwam and the Cabin (New York 1845)

Deutsch von Friedrich Gerstäcker

William Gilmore Simms (1806-1870) war nach Edgar Allan Poe der bedeutendste und vor Poe der populärste Autor des Südens der Vereinigten Staaten vor dem amerikanischen Bürgerkrieg. In seinen Romanen und Novellen schildert er die »ancient tales« seines Landes, die Geschichte des nordamerikanischen Südens von der Zeit der frühen Besiedlung durch die Weißen bis zum Unabhängigkeitskrieg. Seine bekanntesten Werke wurden »Der Yeassee-Indianer«, »Wigwam und Blockhaus«, »Schwert und Spindel« und »Richard Hurdis«.
Die drei Novellen, die dieser Band vereinigt, erzählen vom Leben der frühen Siedler am Mississippi, vom Milieu der Grenzer, vom Zusammenleben und den Auseinandersetzungen mit den Indianern. Sie beziehen ihre Spannung vor allem durch die große Authentizität und Anschaulichkeit der Schilderungen. Simms Novellen sind nicht nur spannende Erzählungen, sie sind zugleich historische Dokumente aus dem Grenzerleben.